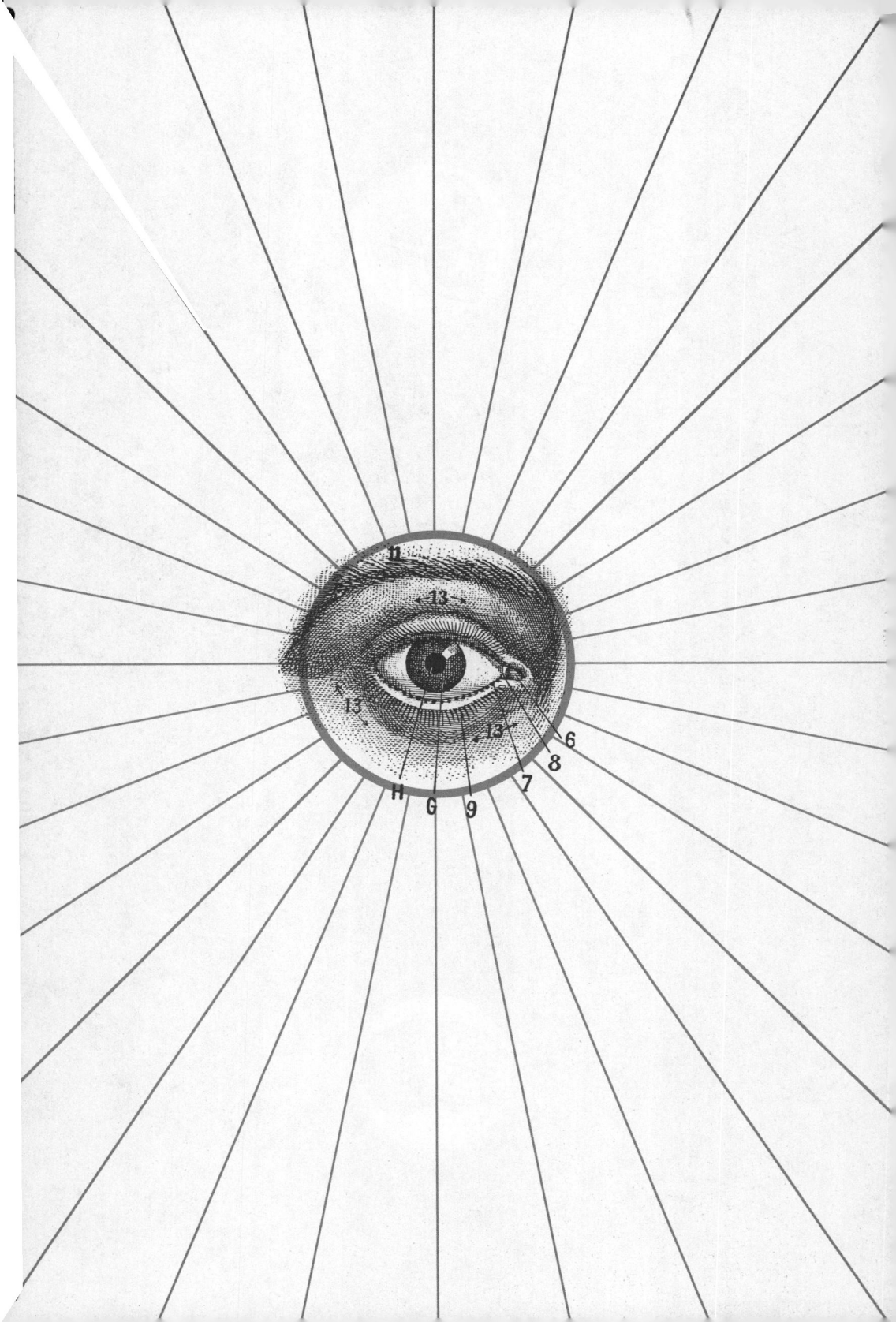

FRANKENSTEIN

O MÉDICO E O MONSTRO

DRÁCULA

FRANKENSTEIN
MARY SHELLEY

O MÉDICO E O MONSTRO
ROBERT LOUIS STEVENSON

DRÁCULA
BRAM STOKER

MARTIN CLARET

Sumário

FRANKENSTEIN   9
OU O PROMETEU MODERNO
MARY SHELLEY

O MÉDICO E O MONSTRO   273
ROBERT LOUIS STEVENSON

DRÁCULA   367
O VAMPIRO DA NOITE
BRAM STOKER

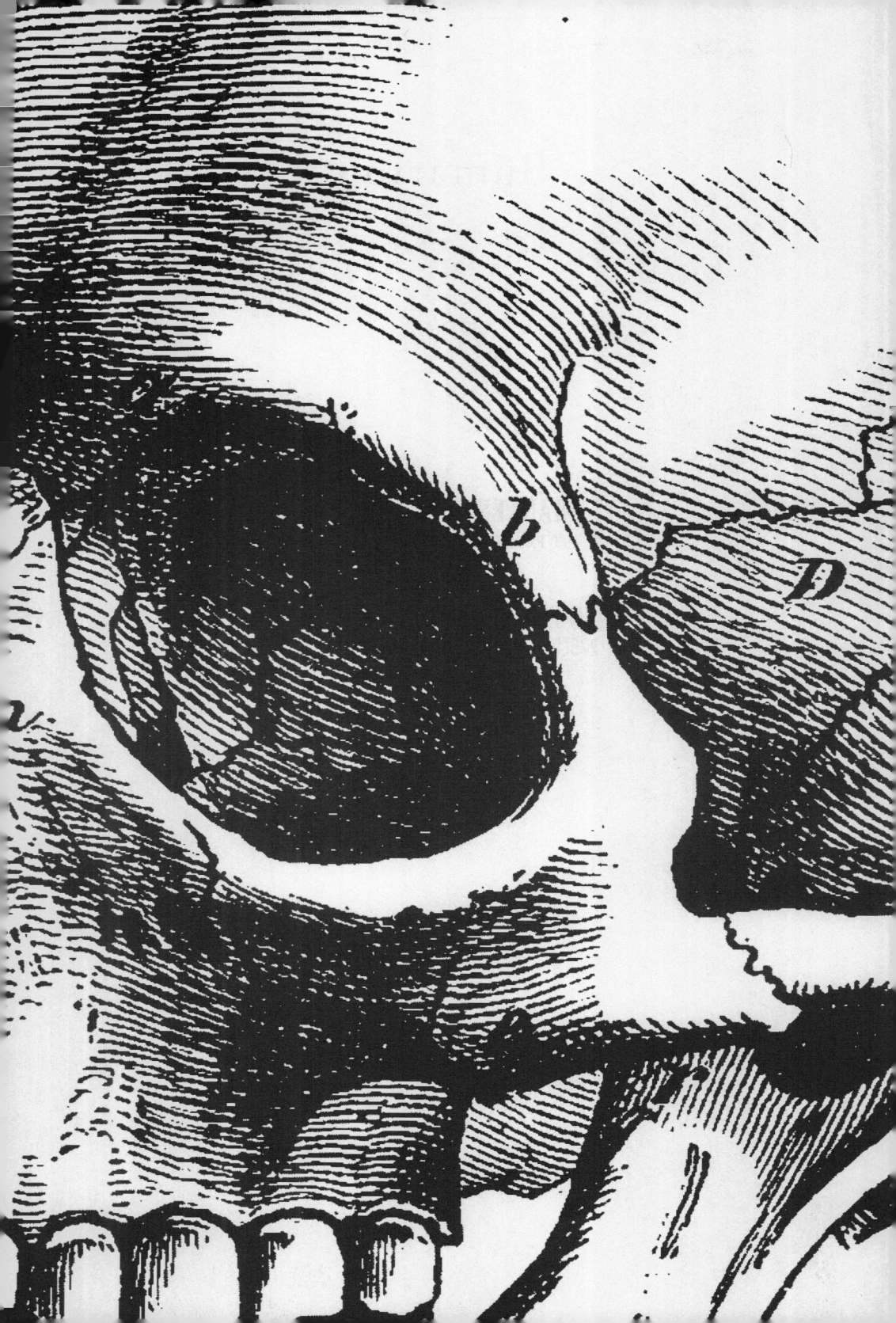

FRANKENSTEIN
ou o prometeu moderno

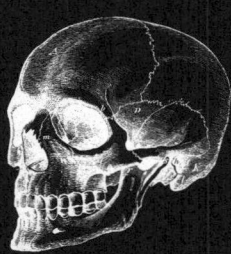

MARY SHELLEY

TRADUÇÃO E NOTAS:
ROBERTO LEAL FERREIRA

PREFÁCIO
Somos todos criadores e criaturas?

LILIAN CRISTINA CORRÊA[1]

Quão atual pode ser considerada uma obra escrita no início do século XIX? Qual a possibilidade de afirmar que se o romance *Frankenstein, ou o Prometeu Moderno*, tivesse sido escrito no século XXI sua contextualização seria mais atual do que já foi em 1818? Como tudo isso se torna plausível? O que podemos encontrar nesse romance que nos traz tantos questionamentos: haveria respostas ou apenas um cenário de mais e mais dúvidas pairando na mente do leitor? Este texto apresenta a tentativa de elucidar estes questionamentos e, possivelmente, suscitar outros mais!

O interesse da humanidade sobre a origem da vida sempre constituiu uma ideia intrigante, considerando tanto as curiosidades que circundam o enigma da existência ou, de forma mais concreta, através das tentativas e experiências relacionadas à (re)criação da vida. Todas essas questões fazem sentido se considerarmos ideias e ideais científicos e literários, todos baseados nas muitas descobertas de que se tem notícia sobre o assunto. Em outras palavras... os homens sempre buscaram

---

[1] Mestre e Doutora e Comunicação e Letras pela Universidade Presbiteriana Mackenzie.

novas formas de criar (ou recriar) a vida, ou mesmo buscaram alternativas para torná-la melhor.

Literariamente, podemos dizer que Mary Wollstonecraft Shelley (1797–1851) novelista inglesa, deu um grande avanço a essas concepções com seu romance *Frankenstein, ou o Prometeu Moderno* (1818). Mas o que essa mulher efetivamente provocou com a publicação de seu romance e qual sua relevância no panorama da literatura mundial são problemáticas que não podem ser deixadas de lado!

Mary Shelley teve uma vida muito diferente se comparada às mulheres de sua época, filha de pais famosos, William Godwin, um escritor e jornalista, sempre envolvido em questões políticas e rodeado de pessoas influentes e de Mary Wollstonecraft, igualmente escritora e, para desespero de muitos contemporâneos seus, considerada feminista por ter escrito sobre a igualdade entre os sexos. Envolvida por essa atmosfera de discussões sobre conceitos filosóficos e políticos, sempre com acesso à leitura dos grandes clássicos e das publicações mais recentes de sua época em todas as áreas do conhecimento, Mary cresceu e foi intelectualmente favorecida por toda essa exposição, demonstrando domínio de diversos idiomas, além de versar sobre inúmero assuntos, diferentemente de outras garotas de sua idade. Ela foi incentivada por seu pai, em especial, logo após a morte precoce de sua mãe, quando a menina ainda era bem pequena — Godwin encorajava a filha a participar de suas ideias e teorias e políticas liberais.

Aos dezesseis anos, Mary conhece o já renomado escritor Percy Bysshe Shelley, um dos melhores amigos de seu pai, até então um homem casado. Os dois se apaixonam e fogem juntos para um a temporada em viagem ao redor da Europa — em meio às viagens se estabelecem na Itália, cenário de diversos encontros com outros escritores, como John William Polidori e Lord Byron, o primeiro, conhecido por suas associações com o movimento romântico e precursor do gênero fantástico de ficção vampiresca, com *The Vampyre* (1819) e o segundo, que dispensa grandes apresentações, o aclamado poeta inglês, também um dos grandes expoentes do romantismo, assim como Percy Shelley.

Conforme consta no prefácio à primeira edição de sua obra, Mary Shelley relata ter tido a inspiração para escrever seu romance depois de uma conversa, em uma noite chuvosa com seus amigos e marido — naquela noite, falavam sobre histórias macabras e foi lançado um desafio sobre quem seria o primeiro a escrever uma narrativa como aquela. No referido texto, a escritora relata ter tido um pesadelo e, a partir do que sonhara, passou a escrever o que então viria a se tornar o seu mais famoso romance, *Frankenstein*.

E o que faz desse romance um clássico? As diversas temáticas que são retratadas ao longo da narrativa, evidentemente orquestradas com maestria pelas mãos de sua autora que, ao longo dos anos, foi, de alguma forma, obscurecida pela ideia central de sua obra. Todos falam em Frankenstein como uma criatura, um monstro, sem mesmo terem lido o romance ou saberem, de fato a quem este nome se refere no contexto da narrativa. Alguns críticos usam o termo eclipse para este fenômeno, assim como acontece, por exemplo, com o autor de *Drácula* (1897), Bram Stoker, cujo nome também foi apagado pelo crescimento de sua criatura, o mais famoso vampiro na literatura universal. Em *Frankenstein*, segundo Lecercle (1991, p. 11), "A criatura eclipsou o criador: em nosso caso duas vezes, pois se o monstro eclipsou Victor, eclipsou também, completamente, o escritor que o concebeu".

Com ou sem seu nome evidência, fato é que Mary Shelley produziu um romance que traz em sua narrativa um pouco de tudo que seu conhecimento permitiu ou mesmo traz à tona acontecimentos marcantes de sua época que podem ser reconhecidos a partir dos comportamentos das personagens: para mencionar alguns, mencionamos as batalhas contra Napoleão, considerado o "grande homem" e, por muitos, invencível, dotado de um espírito empreendedor que antes poderia ser visto em diversas figuras da mitologia, como o próprio Prometeu, do subtítulo do romance de Shelley, aquele que roubou o fogo dos deuses para dar vida à humanidade.

Também temos, ao longo do romance, diversos elementos do Goticismo, ramo do movimento romântico, que tornam *Frankenstein* uma daquelas narrativas que lidam com o lado obscuro da alma humana, assunto ainda mais explorado por Edgar Allan Poe, por exemplo, anos mais tarde, em seus contos e poemas, na Literatura Norte Americana. Ao longo da jornada de Victor Frankenstein e de sua Criatura, deparamos com descobertas científicas contemporâneas à autora, como os conceitos de eletricidade e aquecimento que levaram ao conceito de galvanismo, visto como processo-chave para a reanimação da matéria estática e, obviamente, a escritora também trouxe à discussão assuntos que representam as eternas dúvidas da humanidade ou que sempre permeiam sua trajetória, como a luta do bem contra o mal, entre a vida e a morte, questionamentos sobre o comportamento humano, os limites do conhecimento e da ciência e do próprio homem enquanto detentor do conhecimento e, principalmente, a identificação de uma eterna e constante trajetória de busca, reafirmada a cada uma das etapas do romance e de sua estrutura peculiar, em forma epistolar.

As escolhas linguísticas e da forma de organização do romance deixam claro ao leitor que a narrativa foi pensada e estruturada de forma a pressupor que este leitor, de alguma maneira, se torne cúmplice das personagens protagonistas (e, por que não, da própria autora), todos em busca de um melhor entendimento não somente dos acontecimentos internos à narrativa, mas de sua própria trajetória de vida, todos redundando no ideal já mencionado, a busca — pelo conhecimento, pela perfeição, pela fama, pela vida em diferentes instâncias:

todas as personagens podem ser vistas como complementares umas às outras e, ao mesmo tempo, incompletas em si mesmas.

Outros questionamentos também surgem ao longo da evolução da leitura, como a ausência da ideia de maternidade na concepção da Criatura, mas a permanente presença dessa ideia e do que ela representa no desenvolvimento desta personagem e também na de seu criador. Além, é claro, de não nos esquecermos da ausência de um nome para a referida Criatura, que recebe esta referência no início, mas a partir dos acontecimentos seguintes se torna um Monstro, mas ainda assim sem um nome — explica-se, portanto, a confusão genérica formada entre quem seria, verdadeiramente Frankenstein, o Monstro ou o estudante de medicina que o trouxe à vida. Ainda que durante a leitura isso fique claro, no conhecimento geral, Frankenstein ainda é conhecido como um monstro esverdeado, com parafusos na cabeça, a la Boris Karloff, que imortalizou a figura no cinema nos idos de 1931. A partir desta adaptação, a concepção de Frankenstein jamais seria a mesma...

O grande trunfo do romance de Mary Shelley é ser perfeitamente plausível dentro de seu próprio universo, ainda que ela desconhecesse as possibilidades futuras que surgiriam com o avanço da ciência, como a clonagem, por exemplo. Suas escolhas também denotam a paixão pelo conhecimento, além da noção do quão perigoso ele pode ser se mal-empregado — a alternância entre seus narradores, longe de afastar o leitor dos acontecimentos da narrativa, nos faz mais próximos dela, a ponto de tomarmos partido ora de uma, ora de outra personagem, compadecendo-nos e revoltando-nos junto a elas.

Temos, em *Frankenstein*, a ideia do mito, do ser atemporal, mas moderno, que faz do romance uma grande obra da literatura universal. É justamente nas contradições que encontramos nas personagens deste romance que compreendemos que, como os mitos, elas têm uma alma — cada versão do mito da criatura perfeita oferece uma solução à época em que surgiu: solução jamais satisfatória e, portanto, sempre recomeçada. Talvez seja esta a melhor explicação para a busca de uma criatura perfeita para cada momento da história da humanidade, sendo que criador e criatura formam sempre um e encontram-se em constante mutação, servindo como base para outros criadores e criaturas, até o homem descobrir ser ele mesmo a criatura perfeita.

REFERÊNCIAS

CORRÊA, Lilian C. *O foco narrativo e o mito em Frankenstein, de Mary Shelley*. Dissertação de mestrado apresentada ao programa de Pós-Graduação em Letras da Universidade Presbiteriana Mackenzie em 2001.

LECERCLE, Jean-Jacques. *Frankenstein. Mito e Filosofia*. Rio de janeiro: José Olympio, 1991.

*Did I request thee, Maker, from my clay
To mould me man? Did I solicit thee
From darkness to promote me?*[1]

JOHN MILTON, *Paradise Lost* (X, 743-5)

---

[1] "Pedi-vos eu, Criador, que de meu barro
Me moldásseis homem? Solicitei-vos eu
que me promovêsseis das trevas?"

Introdução
de Mary Shelley

Os editores desta coleção de romances, ao escolherem *Frankenstein* para uma de suas séries, exprimiram o desejo de que eu lhes descrevesse a origem da história. Será um prazer para mim, pois assim darei uma resposta genérica à pergunta que tantas vezes me é dirigida: "Como eu, na época uma menina, vim a conceber e a desenvolver uma ideia tão aterradora?". É verdade que sou muito avessa a me exibir publicamente por escrito; mas, como a minha narrativa só vai aparecer como suplemento a uma produção anterior e se limitará apenas aos temas que tenham ligação com a minha autoria, não posso acusar-me de intrusão pessoal.

Não é de admirar que, sendo filha de duas pessoas de distinta celebridade literária, muito cedo na vida eu tenha pensado em escrever. Quando criança, eu escrevinhava; e meu passatempo predileto, nas horas de recreio que me eram concedidas, era "escrever histórias". Tinha, porém, um prazer maior do que aquele: a construção de castelos no ar — a disposição para sonhar acordada —, o acompanhamento de sequências de pensamentos que tinham como assunto a formação de uma sucessão de incidentes imaginários. Os meus sonhos eram ao mesmo tempo mais fantásticos e agradáveis do que os meus textos. Nestes últimos, eu era uma boa imitadora — fazendo mais o que outros haviam feito do que registrando as sugestões de meu próprio espírito. O que eu escrevia era dedicado a pelo menos um outro olhar — o de meu companheiro e amigo de infância; mas os meus sonhos eram totalmente meus; não prestava conta deles a ninguém; eram meu refúgio quando me aborrecia — meu mais querido prazer quando livre.

Quando menina, vivi principalmente no interior e passei um tempo considerável na Escócia. Fiz visitas esporádicas às suas partes mais pinturescas; mas a minha residência habitual era no litoral nu e monótono do Tay, perto de Dundee. Chamo-o retrospectivamente de nu e monótono; para mim, não era assim na época. Era o ninho de águia da liberdade e a região agradável onde podia, ignorada, comungar com as criaturas da minha fantasia. Eu escrevia na época — mas no mais banal estilo. Foi embaixo das árvores dos jardins pertencentes à minha casa, nas encostas nuas das montanhas sem bosques das proximidades, que as minhas verdadeiras composições, os voos de águia da minha imaginação, nasceram e se criaram. Não fazia de mim mesma a heroína de minhas histórias. A vida me parecia uma coisa banal demais no que se referia a mim. Não conseguia imaginar comigo mesma que aquelas angústias românticas ou aqueles acontecimentos maravilhosos pudessem um dia ser o meu quinhão; não me limitava, porém, à minha própria identidade e podia povoar as horas com criações muito mais interessantes para mim, naquela idade, do que as minhas próprias sensações.

Depois disso, a minha vida se tornou mais agitada, e a realidade ocupou o lugar da ficção. Meu marido,[1] porém, estava desde o começo muito ansioso para que eu me provasse digna de meus pais e inscrevesse meu nome nas páginas da fama. Estava sempre a me encorajar a obter uma reputação literária que até mesmo eu desejava na época, embora desde então eu

---

[1] O poeta romântico inglês Percy Bysshe Shelley (1792-1822), um dos maiores líricos da língua inglesa.

tenha me tornado infinitamente indiferente a ela. Naquela época, ele queria que eu escrevesse, não tanto com a ideia de que eu pudesse produzir algo digno de nota, mas para que ele pudesse avaliar quão promissor era o meu talento. Mas eu não fiz nada. As viagens e os trabalhos domésticos ocupavam o meu tempo; e o estudo, sob a forma de leitura ou de esforços por melhorar as minhas ideias na comunicação com a sua mente muito mais culta, era toda a atividade literária que recebia a minha atenção.

No verão de 1816, visitamos a Suíça e fomos vizinhos de Lorde Byron.[2] No começo, passávamos horas alegres sobre o lago ou passeando pelas margens; e Lorde Byron, que estava escrevendo o terceiro canto de *Childe Harold*,[3] era o único de nós que registrava seus pensamentos por escrito. Estes, conforme nos fazia ler, revestidos de todo o esplendor e harmonia da poesia, pareciam marcar com o selo divino as glórias do céu e da terra, cujas influências partilhamos com ele.

Mas aquele foi um verão chuvoso e pouco estimulante, e a chuva incessante muitas vezes nos trancava em casa durante dias. Alguns livros de histórias de fantasmas, traduzidas do alemão para o francês, caíram em nossas mãos. Havia a *História do amante inconstante*, que, quando pensava abraçar a noiva a quem tinha erguido um brinde, se viu nos braços do lívido fantasma daquela que abandonara. Havia a história do pecador fundador de sua raça, cujo miserável destino era dar o beijo da morte a todos os jovens de sua casa amaldiçoada, assim que alcançavam a idade prometida. Seu vulto gigantesco e sombrio, vestido, como o fantasma de Hamlet, de uma armadura completa, mas com a viseira erguida, foi visto à meia-noite, sob o luar intermitente, a avançar pela tenebrosa avenida. Perdia-se

---

[2] Lorde George Gordon Byron (1788-1824), um dos maiores poetas românticos ingleses.
[3] *Childe Harold's Pilgrimage*, poema narrativo composto entre 1812 e 1818.

o vulto à sombra dos muros do castelo; mas logo um portão se abriu, ouviu-se um passo, a porta do quarto se abriu, e ele avançou até a cama dos jovens em flor, embalados por um sono revigorante. Seu rosto exprimia uma dor eterna ao curvar-se para beijar a testa dos meninos, que a partir daquele momento murcharam como flores arrancadas do caule. Desde então, nunca mais li aquelas histórias; mas suas situações estão tão vívidas em minha mente como se as tivesse lido ontem. Cada um de nós escreveria uma história de fantasmas, disse Lorde Byron; e sua proposta foi aceita. Éramos quatro. O nobre autor começou uma história, da qual publicou um fragmento ao fim do seu poema "Mazeppa".[4] Shelley, meu marido, mais apto a dar corpo às ideias e aos sentimentos no esplendor de imagens brilhantes e na música do mais melodioso verso que adorna a nossa língua do que a inventar as maquinações de uma história, deu início a uma narrativa baseada em experiências da sua infância. O pobre Polidori teve uma horrenda ideia sobre uma mulher com cabeça de caveira, que havia recebido essa punição por olhar pelo buraco da fechadura — para ver algo de que não me lembro — algo sem dúvida muito indecoroso e errado; mas, quando ela se reduziu a uma condição pior do que a do famoso Tom de Coventry,[5] ele não sabia o que fazer com ela e foi obrigado a despachá-la para a tumba dos Capuletos, o único lugar adequado a ela. Os ilustres poetas também, entediados com a trivialidade da prosa, logo desistiram da tarefa que lhes era tão pouco congenial.

Eu tratei de "pensar numa história" — uma história rival das que nos instigaram àquela tarefa. Uma história que falasse dos misteriosos temores de nossa natureza e provocasse um horror eletrizante — uma história para fazer o leitor ter medo de olhar

---

[4] Poema épico escrito por Byron em 1819.
[5] Reza a lenda que Tom de Coventry ficou cego por espiar o passeio que Godiva deu, nua, pelas ruas de Coventry.

ao seu redor, para enregelar o sangue e acelerar as batidas do coração. Se eu não conseguisse fazer isso, a minha história de terror não seria digna do nome. Pensei e meditei — em vão. Sentia a nua incapacidade de invenção, que é a maior miséria do autor, quando um estúpido Nada responde a nossas ansiosas invocações. "Você pensou em alguma história?", perguntavam-me a cada manhã, e a cada manhã eu era obrigada a responder com um torturante não.

Tudo tem de ter um começo, como diria Sancho Pança; e esse começo deve estar ligado a algo que vem antes. Os hindus creem que o mundo esteja apoiado num elefante, e que esse elefante esteja em cima de uma tartaruga. Deve-se admitir humildemente que inventar não consiste em criar a partir do nada, mas a partir do caos; os materiais devem ser dados antes: pode-se dar forma à escuridão, às substâncias informes, mas não se pode dar o ser à própria substância. Em todos os casos de descoberta e invenção, mesmo dos que pertencem à imaginação, devemos sempre lembrar a história de Colombo e o ovo. A invenção consiste na capacidade de apreender as possibilidades de um assunto e no poder de moldar e formar as ideias sugeridas por ele.

Eram frequentes e longas as conversas entre Lorde Byron e Shelley, às quais eu era uma assídua mas quase silenciosa ouvinte. Numa delas, foram discutidas diversas doutrinas filosóficas e, entre outras coisas, a natureza do princípio da vida e se haveria alguma possibilidade de que ele fosse descoberto e comunicado. Falaram das experiências do dr. Darwin (não falo do que o doutor realmente fez ou disse que fez, mas, o que está mais próximo do meu objeto, do que então disseram que ele teria feito),[6] que preservou um pedaço de macarrão num

---

[6] Não se trata do autor de *A origem das espécies*, e sim de seu avô, Erasmus Darwin, médico inglês (1731-1802).

vidro, até que, por algum recurso extraordinário, ele começou a se mover voluntariamente. Não que isso signifique dar vida. Talvez um cadáver pudesse ser reanimado; o galvanismo já dera indícios de uma coisa dessas: talvez as partes componentes de uma criatura pudessem ser fabricadas, reunidas e dotadas de calor vital.

A conversa prolongou-se noite adentro, e já passara de meia-noite quando nos retiramos para descansar. Quando pus a cabeça sobre o travesseiro, não dormi, nem se poderia dizer que pensei. A minha imaginação, liberta, tomou conta de mim e me guiou, oferecendo as sucessivas imagens que surgiram em minha mente com uma vivacidade muito além dos limites habituais do devaneio. Vi — com os olhos fechados, mas com uma nítida visão mental — o pálido estudante de artes sacrílegas ajoelhado diante da coisa que fabricara. Vi a medonha imagem de um homem estendido que, em seguida, por efeito de um motor potente, dá sinais de vida e se mexe com agitação, de maneira só em parte vital. Aquilo era assustador; pois supremamente assustador seria o efeito de qualquer tentativa humana de simular o estupendo mecanismo do Criador do mundo. Seu bom êxito aterraria o artista; ele fugiria correndo de seu odioso artefato, horrorizado. Teria esperanças de que, entregue a si mesma, a leve centelha de vida que comunicara se extinguiria; que aquela coisa que recebera uma animação tão imperfeita voltaria à matéria morta; e ele poderia dormir na crença de que o silêncio da tumba extinguiria para sempre a efêmera existência do horrendo cadáver que ele chegara a considerar o berço da vida. Ele dorme; mas é despertado; abre os olhos; vê a coisa medonha em pé ao lado de sua cama, a abrir as cortinas e a olhar para ele com olhos amarelados, úmidos, mas inquiridores.

Abri os meus com terror. A ideia tomou conta de tal forma da minha mente que senti um arrepio de medo e quis trocar a fantasmagórica imagem de minha fantasia pelas realidades ao meu redor. Ainda as vejo; o próprio quarto, o *parquet* escuro, o luar que tentava penetrar pelas venezianas fechadas e a consciência que eu tinha de que o vítreo lago e os altos e brancos Alpes estavam depois delas. Não consegui livrar-me com tanta facilidade do meu horrível fantasma; ele ainda me obcecava. Tinha de tentar pensar em alguma outra coisa. Recorri à minha história de terror — minha maçante e infeliz história de terror! Ah, se eu pudesse inventar alguma que apavorasse o leitor como eu me apavorara naquela noite!

Veloz como a luz e igualmente agradável foi a ideia que me ocorreu. Achei! O que me aterrorizou vai também aterrorizar os outros; e só preciso descrever o espectro que assombrara o meu travesseiro à meia-noite. No dia seguinte anunciei que tinha "pensado numa história". Comecei aquele dia com as palavras "Foi numa monótona noite de novembro", fazendo apenas uma transcrição dos soturnos terrores do meu sonho desperto.

Inicialmente, pensei em apenas algumas páginas — num conto; mas Shelley insistiu para que eu desenvolvesse a ideia mais amplamente. Não devo, por certo, a meu marido a sugestão de nenhuma situação, tampouco de nenhuma constelação de sentimentos, e, no entanto, se não fosse pelo incentivo dele, ela nunca teria ganhado a forma em que foi apresentada ao mundo. Devo excluir desta declaração o prefácio. Ao que me lembro, foi inteiramente escrito por ele. E agora, mais uma vez, convido a minha horrenda progênie a progredir e prosperar. Sou muito afeiçoada a ela, pois foi o fruto de dias felizes, quando a morte e a dor não passavam de palavras que não encontravam nenhum eco de verdade em meu coração. Suas diversas páginas falam de muitas caminhadas, muitos passeios e muitas conversas em que eu não estava sozinha; e meu companheiro era alguém que, neste mundo, nunca mais vou ver. Isso, porém, é só para mim; os leitores nada têm a ver com essas associações.

Só direi mais algumas palavras sobre as alterações que fiz. Dizem respeito, sobretudo, ao estilo. Não mudei nenhuma parte da história nem introduzi nenhuma ideia ou situação novas. Corrigi a linguagem onde era tão insípida que prejudicava o interesse da narrativa; e essas mudanças ocorrem principalmente no começo do primeiro volume. Em todo o romance, elas se limitam somente às partes que são meros anexos à história, deixando intactos o seu núcleo e a sua substância.

M.W.S. Londres, 15 de outubro de 1831.

Prefácio

O caso em que se baseia esta ficção, segundo o dr. Darwin e alguns fisiólogos alemães, não é impossível de acontecer. Não se deve supor que eu deposite seriamente a mínima fé em tal imaginação; no entanto, ao colocá-la na base de um trabalho de fantasia, não achava que estivesse simplesmente tecendo uma teia de terrores sobrenaturais. O acontecimento de que depende o interesse da história não apresenta as desvantagens de um mero conto de terror ou de encantamento. Justifica-se pela novidade das situações que desenvolve e, embora impossível como fato físico, proporciona à imaginação um ponto de vista que permite delinear as paixões humanas de modo mais abrangente e imponente do que qualquer um que o relato ordinário de eventos reais possa oferecer.

Tratei, pois, de preservar a verdade dos princípios elementares da natureza humana, ao mesmo tempo que não tive escrúpulos em inovar quanto às suas combinações. A *Ilíada*, a poesia trágica grega; Shakespeare, em *A tempestade* e *Sonho de uma noite de verão*; e, sobretudo, Milton, em *Paraíso perdido* obedecem a essa regra; e o mais humilde romancista que procure proporcionar ou receber prazer com seus esforços pode, sem presunção, aplicar à prosa de ficção uma licença, ou antes uma regra, de cuja adoção resultaram tantas finas combinações de sentimentos humanos, nos mais altos espécimes de poesia.

A situação sobre a qual repousa a história foi sugerida por uma conversa casual. Começou em parte como brincadeira e em parte como um modo de exercitar recursos mentais inexplorados. Outros motivos juntaram-se a esses à medida que o trabalho avançava. Não sou de modo algum indiferente à maneira como as tendências morais existentes nos sentimentos ou nos caracteres afetem o leitor; minha principal preocupação quanto a isso, porém, limitou-se a evitar os efeitos deprimentes dos romances atuais e à exibição da amabilidade do afeto doméstico e da excelência da virtude universal. As opiniões que naturalmente decorrem do caráter e da situação do herói não devem de modo algum ser julgadas como presentes tais quais em minha convicção; tampouco se deve tirar nenhuma inferência das páginas que se seguem como ataques contra alguma doutrina filosófica, de qualquer tipo que seja.

É também motivo de adicional interesse para a autora que esta história tivesse início na majestosa região onde se passa o principal da ação e numa sociedade que lhe deixou saudades. Passei o verão de 1816 nas cercanias de Genebra. A estação era fria e chuvosa; à noite nos reuníamos ao redor de um fogo azulado de lenha e às vezes nos divertíamos com histórias alemãs de fantasmas que haviam caído em nossas mãos. Esses contos despertaram em nós um divertido desejo de imitá-los. Dois outros amigos (um conto escrito por um deles seria muito mais aceitável ao público do que tudo que eu possa esperar produzir) e eu concordamos em escrever cada um uma história baseada num acontecimento sobrenatural.

O tempo, contudo, logo se tornou sereno; e meus dois amigos me deixaram, seguindo viagem entre os Alpes, e perderam naqueles magníficos cenários toda memória de suas visões fantasmagóricas. A história a seguir foi a única a ser concluída.

Marlow, setembro de 1817.

CARTA 1

São Petersburgo, 11 de dezembro de 17...
À sra. Saville, Inglaterra

Gostará de saber que nenhum desastre acompanhou o início do empreendimento que encarou com tão maus pressentimentos. Cheguei aqui ontem, e a minha primeira preocupação foi garantir à minha querida irmã que estou bem e cada vez mais confiante no bom êxito do meu projeto.

Já estou muito ao norte de Londres e, enquanto caminho pelas ruas de São Petersburgo, sinto uma fria brisa do norte acariciar minhas faces, o que acalma os meus nervos e enche-me de prazer. Compreende essa sensação? Essa brisa, que viajou das regiões para as quais estou indo, permite-me antefruir aqueles climas gelados. Animados por este vento alvissareiro, meus devaneios tornam-se mais ardentes e vivazes. Tento em vão convencer-me de que o polo é a capital do gelo e da desolação, ele sempre se apresenta à minha imaginação como uma região de beleza e deleite. Ali, Margaret, o sol está sempre visível, com seu largo disco apenas a roçar o horizonte e a irradiar um perpétuo esplendor. Dali — pois com sua permissão, minha irmã, vou dar crédito aos navegadores anteriores — a neve e a geada foram banidas, e, navegando por um mar tranquilo, talvez sejamos levados a uma terra que supera em maravilha e em beleza qualquer região até hoje descoberta no globo habitável. Seus produtos e suas características podem ser sem igual, como os fenômenos dos corpos celestes nesses ermos inexplorados. Que não se pode esperar num país de luz eterna? Talvez descubra ali o assombroso poder que atrai a agulha e realize mil observações celestes que só precisam desta viagem para tornar coerentes para sempre as suas aparentes excentricidades. Vou saciar a minha ardente curiosidade com o espetáculo de uma parte do mundo antes nunca visitada e talvez pise uma terra que nunca antes recebeu a marca de um pé humano. É isso que me atrai, e é suficiente para vencer todo medo do perigo e da morte e me levar a empreender esta dura viagem com a alegria que uma criança sente ao embarcar numa canoa, com seus companheiros de férias, numa expedição de exploração pelo rio da região natal. Mas, supondo que todas essas conjeturas sejam falsas, você não pode negar o inestimável proveito que proporcionarei a toda a humanidade, até a última geração, se eu descobrir uma passagem perto do polo que leve àquelas regiões, para alcançá-las hoje são necessários tantos meses, ou se eu revelar o segredo do magneto, o que, se for mesmo possível, é algo que só pode ser obtido por uma proeza como a minha.

Essas reflexões serenaram a agitação com que comecei esta carta, e sinto o meu coração radiante de um entusiasmo que me eleva ao céu, pois nada contribui tanto para tranquilizar a mente do que um objetivo firme: um ponto em que a alma possa cravar o seu olhar intelectual. Esta expedição foi o sonho favorito da minha infância. Li com fervor as narrativas de diversas viagens que foram feitas na esperança de chegar ao oceano Pacífico Norte através dos mares que rodeiam o polo. Talvez se lembre de que uma história de todas as viagens de descoberta compunha sozinha toda a biblioteca do nosso bom tio Thomas. A minha educação foi descuidada, mas mesmo assim fui um leitor apaixonado. Esses volumes eram meu estudo, dia e noite, e a minha familiaridade com eles aumentava aquele pesar que sentira quando criança, ao saber que as ordens de meu pai em seu leito de morte proibiram a meu tio permitir que eu me dedicasse à vida marítima.

Essas visões esvaíram-se quando li pela primeira vez aqueles poetas cujo fervor extasiou a minha alma e a levou ao céu. Também me tornei um poeta e durante um ano vivi num paraíso criado por mim mesmo; imaginei que poderia obter um cantinho no templo em que são consagrados os nomes de Homero e de Shakespeare. Sabe muito bem do meu fracasso e como foi duro suportar a desilusão. Mas exatamente naquela época herdei a fortuna do meu primo, e meus pensamentos se voltaram para os lados da minha primeira inclinação.

Passaram-se seis anos desde que decidi realizar esta expedição. Ainda hoje me lembro da hora em que comecei a me dedicar a esse grande empreendimento. Primeiro, acostumei o meu corpo às privações. Acompanhei os caçadores de baleias em diversas expedições ao Mar do Norte; suportei voluntariamente frio, fome, sede e noites em claro; muitas vezes, dava mais duro do que os marinheiros comuns durante o dia e dedicava a noite ao estudo da matemática, da teoria da medicina e dos ramos da ciência física dos quais o aventureiro naval pode tirar mais proveito prático. De fato, duas vezes me empreguei como grumete num baleeiro groenlandês e ambas as vezes me saí admiravelmente bem. Devo confessar que me senti um pouco orgulhoso quando meu capitão me ofereceu o segundo posto na hierarquia do navio e insistiu bastante para que eu permanecesse, tão valiosos considerou os meus serviços. E agora, querida Margaret, será que não mereço alcançar algum grande objetivo? Poderia ter passado a vida em meio ao conforto e ao luxo, mas preferi a glória a todos os atrativos que a riqueza colocou em meu caminho. Ah, que alguma voz encorajadora possa responder pela afirmativa! Minha coragem e minha resolução são firmes, mas minhas esperanças são vacilantes, e meu ânimo muitas vezes se deprime. Estou prestes a iniciar uma longa e árdua viagem, cujas emergências exigirão toda a minha energia: terei não só de elevar o moral dos outros, mas por vezes sustentar o meu próprio quando o deles estiver caindo.

Esta é a época mais favorável para se viajar na Rússia. Eles voam em alta velocidade sobre a neve com seus trenós; o andar é agradável e, na minha opinião, muito mais prazeroso do que o de uma diligência inglesa. O frio não é excessivo caso se esteja vestindo um casaco de pele — um traje que já adotei, pois há uma grande diferença entre caminhar pelo convés e permanecer sentado imóvel durante horas, quando nenhum exercício impede que o sangue congele nas veias. Não ambiciono perder a vida na estrada de posta entre São Petersburgo e Arcangel. Vou partir para esta última cidade em duas ou três semanas, e a minha intenção é lá fretar um barco, o que se pode fazer com facilidade, pagando-se o seguro para o dono, e recrutar quantos marinheiros julgue necessário dentre aqueles que estão habituados à pesca da baleia. Não pretendo zarpar antes de junho, e quando vou voltar? Ah, minha querida irmã, como poderia responder a essa pergunta? Se for bem-sucedido, muitos, muitos meses, talvez anos, vão passar-se até nos podermos encontrar. Se fracassar, logo me verá, ou nunca mais. Adeus, minha querida, excelente Margaret. Que o céu faça chover bênçãos sobre você e me proteja para que eu possa demonstrar sempre de novo a minha gratidão por todo o seu amor e cordialidade.

Seu irmão afetuoso,
R. Walton

CARTA 2

Arcangel, 28 de março de 17...
À sra. Saville, Inglaterra

Como o tempo passa devagar por aqui, cercado que estou pelo gelo e pela neve! Mesmo assim, dei um segundo passo na direção da minha excursão. Aluguei um navio e estou ocupado recrutando os meus marinheiros; aqueles que já contratei parecem ser pessoas em quem posso confiar e certamente são homens de intrépida coragem.

Mas tenho um desejo que jamais consegui satisfazer, e este vazio me parece o pior mal: não tenho amigos, Margaret. Quando estiver radiante de entusiasmo pelo sucesso, não haverá ninguém que participe da minha alegria; se for tomado pela decepção, ninguém tentará dar-me apoio na tristeza. Vou confiar os meus pensamentos ao papel, é verdade; mas este é um meio sofrível para a comunicação dos sentimentos. Desejo a companhia de um homem que possa compartilhar meus sentimentos, cujos olhos respondam aos meus. Talvez me considere um romântico, minha querida irmã, mas sinto amargamente a falta de um amigo. Perto de mim, não tenho ninguém que seja gentil, mas corajoso, dono de uma mente cultivada e ampla, cujos gostos sejam como os meus, para aprovar ou corrigir os meus planos. Como um tal amigo poderia consertar as falhas do seu pobre irmão! Sou fogoso demais na execução e impaciente demais nas dificuldades. Mas para mim é um mal ainda maior o fato de ser autodidata: durante os catorze primeiros anos da minha vida, corri livre pelos campos e só li os livros de viagem do tio Thomas. Nessa idade, conheci os célebres poetas do nosso país, mas foi só quando deixou de estar ao meu alcance tirar o maior proveito dessa convicção que percebi a necessidade de conhecer outras línguas, além da de meu país natal. Tenho agora 28 anos e, na realidade, sou mais ignorante do que muitos estudantes de quinze. É bem verdade que pensei mais e que meus devaneios são mais amplos e magníficos, mas lhes falta *senso das proporções* (como dizem os pintores); e preciso muito de um amigo sensível o bastante para não me desprezar por ser romântico, e afetuoso o bastante comigo para tratar de ordenar a minha mente. Mas essas são lamúrias inúteis; por certo não farei amigos no vasto oceano, nem mesmo aqui em Arcangel, entre mercadores e marujos. E, no entanto, algum sentimento estranho à escória da natureza humana bate até nesses peitos rudes. Meu lugar-tenente, por exemplo, é um homem de grande coragem e iniciativa; tem um desejo louco de glória, ou melhor, para usar palavras mais características, de progredir na profissão. É inglês e em meio aos preconceitos nacionais e profissionais, não atenuados pela cultura, conserva alguns dos mais nobres dotes de humanidade. Conheci-o a bordo de um baleeiro; ao descobrir que ele estava desempregado nesta cidade, logo o contratei para me assistir neste empreendimento. O mestre é pessoa de excelente índole e destaca-se no navio pela gentileza e pela moderação na disciplina. Essa qualidade, somada à sua reconhecida integridade e intrépida coragem, fez com que desejasse muito contratá-lo. Uma juventude passada na solidão, meus melhores anos passados sob a sua doce e feminina proteção refinaram tanto os fundamentos do meu caráter que não posso vencer uma forte repulsa pela costumeira brutalidade exercida a bordo dos navios: nunca acreditei que ela fosse necessária e, quando soube de um marinheiro igualmente admirado pela bondade do coração e pelo respeito e obediência da tripulação, senti-me particularmente feliz por poder dispor dos seus serviços. Ouvi falar dele pela primeira vez de maneira um tanto romântica, de uma mulher que deve a ele a felicidade. Essa é, em resumo, a história dele. Alguns anos atrás, estava apaixonado por uma jovem russa de posses razoáveis, e, tendo juntado com a venda de presas marinhas uma soma considerável de dinheiro, o pai da moça consentiu com o casamento. Viu a amada uma vez antes da cerimônia marcada, mas estava banhada em lágrimas, e, jogando-se a seus pés, pediu-lhe que a poupasse, confessando ao mesmo tempo que amava outro, mas que ele era pobre, e seu pai jamais concordaria com a união. Meu generoso amigo tranquilizou a suplicante e, ao ser informado do nome do homem amado, de imediato abandonou seu projeto. Já havia comprado uma fazenda com o dinheiro, na qual planejara passar o resto da vida; mas cedeu tudo para o rival, bem como o resto do dinheiro, para que comprasse gado, e então ele próprio solicitou ao pai da moça que aceitasse o casamento dela com seu namorado. Mas o velho recusou com firmeza, considerando-se obrigado pela palavra dada ao meu amigo, que, quando viu o pai irredutível, deixou o país e não voltou até saber que sua ex-noiva casara de acordo com seus sentimentos. "Que nobreza de caráter!", há de exclamar. E é verdade. Mas ele não tem nenhuma educação: é tão calado quanto um turco e tem uma espécie de displicência ignorante que, embora torne o seu comportamento ainda mais espantoso, lhe tira o interesse e a simpatia que, se não fosse por isso, provocaria.

Não creia, porém, porque me queixo um pouco ou porque imagino para os meus trabalhos um consolo que talvez nunca venha, que meus planos sejam vacilantes. São tão firmes como o destino, e para iniciar a viagem só estou aguardando que o tempo permita o meu embarque. O inverno foi terrivelmente severo, mas a primavera é bastante promissora, e dizem que anda muito adiantada, então talvez possa zarpar antes do esperado. Nada farei com precipitação: conhece-me o suficiente para confiar na minha prudência e ponderação sempre que a segurança dos outros está sob a minha responsabilidade.

Não posso descrever as minhas sensações às vésperas da minha expedição. É impossível lhe dar uma ideia da trêmula sensação, meio prazerosa e meio temerosa, com que me preparo para partir. Vou a regiões inexploradas, para a "terra da neblina e da neve", mas não vou matar nenhum albatroz. Assim, não se preocupe com a minha segurança ou se vou voltar tão acabado e deplorável como o "Velho Marinheiro".[1] Há de sorrir à alusão, mas vou revelar-lhe um segredo. Muitas vezes atribuí meu apego e meu apaixonado entusiasmo pelos perigosos mistérios do oceano a esse produto do mais imaginativo dos poetas modernos. Há algo em ação dentro da minha alma que não entendo. Sou um homem prático e industrioso — esforçado, um operário que trabalha duro e com perseverança —, mas além disso há um amor pelo maravilhoso, uma fé no maravilhoso, entrelaçados em todos os meus projetos, o que me leva para longe de todas as trilhas normalmente seguidas pelos homens, até o mar selvagem e as regiões nunca visitadas que estou prestes a explorar. Mas voltemos a considerações mais agradáveis. Será que nos vamos encontrar de novo depois que eu atravessar os mares imensos e retornar pelo cabo mais meridional da África ou da América? Não ouso esperar tal sucesso, mas não consigo olhar o reverso da imagem. Continue, por enquanto, a me escrever sempre que puder: talvez eu receba as suas cartas quando mais precise de apoio. Amo-a de coração. Lembre-se de mim com carinho se nunca mais tiver notícias minhas.

Seu irmão afetuoso,
Robert Walton

---

[1] *The Rime of the Ancyent Marinere*, poema escrito em 1798 por Samuel Taylor Coleridge (1772-1834), um dos pais do Romantismo literário inglês.

CARTA 3

7 de julho de 17...
À sra. Saville, Inglaterra

Minha querida irmã,
Escrevo estas poucas linhas apressadas para dizer que estou em segurança... e bem avançado em minha viagem. Esta carta chegará à Inglaterra por um comerciante que está voltando para casa vindo de Arcangel; mais feliz do que eu, que talvez não veja a terra natal por muitos anos. Meu moral, porém, é alto: meus homens são valentes e parecem firmes em seus propósitos, e as massas de gelo que continuamente nos ultrapassam, a indicar os perigos da região para a qual estamos avançando, não parecem amedrontá-los. Já alcançamos uma latitude muito alta, mas é o auge do verão, e, embora não tão quente quanto na Inglaterra, os fortes ventos do sul, que nos empurram velozmente com seus sopros na direção daquelas praias que desejo tão ardentemente atingir, sopram com um revigorante calor com que eu não contava.

Não nos aconteceu nenhum incidente que mereça menção nesta carta. Um ou dois vendavais e a abertura de um rombo são acidentes que os navegadores experientes raramente se lembram de registrar, e eu ficarei muito contente se nada pior acontecer conosco durante a viagem.

Adieu, minha querida Margaret. Garanto-lhe que, para o meu próprio bem, assim como para o seu, não vou expor-me temerariamente aos perigos. Serei frio, perseverante e prudente.

Mas o bom êxito deve coroar meus esforços. Por que não? Até agora, tenho avançado, singrando um caminho seguro pelos mares sem trilhas, e as próprias estrelas são testemunhas do meu triunfo. Por que não ir mais adiante pelo indômito, mas obediente, elemento? Que pode deter o coração decidido e a vontade resoluta do homem?

Meu coração repleto involuntariamente transborda. Mas devo terminar por aqui. Que o Céu abençoe a minha querida irmã!

R.W.

CARTA 4

5 de agosto de 17...
À sra. Saville, Inglaterra

Ocorreu-nos um acidente tão estranho que não posso evitar registrá-lo, embora seja muito provável que me veja antes que estes papéis possam chegar até você.
Na última segunda-feira (31 de julho), estávamos quase cercados pelo gelo, que bloqueava o navio de todos os lados, mal lhe deixando um espaço de mar em que flutuar. A nossa situação era um tanto perigosa, especialmente porque estávamos envoltos numa névoa muito espessa. Assim, resolvemos estar à capa, esperando que acontecesse alguma mudança na atmosfera e no tempo.
Às 2 horas, a neblina se dissipou, e vimos, estendendo-se em todas as direções, vastas e irregulares planícies de gelo, que pareciam não ter fim. Alguns dos meus camaradas lançaram um gemido, e a minha mente ficou angustiosamente mais alerta, quando um estranho espetáculo atraiu de repente a nossa atenção, desviando-a de nossa própria situação. Percebemos um carrinho, preso a um trenó e puxado por cães, movendo-se em direção ao norte, a meia milha dali; um ser com a forma de um homem, mas aparentemente de estatura gigantesca, estava sentado no trenó e conduzia os cães. Observamos o rápido progresso do viajante em nossas lunetas, até que ele se perdeu em meio às distantes irregularidades do gelo. Essa aparição provocou um assombro imenso. Estávamos, segundo

acreditávamos, a muitas centenas de milhas de qualquer terra, mas aquela aparição parecia demonstrar que não estávamos, na realidade, tão distantes quanto supúnhamos. Bloqueados, porém, pelo gelo, era impossível seguir seus rastros, que observamos com a máxima atenção. Cerca de duas horas depois do fato, ouvimos o som do mar e antes de anoitecer o gelo partiu-se e libertou nosso navio. Nós, porém, permanecemos à capa até de manhã, temendo encontrar no escuro aquelas grandes massas que flutuavam soltas depois da ruptura do gelo. Aproveitei o momento para descansar por algumas horas.

De manhã, entretanto, assim que se fez luz, subi até o convés e encontrei todos os marinheiros ocupados num dos lados da embarcação, aparentemente falando com alguém no mar. Era, na verdade, um trenó, como o que víramos antes, que flutuara até nós durante a noite sobre um grande fragmento de gelo. Só um cão sobrevivera, mas lá havia também um ser humano, que os marinheiros tentavam convencer a entrar no navio.

Não era, como o outro viajante parecia ser, um habitante selvagem de alguma ilha ainda não descoberta, mas um europeu. Quando apareci no convés, o mestre disse: "Aqui está o nosso capitão, e ele não vai permitir que você morra em mar aberto".

Ao me ver, o estranho dirigiu-se a mim em inglês, ainda que com um sotaque estrangeiro.

— Antes de subir a bordo do seu navio — disse ele —, o senhor faria a gentileza de me informar qual o seu destino?

Pode imaginar o meu espanto ao ouvir tal pergunta dirigida a mim por um homem à beira da ruína e para o qual supunha que a minha embarcação seria um socorro que ele não teria trocado pela maior riqueza que a terra possa dar. Respondi, porém, que estávamos numa viagem de descobrimento rumo ao polo Norte.

Ao ouvir aquilo, ele pareceu satisfeito e concordou em subir a bordo.

Meu Deus, Margaret, se visse o homem que assim capitulara por sua própria segurança, sua surpresa seria infinita. Seus braços e suas pernas estavam quase congelados, e o corpo, terrivelmente magro pelo cansaço e pelo sofrimento. Nunca vi alguém em tão más condições. Tentamos levá-lo ao camarote, mas quando saiu do ar fresco desmaiou. Trouxemo-lo de volta ao convés e o reanimamos, esfregando-o com *brandy* e forçando-o a beber um gole. Assim que deu sinais de vida, nós o enrolamos em cobertores e o colocamos perto da chaminé do fogão da cozinha. Aos poucos ele se recuperou e tomou um pouco de sopa, que o revigorou maravilhosamente.

Passaram-se dois dias até que ele conseguisse falar, e eu temia que seus sofrimentos lhe tivessem prejudicado a inteligência. Quando ele até certo ponto se recuperou, levei-o ao meu camarote e o assisti na medida em que os meus deveres o permitiam. Nunca vi criatura mais interessante: seus olhos tinham na maioria das vezes uma expressão de selvageria, até de loucura, mas havia momentos em que, se alguém lhe fizesse alguma gentileza ou lhe prestasse o menor serviço, toda a sua expressão se iluminava, por assim dizer, com um raio de benevolência e delicadeza como nunca vi igual. Mas em geral ele é triste e desesperado e às vezes range os dentes, como se não suportasse as desgraças que pesam sobre ele.

Quando meu hóspede já estava um pouco recuperado, tive muita dificuldade para manter afastados dele os homens que lhe queriam fazer mil perguntas; mas eu não permiti que fosse perturbado pela curiosidade ociosa deles, num estado do corpo e da mente cuja recuperação evidentemente dependia do seu pleno repouso. Uma vez, porém, o lugar-tenente lhe perguntou por que se aventurara tão longe no gelo, num veículo tão estranho.

Sua expressão de imediato ganhou um aspecto de profundo desalento, e respondeu:

— Vim procurar um fugitivo.

— E o homem que você perseguia viajava da mesma maneira?
— Sim.
— Então, acho que o vimos, pois, um dia antes de resgatarmos você, observamos alguns cães que puxavam pelo gelo um trenó com um homem.

Isso chamou a atenção do estranho, e ele fez um sem-número de perguntas acerca da direção seguida pelo demônio, como o chamou. Logo em seguida, estando a sós comigo, disse:

— Não há dúvida de que despertei a sua curiosidade e a dessa boa gente, mas você é atencioso demais para fazer perguntas.

— Certamente. Seria de fato muito impertinente e desumano perturbá-lo com minhas inquirições.

— E, no entanto, você me salvou de uma situação estranha e perigosa e bondosamente me trouxe de volta à vida.

Logo em seguida perguntou se eu achava que a ruptura do gelo destruíra o outro trenó. Disse-lhe que não lhe podia responder com nenhuma certeza, pois o gelo só se rompera por volta da meia-noite, e o viajante podia ter chegado antes a um lugar seguro, mas sobre isso nada podia afirmar. A partir daí, um novo sopro de vida animou o combalido corpo do desconhecido. Manifestou grande desejo de ficar no convés para procurar o trenó que havíamos visto antes, mas eu o convenci a permanecer no camarote, pois estava fraco demais para suportar a atmosfera rude. Prometi que alguém ficaria de observação e lhe comunicaria de imediato se algum novo objeto aparecesse.

Estas são as minhas anotações referentes a esse estranho caso até hoje. O desconhecido foi aos poucos recuperando a saúde, mas é muito calado e não parece à vontade quando qualquer outra pessoa, exceto eu, entra no camarote. Suas maneiras, porém, são tão conciliadoras e gentis que todos os marinheiros mostram interesse por ele, embora tenham tido pouca comunicação. Eu, por meu lado, começo a ter por ele o afeto de um irmão, e seu constante e profundo pesar enche-me de piedade e compaixão. Deve ter sido de condição nobre em seus melhores dias, pois mesmo agora, na adversidade, é muito sedutor e simpático. Eu disse numa das minhas cartas, minha querida Margaret, que não encontraria nenhum amigo no vasto oceano; deparei-me, no entanto, com um homem que, antes que seu ânimo fosse atingido pela miséria, eu gostaria de ter como um irmão querido.

Darei de quando em quando prosseguimento à minha crônica referente ao desconhecido se tiver novos incidentes a registrar.

13 de agosto de 17...

Aumenta a cada dia a minha simpatia pelo meu hóspede. Ele desperta ao mesmo tempo admiração e compaixão, num grau espantoso. Como posso ver uma pessoa tão nobre destruída pela desgraça sem sentir a dor mais pungente? É gentilíssimo, mas também prudente; é pessoa muito culta, e quando fala, embora suas palavras sejam selecionadas com a mais fina arte, fluem com rapidez e eloquência sem igual. Está agora muito recuperado da doença e permanece muito tempo no convés, aparentemente à procura do trenó que precedeu o seu. Mesmo assim, embora infeliz, não está tão completamente ocupado com sua própria desgraça e se interessa profundamente pelos projetos dos outros. Tem conversado frequentemente comigo a respeito dos meus planos, que lhe comuniquei sem disfarces. Analisou atentamente todos os meus argumentos a favor do meu eventual bom êxito e cada pormenor das medidas que tomei para alcançá-lo. Fui facilmente levado pela simpatia que ele demonstrou a usar a linguagem do meu coração, para exprimir o ardente fervor da minha alma e dizer, com todo o entusiasmo, como sacrificaria, com prazer, riqueza, existência e toda esperança ao avanço do meu projeto. A vida ou a morte de um homem são um preço pequeno a pagar pela aquisição do conhecimento que eu busco, pelo domínio sobre os inimigos elementares da nossa raça que eu adquiriria e transmitiria. Enquanto eu falava, uma tristeza sombria se espalhava pelo rosto do meu interlocutor. No começo, percebi que ele tentava superar a comoção; colocou as mãos diante dos olhos, e a minha voz estremeceu e emudeceu quando vi as lágrimas que escorriam céleres por entre os seus dedos; ele arrancou do peito um gemido. Eu calei; por fim, ele falou, com a voz entrecortada:

— Homem infeliz! Compartilha a minha loucura? Também bebeu do licor intoxicante? Ouça-me, deixe-me contar-lhe a minha história, e logo você afastará dos lábios a taça!

Como pode imaginar, essas palavras despertaram fortemente a minha curiosidade, mas o paroxismo de dor que tomara conta do desconhecido venceu suas forças debilitadas, e foram necessárias muitas horas de repouso e de tranquilas conversas para que ele se recuperasse. Tendo dominado a violência dos próprios sentimentos, pareceu desprezar-se por ser escravo da paixão; e, subjugando a negra tirania do desespero, levou-me de novo a falar da minha pessoa. Pediu-me que contasse a história dos meus primeiros anos. A narrativa foi breve, mas despertou diversas linhas de reflexão. Falei do meu desejo de encontrar um amigo, da minha sede de uma afinidade mais íntima e espiritual com um companheiro do que todas as que tive até agora e exprimi a certeza de que um homem não pode jactar-se de ser feliz se não receber essa bênção.

— Concordo com você — replicou o desconhecido —, somos criaturas imperfeitas, incompletas se alguém mais sábio, melhor e mais caro do que nós mesmos — como um amigo deve ser — não nos ajudar a aperfeiçoar nossas débeis e defeituosas naturezas. Tive uma vez um amigo, o mais nobre dos seres humanos, e posso, portanto, falar de amizade. Você tem esperança, tem o mundo à sua frente e não tem motivo para desespero. Mas eu... eu perdi tudo e não posso começar a vida de novo.

Enquanto dizia isso, seu rosto exprimia uma dor calma e resignada que tocou meu coração. Ele, porém, calou-se e retirou-se para o seu camarote.

Apesar de abatido, ninguém pode sentir mais profundamente do que ele as belezas da natureza. O céu estrelado, o mar e cada uma das paisagens destas regiões maravilhosas parecem ter ainda o condão de elevar sua alma acima da terra. Um homem assim tem uma existência dupla: pode padecer a desgraça e ser cumulado de decepções, mas, quando se retira para dentro de si mesmo, será como um espírito celestial que tem um halo ao seu redor, para dentro de cujo círculo nenhuma dor ou loucura ousa aventurar-se.

Será que você vai sorrir do meu entusiasmo por esse divino caminhante? Não sorriria se o visse. Os livros e o afastamento do mundo a tornaram requintada, e por isso é uma pessoa um tanto exigente; mas isso só a torna mais apta a apreciar os extraordinários méritos desse homem maravilhoso. Às vezes tento descobrir qual é a qualidade que ele possui que o eleva tão imensamente acima de qualquer outra pessoa que conheço. Creio que é um discernimento intuitivo, um poder de julgamento rápido, mas infalível, uma percepção das causas das coisas sem paralelo quanto à clareza e à precisão; some-se a isso uma facilidade de expressão e uma voz cujas variadas modulações são uma música que subjuga a alma.

19 de agosto de 17...

Ontem o desconhecido me disse:
— Você pode facilmente perceber, capitão Walton, que sofri grandes e incomparáveis desgraças. Resolvera certa vez que esses males deveriam morrer comigo, mas você me convenceu a rever minha decisão. Você busca conhecimento e sabedoria, como eu buscava; e espero ardentemente que a satisfação dos

seus desejos não venha a ser uma serpente que o pique, como foi a minha. Não sei se a narrativa dos meus desastres lhe será útil, mas quando penso que está trilhando o mesmo caminho, expondo-se aos mesmos perigos que fizeram de mim o que sou, imagino que possa deduzir da minha história uma moral adequada, que possa orientá-lo se for bem-sucedido no seu empreendimento e consolá-lo em caso de fracasso. Prepare-se para ouvir a descrição de fatos que costumam ser considerados maravilhosos. Se estivéssemos em meio a paisagens monótonas, eu temeria que me ouvisse com ceticismo ou mesmo com sarcasmo, mas muitas coisas parecerão possíveis nestas regiões selvagens e misteriosas que provocariam a risada dos que ignoram os multifacetados poderes da natureza; tampouco duvido que o encadeamento da minha história reúna provas da veracidade dos fatos que a compõem.

Pode imaginar que fiquei muito feliz com a oferta da narrativa, mas não podia permitir que ele renovasse a sua dor contando a história de suas desgraças. Senti o maior interesse em ouvir a narração prometida, em parte pela curiosidade e em parte pelo forte desejo de melhorar sua sorte, dentro do que estivesse a meu alcance. Exprimi esses sentimentos na minha resposta.

— Muito obrigado — replicou ele — pela compreensão, mas é inútil; meu destino já está quase cumprido. Só aguardo uma única coisa para então descansar em paz. Entendo seus sentimentos — prosseguiu ele, percebendo que eu queria interrompê-lo —, mas está enganado, meu amigo, se me permitir chamá-lo assim. Nada pode mudar o meu destino; ouça a minha história e verá como tal destino está irrevogavelmente traçado.

Disse-me, então, que daria início à sua narrativa no dia seguinte, quando eu estivesse desocupado. Essa promessa mereceu meus calorosos agradecimentos. Resolvi registrar a cada noite, quando não estiver demasiado ocupado com meus deveres, do modo mais literal possível, o que ele tiver contado durante o dia. Se estiver ocupado demais, pelo menos tomarei notas. Esse manuscrito sem dúvida proporcionará a você um grande prazer; mas eu, que o conheço e ouvi a história de sua própria boca, com que interesse e simpatia vou lê-lo em algum dia futuro! Já agora, no começo do meu trabalho, sua voz cheia ressoa em meus ouvidos; seus olhos brilhantes fitam-me com melancólica doçura; vejo sua fina mão erguer-se animada, enquanto as linhas do rosto são iluminadas pela alma que ele traz dentro de si.

Há de ser estranha e pungente a sua história, medonha a tempestade que envolveu o destemido navio e o fez naufragar... assim!

Capítulo 1

Sou genebrino de nascimento, e a minha família é uma das mais distintas daquela república. Meus antepassados foram durante longos anos conselheiros e magistrados, e meu pai ocupou diversos cargos públicos, com honra e prestígio. Era respeitado por todos que o conheciam pela integridade e pela infatigável atenção à coisa pública. Passou a juventude sempre ocupado com os negócios do país; uma série de circunstâncias impediu-o de casar cedo, e assim só no declínio da vida ele se tornou marido e pai de família.

Como as circunstâncias desse casamento ilustram o seu caráter, não posso deixar de relatá-las. Um de seus amigos mais íntimos era um comerciante que, de uma condição exuberante, sofreu numerosos reveses e caiu na pobreza. Esse homem, cujo nome era Beaufort, era de natureza orgulhosa e inflexível e não podia tolerar viver na pobreza e no esquecimento no mesmo país em que antes se distinguira pela condição e pela magnificência. Assim, pagando as suas dívidas da maneira mais honrosa, ele se retirou com a filha para a cidade de Lucerna, onde viveu no anonimato e na insignificância. Meu pai adorava Beaufort com a mais autêntica amizade e muito se entristeceu com tal recolhimento nessas circunstâncias infelizes. Deplorou amargamente o falso orgulho que levou seu amigo a uma conduta tão pouco digna do afeto que os unia. Imediatamente o procurou, com a esperança de persuadi-lo a recomeçar a vida com seu crédito e sua assistência. Beaufort tomara medidas efetivas para se esconder, e meu pai demorou dez meses para descobrir onde morava. Felicíssimo com a descoberta, correu até a casa, que se situava numa rua miserável, perto de Reuss. Mas, ao entrar, só a desgraça e o desespero lhe deram as boas--vindas. Beaufort só salvara uma minúscula soma de dinheiro do naufrágio de sua fortuna, que era, porém, suficiente para sustentá-lo durante alguns meses, e nesse meio-tempo esperava conseguir emprego em algum estabelecimento comercial respeitável. Assim, o intervalo foi gasto na inação; seu pesar só se tornou mais profundo e exasperado quando teve tempo para refletir, e por fim tomou tão rapidamente conta da sua mente que ao cabo de três meses ele caiu na cama, doente, incapaz de qualquer esforço.

Sua filha o assistia com a maior ternura, mas via com desespero que seu pequeno capital diminuía rapidamente e que não havia outra perspectiva de ajuda. Mas Caroline Beaufort era dona de uma mente incomum, e sua coragem despertou para ampará-la na adversidade. Procurou um trabalho modesto, trançando palha, e por diversos meios conseguiu ganhar uma ninharia, que mal dava para sobreviver.

Passaram-se assim muitos meses. Seu pai piorou; ela ocupava cada vez mais tempo cuidando dele; seus meios de subsistência diminuíram, e no décimo mês o pai morreu em seus braços, deixando-a órfã e mendiga. Esse último golpe a derrubou, e ela estava ajoelhada junto ao caixão de Beaufort, a chorar amargamente, quando o meu pai entrou no quarto. Ele chegou como um espírito protetor para a pobre moça, que se entregou aos seus cuidados, e, depois do enterro do amigo, ele a levou a Genebra e colocou-a sob a proteção de um parente. Dois anos depois, Caroline se tornou sua esposa.

Havia uma considerável diferença de idade entre os meus pais, mas essa circunstância parecia uni-los ainda mais em laços de amoroso afeto. Havia um senso de justiça na mente íntegra de meu pai que fazia com que só pudesse amar intensamente o que aprovasse entusiasticamente. Talvez em sua juventude ele tivesse sofrido com a indignidade tardiamente descoberta de alguém que amara e assim estivesse disposto a dar um valor maior ao mérito comprovado. Era visível em seu apego à minha mãe uma gratidão e uma adoração que diferiam totalmente do amor senil próprio da sua idade, pois se inspirava na reverência por suas virtudes e no desejo de ser o meio de, em certa medida, recompensá-la pelos sofrimentos por que passara, o que conferia uma inexprimível graça ao seu comportamento para com ela. Tudo era feito de acordo com os desejos e a conveniência dela. Ele esforçou-se para protegê-la, como uma bela flor exótica é protegida pelo jardineiro de todos os ventos mais rudes, e cercá-la de tudo o que pudesse despertar emoções agradáveis em sua mente terna e benévola. A saúde dela, e até mesmo a tranquilidade de seu espírito até então constante, havia sido abalada por tudo aquilo por que passara. Durante os dois anos anteriores ao casamento, meu pai renunciara aos poucos a todas as suas funções públicas, e, imediatamente depois do casamento, os dois procuraram o delicioso clima da Itália e a mudança de cenário e de interesse que acompanha as viagens àquele país de maravilhas, como um tônico para a constituição debilitada de Caroline.

Depois da Itália, visitaram a Alemanha e a França. Eu, que sou o filho mais velho, nasci em Nápoles, e os acompanhei ainda bebê por suas perambulações. Durante muitos anos continuei sendo seu único filho. Por mais que se amassem um ao outro, pareciam tirar inesgotáveis reservas de afeto de uma verdadeira mina de amor e as dedicavam a mim. As ternas carícias de minha mãe e o sorriso de benévolo prazer de meu pai ao olhar para mim são as minhas primeiras lembranças. Para eles, eu era um brinquedo e um ídolo, e algo ainda melhor — um filho, a criatura inocente e indefesa que os céus lhes confiaram para que fosse educado no bem, e cuja sorte futura estava em suas mãos dirigir para a felicidade ou para o infortúnio, segundo cumprissem ou não seus deveres para comigo. Com essa profunda consciência do que deviam ao ser a quem haviam dado a vida, somada ao ativo espírito de ternura que animava a ambos, pode-se imaginar que durante cada hora da minha vida infantil recebi uma aula de paciência, de caridade e de autocontrole, e nisso era como que guiado por um fio de seda que fazia com que tudo me parecesse uma sequência de delícias. Por muito tempo fui o centro das atenções dos dois. Minha mãe quisera muito ter uma filha, mas continuei sendo o filho único. Quando eu tinha cinco anos, ao fazermos uma excursão fora das fronteiras da Itália, eles passaram uma semana nas margens do lago de Como. A natureza bondosa do casal muitas vezes os levava a visitar os casebres dos pobres. Para minha mãe, aquilo era mais do que um dever, era uma necessidade, uma paixão — ao se lembrar do que sofrera e de como fora ajudada — agir como o anjo da guarda dos aflitos. Durante uma de suas caminhadas, chamou-lhes a atenção uma pobre cabana no fundo de um vale, por ser especialmente sombria, enquanto as muitas crianças seminuas reunidas ao seu redor mostravam a miséria em sua forma mais negra. Um dia em que meu pai fora sozinho a Milão, minha mãe, acompanhada de mim, visitou aquela casa. Lá encontrou um camponês e sua mulher, que davam duro, encurvados pelas preocupações e pelo trabalho, para distribuir uma magra refeição a cinco criancinhas famintas. Entre as crianças, havia uma que atraiu minha mãe muito mais que todas as outras. Parecia ser de uma linhagem diferente. As quatro outras tinham olhos escuros e eram criancinhas fortes e espertas; essa criança era mirrada e muito loura. Seu cabelo era do mais brilhante e vivo ouro e, apesar da pobreza das roupas, parecia portar uma coroa de distinção sobre a cabeça. As sobrancelhas eram claras e amplas, os olhos, azuis sem nuvens, e os lábios e a forma do rosto, tão expressivos de sensibilidade e doçura que ninguém podia vê-la sem a considerar de uma espécie diferente, um ser enviado pelo céu que trazia um selo celestial em todas as feições. A camponesa, percebendo que a minha mãe cravara os olhos maravilhados e admirados em sua adorável menininha, apressou-se em contar a sua história. Não era sua filha, mas sim de um fidalgo milanês. Sua mãe era alemã e morrera durante o parto. O bebê fora entregue àquela boa gente para que o criasse: na época, a situação do casal era bem melhor. Estavam casados havia pouco tempo, e o seu primogênito acabara de nascer. O pai da criança era um daqueles italianos criados na memória da antiga glória da Itália — um dos *schiavi ognor frementi*[1] que se esforçavam por conquistar a liberdade para o seu país. Ele se tornou vítima de sua própria fraqueza. Não se sabia se morrera ou se ainda definhava nas masmorras da Áustria. Suas propriedades foram confiscadas; sua filha tornou-se uma órfã e uma mendiga. Ela permaneceu com seus pais adotivos e floresceu em sua miserável cabana, mais loura do que uma rosa de jardim em meio à sarça escura. Quando meu pai voltou de Milão, encontrou brincando comigo no saguão de nossa *villa* uma criança mais loura do que um querubim de pintura — uma criatura cujo rosto parecia emitir raios e cuja forma e maneiras eram mais leves do que a camurça dos montes. A aparição logo foi explicada. Com permissão dele, minha mãe convenceu seus rústicos tutores a entregar-lhes a criança.

Eles adoravam a orfãzinha. A presença dela lhes parecia uma bênção, mas não seria justo com ela mantê-la na pobreza e na penúria quando a Providência lhe concedera tão poderosa proteção. Consultaram o padre da aldeia, e o resultado foi que Elizabeth Lavenza se tornou moradora da casa de meus

---

[1] Escravos sempre frementes. Em italiano no original. Trata-se de um anacronismo da autora, pois Milão só passou para o domínio austríaco depois do Congresso de Viena (1814-1815).

pais e, para mim, mais do que uma irmã, era a linda e adorada companheira de todas as minhas ocupações e prazeres.

Todos adoravam Elizabeth. O carinho apaixonado e quase reverencial que todos lhe dedicavam tornou-se, enquanto o compartilhei, meu orgulho e meu prazer. Na tarde do dia anterior à sua mudança para a minha casa, minha mãe disse brincando: — Tenho um lindo presente para o meu Victor — amanhã ele vai recebê-lo.

E quando, no dia seguinte, me apresentou Elizabeth como o presente prometido, eu, com gravidade infantil, interpretei literalmente as suas palavras e considerei Elizabeth como sendo minha — minha para proteger, amar e tratar com carinho. Todos os elogios que lhe faziam eu os tomava como dirigidos a uma propriedade minha. Chamávamo-nos um ao outro familiarmente de primo e prima. Nenhuma palavra, nenhuma expressão poderia representar com exatidão o tipo de relação que ela tinha comigo — a minha mais do que irmã, pois até a morte ela deveria ser somente minha.

Capítulo 2

Fomos criados juntos; não havia sequer um ano de diferença entre nós. Não preciso dizer que éramos avessos a todo tipo de briga ou desunião. A harmonia era a alma de nossa camaradagem, e a diversidade e o contraste de caráter que subsistiam entre nós aproximaram-nos ainda mais. Elizabeth era de temperamento mais calmo e mais concentrado; mas, com todo o meu ardor, eu era capaz de aplicação mais intensa, e a sede de conhecimento me atingira mais profundamente. Ela preferia seguir as criações aéreas dos poetas, e nos majestosos e maravilhosos cenários que rodeavam a nossa casa na Suíça — as formas sublimes das montanhas, as mudanças de estação, a tempestade e a bonança, o silêncio do inverno e a vida e a turbulência de nossos verões alpinos — encontrava amplo espaço para admiração e deleite. Enquanto a minha companheira contemplava com o espírito sério e satisfeito a aparência magnífica das coisas, eu me entusiasmava com a investigação de suas causas. O mundo era para mim um segredo que eu desejava adivinhar. A curiosidade, a séria pesquisa para aprender as leis secretas da natureza, a satisfação próxima do êxtase quando elas se me revelavam são algumas das primeiras sensações de que consigo lembrar-me.

No nascimento de um segundo filho, sete anos mais novo que eu, meus pais abriram mão completamente da vida errante e estabeleceram-se no país natal. Possuíamos uma casa em

Genebra e uma casa de campo em Belrive, na margem oriental do lago, a uma distância de mais de uma légua da cidade. Residíamos principalmente na segunda, e a vida de meus pais se passava em considerável reclusão. Por temperamento, eu evitava as multidões e me apegava fervorosamente a poucos. Em geral, portanto, era indiferente a meus colegas de escola; mas uni-me pelos laços da mais estreita amizade a um deles. Henry Clerval era filho de um comerciante de Genebra. Era um menino de muito talento e imaginação. Adorava por si mesmo a aventura, o trabalho e até o perigo. Tinha uma ampla leitura de livros de cavalaria e de romances. Compôs canções heroicas e começou a escrever muitos contos de encantamento e de aventuras de cavalaria. Tentou encorajar-nos a representar peças e participar de bailes de máscaras, nos quais os personagens eram tirados dos heróis de Roncesvalles, da Távola Redonda do Rei Artur e do cortejo cavalheiresco que derramou seu sangue para resgatar o Santo Sepulcro das mãos dos infiéis.

Nenhum ser humano teve uma infância mais feliz do que a minha. Meus pais estavam possuídos pelo verdadeiro espírito de bondade e indulgência.

Sentíamos que eles não eram tiranos que nos governavam segundo seus caprichos, mas os agentes e criadores de todos os muitos prazeres que desfrutávamos. Quando eu frequentava outras famílias, via com clareza como era singularmente feliz a minha sorte, e a gratidão acompanhava o desenvolvimento do amor filial.

O meu temperamento era por vezes violento, e veementes as minhas paixões; mas por alguma lei da minha natureza, elas não se dirigiam a desejos infantis, mas a um intenso desejo de aprender, e não a aprender todas as coisas indiscriminadamente. Confesso que nem a estrutura das línguas, nem os códigos dos governos, nem a política dos diversos Estados me atraíam. O que eu desejava aprender eram os segredos do céu e da terra; e quer me ocupasse da substância das coisas, quer do íntimo espírito da natureza e da misteriosa alma do homem, minhas investigações sempre se voltavam para os segredos metafísicos ou, no sentido mais alto do termo, físicos do mundo.

Enquanto isso, Clerval se ocupava, por assim dizer, com as relações morais entre as coisas. O agitado teatro da vida, as virtudes dos heróis e as ações dos homens eram o seu tema; e sua esperança e seu sonho eram tornar-se um daqueles nomes que a história registra como os galantes e intrépidos benfeitores da nossa espécie. A santa alma de Elizabeth brilhava como uma lâmpada votiva em nosso pacífico lar. Sua simpatia era nossa; o sorriso, a voz suave, a doce mirada de seus olhos celestiais estavam sempre lá para nos abençoar e animar. Ela era o espírito vivo do amor, que pacifica e atrai; eu poderia ter-me tornado maçante com meus estudos, áspero com o ardor da minha natureza, se ela não estivesse lá para me acalmar, dando-me algo da sua gentileza. E Clerval? Poderia algo de mal se insinuar no nobre espírito de Clerval? No entanto, ele poderia não ter sido tão perfeitamente humano, tão atencioso na generosidade, tão cheio de bondade e de ternura em meio à paixão pelas proezas aventureiras se ela não lhe houvesse revelado a real beleza da beneficência e de fazer das boas ações o fim e o objetivo de sua alta ambição.

Sinto um fino prazer em entregar-me às recordações da infância, antes que a desgraça tivesse contaminado a minha mente e transformado suas brilhantes visões de ampla utilidade em sombrias e mesquinhas reflexões sobre mim mesmo. Além disso, ao pintar o retrato de meus primeiros anos, também registro aqueles acontecimentos que levaram imperceptivelmente à minha posterior história de miséria, pois, quando quero explicar a mim mesmo o nascimento dessa paixão que mais tarde reinou sobre o meu destino, descubro que ela surgiu, como um rio de montanha, de nascentes insignificantes e quase esquecidas; mas, avolumando-se enquanto avançava, tornou-se a torrente que, em seu curso, varreu todas as minhas esperanças e alegrias. A filosofia natural é o gênio que governou o meu fado; desejo, pois, nesta narrativa, descrever os fatos que me levaram a ter uma predileção por aquela ciência. Quando eu tinha treze anos de idade, saímos todos numa excursão às águas de Thonon; a inclemência do tempo obrigou-nos a permanecer um dia inteiro fechados no albergue. Nessa casa, tive a oportunidade de encontrar um volume das obras de Cornelius Agrippa.[1] Abri-o sem interesse; a teoria que ele tenta demonstrar e os maravilhosos fatos que ele relata logo transformaram em entusiasmo aquele sentimento. Parecia que uma nova luz se acendera sobre a minha mente, e, dando pulos de alegria, comuniquei ao meu pai a minha descoberta. Meu pai olhou indiferente para a página de rosto do livro e disse: "Ah, Cornelius Agrippa! Meu querido Victor, não perca tempo com esse lixo".

Se, em vez de fazer essa observação, meu pai se tivesse dado ao trabalho de me explicar que os princípios de Agrippa haviam sido completamente destruídos e que fora criado um moderno sistema de ciência que possuía poderes muito maiores do que o antigo, porque os poderes deste último eram quiméricos, enquanto os do primeiro eram reais e práticos, em tal circunstância eu certamente teria deixado Agrippa de lado e satisfeito a minha ardente imaginação, retornando com entusiasmo ainda maior a meus estudos de antes. É até possível que as minhas ideias jamais recebessem o impulso fatal que me levou à ruína. Mas a rápida olhada de meu pai de modo algum me fizera ter certeza de que conhecesse o conteúdo do livro, e continuei a lê-lo com a maior avidez. Quando voltei para casa, a primeira coisa que fiz foi comprar as obras completas daquele

---

[1] Heinrich Cornelius Agrippa von Nettesheim (1486-1535), mago, alquimista e ocultista alemão.

autor e, mais tarde, as de Paracelso[2] e Alberto Magno.[3] Li e estudei deliciado as descabeladas fantasias daqueles escritores; elas me pareciam tesouros conhecidos por muito poucos, além de mim. Descrevi a mim mesmo como alguém que nutria um ardente desejo de penetrar os arcanos da natureza. Apesar do intenso trabalho e das maravilhosas descobertas dos filósofos modernos, sempre voltava descontente e insatisfeito de meus estudos. Dizem que Sir Isaac Newton teria confessado que se sentia como uma criança que cata conchinhas à beira do grande e inexplorado oceano da verdade. Aqueles dos seus sucessores que eu conhecia em cada um dos ramos da filosofia natural pareciam até mesmo, à minha perspectiva infantil, aprendizes empenhados na mesma busca.

O camponês ignorante olhava os elementos ao seu redor e conhecia seu uso prático. O mais erudito filósofo pouco mais sabia. Desvelara em parte o rosto da Natureza, mas suas imortais feições ainda eram um assombro e um mistério. Podia dissecar, anatomizar e dar nomes; mas não podia falar de uma causa final, as causas em segundo e terceiro graus eram-lhe completamente desconhecidas. Eu examinara as fortificações e os obstáculos que pareciam impedir que os seres humanos entrassem na cidadela da natureza, e irrefletida e ignorantemente eu me lamentara.

Mas aqui havia livros e homens que tinham penetrado mais fundo e sabiam mais. Acreditei piamente em tudo o que diziam e me tornei seu discípulo. Pode parecer estranho que algo assim pudesse acontecer no século XVIII; mas, enquanto seguia a

---

[2] Alquimista, astrólogo e ocultista austríaco (1493-1541).

[3] Santo Alberto Magno (1193?-1280), grande teólogo católico, mestre de São Tomás de Aquino. Homem de cultura universal, interessou-se pela filosofia natural e foi o descobridor do elemento arsênico. Desenvolvida cerca de 500 anos antes do nascimento da química científica com Lavoisier, sua química tinha elementos de astrologia e de alquimia.

rotina de educação nas escolas de Genebra, era em boa medida um autodidata no que se refere aos meus estudos prediletos. Meu pai não era cientista, e fui deixado às voltas com a cegueira da criança, somada à sede de conhecimento do estudante. Sob a orientação de meus novos preceptores, iniciei com a maior aplicação a busca da pedra filosofal e do elixir da vida; mas logo este último obteve toda a minha atenção. A riqueza era um objetivo inferior, mas que glória alcançaria a descoberta se eu pudesse banir do corpo humano as doenças e tornar o homem invulnerável a todas elas, salvo a morte violenta! E não eram esses os meus únicos sonhos. A evocação de fantasmas ou diabos era uma promessa generosamente feita por meus autores favoritos, cujo cumprimento eu buscava com imenso entusiasmo; e, se meus feitiços nunca eram bem-sucedidos, eu atribuía o fracasso mais à minha própria inexperiência e aos meus erros do que a uma falta de habilidade ou de veracidade em meus instrutores. E assim, durante algum tempo, eu me ocupei com sistemas abandonados, misturando, como um incompetente, mil teorias contraditórias e debatendo-me desesperadamente num verdadeiro pântano de conhecimentos variados, guiado por uma imaginação ardente e por um raciocínio infantil, até que um novo acidente mudasse o curso das minhas ideias. Quando eu tinha cerca de quinze anos, havíamos nos retirado para a nossa casa próxima a Belrive quando testemunhamos uma violentíssima e terribilíssima tempestade de raios. Ela avançou vinda de trás das montanhas do Jura, e o trovão ressoou ao mesmo tempo em diversos pontos do céu. Enquanto durou a tempestade, permaneci observando o seu progresso com curiosidade e prazer. Parado junto à porta, vi de repente uma corrente de fogo saída de um velho e belo carvalho que ficava a cerca de vinte jardas de nossa casa; e, assim que a ofuscante luz esvaeceu, o carvalho desaparecera, e nada sobrara, a não ser um cepo carbonizado. Quando o visitamos na manhã seguinte, vimos a árvore destroçada de um modo estranho. Não fora estilhaçada pelo choque, mas completamente reduzida a finas lascas de madeira. Nunca vi nada tão completamente destruído.

Antes disso, eu desconhecia as mais óbvias leis da eletricidade. Nessa ocasião, estava conosco um homem de grandes conhecimentos de filosofia natural e, estimulado pela catástrofe, começou a explicar uma teoria que ele mesmo elaborara a respeito da eletricidade e do galvanismo, que para mim era ao mesmo tempo nova e espantosa. Tudo o que ele disse deixou muito para trás Cornelius Agrippa, Alberto Magno e Paracelso, os senhores da minha imaginação; mas, por alguma fatalidade, a derrocada daqueles homens desencorajou-me de prosseguir em meus estudos habituais. Parecia-me que nada nunca seria ou poderia ser conhecido. Tudo o que por tanto tempo cativara a minha atenção de repente se tornou desprezível. Por um desses caprichos da mente a que talvez estejamos mais expostos no começo da juventude, eu imediatamente desisti de minhas ocupações de antes, abandonei a história natural e toda a sua progênie como uma criação deformada e abortiva e passei a cultivar o maior desdém por uma pretensa ciência que nunca sequer conseguiu ultrapassar o limiar do verdadeiro conhecimento. Nesse estado de espírito, passei a dedicar-me à matemática e aos ramos de estudo que pertencem a essa ciência, por estarem assentados sobre fundamentos seguros e, portanto, dignos da minha consideração.

Assim são feitas as nossas almas, estranhamente, e por tais frágeis laços nos prendemos à prosperidade ou à ruína. Quando olho para trás, é como se essa quase milagrosa mudança de inclinação e de vontade se devesse a uma sugestão direta do anjo da guarda de minha vida — o último esforço feito pelo espírito de preservação para deter a tempestade que já então estava pendente das estrelas e pronta para me envolver. A vitória dela era anunciada por uma tranquilidade e alegria de alma incomuns que se seguiram ao abandono dos meus antigos e, nos últimos tempos, perturbadores estudos. Foi assim que aprendi a associar o mal a esses estudos, e a felicidade, ao descaso por eles.

Foi um pesado esforço do espírito do bem, mas foi em vão. O destino era poderoso demais, e suas leis imutáveis haviam decretado minha completa e terrível destruição.

Capítulo 3

Quando completei dezessete anos, meus pais resolveram que eu deveria estudar na Universidade de Ingolstadt. Até então, havia frequentado as escolas de Genebra, mas meu pai julgou necessário, para completar a minha educação, que eu conhecesse outros costumes além dos do país natal. Minha partida foi, portanto, marcada para breve, mas, antes que chegasse o dia escolhido, ocorreu a primeira desgraça da minha vida — um presságio, por assim dizer, da minha futura miséria. Elizabeth pegara escarlatina; a enfermidade era grave, e ela corria grande perigo. Durante a doença, foram usados muitos argumentos para convencer a minha mãe a deixar de assisti-la. No começo, ela atendeu às nossas súplicas, mas, quando soube que a vida de sua favorita estava ameaçada, não conseguiu mais controlar a ansiedade. Passou a tratá-la em seu leito de enferma; suas atenções e sua vigilância triunfaram sobre a malignidade da doença — Elizabeth foi salva, mas as consequências dessa imprudência foram fatais para sua cuidadora. Ao terceiro dia, minha mãe adoeceu; sua febre foi acompanhada dos mais alarmantes sintomas, e a fisionomia dos médicos prognosticava o pior. Em seu leito de morte, a coragem e a bondade daquela grande mulher não a abandonaram. Ela uniu a mão de Elizabeth à minha.

— Meus filhos — disse ela —, minhas mais firmes esperanças de uma futura felicidade foram depositadas na perspectiva de sua união. Essa expectativa será agora o consolo do seu pai. Elizabeth, meu amor, você terá de me substituir no cuidado dos meus filhos mais moços. Ah, lamento deixá-los. Feliz e querida como fui, não há de ser duro deixar vocês todos? Mas esses não são pensamentos adequados; tratarei de me resignar de bom grado com a morte, na esperança de rever vocês em outro mundo.

Morreu serenamente, e sua fisionomia até na morte exprimiu afeto. Não preciso descrever os sentimentos daqueles cujos mais queridos laços são desfeitos pelo mal mais irreparável, o vazio que toma conta da alma e o desespero que se exibe no rosto. É preciso tempo para a mente convencer-se de que tenha ido embora para sempre aquela pessoa que via todos os dias e cuja existência lhe parecia uma parte da sua própria — que o brilho dos olhos amados se tenha extinguido, e o som de uma voz tão familiar e querida aos ouvidos se tenha calado para sempre. São essas as reflexões dos primeiros dias; mas, quando o passar do tempo prova a realidade do mal, começa a verdadeira amargura do pesar. Mas de quem essa rude mão não desfez algum laço de afeto? E por que descreveria uma dor que todos já sentiram e têm de sentir? Chega por fim o tempo em que o pesar é mais uma indulgência do que uma necessidade; e o sorriso que brinca nos lábios, embora possa ser considerado um sacrilégio, não é expulso. Minha mãe morrera, mas ainda tínhamos deveres que devíamos cumprir; temos de seguir caminho com os demais e aprender a nos considerar felizes por sermos aqueles que a saqueadora não capturou.

Minha partida para Ingolstadt, que fora adiada por esses acontecimentos, foi agora novamente acertada. Obtive de meu pai uma folga de algumas semanas. Pareceu-me um sacrilégio deixar tão cedo a paz, tão próxima da morte, da casa de luto e correr para os afazeres da vida. Eu era um novato da dor, mas nem por isso ela me assustou menos. Não estava disposto a perder de vista aqueles que permaneciam comigo e, acima de tudo, queria ver a minha doce Elizabeth consolada, na medida do possível.

Ela, de fato, disfarçava sua angústia e esforçava-se por desempenhar para nós todos o papel de consoladora. Encarava a vida e cumpria seus deveres com coragem e zelo. Dedicava-se àqueles que aprendera a chamar de tio e de primos. Nunca foi tão encantadora como naquela época, quando procurava reencontrar o sorriso e lançá-lo sobre nós como raios de sol. Esquecia até seu próprio pesar ao se esforçar para nos fazer esquecer dos nossos.

Chegou por fim o dia da minha partida. Clerval passou a última noite conosco. Tentara convencer o pai a permitir que me acompanhasse e se tornasse meu colega, mas em vão. Seu pai era um comerciante obtuso e considerou ociosas e ruinosas as aspirações e a ambição do filho. Henry sentiu profundamente a desgraça de ser excluído de uma educação liberal. Pouco falou, mas, quando o fez, pude ler no brilho dos seus olhos e em seu olhar vivaz a determinação contida, mas firme, de não se deixar acorrentar pelos miseráveis pormenores do comércio.

Fomos dormir tarde. Não conseguíamos nos separar um do outro nem nos convencer a dizer a palavra "Adeus!". Ela foi dita, e nos retiramos sob o pretexto de descansar, cada um imaginando que o outro se deixava iludir; mas, quando, ao amanhecer, eu desci até a carruagem que devia levar-me embora, estavam todos lá: meu pai de novo para dar-me a bênção, Clerval para apertar-me a mão uma vez mais, minha Elizabeth para renovar os pedidos de que eu lhe escrevesse sempre e para dar as últimas atenções femininas ao companheiro de brincadeiras e amigo.

Joguei-me no coche que devia levar-me embora e entreguei-me às mais melancólicas reflexões. Eu, que sempre vivera rodeado de bons companheiros, sempre empenhados em agradar uns aos outros — agora estava sozinho. Na universidade para onde ia teria de fazer novas amizades e ser meu próprio protetor. Minha vida fora até então muito reclusa e caseira, e isso me dera uma invencível repugnância por novos rostos. Eu adorava os meus irmãos, Elizabeth e Clerval; esses eram "velhos rostos conhecidos", mas me considerava completamente despreparado para a companhia de estranhos. Eram essas as minhas reflexões quando comecei a viagem; mas, conforme avançava, meu ânimo e minhas esperanças se elevaram. Eu desejava ardentemente adquirir conhecimento. Em casa, muitas vezes achara difícil passar a juventude preso num só lugar e desejara entrar no mundo e ocupar o meu lugar junto aos outros seres humanos. Agora os meus desejos haviam sido satisfeitos, e, de fato, teria sido insensato arrepender-me.

Tive tempo suficiente para essas e muitas outras reflexões durante a viagem a Ingolstadt, que foi longa e cansativa. Por fim, pude ver o alto e branco campanário da cidade. Apeei e fui conduzido ao meu solitário apartamento, para passar a noite como quisesse.

Na manhã seguinte, entreguei as minhas cartas de recomendação e fiz uma visita a alguns dos professores mais importantes. O acaso — ou antes a má influência, o Anjo da Destruição, que impôs seu domínio onipotente sobre mim a partir do momento em que dei meus primeiros hesitantes passos para fora da porta da casa de meu pai — levou-me primeiro ao sr. Krempe, professor de filosofia natural. Era um homem grosseiro, mas profundo conhecedor dos segredos da sua ciência. Fez-me muitas perguntas acerca dos meus progressos nos diferentes ramos da ciência relacionados com a filosofia natural. Respondi com desdém e, em parte com desprezo, mencionei os nomes dos alquimistas como os principais autores que estudara. O professor olhou-me estupefato.

— O senhor realmente — disse ele — perdeu tempo estudando aquelas loucuras?

Respondi que sim.

— Cada minuto — prosseguiu o sr. Krempe com animação —, cada instante gasto naqueles livros foi completa e inteiramente perdido. O senhor sobrecarregou a memória com sistemas abandonados e nomes inúteis. Santo Deus! Em que deserto viveu onde ninguém teve a gentileza de lhe informar que essas fantasias que o senhor bebeu com avidez têm mil anos e tanto bolor quanto idade? Não esperava, nesta época esclarecida e científica, encontrar um discípulo de Alberto Magno e de Paracelso. Meu caro senhor, terá de recomeçar os estudos do zero.

A essas palavras, ele se afastou e redigiu uma lista de diversos livros de filosofia natural que desejava que eu comprasse e me despediu depois de mencionar que no começo da próxima semana pretendia começar um curso sobre a filosofia natural em seus aspectos gerais, e que o sr. Waldman, um colega professor, daria aulas de química em dias alternados com os de suas próprias aulas.

Não voltei decepcionado para casa, pois já disse que há tempos considerava inúteis aqueles autores que o professor reprovava; mas não voltei de modo algum mais propenso a retomar aqueles estudos. O sr. Krempe era um homem baixinho e atarracado, com uma voz ríspida e um rosto repulsivo; o professor, portanto, não me predispôs a suas pesquisas. De maneira talvez um pouco filosófica e sintética demais, eu expliquei as conclusões a que chegara a respeito delas em meus primeiros anos. Quando criança, não me contentara com os resultados prometidos pelos modernos professores de ciência natural. Com uma confusão de ideias que só pode ser explicada pela extrema juventude e pela falta de um guia nessas matérias, eu tornara a palmilhar os passos do conhecimento pela trilha do tempo e trocara as descobertas dos pesquisadores recentes pelos sonhos de esquecidos alquimistas. Além disso, eu desdenhava os empregos da moderna filosofia natural. Era muito diferente quando os mestres da ciência buscavam a imortalidade e o poder; tais sonhos, embora fúteis, tinham sua grandeza; mas agora o cenário era outro. A ambição do pesquisador parecia limitar-se ao aniquilamento daquelas ideias em que se fundamentava principalmente o meu interesse pela ciência. Via-me forçado a trocar quimeras de infinita grandeza por realidades de somenos.

Tais foram as minhas reflexões nos dois ou três primeiros dias de minha permanência em Ingolstadt, que foram gastos, sobretudo, em conhecer as localidades e os principais moradores de minha nova terra. Mas, quando a semana seguinte começou, pensei na informação que o sr. Krempe me dera acerca das aulas. E embora eu não pudesse concordar em ir ouvir aquele sujeitinho pretensioso declamar sentenças do alto do púlpito, lembrei-me do que ele dissera do sr. Waldman, que eu nunca havia visto, pois ele estivera até então fora da cidade.

Em parte por curiosidade e em parte por falta do que fazer, fui à sala de conferências, em que o sr. Waldman logo em seguida entrou. Esse professor era muito diferente do colega. Parecia ter cinquenta anos de idade, mas com uma expressão de grande bondade; uns poucos fios de cabelo grisalho cobriam suas têmporas, mas os que estavam na parte de trás da cabeça eram quase pretos. Era de pouca estatura, mas notavelmente ereto, e a sua voz, a mais doce que jamais ouvi. Começou a aula com uma recapitulação da história da química e das diversas melhorias feitas por diferentes homens de saber, pronunciando com fervor os nomes dos mais distintos descobridores. Em seguida, apresentou uma rápida panorâmica do estado atual da ciência e explicou muitos dos seus conceitos elementares. Depois de ter feito algumas experiências preparatórias, concluiu com um panegírico da química moderna, cujas palavras jamais esquecerei:

— Os antigos professores desta ciência — disse ele — prometeram impossibilidades e nada fizeram. Os mestres modernos prometem muito pouco; sabem que os metais não podem ser transmutados e que o elixir da vida é uma quimera, mas esses filósofos, cujas mãos parecem ter sido feitas só para chapinhar na lama, e os olhos para olhar o microscópio ou o cadinho, fizeram milagres de verdade. Penetram os recessos da natureza e mostram como ela trabalha em seus esconderijos. Sobem aos céus; descobriram como circula o sangue e a natureza do ar que respiramos. Adquiriram poderes novos e quase ilimitados; podem controlar os trovões do céu, imitar o terremoto e até zombar do mundo invisível com suas próprias sombras.

Essas foram as palavras do professor — ou, melhor dizendo, as palavras do destino — pronunciadas para destruir-me. Enquanto ele prosseguia, eu senti como se a minha alma estivesse lutando com um inimigo palpável; alguém que tocasse as diversas teclas que compunham o mecanismo do meu ser; corda após corda ressoava, e logo a minha mente estava repleta de um só pensamento, uma só concepção, um só propósito. Muito já foi feito, exclamou a alma de Frankenstein — mais, muito mais eu farei; palmilhando as pegadas já impressas, vou ser o pioneiro de um novo caminho, explorar novas potências e desvelar para o mundo os mais profundos mistérios da criação.

Não consegui fechar os olhos a noite inteira. Meu ser íntimo estava num estado de insurreição e de turbulência; senti que uma ordem iria surgir dali, mas não tinha poderes para produzi-la. Aos poucos, depois do nascer do sol, veio o sono. Eu acordei, e meus pensamentos da noite anterior eram como um sonho. Só permaneceu a decisão de voltar aos meus antigos estudos e de me dedicar a uma ciência para a qual acreditava possuir um talento natural. No mesmo dia, fiz uma visita ao sr. Waldman. Suas maneiras em particular eram ainda mais afáveis e atraentes do que em público, pois havia certa dignidade em sua postura durante a aula que em sua casa era substituída pela maior simpatia e delicadeza. Dei a ele quase a mesma explicação de minhas pesquisas anteriores que dera ao seu colega professor. Ele ouviu com atenção a breve narrativa dos meus estudos e sorriu aos nomes de Cornelius Agrippa e Paracelso, mas sem o desprezo que o sr. Krempe exibira. Disse que "aqueles eram homens a cujo incansável zelo os filósofos modernos deviam a maior parte dos fundamentos de seu conhecimento. Deixaram-nos, como uma tarefa mais fácil, dar novos nomes aos fatos e arrumá-los em classificações correspondentes, fatos estes que em boa medida eles mesmos haviam revelado. Os trabalhos dos homens de gênio, por mais erradamente orientados que fossem, raramente deixam de, em última análise, contribuir para o sólido proveito da humanidade". Ouvi a sua declaração, que foi pronunciada sem nenhuma presunção ou afetação, e acrescentei que a sua aula destruíra os meus preconceitos contra os químicos modernos; exprimi-me em termos moderados, com a devida modéstia e a deferência de um jovem ao seu instrutor, sem demonstrar (a inexperiência de vida ter-me-ia envergonhado) nada do entusiasmo que estimulava os trabalhos que planejava. Pedi-lhe que me aconselhasse quais livros devia adquirir.

— Estou feliz — disse o sr. Waldman — por ter ganho um discípulo; e se a sua aplicação for igual à sua capacidade, não tenho dúvida de seu bom sucesso. A química é o ramo da filosofia natural em que os maiores avanços foram e podem ser feitos; foi por isso que a adotei em meus estudos particulares; mas, ao mesmo tempo, não desdenhei os outros ramos da ciência. Daria um químico medíocre quem só se dedicasse a esse departamento do conhecimento humano. Se deseja realmente tornar-se um homem de ciência e não meramente um experimentador insignificante, eu lhe aconselho que se dedique a todos os ramos da filosofia natural, inclusive à matemática.

Levou-me, então, ao laboratório e me explicou os empregos das várias máquinas, instruindo-me sobre o que deveria adquirir e prometendo-me o uso de seus próprios instrumentos quando estivesse suficientemente avançado na ciência para não estragar o seu mecanismo. Deu-me também a lista de livros que eu lhe pedira, e eu me despedi.

Assim terminou um dia memorável para mim; ele decidiu o meu destino futuro.

Capítulo 4

Desse dia em diante, a filosofia natural, e em particular a química, no sentido mais abrangente do termo, tornou-se praticamente a minha única ocupação. Li com entusiasmo aquelas obras tão repletas de gênio e de discernimento que os pesquisadores modernos escreveram sobre aqueles assuntos. Assisti às aulas, travei conhecimento com os homens de ciência da universidade e descobri até no sr. Krempe uma boa dose de bom senso e uma real cultura, combinadas, é verdade, com fisionomia e maneiras repulsivas, mas nem por isso menos valiosas. No sr. Waldman encontrei um verdadeiro amigo. Sua gentileza nunca foi tocada pelo dogmatismo, e suas lições eram dadas com um ar de franqueza e bondade que não davam margem a nenhum pedantismo. De mil maneiras ele aplainou para mim a estrada do conhecimento e tornou as mais obscuras investigações claras e fáceis para a minha compreensão. Minha dedicação no começo foi desigual e incerta; ganhou força conforme avançava e logo se tornou tão entusiástica e intensa que não raro as estrelas desapareciam na luz da manhã enquanto eu ainda trabalhava no laboratório.

Com tanta dedicação, é fácil entender que o meu progresso foi rápido. De fato, o meu entusiasmo era o espanto dos estudantes; e a minha proficiência, a dos mestres. O professor Krempe muitas vezes me perguntava, com um sorriso irônico, como ia Cornelius Agrippa, ao passo que o sr. Waldman exprimia a mais cordial alegria pelos meus progressos. Assim se passaram dois anos, durante os quais não visitei Genebra nenhuma vez, mas estava imerso de corpo e alma na busca das descobertas que esperava fazer. Só os que já sentiram o fascínio da ciência podem compreendê-lo. Em outros estudos é possível ir até onde outros antes chegaram, e nada mais há para se saber; mas numa pesquisa científica há sempre margem para a descoberta e para a maravilha. Uma mente de capacidade moderada que se empenhe com afinco num único estudo deve infalivelmente chegar a uma grande competência nesse estudo; e eu, que continuamente buscava atingir um só objetivo e me dedicava exclusivamente a ele, progredi tão depressa que ao fim de dois anos fiz algumas descobertas no aperfeiçoamento de alguns instrumentos químicos que me proporcionaram muita estima e admiração na universidade. Quando cheguei a esse ponto e me tornei inteiramente familiarizado com a teoria e a prática da filosofia natural tal como era ensinada nas aulas de qualquer dos professores de Ingolstadt, não mais sendo útil para o meu aperfeiçoamento a minha permanência lá, pensei em voltar para junto da família e para a minha cidade natal, quando ocorreu um incidente que prolongou a minha estada.

Um dos fenômenos que mais atraíram a minha atenção foi a estrutura do corpo humano, e, de fato, de qualquer animal dotado de vida. Sempre me perguntava de onde viria o princípio da vida. Era uma questão audaciosa, que sempre fora considerada um mistério; no entanto, quantas coisas estaríamos prestes a compreender se a covardia ou a indiferença não freassem as nossas investigações. Eu revolvi essas ideias na cabeça e decidi que iria dedicar-me mais especialmente aos ramos da filosofia natural ligados à fisiologia. A menos que fosse animado por um entusiasmo quase sobrenatural, a minha dedicação a esse estudo teria sido cansativa e quase intolerável. Para examinar as causas da vida, temos antes de recorrer à morte. Familiarizei-me com a ciência da anatomia, mas isso não foi suficiente; tive também de observar a degradação e a corrupção naturais do corpo humano. Em minha educação, meu pai tomara todas as precauções para que a minha mente não fosse impressionada por terrores sobrenaturais. Não me lembro de ter alguma vez tremido ao ouvir uma história de superstição ou de ter tido medo da aparição de um espírito. O escuro não tinha efeito sobre a minha fantasia, e um cemitério era para mim apenas o receptáculo de corpos desprovidos de vida, os quais, de sede da força e da beleza, passaram a ser alimento de minhocas. Agora eu fora levado a examinar a causa e o progresso dessa degradação e forçado a passar dias e noites em câmaras mortuárias e ossários. Concentrava a atenção em todos os objetos mais insuportáveis à delicadeza dos sentimentos humanos. Vi como a fina forma do homem se degradava e desgastava; observei a corrupção da morte suceder à florescente ousadia da vida; vi como o verme herdava as maravilhas dos olhos e do cérebro. Parei para examinar e analisar todas as minúcias da causação, tal como exemplificada na mudança da vida para a morte e da morte para a vida, até que do meio dessas trevas de repente se acendeu uma luz sobre mim — uma luz tão brilhante e maravilhosa, embora tão simples, que, ao mesmo tempo que me aturdia a imensidade da perspectiva que ela abria, fiquei surpreso com o fato de que dentre tantos homens de gênio que haviam dirigido suas investigações para a mesma ciência, só a mim estivesse reservado descobrir um segredo tão espantoso.

Lembre-se, não estou descrevendo a visão de um louco. O sol não brilha com maior certeza no céu do que a verdade do que agora afirmo. Algum milagre deve tê-lo produzido, embora as etapas do descobrimento fossem distintas e prováveis. Após dias e noites de enorme trabalho e cansaço, consegui descobrir a causa da geração e da vida; não, mais do que isso, eu me tornei capaz de dar animação à matéria inanimada.

O espanto que no começo senti com essa descoberta logo deu lugar ao prazer e ao entusiasmo. Depois de tanto tempo gasto em duro trabalho, chegar de uma vez ao meu mais alto desejo era a mais gratificante consumação dos meus esforços. Mas a descoberta era tão grande e irresistível que todos os passos que progressivamente me haviam levado a ela foram obliterados, e eu via apenas o resultado. O que fora o sonho e o desejo dos homens mais sábios desde a criação do mundo estava agora ao meu alcance. Não que, como num passe de mágica, tudo se tenha revelado a mim de uma só vez: a informação que obtive mais direcionava os meus trabalhos quando a apontava para o objetivo da minha busca do que exibia esse objetivo já alcançado. Eu era como o árabe que fora enterrado com os mortos e encontrou uma passagem para a vida, ajudado apenas por uma luz intermitente e aparentemente inútil.

Vejo pela sua impaciência e pelo espanto e esperança que seus olhos exprimem, meu amigo, que você espera ser informado do segredo que descobri; isso não é possível; ouça pacientemente a minha história e perceberá facilmente por que sou reservado quanto a esse assunto. Não vou levar você, despreparado e entusiasta como eu fui, para a destruição e para a infalível desgraça. Aprenda comigo, se não com o que digo, pelo menos com o meu exemplo, como é perigosa a aquisição de conhecimentos e como é mais feliz o homem que acredita que sua cidade natal é o mundo inteiro do que o que aspira a ir além do que a sua natureza lhe permite.

Quando vi tão assombroso poder em minhas mãos, hesitei por muito tempo quanto à maneira como deveria empregá-lo. Embora tivesse a capacidade de dar animação, preparar um corpo para recebê-la, com todo o seu emaranhado de fibras, músculos e veias, ainda era algo que continuava sendo uma tarefa incrivelmente difícil e trabalhosa. No começo, não sabia se devia tentar criar um ser como eu mesmo ou um de organização mais simples; mas a minha imaginação estava exaltada demais pelo meu primeiro sucesso para me permitir duvidar da minha capacidade de dar vida a um animal tão complexo e maravilhoso como o homem. Os materiais agora à minha disposição pareciam pouco adequados a uma proeza tão árdua, mas não duvidava de que por fim seria bem-sucedido. Preparei-me para uma multidão de reveses; minhas operações poderiam malograr uma após outra e por fim meu trabalho ficar imperfeito, mas, quando eu considerava o progresso que acontece a cada dia na ciência e na mecânica, era levado a esperar que as minhas tentativas presentes pelo menos estabeleceriam as bases para o futuro sucesso. Tampouco podia considerar a magnitude e a complexidade do meu plano como um argumento contra a sua viabilidade. Foi com esses sentimentos que dei início à criação de um ser humano. Como a extrema pequenez das partes formasse um grande obstáculo à minha rapidez, resolvi, contrariando a minha primeira intenção, dar ao ser uma estatura gigantesca, ou seja, cerca de dois metros e meio de altura, e de largura proporcional. Depois de ter tomado essa decisão e de ter passado alguns meses coletando e organizando os meus materiais, eu comecei.

Ninguém pode conceber a diversidade de sentimentos que me impelia como um furacão no primeiro entusiasmo do sucesso. Vida e morte pareciam-me fronteiras ideais que eu primeiro transporia, para depois lançar uma torrente de luz em nosso tenebroso mundo. Uma nova espécie abençoar-me-ia como seu criador e sua origem; muitas naturezas felizes e excelentes deveriam a mim a existência. Nenhum pai poderia reivindicar a gratidão do filho tão completamente como eu mereceria a deles. Dando sequência a essas reflexões, pensei que, se eu pudesse dar animação à matéria sem vida, poderia com o tempo (embora agora o considere impossível) renovar a vida ali onde a morte aparentemente destinara o corpo à corrupção.

Essas ideias davam-me ânimo enquanto perseguia o meu objetivo com ardor incansável. Meu rosto tornara-se pálido com o estudo, e minha pessoa emagrecera muito com o confinamento.

Às vezes, à beira da certeza, eu falhava; mesmo assim, eu me agarrava à esperança de que no dia seguinte ou na hora seguinte poderia realizar. Um segredo que só eu conhecia era a esperança a que me dedicara; e a lua contemplava meus trabalhos noturnos, enquanto, com impaciência incansável e ofegante, eu perseguia a natureza em seus esconderijos. Quem poderá imaginar os horrores dos meus esforços secretos enquanto eu chapinhava entre os profanos vapores do túmulo ou torturava o animal vivente para animar o barro sem vida? Minhas mãos agora tremem, e meus olhos se enchem de lágrimas à lembrança disso; mas então um impulso irresistível e quase frenético me empurrava para a frente; eu parecia ter perdido toda a alma ou sensação, exceto para essa única busca. Era sem dúvida um transe passageiro, que só me exacerbou a sensibilidade assim que, cessando de operar o estímulo inatural, retornei aos meus velhos hábitos. Eu recolhia ossos nos ossários e perturbava, com dedos profanos, os tremendos segredos do corpo humano. Num quarto solitário, ou antes numa cela, na parte superior da casa, e separada de todos os outros aposentos por uma galeria e uma escada, montei a minha imunda oficina de criação; meus globos oculares saltavam das órbitas ao acompanharem os pormenores do meu trabalho. A sala de dissecação e o matadouro forneciam boa parte do meu material; e muitas vezes a minha natureza humana recuava com repugnância diante daquela ocupação, enquanto, ainda excitado por um ardor que crescia sem parar, fazia a minha obra aproximar-se do seu término.

Os meses de verão passaram enquanto eu assim me empenhava de corpo e alma numa única busca. Foi uma estação magnífica; nunca os campos deram uma colheita mais abundante ou as vinhas produziram uma safra mais exuberante, mas os meus olhos eram insensíveis aos encantos da natureza. E os mesmos sentimentos que me faziam desdenhar os cenários ao meu redor também me faziam esquecer aqueles amigos que estavam a tantas milhas de distância e que eu não via desde tanto tempo. Sabia que o meu silêncio os intranquilizava e me lembro bem das palavras de meu pai:

— Sei que, enquanto estiver satisfeito consigo mesmo, você pensará em nós com carinho, e teremos regularmente notícias suas. Peço-lhe que me perdoe se considerar qualquer interrupção em sua correspondência como uma prova de que seus outros deveres estão sendo igualmente negligenciados.

Eu sabia muito bem, portanto, quais seriam os sentimentos do meu pai, mas não conseguia tirar da cabeça o meu trabalho, repugnante em si mesmo, mas que adquirira um domínio irresistível sobre a minha imaginação. Queria, por assim dizer, procrastinar tudo o que se relacionasse com os meus sentimentos de afeição, até que fosse atingido o grande objetivo que devorava todos os hábitos da minha natureza.

Pensei, então, que meu pai fora injusto ao atribuir a minha negligência a algum defeito ou falha da minha parte, mas agora estou convencido de que ele estava certo ao julgar que eu não deveria estar completamente isento de culpa. Um ser humano perfeito deve sempre conservar a calma e a serenidade de espírito e nunca permitir que a paixão ou um desejo transitório perturbe a sua tranquilidade. Não acho que a busca do conhecimento constitua exceção a essa regra. Se o estudo a que nos dedicamos tende a enfraquecer as nossas afeições e a destruir nosso gosto por esses prazeres simples em que nenhuma imperfeição pode misturar-se, então tal estudo é decerto ilegítimo, ou seja, inadequado à mente humana. Se essa regra fosse sempre observada, se ninguém permitisse que a busca de um objetivo, fosse ele qual fosse, interferisse na tranquilidade de seus afetos domésticos, a Grécia não teria sido reduzida à escravidão, César teria poupado seu país, a América teria sido descoberta mais gradualmente, e os impérios do México e do Peru não teriam sido destruídos.

Mas esqueci que estou moralizando na parte mais interessante da história, e seu olhar me insta a ir em frente. Meu pai não me repreendeu em suas cartas e só demonstrou que notara o meu silêncio fazendo mais perguntas sobre as minhas ocupações do que antes. O inverno, a primavera e o verão passaram durante a minha labuta; mas não observei a floração ou a expansão das folhas — visões que antes sempre me proporcionavam um supremo prazer —, de tão absorto que estava com o meu trabalho. As folhas daquele ano secaram antes que o meu novo trabalho chegasse perto do término, e agora cada dia me mostrava com maior clareza quão bem-sucedido eu fora. Mas o entusiasmo era refreado pela ansiedade, e eu mais parecia alguém fadado pela escravidão a dar duro nas minas ou em qualquer outro trabalho insalubre do que um artista ocupado em sua atividade favorita. Todas as noites eu tinha uma febrinha e sentia um nervosismo muito doloroso; a queda de uma folha assustava-me, e eu evitava os meus semelhantes como se eu fosse culpado de um crime. Às vezes me assustava com o destroço em que percebia ter-me transformado; só a energia do meu objetivo me sustentava: meus esforços logo iriam terminar, e eu acreditava que então os exercícios e a diversão acabariam com aquela enfermidade incipiente; e prometi a mim mesmo ambas as coisas para quando a minha criação estivesse completa.

Capítulo 5

Foi numa monótona noite de novembro que vi a consumação de meus esforços. Com uma ansiedade que beirava a agonia, reuni ao meu redor os instrumentos de vida que poderiam infundir uma centelha de ser na coisa inanimada que jazia a meus pés. Já era uma da manhã; a chuva tamborilava lugubremente contra as vidraças, e minha vela já estava quase consumida, quando, pelo fraco clarão da luz quase extinta, vi abrirem-se os fundos olhos amarelados da criatura; ele respirou fundo e um movimento convulsivo agitou-lhe os membros.

Como posso descrever a minha comoção ante essa catástrofe, ou como desenhar o desgraçado que com infinito trabalho e atenção eu conseguira formar? Seus membros eram proporcionais, e eu escolhera as suas feições pela beleza. Beleza! Santo Deus! Sua pele amarelada mal cobria o entrelaçamento dos músculos e das artérias; os cabelos eram de um negro lustroso e liso; os dentes, de perlada brancura; mas essas exuberâncias apenas serviam para formar um contraste mais medonho com seu rosto enrugado, seus lábios retilíneos e negros e seus olhos aguados, que pareciam quase da mesma cor que as órbitas de um branco pardacento em que se encaixavam.

Os diversos acidentes da vida não são tão mutáveis como os sentimentos da natureza humana. Eu me empenhara duramente quase dois anos, com o único propósito de infundir vida num corpo inanimado. Para tanto, eu me privara de descanso e de saúde. Desejara aquilo com um ardor que ia muito além da moderação; mas, agora que acabara, a beleza do sonho desvaneceu-se e um horror e uma repugnância febris encheram meu coração. Incapaz de suportar o aspecto do ser que criara, saí correndo da sala e continuei por longo tempo indo de um lado para o outro do quarto, incapaz de conciliar o sono. Por fim, um cansaço sucedeu ao tumulto por que passara, e me joguei na cama ainda vestido, tentando obter alguns momentos de esquecimento. Mas em vão; dormi, sim, mas fui atormentado pelos mais atrozes sonhos. Julguei ver Elizabeth, na flor da saúde, a caminhar pelas ruas de Ingolstadt. Exultante e surpreso, eu a abracei, mas, ao dar o primeiro beijo em seus lábios, eles se tornaram lívidos, com a cor da morte; suas feições pareceram mudar, e acreditei ter o cadáver de minha falecida mãe em meus braços; uma mortalha a envolvia, e vi os vermes do túmulo arrastando-se nas pregas da flanela. Acordei apavorado; um suor frio cobria a minha testa, meus dentes batiam, e meus membros entraram em convulsão, quando, pela luz pálida e amarelada do luar, que forçava a passagem pelas venezianas da janela, eu vi a ruína — o miserável monstro que eu criara. Ele levantou a cortina da cama; e seus olhos, se é que se podem chamar olhos, cravaram-se em mim. Suas mandíbulas abriram-se, e ele sussurrou alguns sons inarticulados, enquanto um sorriso franzia suas faces. Talvez ele tenha falado, mas eu não ouvi; uma das mãos estava esticada, aparentemente para me deter, mas eu escapei e voei escada abaixo. Refugiei-me no pátio da casa em que eu residia, onde permaneci pelo resto da noite, caminhando para cima e para baixo em grande agitação, ouvindo atentamente, captando e temendo cada som, como se anunciasse a aproximação do cadáver demoníaco ao qual eu tão miseravelmente dera vida.

 Ah, nenhum mortal poderia suportar o horror daquele rosto. Uma múmia a que fosse devolvida a animação não seria tão medonha quanto aquele desgraçado. Eu o examinara quando ainda inacabado; ele já era feio, mas, quando aqueles músculos e articulações se tornaram capazes de se mover, se transformou numa coisa que mesmo Dante não poderia ter concebido.

Passei pessimamente a noite. Às vezes meu pulso batia tão rápido e forte que eu sentia a palpitação de cada uma das artérias; outras vezes, quase caía ao chão, de tanto cansaço e fraqueza. Misturada a esse horror, sentia a amargura da decepção; os sonhos que haviam sido meu alimento e meu repouso durante tanto tempo agora se haviam transformado num inferno para mim; e a mudança foi tão rápida; a derrota, tão completa!

Sombrio e úmido, o dia por fim raiou e descobriu aos meus olhos insones e doloridos a igreja de Ingolstadt, seu branco campanário e seu relógio que indicava a sexta hora. O porteiro abriu os portões do pátio que durante a noite fora o meu asilo, e eu saí para as ruas, percorrendo-as com passos rápidos, como se quisesse evitar o desgraçado que a cada esquina temia se apresentar à minha vista. Não ousava voltar ao apartamento em que morava, mas me sentia impelido a continuar correndo, ainda que encharcado pela chuva vertida por um céu negro e desolado.

Continuei assim caminhando por algum tempo, tentando com o exercício corporal aliviar o fardo que pesava sobre a minha alma. Atravessei as ruas sem uma ideia clara de onde estava ou do que estava fazendo. O meu coração palpitava, doente de medo, e eu continuava a correr com passos irregulares, sem ousar olhar ao meu redor:

> *Like one who, on a lonely road,*
> *Doth walk in fear and dread,*
> *And, having once turned round, walks on,*
> *And turns no more his head;*

Because he knows a frightful fiend
Doth close behind him tread.[1]

["Velho marinheiro", de Coleridge]

Prosseguindo, cheguei por fim à frente do albergue em que costumavam parar as diversas diligências e carruagens. Fiquei ali, não sei por quê; mas permaneci por alguns minutos com os olhos fitos num coche que vinha em minha direção do outro extremo da rua. Quando ele se aproximou, observei que era a diligência suíça; ela parou exatamente onde eu estava, e, ao abrir-se a porta, vi Henry Clerval, que, ao me perceber, imediatamente saltou do coche.

— Meu querido Frankenstein — exclamou ele —, como estou feliz em vê-lo! Que sorte que você esteja aqui no momento exato da minha chegada!

Nada podia igualar o meu prazer em ver Clerval; a sua presença trouxe-me de volta o meu pai, Elizabeth e todas aquelas cenas de casa, tão caras à memória. Peguei sua mão e num segundo esqueci o meu horror e a minha desgraça; senti de repente, e pela primeira vez em muitos meses, uma alegria calma e serena. Dei as boas-vindas ao meu amigo da maneira mais cordial, e caminhamos para a universidade. Clerval continuou falando por algum tempo sobre nossos amigos comuns e sobre a sua boa sorte por ter obtido permissão para vir a Ingolstadt.

— Você pode facilmente imaginar — disse ele — como foi difícil convencer o meu pai de que a nobre arte da contabilidade

---

[1] "Como alguém que, numa estrada solitária,
Caminha amedrontado e apavorado,
E, tendo uma vez se voltado, continua caminhando,
Sem tornar a voltar a cabeça;
Pois sabe que um demônio aterrador
Segue logo atrás dele."

não abrange todo o conhecimento necessário; e, de fato, creio que o deixei incrédulo até o fim, pois a sua resposta às minhas incansáveis súplicas eram sempre as mesmas do mestre-escola holandês de *O vigário de Wakefield*:[2] "Ganho dez mil florins por ano sem saber grego, como muito bem sem saber grego". Mas seu carinho por mim finalmente venceu a antipatia pelo estudo, e ele me permitiu fazer uma viagem de descobrimento até a terra do saber.

— Sinto o maior prazer em vê-lo; mas diga-me como estão meu pai, meus irmãos e Elizabeth.

— Muito bem e muito felizes, só um pouco aborrecidos por terem tão poucas notícias de você. Pretendo, aliás, eu mesmo lhe fazer um pequeno sermão sobre isso, em nome deles. Mas, meu caro Frankenstein — prosseguiu ele, detendo-se e olhando atento para o meu rosto —, não tinha notado como você parece doente; tão magro e tão pálido; parece até que passou em claro diversas noites.

— Você adivinhou bem; tenho estado nestes últimos tempos tão profundamente empenhado num trabalho que não me concedi o repouso suficiente, como você vê; mas espero, sinceramente, que todos esses trabalhos tenham chegado ao fim e que eu esteja finalmente livre.

Eu tremia muito; não conseguia pensar no que ocorrera na noite anterior, e muito menos fazer alusão àquilo. Caminhei com passo rápido, e logo chegamos à universidade. Refleti então, e aquele pensamento me deu arrepios, que a criatura que eu deixara em meu apartamento ainda podia estar lá, viva e caminhando. Tinha pavor de ver aquele monstro, mas temia ainda mais que Henry o visse. Pedindo-lhe, portanto, que permanecesse alguns minutos ao pé da escada, disparei para cima até o quarto. Minha mão já estava na maçaneta da porta

---

[2] Romance do escritor irlandês Oliver Goldsmith (1730-1774), publicado em 1766.

quando caí em mim. Parei, então, por um momento e senti um arrepio. Escancarei a porta com força, como costumam fazer as crianças quando acham que há um espectro esperando por elas do outro lado; mas nada apareceu. Entrei, temeroso: o apartamento estava vazio, e meu quarto também estava livre do medonho hóspede. Mal podia acreditar que tivesse tido tamanha sorte, mas, quando tive a certeza de que o meu inimigo de fato fugira, bati palmas de alegria e corri escada abaixo ao encontro de Clerval.

Subimos até o quarto, e o criado trouxe então o café da manhã; mas eu não conseguia conter-me. Não era só a alegria que tomava conta de mim; eu sentia a minha carne formigar com excesso de sensibilidade, e meu pulso batia com rapidez. Não conseguia ficar parado um segundo no mesmo lugar; pulava para cima das cadeiras, batia palmas e dava gargalhadas. Primeiro, Clerval atribuiu meu estranho bom humor à alegria da sua chegada, mas, quando me observou com maior atenção, viu em meus olhos uma selvageria para a qual não tinha explicação, e a minha gargalhada sonora, desenfreada e cruel causou-lhe terror e espanto.

— Meu caro Victor — exclamou ele —, qual é o problema, pelo amor de Deus? Não ria assim. Como você está doente! Qual é a causa disso tudo?

— Não pergunte a mim — exclamei, tapando os olhos com as mãos, pois pensei ter visto o temido espectro entrar furtivamente na sala. — Ele é quem pode dizer. Ah, salve-me! Salve-me! — Imaginei que o monstro me agarrava; lutei furiosamente e caí desmaiado.

Pobre Clerval! Que deve ter sentido? Um encontro que esperara com tanta alegria e que tão estranhamente se transformava em amargura. Mas eu não testemunhei o seu pesar, pois estava desacordado e não recuperei a consciência durante muito, muito tempo.

Foi esse o começo de uma febre nervosa que me prendeu à cama por muitos meses. Durante todo esse tempo, Henry foi o único a tratar de mim. Soube mais tarde que, conhecendo a avançada idade de meu pai e sua incapacidade de enfrentar uma viagem tão longa, e como a minha enfermidade iria afligir Elizabeth, ele os poupara do desgosto, escondendo a gravidade do meu estado. Sabia que não poderia ter um enfermeiro mais dedicado e atencioso do que ele mesmo; e, firme na esperança que sentia da minha recuperação, não teve dúvida de que, em vez de prejudicá-los, realizava a mais gentil ação possível para com eles.

Mas na verdade eu estava muito doente, e com certeza nada, a não ser as atenções infinitas e incansáveis do meu amigo, poderia ter-me recuperado para a vida. O vulto do monstro a quem eu dera a existência estava sempre diante dos meus olhos, e eu delirava sem parar. Sem dúvida, as minhas palavras surpreenderam Henry; primeiro, ele acreditou que fossem devaneios de minha imaginação perturbada, mas a persistência com que eu continuamente voltava ao mesmo assunto persuadiu-o de que a minha doença por certo tinha origem em algum acontecimento incomum e terrível.

Muito lenta e gradualmente, e com frequentes recaídas que alarmaram e preocuparam meu amigo, eu me recuperei. Lembro-me de que, da primeira vez que fui capaz de observar os objetos exteriores com algum tipo de prazer, percebi que as folhas caídas haviam desaparecido e novos brotos estavam nascendo nas árvores que davam sombra à minha janela. Era uma divina primavera, e a estação muito contribuiu para a minha convalescença. Também senti renascerem em meu peito a alegria e o afeto; o desânimo desapareceu, e em pouco tempo me tornei tão alegre quanto antes de ser atacado pela fatal paixão.

— Meu caro Clerval — exclamei —, como é gentil e bom comigo! Todo este inverno, em vez de dedicá-lo ao estudo, como prometera a si mesmo, foi gasto em meu quarto de doente. Como poderei pagar-lhe por isso? Sinto o maior remorso pela decepção que causei, mas você há de me perdoar.

— Vai saldar toda a sua dívida se não se transtornar, recuperando-se o mais rápido possível; e, já que parece tão bem disposto, acho que posso falar com você sobre certo assunto, não é?

Eu tremi. Um assunto! Que poderia ser? Estaria aludindo a algo em que eu não ousava sequer pensar?

— Acalme-se — disse Clerval, que observou que eu empalidecera —, não vou tocar no assunto se isso o deixa nervoso; mas seu pai e sua prima ficariam muito contentes se recebessem uma carta sua escrita com a sua própria letra. Eles pouco sabem sobre a gravidade da doença que você teve e estão preocupados com seu longo silêncio.

— Isso é tudo, meu caro Henry? Como pôde supor que meu primeiro pensamento não voasse para aquelas pessoas queridas que amo e são tão dignas do meu amor?

— Se é assim que se sente agora, meu amigo, talvez fique feliz em ler uma carta que já há alguns dias chegou para você; é de sua prima, acho.

Capítulo 6

Clerval entregou-me, então, a seguinte carta. Era da minha querida Elizabeth:

Meu caríssimo primo,
Você esteve doente, muito doente, e mesmo as frequentes cartas do nosso querido e gentil Henry não bastaram para me tranquilizar. Você está proibido de escrever — de segurar uma pena; mesmo assim, querido Victor, uma palavra sua é necessária para acalmar as nossas apreensões. Por muito tempo pensei que o carteiro a cada vez iria trazer um bilhete seu e consegui convencer meu tio a não fazer a viagem a Ingolstadt. Impedi que enfrentasse os inconvenientes e talvez os perigos de uma viagem tão longa, mas, mesmo assim, quantas vezes lamentei não a empreender eu mesma! Imagino que a tarefa de cuidar de você em seu leito de doente foi entregue a alguma velha enfermeira mercenária, que nunca poderia adivinhar seus desejos nem atender com a atenção e o afeto da sua pobre prima. Mas isso já passou: Clerval escreveu que você está mesmo se recuperando. Espero impacientemente que você confirme essa informação o mais rápido possível, com sua própria letra.
Fique bom — e volte para nós. Vai encontrar um lar feliz e alegre, com amigos que o amam carinhosamente. O meu pai tem saúde, e a única coisa que pede é vê-lo, só para saber que

você está bem; e nunca nenhuma preocupação vai marcar seu rosto bondoso. Como você iria gostar de ver os progressos do nosso Ernest! Tem agora dezesseis anos e está cheio de energia e inteligência. Quer ser um verdadeiro suíço e servir o país no estrangeiro, mas não podemos deixá-lo partir, pelo menos até que seu irmão mais velho volte para nós. Não agrada a meu tio a ideia de uma carreira militar num país distante, mas Ernest nunca teve o poder de aplicação que você tem. Considera o estudo uma prisão odiosa; passa o tempo ao ar livre, a escalar montanhas ou a remar no lago. Temo que ele se torne um desocupado, a menos que cedamos e lhe permitamos seguir a profissão que escolheu.

Pouca coisa mudou, com exceção do crescimento de nossas queridas crianças desde que você nos deixou. O lago azul e as montanhas vestidas de neve nunca mudam; e acho que nosso lar tranquilo e nossos corações contentes são governados pelas mesmas leis imutáveis. Minhas triviais ocupações fazem passar o tempo e me divertem, e me sinto recompensada de todos os meus esforços só de ver rostos felizes e gentis ao meu redor. Desde que você nos deixou, só uma mudança ocorreu em nossa pequena criadagem. Lembra-se em que momento Justine Moritz passou a trabalhar para a nossa família? Provavelmente, não; vou então contar brevemente a história dela. A sra. Moritz, sua mãe, era uma viúva com quatro filhos, dos quais Justine era a terceira. Essa menina sempre fora a predileta do pai, mas por uma estranha maldade sua mãe não a suportava e, depois da morte do sr. Moritz, passou a tratá-la muito mal. Minha tia viu aquilo e, quando Justine tinha doze anos, convenceu a mãe a permitir que ela morasse em nossa casa. As instituições republicanas do nosso país produziram maneiras mais simples e felizes do que as que predominam nas grandes monarquias à sua volta. Há, pois, uma diferença menor entre as diversas classes de habitantes; e os estratos mais baixos, não sendo nem tão pobres nem tão desprezados, têm maneiras mais refinadas e morais. Ser uma criada em Genebra não significa a mesma coisa que ser uma criada na França ou na Inglaterra. Assim recebida em nossa família, Justine aprendeu as tarefas de uma criada, uma condição que, em nosso afortunado país, não implica a ideia de ignorância e de sacrifício da dignidade do ser humano.

Talvez se lembre de que gostava muito de Justine; e eu me lembro de que você certa vez observou que, se estivesse de mau humor, um olhar de Justine poderia dissipá-lo, pela mesma razão dada por Ariosto[1] à beleza de Angélica — ela parecia muito sincera e feliz. Minha tia gostava muito dela, por isso fez questão de lhe dar uma educação superior à que, a princípio, lhe reservara. Esse favor foi plenamente recompensado; Justine era a mais grata criaturinha do mundo: não quero dizer que ela tivesse feito declarações de gratidão — nunca a ouvi fazer isso —, mas via-se em seus olhos que ela quase idolatrava a sua protetora. Embora fosse de temperamento alegre e, sob muitos aspectos, inconsequente, prestava grande atenção a cada gesto da minha tia. Considerava-a o modelo de todas as excelências e tentava imitar sua fraseologia e suas maneiras, por isso até hoje me faz lembrar dela.

Quando a minha caríssima tia morreu, todos estavam ocupados demais com suas próprias dores para dar atenção à pobre Justine, que tratara dela durante a doença com o mais ansioso afeto. A pobre Justine ficou muito doente; mas outras provações ainda lhe estavam reservadas.

Um por um, seus irmãos e suas irmãs morreram; e sua mãe, com exceção de sua filha desdenhada, ficou sem filhos. A consciência da mulher ficou perturbada; começou a pensar que a morte de seus favoritos era uma punição dos céus para castigar sua parcialidade. Ela era católica; e creio que seu confessor

---

[1] Ludovico Ariosto, grande poeta épico italiano (1474-1533). Angélica é a heroína de *Orlando furioso* (1532).

confirmou a ideia que lhe ocorrera. Assim, alguns meses depois de sua partida para Ingolstadt, Justine foi chamada de volta para casa por sua arrependida mãe. Pobre menina! Chorou ao sair de nossa casa; estava muito abatida desde a morte de minha tia; a dor dera uma doçura e uma brandura cativantes às suas maneiras, que antes haviam sido de notável vivacidade. Tampouco a sua permanência na casa da mãe pôde trazer-lhe de volta a alegria. A pobre mulher era muito inconstante em seu arrependimento. Às vezes suplicava a Justine que lhe perdoasse a crueldade, mas com muito maior frequência a acusava de ter provocado a morte dos irmãos e das irmãs. A perpétua irritação levou, por fim, a sra. Moritz ao declínio, que inicialmente aumentou a sua irritabilidade; agora, porém, ela descansa em paz para sempre. Faleceu no primeiro aproximar-se do frio, no começo deste último inverno. Justine voltou para nós; e eu lhe garanto que a amo ternamente. Ela é muito esperta e gentil, além de extremamente linda; como mencionei antes, seu porte e sua expressão sempre fizeram me lembrar da minha querida tia.

Devo ainda lhe dizer algumas palavras, meu querido primo, sobre William, o nosso queridinho. Gostaria que você o visse; é muito alto para a idade, com olhos azuis risonhos e doces, cílios escuros e cabelo cacheado. Quando sorri, duas covinhas aparecem nas bochechinhas, que são rosadas de saúde. Ele já teve uma ou duas namoradinhas, mas Louisa Biron é a sua favorita, uma linda menininha de cinco anos de idade.

Meu querido Victor, tenho certeza de que você gostaria de ouvir uma fofoquinha sobre a boa gente de Genebra. A linda srta. Mansfield já recebeu a visita de felicitações por seu iminente casamento com um jovem inglês, o Excelentíssimo senhor John Melbourne. Sua irmã feia, Manon, casou com o sr. Duvillard, o rico banqueiro, no outono passado. Seu colega de escola favorito, Louis Manoir, sofreu diversos reveses desde que Clerval partiu de Genebra. Mas ele já se recuperou, e dizem que está prestes a casar com uma francesa linda e esperta, sra. Tavernier. Ela é viúva e muito mais velha do que Manoir; mas é muito admirada e muito querida por todos.

Sinto-me melhor depois de lhe escrever, querido primo; mas a ansiedade volta a tomar conta de mim agora que termino a carta. Escreva, Victor mais do que querido, uma linha, uma palavra será uma bênção para nós. Cem mil vezes obrigada a Henry por sua delicadeza, seu afeto e suas muitas cartas; somos-lhe sinceramente gratos. *Adieu!*, meu primo; cuide-se bem; e lhe suplico: escreva!

Elizabeth Lavenza.
Genebra, 18 de março de 17...

— Querida, querida Elizabeth — exclamei quando acabei de ler a carta —, vou escrever imediatamente e aliviar a ansiedade que devem estar sentindo.

Escrevi, e esse esforço cansou-me bastante; mas a minha convalescença já começara e prosseguia com regularidade. Mais quinze dias, e pude deixar meu quarto.

Uma das minhas primeiras preocupações ao me restabelecer foi apresentar Clerval aos diversos professores da universidade. Ao fazê-lo, sofri um rude golpe que reabriu as feridas sofridas pela minha mente. Desde a noite fatal, o fim de meus trabalhos e o começo da minha desgraça, nutrira uma violenta repulsa até pelo nome de filosofia natural. Quando, exceto por aquilo, já havia praticamente recuperado a saúde, a visão de um instrumento químico viria a renovar toda a agonia dos meus sintomas nervosos. Henry percebera aquilo e retirara da minha vista todos os meus aparelhos. Também havia modificado o meu apartamento, pois percebera que eu desenvolvera uma repulsa pelo quarto que antes fora o meu laboratório. Mas essas atenções de Clerval de nada serviram quando visitei os professores. O sr. Waldman submeteu-me a uma verdadeira tortura quando fez o elogio, com delicadeza e entusiasmo, dos espantosos progressos que eu havia feito nas ciências. Ele logo percebeu que o assunto não me agradava; mas, sem descobrir a causa real, atribuiu os meus sentimentos à modéstia e mudou de assunto, passando dos meus avanços à própria ciência, com o desejo, como vi claramente, de me fazer falar. Que poderia eu fazer? Ele queria ser agradável e me torturava. Sentia como se ele tivesse cuidadosamente posto, um por um, à minha vista, aqueles instrumentos que mais tarde seriam utilizados para me submeter a uma morte lenta e cruel. Eu me contorci ao ouvir suas palavras, mas não ousei demonstrar a dor que sentia. Clerval, cujos olhos e sentimentos eram sempre rápidos em discernir as sensações dos outros, procurou mudar de assunto, alegando como desculpa a sua total ignorância; e a conversa voltou-se para temas mais gerais. Agradeci-lhe dentro do coração, mas não disse palavra. Vi claramente que ele estava surpreso, mas nunca tentou tirar o segredo de mim; e, embora o amasse com um misto de afeição e reverência que não conhecia limites, nunca me convenci a confiar-lhe aquele acontecimento que estava tantas vezes presente em minha lembrança, mas que temia que, se o contasse a outra pessoa, iria gravar-se ainda mais fundo na minha mente.

O sr. Krempe não foi igualmente dócil; e, no estado em que me encontrava na época, de uma sensibilidade quase insuportável, seus elogios enfáticos e grosseiros causaram-me um sofrimento ainda maior do que a benévola aprovação do sr. Waldman.

— Sujeito danado! — exclamou ele. — Ai, sr. Clerval, eu lhe garanto que ele passou a perna em todos nós. Ah, pode espantar-se quanto quiser, mas é a pura verdade. Um rapazinho que, há alguns anos, acreditava em Cornelius Agrippa tão firmemente quanto nos Evangelhos, agora já se colocou no topo da universidade; e, se não o descerem de lá rápido, o que vai ser de nós?... Ai, ai — prosseguiu ele, observando a expressão de sofrimento em meu rosto —, o sr. Frankenstein é modesto; uma excelente qualidade num jovem. Os jovens devem desconfiar de si mesmos, o senhor sabe, sr. Clerval; eu mesmo não tinha confiança em mim quando era jovem; mas isso logo passa.

O sr. Krempe deu início, então, a um elogio de si mesmo, que felizmente desviou a conversa de um assunto que me era tão desagradável.

Clerval jamais compartilhara o meu gosto pela ciência natural; e suas ocupações literárias eram completamente diferentes das minhas. Ele entrou na universidade com o objetivo de dominar completamente as línguas orientais e, assim, abrir caminho para o plano de vida que estabelecera para si mesmo. Decidido a não seguir nenhuma carreira inglória, voltara-se para o Oriente, como algo que dava azo ao seu espírito empreendedor. As línguas persa, árabe e sânscrita chamaram a sua atenção, e eu logo fui levado a iniciar os mesmos estudos. A ociosidade sempre me foi tediosa, e, agora que queria fugir da reflexão e odiava os meus antigos estudos, senti um grande alívio em ser colega do meu amigo e obtive não só instrução, mas também consolo nos trabalhos dos orientalistas. Ao contrário dele, não visava a um conhecimento crítico de seus dialetos, pois não tencionava fazer nenhum outro uso deles além de uma diversão temporária. Lia apenas para entender o significado, e aqueles autores recompensaram os meus esforços. Sua melancolia é serena, e sua alegria, elevada a um ponto que nunca experimentara no estudo de autores de nenhum outro lugar. Quando lemos seus escritos, a vida parece consistir num sol ardente e num jardim de rosas, no sorriso e no franzir de cenho de uma bela inimiga, e no fogo que consome o nosso coração. Quão diferente da poesia viril e heroica da Grécia e de Roma!

Passei o verão em meio a essas ocupações, e a minha volta a Genebra foi marcada para o fim do outono; mas sendo adiada por diversos acidentes, chegaram o inverno e a neve, as estradas ficaram intransitáveis, e minha viagem foi postergada até a primavera seguinte. Senti amargamente esse adiamento, pois tinha um grande desejo de rever a minha cidade natal e os meus queridos amigos. Minha volta só fora adiada por tanto tempo porque eu não estava disposto a deixar Clerval num lugar estranho, antes que ele se familiarizasse com alguns de seus habitantes. O inverno, porém, passou agradavelmente; e, embora a primavera houvesse chegado com um atraso incomum, quando veio, sua beleza compensou a demora.

O mês de maio já começara, e todos os dias eu esperava a carta que devia marcar a data da minha partida, quando Henry propôs um passeio a pé pelos arredores de Ingolstadt, para que eu pudesse dar um adeus pessoal à região onde morara durante tanto tempo. Aceitei com prazer a proposta: gostava de exercício, e Clerval sempre fora o meu companheiro favorito nos passeios do mesmo tipo que fazíamos pelas paisagens do meu país natal.

Passamos duas semanas nessas caminhadas: minha saúde e minha disposição já havia tempo se tinham recuperado e ganhavam uma força adicional do ar saudável que eu respirava, dos incidentes naturais de nossos passeios e das conversas com meu amigo. Antes o estudo me segregara da companhia dos meus semelhantes e me tornara antissocial; mas Clerval despertara os melhores sentimentos de meu coração; mais uma vez ele me ensinou a amar a beleza da natureza e o rosto feliz das crianças.

Excelente amigo! Com que sinceridade você me amava e tentava elevar a minha alma até a altura da sua! Uma pesquisa egoísta me havia limitado e restringido, até que sua gentileza e sua afeição abriram os meus sentidos, dando-lhes calor; voltei a ser a mesma criatura feliz que, alguns anos antes, amado e benquisto de todos, não tinha frustrações ou preocupações. Quando feliz, a natureza inanimada tinha o poder de me proporcionar as mais prazerosas sensações. O céu sereno e os campos verdejantes enchiam-me de êxtase. A presente estação era sem dúvida divina; as flores da primavera brotavam nas sebes, enquanto as do verão já estavam em flor. Não me perturbavam os pensamentos que no ano anterior haviam pesado sobre mim, apesar de meus esforços para me ver livre deles, como de um fardo invencível.

Henry ficou satisfeito com a minha alegria e compartilhou sinceramente os meus sentimentos: tentava divertir-me enquanto exprimia as sensações que preenchiam a sua alma. Os recursos de sua mente eram, então, realmente espantosos: sua conversação era cheia de imaginação; e muitas vezes, em imitação dos autores persas e árabes, inventava maravilhosas histórias de fantasia e paixão. Outras vezes ele repetia os meus poemas favoritos, ou me arrastava a discussões em que esgrimia com muita engenhosidade. Voltamos à nossa faculdade num domingo à tarde: os camponeses estavam dançando, e todas as pessoas que encontramos estavam alegres e felizes. Eu mesmo estava muito bem disposto, e corria, e saltava com sentimentos de imensa alegria e contentamento.

Capítulo 7

Em meu retorno, encontrei a seguinte carta de meu pai:

Meu querido Victor,
Provavelmente tem esperado impacientemente uma carta que marque a data de seu retorno à nossa casa; e no começo eu estava tentado a escrever apenas algumas linhas, simplesmente mencionando o dia em que eu estaria aguardando você. Mas essa seria uma gentileza cruel, e não ouso cometê-la. Qual seria a sua surpresa, meu filho, se, esperando uma feliz e alegre recepção, se deparasse, ao contrário, com lágrimas e tristeza? E como, Victor, posso relatar a nossa desgraça? A ausência não deve ter tornado você insensível às nossas alegrias e pesares; e como poderia causar dor a meu filho, ausente há tanto tempo? Desejo prepará-lo para lamentáveis notícias, mas sei que é impossível; agora mesmo seus olhos deslizam pela página à procura das palavras que lhe devem transmitir as terríveis notícias.

William morreu! Aquela criança meiga, cujos sorrisos davam alegria e calor ao meu coração, que era tão doce, tão alegre! Victor, ele foi assassinado!

Não vou tentar consolar você; mas vou simplesmente relatar as circunstâncias do ocorrido.

Na última terça-feira (7 de maio), eu, minha sobrinha e seus dois irmãos fomos passear em Plainpalais. A tarde estava quente e serena, e prolongamos a nossa caminhada mais do que de costume. Já estava escurecendo quando pensamos em voltar; e então descobrimos que não conseguíamos encontrar William e Ernest, que haviam ido na frente. Permanecemos, então, num banco até que eles voltassem. Veio, então, Ernest, e perguntou se havíamos visto seu irmão; disse que havia brincado com ele, que William saíra correndo para se esconder, e que o procurara em vão, e depois esperara um longo tempo, mas ele não voltou.

A história muito nos assustou, e continuamos a procurar por ele até que a noite caiu, e Elizabeth achou provável que ele tivesse voltado para casa. Ele não estava lá. Voltamos mais uma vez, com tochas, pois eu não podia descansar quando pensava que o meu menininho se perdera e estava exposto à umidade e ao sereno da noite; Elizabeth também estava extremamente aflita. Por volta das cinco da manhã, descobri o meu querido menino, que a noite anterior eu vira ativo e cheio de saúde, estirado sobre a relva, lívido e imóvel; a marca do dedo do assassino estava em seu pescoço.

Foi levado para casa, e a dor que estava em meu rosto traiu o segredo para Elizabeth. Ela estava muito impaciente para ver o corpo. Inicialmente, tentei impedi-la; ela, porém, insistiu e, entrando na sala onde ele jazia, apressadamente examinou o pescoço da vítima e, batendo as mãos, exclamou: "Ah, meu Deus! Eu assassinei o meu menininho querido!".

Ela desmaiou e foi reanimada com extrema dificuldade. Quando voltou a si, só chorava e suspirava. Disse-me que naquela noite William a importunara pedindo-lhe que o deixasse usar uma valiosíssima miniatura que ela possuía de sua mãe. O retrato sumira, e sem dúvida foi ele a tentação que empurrou o assassino ao crime. Não temos mais sinal dele agora, embora sejam ininterruptos nossos esforços por descobri-lo; mas não trarão de volta o meu amado William!

Venha, queridíssimo Victor; só você pode consolar Elizabeth. Ela não para de chorar e se acusa injustamente de ser a causa da morte; suas palavras me partem o coração. Estamos todos desolados; mas será que este não é mais um motivo para que você, meu filho, volte para nos consolar? Sua querida mãe! Ai de mim, Victor! Agora eu digo: graças a Deus ela não viveu para ver a cruel e miserável morte do nosso caçulinha!

Venha, Victor! Não a remoer pensamentos de vingança contra o assassino, mas com sentimentos de paz e gentileza que possam curar, e não inflamar, as feridas de nossas almas. Entre na casa do luto, meu querido, mas com bondade e afeição por aqueles que amam você, e não com ódio por seus inimigos.

Seu amoroso e aflito pai,
Alphonse Frankenstein.
Genebra, 12 de maio de 17...

Clerval, que observava a minha fisionomia enquanto eu lia a carta, ficou surpreso ao ver o desespero suceder à alegria que inicialmente eu exprimira ao receber notícias de meus familiares. Joguei a carta sobre a mesa e cobri o rosto com as mãos.

— Meu caro Frankenstein — exclamou Henry, ao perceber que eu chorava amargamente —, será que você tem sempre de ser infeliz? Meu querido amigo, que aconteceu?

Fiz sinal a ele para que pegasse a carta, enquanto eu andava de um lado para o outro do quarto, na mais extrema agitação. Lágrimas também jorraram dos olhos de Clerval, enquanto lia a narrativa da minha desgraça.

— Não posso oferecer-lhe consolo, meu amigo — disse ele —; o seu desastre é irreparável. Que pretende fazer?

— Ir imediatamente para Genebra. Venha comigo, Henry, encomendar os cavalos.

Durante a caminhada, Clerval tentou dizer algumas palavras de consolo; só conseguiu exprimir a sua profunda compaixão.

— Pobre William! — disse ele —, querida criancinha, agora dorme com sua mãe, que é um anjo! Quem o viu radiante e feliz em sua jovem beleza não pode deixar de chorar pela sua perda precoce! Morrer tão miseravelmente; sentir as garras do assassino! Só mesmo um criminoso da pior espécie para destruir a luminosa inocência! Pobre amiguinho! Só nos resta um consolo; os que o amam choram e estão de luto, mas ele descansa. A agonia passou, seus sofrimentos acabaram para sempre. A terra cobre sua forma delicada, e ele não sente dor. Não pode mais ser objeto de piedade; devemos reservá-la aos que, infelizes, sobreviveram a ele.

Assim falou Clerval enquanto corríamos pelas ruas; as palavras imprimiram-se em minha mente, e mais tarde as recordei quando estava sozinho. Mas agora, assim que chegaram os cavalos, entrei correndo num cabriolé e dei adeus ao meu amigo.

A viagem foi tristíssima. No começo, quis correr, pois estava louco para consolar e reconfortar os meus amados e sofridos familiares; mas, quando me aproximei da cidade natal, afrouxei o passo. Mal podia suportar a multidão de sentimentos que lotavam a minha mente. Atravessei cenários familiares à minha juventude, porém dos quais estivera afastado havia quase seis anos. Como cada coisa estava diferente naquele momento! Ocorrera uma só mudança, súbita e desoladora; mas mil pequenas circunstâncias podiam gradualmente provocar outras alterações, que, embora se dessem com maior tranquilidade, não eram menos decisivas. O medo tomou conta de mim; não ousava avançar, temendo mil males sem nome que me faziam tremer, embora fosse incapaz de defini-los. Permaneci dois dias em Lausanne, nesse doloroso estado de espírito. Contemplei o lago: as águas eram plácidas; tudo ao redor estava calmo; e as montanhas nevadas, "os palácios da natureza", não haviam mudado. Aos poucos a paisagem calma e celestial me apaziguou, e prossegui a viagem para Genebra.

A estrada margeia o lago, que se tornava mais estreito à medida que me aproximava da cidade natal. Descobri mais distintamente as encostas negras do Jura e o brilhante cume do Monte Branco. Chorei como uma criança. "Caras montanhas! Meu belo lago! Como dão as boas-vindas ao seu caminhante? Seus cumes são claros, o céu e o lago estão azuis e serenos. Isso é prognosticar a paz ou zombar da minha desgraça?"

Meu amigo, tenho medo de me tornar tedioso alongando-me nessas circunstâncias preliminares; mas aqueles eram dias de relativa felicidade, e me lembro deles com prazer. Minha pátria, minha amada pátria! Quem senão um nativo do país pode descrever o prazer que senti ao rever seus riachos, suas montanhas e, acima de tudo, o seu admirável lago!

Conforme me aproximava de casa, porém, a tristeza e o medo voltaram a tomar conta de mim. A noite também me envolveu; e, quando mal podia enxergar as escuras montanhas, me senti ainda mais deprimido. A paisagem parecia um vasto e sombrio cenário do mal, e obscuramente pressentia que estava destinado a ser o mais infeliz dos seres humanos. Ah, minhas profecias eram verazes, e só se enganaram num único ponto: em toda a desgraça que imaginei e temi, não concebi um centésimo da angústia que estava fadado a sentir. Estava completamente escuro quando cheguei aos arredores de Genebra; as portas da cidade já estavam fechadas, e fui obrigado a passar a noite em Secheron, um burgo a meia légua de distância da cidade. O céu estava sereno; e, como não conseguia repousar, resolvi visitar o lugar onde meu pobre William fora assassinado. Como não podia atravessar a cidade, fui forçado a atravessar o lago num barco para chegar a Plainpalais. Durante a breve viagem, vi os relâmpagos a brincar no cume do Monte Branco, formando as mais belas figuras. A tempestade parecia aproximar-se rapidamente, e, ao desembarcar, subi uma colina de pouca elevação, para poder observar o seu avanço. Ela se aproximava; o céu estava carregado de nuvens, e logo senti a chuva chegando devagar, em pingos grossos, mas a violência logo aumentou.

Deixei o meu posto e continuei a caminhar, embora a escuridão e a tempestade aumentassem a cada minuto, e o trovão ribombasse com um estrondo terrível sobre a minha cabeça. Salève, o Jura e os Alpes da Saboia faziam-lhe eco; os vívidos clarões dos relâmpagos ofuscavam meus olhos, iluminando o lago e fazendo-o parecer um amplo lençol de fogo; então, por um momento, todas as coisas pareciam ganhar uma coloração escura como piche, até que os olhos se recompusessem do clarão anterior. A tempestade, como é frequentemente o caso na Suíça, aparecia ao mesmo tempo em diferentes partes do céu. A tempestade mais violenta pairava exatamente ao norte da cidade, sobre a parte do lago que fica entre o promontório de Belrive e o burgo de Copet. Outra tempestade iluminava o Jura com pálidos clarões; e outra, ainda, ora escurecia, ora desvelava o Môle, uma montanha pontiaguda a leste do lago.

Enquanto observava a tempestade, tão bela, mas terrível, segui em frente com um passo apressado. Aquela nobre guerra no céu elevava o meu moral; bati as mãos e exclamei em voz alta:

— William, querido anjo! Este é o teu funeral, esta é a tua missa de réquiem!

Quando proferi essas palavras, percebi na escuridão um vulto que escapulia furtivamente de trás de um arvoredo próximo a mim; estaquei, observando com atenção: não podia estar enganado. Um clarão de relâmpago iluminou o vulto e revelou claramente a sua forma para mim; sua estatura gigantesca e a deformidade do seu aspecto, mais horrendo do que é humanamente possível, logo me revelaram que era o desgraçado, o demônio repugnante a quem eu dera vida. Que fazia ali? Poderia ser ele (arrepiei-me ante a ideia) o assassino do meu irmão? Assim que a ideia passou pela minha imaginação, convenci-me de sua veracidade; meus dentes rangeram, e fui obrigado a me apoiar contra uma árvore para não cair. O vulto passou rapidamente por mim, e o perdi nas trevas.

Nada que tivesse forma humana poderia ter destruído a linda criança. Era ele o assassino! Eu não tinha mais nenhuma dúvida. A mera presença da ideia era uma prova irretorquível do fato. Pensei em perseguir o diabo; mas teria sido em vão, pois outro relâmpago me revelou que ele já estava entre as rochas da vertente quase perpendicular do monte Salève, uma montanha que limita Plainpalais ao sul. Logo chegou ao cume e desapareceu.

Permaneci imóvel. A tempestade cessara, mas a chuva persistia, e a paisagem estava envolta em trevas impenetráveis. Eu revolvia em minha mente os acontecimentos que até então tentara esquecer: a sequência inteira do meu progresso na direção da criação, a aparição da obra de minhas próprias mãos ao lado de minha cama, a sua partida. Dois anos já se haviam passado desde a noite em que ele recebera a vida; e fora aquele seu primeiro crime? Ah, eu soltara no mundo um desgraçado depravado, cujo prazer residia na carnificina e na desgraça; não havia assassinado meu irmão?

Ninguém pode ter ideia da angústia que senti durante o resto da noite, que passei, molhado e com frio, a céu aberto. Mas não senti a inclemência do tempo; a minha imaginação estava ocupada com cenas de maldade e desespero. Considerei o ser que eu lançara em meio à humanidade e dotara de vontade e poder para perseguir seus objetivos de horror, como o que realizara agora, quase como se fosse o meu próprio vampiro, o meu próprio espírito liberto da tumba e forçado a destruir tudo o que me fosse caro.

O dia raiou, e dirigi meus passos na direção da cidade. As portas estavam abertas, e corri para a casa de meu pai. Minha primeira ideia foi revelar o que sabia do assassino e fazer com que a perseguição começasse imediatamente. Mas detive-me quando refleti sobre a história que teria de contar. Um ser criado por mim mesmo e dotado de vida encontrara-me à meia-noite entre os precipícios de uma inacessível montanha. Lembrei-me também da febre nervosa que tomara conta de mim exatamente na data da minha criação e que daria um ar de delírio a uma história sem isso já amplamente improvável. Sabia muito bem que, se alguma outra pessoa me contasse tal história, eu a teria considerado produto da insanidade. Além disso, a estranha natureza do animal escaparia a qualquer perseguição, mesmo que tivesse crédito suficiente para convencer meus parentes a dar início a ela. E, aliás, de que serviria tal perseguição? Quem poderia deter uma criatura capaz de escalar as paredes verticais do monte Salève? Essas reflexões pareceram-me decisivas, e resolvi permanecer calado.

Eram cerca de cinco da manhã quando entrei na casa de meu pai. Disse aos criados que não incomodassem a família e fui à biblioteca para aguardar a hora em que normalmente acordavam.

Seis anos se haviam passado, vividos num sonho exceto por um único rastro indelével, e eu estava no mesmo lugar em que abraçara meu pai pela última vez antes de partir para Ingolstadt. Querido e venerável pai! Ainda me restava ele. Olhei para o retrato de minha mãe, que ficava sobre o consolo da lareira. Era um tema histórico, pintado a pedido de meu pai, e representava Caroline Beaufort em desesperada agonia, ajoelhada diante do caixão do pai defunto. Seus trajes eram rústicos, e pálido o seu rosto; mas tinha um ar de dignidade e beleza que mal dava lugar ao sentimento de compaixão. Abaixo da pintura estava uma miniatura de William; e minhas lágrimas jorraram quando olhei para ele. Enquanto estava assim ocupado, entrou Ernest: ouvira a minha chegada e se apressara em dar-me as boas-vindas:

— Seja bem-vindo, meu caríssimo Victor — disse ele. — Ah, gostaria que você tivesse vindo três meses atrás, e então nos teria encontrado a todos alegres e felizes. Agora vem para compartilhar uma desgraça que nada pode aliviar; espero, porém, que a sua presença reanime nosso pai, que parece afundar sob o peso desta calamidade; e seus argumentos vão levar a pobre Elizabeth a cessar suas inúteis e torturantes autoincriminações. Pobre William! Era o nosso querido e o nosso orgulho!

As lágrimas jorraram dos olhos do meu irmão; uma sensação de agonia mortal tomou conta do meu corpo. Antes, eu só imaginara a desgraça do meu desolado lar; a realidade apareceu-me como um desastre novo e não menos terrível. Tentei acalmar Ernest; fiz perguntas mais específicas a respeito de meu pai e daquela a quem chamava minha prima.

— Ela, mais do que ninguém — disse Ernest —, precisa de consolo; ela se acusa de ter causado a morte do meu irmão, e isso a deprimiu muito. Mas uma vez que o assassino foi descoberto...

— O assassino foi descoberto! Santo Deus! Como é possível? Quem pode ter tentado persegui-lo? Isso é impossível; seria mais fácil tentar ultrapassar os ventos ou represar um riacho da montanha com palha. Eu também o vi; ele estava livre ontem à noite!

— Não sei a que você se refere — replicou meu irmão, surpreso —, mas para nós a descoberta que fizemos leva ao cúmulo a nossa desgraça. No começo, ninguém queria acreditar; e ainda agora Elizabeth não está convencida, apesar de todas as provas. Realmente, quem iria acreditar que Justine Moritz, tão carinhosa e tão apegada a toda a família, poderia de repente mostrar-se capaz de um crime tão horroroso, tão apavorante?

— Justine Moritz! Pobre, pobre menina! É ela a acusada? Mas isso é um erro; todos sabem disso; ninguém acredita nisso, não é, Ernest?

— No começo, ninguém; mas foram descobertos diversos detalhes que praticamente nos forçaram a acreditar; e o próprio comportamento dela foi tão confuso que somou à prova dos fatos um peso que temo não dar margem à dúvida. Ela será julgada hoje, porém, e você saberá de tudo.

Contou então que, na manhã em que o assassinato do pobre William foi descoberto, Justine adoeceu e ficou vários dias de cama. Entretanto, uma das criadas, ao examinar por acaso as roupas que ela vestira na noite da morte, descobriu no bolso o retrato de minha mãe, que se julgara tivesse sido a tentação do assassino. A criada imediatamente o mostrou a uma das outras, que, sem dizer palavra a ninguém da família, procurou um juiz; e, em razão do seu depoimento, Justine foi presa. Ao ser acusada do fato, a pobre menina confirmou em grande medida a suspeita pelo seu comportamento extremamente confuso.

Essa era uma história estranha, mas não abalou minha confiança; e respondi com veemência:

— Vocês estão todos enganados; eu conheço o assassino. Justine, a pobre e boa Justine, é inocente.

Nesse instante entrou meu pai. Vi a tristeza profundamente gravada em sua fisionomia, mas ele se esforçou para me dar as boas-vindas com alegria; e, depois que trocamos nossas melancólicas saudações, teríamos entrado em algum outro assunto que não fosse o nosso desastre se Ernest não tivesse exclamado:

— Santo Deus, papai! Victor diz que sabe quem é o assassino do pobre William.

— Infelizmente, também nós sabemos — respondeu meu pai —, pois eu preferiria permanecer para sempre ignorante a descobrir tanta depravação e ingratidão em alguém que eu tanto prezava.

— Meu querido pai, o senhor está enganado. Justine é inocente.

— Se assim é, que Deus impeça que ela sofra como culpada. Ela será julgada hoje, e espero sinceramente que seja absolvida.

Essas palavras tranquilizaram-me. Intimamente, tinha a firme convicção de que Justine, ou qualquer outro ser humano, não tinha culpa naquele assassinato. Não temia, pois, que fosse apresentada nenhuma prova circunstancial suficiente para condená-la. A minha não era uma história que pudesse vir à luz publicamente; seu assombroso horror seria considerado loucura pelo vulgo. Será que existe alguém, exceto eu, o criador, que acreditaria, a menos que seus sentidos o convencessem a tanto, na existência do monumento vivo da presunção e da ignorância temerária que eu soltara no mundo?

Logo Elizabeth se juntou a nós. O tempo a alterara desde a última vez que a vira; dera-lhe um encanto que superava a beleza de seus anos de infância. Tinha a mesma espontaneidade, a mesma vivacidade, mas aliadas a uma expressão mais cheia de sensibilidade e inteligência. Ela me deu as boas-vindas com muito carinho.

— A sua chegada, meu querido primo — disse ela —, enche-me de esperança. Você talvez encontre algum meio de justificar a pobre e inocente Justine. Infelizmente, quem estará seguro se ela for considerada culpada? Confio na inocência dela tanto quanto na minha própria. Nossa desgraça é duplamente dura conosco; não só perdemos nosso querido menininho, mas também essa pobre menina, que eu amo sinceramente e há de ser arrastada por um destino ainda pior. Se for condenada, nunca mais terei alegria. Isso, porém, não vai acontecer, tenho certeza; e então serei feliz outra vez, mesmo depois da morte do meu pequeno William.

— Ela é inocente, querida Elizabeth — disse eu —, e isso ficará provado; não tenha medo, mas alegre-se com a certeza de que ela será absolvida.

— Como você é bom e generoso! Todos os outros acreditam que ela seja culpada, e isso me deixava arrasada, pois eu sabia que era impossível: e ver todos os outros com uma opinião tão mortalmente preconcebida deixava-me desesperada. — E começou a chorar.

— Minha querida sobrinha — disse meu pai —, seque as suas lágrimas. Se ela for, como você crê, inocente, confie na justiça de nossas leis e na energia com que impedirei a menor sombra de parcialidade.

Capítulo 8

Passamos momentos melancólicos até as 11 horas, quando o julgamento devia começar. Como meu pai e o resto da família eram obrigados a comparecer como testemunhas, eu os acompanhei ao tribunal. Durante todo aquele lúgubre simulacro de justiça, sofri um tormento atroz. Estava para ser decidido se o resultado da minha curiosidade e de meus inventos ilícitos causaria a morte de dois de meus semelhantes: um bebê risonho e cheio de inocência e alegria; o outro, muito mais pavorosamente assassinado, com todos os agravantes de infâmia, que tornariam o assassinato memorável pelo horror. Justine também era uma moça de méritos e possuía qualidades que lhe prometiam uma vida feliz; agora tudo devia ser esquecido numa cova ignominiosa, e a causa era eu! Preferiria mil vezes confessar-me culpado do crime imputado a Justine, mas eu estava ausente quando foi cometido, e tal declaração teria sido considerada o delírio de um louco e não teria absolvido aquela que sofria por minha causa.

Justine aparentava calma. Vestia luto, e sua fisionomia, sempre atraente, tornava-se, com a solenidade dos seus sentimentos, finamente bela. Mostrava-se, porém, confiante na inocência e não tremeu, embora observada e execrada pela multidão, pois toda a simpatia que sua beleza em outras circunstâncias poderia ter suscitado era obliterada na mente dos espectadores pela imaginação da enormidade que ela supostamente cometera. Ela estava tranquila, embora sua tranquilidade fosse evidentemente constrangida; e como sua confusão fora antes aduzida como prova de culpa, ela se preparara para mostrar-se corajosa. Ao entrar no tribunal, passeou os olhos ao seu redor e logo descobriu onde estávamos sentados. Uma lágrima pareceu turvar seus olhos quando nos viu, mas logo se recompôs, e uma expressão de doloroso afeto parecia atestar sua completa inocência.

 O julgamento começou, e depois que o promotor anunciou a acusação, foram chamadas numerosas testemunhas. Diversos fatos estranhos se amontoavam contra ela, o que poderia ter feito hesitar qualquer um que não tivesse a prova de sua inocência de que eu dispunha. Ela estivera fora durante toda a noite em que o crime fora cometido e pela manhã fora vista por uma feirante não longe do lugar onde mais tarde foi encontrado o corpo do menino assassinado. A mulher perguntou-lhe o que fazia ali, mas Justine parecia muito estranha e só balbuciou uma resposta confusa e ininteligível. Voltou para casa por volta das 8 horas, e, quando alguém lhe perguntou onde passara a noite, respondeu que andara procurando o menino e perguntou com veemência se haviam tido notícias dele. Quando o corpo apareceu, ela teve um violento ataque histérico e ficou acamada por vários dias. Foi então exibido o retrato que a criada encontrara em seu bolso; e quando Elizabeth, com voz titubeante, provou que era o mesmo que, uma hora antes de o menino desaparecer, colocara ao redor de seu pescoço, um murmúrio de horror e indignação preencheu o tribunal.

 Justine foi chamada para defender-se. À medida que o julgamento avançava, sua fisionomia se alterava. A surpresa, o horror e a desolação marcavam-na fortemente. Por vezes ela lutava contra as lágrimas, mas, quando foi chamada a defender-se, juntou forças e falou com uma voz audível, embora incerta.

 — Deus sabe — disse ela — que sou completamente inocente. Mas não pretendo que meus protestos me absolvam; baseio a minha absolvição numa clara e simples explicação dos fatos que foram aduzidos contra mim e espero que o caráter que sempre demonstrei incline meus jurados a uma interpretação favorável quando as circunstâncias parecerem duvidosas ou suspeitas.

Relatou então que, com a permissão de Elizabeth, passara o começo da noite em que o assassinato fora cometido na casa de uma tia, em Chêne, um burgo situado a cerca de uma légua de Genebra. Retornando, por volta das 21 horas, encontrou um homem que lhe perguntou se havia visto o menino perdido. Ela ficou alarmada e passou várias horas procurando por ele, quando as portas de Genebra se fecharam, e ela foi forçada a permanecer por muito tempo num celeiro pertencente a um chalé, por não querer chamar os moradores, que a conheciam bem. Passou a maior parte da noite ali, acordada; pela manhã, achou que dormira por alguns minutos; uns passos a incomodaram, e ela acordou. O sol estava nascendo, e ela deixou o abrigo para tentar mais uma vez encontrar o meu irmão. Se esteve perto do lugar onde jazia o corpo, foi sem o saber. Que se tivesse mostrado aturdida quando interrogada pela feirante, não era de surpreender, pois passara a noite em claro, e o destino do pobre William ainda era incerto. A respeito do retrato, ela não conseguiu dar nenhuma explicação.

— Sei — prosseguiu a infeliz vítima — como essa circunstância isolada pesa fatalmente contra mim, mas não posso explicá-la; e quando exprimi minha total ignorância, só posso fazer conjeturas acerca das probabilidades pelas quais o retrato pode ter sido colocado em meu bolso. Mas aqui também me vejo perdida. Creio que não tenho inimigos no mundo, e com certeza ninguém seria tão mau a ponto de me destruir por mero capricho. Foi o assassino que o colocou ali? Não vejo como teria tido oportunidade de fazer isso; ou, mesmo que tivesse, por que teria roubado a joia para se desfazer dela tão rapidamente? Entrego a minha causa à justiça de meus jurados, embora não veja motivos para ter esperança. Peço permissão para que sejam interrogadas algumas testemunhas acerca do meu caráter, e se o testemunho delas não tiver maior peso do que a minha suposta culpa, devo ser condenada, embora dê a minha inocência em penhor de minha salvação.

Foram chamadas diversas testemunhas que a conheciam desde muitos anos e falaram bem dela; mas o medo e o ódio do crime de que a supunham culpada as tornou receosas e pouco dispostas a apresentar-se. Elizabeth via até mesmo este último recurso, seu excelente caráter e sua conduta irrepreensível, a ponto de trair a acusada, quando, embora muitíssimo agitada, pediu permissão para dirigir-se ao tribunal.

— Eu sou — disse ela — prima da infeliz criança que foi assassinada, ou melhor, sua irmã, pois fui educada por seus pais e tenho vivido com eles desde então e até desde muito antes do seu nascimento. Pode, portanto, ser considerado indecente da minha parte apresentar-me nesta ocasião, mas, quando vejo uma semelhante prestes a morrer pela covardia de seus pretensos amigos, desejo que me permitam falar, para que possa dizer o que sei sobre o caráter de Justine. Conheço muito bem a ré. Vivi na mesma casa com ela, uma vez por cinco anos, e outra por cerca de dois anos. Durante todo esse tempo, ela me pareceu a pessoa mais amável e bondosa. Cuidou da sra. Frankenstein, minha tia, em sua doença final, com o maior carinho e atenção, e em seguida cuidou da própria mãe durante uma longa enfermidade, provocando a admiração de todos que a conheciam, após o que voltou a viver na casa de meu tio, onde era amada por toda a família. Era muito apegada ao menino que agora está morto, e era para ele como uma mãe muito carinhosa. De minha parte, não hesito em dizer que, apesar de todos os indícios apresentados contra ela, creio e confio em sua total inocência. Ela não tinha por que cometer tal ato; quanto à ninharia sobre a qual se baseia a prova principal, se ela realmente a tivesse desejado, eu lha teria dado com prazer, pela estima e pelo afeto que tenho por ela.

Ouviu-se um murmúrio de aprovação após as palavras simples e potentes de Elizabeth, que foi, porém, provocado por sua generosa intervenção, e não em favor da pobre Justine, para a qual a indignação pública se voltou com renovada violência, acusando-a da pior ingratidão. Ela mesma chorou enquanto Elizabeth falava, mas não respondeu. Minha agitação e angústia eram extremas durante todo o julgamento. Eu acreditava na inocência dela; sabia que era inocente. Seria possível que o demônio que havia (não tive dúvida sequer por um minuto) assassinado o meu irmão em sua brincadeira infernal também tivesse, por traição, levado a inocente à morte e à ignomínia? Não pude suportar o horror da minha situação e, quando percebi que a voz do povo e a fisionomia dos jurados já haviam condenado a infeliz vítima, corri agoniado para fora da sala do tribunal. Os tormentos da acusada não estavam à altura dos meus; ela era amparada pela inocência, mas as garras do remorso rasgavam meu peito e não mais soltariam sua presa.

Passei uma noite de pura angústia. De manhã, fui até o tribunal; meus lábios e minha garganta estavam secos. Não ousei fazer a pergunta fatal, mas eu era conhecido, e o guarda adivinhou a causa da visita. As bolas que representavam o voto dos jurados haviam sido lançadas e eram todas pretas. Justine foi condenada.

Não quero tentar descrever o que então senti. Já havia antes experimentado sensações de terror e tentara aplicar a elas as expressões adequadas, mas as palavras não podem transmitir a ideia do dilacerante desespero que senti na hora. A pessoa com quem eu falava acrescentou que Justine já havia confessado a sua culpa.

— Tal prova — observou ele — era até desnecessária num caso tão óbvio, mas estou contente com isso, e, é claro, nenhum de nossos jurados gosta de condenar um criminoso com base em provas circunstanciais, mesmo que sejam tão decisivas.

Essa era uma informação estranha e inesperada; que poderia querer dizer? Meus ouvidos me haveriam traído? E eu estaria na verdade tão louco quanto o mundo acreditaria que eu estivesse se revelasse o objeto das minhas suspeitas? Corri de volta para casa, e Elizabeth perguntou impaciente pelo veredicto.

— Prima — repliquei eu —, a decisão foi a que se poderia esperar; todos os jurados prefeririam condenar dez inocentes a absolver um culpado. Mas Justine confessou.

Aquele foi um duro golpe para a pobre Elizabeth, que confiara firmemente na inocência de Justine.

— Ai! — disse ela. — Como poderei voltar a acreditar na bondade humana? Justine, que eu amava e estimava como a uma irmã, como podia exibir aqueles sorrisos inocentes? Era só para trair? Seus olhos meigos pareciam incapazes de qualquer dureza ou perfídia, e, no entanto, ela cometeu um assassinato.

Logo em seguida soubemos que a pobre vítima exprimira o desejo de ver minha prima. Meu pai não queria que ela fosse, mas disse entregar a decisão ao julgamento e aos sentimentos dela.

— Sim — disse Elizabeth —, eu vou, embora ela seja culpada; e você, Victor, deve acompanhar-me; não posso ir sozinha. A ideia dessa visita era uma tortura para mim, mas não podia recusar. Entramos na sombria cela e vimos Justine sentada sobre a palha no canto mais distante; suas mãos estavam algemadas, e sua cabeça, apoiada nos joelhos. Ela se levantou ao nos ver entrar e, quando fomos deixados sozinhos com ela, jogou-se aos pés de Elizabeth, chorando amargamente. Minha prima também chorava.

— Ah, Justine! — disse ela. — Por que me roubou o meu último consolo? Eu confiava na sua inocência e, embora já estivesse muito abalada, não estava tão desolada como agora.

— E a senhora também acredita que eu seja tão má assim? A senhora também se juntou a meus inimigos para me esmagar, me condenar como assassina? — Sua voz era sufocada pelos soluços.

— Levante-se, minha pobre menina — disse Elizabeth —, por que se ajoelha se é inocente? Não sou um dos seus inimigos, acreditei que não era culpada, apesar de todos os indícios, até saber que você mesma se declarara culpada. Você diz que tal relato é falso; e tenha certeza, querida Justine, que nada pode abalar a minha confiança em você por um momento que seja, a não ser a sua confissão.

— Eu confessei, sim, mas confessei uma mentira. Confessei para poder obter a absolvição; mas agora essa falsidade pesa mais no meu coração do que todos os meus outros pecados. Que Deus me perdoe! Desde que fui condenada, meu confessor passou a me acossar; ameaçou-me até que eu quase comecei a acreditar ser o monstro que ele dizia que eu era. Ameaçou-me com a excomunhão e o fogo do inferno em meus últimos momentos se eu continuasse teimando. Minha querida senhora, eu não tinha em que me apoiar; todos me viam como uma desgraçada fadada à ignomínia e à perdição. Que podia fazer? Num mau momento eu assinei uma mentira; e só agora sou realmente infeliz.

Fez uma pausa, chorando, e em seguida continuou:

— Horrorizada, pensei que a senhora acreditaria que a sua Justine, que a sua santa tia tanto honrou e que a senhora amava, fosse uma criatura capaz de um crime que só o próprio diabo poderia ter perpetrado. Querido William! Amada e abençoada criança! Logo vou revê-lo no céu, onde todos seremos felizes; e para que você me console, pois vou sofrer ignomínia e morte.

— Ah, Justine! Desculpe-me por ter por um momento desconfiado de você. Por que confessou? Mas não desespere, querida menina. Não tenha medo. Vou proclamar, vou provar a sua inocência. Vou amolecer os corações empedernidos de seus inimigos com minhas lágrimas e súplicas. Você não vai morrer! Você, minha companheira de brincadeiras, minha irmã, morrer no cadafalso! Não! Não! Eu jamais poderia sobreviver a essa horrível desgraça.

Justine sacudiu tristemente a cabeça:

— Não tenho medo de morrer — disse ela —, essa angústia já passou. Deus enaltece a minha fraqueza e me dá coragem para enfrentar o pior. Deixo um mundo triste e amargo; e, se a senhora se lembrar de mim e pensar em mim como injustamente condenada, eu me resigno ao destino que me aguarda. Aprenda comigo, querida senhora, a submeter-se com paciência à vontade do Céu!

Durante essa conversa, eu me retirara para um canto da cela, onde podia esconder a horrenda angústia que tomava conta de mim. Desespero! Quem ousava falar nisso? A pobre vítima, que no dia seguinte deveria cruzar a tremenda fronteira entre a vida e a morte, não sentia como eu esta agonia profunda e amarga. Eu rangia os dentes, soltando um gemido que vinha do fundo da alma. Justine levou um susto. Quando viu quem era, aproximou-se de mim e disse:

— Querido senhor, é muita gentileza sua visitar-me. Espero que o senhor não acredite que eu seja culpada!

Não consegui responder.

— Não, Justine — disse Elizabeth —, ele está mais convencido de sua inocência do que eu mesma estava, pois, mesmo quando soube que você assinara uma confissão, não deu crédito a ela.

— Eu lhe agradeço de coração. Nestes meus últimos momentos, sinto a mais sincera gratidão por quem me trata com delicadeza. Como é doce a afeição dos outros por uma desgraçada como eu! Isso acaba com mais da metade do meu infortúnio, e me sinto como se pudesse morrer em paz, agora que a minha inocência foi reconhecida pela senhora e pelo seu primo.

Assim, a pobre infeliz tentava reconfortar aos outros e a si mesma. Sem dúvida, alcançou a resignação que desejava. Mas eu, o verdadeiro assassino, sentia em meu peito estar vivo o verme que insistia em não morrer e que não permitia nenhuma esperança, nenhum consolo. Elizabeth também chorava e se sentia infeliz, mas a sua também era a desgraça da inocência, a qual, como uma nuvem que passa diante da branca lua, por alguns momentos pode esconder, mas não empanar o seu brilho. A angústia e o desespero haviam penetrado no âmago do meu coração; eu trazia dentro de mim um inferno que nada podia extinguir. Passamos muitas horas com Justine, e foi com grande dificuldade que Elizabeth conseguiu despedir-se.

— Quisera eu — exclamou ela — morrer com você. Não consigo viver neste mundo miserável.

Justine assumiu um ar alegre, ao mesmo tempo que reprimia as lágrimas amargas. Abraçou Elizabeth e disse numa voz de mal contida emoção:

— Adeus, minha cara senhora, muito querida Elizabeth, minha amada e única amiga; que o Céu em Sua bondade abençoe e proteja a senhora; seja esta a última desgraça que venha a sofrer! Viva e seja feliz, e faça com que os outros também o sejam.

E, no dia seguinte, Justine morreu. A comovente eloquência de Elizabeth não conseguiu demover os jurados de sua firme convicção sobre a culpa da santa sofredora. Meus apelos apaixonados e indignados não surtiram nenhum efeito. E quando recebi suas frias respostas e ouvi o ríspido e insensível raciocínio daqueles homens, minha planejada confissão morreu em meus lábios. Eu me proclamaria doido, mas não conseguiria revogar a sentença contra a minha infeliz vítima. Ela morreu no cadafalso como uma assassina!

Das torturas do meu coração, voltei-me para contemplar a dor profunda e muda da minha Elizabeth. Aquilo também era minha culpa! E o pesar de meu pai e a desolação deste antes tão risonho lar eram obra das minhas mãos três vezes malditas! Chorem, infelizes, mas essas não são suas últimas lágrimas! Mais uma vez erguerão o lamento fúnebre, e o som de suas queixas se fará ouvir sempre novamente! Frankenstein, seu filho, seu parente, seu velho e querido amigo; ele, que derramaria por vocês cada gota vital de sangue, que não tem ideia do que seja alegria a não ser quando espelhada no rosto querido de vocês, que encheria o ar de bênçãos e passaria a vida servindo a vocês — ele pede o seu pranto, que derramem incontáveis lágrimas; mais feliz do que ousa esperar se assim o fado inexorável for satisfeito e se a destruição cessar antes que a paz do túmulo suceda aos seus tristes tormentos!

Assim falou a minha alma profética, quando, dilacerado pelo remorso, pelo horror e pelo desespero, vi aqueles que amava chorarem em vão sobre os túmulos de William e Justine, as primeiras desgraçadas vítimas de minhas ímpias artes.

Capítulo 9

Nada é mais doloroso para a mente humana do que, depois da exacerbação dos sentimentos por uma rápida sucessão de fatos, a paz defunta da inação e da certeza que se segue e tira da alma a esperança e o medo. Justine morrera, repousava, e eu estava vivo. O sangue corria livre em minhas veias, mas um fardo de desespero e remorso que nada poderia aliviar pesava sobre o meu coração. O sono fugira de meus olhos; eu vagava como um espírito mau, pois cometera crimes indescritivelmente horrendos, e mais, muito mais (estava convicto disso) ainda estava por vir. Meu coração, porém, transbordava de bondade e de amor da virtude. Começara a vida com boas intenções e ávido pela hora em que as pusesse em prática e me tornasse útil aos meus semelhantes. Agora tudo estava acabado; em vez da serenidade de consciência que me permitisse olhar para o passado com satisfação e daí colher a promessa de novas esperanças, estava tomado pelo remorso e pelo sentimento de culpa, que me precipitavam num inferno de intensas torturas que nenhuma língua pode descrever.

Esse estado de espírito minava a minha saúde, que talvez jamais se havia recuperado completamente do primeiro choque sofrido. Eu evitava o rosto dos homens; todos os sons alegres e despreocupados eram uma tortura para mim; a solidão era o meu único consolo — a profunda, negra, mortal solidão.

Meu pai observava triste a visível alteração em minha disposição e em meus hábitos e tentou, com argumentos deduzidos dos sentimentos de sua consciência tranquila e de sua vida honesta, inspirar-me a firmeza e despertar a coragem para dispersar a nuvem negra que pairava sobre mim.

— Você acha, Victor — disse ele —, que eu não estou sofrendo também? Ninguém pode amar uma criança mais do que eu amava o seu irmão — as lágrimas encharcavam seus olhos enquanto falava —, mas não é um dever para os sobreviventes evitar multiplicar a tristeza com uma aparência de imenso pesar? Esse é também um dever para consigo mesmo, pois a dor excessiva impede que as pessoas sigam em frente ou se divirtam, ou até que desempenhem suas tarefas diárias, sem o que nenhum homem é útil à sociedade.

Tal conselho, embora bom, era completamente inaplicável ao meu caso; eu deveria ser o primeiro a esconder minha dor e consolar os meus amigos se o remorso não tivesse mesclado o seu amargor e o terror o seu pânico às minhas outras sensações. Agora só conseguia responder ao meu pai com um olhar desesperado e tentando esconder-me de sua vista.

Por essa época nos retiramos para a nossa casa de Belrive. Essa mudança foi-me especialmente agradável. O fechamento das portas da cidade regularmente às 10 horas e a impossibilidade de permanecer no lago passada essa hora tornaram a nossa residência dentro dos muros de Genebra muito maçante para mim. Agora estava livre. Muitas vezes, depois que o resto da família ia dormir, eu pegava o barco e passava longas horas sobre as águas. Ora, com as velas soltas, era carregado pelo vento; ora, depois de remar até o meio do lago, deixava o barco seguir seu caminho e me entregava a minhas tristes reflexões. Muitas vezes era tentado, quando ao meu redor tudo estava em paz, e eu era a única coisa agitada a perambular inquieta num cenário tão sublime e celestial — com exceção de algum morcego ou das rãs, cujo coaxar estridente e ininterrupto só era ouvido quando eu me aproximava das margens —, muitas vezes, digo, era tentado a mergulhar no lago silencioso, para que as águas pudessem fechar-se para sempre sobre mim e as minhas calamidades. Mas eu me continha ao pensar na heroica e sofrida Elizabeth, que eu amava ternamente e cuja existência estava dedicada à minha. Pensei também em meu pai e em meu irmão ainda vivo; entregá-los-ia eu, com minha vil deserção, expostos e desprotegidos, à malícia do diabo que eu soltara em meio a eles?

Nesses momentos, eu chorava amargamente e queria que a paz voltasse à minha alma, só para poder dar-lhes consolo e alegria. Mas isso não era possível. O remorso acabara com toda esperança. Eu fora o autor de males irreparáveis e vivia todos os dias tomado pelo medo de que o monstro que eu criara perpetrasse uma nova perversidade. Tinha a obscura sensação de que nem tudo estava acabado e de que ele ainda cometeria um crime extraordinário, que por sua enormidade deveria quase apagar a memória do passado. Continuava a haver espaço para o medo enquanto algo que eu amasse permanecesse de pé. Não é possível imaginar o meu ódio por aquele diabo. Quando pensava nele, meus dentes rangiam, meus olhos ardiam, e eu ansiava por extinguir aquela vida que tão irrefletidamente lhe concedera. Quando refletia sobre os seus crimes e a sua maldade, meu ódio e desejo de vingança transbordavam todos os limites da moderação. Eu teria feito uma peregrinação até o mais alto pico dos Andes se pudesse de lá precipitá-lo até a base da montanha. Queria tornar a vê-lo, para poder descarregar o máximo de raiva sobre a sua cabeça e assim vingar a morte de William e Justine. Nossa casa estava de luto. A saúde de meu pai estava profundamente abalada pelo horror dos últimos acontecimentos. Elizabeth estava triste e abatida; não sentia mais prazer em suas ocupações do dia a dia; todo prazer lhe parecia um sacrilégio contra os mortos; achava, então, que a dor e as lágrimas eternas eram o justo tributo a ser pago pela inocência tão vilipendiada e conspurcada. Não era mais aquela criatura feliz que na primeira juventude caminhava comigo pelas margens do lago e falava em êxtase de nossos futuros projetos. Visitou-a a primeira dessas dores que nos são enviadas para que nos apartemos da terra, e sua escura influência extinguiu seus adoráveis sorrisos.

— Quando reflito, meu querido primo — disse ela —, sobre a miserável morte de Justine Moritz, já não vejo como antes o mundo e o que nele se passa. Antes, eu encarava as histórias de maldade e injustiça que lia nos livros ou ouvia de outras pessoas como contos dos tempos passados, ou como males imaginários; pelo menos eram distantes e mais familiares à razão do que à imaginação; mas agora a desgraça entrou em casa, e os homens me parecem monstros sedentos do sangue uns dos outros. Mas certamente estou sendo injusta. Todos acreditavam que a pobre moça era culpada; e, se ela pudesse ter cometido o crime pelo qual padeceu, com certeza teria sido o mais depravado dos seres humanos. Em troca de uma joia, ter assassinado o filho do benfeitor e amigo, uma criança que criara desde o nascimento e parecia amar como se fosse o seu próprio filho! Eu não podia consentir a morte de qualquer ser humano, mas certamente teria achado tal criatura incapaz de permanecer na sociedade dos homens. Ela era inocente, porém. Eu sei, eu sinto que ela era inocente; você é da mesma opinião, e isso confirma a minha. Infelizmente, Victor, quando a falsidade consegue parecer-se tanto com a verdade, quem pode ter certeza da felicidade? Sinto-me como se estivesse caminhando nas bordas de um precipício, contra o qual multidões se comprimem e tentam empurrar-me no abismo. William e Justine foram assassinados, e o assassino escapou; caminha livre pelo mundo e talvez seja respeitado. Mas, mesmo se eu fosse condenada a padecer no cadafalso pelos mesmos crimes, não trocaria a minha sorte pela desse demônio.

Ouvi essas palavras na mais extrema agonia. Eu, não de fato, mas com efeito, era o verdadeiro assassino. Elizabeth leu a angústia na minha fisionomia e, pegando delicadamente a minha mão, disse:

— Meu caríssimo amigo, você tem de se acalmar. Esses acontecimentos afetaram-me, Deus sabe com que profundidade; mas não estou tão abatida como você. Há em seu rosto uma expressão de desespero e às vezes de vingança que me faz tremer. Querido Victor, dê um fim a essas negras paixões. Lembre-se dos amigos ao seu redor, que têm em você o centro de todas as suas esperanças. Será que perdemos o poder de fazê-lo feliz? Ah, enquanto nos amarmos, enquanto formos verdadeiros um com o outro, aqui nesta terra de paz e beleza, seu país natal, poderemos colher todas as graças tranquilas. O que poderá perturbar a nossa paz?

E não seriam essas palavras dela, que eu prezava mais do que qualquer outro dom da fortuna, capazes de expulsar o demônio que espreitava em meu coração? Enquanto ela falava, aproximei-me como que aterrorizado, temendo que naquele mesmo momento o destruidor estivesse por perto para roubá-la de mim.

Assim, nem a ternura da amizade nem a beleza da terra ou do céu podiam livrar da angústia a minha alma; até a expressão do amor era inútil. Fui envolvido por uma nuvem que nenhuma influência benéfica podia penetrar. Assemelhava-me à corça ferida que arrasta suas frágeis patas até um matagal distante para lá observar a seta que a perfurou e morrer.

Às vezes, eu conseguia enfrentar o sombrio desespero que tomava conta de mim, mas outras vezes as turbulentas paixões da minha alma me levavam a procurar, pelo exercício físico e pela movimentação, algum alívio para as minhas insuportáveis sensações. Foi durante um acesso desse tipo que saí de casa de repente e, dirigindo meus passos para os vales alpinos das proximidades, procurei na magnificência, na eternidade daquelas paisagens esquecer-me de mim mesmo e de minhas efêmeras, porque humanas, angústias. Minhas perambulações dirigiam-se para o vale de Chamonix. Eu o visitara com frequência quando era adolescente. Seis anos se haviam passado desde então: eu era um desgraçado, mas nada mudara naqueles cenários selvagens e eternos.

Fiz a primeira parte da viagem a cavalo. Mais tarde, aluguei uma mula, por ser mais segura e menos propensa a se ferir naquelas trilhas acidentadas. O tempo estava ótimo; era meio de agosto, cerca de dois meses depois da morte de Justine, aquela época infeliz da qual dato todos os meus males. O peso sobre a minha alma aliviava-se sensivelmente, enquanto eu mergulhava cada vez mais fundo no desfiladeiro do Arve. As imensas montanhas e precipícios que se projetavam de todos os lados ao meu redor, o som do rio a esbravejar entre as rochas e o salpico das quedas-d'água à minha volta falavam de um poder tão grande quanto a Onipotência — e eu parei de temer ou de me curvar diante de qualquer ser menos todo-poderoso do que Aquele que criou e governa os elementos, aqui mostrados em seu aspecto mais terrível. Todavia, conforme eu ia subindo, o vale ganhava um aspecto mais espantoso e magnífico. Castelos em ruínas suspensos aos precipícios de montanhas cobertas de pinheiros, o impetuoso Arve e chalés surgindo aqui e ali em meio às árvores formavam um cenário de rara beleza. Mas tudo era multiplicado e sublimado pelos poderosos Alpes, cujas pirâmides e cúpulas brancas e rutilantes pairavam acima de tudo, como se pertencessem a outro mundo, as moradas de outra raça de seres.

Atravessei a ponte de Pélissier, onde o desfiladeiro formado pelo rio se abriu à minha frente, e comecei a subir a montanha que se projeta sobre ele. Logo depois, entrei no vale de Chamonix. Esse vale é maravilhoso e sublime, mas não tão belo e pitoresco como o de Servox, pelo qual acabara de passar. As altas e nevadas montanhas eram suas fronteiras imediatas, mas não vi mais castelos em ruínas e campos férteis. Imensas geleiras margeavam a trilha; ouvia o retumbante trovejar da avalancha a despencar e percebia o fumo de sua passagem. O Monte Branco, o supremo e magnífico Monte Branco, erguia-se sobre os picos ao seu redor, e sua tremenda cúpula dominava o vale.

Durante essa viagem, fui muitas vezes tomado por uma estimulante sensação de prazer que havia muito não tinha. Uma curva na estrada, um novo objeto subitamente visto e reconhecido faziam-me lembrar os dias passados e eram associados com a alegria despreocupada da adolescência. Os mesmos ventos sussurravam serenamente, e a maternal Natureza mandava-me não mais chorar. Então, de novo a boa influência parou de agir — vi-me mais uma vez agrilhoado à angústia e entregue a toda a miséria da reflexão. Esporeava o meu animal, esforçando-me para esquecer o mundo, meus medos e, acima de tudo, a mim mesmo — ou, de maneira mais desesperada, apeava e jogava-me sobre a relva, derrubado pelo horror e pelo desespero.

Cheguei, por fim, ao burgo de Chamonix. A exaustão sucedeu ao cansaço extremo, tanto do corpo quanto da mente. Por um breve espaço de tempo, permaneci à janela, a observar os pálidos relâmpagos que brincavam sobre o Monte Branco e a ouvir o ímpeto do Arve, que seguia ruidoso o seu caminho mais abaixo. O embalo dos mesmos sons agia como um acalanto para as minhas sensações excitadas demais; quando pus a cabeça sobre o travesseiro, o sono tomou conta de mim; senti-o chegando e abençoei-o pelo esquecimento que me trazia.

Capítulo 10

No dia seguinte passeei pelo vale. Parei em pé junto à nascente do Arveiron, numa geleira que vai descendo devagar dos picos das montanhas, até obstruir o vale. As abruptas encostas das grandes montanhas estavam à minha frente; o paredão da geleira projetava-se sobre mim; alguns pinheiros estilhaçados estavam espalhados por ali; e o silêncio solene daquela sala de audiências da imperial Natureza só era quebrado pelas ondas sonoras da queda de algum fragmento maior, pelo som de trovão da avalancha ou pelos estalos, reverberados pelas montanhas, do gelo acumulado, que, pela ação de leis imutáveis, era de quando em quando despedaçado e dilacerado, como se fosse apenas um brinquedo. Esses cenários sublimes e magníficos davam-me o maior consolo que podia receber. Elevavam-me acima de toda mesquinhez de sentimento e, embora não pusessem um fim à minha dor, moderavam-na e tranquilizavam-na. Até certo ponto, também eles distraíam minha mente dos pensamentos que a obcecaram no mês anterior. Retirei-me para descansar à noite; meu sono, por assim dizer, era velado e servido pela assembleia de formas imensas que eu contemplara durante o dia. Elas se reuniam ao meu redor; o imaculado pico nevado, o pináculo resplandecente, os bosques de pinheiros e o desfiladeiro áspero e árido, a águia, pairando entre as nuvens — todos eles se reuniram ao meu redor e me ordenaram descansar em paz.

Para onde haviam fugido quando acordei na manhã seguinte? Tudo o que me inspirava a alma fugira com o sono, e uma negra melancolia envolveu todos os meus pensamentos. A chuva caía torrencialmente, e uma espessa neblina escondia os picos das montanhas, para que eu não visse os rostos daqueles imponentes amigos. Eu queria, porém, penetrar seu nebuloso véu e encontrá-los em seus nublados esconderijos. O que eram chuva e tempestade para mim? Minha mula foi trazida até a porta, e resolvi escalar o pico do Montanvert. Lembro-me do efeito que a vista do tremendo e sempre móvel glaciar produzira sobre a minha mente quando o vi pela primeira vez. Ele me enchera de um sublime êxtase que deu asas à alma e lhe permitiu voar do mundo escuro até a luz e o júbilo. A vista do que há de soberbo e majestoso na natureza sempre tinha o efeito de tornar solene a minha mente e fazer com que eu esquecesse os passageiros cuidados da vida. Resolvi ir sem guia, pois conhecia bem o caminho, e a presença de outra pessoa destruiria a solitária grandiosidade da paisagem.

A subida é íngreme, mas o caminho é feito de curvas contínuas e curtas, o que permite superar a perpendicularidade da montanha. É um cenário terrivelmente desolado. Em mil lugares se podem perceber os vestígios da avalancha do inverno, onde árvores jazem partidas e espalhadas pelo chão, algumas completamente destruídas, outras tortas, apoiadas às rochas salientes da montanha ou transversalmente às franças de outras árvores. A trilha, conforme se vai subindo, é cortada por ravinas de neve, montículos cujas pedras rolam de cima sem parar; uma delas é especialmente perigosa, pois o mais leve rumor, como o som da fala em voz alta, produz uma concussão de ar suficiente para trazer a destruição sobre a cabeça do falante. Os pinheiros não são altos nem exuberantes, mas sombrios, e dão um ar de gravidade à paisagem. Olhei para os vales que ficam embaixo; vastas neblinas estavam subindo dos rios que correm por eles e serpenteando em espessas espirais ao redor das montanhas opostas, cujos picos se escondiam nas nuvens uniformes, enquanto a chuva se derramava do céu escuro e aumentava a impressão de melancolia que eu recebia dos objetos à minha volta. Ai, por que o homem se vangloria de uma sensibilidade superior à dos animais? Ela só faz com que mais objetos lhe sejam necessários. Se nossos impulsos se limitassem à fome, à sede e ao desejo, seríamos quase livres; mas agora somos movidos por todos os ventos que sopram e por uma palavra ao acaso ou pela paisagem que tal palavra nos possa transmitir.

> *We rest; a dream has power to poison sleep.*
> *We rise; one wand'ring thought pollutes the day.*
> *We feel, conceive, or reason; laugh or weep,*
> *Embrace fond woe, or cast our cares away;*
> *It is the same: for, be it joy or sorrow,*
> *The path of its departure still is free.*
> *Man's yesterday may ne'er be like his morrow;*
> *Nought may endure but mutability!*[1]

Era quase meio-dia quando cheguei ao topo da escalada. Sentei-me por algum tempo sobre a rocha que domina o mar de gelo. A neblina cobria toda a paisagem. Depois uma brisa dissipou a nuvem, e eu desci até o glaciar. A superfície era muito irregular, erguendo-se como as ondas de um mar

---

[1] Descansamos; um sonho tem o poder de envenenar o sono.
Levantamo-nos; um pensamento vagabundo polui o dia.
Sentimos, concebemos ou raciocinamos; rimos ou choramos,
Abraçamos a amorosa dor ou repelimos nossas preocupações;
É o mesmo: pois, seja alegria ou tristeza,
O caminho de saída continua livre.
O ontem do homem talvez nunca seja como o amanhã;
Nada persiste, salvo a mutabilidade!

[Do poema "*Mutability*", de Shelley]

tempestuoso, descendo bem baixo e entrecortado de fendas profundas. O campo de gelo tem quase uma légua de largura, mas gastei quase duas horas para atravessá-lo. A montanha oposta é uma rocha perpendicular e nua. Da vertente onde agora estava, o Montanvert estava exatamente em frente, à distância de uma légua; e acima dele se erguia o Monte Branco, em tremenda majestade. Permaneci no recesso de uma rocha, observando o cenário maravilhoso, estupendo. O mar, ou antes, o vasto rio de gelo, serpenteava entre montanhas pouco elevadas, cujos cumes cobertos de gelo brilhavam à luz do sol, acima das nuvens. Meu coração, antes abatido, agora se enchia de algo parecido com a alegria. Exclamei:

— Espíritos vagabundos, se de fato viajais e não repousais em vossos estreitos leitos, permiti-me esta tímida felicidade ou levai-me como vosso companheiro para longe das alegrias da vida.

Enquanto pronunciava essas palavras, vi de repente a figura de um homem, a certa distância, a caminhar na minha direção com velocidade sobre-humana. Saltava sobre as fendas do gelo, entre as quais eu caminhara com cautela; também a sua estatura, ao se aproximar, parecia ultrapassar a do homem. Fiquei perturbado; uma névoa cobriu os meus olhos, e senti a fraqueza tomar conta de mim, mas logo me recuperei com o vento frio das montanhas. Percebi, enquanto a forma chegava mais perto (tremenda e odiosa visão!), que era o desgraçado criado por mim. Tremi de raiva e horror, resolvido a esperar sua aproximação e então travar com ele um combate mortal. Aproximou-se; seu rosto demonstrava uma angústia amarga, combinada com desprezo e maldade, enquanto a sua feiura fantasmagórica o tornava quase medonho demais para os olhos humanos. Mas mal notei isso; a cólera e o ódio primeiro me tiraram a fala, e só a recuperei para cobri-lo de palavras de furiosa abominação e desprezo.

— Diabo — exclamei —, como ousas aproximar-te de mim? E não temes a feroz vingança dos golpes de meu braço sobre a tua cabeça miserável? Fora, vil inseto! Ou antes, fica, para que eu possa pisotear-te até transformar-te em pó! E, ah, para que eu possa, com a extinção da tua existência desgraçada, reparar as vítimas que tão diabolicamente assassinaste!

— Já esperava essa recepção — disse o demônio. — Todos os homens odeiam os desgraçados; como então devo ser odiado, eu que sou a mais miserável de todas as coisas vivas! Mas tu, meu criador, me detestas e rejeitas, a tua criatura, à qual estás preso por laços que só podem ser desfeitos pela aniquilação de um de nós dois. Queres matar-me. Como ousas divertir-te assim com a vida? Cumpre com o teu dever para comigo, e eu cumprirei o meu para contigo e o resto da humanidade. Se aceitares as minhas condições, deixarei a eles e a ti em paz; mas, se recusares, vou empanturrar-me com a morte, até saciar-me com o sangue dos amigos que ainda te restam.

— Monstro odiado! És um demônio! As torturas do inferno são uma vingança branda demais por teus crimes. Diabo desgraçado! Censuras-me por ter-te criado. Vem, então, para que eu possa extinguir a centelha que tão irrefletidamente te concedi.

Minha ira não tinha limites; pulei sobre ele, impelido por todos os sentimentos que podem levar um ser a atentar contra a vida de outro.

Ele se esquivou com facilidade e disse:

— Calma! Suplico-te que me ouças antes de desafogares o ódio sobre a minha cabeça execrada. Já não sofri o bastante, para que procures agravar a minha miséria? A vida, embora possa ser só um acúmulo de angústias, me é cara, e vou defendê-la. Lembra-te, fizeste-me mais forte do que tu mesmo; minha estatura é superior à tua, minhas articulações são mais ágeis. Mas não vou cair na tentação de me opor a ti. Sou tua criatura e serei até gentil e dócil com meu senhor e rei natural se também fizeres a tua parte, a parte que me deves. Ah, Frankenstein, não sejas íntegro com todos os demais, só tripudiando sobre mim, a quem mais deves justiça e até clemência e afeto. Lembra-te de que sou tua criatura; devo ser teu Adão, mas sou antes o anjo caído, de quem tiraste a alegria sem que tivesse cometido nenhum crime. Em toda parte vejo contentamento, do qual só eu estou irrevogavelmente excluído. Eu era benevolente e bom; a desgraça transformou-me num demônio. Faze-me feliz, e tornarei a ser virtuoso.

— Fora daqui! Não quero mais ouvir-te. Não pode haver união entre mim e ti; somos inimigos. Vai embora, ou vamos medir forças numa luta em que um dos dois deve morrer.

— Como posso comover-te? Minhas súplicas não te farão olhar com simpatia para a tua criatura, que implora tua bondade e compaixão? Crê-me, Frankenstein, eu era bom; minha alma ardia de amor e de humanidade; mas não estou sozinho, miseravelmente sozinho? Tu, meu criador, me odeias; que esperança posso ter junto aos teus semelhantes, que nada me devem? Eles me rejeitam e odeiam. As montanhas desertas e as tristes geleiras são meu refúgio. Tenho perambulado por aqui há muitos dias; as cavernas de gelo, que só eu não temo, servem-me de morada, e a única que o homem não inveja. Saúdo estes céus desertos, pois são mais gentis comigo do que os teus semelhantes. Se a multidão dos humanos soubesse da minha existência, agiria como tu e se armaria para me destruir. Não hei de odiar, então, quem me abomina? Não vou render-me aos meus inimigos. Sou um desgraçado, e eles hão de compartilhar minha desgraça. E, no entanto, está em tuas mãos recompensar-me e livrá-los de um mal que só por tua culpa pode tornar-se tão grande que não só tu e tua família, mas milhares de outros, serão tragados pelos turbilhões de sua ira. Tem compaixão de mim e não me desprezes. Ouve a minha história; quando a tiveres ouvido, abandona-me ou tem misericórdia de mim, pois julgarás o que mereço. Mas ouve-me. Aos culpados é permitido, pelas leis humanas, por mais sangrentas que sejam, falar em defesa própria antes de serem condenados. Ouve-me, Frankenstein. Acusas-me de assassinato e, no entanto, querias, de consciência satisfeita, destruir a tua própria criatura. Ah, seja louvada a eterna justiça do homem! Mas não te peço que me poupes; escuta-me e, em seguida, se puderes e se quiseres, destrói o trabalho de tuas mãos.

— Por que me fazes lembrar — retorqui — de circunstâncias sobre as quais, se eu refletir, estremeço, de que fui infelizmente a origem e o autor? Maldito seja o dia, diabo odiado, em que viste pela primeira vez a luz! Malditas sejam (embora com isso me maldiga a mim mesmo) as mãos que te formaram! Tu me tornaste indizivelmente desgraçado. Não me deixaste o poder de julgar se sou ou não justo contigo. Fora daqui! Livra-me da visão da tua forma detestada.

— Assim te livro, meu criador — disse ele e colocou suas odiadas mãos diante dos meus olhos, as quais afastei de mim com violência —, assim te tiro uma visão que abominas. Não podes, porém, ouvir-me e dar-me a tua compaixão. Peço-te isto pelas virtudes que eu antes possuía. Ouve a minha história; é longa e estranha, e a temperatura deste lugar não é adequada a tuas finas sensações; vem à cabana no topo da montanha. O sol ainda vai alto no céu; antes que ele desça para se esconder atrás dos precipícios nevados e ilumine outro mundo, já terás ouvido a minha história e poderás tomar uma decisão. Está em tuas mãos decidir se deixarei para sempre a proximidade dos homens e levarei uma vida inofensiva ou se me tornarei o flagelo de teus semelhantes e o autor de tua rápida ruína.

Ao dizer isso, ele seguiu adiante através do gelo; eu fui atrás. Meu coração estava aflito e não lhe respondi, mas, ao seguir em frente, ponderei os diversos argumentos de que ele se valera e resolvi pelo menos ouvir a sua história. Em parte, eu era impelido pela curiosidade, e a compaixão fez com que eu me decidisse. Até então supunha que ele era o assassino de meu irmão e buscava com impaciência que ele confirmasse ou negasse isso. Pela primeira vez, também senti quais eram os deveres do criador para com sua criatura, e que devia torná-lo feliz antes de me queixar de sua maldade. Esses motivos levaram-me a consentir em seu pedido. Atravessamos, pois, o gelo e escalamos a rocha oposta. O ar estava frio, e começou a chover de novo; entramos na cabana, o demônio exultante, eu com o coração pesado e de ânimo abatido. Mas concordei em escutar, e, sentando-me junto ao fogo que meu odioso companheiro acendera, ele começou assim a sua narrativa.

Capítulo 11

"É com grande dificuldade que me lembro da época original de meu ser; todos os acontecimentos daquele período me parecem confusos e indistintos. Uma estranha multiplicidade de sensações tomava conta de mim, e eu via, sentia, ouvia e cheirava ao mesmo tempo; e isso foi, de fato, muito antes de aprender a distinguir entre as operações de meus vários sentidos. Lembro-me de que gradualmente uma luz mais forte pressionou meus nervos e fui obrigado a fechar os olhos. A escuridão, então, me envolveu e perturbou, mas mal sentira isso e já, ao abrir os olhos, como agora suponho, a luz de novo se derramou sobre mim. Caminhei e, creio, desci, mas agora sentia uma grande mudança em minhas sensações. Antes, corpos escuros e opacos me rodeavam, sem que eu pudesse ver ou tocar; mas agora achava que podia caminhar em liberdade, sem obstáculos que não pudesse ou superar, ou evitar. A luz tornava-se-me mais e mais opressiva e, como o calor me consumisse enquanto caminhava, procurei um lugar onde pudesse ter sombra. Era a floresta próxima a Ingolstadt; e ali me deitei ao lado de um riacho, para descansar, até que senti fome e sede. Isso me fez despertar de meu estado quase dormente, e comi algumas frutas que vi penduradas às árvores ou jogadas ao chão. Matei a sede no riacho e então, deitando-me, fui vencido pelo sono.

Estava escuro quando acordei; sentia frio e estava meio assustado, instintivamente, por me ver tão só. Antes de abandonar o teu apartamento, com uma sensação de frio, cobrira-me com alguns panos, que eram, porém, insuficientes para me proteger do sereno da noite. Eu era um pobre desgraçado, desamparado e miserável; nada sabia e nada podia distinguir; mas, como a sensação de dor me invadia de todos os lados, sentei-me e chorei.

Logo uma luz suave se filtrou pelo céu e me deu uma sensação de prazer. Ergui-me de um salto e vi uma figura radiante aparecer entre as árvores. Observei-a, maravilhado. Movia-se devagar, mas iluminava o meu caminho, e saí de novo em busca de frutas. Ainda sentia frio quando, sob uma das árvores, encontrei uma enorme capa, com a qual me cobri, e me sentei no chão. Nenhuma ideia distinta ocupava a minha mente; tudo estava confuso. Sentia a luz, a fome, a sede e a escuridão; inúmeros sons soavam em meus ouvidos, e, de todos os lados, vários perfumes me saudavam; o único objeto que eu podia distinguir era a lua brilhante, e nela cravei meus olhos com prazer.

Passaram-se diversas mudanças de dia para noite, e o astro noturno diminuíra muito quando comecei a distinguir as minhas sensações umas das outras. Aos poucos vi nitidamente o riacho límpido que me abastecia de água e as árvores que me davam sombra com suas folhagens. Fiquei maravilhado ao descobrir que um som agradável, que muitas vezes saudara meus ouvidos, vinha da garganta de uns animaizinhos alados que com frequência haviam interceptado a luz diante dos meus olhos. Também comecei a observar, com maior precisão, as formas que me cercavam e a perceber os limites do teto radiante que me servia de dossel. Por vezes tentava imitar aqueles sons agradáveis dos pássaros, mas não conseguia. Por vezes queria exprimir as minhas sensações a meu modo, mas os sons desajeitados e inarticulados que emitia levavam-me, assustado, a calar-me de novo.

A lua desaparecera da noite e mais uma vez, com uma forma mais reduzida, se mostrava, enquanto eu permanecia na floresta. Minhas sensações a essa altura se tornaram distintas, e a minha mente recebia a cada dia novas ideias. Meus olhos acostumaram-se com a luz e a perceber os objetos em suas formas corretas; distinguia o inseto da planta e, aos poucos, uma planta da outra. Descobri que o pardal só emitia notas estridentes, ao passo que as do melro e do tordo eram doces e sedutoras.

Um dia em que sentia muito frio, achei uma fogueira que fora deixada por uns mendigos vagabundos e senti um prazer imenso com o calor que experimentei com ela. Em minha alegria, mergulhei a mão na brasa viva, mas logo a retirei com um grito de dor. Que estranho, pensei, que a mesma causa produza efeitos tão opostos! Examinei os materiais da fogueira e, para minha alegria, vi que fora feita de madeira. Rapidamente juntei uns galhos, mas estavam molhados e não podiam queimar. Fiquei aborrecido com isso e sentei-me calado, a observar o trabalho do fogo. A madeira molhada que pusera junto ao calor se secara e pegara fogo. Refleti sobre isso e, tocando os vários galhos, descobri a causa daquilo e tratei de juntar uma grande quantidade de madeira, que poderia secar e assim obter um grande suprimento de fogo. Quando veio a noite e trouxe consigo o sono, senti um grande medo de que a minha fogueira pudesse apagar-se. Cobri-a cuidadosamente com madeira e folhas secas e coloquei galhos secos sobre ela; e então, esticando a minha capa, deitei no chão e caí no sono.

Já amanhecera quando acordei, e a minha primeira preocupação foi verificar o que seria da fogueira. Descobri-a, e uma leve brisa logo lhe acendeu a chama. Observei aquilo e inventei um leque de ramos que acendia as brasas quando estavam quase extintas. Quando anoiteceu novamente, descobri, com prazer, que a fogueira, além de calor, também dava luz, e essa descoberta foi-me útil quanto ao alimento, pois percebi que alguns dos restos que os viajantes tinham deixado haviam sido assados, e seu sabor era muito melhor do que o das frutas que apanhava nas árvores. Tentei, portanto, preparar a minha comida do mesmo jeito, colocando-a sobre a brasa acesa. Descobri que as frutas se estragavam com essa operação, mas as nozes e as raízes ficavam bem melhores.

A comida, porém, começou a escassear, e muitas vezes passava o dia inteiro procurando em vão algumas bolotas para mitigar a agonia da fome. Quando percebi isso, resolvi deixar o lugar que até então habitara, para procurar outro onde as poucas necessidades que experimentava fossem mais facilmente satisfeitas. Nessa migração lamentei demais a perda do fogo que obtivera acidentalmente e não sabia como reproduzir. Examinei essa dificuldade durante longas horas, mas fui obrigado a abandonar todas as tentativas de resolver o problema, e, enrolando-me em minha capa, enveredei pelo bosque na direção do poente. Passei três dias nessas andanças e por fim descobri o descampado. Caíra uma forte nevasca na noite anterior, e os campos eram de uma brancura uniforme; a aparência era desoladora, e vi meus pés enregelados pela substância úmida e fria que cobria o chão.

Eram quase sete da manhã, e eu queria obter comida e abrigo; finalmente percebi uma pequena cabana, num plano elevado, que sem dúvida fora construída para conveniência de algum pastor. Aquela era uma visão nova para mim, e examinei a estrutura com muita curiosidade. Ao encontrar a porta aberta, entrei. Um velho estava sentado junto à lareira, sobre a qual estava preparando seu desjejum. Voltou-se ao ouvir barulho; ao me perceber, soltou um berro e, deixando a cabana, saiu correndo pelos campos numa velocidade de que seu corpo debilitado dificilmente pareceria capaz. Sua aparência, diferente de tudo o que eu havia visto antes, e sua fuga surpreenderam-me bastante. Mas fiquei encantado com a aparência da cabana; aqui a neve e a chuva não podiam penetrar; o chão estava seco; e me pareceu então um abrigo tão fino e divino quanto Pandemonium parecera aos demônios do inferno depois de sofrerem no lago de fogo. Devorei vorazmente os restos do desjejum do pastor, composto de pão, queijo, leite e vinho; deste último, porém, não gostei. Em seguida, vencido pelo cansaço, deitei-me sobre a palha e dormi.

Já era meio-dia quando acordei e, fascinado pelo calor do sol, que brilhava no solo branco, resolvi recomeçar minhas viagens; e, depositando os restos do desjejum do camponês numa sacola que encontrei, avancei pelos campos durante muitas horas, até que ao pôr do sol cheguei a uma aldeia. Como aquilo me pareceu milagroso! As cabanas, os chalés limpíssimos e as casas imponentes conquistaram a minha admiração, umas após outras. Os legumes nos jardins, o leite e o queijo que vi colocados à janela de alguns chalés abriram o meu apetite. Entrei num dos mais belos deles, mas mal tinha colocado o pé dentro da casa, e as crianças começaram a berrar, e uma das mulheres desmaiou. A aldeia inteira alvoroçou-se; alguns fugiram, outros me atacaram, até que, cruelmente machucado por pedras e muitos outros tipos de projéteis, fugi para o descampado e, amedrontado, refugiei-me num galpão baixo, totalmente despojado, e com uma aparência deplorável depois dos palácios que vira na aldeia. Esse galpão, porém, dava para um chalé de aparência asseada e agradável, mas depois da minha última experiência, pela qual pagara tão caro, não ousei entrar. Meu lugar de refúgio era construído de madeira, mas era tão baixo que ali mal podia sentar-me com a postura ereta. Nenhuma madeira, porém, fora colocada sobre a terra que formava o piso, mas estava seca; e, embora o vento penetrasse por inúmeras fendas, achei-o um abrigo agradável contra a neve e a chuva.

Refugiei-me, então, ali e me deitei feliz por ter achado abrigo, ainda que miserável, contra a inclemência da estação e mais ainda contra a barbárie do homem. Assim que raiou o dia, saí do barraco, para poder ver o chalé adjacente e descobrir se podia permanecer na habitação que encontrara. Ela ficava junto à parte de trás do chalé e era rodeada, nos lados expostos, por um chiqueiro e por um tanque de águas claras. Uma parte estava aberta, e fora por ela que eu havia entrado; mas agora cobri cada fenda, por onde pudesse ser percebido, com pedras e paus, mas de maneira que os pudesse mover para sair; toda a luz de que gozava vinha do chiqueiro, e aquilo era o suficiente para mim.

Tendo assim arrumado e acarpetado com palha limpa a minha morada, pus-me lá dentro, pois vi à distância a figura de um homem e me lembrava bem demais do tratamento que recebera na noite anterior para expor-me à sua vista. Antes, porém, havia providenciado o meu sustento do dia com pão preto, que roubara, e uma taça com a qual podia beber, melhor do que só com as mãos, da água pura que corria perto do meu abrigo. O solo era um pouco elevado e assim se mantinha perfeitamente seco e, por sua proximidade da chaminé do chalé, se conservava razoavelmente quente.

Estando assim equipado, resolvi morar naquele galpão até acontecer alguma coisa que pudesse mudar a minha decisão. Era, sem dúvida, um paraíso em comparação com a floresta deserta, minha residência anterior, os galhos de onde pingava a chuva e a terra escura. Comi com prazer o desjejum e estava prestes a remover uma tábua para obter um pouco de água quando ouvi passos e, olhando por uma pequena fenda, vi passar diante do galpão uma criatura jovem, com um balde sobre a cabeça. A moça era de porte gentil, ao contrário das moradoras dos chalés e das criadas com quem me deparara até então. Estava malvestida, porém; uma saia azul de pano rústico e um casaco de linho compunham a sua única vestimenta; seus cabelos loiros estavam trançados, porém sem adornos: parecia resignada, mas triste. Perdi-a de vista, e cerca de quinze minutos depois ela voltou carregando o balde, agora quase cheio de leite. Enquanto ela caminhava com dificuldade por causa do peso, encontrou-a um rapaz cujo rosto exprimia um desalento mais profundo. Pronunciando alguns sons com um ar melancólico, pegou o balde da cabeça dela e o levou até o chalé. Ela o seguiu, e ambos desapareceram. Depois vi de novo o rapaz, com ferramentas nas mãos, atravessar o campo atrás do chalé; e a menina também estava ocupada, ora na casa, ora no jardim.

Ao examinar a minha cabana, descobri que uma das janelas do chalé antes ocupara uma parte dela, mas as vidraças haviam sido substituídas por tábuas. Numa delas havia uma minúscula e quase imperceptível fenda, através da qual os olhos mal podiam espreitar. Por essa fissura se podia ver uma salinha, caiada e limpa, mas de mobiliário muito pobre. Num canto, perto de uma lareirinha, estava sentado um velho, com a cabeça apoiada nas mãos, numa postura desconsolada. A mocinha estava ocupada em arrumar o chalé; mas então tirou algo de uma gaveta, o que ocupou as suas mãos, e se sentou ao lado do velho, que, pegando um instrumento, começou a tocar e a produzir sons mais doces do que a voz do tordo ou do rouxinol. Era uma linda imagem, mesmo para mim, pobre desgraçado que nunca havia visto nada de belo antes. Os cabelos prateados e a expressão bondosa do velho morador do chalé conquistaram a minha reverência, enquanto as maneiras gentis da menina excitaram o meu amor. Ele tocou uma ária doce e triste que vi fazer rolarem lágrimas dos olhos de sua adorável companheira, o que não foi percebido pelo velho, até que os soluços dela se tornassem audíveis; ele, então, pronunciou alguns sons, e a loirinha, abandonando o trabalho, ajoelhou-se a seus pés. Ele a ergueu e sorriu com tal bondade e afeto que experimentei sensações de uma natureza estranha e poderosíssima; eram uma mistura de dor e prazer, como eu nunca experimentara antes, nem com a fome, nem com o frio, com calor ou com alimento; e me afastei da janela, incapaz de suportar essas emoções.

Logo em seguida, o rapaz voltou, trazendo nos ombros um fardo de lenha. A menina foi encontrá-lo à porta, ajudou a descarregar o fardo e, levando um pouco do combustível para dentro do chalé, lançou-o na lareira; então ela e o rapaz se afastaram até um canto, e ele lhe mostrou um pão grande e um pedaço de queijo. Ela pareceu contente e foi até o jardim pegar algumas raízes e plantas, que colocou na água e em seguida sobre o fogo. Depois disso continuou o seu trabalho, enquanto o rapaz foi ao jardim, onde parecia muito ocupado cavando e extraindo raízes. Depois de se entregar a esse labor por cerca de uma hora, a mocinha foi até ele, e entraram juntos no chalé.

Nesse meio-tempo, o velho ficara pensativo, mas ao aparecerem seus companheiros assumiu um ar mais alegre, e se sentaram para comer. A refeição foi rápida. A mocinha tratou de arrumar de novo o chalé, o velho caminhou ao sol por alguns minutos, apoiado ao braço do rapaz. Nada podia superar em beleza o contraste entre aquelas duas excelentes criaturas. Um era velho, com cabelos prateados e um rosto que brilhava de bondade e amor; o mais jovem tinha a figura esbelta e graciosa, e seus traços tinham a mais fina simetria, embora os olhos e a atitude exprimissem profunda tristeza e abatimento. O velho voltou ao chalé, e o jovem, com ferramentas diferentes das que usara pela manhã, caminhou através dos campos.

Logo anoiteceu, mas, para meu grande espanto, descobri que os habitantes do chalé dispunham de um meio de prolongar a luz com o uso de velas e fiquei maravilhado em descobrir que o pôr do sol não punha um ponto-final no prazer que sentira em observar meus vizinhos humanos. À noite, a mocinha e seu companheiro executaram vários trabalhos que eu não entendi; e o velho mais uma vez pegou o instrumento que produzira os divinos sons que me haviam encantado pela manhã. Assim que terminou, o jovem começou não a tocar, mas a emitir sons monótonos, que não se pareciam nem com a harmonia do instrumento do ancião, nem com os cantos dos pássaros; mais tarde descobri que ele lia em voz alta, mas na época nada sabia da ciência das palavras e das letras.

    Depois de ter-se assim ocupado por um breve período, a família apagou as luzes e se retirou, como supus, para descansar."

Capítulo 12

"Deitei-me sobre a palha, mas não consegui dormir. Pensei no que acontecera durante o dia. O que mais me impressionou foram as maneiras gentis daquela gente, e eu ansiava por conhecê-los, mas não ousava. Lembrava-me bem demais do tratamento que, na noite anterior, recebera dos bárbaros aldeãos e resolvi, fosse qual fosse o comportamento que achasse melhor adotar dali para a frente, que por enquanto permaneceria quieto no galpão, observando e tentando descobrir os motivos que influenciavam seus atos.

Os moradores do chalé levantaram-se no dia seguinte antes do nascer do sol. A mocinha arrumou o chalé e preparou a comida, e o rapaz saiu depois do desjejum.

Esse dia passou-se na mesma rotina do anterior. O rapaz esteve constantemente ocupado fora de casa, e a menina em diversas ocupações dentro. O velho, que logo percebi ser cego, passava as horas de lazer com seu instrumento ou em contemplação. Não podia ser maior o amor e o respeito que os jovens do chalé demonstravam pelo seu venerável companheiro. Realizavam com gentileza todas as pequenas tarefas de afeto e dever para com ele, que os recompensava com seus sorrisos bondosos.

Não eram completamente felizes. O rapaz e sua companheira muitas vezes iam para um canto e pareciam chorar. Não via causa para aquela infelicidade, mas me comovia muito com ela. Se criaturas tão adoráveis eram infelizes, era menos estranho que eu, um ser imperfeito e solitário, fosse desgraçado. Mas por que seriam infelizes aqueles seres tão gentis? Possuíam uma linda casa (pois assim era aos meus olhos) e todos os luxos; tinham um fogo para aquecer-se e deliciosas carnes quando tinham fome; vestiam excelentes roupas; e, o que é mais importante, gozavam da companhia e da conversação uns dos outros, trocando a cada dia olhares de afeto e delicadeza. Que significavam aquelas lágrimas? Será mesmo que exprimiam dor? No começo, eu não era capaz de resolver essas questões, mas a atenção permanente e o tempo me explicaram muitas aparências que inicialmente haviam sido enigmáticas.

Passou-se um tempo considerável até que eu descobrisse que uma das causas das apreensões daquela adorável família era a pobreza e que eles sofriam desse mal em grau muito aflitivo. Sua alimentação consistia inteiramente de legumes da horta e leite de uma vaca que dava muito pouco no inverno, quando seus donos mal lhe podiam dar comida para sustentá-la. Creio que muitas vezes eles sofreram de modo muito agudo as angústias da fome, em especial os dois moradores mais jovens do chalé, pois várias vezes colocaram comida diante do velho quando não haviam reservado nenhuma para si mesmos.

Esse gesto de bondade muito me comoveu. Acostumara-me a roubar durante a noite parte das suas provisões para o meu próprio consumo, mas quando descobri que, ao fazer aquilo, causava sofrimento aos moradores do chalé, abstive-me e contentei-me com frutas, castanhas e raízes que colhia num bosque vizinho.

Descobri também outro modo de ajudá-los em seus trabalhos. Vi que o rapaz passava grande parte do dia juntando madeira para a lareira da família, e durante a noite eu muitas vezes pegava suas ferramentas, cujo emprego logo descobri, e trazia para a casa lenha suficiente para o consumo de muitos dias.

Lembro que, a primeira vez que fiz isso, a menina, quando abriu a porta de manhã, pareceu muito espantada de ver uma grande pilha de madeira do lado de fora. Pronunciou algumas palavras em voz alta, e o rapaz se juntou a ela, também surpreso. Observei com prazer que ele não foi à floresta aquele dia, mas passou-o reparando o chalé e cultivando a horta.

Aos poucos fiz uma descoberta de importância ainda maior. Descobri que aquela gente dispunha de um método de comunicar experiências e sentimentos uns aos outros, por meio de sons articulados. Percebi que as palavras que diziam produziam ora prazer, ora dor, ora sorrisos, ora tristeza na mente e no rosto dos ouvintes. Essa era, sem dúvida, uma ciência divina, e desejei ardentemente aprendê-la. Mas fracassei em todas as tentativas que fiz nesse sentido. Sua pronúncia era rápida e, não tendo as palavras que diziam nenhuma conexão aparente com os objetos visíveis, eu não conseguia descobrir nenhuma pista para desvendar o mistério de sua referência. Com grande aplicação, porém, e depois de ter permanecido durante o espaço de muitas revoluções da lua em meu galpão, descobri os nomes de alguns dos mais familiares objetos de conversação; aprendi e apliquei as palavras 'fogo', 'leite', 'pão' e 'madeira'. Também aprendi os nomes dos moradores do chalé. O jovem e sua companheira tinham cada um diversos nomes, mas o velho tinha só um, que era 'pai'. A menina era chamada de 'irmã' ou 'Agatha', o rapaz de 'Felix', 'irmão' ou 'filho'. Foi indescritível o prazer que senti ao aprender as ideias apropriadas para cada um deles e ser capaz de pronunciá-los. Distingui diversas outras palavras, sem ser ainda capaz de entendê-las ou aplicá-las, como 'bom', 'caríssimo' ou 'infeliz'.

Passei assim o inverno. As maneiras gentis e a beleza dos moradores do chalé fizeram com que gostasse muito deles; quando estavam tristes, sentia-me deprimido; quando estavam alegres, compartilhava o seu júbilo. Vi poucos seres humanos ao lado deles, e, se acontecia de algum outro entrar no chalé, suas maneiras ríspidas e sua atitude grosseira só davam maior relevo à superioridade dos meus amigos. Pude perceber que o velho sempre se preocupava em encorajar os filhos, como vi que às vezes os chamava, para dissipar sua melancolia. Falava-lhes em tom alegre, com uma expressão de bondade que dava prazer até mesmo a mim. Agatha ouvia respeitosa, com os olhos às vezes cheios de lágrimas que ela tentava secar sem ser percebida; mas eu sempre achava que sua fisionomia e sua voz eram mais alegres depois de ter ouvido as exortações do pai. O mesmo não acontecia com Felix. Era sempre o mais triste do grupo e, até mesmo para os meus inexperientes sentidos, parecia ter sofrido mais profundamente do que seus familiares. Mas, se sua expressão era mais dolorosa, sua voz era mais alegre do que a da irmã, em especial quando se dirigia ao velho.

Poderia mencionar inúmeros casos que, embora singelos, ilustravam o temperamento daqueles amáveis moradores do chalé. Em meio à pobreza e à carência, Felix levou com prazer à irmã a primeira florzinha branca que brotou sobre o chão coberto de neve. De manhã cedo, antes que ela se levantasse, ele retirava a neve que obstruía o caminho dela até o curral, tirava água do poço e trazia madeira do barracão, que, para seu perpétuo espanto, encontrava sempre reabastecido por uma mão invisível. De dia, acho que às vezes ele trabalhava para um fazendeiro das vizinhanças, pois muitas vezes saía e só voltava para o jantar, sem trazer nenhuma madeira. Outras vezes, trabalhava na horta, mas, como pouco havia a fazer na estação gelada, lia para o velho e para Agatha.

Essa leitura confundira-me extremamente no começo, mas aos poucos descobri que ele pronunciava muitos sons que eram os mesmos quando lia e quando falava. Supus, portanto, que ele encontrasse no papel sinais para a fala, sinais que ele compreendia e que desejei ardentemente compreender também; mas como era possível, se eu nem sequer entendia os sons para os quais eles serviam de signos? Fiz, porém, progressos consideráveis nessa ciência, mas não o suficiente para acompanhar todo tipo de conversa, embora me aplicasse com toda a minha inteligência nesse esforço, pois percebia com facilidade que, embora ansiasse profundamente por revelar-me aos moradores do chalé, não devia fazer a tentativa sem antes dominar sua língua, um conhecimento que poderia permitir-me fazê-los deixar de lado a deformidade de minha figura, pois também disso o contraste sempre presente aos meus olhos me fizera consciente.

Eu admirara as formas perfeitas de meus vizinhos — sua graça, beleza e pele delicada; mas como me apavorei quando vi a mim mesmo numa poça transparente! Primeiro dei um salto para trás, incapaz de acreditar que aquilo refletido no espelho fosse realmente eu; e, quando me convenci plenamente de que eu era de fato o monstro que sou, enchi-me das mais amargas sensações de desânimo e mortificação. Pobre de mim! Ainda não conhecia todos os efeitos fatais desta miserável deformidade!

Conforme o sol se tornava mais quente, e a luz do dia, mais longa, a neve desapareceu, e vi as árvores nuas e a terra negra. A partir daí, Felix esteve mais ocupado, e as comoventes indicações de fome iminente também desapareceram. A alimentação deles, como mais tarde verifiquei, era ordinária, mas sadia, e eles a obtinham em boa quantidade. Diversos novos tipos de plantas nasceram na horta que eles cultivavam; e esses sinais de conforto eram cada vez mais numerosos à medida que a estação avançava.

O velho, apoiado no filho, fazia todos os dias uma caminhada ao meio-dia, quando não chovia, como descobri que se dizia quando o céu derramava suas águas. Isso acontecia com frequência, mas um vento alto logo secava a terra, e a estação se tornou muito mais agradável do que antes.

Meu modo de vida no galpão era sempre o mesmo. De manhã, acompanhava os movimentos de meus vizinhos e, quando eles se dispersavam em diferentes ocupações, eu dormia; o resto do dia eu passava observando meus amigos. Depois que se retiravam para repousar, se houvesse luar ou fosse uma noite estrelada, ia aos bosques e colhia minha própria comida e lenha para o chalé. Quando voltava, tantas vezes quantas fossem necessárias, tirava a neve do caminho e fazia os trabalhos que vi serem feitos por Felix. Mais tarde descobri que esses serviços, prestados por uma invisível mão, muito os espantava; e uma ou duas vezes os ouvi, nessas ocasiões, pronunciar as palavras 'bons espíritos' e 'maravilhoso'; mas eu não entendia o significado dessas expressões.

Meus pensamentos tornaram-se então mais ativos, e ansiava por descobrir as intenções e os sentimentos daquelas criaturas adoráveis; estava louco para saber por que Felix parecia tão desolado e Agatha, tão triste. Pensei (estúpido desgraçado!) que podia estar em meu poder trazer de volta a felicidade àquelas pessoas tão dignas dela. Quando dormia ou estava ausente, os vultos do venerável pai cego, da gentil Agatha e do excelente Felix pairavam à minha frente. Eu os considerava seres superiores, que seriam os árbitros de meu futuro destino. Formei na imaginação mil cenas em que me apresentava a eles, e eles me recebiam. Imaginei que sentiriam repulsa, até que, pelo meu comportamento gentil e por minhas palavras conciliadoras, conseguisse primeiro conquistar seu favor e depois o seu amor.

Tais pensamentos me animavam e me levavam a me empenhar com novo afinco na aquisição da arte da linguagem. Meus órgãos eram, sem dúvida, desarmoniosos, mas ágeis; e, embora a minha voz fosse muito diferente da doce música da deles, eu pronunciava com razoável facilidade as palavras que compreendia. Era como o asno e o cãozinho de estimação; certamente o gentil asno, cujas intenções eram cheias de afeto, embora suas maneiras fossem grosseiras, merecia um tratamento melhor do que pancadas e ódio.

Os agradáveis aguaceiros e o revigorante calor da primavera mudaram em muito o aspecto da terra. Homens que antes da mudança pareciam ter-se escondido em cavernas espalhavam-se e eram empregados em diversas artes de cultivo. Os pássaros cantavam com notas mais alegres, e as folhas começaram a nascer nas árvores. Felicíssima terra! Morada apropriada para deuses, que, há tão pouco tempo, estava nua, úmida e insalubre. Sentia-me bem-disposto pela encantadora aparência da natureza; o passado apagara-se de minha memória, o presente era tranquilo e o futuro, iluminado pelos brilhantes raios de esperança e perspectivas de felicidade."

Capítulo 13

"Apresso-me agora a chegar à parte mais emocionante da minha história. Vou narrar acontecimentos que me marcaram com sentimentos que, do que eu fora, me transformaram no que sou.

A primavera avançava rapidamente; o tempo tornara-se excelente, e o céu, sem nuvens. Surpreendeu-me que o que antes era deserto e sombrio agora vicejava com as mais belas flores e plantas. Tudo era gratificante e refrescante aos meus sentidos, com mil perfumes de prazer e mil visões de beleza.

Foi num desses dias, quando meus vizinhos descansavam periodicamente do trabalho — o velho tocava seu violão, e os filhos o ouviam —, que observei que a fisionomia de Felix estava indizivelmente melancólica; suspirava sem parar. Seu pai parou de tocar, e supus por seu comportamento que perguntava sobre a causa da tristeza do filho. Felix respondeu num tom alegre, e o velho estava recomeçando a tocar quando alguém bateu à porta.

Era uma dama a cavalo, acompanhada por um camponês que lhe servia de guia. A dama vestia um conjunto escuro e estava coberta por um espesso véu negro. Agatha fez uma pergunta, à qual a desconhecida respondeu pronunciando apenas o nome de Felix. Sua voz era musical, mas diferente da de todos os meus amigos. Ao ouvir aquela palavra, Felix correu até a dama, que, ao vê-lo, ergueu o véu, e pude ver um rosto de angélica beleza e expressão. Seus cabelos eram de um negro brilhante e profundo e curiosamente trançados; seus olhos eram escuros, mas gentis, embora vivazes; suas feições, de proporção regular, e sua pele, maravilhosamente clara, com as faces tingidas de um adorável rosa.

Felix parecia cheio de entusiasmo ao vê-la, todos os traços de angústia desapareceram de seu rosto, e de imediato exprimiu um grau de júbilo extático, de que dificilmente o julgara capaz; seus olhos brilhavam, enquanto suas faces coravam de prazer; e nesse momento o julguei tão belo quanto a desconhecida. Ela parecia aflita por diferentes sentimentos; limpando as lágrimas de seus lindos olhos, estendeu a mão para ele, que a beijou extasiado e a chamou, pelo que pude entender, de 'sua doce árabe'. Ela pareceu não compreendê-lo, mas sorriu. Ele a ajudou a apear e, despedindo o guia, levou-a para dentro do chalé. Foram trocadas algumas palavras entre ele e o pai, e a jovem desconhecida ajoelhou-se aos pés do velho, querendo beijar-lhe a mão, mas ele a ergueu e a abraçou carinhosamente.

Logo percebi que, embora a desconhecida emitisse sons articulados e parecesse ter sua própria língua, não era entendida pelos meus vizinhos e tampouco os entendia. Eles fizeram vários sinais que não compreendi, mas vi que a presença dela trouxe alegria ao chalé, dispersando a tristeza como o sol dissipa a neblina matinal. Felix parecia especialmente feliz e, com sorrisos de satisfação, deu as boas-vindas à sua árabe. Agatha, a sempre gentil Agatha, beijou as mãos da adorável desconhecida e, apontando para o irmão, fez sinais que indicavam que ele estivera triste até a sua chegada. Passaram-se assim algumas horas, enquanto eles, por suas fisionomias, demonstravam uma alegria cuja causa não compreendi. Descobri, então, pela frequente recorrência de alguns sons que a desconhecida repetia após eles, que ela estava tentando aprender a língua deles; e imediatamente me ocorreu a ideia de que devia valer-me das mesmas instruções, para o mesmo fim. A desconhecida aprendeu cerca de vinte palavras na primeira lição, em sua maioria, de fato, aquelas que eu já havia compreendido, mas tirei proveito das outras.

Quando caiu a noite, Agatha e a árabe foram deitar cedo. Ao se separarem, Felix beijou a mão da desconhecida e disse: 'Boa noite, doce Safie'. Ficou acordado até muito mais tarde, conversando com o pai, e pela frequente repetição do nome dela supus que a linda hóspede era o assunto da conversa. Desejava ardentemente entendê-los e me vali de todas as faculdades nesse sentido, mas foi completamente impossível.

Na manhã seguinte, Felix saiu para trabalhar, e, depois de terminadas as ocupações habituais de Agatha, a árabe sentou-se aos pés do velho e, tomando o seu violão, tocou algumas canções tão extasiantemente belas que tiraram dos meus olhos lágrimas ao mesmo tempo de tristeza e de alegria. Ela cantava, e sua voz fluía numa cadência rica, crescendo ou esmorecendo como um rouxinol dos bosques.

Ao terminar, deu o violão a Agatha, que a princípio o recusou. Tocou uma canção simples, e sua voz a acompanhou com acentos suaves, mas diferentes do maravilhoso canto da desconhecida. O velho parecia extasiado e disse algumas palavras que Agatha tentou explicar a Safie e com as quais ele parecia querer exprimir que com sua música lhe proporcionara grande prazer.

Agora os dias se passavam tão tranquilos como antes, com a única diferença de que a alegria tomara o lugar da tristeza no rosto de meus amigos. Safie estava sempre contente e feliz; ela e eu fizemos rápidos progressos no conhecimento do idioma, e assim em dois meses comecei a compreender a maioria das palavras pronunciadas por meus protetores.

Nesse meio-tempo, também o chão escuro se cobriu de ervas, e as encostas verdejantes se cobriram de um sem-número de flores, doces ao olfato e aos olhos, estrelas de pálida radiação entre os bosques enluarados; o sol tornou-se mais quente; as noites, claras e refrescantes; e minhas caminhadas noturnas eram extremamente prazerosas para mim, embora tivessem sido consideravelmente abreviadas pelo pôr do sol tardio e o amanhecer precoce, pois eu nunca me arriscava a sair à luz do dia, temeroso de receber o mesmo tratamento dispensado na primeira aldeia onde entrei.

Eu passava os dias em constante atenção, para poder dominar mais rapidamente o idioma; e posso gabar-me de ter progredido mais depressa que a árabe, que entendia muito pouco e conversava com forte sotaque, ao passo que eu compreendia e podia imitar quase todas as palavras que eram pronunciadas.

Enquanto aperfeiçoava a minha fala, também aprendia a ciência das letras, tal como era ensinada à desconhecida, e isso me abria um amplo espaço para o espanto e o prazer.

O livro com o qual Felix instruía Safie era *Ruínas dos impérios*, de Volney.[1] Eu não teria entendido o teor do livro se Felix, ao lê-lo, não o tivesse explicado minuciosamente. Disse que escolhera aquela obra porque o estilo declamatório imitava os autores orientais. Com aquela obra obtive um conhecimento superficial da História e uma visão geral dos diversos impérios atualmente existentes no mundo; ele me deu uma noção dos costumes, dos governos e das religiões das diferentes nações da terra. Conheci os indolentes asiáticos, a atividade mental e o gênio estupendo dos gregos, as guerras e a maravilhosa virtude dos primeiros romanos — e sua posterior decadência —, o declínio daquele poderoso império, a cavalaria, a Cristandade e os reis. Soube da descoberta do hemisfério americano e chorei com Safie sobre o trágico destino de seus primeiros habitantes.

Essas narrativas maravilhosas me inspiraram estranhos sentimentos. Seria o homem tão poderoso, tão virtuoso e

---

[1] Obra de Constantin-François Chasseboeuf, Conde de Volney (1757-1820), filósofo e historiador liberal francês, publicada em 1791.

magnífico, mas também tão mau e vil? Ora ele parecia um mero rebento do princípio do mal; ora tudo o que se pode imaginar de nobre e santo. Ser um grande homem, cheio de virtude, parecia a mais alta honra que um ser sensível possa alcançar; ser vil e mau, como muitos o foram na História, parecia a pior degradação, uma condição mais abjeta que a da cega toupeira ou do inofensivo verme. Por muito tempo, não conseguia entender como um homem podia chegar a matar seu semelhante ou mesmo por que havia leis e governos; mas, quando ouvi pormenores do vício e das carnificinas, minha admiração cessou, e eu me afastei com repulsa e pesar.

Toda conversa entre os moradores do chalé agora era motivo para novos espantos. Enquanto ouvia as instruções que Felix dava à árabe, era-me explicado o estranho sistema da sociedade humana. Fui informado sobre a divisão da propriedade, da imensa riqueza e da sórdida pobreza, da condição social, da linhagem e do sangue nobre.

As palavras levaram-me a voltar-me sobre mim mesmo. Aprendi que as posses mais estimadas por nossos semelhantes eram uma linhagem alta e impoluta, unida à riqueza. Um homem pode ser respeitado só com uma dessas vantagens, mas sem nenhuma é considerado, com raras exceções, um vagabundo e um escravo, fadado a gastar suas capacidades em proveito de uns poucos eleitos! E eu, que era? De minha criação e de meu criador, era absolutamente ignorante, mas sabia que não tinha dinheiro, nem amigos, nem propriedades. Além disso, era dotado de uma figura medonhamente deformada e asquerosa; não tinha sequer a mesma natureza que o homem. Era mais ágil do que eles e podia subsistir com uma dieta mais rudimentar; suportava o calor e o frio extremos sem maiores danos ao meu corpo; minha estatura excedia a deles. Quando olhava ao meu redor, não via nem ouvia ninguém como eu. Era, então, um monstro, uma aberração da terra, de que todos os homens fugiam e que todos os homens renegavam?

Não posso descrever-lhe a agonia que essas reflexões provocaram em mim; tentei livrar-me dela, mas quanto mais aprendia, maior era a angústia. Ah, tivesse eu permanecido em meu bosque natal, sem nada conhecer nem sentir além das sensações de fome, sede e calor!

Que estranha é a natureza do conhecimento! Gruda-se à mente quando o adquirimos como o líquen à rocha. Às vezes desejava livrar-me de todos os pensamentos e sentimentos, mas aprendi que só havia um modo de superar a sensação de dor: a morte, um estado que eu temia, embora não entendesse. Admirava a virtude e os bons sentimentos e amava as maneiras gentis e as excelentes qualidades dos meus vizinhos, mas era impedido de me relacionar com eles, salvo por meios furtivos, quando não era visto nem conhecido, o que aumentava mais do que satisfazia o desejo que eu tinha de me unir aos meus companheiros. As palavras gentis de Agatha e os sorrisos espirituosos da encantadora árabe não eram para mim. As brandas exortações do ancião e a animada conversação do querido Felix não eram para mim. Miserável, infeliz desgraçado!

Outras lições gravavam-se em mim ainda mais profundamente. Ouvi falar da diferença dos sexos e do nascimento e do crescimento das crianças, de como o pai se encantava com os sorrisos do bebê, das coisas engraçadas que as crianças mais velhas diziam, de como toda a vida e todas as preocupações da mãe se resumiam ao fardo precioso, de como a mente do jovem se expandia e adquiria conhecimentos, do irmão, da irmã e de todos os parentescos que ligam um ser humano aos outros, em laços recíprocos.

Mas onde estavam meus amigos e parentes? Nenhum pai cuidara de mim quando bebê, nenhuma mãe me abençoara com sorrisos e carinhos; ou, se o fizeram, toda a minha vida era agora um borrão, um vazio cego em que eu nada enxergava. Desde as minhas mais antigas lembranças, sempre tivera a mesma altura e proporção. Ainda não havia visto nenhum ser como eu ou que quisesse relacionar-se comigo. Que era eu? A pergunta voltava mais uma vez, para ser respondida só por gemidos.

Logo explicarei a que tendiam esses sentimentos, mas permita-me voltar agora aos moradores do chalé, cuja história provocava em mim tão variados sentimentos de indignação, prazer e admiração, mas que terminavam todos em mais amor e reverência por meus protetores (pois assim eu gostava de chamá-los, numa maneira inocente e um tanto dolorosa de iludir-me a mim mesmo)."

Capítulo 14

"Demorou certo tempo para que eu entendesse a história dos meus amigos. Ela era tal que não podia deixar de se gravar fundo em minha mente, revelando um sem-número de circunstâncias interessantes e maravilhosas para alguém tão inexperiente como eu.

O nome do ancião era De Lacey. Descendia de uma boa família da França, onde vivera durante muitos anos na abastança, respeitado pelos superiores e benquisto pelos pares. Seu filho fora educado para servir a pátria, e Agatha tivera a mesma condição social de damas da mais alta distinção. Alguns meses antes de minha chegada, viviam numa grande e luxuosa cidade chamada Paris, rodeados de amigos e gozando de todos os prazeres que a virtude, o refinamento do intelecto ou o gosto, acompanhados por uma razoável fortuna, podiam proporcionar.

O pai de Safie fora a causa da ruína deles. Era um mercador turco e residira em Paris durante muitos anos, quando, por alguma razão que não consegui entender, se tornou intolerável para o governo. Foi capturado e preso no mesmo dia em que Safie chegava de Constantinopla para juntar-se a ele. Foi julgado e condenado à morte. A injustiça de sua sentença era mais do que flagrante; Paris inteira estava indignada; e julgava-se que sua religião e sua riqueza, mais do que o crime que lhe fora imputado, haviam sido a causa da condenação.

Por acaso, Felix estava presente ao julgamento; seu horror e sua indignação foram incontroláveis quando ouviu o veredicto do tribunal. Naquele momento, fez uma promessa solene de que o libertaria e em seguida procurou descobrir um modo de fazê-lo. Após muitas tentativas infrutíferas de ser admitido na prisão, descobriu uma janela com sólidas grelhas numa parte não vigiada do prédio. Essa janela iluminava a masmorra do infeliz maometano, que, pesadamente acorrentado, aguardava desesperado a execução da bárbara sentença. Felix visitou a grelha à noite e comunicou ao prisioneiro seus planos de fuga. O turco, surpreso e contente, tratou de atiçar o zelo de seu libertador com promessas de recompensas e riqueza. Felix rejeitou a oferta com desdém, mas, quando viu a linda Safie, que tinha permissão de visitar o pai e que por gestos exprimiu sua profunda gratidão, o jovem não pôde deixar de reconhecer consigo mesmo que o cativo possuía um tesouro que recompensaria plenamente seus esforços e os riscos que corria.

O turco logo percebeu a impressão que sua filha causara no coração de Felix e tratou de vinculá-lo mais estreitamente a seus interesses com a promessa de conceder-lhe a mão dela em casamento assim que fosse levado a um lugar seguro. Felix era delicado demais para aceitar a oferta, mas sonhava com a probabilidade do evento como a consumação de sua felicidade.

Nos dias seguintes, enquanto estavam em andamento os preparativos para a fuga do mercador, o empenho de Felix foi estimulado por várias cartas que recebeu daquela linda moça, que pôde exprimir seus pensamentos no idioma do namorado com a ajuda de um velho, um criado do seu pai que entendia francês. Ela lhe agradeceu nos termos mais ardentes pelo que planejava fazer com o pai e ao mesmo tempo deplorava delicadamente sua própria sorte.

Tenho cópias dessas cartas, pois consegui durante a minha permanência no galpão obter os instrumentos de escrita; e as cartas estavam sempre nas mãos de Felix ou Agatha. Antes de partir eu as dar-te-ei; provarão a veracidade da minha história; mas no momento, como o sol já declinou bastante, só terei tempo de te repetir o essencial delas.

    Contava Safie que sua mãe era uma cristã árabe, capturada e escravizada pelos turcos; graças à beleza, conquistara o coração do pai de Safie, que se casara com ela. A moça falava com muito entusiasmo da mãe, que, tendo nascido livre, rejeitava a servidão a que estava agora reduzida. Ensinou à filha os dogmas de sua religião e como aspirar a mais altas capacidades intelectuais e a uma independência de espírito proibida às seguidoras femininas de Maomé. A dama morreu, mas suas lições gravaram-se indelevelmente na mente de Safie, a quem aborrecia a ideia de voltar à Ásia e ser enclausurada entre as paredes de um harém, com permissão apenas para se ocupar com diversões infantis, inadequadas à índole de sua alma, agora acostumada a ideias grandiosas e a uma nobre emulação da virtude. Fascinava-a a perspectiva de casar com um cristão e permanecer num país onde as mulheres podiam ter uma posição na sociedade.

    O dia da execução do turco estava marcado, mas na noite anterior ele deixara a prisão e antes de amanhecer já estava a muitas léguas de distância de Paris. Felix conseguiu passaportes em nome do pai, da irmã e dele mesmo. Comunicou previamente o seu plano ao primeiro, que ajudou na armação saindo de casa, com o pretexto de uma viagem, e se escondeu com a filha num canto obscuro de Paris.

    Felix conduziu os fugitivos através da França, até Lyon e através do monte Cenis até Livorno, onde o mercador decidira aguardar uma oportunidade favorável para ganhar algum ponto do território turco.

    Safie resolveu permanecer com o pai até a partida dele, quando o turco renovou sua promessa de que ela se casaria com seu libertador; e Felix permaneceu com eles, na expectativa do evento; e nesse meio-tempo ele desfrutou a companhia da árabe, que lhe dedicava o mais simples e terno afeto. Conversavam por intermédio de um intérprete e às vezes com a interpretação dos olhares; e Safie cantava para ele as divinas árias do seu país natal.

O turco permitia as intimidades entre eles e encorajava as esperanças dos jovens namorados, embora em seu coração tivesse planos muito diferentes. Odiava a ideia de que sua filha se unisse a um cristão, mas temia o ressentimento de Felix se se mostrasse desinteressado, pois sabia que ainda estava em poder do seu libertador entregá-lo ao estado italiano em que residiam. Concebeu mil planos para prolongar a trapaça até que não fosse mais necessária e levasse secretamente a filha consigo ao partir. Seus planos foram facilitados pelas notícias que chegaram de Paris.

O governo da França estava furioso com a fuga da vítima e não poupou esforços para identificar e punir seu libertador. O plano de Felix logo foi descoberto, e De Lacey e Agatha foram presos. As notícias chegaram até Felix e o despertaram de seu sonho de delícias. Seu pai, cego e idoso, e sua gentil irmã jaziam numa fétida masmorra enquanto ele gozava do ar livre e da companhia daquela que amava. Essa ideia era uma tortura para ele. Apressou-se em combinar com o turco que, se este último achasse uma boa oportunidade de fuga antes que Felix pudesse voltar à Itália, Safie deveria permanecer como hóspede de um convento em Livorno; e então, separando-se de sua linda árabe, correu para Paris e se entregou à vingança da lei, esperando com isso libertar De Lacey e Agatha.

Não foi bem-sucedido. Permaneceu preso durante cinco meses antes que houvesse um julgamento, cujo veredicto lhes confiscou a fortuna e os condenou ao exílio perpétuo do país natal.

Encontraram um miserável abrigo na Alemanha, naquele chalé, onde os descobri. Felix logo ficou sabendo que o traiçoeiro turco, por quem ele e sua família sofreram aquela opressão inaudita, ao descobrir que seu libertador estava assim reduzido à pobreza e à ruína, traiu os bons sentimentos e a honra e deixou a Itália com a filha, enviando a Felix, de maneira insultante, uma soma insignificante de dinheiro para ajudá-lo, segundo disse, a se manter dali em diante.

Foram esses os acontecimentos que consumiam o coração de Felix e o tornavam, quando o vi pela primeira vez, o mais miserável da família. Poderia ter suportado a pobreza e, uma vez que o seu infortúnio fora a recompensa da virtude, orgulhava-se dele; mas a ingratidão do turco e a perda de sua amada Safie eram desgraças mais amargas e irreparáveis. A chegada da árabe dera agora vida nova à sua alma.

Quando chegou a Livorno a notícia de que Felix perdera a fortuna e a posição social, o mercador ordenou à filha que esquecesse o namorado e se preparasse para voltar ao país natal. A natureza generosa de Safie sentiu-se ultrajada com aquela ordem; tentou discutir com o pai, mas ele, furioso, a deixou, reiterando sua tirânica injunção.

Poucos dias depois, o turco entrou nos aposentos da filha e lhe disse apressadamente que tinha razões para acreditar que sua permanência em Livorno fora descoberta e que logo seriam entregues ao governo francês; assim, tinha fretado um navio para levá-lo a Constantinopla, para onde deveria zarpar em poucas horas. Pretendia deixar a filha sob os cuidados de um criado de confiança, para seguir viagem quando lhe fosse oportuno, com a maior parte dos pertences dele, que ainda não chegara a Livorno.

Ao ficar sozinha, Safie elaborou interiormente o plano de ação que lhe convinha adotar naquela emergência. Morar na Turquia era-lhe odioso; sua religião e seus sentimentos eram igualmente avessos a isso. Por alguns papéis do pai que caíram entre suas mãos, soube do exílio do namorado e o nome do lugar onde ele passara a residir. Hesitou por algum tempo, mas por fim se decidiu. Levando consigo algumas joias que lhe pertenciam e certa quantia de dinheiro, deixou a Itália com uma acompanhante, nativa de Livorno, mas que entendia a língua comum da Turquia, e partiu para a Alemanha.

 Chegou em segurança a uma cidade a cerca de vinte léguas do chalé de De Lacey, quando sua acompanhante ficou gravemente doente. Safie cuidou dela com a mais atenciosa afeição, mas a pobre moça morreu, e a árabe ficou sozinha, sem conhecer a língua do país e completamente ignorante dos costumes do mundo. Caiu, porém, em boas mãos. A italiana mencionara o nome do lugar para onde se dirigiam, e depois de sua morte a mulher da casa em que haviam ficado tomou as providências necessárias para que ela chegasse em segurança ao chalé do namorado."

Capítulo 15

"Essa era a história de meus queridos vizinhos. Ela muito me impressionou. Com as perspectivas sobre a vida social que ela abria, aprendi a admirar suas virtudes e a condenar os vícios da humanidade.

Como ainda considerava o crime um mal distante, a bondade e a generosidade estavam sempre presentes à minha frente, fortalecendo dentro de mim o desejo de tornar-me um ator no agitado palco onde tantas qualidades admiráveis eram convocadas e exibidas. Mas, ao narrar os progressos intelectuais, não devo omitir uma situação que ocorreu no começo do mês de agosto daquele mesmo ano.

Certa noite, durante minha costumeira visita ao bosque da vizinhança onde obtinha comida e trazia lenha para os meus protetores, encontrei no chão uma mala de couro com diversas peças de roupa e alguns livros. Apropriei-me avidamente do prêmio e voltei com ele ao galpão. Felizmente, os livros estavam escritos na língua cujos rudimentos aprendera no chalé; eram o *Paraíso perdido*,[1] um volume das *Vidas* de Plutarco[2] e *Os sofrimentos do jovem Werther*.[3] A posse desses tesouros

---

[1] Poema épico do poeta inglês John Milton (1608-1674).
[2] Historiador romano de origem grega (46-120 d.C.), autor das *Vidas paralelas*, um dos livros mais lidos na Europa durante vários séculos.
[3] Romance do poeta alemão Johann Wolfgang von Goethe (1749-1832) publicado em 1774.

encheu-me de alegria; passei a estudar e exercitar a minha mente continuamente com aquelas histórias, enquanto meus amigos se dedicavam a suas ocupações cotidianas.

É difícil descrever os efeitos desses livros. Suscitaram em mim uma infinidade de novas imagens e sentimentos, que às vezes me levavam ao êxtase, mas com maior frequência me faziam cair numa profunda depressão. *Em Os sofrimentos do jovem Werther*, além do interesse de sua simples e comovente história, muitas opiniões são pintadas, e tantas luzes são lançadas sobre assuntos que até então haviam sido obscuros para mim que encontrei ali uma fonte inesgotável de especulação e espanto. As maneiras gentis e familiares que descreve, associadas aos sentimentos elevados, que tinham como objeto algo além de si mesmos, combinavam bem com a minha experiência entre os meus protetores e com as carências que estavam sempre vivas em meu peito. Mas julgava o próprio Werther um ser mais divino do que todos os que vira ou imaginara; seu personagem não tinha pretensões, mas era profundo. As considerações sobre a morte e o suicídio eram perfeitas para me encher de assombro. Não pretendia entrar no mérito do caso, mas inclinava-me para as opiniões do herói, cuja morte chorei, sem a entender precisamente.

Enquanto lia, porém, prestava muita atenção em meus próprios sentimentos e condição. Achava-me semelhante, mas ao mesmo tempo estranhamente diferente dos seres sobre os quais lia e daqueles cuja conversação escutava. Simpatizava com eles e em parte os entendia, mas eu era informe quanto à mente; não dependia de ninguém nem tinha parentesco com ninguém. 'O caminho de saída continuava livre', e não havia ninguém para lamentar minha aniquilação. Minha pessoa era odiosa, e minha estatura, gigantesca. Que significava isso? Quem era eu? Que era eu? De onde vinha? Qual era o meu destino? Essas perguntas sempre voltavam, mas eu não conseguia resolvê-las.

O volume das *Vidas* de Plutarco que eu possuía continha as histórias dos pais fundadores das repúblicas antigas. O livro teve sobre mim um efeito muito diferente de *Os sofrimentos do jovem Werther*. Aprendi o desalento e a tristeza com as imaginações de Werther, mas Plutarco me ensinou pensamentos elevados; ergueu-me acima da mesquinha esfera das minhas próprias reflexões, para admirar e amar os heróis dos tempos passados. Muita coisa que li ultrapassava meu entendimento e minha experiência. Tinha um conhecimento muito confuso dos reinos, amplos territórios, rios potentes e mares sem fim. Mas estava perfeitamente familiarizado com as cidades e as grandes multidões de homens. O chalé de meus protetores fora a única escola em que estudara a natureza humana, mas esse livro desenvolvia novas e mais poderosas cenas de ação. Li a respeito de homens preocupados com a coisa pública, que governavam ou massacravam sua espécie. Senti erguer-se dentro de mim um grande fervor pela virtude e ódio ao vício, na medida em que compreendia o significado desses termos, relativos que eram, tal como eu os aplicava, apenas ao prazer e à dor. Induzido por tais sentimentos, era, é claro, levado a admirar os legisladores pacíficos, Numa, Sólon e Licurgo, de preferência a Rômulo e Teseu. A vida patriarcal dos meus protetores fazia que essas impressões se gravassem em minha mente; talvez, se a minha primeira introdução à humanidade tivesse sido feita por um jovem soldado, ardente de glória e massacre, eu me houvesse imbuído de sensações diferentes.

Mas o *Paraíso perdido* despertou emoções diferentes e muito mais profundas. Li-o, como os outros livros que caíram em minhas mãos, como uma história verídica. Ele moveu todos os sentimentos de maravilha e de assombro que a pintura de um Deus onipotente em guerra com as suas criaturas era capaz de despertar. Muitas vezes eu relacionava diversas situações, pois sua semelhança me impressionava, com as minhas próprias. Como Adão, eu aparentemente não estava unido por nenhum vínculo com qualquer outro ser existente; mas esse estado era muito diferente do meu sob todos os outros aspectos. Ele saiu das mãos de Deus como uma criatura perfeita, feliz e próspera, protegida pela atenção especial de seu Criador; era-lhe permitido conversar com seres de natureza superior e com eles adquirir conhecimento, mas eu era desgraçado, indefeso e solitário. Muitas vezes considerei Satã o melhor emblema da minha condição, pois não raro, tal qual ele, quando via a alegria de meus protetores, o amargo rancor da inveja se erguia dentro de mim.

Outra circunstância fortaleceu e confirmou esses sentimentos. Logo depois que cheguei ao galpão, descobri alguns papéis no bolso da roupa que trouxera do teu laboratório. Inicialmente, eu não lhes dera importância, mas agora que era capaz de decifrar os caracteres que neles estavam escritos, comecei a estudá-los com afinco. Era o teu diário dos quatro meses que antecederam a minha criação. Descrevias em minúcias naqueles papéis cada passo dado por ti no progresso do teu trabalho; a história estava misturada com narrativas domésticas. Sem dúvida te lembras desses papéis. Aqui estão eles. Neles está relatado tudo o que se refere à minha maldita origem; são expostos todos os pormenores daquela série de circunstâncias repulsivas que a produziram; é dada a mais minuciosa descrição da minha odiosa e repugnante pessoa, numa linguagem que pintava teus próprios horrores e tornava os meus indeléveis. Eu me pus doente ao ler isso. 'Maldito o dia em que recebi a vida!', exclamei em agonia. 'Maldito criador! Por que formaste um monstro tão medonho que até *tu* te afastaste enojado de mim? Deus misericordioso fez o homem belo e atraente, à Sua própria imagem; mas a minha forma é um simulacro nojento da tua, mais horrendo até pela própria semelhança. Satã tinha os diabos como companheiros, que o admiravam e encorajavam, mas eu sou solitário e abominado.'

Eram essas as reflexões dos meus momentos de abatimento e solidão; mas, quando eu contemplava as virtudes dos moradores do chalé, sua natureza amável e bondosa, convencia-me de que quando conhecessem minha admiração por suas virtudes teriam pena de mim e não dariam importância à minha deformação pessoal. Poderiam eles despedir de sua porta alguém que, ainda que monstruoso, solicitava sua compaixão e sua amizade? Resolvi, pelo menos, não me desesperar, mas preparar-me de todos os modos para uma entrevista com aqueles que decidiriam meu destino. Adiei essa tentativa por mais alguns meses, pois a importância que eu dava ao seu sucesso me inspirava terror à ideia de que podia falhar. Além disso, descobri que o meu entendimento melhorava tanto com a experiência cotidiana que não estava disposto a dar início à execução do meu projeto antes que mais alguns meses me tornassem ainda mais sagaz.

Entretanto, muitas mudanças ocorreram no chalé. A presença de Safie espalhou alegria entre os moradores, e também descobri que reinava ali um maior grau de fartura. Felix e Agatha gastavam mais tempo com diversões e conversas e eram auxiliados em seus trabalhos por servos. Não pareciam ricos, mas estavam contentes e felizes; seus sentimentos eram serenos e pacíficos, enquanto os meus eram a cada dia mais tumultuosos. O maior conhecimento só me revelara com maior clareza que infeliz pária eu era. Eu acalentava certa esperança, é bem verdade, mas ela desapareceu quando vi a minha pessoa refletida na água ou a minha sombra ao luar, mesmo como uma frágil imagem e uma sombra inconstante.

Tentei vencer aqueles temores e fortalecer-me para o julgamento a que em poucos meses resolvera submeter-me; e às vezes permitia que meus pensamentos, não refreados pela razão, perambulassem pelos campos do Paraíso e ousassem imaginar amáveis e graciosas criaturas que simpatizassem com meus sentimentos e alegrassem minha tristeza; seus rostos angelicais exalavam sorrisos de consolação. Mas tudo não passava de um sonho; nenhuma Eva abrandava meus sofrimentos nem compartilhava meus pensamentos; eu estava sozinho. Lembrei-me da súplica de Adão ao seu Criador. Mas onde estaria o meu? Ele me abandonara, e na amargura do meu coração amaldiçoei-o.

Assim se passou o outono. Vi com surpresa e dor as folhas murcharem e caírem, e a Natureza mais uma vez ganhar a estéril e deserta aparência de que se revestia quando vi pela primeira vez os bosques e a graciosa lua. Não dei, porém, atenção à desolação do tempo; por minha conformação, era mais apto a suportar o frio do que o calor. Mas meu maior prazer era a visão das flores, dos pássaros e de todo o alegre paramento do verão; quando eles me abandonaram, voltei-me com mais atenção para os moradores do chalé. Sua felicidade não diminuíra com a ausência do verão. Amavam-se e compreendiam-se uns aos outros; e suas alegrias, como dependiam uns dos outros, não eram interrompidas pelos acidentes que ocorriam ao seu redor. Quanto mais os via, maior se tornava o meu desejo de solicitar sua proteção e bondade; meu coração ansiava por ser conhecido e amado por aquelas gentis criaturas; ver seus doces olhares dirigidos para mim com afeição era o limite máximo da minha ambição. Não ousava pensar que se afastariam de mim com desdém e terror. Os pobres que batiam à sua porta jamais eram mandados embora. É verdade que eu pedia tesouros maiores do que um pouco de comida ou de repouso: eu queria bondade e simpatia; não me julgava totalmente indigno disso.

O inverno avançava, e ocorrera toda uma revolução de estações desde que eu despertara para a vida. Nessa época, toda a minha atenção estava voltada apenas para o meu plano de me introduzir na casa dos meus protetores. Fiz muitos projetos, mas aquele em que finalmente me detive foi o de entrar na casa quando o velho cego estivesse sozinho. Eu era sagaz o suficiente para descobrir que a extraordinária hediondez da minha pessoa fora o principal objeto de horror para aqueles que antes me haviam visto. Minha voz, embora estridente, nada tinha de horrível; pensei, pois, que se na ausência de seus filhos eu pudesse conquistar a boa vontade e a mediação do velho De Lacey, poderia assim ser tolerado por meus jovens protetores.

Um dia, quando o sol brilhava sobre as folhas vermelhas que se espalhavam pelo chão e propagava alegria, embora negasse calor, Safie, Agatha e Felix partiram para uma longa caminhada pelo campo, e o velho, a seu próprio pedido, foi deixado sozinho no chalé. Quando seus filhos partiram, ele pegou o violão e tocou várias árias tristes, mas doces, mais doces e tristes do que tudo o que o ouvira tocar antes. No começo, seu rosto se iluminara de prazer, mas, à medida que ia prosseguindo, seu lugar foi ocupado pelo ensimesmamento e pela tristeza; por fim, deixando de lado o instrumento, entregou-se à reflexão.

Meu coração batia depressa; chegara a hora do julgamento, que decidiria as minhas esperanças ou realizaria os meus temores. Os criados haviam ido a uma feira nas redondezas. Tudo estava silencioso dentro e ao redor do chalé; era uma excelente oportunidade; quando, porém, comecei a pôr em execução o meu plano, minhas pernas me faltaram e caí no chão. Mais uma vez me ergui e, reunindo toda a firmeza de que dispunha, removi as tábuas que eu colocara diante do meu galpão para camuflar o meu esconderijo. O ar fresco revigorou-me, e com renovada determinação aproximei-me da porta do chalé.

Bati. 'Quem está aí?', disse o velho. 'Entre.'

Entrei. 'Desculpe-me a intrusão', disse eu; 'sou um viajante que precisa de um pouco de repouso; o senhor me faria um grande favor se me permitisse permanecer por alguns minutos diante do fogo.'

'Entre', disse De Lacey, 'e tentarei na medida do possível satisfazer as suas necessidades; infelizmente, porém, os meus filhos não estão em casa, e como sou cego temo que seja difícil oferecer-lhe comida.'

'Não se preocupe, meu gentil anfitrião; tenho comida; é só de calor e de repouso que eu preciso.'

Sentei-me, e se fez silêncio. Sabia que cada segundo me era precioso, mas permanecia indeciso quanto ao modo de começar a conversa quando o velho se dirigiu a mim. 'Por seu idioma, forasteiro, suponho que seja meu compatriota; você é francês?'

'Não; mas fui educado por uma família francesa e só entendo essa língua. Vou agora pedir a proteção de uns amigos, que amo sinceramente e de cujo favor tenho alguma esperança.'

'São alemães?'

'Não, são franceses. Mas mudemos de assunto. Sou uma criatura infeliz e desamparada, olho ao meu redor e não tenho parentes ou amigos no mundo. Essa gente afável que vou encontrar jamais me viu e pouco sabe a meu respeito. Estou com muito medo, pois, se eu falhar, serei para sempre um pária no mundo.'

'Não se desespere. Não ter amigos é sem dúvida ser infeliz, mas o coração dos homens, quando sem prevenções devidas a óbvios interesses pessoais, é cheio de amor fraterno e de caridade. Confie, portanto, em suas esperanças; e, se esses amigos são bons e afáveis, não desespere.'

'Eles são bons, as melhores pessoas do mundo; mas infelizmente têm preconceitos contra mim. Tenho boas intenções; minha vida até aqui tem sido inofensiva e, de certa maneira, benéfica; mas um preconceito fatal tolda-lhes os olhos, e, onde deveriam ver um amigo sensível e bom, veem apenas um monstro odioso.'

'Isso é realmente mau; mas, se você é de fato inocente, não pode mostrar isso a eles?'

'Estou prestes a executar essa tarefa; e é por isso que sinto tantos terrores imensos. Amo ternamente esses amigos; durante muitos meses tive o costume de lhes fazer o bem, de maneira incógnita; mas eles acham que quero prejudicá-los, e é esse preconceito que tenho de vencer.'

'Onde moram esses amigos?'
'Perto daqui.'
O velho fez uma pausa e em seguida prosseguiu:
'Se você me confiar sem restrições os pormenores de sua história, talvez eu possa conseguir fazer com que mudem de ideia. Sou cego e não posso julgar o seu rosto, mas há algo em suas palavras que me convence de que você está sendo sincero. Sou pobre e estou exilado, mas será para mim um grande prazer poder ser útil a um ser humano.'

'Excelente homem! Eu lhe agradeço e aceito a sua generosa oferta. O senhor ergue-me do chão com sua bondade; e confio em que, com a sua ajuda, não venha a ser excluído da sociedade e da simpatia de seus semelhantes.'

'Deus queira que não! Mesmo se você fosse até um criminoso, pois isso só poderia levá-lo ao desespero e não o encorajaria à virtude. Também eu sou um desafortunado; eu e minha família fomos condenados, embora inocentes; imagine, pois, se não sinto as suas desgraças!'

'Como posso agradecer-lhe, meu bondoso e único benfeitor? De seus lábios ouvi pela primeira vez a voz da bondade dirigida a mim; ser-lhe-ei para sempre grato; e a sua compreensão me dá confiança de ter sucesso com os amigos que estou prestes a encontrar.'

'Posso saber os nomes e o endereço desses amigos?'

Fiz uma pausa. Este, pensei, é o momento decisivo, que vai roubar-me ou propiciar-me para sempre a felicidade. Tentei em vão juntar forças suficientes para responder a ele, mas o esforço destruiu toda a energia que ainda me restava; afundei-me na cadeira, soluçando forte. Naquele momento, ouvi os passos de meus protetores mais jovens. Não tinha tempo a perder, mas segurando a mão do velho exclamei: 'Chegou a hora! Salve-me e proteja-me! O senhor e a sua família são os amigos que procuro. Não me abandone na hora do julgamento!'

'Santo Deus!', exclamou o ancião. 'Quem é você?'

Naquele instante, a porta do chalé se abriu, e entraram Felix, Safie e Agatha. É impossível descrever o horror e a consternação dos três ao me verem. Agatha desmaiou, e Safie, sem poder acudir à amiga, saiu correndo do chalé. Felix arremessou-se para a frente e com força sobrenatural arrancou-me de seu pai, a cujos joelhos me agarrava; num transporte de fúria, jogou-me ao chão e golpeou-me violentamente com um bastão. Eu poderia tê-lo despedaçado, membro após membro, como o leão faz com o antílope. Mas meu coração encheu-se de amargura e me contive. Via-o a ponto de repetir o golpe, quando, vencido pela dor e pela angústia, saí do chalé e no tumulto geral fugi até o galpão, sem ser percebido."

Capítulo 16

"Maldito, maldito criador! Por que estou vivo? Por que, naquele instante, não extingui a centelha da existência que tão irresponsavelmente acenderas? Não sei; o desespero ainda não tomara conta de mim; meus sentimentos eram de ira e desforra. Poderia com prazer ter destruído o chalé e seus moradores e me saciado com seus gritos e sofrimentos.

Quando caiu a noite, saí do meu abrigo e perambulei pelo bosque; e agora, não mais refreado pelo medo de ser descoberto, dei vazão à minha angústia com uivos assustadores. Estava como o animal selvagem que tivesse rompido a armadilha, destruindo os objetos que me obstruíam e percorrendo o bosque com a velocidade de um cervo. Ah, que noite miserável eu passei! As frias estrelas brilhavam irônicas, e as árvores nuas balançavam os galhos sobre mim; de quando em quando a voz doce de um pássaro rompia a calma universal. Tudo, menos eu, estava em repouso ou em alegria; eu, como o arquidiabo, carregava um inferno dentro de mim e, vendo-me repudiado, queria arrancar as árvores, espalhar ruína e destruição ao meu redor e então me sentar e gozar dos destroços.

Mas essa era uma sensação excepcional, que não podia persistir; cansei-me com o excesso de esforço físico e caí na relva úmida, na doentia impotência do desespero. Não havia ninguém entre as multidões de homens existentes que tivesse piedade de mim ou me acudisse; e deveria eu sentir bondade por meus inimigos? Não; a partir desse momento, declarei uma guerra perpétua contra a espécie e, mais do que tudo, contra aquele que me formara e me destinara àquela insuportável miséria.

O sol nasceu; ouvi vozes de homens e sabia que era impossível voltar ao meu refúgio durante aquele dia. Assim, me escondi num matagal espesso, resolvido a dedicar as horas seguintes à reflexão acerca da minha situação.

A gostosa luz do sol e o ar puro do dia fizeram-me recuperar certo grau de tranquilidade; e, quando considerei o que se passara no chalé, não pude deixar de pensar que fora apressado demais em minhas conclusões. Certamente agi com imprudência. Era evidente que as minhas palavras haviam feito o pai interessar-se por mim, e fui um idiota ao me expor ao horror dos filhos. Deveria ter feito o velho De Lacey familiarizar-se comigo e aos poucos me revelar para o resto da família, para quando estivessem preparados para me conhecer. Mas não achava que meus erros fossem irreparáveis e, depois de muita reflexão, resolvi voltar ao chalé, procurar o velho e, com minhas declarações, fazê-lo tomar o meu partido.

Esses pensamentos me acalmaram, e à tarde caí num sono profundo; mas a febre do meu sangue não me permitiu ter sonhos tranquilos. A horrenda cena do dia anterior estava sempre ante os meus olhos; as mulheres estavam fugindo, e o colérico Felix me fazia soltar os pés de seu pai. Acordei exausto e, ao descobrir que já era noite, saí do esconderijo e parti em busca de comida.

Quando saciei a fome, dirigi-me para a velha trilha que levava ao chalé. Tudo ali estava em paz. Esgueirei-me para dentro do galpão e permaneci em silenciosa espera da hora em que a família costumava despertar. Passada aquela hora, o sol subiu até o alto do céu, mas os moradores do chalé não apareceram. Estremeci violentamente, temendo alguma desgraça terrível. O interior do chalé estava escuro, e não ouvi nenhum movimento; não consigo descrever a agonia daquela incerteza.

Passaram por ali, então, dois camponeses que, parando junto ao chalé, começaram a conversar, gesticulando violentamente; mas não entendi o que diziam, pois falavam a língua do país, que era diferente da dos meus protetores. Logo em seguida, porém, Felix se aproximou com outro homem; fiquei surpreso, pois sabia que ele não deixara o chalé naquela manhã, e aguardei ansiosamente para descobrir por suas palavras o significado daqueles insólitos acontecimentos.

'Você acha', disse a ele o seu companheiro, 'que será obrigado a pagar três meses de aluguel e perder o produto da horta? Não quero tirar nenhum proveito injusto e lhe peço, portanto, que tire alguns dias para examinar a sua decisão'.

'É completamente inútil', replicou Felix; 'jamais poderemos voltar a residir no chalé. A vida do meu pai corre grande perigo, em razão da terrível situação que lhe descrevi. Minha esposa e minha irmã jamais se recuperarão do pavor. Peço-lhe que não discuta mais comigo. Tome posse da sua propriedade e deixe-me fugir deste lugar.'

Felix tremia violentamente ao dizer aquilo. Ele e seu companheiro entraram no chalé, onde permaneceram por alguns minutos, e em seguida partiram. Nunca mais vi ninguém da família de De Lacey.

Continuei o resto do dia em meu galpão, num estado de total e estúpido desespero. Meus protetores haviam partido e com isso romperam o único vínculo que me prendia ao mundo. Pela primeira vez os sentimentos de desforra e de ódio me encheram o peito, e não tentei controlá-los, mas, deixando-me levar, inclinei a mente para a violência e a morte. Quando pensava em meus amigos, na voz branda de De Lacey, nos olhos gentis de Agatha e na fina beleza da árabe, aqueles pensamentos se esvaíam, e um jorro de lágrimas me acalmava um pouco. Mas, quando voltava a refletir que eles me haviam rejeitado e abandonado, a cólera voltava, uma fúria colérica, e, incapaz de ferir algo humano, dirigia a minha fúria a objetos inanimados. Enquanto a noite avançava, coloquei diversos combustíveis ao redor do chalé e, depois de destruir todo vestígio de cultivo na horta, aguardei com muita impaciência até que a lua se pusesse para começar as minhas operações.

A noite avançava, e um vento furioso se erguia dos bosques, dispersando as nuvens que se haviam retardado no céu; os relâmpagos precipitavam-se como uma grande avalancha e produziam uma espécie de insanidade em meu ânimo que rompia todos os limites da razão e da reflexão. Pus fogo num galho seco de árvore e dancei com fúria ao redor do querido chalé, com os olhos ainda fitos no horizonte ocidental, cuja borda a lua quase tocava. Parte dela finalmente se ocultou, e agitei a minha tocha; ela baixou e com um grito sonoro pus fogo na palha, nos arbustos e nos galhos secos que havia juntado. O vento atiçou o fogo, e o chalé foi rapidamente envolvido pelas chamas, que se grudaram a ele e o lamberam com suas línguas fendidas e destruidoras.

Assim que tive a certeza de que nenhum auxílio poderia salvar alguma parte da casa, deixei o lugar e procurei refúgio nos bosques.

E agora, com o mundo à minha frente, para onde ir? Resolvi fugir do cenário das minhas desgraças; mas para mim, odiado e desprezado, todos os países seriam igualmente horríveis. Por fim, a ideia de ti cruzou a minha mente. Soube por teus papéis que eras meu pai, meu criador; e a quem poderia recorrer com maior razão do que àquele que me dera a vida? Dentre as aulas que Felix dera a Safie, a geografia não fora deixada de lado; nelas aprendi as situações relativas dos diferentes países da Terra. Mencionavas Genebra como o nome de tua cidade natal, e resolvi seguir para esse lugar.

Mas como me orientar? Sabia que deveria viajar na direção sudoeste para chegar ao meu destino, mas o sol era o meu único guia. Não sabia o nome das cidades que deveria atravessar, nem podia pedir informações a nenhum ser humano; mas não me deixei tomar pelo desespero. Só de ti poderia esperar socorro, embora para contigo só tivesse sentimentos de ódio. Insensível e desalmado criador! Deste-me percepções e paixões e em seguida me jogaste fora, como um objeto de desprezo e de horror para a humanidade. Mas só de ti tinha direito a exigir piedade e compensação e junto a ti decidi procurar aquela justiça que tentara em vão obter de qualquer outro ser que tivesse a forma humana.

Minhas viagens foram longas e intensos os meus sofrimentos. Era fim de outono quando deixei a região onde residira por tanto tempo. Viajava só à noite, temeroso de encontrar o rosto de um ser humano. A natureza definhava ao meu redor, e a luz do sol perdia o calor; caíam chuva e neve ao meu redor; poderosos rios congelavam-se; a superfície da terra era dura, gelada e nua, e eu não encontrava abrigo. Ah, terra, quantas vezes não roguei pragas contra a causa da minha existência! A doçura da minha natureza já se fora, e tudo dentro de mim se transformara em rancor e amargura. Quanto mais me aproximava de tua residência, mais profundamente sentia o espírito de desforra inflamar-se em meu coração. A neve caía, e as águas estavam congeladas, mas eu não descansava. Alguns incidentes aqui e ali me serviram de orientação, e eu possuía um mapa do país; mas muitas vezes me desviava do meu caminho. A agonia dos meus sentimentos não me dava trégua; não ocorreu nenhum incidente do qual a minha cólera e miséria não pudesse extrair seu alimento; mas algo que aconteceu quando cheguei às fronteiras da Suíça, quando a luz do sol já recuperara seu calor, e a terra começava a parecer verde de novo, confirmou de um modo especial a amargura e o horror dos meus sentimentos.

Eu geralmente descansava durante o dia e só viajava quando estava protegido pela noite da vista do homem. Certa manhã, porém, vendo que meu caminho passava por um bosque cerrado, aventurei-me a continuar a jornada depois que o sol já nascera; o dia, que era um dos primeiros da primavera, dava alegria até mesmo a mim, pela graça da luz do sol e pelo perfume do ar. Senti emoções de suavidade e prazer, que havia muito pareciam mortas, reviverem dentro de mim. Meio surpreso pela novidade daquelas sensações, deixei-me levar por elas e, esquecendo a solidão e a deformidade, ousei ser feliz. Ternas lágrimas orvalharam de novo minhas faces, e eu até ergui meus olhos úmidos para o abençoado sol, em agradecimento por conceder-me tamanha alegria.

Continuei a serpentear pelas trilhas do bosque, até chegar ao seu limite, representado por um rio fundo e rápido, para o qual muitas árvores inclinavam seus ramos, agora florescentes com a chegada da primavera. Parei um pouco ali, sem saber exatamente que caminho tomar, quando ouvi o som de vozes que me induziram a me esconder sob a sombra de um cipreste. Mal tivera tempo de me esconder quando uma menininha veio correndo para o lugar onde eu estava escondido, rindo, como se corresse de alguém por brincadeira. Ela continuou correndo ao longo das margens escarpadas do rio, quando de repente escorregou e caiu na rápida corrente das águas. Corri do meu esconderijo e, com extremo esforço, livrei-a da força da corrente, salvei-a e a arrastei até a margem. Ela estava desacordada, e eu tentava de todas as maneiras a meu alcance reanimá-la quando fui bruscamente interrompido pela aproximação de um sujeito grosseiro, que era provavelmente a pessoa de quem ela estava fugindo por brincadeira. Ao me ver, ele se lançou sobre mim e, arrancando a menina de meus braços, correu para as partes mais cerradas do bosque. Eu rapidamente o segui, mal sei por quê; mas, quando o sujeito viu que eu me aproximava, apontou uma arma que portava consigo para o meu corpo e atirou. Caí no chão, e aquele que me feriu, com rapidez ainda maior, fugiu pelo bosque.

Então era esse o prêmio de minha benevolência! Eu havia salvado um ser humano da destruição e como recompensa agora me contorcia, sob uma dor miserável, por um ferimento que me despedaçara a carne e o osso. Os sentimentos de bondade e gentileza que tivera apenas alguns momentos antes deram lugar a uma cólera infernal e ao ranger de dentes. Excitado pela dor, jurei eterno ódio e vingança a toda a humanidade. Mas venceu-me a agonia do meu ferimento; meu pulso tornou-se mais fraco, e eu perdi a consciência.

Durante algumas semanas, levei uma vida dolorosa nos bosques, tentando curar o ferimento que recebera. A bala entrara pelo ombro, e eu não sabia se tinha permanecido ali ou se o atravessara; de qualquer modo, não tinha como a extrair. Meus sofrimentos aumentaram também pelo opressivo sentimento de injustiça e de ingratidão. Jurei vingança todos os dias — uma vingança profunda e mortal que compensasse sozinha os ultrajes e a angústia que sofrera.

Depois de algumas semanas, minha ferida sarou, e segui viagem. As fadigas que suportei não seriam mais aliviadas pelo brilho do sol ou pela doce brisa da primavera; toda a alegria não passava de um escárnio que insultava a minha desolação e me fazia sentir mais doloridamente que eu não fora feito para o gozo do prazer.

Mas meus afãs chegavam agora perto do fim, e dois meses depois alcancei os arredores de Genebra.

Já era noite quando cheguei, e me refugiei num esconderijo em meio aos campos que a rodeiam para refletir sobre a maneira como devia dirigir-me a ti. Estava exausto pelo cansaço e pela fome e infeliz demais para gozar das doces brisas da noite ou da perspectiva do pôr do sol por trás das estupendas montanhas do Jura.

Nesse ponto, aliviou-me da dor da reflexão um leve sono, que foi perturbado pela aproximação de um lindo menino, que veio correndo ao abrigo que eu escolhera, com toda a alegria da infância. De repente, ao olhar para ele, ocorreu-me a ideia de que aquela pequena criatura não tinha preconceitos e vivera muito pouco tempo para ter adquirido o horror da deformidade. Se, portanto, eu pudesse capturá-lo e educá-lo como companheiro e amigo, não estaria tão isolado nesta populosa terra.

Levado por esse impulso, segurei o menino enquanto ele passava e puxei-o para mim. Assim que ele viu a minha forma, colocou as mãos diante dos olhos e soltou um grito estridente; tirei à força sua mão de sobre o rosto e disse: 'Que é isso, menino? Não pretendo machucar você; ouça-me'.

Ele se debateu violentamente. 'Deixe-me ir embora', gritava ele; 'monstro! Feio desgraçado! Você quer me comer e me fazer em pedacinhos. Você é um ogro. Deixe-me ir embora, ou vou falar com o papai.'

'Menino, você nunca mais vai ver seu pai; vai ter de vir comigo.'

'Monstro horroroso! Deixe-me ir embora. Meu papai é síndico — ele é o Sr. Frankenstein; ele vai castigar você. Nem ouse me segurar.'

'Frankenstein! Você pertence, então, ao meu inimigo — a ele, contra o qual jurei eterna vingança; você vai ser a minha primeira vítima.'

A criança ainda se debateu e me encheu de adjetivos que levaram o desespero ao meu coração; agarrei-o pela garganta para fazê-lo calar-se, e logo ele jazia morto aos meus pés.

Observei a minha vítima, e o meu coração encheu-se de júbilo e de infernal triunfo; batendo as mãos, exclamei: 'Também eu posso criar desolação; meu inimigo não é invulnerável; esta morte vai levá-lo ao desespero, e mil outras desgraças vão atormentá-lo e destruí-lo!'

Quando fitei os olhos na criança, vi algo brilhante em seu peito. Peguei; era o retrato de uma mulher lindíssima. Apesar da minha maldade, aquilo me comoveu e me atraiu. Por alguns momentos, observei extasiado seus olhos escuros, toldados de longos cílios, e seus graciosos lábios; mas então minha cólera voltou; lembrei que jamais teria os prazeres que tais criaturas podiam propiciar e que aquela cujo retrato eu contemplava, se me olhasse, teria trocado aquele ar de divina bondade por uma expressão de repulsa e pavor.

É de espantar que aqueles pensamentos me enchessem de raiva? Só me espanta que naquele momento, em vez de desabafar as minhas sensações por exclamações e agonia, não me tenha precipitado entre os homens e perecido na tentativa de destruí-los.

Enquanto era tomado por esses sentimentos, deixei o local onde cometera o crime e, buscando um esconderijo mais isolado, entrei num celeiro que parecia estar vazio. Uma mulher estava dormindo sobre a palha; era jovem, não tão bonita quanto aquela cujo retrato trazia comigo, mas de aspecto agradável e florescente na graça da juventude e da saúde. Aqui está, pensei, uma daquelas cujos sorrisos que irradiam alegria são oferecidos a todos, menos a mim. E então me debrucei sobre ela e sussurrei: 'Acorda, minha linda, teu amado está próximo — aquele que daria a vida só para ganhar um olhar de afeição de teus olhos; minha amada, acorda!'.

A adormecida mexeu-se; senti um arrepio de terror. E se ela acordasse, e me visse, e me amaldiçoasse, e denunciasse o assassino? Com certeza seria isso que ela faria se seus olhos cerrados se abrissem, e ela me visse. O pensamento era insano; ele despertou o demônio dentro de mim: quem vai sofrer não sou eu, e sim ela; o assassinato que cometi porque sou sempre frustrado de tudo o que ela poderia dar-me ela vai expiar. O crime tinha origem nela; seja ela a punida! Graças às lições de Felix e às sanguinárias leis do homem, eu agora aprendera a agir com malícia. Debrucei-me sobre ela e coloquei o retrato em segurança numa das pregas de sua roupa. Ela se moveu novamente, e eu fugi.

Por alguns dias rondei o lugar onde aquelas cenas se haviam passado, ora querendo ver-te, ora decidido a dizer para sempre adeus a este mundo e a suas misérias. Por fim, caminhei na direção destas montanhas e vaguei por seus imensos recessos, consumido por uma paixão ardente que só tu podes satisfazer. Não podemos separar-nos antes que prometas aceitar a minha exigência. Sou solitário e infeliz; nenhum ser humano se associará a mim; mas alguém tão deformado e tão horrível quanto eu não há de se negar a mim. Minha companheira deve ter a mesma espécie e os mesmos defeitos. Terás de criar esse ser."

Capítulo 17

O ser parou de falar e cravou os olhos em mim, na expectativa de uma resposta. Mas eu estava desnorteado, perplexo e incapaz de coordenar as ideias para entender todo o alcance da sua proposta. Ele prosseguiu:

—Tens de criar para mim uma mulher, com quem eu possa viver na correspondência de sentimentos necessária para a minha existência. Só tu podes fazer isso, e peço-o a ti como um direito que não deves recusar-me.

A última parte de sua história reavivara dentro de mim a ira que se dissipara enquanto ele narrava sua vida pacífica junto aos moradores do chalé, e, enquanto ele dizia aquilo, não pude abafar a raiva que me queimava por dentro.

— Recuso — repliquei —, e nenhuma tortura jamais extrairá de mim um consentimento. Podes tornar-me o mais desgraçado dos homens, mas jamais me tornarás vil a meus próprios olhos. Criar outro ser como tu para que se unam e desolem o mundo! Fora daqui! Essa é a minha resposta. Podes torturar-me, mas eu jamais consentirei!

— Estás errado — tornou o demônio —; e, em vez de ameaçar, estou disposto a raciocinar contigo. Sou mau porque sou infeliz. Não sou evitado e odiado por toda a humanidade? Tu, meu criador, me farias em pedaços com todo gosto; lembra-te disso e depois me dize por que eu deveria ter mais compaixão pelo homem do que ele tem por mim? Não chamarias de assassinato jogar-me numa dessas fendas de gelo e destruir meu corpo, o trabalho de tuas próprias mãos. Devo respeitar o homem quando me condena? Se vivesses em paz comigo, em vez de violência, eu te faria todos os favores, com lágrimas de gratidão por tua aceitação. Mas isso não é possível; os sentidos humanos são barreiras insuperáveis à nossa união. Não me submeterei, porém, à abjeta escravidão. Vingarei as minhas injúrias; se não posso inspirar amor, vou provocar medo, e principalmente a meu arqui-inimigo, por ser meu criador, juro dedicar inextinguível ódio. Toma cuidado; vou trabalhar para a tua destruição e não descansarei até ter desolado o teu coração, para que amaldiçoes a hora em que nasceste.

Uma cólera demoníaca o animava quando disse aquilo; seu rosto franzia-se em contorções horríveis demais para olhos humanos; mas então ele se acalmou e prosseguiu:

— Eu tinha a intenção de argumentar. Esta paixão me é prejudicial, pois não te dás conta de que *tu* és a causa do meu excesso. Se alguém tivesse sentimentos bondosos para comigo, eu lhe retribuiria cem vezes o cêntuplo; pois por aquela criatura eu faria as pazes com toda a espécie! Mas agora me entrego a sonhos de felicidade que não podem realizar-se. O que te peço é razoável e moderado; peço uma criatura do outro sexo, mas tão horrenda quanto eu; a gratificação é pequena, mas é tudo o que posso receber, e ficarei contente com ela. É bem verdade que seremos monstros, exilados do mundo; mas por isso mesmo teremos maior apego um com o outro. Nossa vida não será feliz, mas seremos inofensivos e não teremos a angústia que agora sinto. Ah, meu criador, faz-me feliz; deixa-me ser grato a ti por esse único favor! Mostra-me que eu provoco a compaixão de algum ser vivo; não recuses o meu pedido!

Fiquei comovido. Arrepiava-me ao pensar sobre as possíveis consequências de meu consentimento, mas sentia que havia certa justiça em seu pedido. Sua história e os sentimentos que agora exprimia demonstravam que ele era uma criatura de sentimentos delicados, e eu, como seu criador, não lhe devia toda a parte de felicidade que estivesse em meu poder conceder-lhe? Ele percebeu a minha mudança e prosseguiu:

— Se concordares, nem tu nem qualquer outro ser humano jamais tornareis a nos ver; irei para as vastas florestas da América do Sul. Minha alimentação não é a do homem; não destruo o cordeiro e o cabrito para saciar meu apetite; bolotas e frutas são suficientes para me nutrir. Minha companheira terá a mesma natureza que eu e ficará contente com a mesma ração. Faremos nosso leito com folhas secas; o sol brilhará sobre nós como sobre os homens e sobre o nosso alimento. O quadro que te apresento é pacífico e humano, e hás de admitir que só podes recusá-lo gratuitamente por prepotência e crueldade. Por mais implacável que tenhas sido sempre comigo, vejo agora compaixão em teus olhos; deixa-me aproveitar o momento favorável e convencer-te a prometer o que tão ardentemente desejo.

— Propões — tornei eu — fugir da sociedade dos homens, morar naquelas florestas onde as feras do mato serão tuas únicas companheiras. Como poderás tu, que tanto desejas o amor e a simpatia dos homens, suportar tal exílio? Vais voltar e de novo procurar seus favores e te depararás com o ódio deles; tuas más paixões renascerão, e então terás uma companheira para ajudar-te no trabalho de destruição. Isso não pode ser; não me peças mais isso, pois não posso consentir.

— Como são inconstantes os teus sentimentos! Um só momento atrás estavas comovido com a minha história e por que agora voltas a te mostrar insensível às minhas queixas? Juro-te, pela terra onde habito e por ti que me fizeste, que com a companheira que me darás abandonarei a vizinhança dos homens e viverei, ao acaso, no mais selvagem dos lugares. As minhas más paixões desaparecerão, pois encontrarei simpatia! Minha vida passará tranquilamente, e na hora de minha morte não amaldiçoarei o meu criador.

Suas palavras tiveram um estranho efeito sobre mim. Tive pena dele e às vezes sentia vontade de consolá-lo, mas, quando olhava para ele, quando via a asquerosa massa que se mexia e falava, sentia-me enojado, e meus sentimentos passavam a ser de horror e ódio. Eu tentava sufocar essas sensações; achava que, uma vez que não conseguia simpatizar com ele, não tinha direito de lhe tirar a pequena parte de felicidade que ainda estava em meu poder conceder-lhe.

— Prometes — disse eu — ser inofensivo; mas já não demonstraste um grau de maldade que me faz naturalmente desconfiar de ti? Isso não pode ser um pretexto para aumentar o teu triunfo, dando maior amplitude à tua vingança?

— Que é isso? Não admito brincadeiras e exijo uma resposta. Se eu não tiver amizades nem afetos, o ódio e o vício hão de ser o meu quinhão; o amor de outra pessoa destruirá a causa dos meus crimes, e ninguém saberá de minha existência. Meus defeitos são filhos de uma solidão forçada que odeio, e as minhas virtudes forçosamente florescerão quando viver em comunhão com uma igual. Sentirei a afeição de um ser sensível e estabelecerei um vínculo com a corrente de vida e de acontecimentos de que agora me vejo excluído.

Parei por algum tempo para refletir sobre tudo o que ele contara e sobre os vários argumentos que usara. Pensei na promessa de virtudes que ele exibira no começo de sua existência e na subsequente perda de todos os sentimentos afetuosos pelo ódio e pelo desprezo que seus protetores manifestaram para com ele. Não omiti seu poder e suas ameaças nos meus cálculos; uma criatura que podia sobreviver nas cavernas geladas dos glaciares e esconder-se dos perseguidores junto às arestas de precipícios inacessíveis era um ser possuidor de capacidades que seria vão contrariar. Depois de uma longa pausa para reflexão, concluí que a justiça devida tanto a ele quanto aos meus semelhantes exigia que eu aceitasse o seu pedido. Voltando-me para ele, portanto, disse:

— Consinto com teu pedido, sob juramento solene de deixares a Europa para sempre e todos os outros lugares nas vizinhanças do homem, assim que eu te entregar uma fêmea que te acompanhe no exílio.

— Eu juro — exclamou ele — que, se atenderes à minha súplica, enquanto existirem o sol e o céu azul e o fogo de amor que arde em meu coração, nunca tornarás a me ver. Volta para casa e dá início aos trabalhos; vou observar teus progressos com indizível ansiedade; quando o trabalho estiver terminado, eu vou aparecer.

Ao dizer isso, ele bruscamente me deixou, temeroso, talvez, de alguma mudança em meus sentimentos. Vi-o descer a montanha com rapidez maior que a do voo da águia e logo o perdi entre as ondulações do mar de gelo.

Sua história ocupara o dia inteiro, e o sol estava sobre a linha do horizonte quando parti. Sabia que devia apressar-me para descer até o vale, pois logo seria envolvido pelas trevas; mas meu coração estava pesaroso, e meus passos eram lentos. O trabalho de seguir as serpenteantes trilhas da montanha e de apoiar firmemente os pés enquanto avançava deixava-me perplexo, pois estava ocupado com as emoções provocadas pelos acontecimentos do dia. A noite estava bem avançada quando cheguei ao lugar de repouso situado no meio do caminho, e me sentei ao lado de uma fonte. As estrelas brilhavam intermitentemente quando as nuvens passavam sobre elas; os pinheiros escuros erguiam-se à minha frente, e aqui e ali uma árvore caída jazia no chão; era um cenário de maravilhosa solenidade e inspirava estranhos pensamentos dentro de mim. Chorei amargamente e, batendo as mãos em agonia, exclamei:

— Ó estrelas, e nuvens, e ventos, estais reunidos para zombar de mim; se realmente tendes pena de mim, esmagai toda sensação e memória; reduzi-me a nada; mas se não, parti, parti e deixai-me nas trevas!

Esses eram pensamentos tempestuosos e infelizes, mas não posso descrever-lhe como o eterno piscar das estrelas pesava sobre mim e como ouvia cada rajada de vento como se fosse um sombrio e ameaçador siroco que viesse consumir-me.

O sol raiou antes que eu chegasse à aldeia de Chamonix; voltei imediatamente a Genebra, sem sequer descansar. Nem mesmo em meu íntimo eu conseguia dar expressão aos meus sentimentos — eles pesavam sobre mim como uma montanha e esmagavam a minha agonia. Voltei para casa, e minha aparência abatida e descuidada provocou grande preocupação, mas não respondi a nenhuma pergunta e quase não falei. Senti-me como se estivesse sob ostracismo — como se não tivesse o direito de pedir-lhes compreensão —, como se nunca mais pudesse gozar de camaradagem com eles. Mesmo assim, porém, eu os amava com adoração; e, para salvá-los, resolvi dedicar-me à mais odiada tarefa. A perspectiva de tal trabalho fazia com que qualquer outra situação passasse à minha frente como um sonho e que só o pensamento tivesse para mim a realidade da vida.

Capítulo 18

Dia após dia, semana após semana se passaram desde que eu voltara a Genebra; e não consegui reunir forças para recomeçar meu trabalho. Temia a vingança do demônio decepcionado, mas não conseguia superar a repugnância à tarefa que me cabia. Percebi que não podia formar uma fêmea sem mais uma vez devotar muitos meses ao estudo aprofundado e à laboriosa pesquisa. Soubera de algumas descobertas que haviam sido feitas por um filósofo inglês, cujo conhecimento era crucial para o meu bom êxito, e às vezes pensava em obter o consentimento de meu pai para visitar a Inglaterra com esse propósito; mas apegava-me a qualquer pretexto de adiamento e relutava em dar o primeiro passo numa aventura cuja necessidade começava a me parecer menos absoluta. Ocorrera, de fato, uma mudança em mim; a minha saúde, que até então declinara, estava agora muito melhor; e minha disposição, quando não perturbada pela recordação da minha infeliz promessa, melhorava na mesma proporção. Meu pai viu a mudança com satisfação e começou a pensar no melhor método de erradicar os restos de minha melancolia, que de quando em quando voltava e com um devorador negrume toldava o sol que se aproximava. Nesses momentos, eu me refugiava na mais completa solidão. Passava dias inteiros sozinho no lago, num barquinho, a observar as nuvens e a ouvir o agitar das ondas, silencioso e monótono. Mas o ar livre e o brilho do sol raramente deixavam de me fazer recuperar certo grau de tranquilidade, e ao voltar respondia às saudações de meus familiares com um sorriso mais pronto e um coração mais alegre.

Foi ao voltar de um desses passeios que meu pai, chamando-me à parte, assim me falou:

— Estou feliz por ver, meu querido filho, que reatou com seus antigos prazeres e parece estar voltando a ser o que era. E, no entanto, ainda está infeliz e ainda evita a nossa companhia. Por algum tempo me perdi em conjeturas sobre a causa disso, mas ontem me ocorreu uma ideia, e, se ela tiver fundamento, peço-lhe que o admita. O silêncio sobre isso seria não só inútil, mas traria uma tripla desgraça a todos nós.

Estremeci violentamente ante esse exórdio, e meu pai prosseguiu:

— Confesso, meu filho, que sempre ansiei por seu casamento com a nossa querida Elizabeth como o coroamento de nosso conforto doméstico e o esteio de nossos anos de declínio. Vocês se apegaram um ao outro desde criancinhas; estudaram juntos e pareciam, em temperamento e gostos, inteiramente feitos um para o outro. Mas é tão cega a experiência do homem que o que entendia ser os melhores assistentes para o meu plano o arruinaram completamente. Você talvez a considere sua irmã, sem nenhum desejo de que ela se torne sua mulher. Além disso, pode ter encontrado outra mulher que talvez você ame; e considerando-se comprometido pela honra com Elizabeth, essa luta talvez seja a causa da pungente angústia que parece sentir.

— Meu querido pai, tranquilize-se. Eu amo terna e sinceramente a minha prima. Nunca vi nenhuma outra mulher que despertasse, como Elizabeth, a minha mais ardente admiração e afeição. Minhas esperanças e meus planos para o futuro estão completamente ligados à expectativa da nossa união.

— A expressão dos seus sentimentos a esse respeito, meu caro Victor, dá-me mais satisfação do que tive nos últimos tempos. Se é assim que você se sente, com certeza seremos felizes, ainda que os acontecimentos presentes nos deprimam. Mas o que eu quero dissipar é esse desalento que parece ter tomado conta de sua mente com muita intensidade. Diga-me, portanto, se você tem alguma objeção à imediata celebração do casamento. Temos sido infelizes, e os últimos acontecimentos tiraram de nós a tranquilidade do dia a dia, conveniente à minha idade e às minhas fraquezas. Você é mais jovem; não acho, porém, que, sendo dono de uma fortuna considerável, um casamento precoce vá de alguma forma interferir em algum plano futuro de honra e utilidade que possa ter concebido. Não creia, porém, que eu lhe queira impor a felicidade ou que um adiamento de sua parte provoque em mim alguma grave apreensão. Interprete as minhas palavras com simplicidade e me responda, eu lhe imploro, com confiança e sinceridade.

Escutei meu pai em silêncio e permaneci por certo tempo incapaz de responder. Revolvia em minha mente um sem-
-número de pensamentos e me esforçava para chegar a uma conclusão. Ai de mim! A ideia de uma união imediata com a minha Elizabeth me provocava horror e consternação. Estava comprometido por uma promessa solene que ainda não cumprira e não ousava romper ou, se o fizesse, que multidão de desgraças não cairia sobre mim e minha querida família! Poderia participar dos festejos com esse peso mortal ainda pendente ao redor do meu pescoço e curvando-me para o chão? Tinha de executar o que prometera e deixar o monstro partir com sua companheira antes de permitir-me gozar o prazer de uma união da qual esperava a paz.

Lembrei-me também da necessidade que se me impunha de viajar para a Inglaterra ou iniciar uma longa correspondência com os filósofos daquele país, cujos conhecimentos e descobertas eram indispensáveis ao meu atual projeto. O segundo método de obter a informação desejada era dilatório e insatisfatório; além disso, eu tinha uma aversão insuperável à ideia de me entregar à minha repugnante tarefa na casa de meu pai, convivendo com as pessoas que amava. Sabia que mil terríveis acidentes poderiam ocorrer, e o menor deles revelaria uma história que faria todos os ligados a mim terem calafrios de horror. Também estava ciente de que eu iria muitas vezes perder completamente o autocontrole, toda capacidade de esconder as angustiantes emoções que tomariam conta de mim durante a evolução de minha fantasmagórica ocupação. Eu tinha de me afastar de tudo o que amava enquanto trabalhasse naquilo. Uma vez iniciado, o trabalho logo seria concluído, e eu poderia voltar para a família em paz e felicidade. Uma vez cumprida a minha promessa, o monstro iria embora para sempre. Ou (como imaginava em sonhos) poderia, entretanto, acontecer algum acidente que o destruísse e pusesse um ponto--final definitivo em minha escravidão.

Esses sentimentos ditaram a minha resposta ao meu pai. Exprimi o desejo de visitar a Inglaterra, mas sem revelar as verdadeiras razões do pedido; encobri meus desejos sob um disfarce que não provocou suspeitas, insistindo com uma veemência que logo levou meu pai a anuir. Depois de um período tão longo de absorvente melancolia, semelhante à loucura em sua intensidade e em seus efeitos, ele estava feliz por descobrir que eu era capaz de me alegrar com a ideia de tal viagem e esperava que a mudança de clima e as diversões variadas me fizessem tornar a ser o que eu era já antes de voltar a Genebra.

A duração da minha ausência foi deixada a meu critério; o período estimado era de alguns meses ou, no máximo, um ano. Ele tomara uma precaução delicada e paternal para garantir que eu teria companhia. Sem me comunicar com antecedência, combinara com Clerval, de concerto com Elizabeth, que este fosse encontrar-me em Estrasburgo. Isso prejudicava a solidão que eu almejava para a execução do meu trabalho; no começo da minha jornada, porém, a presença do meu amigo não poderia de modo algum ser um estorvo, e eu realmente fiquei satisfeito, porque assim me seriam poupadas muitas horas de reflexão solitária e enlouquecedora. Além disso, Henry poderia ficar entre mim e a intrusão de meu inimigo. Se eu estivesse sozinho, não iria ele de vez em quando impor a sua abominável presença, para não me deixar esquecer minha tarefa ou para observar o seu progresso?

Para a Inglaterra, portanto, eu partia, ficando combinado que o meu casamento com Elizabeth ocorreria assim que eu retornasse. A idade de meu pai o tornava extremamente avesso ao adiamento. E eu prometia a mim mesmo um prêmio para os meus detestados trabalhos — um consolo para os meus sofrimentos sem-par; era a perspectiva do dia em que, liberto da minha miserável escravidão, poderia reivindicar Elizabeth e esquecer o passado em meu casamento com ela.

Comecei a fazer os preparativos para a viagem, mas um sentimento me perseguia e me enchia de medo e agitação. Durante a minha ausência, deixaria meus familiares inconscientes da existência de seu inimigo e desprotegidos de seus ataques, pois ele poderia exasperar-se com a minha partida. Mas ele havia prometido seguir-me para onde quer que eu fosse; não me acompanharia então até a Inglaterra? Imaginá-lo era terrível em si mesmo, mas ao mesmo tempo tranquilizador, pois implicava a segurança de meus familiares. Estava angustiado com a ideia da possibilidade de que acontecesse o contrário daquilo. Mas, durante todo o tempo em que era um escravo de minha criatura, deixei-me levar pelos impulsos do momento; e minhas sensações presentes sugeriam vivamente que o diabo me seguiria, e minha família ficaria livre de suas maquinações.

Deixei novamente o meu país natal em fins de setembro. Minha viagem era ideia minha, e Elizabeth, portanto, concordou com ela, mas sentia-se nervosa à ideia de eu sofrer longe dela os ataques da tristeza e do pesar. Fora a sua atenção que me providenciara a companhia de Clerval —, e, no entanto, o homem é cego a mil minúsculas circunstâncias que chamam a atenção persistente da mulher. Ela desejava pedir-me que apressasse a volta; mil emoções conflitantes tornaram-na muda ao me dar um choroso e silencioso adeus.

Joguei-me para dentro da carruagem que me levaria embora, mal sabendo aonde ia e sem me preocupar com o que se passava ao meu redor. Só me lembrei — e foi com amargo pesar que pensei naquilo — de pedir que meus instrumentos químicos fossem empacotados para seguirem comigo. Cheio de imaginações sombrias, atravessei muitas belas e majestosas paisagens, mas meus olhos permaneceram fixos, sem nada observar. Só conseguia pensar no objetivo da viagem e no trabalho que me ocuparia enquanto ela durasse.

Depois de alguns dias passados numa indolência apática, durante os quais percorri muitas léguas, cheguei a Estrasburgo, onde aguardei Clerval durante dois dias. Ele chegou. Ai, como era grande o contraste entre nós! Ele estava atento a cada nova paisagem, entusiasmado com a visão das belezas do pôr do sol e mais feliz quando o via nascer e recomeçar um novo dia. Mostrava-me as cores cambiantes da paisagem e da aparência do céu.

— Isto é que é viver — exclamou ele —; como a existência me dá prazer! Mas você, meu caro Frankenstein, por que está desconsolado e pesaroso?

Na verdade, estava ocupado com sombrios pensamentos e não vi nem o declínio da estrela Vésper nem a dourada aurora no Reno. E você, meu amigo, se divertiria muito mais com o diário de Clerval, que observava o cenário com olhos sensíveis e alegres, do que ouvindo as minhas reflexões. Eu, um desgraçado infeliz, perseguido por uma maldição que barrava todos os caminhos para o prazer.

Tínhamos combinado descer o Reno de barco, de Estrasburgo até Roterdã, onde poderíamos embarcar para Londres.

Durante a viagem, passamos por diversas ilhas cobertas de salgueiros e vimos muitas belas cidades. Passamos um dia em Mannheim e, no quinto desde a partida de Estrasburgo, chegamos a Mogúncia. O curso do Reno abaixo de Mogúncia torna-se muito mais pitoresco. O rio desce rapidamente e serpenteia entre montes, não altos, mas escarpados e de belas formas. Vimos muitos castelos em ruínas às bordas de precipícios, rodeados por bosques negros, altos e inacessíveis. Essa parte do Reno, de fato, apresenta uma paisagem singularmente variada. Num ponto vemos colinas acidentadas, castelos arruinados a dominar tremendos precipícios, com o escuro Reno a correr embaixo; e, na súbita virada de um promontório, vinhas florescentes, com margens inclinadas e um rio sinuoso e cidades populosas a ocuparem o palco.

    Viajávamos na época da vindima e ouvíamos o canto dos lavradores enquanto deslizávamos corrente abaixo. Mesmo eu, de mente deprimida e de ânimo continuamente agitado por sentimentos sombrios, mesmo eu estava contente. Deitava no fundo do barco e observava o céu azul sem nuvens, parecia extasiar-me numa serenidade de que havia muito não participava. E se essas eram as minhas sensações, quem poderia descrever as de Henry? Ele se sentia como se tivesse sido transportado para um país encantado e estava feliz como raramente um homem pode sê-lo.

    — Eu vi — disse ele — as mais belas paisagens do meu país; visitei os lagos de Lucerna e Uri, onde as montanhas nevadas descem quase perpendicularmente até as águas, lançando sombras negras e impenetráveis, o que lhes daria uma aparência sombria e lúgubre, se não fossem as mais verdejantes ilhas que repousam os olhos com sua aparência alegre; vi aquele lago ser agitado pela tempestade, quando o vento arranca turbilhões de água e nos dá uma ideia do que deve ser uma tromba-d'água no oceano; e as ondas golpeiam com fúria a base da montanha, onde o sacerdote e sua amada foram surpreendidos por uma avalancha e dizem que suas vozes moribundas ainda podem ser ouvidas entre as pausas do vento noturno; vi as montanhas de La Valais e o Pays de Vaud; mas esta região, Victor, me agrada mais do que todas aquelas maravilhas. As montanhas da Suíça são mais majestosas e estranhas, mas há um encanto nas margens deste rio divino como nunca vi igual. Olhe aquele castelo que domina o precipício; e também aquele na ilha, quase escondido entre as folhagens daquelas graciosas árvores; e agora aquele grupo de lavradores que vem de suas vinhas; e aquele burgo meio oculto nos recessos da montanha. Ah, com certeza o espírito que habita e protege este lugar tem uma alma mais em harmonia com o homem do que os que amontoam o glaciar ou se retiram nos picos inacessíveis das montanhas de nosso país.

Clerval! Querido amigo! Mesmo hoje me dá prazer lembrar suas palavras e me entregar ao elogio que você tanto merece. Ele era um ser formado na "autêntica poesia da natureza". Sua imaginação selvagem e entusiasta era moderada pela sensibilidade do coração. Sua alma transbordava de afeições ardentes, e sua amizade tinha a natureza dedicada e maravilhosa que os de espírito mundano nos ensinam a só procurar na imaginação. Mas mesmo a empatia com as coisas humanas não bastava para satisfazer sua mente entusiasta. O cenário da natureza exterior, que outros encaram apenas com admiração, ele amava apaixonadamente:

> *The sounding cataract*
> *Haunted him like a passion: the tall rock,*
> *The mountain, and the deep and gloomy wood,*
> *Their colours and their forms, were then to him*
> *An appetite; a feeling, and a love,*
> *That had no need of a remoter charm,*

*By thought supplied, or any interest
Unborrow'd from the eye.*[1]

E onde está ele agora? Estará esse ser gentil e amável perdido para sempre? Aquela mente tão repleta de ideias, imaginações ricas e magníficas, que formava um mundo cuja existência dependia da vida de seu criador, terá aquela mente perecido? Só existe ele agora em minha memória? Não, não é assim; sua forma tão divinamente trabalhada e de resplandecente beleza corrompeu-se, mas seu espírito ainda visita e consola o seu infeliz amigo.

Perdoe-me este desabafo doloroso; estas inúteis palavras são apenas um pequeno tributo ao valor sem-par de Henry, mas aliviam meu coração, tomado pela angústia que sua lembrança cria. Darei sequência à minha história.

Para além de Colônia, descemos às planícies da Holanda e resolvemos percorrer a cavalo o resto do caminho, pois o vento era contrário, e a corrente do rio, fraca demais para nos ajudar. A viagem perdeu a partir daí o interesse oferecido pelo belo cenário, mas em poucos dias chegamos a Roterdã, de onde partimos por mar para a Inglaterra. Era uma manhã luminosa, nos últimos dias de dezembro, quando vi pela primeira vez os brancos penhascos da Grã-Bretanha. As margens do Tâmisa apresentavam uma nova paisagem; eram planas, mas férteis, e quase todas as cidades eram assinaladas por alguma história.

---

[1] ... A sonora catarata
Perseguia-o como uma paixão: a alta rocha,
A montanha e o bosque profundo e escuro,
Suas cores e formas eram para ele
Um apetite; um sentimento e um amor
Que não precisavam de um encanto mais distante,
Oferecido pelo pensamento, ou algum interesse
Que não tivesse origem nos olhos.

["*Tintern Abbey*", de Wordsworth.]

Vimos Tilbury Fort e recordamos a Invencível Armada, Gravesend, Woolwich e Greenwich — lugares de que ouvira falar mesmo em meu país.

Vimos, por fim, os numerosos campanários de Londres, com St. Paul a dominar todos eles, e a Torre famosa na história inglesa.

Capítulo 19

Londres era agora nosso lugar de repouso; decidimos permanecer vários meses naquela maravilhosa e célebre cidade. Clerval queria relacionar-se com os homens de gênio e talento que floresciam naquela época, mas isso era para mim um objetivo secundário; estava interessado principalmente em saber como obter as informações necessárias para o cumprimento da minha promessa e logo me vali das cartas de apresentação que trouxera comigo, dirigidas aos mais distintos filósofos naturais.

Se a viagem tivesse ocorrido durante os meus dias de estudo e felicidade, ter-me-ia proporcionado um prazer indizível. Mas uma praga caíra sobre a minha existência, e eu só visitava aquelas pessoas pelas informações que podiam dar-me sobre o assunto que me interessava de modo terrivelmente profundo. Toda companhia me irritava; quando estava sozinho, podia encher a alma com as visões do céu e da terra; a voz de Henry acalmava-me, e assim eu podia iludir-me com uma paz transitória. Mas rostos absortos, desinteressantes e alegres trouxeram de volta o desespero ao meu coração. Via uma barreira insuperável colocada entre mim e meus semelhantes; essa barreira estava selada com o sangue de William e Justine, e refletir sobre os acontecimentos relacionados com esses nomes era algo que enchia a minha alma de angústia.

Mas em Clerval eu via a imagem de minha antiga personalidade; tinha curiosidade e ansiava por ganhar experiência e instrução. A diferença de costumes que ele observava era para ele uma fonte inesgotável de instrução e diversão. Ele também estava perseguindo um objetivo que havia tempos tinha em vista. Seu plano era visitar a Índia, na crença de que, com seu conhecimento de suas várias línguas e com as perspectivas que obtivera sobre a sua sociedade, dispunha dos meios para auxiliar materialmente o progresso da colonização e do comércio europeus. Só na Grã-Bretanha poderia ele promover a execução do seu plano. Estava sempre ocupado, e o único obstáculo à sua alegria era a minha mente dolorosa e desalentada. Eu tentava o máximo possível ocultar-lhe esse meu estado, para não privar dos prazeres naturais a quem estava entrando numa nova fase da vida, livre de toda preocupação ou lembrança amarga. Sempre me recusava a acompanhá-lo, alegando algum outro compromisso, para poder permanecer sozinho. Eu também estava começando a coletar os materiais necessários à minha nova criação, e isso era para mim como a tortura dos pingos d'água que caem continuamente, um por um, sobre a cabeça. Cada pensamento que dedicava ao assunto era para mim uma tortura extrema, e cada palavra que dizia com referência a ele fazia com que meus lábios tremessem e meu coração palpitasse.

Depois de passarmos alguns meses em Londres, recebemos da Escócia uma carta de uma pessoa que algum tempo antes nos visitara em Genebra. Mencionava as belezas de seu país natal e nos perguntava se aqueles não seriam incentivos suficientes para nos levar a prolongar a nossa viagem mais para o norte, até Perth, onde morava. Clerval desejava muito aceitar o convite, e eu, embora odiasse a sociedade, queria ver de novo as montanhas e os rios e todas as maravilhosas obras com que a Natureza adorna seus lugares prediletos. Tínhamos chegado à Inglaterra no começo de outubro, e já estávamos em fevereiro. Assim, decidimos começar a nossa viagem para o norte no fim de mais um mês. Nessa jornada, não pretendíamos seguir a grande estrada para Edimburgo, mas visitar Windsor, Oxford, Matlock e os lagos Cumberland, resolvidos a chegar ao término da excursão em fins de julho. Empacotei meus instrumentos químicos e os materiais que juntara, decidido a terminar meu trabalho em algum recanto obscuro dos planaltos do norte da Escócia.

Saímos de Londres em 27 de março e permanecemos alguns dias em Windsor, passeando por sua bela floresta. Aquele era um cenário novo para nós, montanheses; os majestosos carvalhos, a quantidade de caça e as manadas de imponentes cervos eram completas novidades para nós.

De lá partimos para Oxford. Ao entrarmos na cidade, nossas mentes se encheram de recordações dos acontecimentos que lá se haviam passado, mais de um século e meio antes. Foi ali que Carlos I reunira as suas forças. Essa cidade permanecera-lhe fiel, depois que toda a nação abandonara a sua causa para aderir ao estandarte do parlamento e da liberdade. A memória daquele rei infeliz e de seus companheiros, o gentil Falkland, o insolente Goring, a rainha e o filho, dava um interesse especial a cada parte da cidade que supostamente teriam habitado. O espírito dos velhos tempos encontrou morada ali, e nos deliciamos seguindo os seus rastros. Se esses sentimentos não tivessem tido uma gratificação imaginária, a própria aparência da cidade por si mesma já tinha beleza suficiente para conquistar a nossa admiração. Os *colleges* são antigos e pitorescos; as ruas chegam quase a ser magníficas, e o delicado Isis, que corre ao seu lado entre prados de fina verdura, se alarga numa plácida extensão de águas que refletem sua majestosa reunião de torres, flechas e cúpulas, acalentadas entre velhas árvores.

Eu apreciava o cenário, e, no entanto, a minha satisfação era amargurada pela memória do passado e pela previsão do futuro. Eu fora criado para a felicidade tranquila. Durante a juventude, a insatisfação nunca visitou a minha alma, e se às vezes o tédio tomava conta de mim, a vista do que é belo na natureza ou o estudo do que é excelente e sublime nas obras do homem sempre podiam interessar o meu coração e comunicar elasticidade ao meu ânimo. Mas sou uma árvore atingida pelo raio que penetrou a minha alma; e eu sentia então que devia sobreviver para mostrar o que logo deixarei de ser — um miserável espetáculo de humanidade destroçada, lamentável para os outros e intolerável para mim mesmo.

Passamos um tempo razoável em Oxford, passeando pelos arredores e tentando identificar cada local que pudesse estar relacionado com a mais animada época da história inglesa. Nossas pequenas jornadas de descoberta eram não raro prolongadas pelos sucessivos objetos que se apresentavam. Visitamos o túmulo do ilustre Hampden[1] e o campo onde tombou aquele patriota. Por um instante, a minha alma se elevou de seus degradantes e miseráveis temores para contemplar as divinas ideias de liberdade e de sacrifício de si mesmo, das quais essas visões eram os monumentos e os mementos. Por um instante ousei romper as minhas cadeias e olhar ao meu redor com um espírito livre e altaneiro, mas o ferro havia penetrado em minha carne, e eu me afundei mais uma vez, trêmulo e desesperado, na minha miserável pessoa.

Deixamos Oxford a contragosto e seguimos para Matlock, que era o nosso seguinte lugar de repouso. Os campos nos arredores dessa aldeia se pareciam muito com o cenário da Suíça; mas tudo em menor escala, e as colinas verdejantes carecem da coroa branca dos distantes Alpes, sempre presentes sobre as montanhas cobertas de pinheiros de meu país natal. Visitamos a maravilhosa caverna e os pequenos gabinetes de história natural, onde as curiosidades estão dispostas da mesma maneira que nas coleções de Servox e Chamonix. Este segundo

---

[1] John Hampden (1595-1643), político inglês, um dos nomes mais importantes da Revolução Inglesa.

nome fez-me estremecer ao ser pronunciado por Henry, e apressei-me em deixar Matlock, com que aquela terrível cena passou a estar, assim, associada.

Depois de Derby, ainda rumando para o norte, passamos dois meses em Cumberland e Westmorland. Agora eu podia quase me imaginar nas montanhas da Suíça. Os pequenos retalhos de neve que ainda restavam nas encostas setentrionais das montanhas, os lagos e o ímpeto das correntes descendo pelas rochas, tudo eram visões familiares e queridas para mim. Aqui também conhecemos algumas pessoas que quase conseguiram dar-me a ilusão da felicidade. O prazer de Clerval era proporcionalmente maior do que o meu; sua inteligência se ampliou na companhia de homens de talento, e ele descobriu em sua própria natureza capacidades e recursos maiores do que ele mesmo imaginava ter enquanto se associava a seus inferiores.

— Poderia passar a vida aqui — disse-me ele —; e entre estas montanhas teria poucas saudades da Suíça e do Reno.

Mas ele descobriu que a vida do viajante tem muita dor misturada às alegrias. Seus sentimentos estão sempre no limite; e, quando começa a repousar, se vê obrigado a abandonar aquilo sobre o qual repousa em paz, em troca de algo novo, que chama a sua atenção e que ele também abandonará por outras novidades.

Mal tínhamos visitado os vários lagos de Cumberland e Westmorland e feito certa amizade com alguns dos seus habitantes quando a data do encontro com o nosso amigo escocês se aproximou, e os deixamos para seguir viagem. Eu, por meu lado, não o lamentei; havia negligenciado a minha promessa durante algum tempo e temia os efeitos da decepção do demônio. Ele podia ter permanecido na Suíça e exercer sua vingança sobre os meus parentes. Essa ideia me perseguia e me atormentava a todo instante, quando, se não fosse por isso, poderia ter conseguido repouso e paz. Esperava a correspondência com impaciência febril; se ela se atrasava, eu me sentia arrasado e tomado de mil temores; e, quando chegava e eu via o sobrescrito de Elizabeth ou de meu pai, mal ousava ler e conhecer o meu destino. Às vezes achava que o demônio me seguia e podia punir meu desleixo, assassinando o meu companheiro. Quando esses pensamentos tomavam conta de mim, eu não queria deixar Henry nem por um momento, mas o seguia como uma sombra, para protegê-lo da imaginária cólera de seu destruidor. Sentia-me como se houvesse cometido um grande crime e a consciência disso me perseguisse. Eu era inocente, mas havia sem dúvida atraído sobre mim uma horrível maldição, tão mortal quanto a do crime.

Visitei Edimburgo com mente e olhos apáticos; e, no entanto, aquela cidade poderia ter interessado até o ser mais desgraçado. Clerval não gostou tanto dela quanto de Oxford, pois a antiguidade desta última lhe era mais agradável. Mas a beleza e a regularidade da cidade nova de Edimburgo, seu romântico castelo e seus arredores, os mais encantadores do mundo, Arthur's Seat, St. Bernard's Well e as colinas de Pentland compensavam-no da mudança e o enchiam de entusiasmo e admiração. Mas eu estava impaciente por chegar ao término da viagem.

Deixamos Edimburgo depois de uma semana, atravessando Coupar, St. Andrew's, ao longo das margens do Tay, até Perth, onde o nosso amigo nos aguardava. Mas eu não me sentia com disposição para rir e conversar com desconhecidos ou para participar de seus sentimentos ou planos com o bom humor que se espera de um convidado; e por isso disse a Clerval que desejava fazer sozinho a excursão pela Escócia.

— Divirta-se — disse eu —, e este será o nosso ponto de encontro. Talvez eu me ausente por um ou dois meses; mas lhe peço que não interfira em minhas andanças; deixe-me por um tempo em paz e só; e quando eu voltar, espero que seja com um coração mais leve, mais afim ao seu próprio temperamento.

Henry quis dissuadir-me, mas, ao ver que eu não desistiria do plano, parou de reclamar. Pediu-me que lhe escrevesse com frequência.

— Preferia estar com você — disse ele —, em seus passeios solitários, a ficar com estes escoceses, que não conheço; volte logo, meu querido amigo, para que eu possa sentir-me de novo um pouco em casa, o que não conseguirei na sua ausência.

Tendo-me despedido de meu amigo, decidi visitar algum lugar remoto da Escócia e terminar o meu trabalho em meio à solidão. Não tinha dúvida de que o monstro me seguira e viria ter comigo quando eu tivesse terminado, para poder receber sua companheira. Com essa determinação, atravessei os planaltos do norte e adotei uma das mais longínquas das Orkney Islands como cenário de meus trabalhos. Era um lugar adequado a tal empreendimento, sendo pouco mais do que um rochedo cujas escarpas eram continuamente fustigadas pelas ondas. O solo era árido e mal podia oferecer pastagem a umas poucas vacas magras e farinha de aveia para os habitantes, que consistiam em cinco pessoas, cujos membros esqueléticos e macilentos demonstravam quão miserável era sua alimentação. Os vegetais e o pão, quando se permitiam tal luxo, e até a água fresca deviam ser trazidos da terra firme, que ficava a oito quilômetros dali.

Em toda a ilha só havia três miseráveis barracos, e um deles estava desocupado quando cheguei. Aluguei-o. Tinha só dois cômodos, e eles exibiam toda a sordidez da mais miserável penúria. O telhado desabara, as paredes estavam sem estuque, e a porta se soltara dos gonzos. Mandei consertar tudo, comprei alguns móveis e tomei posse, algo que sem dúvida teria provocado surpresa se a mente dos habitantes não estivesse obnubilada pelas privações e pela sórdida pobreza. Assim, vivia inobservado e imperturbado, e raramente me agradeciam pela ração e pelas roupas que eu lhes dava, de tal modo são embotados pelo sofrimento os mais básicos sentimentos dos homens.

Nesse retiro, eu dedicava as manhãs ao trabalho; mas à tarde, quando o tempo permitia, caminhava pela praia coberta de pedras, para ouvir as ondas que bramiam e rebentavam aos meus pés. Era um cenário monótono, mas sempre em mudança. Pensava na Suíça; era muito diferente dessa paisagem desolada e aterradora. Seus montes são cobertos de vinhedos, e seus chalés espalham-se densamente pelas planícies. Seus magníficos lagos refletem um céu azul e gentil, e, quando açoitados pelos ventos, seu tumulto não passa de uma brincadeira de criança travessa em comparação com os rugidos do oceano gigante.

Assim distribuí as minhas ocupações quando cheguei, mas, à medida que meu trabalho avançava, ele se tornava a cada dia mais horrível e irritante para mim. Às vezes não conseguia convencer-me a entrar no laboratório durante vários dias; outras vezes dava duro dia e noite para concluir o trabalho. Era, sem dúvida, um processo imundo em que eu estava envolvido. Durante a minha primeira experiência, uma espécie de frenesi de entusiasmo cegara-me para o horror do meu trabalho; toda a minha atenção estava concentrada na consumação do meu plano, e meus olhos estavam fechados para o horror dos meus procedimentos. Agora, porém, eu o realizava com toda presença de espírito, e o meu coração se enojava com o trabalho das minhas mãos.

Assim situado, entregue à mais hedionda das ocupações, imerso numa solidão em que nada podia desviar a minha atenção do cenário real no qual estava envolvido, meu humor tornou-se irregular; fiquei inquieto e nervoso. A cada momento temia deparar-me com o meu perseguidor. Às vezes eu me sentava com os olhos fitos no chão, com medo de erguê-los para não encontrar o que tanto receava ver. Tinha medo de afastar-me da vista de meus semelhantes, para que ele não viesse ter comigo quando estivesse sozinho, para reclamar a sua companheira.

Entretanto, eu continuava o meu trabalho, que já estava consideravelmente avançado. Encarava a sua conclusão com uma esperança trêmula e impaciente, que eu não ousava questionar, mas na qual se misturavam obscuros e maus presságios que dilaceravam o coração no meu peito.

Capítulo 20

Estava sentado uma noite em meu laboratório; o sol se pusera, e a lua acabava de erguer-se do mar; não dispunha de luz suficiente para trabalhar e fiquei desocupado, numa pausa para decidir se devia deixar o meu trabalho para a noite ou apressar a sua conclusão, dando-lhe uma atenção ininterrupta. Enquanto estava ali parado, ocorreu-me uma série de reflexões que me levaram a considerar os efeitos do que estava fazendo. Três anos antes, estava empenhado da mesma maneira e criara um ser demoníaco cuja barbárie sem-par desolara o meu coração e o enchera para sempre do mais amargo remorso. Estava agora prestes a formar outro ser cujas disposições igualmente ignorava; ela podia tornar-se dez mil vezes mais maligna do que seu companheiro e pura e simplesmente divertir-se com assassinatos e desgraças. Ele jurara abandonar as proximidades do homem e esconder-se em desertos, mas não ela; e ela, que muito provavelmente devia tornar-se um animal pensante e raciocinante, poderia recusar-se a aceitar um acordo feito antes da sua criação. Podiam até odiar-se um ao outro; a criatura que já vivia odiava sua própria deformidade e não poderia ter uma repulsa ainda maior por ela quando lhe aparecesse sob forma feminina? Ela também podia afastar-se dele com nojo, em favor da beleza superior do homem; poderia abandoná-lo, e ele ficar sozinho de novo, exasperado pela recente provocação de ter sido abandonado por alguém de sua própria espécie.

Mesmo se deixassem a Europa e fossem viver nos desertos do Novo Mundo, uma das primeiras consequências daquela simpatia por que o demônio tanto ansiava seriam os filhos, e uma raça de demônios se propagaria pela terra, podendo fazer da própria existência da espécie humana uma condição precária e cheia de terror. Tinha eu o direito, para proveito próprio, de lançar essa maldição perpétua às futuras gerações? Deixara-me antes comover pelos sofismas do ser que criara; suas ameaças diabólicas embotaram os meus sentidos; mas agora, pela primeira vez, via claramente a malignidade da minha promessa; estremeci ao pensar que as épocas futuras poderiam amaldiçoar-me como sua peste, cujo egoísmo não hesitara em comprar a paz para si mesmo ao preço, porém, da existência de toda a raça humana.

Estremeci, e meu coração disparou dentro de mim, quando, olhando para cima, vi pela janela a figura do demônio à luz do luar. Um risinho medonho franzia os seus beiços enquanto ele olhava para mim, que trabalhava para cumprir a tarefa a que ele me forçara. Sim, ele me seguira em minhas viagens; passara o tempo nas florestas, escondera-se em cavernas ou refugiara-se em grandes matas desertas; e vinha agora verificar o meu progresso e exigir o cumprimento da minha promessa.

Quando olhei para ele, sua fisionomia mostrava a máxima malícia e perfídia. Pensei com uma sensação de loucura na minha promessa de criar outro ser como ele e, tremendo violentamente, fiz em pedaços a coisa em que estava trabalhando. O demônio viu-me destruir a criatura de cuja futura existência dependia a sua felicidade e, com um uivo de desespero e desforra, partiu.

Deixei a sala e, trancando a porta, fiz em meu coração uma promessa solene de jamais retomar os trabalhos; e então, com passos trêmulos, me dirigi para o meu quarto. Estava sozinho; ninguém estava perto de mim para dissipar o desalento e livrar-me da mórbida opressão dos mais terríveis devaneios.

Passaram-se muitas horas, e eu permanecia junto à janela, a observar o mar; ele estava quase imóvel, pois os ventos se haviam aquietado, e toda a natureza descansava sob o olho da calma lua. Só alguns navios pesqueiros salpicavam as águas, e de quando em quando a brisa delicada soprava o som das vozes dos pescadores a chamar uns aos outros. Sentia o silêncio, embora mal estivesse consciente de sua extrema profundidade, até que os meus ouvidos subitamente se concentraram na batida de remos perto da praia, e uma pessoa desembarcou perto da minha casa.

Poucos minutos depois, ouvi o rangido da porta, como se alguém a tentasse abrir silenciosamente. Tremi dos pés à cabeça; tive um pressentimento de quem era e quis acordar um dos camponeses que moravam num barraco não longe do meu; mas tomara conta de mim a sensação de desespero, tantas vezes sentida no terror dos pesadelos, quando tentamos em vão fugir de um perigo iminente e ficamos presos ao chão. Agora eu ouvia o som de passos no corredor; a porta abriu-se, e apareceu o demônio que eu tanto temia.

Fechando a porta, ele se aproximou e disse com voz abafada:

— Destruíste o trabalho iniciado; que pretendes com isso? Como ousas quebrar a promessa? Enfrentei o trabalho duro e o sofrimento; deixei a Suíça contigo; percorri escondido as margens do Reno, entre as ilhas cobertas de salgueiros e sobre o cume dos montes. Vivi durante muitos meses nas charnecas da Inglaterra e nos desertos da Escócia. Suportei fadigas infinitas, e o frio, e a fome; como ousas destruir as minhas esperanças?

— Vai embora! Vou quebrar a promessa, sim; jamais criarei outro ser como tu, deformado e mau.

— Escravo, antes eu argumentei contigo, mas demonstraste não ser digno da minha condescendência. Lembra-te de que tenho a força; crês ser infeliz, mas posso fazer-te tão desgraçado que a luz do dia te será abominável. És o meu criador, mas eu sou teu senhor; obedece!

— Passou a hora da minha indecisão, e chegou a hora do teu poder. Tuas ameaças não podem convencer-me a executar uma ação má, mas fortalecem a minha resolução de não criar a tua companheira de malignidade. Devo eu, em sã consciência, soltar no mundo um demônio cujo prazer é a morte e a destruição? Fora daqui! Já tomei a minha decisão, e tuas palavras só vão exasperar a minha cólera.

O monstro percebeu a determinação em meu rosto e rangeu os dentes na impotência da ira.

— Encontrará cada homem — gritou ele — uma esposa para o seu coração, e cada animal terá sua companheira, e eu ficarei sozinho? Tenho sentimentos afetuosos que são retribuídos pelo desprezo e pelo desdém. Homem! Podes odiar, mas cuidado! Tuas horas vão passar-se em pavor e miséria, e logo cairá o raio que há de arrebatar-te a felicidade para sempre. Deves ser feliz enquanto rastejo na baixeza da minha desgraça? Podes destruir as minhas outras paixões, mas a sede de vingança permanecerá; a vingança, doravante mais amada do que a luz ou o alimento! Posso morrer, mas antes tu, meu tirano e torturador, hás de amaldiçoar o sol que vê a tua miséria. Cuidado, pois não tenho medo e sou, portanto, poderoso. Vou espreitar-te com a astúcia da serpente, para poder picar com seu veneno. Homem, vais arrepender-te das injúrias que infliges!

— Basta, demônio; e não envenenes o ar com esses sons malignos. Já te comuniquei a minha decisão e não sou covarde para curvar-me diante de palavras. Deixa-me, pois permanecerei inflexível.

— Muito bem. Vou embora; mas lembra-te, vou estar contigo na tua noite de núpcias!

Dei um pulo para a frente e exclamei:

— Canalha! Antes de assinar a minha sentença de morte, certifica-te de estares tu mesmo em segurança!

Quis agarrá-lo, mas ele se esquivou de mim e deixou a casa correndo. Em poucos momentos eu o vi em seu barco, que disparou em meio às águas como uma flecha e logo se perdeu entre as vagas.

Tudo estava silencioso novamente, mas suas palavras ecoavam em meus ouvidos. Estava louco para perseguir o assassino da minha paz e precipitá-lo no oceano. Andei de um lado para o outro em meu quarto, febril e perturbado, enquanto a minha imaginação invocava mil imagens para me atormentar e atiçar. Por que não o seguira para travar com ele um duelo mortal? Mas eu o deixara partir, e ele seguira para terra firme. Estremecia ao imaginar quem seria a próxima vítima sacrificada à sua vingança insatisfeita. E então me ocorreram de novo as suas palavras: "Vou estar contigo em tua noite de núpcias". Era essa, pois, a data marcada para a consumação do meu destino. Naquela hora eu morreria e ao mesmo tempo satisfaria e extinguiria a sua malignidade. Essa perspectiva não provocava medo; quando pensava em minha amada Elizabeth, porém, em suas lágrimas e em sua infinita tristeza quando visse seu amado tão barbaramente arrancado dela, as primeiras lágrimas em muitos meses jorraram de meus olhos, e resolvi não tombar diante do meu inimigo sem antes travar um duro combate.

A noite passou, e o sol se ergueu do oceano; meus sentimentos tornaram-se mais calmos, se é que se pode chamar de calma o que sobrevém quando a violência do ódio cai nas profundezas do desespero. Deixei a casa, o medonho cenário da discussão da noite anterior, e caminhei pela praia, que eu quase considerava como uma barreira insuperável entre mim e meus semelhantes; não só isso, um desejo de que assim fosse percorreu a minha alma. Desejei poder passar a vida naquele árido rochedo, entediado, é verdade, mas imune a qualquer golpe brusco da desgraça. Se voltasse, era para ser sacrificado ou para ver aqueles a quem mais amava morrerem sob as garras de um demônio que eu mesmo havia criado.

Caminhei pela ilha como um espectro agitado, separado de tudo o que amava e infeliz na separação. Ao meio-dia, quando o sol se ergueu mais alto, me deitei sobre a relva e fui vencido por um sono profundo. Ficara acordado toda a noite anterior, meus nervos estavam excitados, e meus olhos, inflamados pela vigília e pela dor. O sono em que caí me revigorou; e quando despertei me senti novamente como membro de uma raça de seres humanos como eu mesmo e comecei a refletir sobre o que se passara com maior serenidade; no entanto as palavras do diabo ainda ecoavam em meus ouvidos como um dobre de finados; pareciam um sonho, mas nítido e opressivo como a realidade.

O sol já descera bastante, e eu continuava sentado na praia, satisfazendo meu apetite, que se tornara voraz, com um bolo de aveia, quando vi um barco pesqueiro desembarcar perto de onde eu estava, e um dos homens trazer-me um pacote; continha cartas de Genebra e uma de Clerval, pedindo que voltasse. Dizia que estava perdendo tempo inutilmente ali onde estava, que cartas dos amigos que fizera em Londres desejavam o seu retorno para ultimar as negociações sobre o seu empreendimento indiano. Não podia mais adiar a partida; mas, como a viagem a Londres poderia ser seguida, mais cedo até do que agora supunha, por outra viagem mais longa, ele me pedia que lhe concedesse o máximo possível de minha companhia de que pudesse dispor. Suplicava-me, portanto, que deixasse a minha ilha solitária e fosse encontrá-lo em Perth, para podermos seguir viagem juntos para o sul. Essa carta, até certo ponto, trouxe-me de volta à vida, e decidi deixar a ilha ao cabo de dois dias. Antes de partir, porém, tinha um trabalho a fazer, que só de pensar me dava arrepios; precisava empacotar os meus instrumentos químicos, e para isso tinha de entrar na sala que fora o cenário de meu odioso trabalho e manusear aqueles utensílios cuja mera visão me dava náuseas. Na manhã seguinte, ao nascer do sol, reuni bastante coragem e destranquei a porta do laboratório. Os restos da criatura semiacabada que eu havia destruído estavam esparramados pelo chão, e eu me senti como se tivesse estraçalhado a carne viva de um ser humano. Parei para me recompor e em seguida entrei no quarto. Com mãos trêmulas levei os instrumentos para fora da sala, mas refleti que não devia deixar ali os restos do meu trabalho, o que despertaria o horror e a suspeita dos camponeses; e, assim, eu os pus numa cesta, com grande quantidade de pedras e, guardando-os, decidi lançá-los ao mar naquela noite mesmo; sentei-me, então, junto à praia e tratei de limpar e arrumar os meus aparelhos químicos.

Nada poderia ser mais completo do que a alteração por que passaram os meus sentimentos desde a noite do aparecimento do demônio. Antes eu encarava a minha promessa com um desespero sombrio, como algo que tinha de ser feito, fossem quais fossem as consequências; agora, porém, me sentia como se tivessem tirado uma película de meus olhos e pela primeira vez eu enxergasse com clareza. A ideia de retomar os trabalhos não me passou pela cabeça nem sequer por um instante; a ameaça que ouvira pesava sobre os meus pensamentos, mas não me ocorrera que um ato voluntário de minha parte pudesse evitá-la. Concluíra comigo mesmo que criar outro ser como o demônio que antes fizera seria um ato do mais vil e atroz egoísmo, e expulsei qualquer pensamento que pudesse levar a uma conclusão diversa.

Entre duas e três da manhã, a lua nasceu; e então eu, pondo a minha cesta dentro de um pequeno esquife, naveguei cerca de seis quilômetros mar adentro. O cenário era de completa solidão; alguns barcos retornavam para terra, mas afastei-me deles. Sentia-me como se estivesse prestes a cometer um crime terrível e evitava com arrepiada ansiedade qualquer encontro com meus semelhantes. A certa altura, a lua, que antes estivera clara, foi de repente coberta por uma nuvem espessa, e aproveitei o momento de escuridão para jogar a cesta ao mar;

ouvi o gorgolejar da água enquanto ela afundava e então me afastei do lugar. O céu nublou-se, mas o ar estava puro, ainda que gelado pela brisa do norte que estava então se erguendo. Mas refrescou-me e encheu-me de sensações tão agradáveis que resolvi prolongar a minha estada sobre as águas e, fixando o leme numa posição reta, estiquei-me no fundo do barco. As nuvens ocultavam a lua, tudo estava escuro, e eu ouvia apenas o som do barco a cortar as ondas; o murmúrio embalou-me, e em pouco tempo eu dormia profundamente.

    Não sei quanto tempo permaneci naquela situação, mas quando despertei vi que o sol já havia subido consideravelmente. O vento era forte, e as ondas ameaçavam continuamente a segurança do meu esquife. Vi que o vento era nordeste e devia ter-me levado para longe da costa onde embarcara. Tentei mudar o curso, mas logo percebi que, se fizesse mais uma tentativa, o barco imediatamente se encheria de água. Nessa situação, meu único recurso era seguir o vento. Confesso que tive sensações de terror. Não tinha um compasso comigo e conhecia tão pouco a geografia daquela parte do mundo que o sol me era de pouco proveito. Podia ser levado ao vasto Atlântico e sentir as torturas da morte pela fome ou ser engolido pelas imensas águas que bramiam e se agitavam ao meu redor. Já estava fora havia muitas horas e sentia o tormento de uma sede ardente, prelúdio de todos os meus outros sofrimentos. Olhava para o céu, coberto de nuvens que fugiam do vento, só para serem substituídas por outras; olhava para o mar; seria o meu túmulo.

    — Demônio — exclamei —, tua tarefa já se cumpriu!

    Pensei em Elizabeth, em meu pai e em Clerval — todos os que deixaria para trás e sobre os quais o monstro poderia saciar suas sanguinárias e cruéis paixões. Essa ideia mergulhou-me num devaneio tão desesperado e aterrorizante que até hoje, quando a cena está prestes a se fechar para sempre à minha frente, estremeço ao pensar nele.

Passaram-se assim algumas horas; mas aos poucos, à medida que o sol declinava na direção do horizonte, os ventos abrandaram-se numa doce brisa, e o mar perdeu seus vagalhões. Mas estes deram lugar a um forte balanço; sentia-me enjoado e mal conseguia segurar o leme quando vi de repente uma linha de terras altas, na direção sul.

Quase vencido, como estava, pelo cansaço e pela terrível expectativa que suportei durante muitas horas, essa súbita certeza de vida invadiu o meu coração como um rio de entusiástica alegria, e lágrimas rolaram dos meus olhos.

Como são mutáveis os nossos sentimentos, e como é estranho o teimoso amor à vida que temos até no cúmulo da desgraça! Fiz outra vela com parte da minha roupa e apontei impacientemente o leme para terra. Tinha uma aparência selvagem e rochosa, mas ao me aproximar pude facilmente perceber vestígios de lavoura. Avistei barcos perto da costa e me vi subitamente transportado de volta para as vizinhanças do homem civilizado. Observei com atenção os contornos da terra e fiquei satisfeito ao ver finalmente um campanário atrás de um pequeno promontório. Como estava num estado de extrema fraqueza, resolvi rumar diretamente para a aldeia, lugar onde provavelmente seria mais fácil obter alimento. Por sorte, trazia dinheiro comigo.

Ao contornar o promontório, percebi uma cidadezinha bem cuidada e um bom porto, onde entrei, com o coração a saltar de alegria pela inesperada salvação.

Enquanto estava ocupado amarrando o barco e arrumando as velas, muitas pessoas se aproximaram do lugar onde eu estava. Pareciam muito surpresas com a minha chegada, mas, em vez de oferecerem ajuda, cochichavam uns com os outros, gesticulando de um modo que em qualquer outro momento teria produzido em mim uma leve sensação de alarme. Naquela situação, simplesmente notei que falavam inglês e, portanto, me dirigi a eles nessa língua:

— Meus amigos — disse eu —, posso pedir-lhes a gentileza de me dizer o nome desta cidade e me informar onde estou?

— Você logo vai saber — respondeu um homem de voz rouca. — Talvez tenha vindo a um lugar que não seja muito do seu gosto, mas onde não vão consultá-lo sobre onde ficará hospedado, isso eu lhe garanto.

Fiquei imensamente surpreso por receber uma resposta tão grosseira de um desconhecido, mas também estava desconcertado por perceber os rostos carrancudos e irritados dos seus companheiros.

— Por que essa resposta tão ríspida? — repliquei. — Com certeza não é costume de ingleses receber os estrangeiros com tamanha falta de hospitalidade.

— Não sei — disse o homem — qual seja o costume dos ingleses, mas é costume dos irlandeses odiar canalhas.

Enquanto prosseguia esse estranho diálogo, percebi que a multidão crescia rapidamente. Seus rostos exprimiam um misto de curiosidade e animosidade que me aborreceu e, até certo ponto, alarmou.

Perguntei onde ficava o albergue, mas ninguém respondeu. Segui em frente, então, e um som de murmúrios ergueu-se da multidão que me seguia e rodeava, quando um homem mal--encarado se aproximou, bateu em meu ombro e disse:

— Venha, senhor. Queira acompanhar-me até a casa do sr. Kirwin, para explicar-se.

— Quem é o sr. Kirwin? Por que devo explicar-me? Este não é um país livre?

— Ah, senhor, muito livre para gente honesta. O sr. Kirwin é um magistrado, e o senhor deve explicar a morte de um cavalheiro que foi encontrado assassinado aqui, na noite passada.

A resposta assustou-me, mas logo me recuperei. Era inocente, e isso podia ser provado com facilidade; assim, segui o meu guia em silêncio e fui levado a uma das melhores casas da cidade. Estava a ponto de cair de cansaço e fome, mas, como estava cercado por uma multidão, achei melhor valer-me de toda a minha força, para que a fraqueza física não fosse interpretada como apreensão ou consciência pesada. Nada mais fiz do que esperar a calamidade que em poucos instantes tomaria conta de mim e extinguiria em horror e desespero todo o medo da ignomínia e da morte. Preciso fazer uma pausa aqui, pois vou precisar de todas as forças para trazer à memória os terríveis acontecimentos que vou contar em pormenor.

Capítulo 21

Fui logo levado à presença do magistrado, um bom velho de maneiras calmas e gentis. Olhou para mim, porém, com certa severidade e então, voltando-se para os que me haviam trazido, perguntou quem se apresentava como testemunha.

Cerca de doze homens se adiantaram; e, sendo um escolhido pelo magistrado, depôs que saíra para pescar na noite anterior com o filho e o cunhado, Daniel Nugent, quando, por volta de 22 horas, observaram uma forte rajada de vento do norte e assim rumaram para o porto. Era uma noite muito escura, pois a lua ainda não surgira; não desembarcaram no porto, mas, como estavam habituados, num riacho cerca de três quilômetros mais abaixo. Ele caminhava à frente, carregando uma parte dos apetrechos de pesca, e seus companheiros o seguiam a certa distância.

Quando avançava pela areia, tropeçou em algo e se estatelou no chão. Seus companheiros vieram socorrê-lo e com a luz da lanterna descobriram que ele caíra sobre o corpo de um homem que tudo indicava estar morto. A primeira hipótese que conceberam foi de que se tratava do cadáver de alguém que se afogara e fora jogado na praia pelas ondas, mas, ao examinarem-no, descobriram que as roupas não estavam úmidas e até que o corpo não estava frio. Imediatamente o levaram para o chalé de uma senhora idosa perto dali e tentaram, em vão, trazê-lo de volta à vida. Era um jovem bonito, de cerca de 25 anos. Aparentemente fora estrangulado, pois não havia sinal de violência, exceto a marca negra dos dedos no pescoço.

A primeira parte do depoimento não me interessou nem um pouco, mas, quando foi mencionada a marca dos dedos, me lembrei do assassinato do meu irmão e me senti extremamente agitado; minhas pernas e braços tremiam, e uma neblina cobriu os meus olhos, o que me obrigou a me apoiar numa cadeira para não cair. O magistrado observou-me com um olhar perspicaz e é lógico que teve um mau pressentimento com o meu comportamento.

O filho confirmou o relato do pai, mas, quando Daniel Nugent foi chamado, jurou positivamente que pouco antes da queda do companheiro viu um barco com uma só pessoa, a pouca distância da praia; e, pelo que podia julgar sob a luz de poucas estrelas, era o mesmo barco em que eu acabara de chegar. Uma mulher depôs que vivia perto da praia e estava de pé à porta do chalé, aguardando a volta dos pescadores, cerca de uma hora antes de saber da descoberta do corpo, quando viu um barco com apenas um homem dentro afastando-se da parte da praia onde mais tarde o corpo foi encontrado.

Outra mulher confirmou o relato do pescador que levara o corpo para a sua casa; ele não estava frio. Puseram-no numa cama e o friccionaram, e Daniel foi à cidade buscar um farmacêutico, mas a vida já se fora.

Diversos outros homens foram interrogados a respeito do meu desembarque, e todos concordaram que, com o forte vento do norte que soprara durante a noite, era muito provável que eu tivesse errado por muitas horas e sido obrigado a voltar quase ao mesmo lugar de que partira. Além disso, observaram que parecia que eu trouxera o corpo de outro lugar, e era provável que, como eu não parecia conhecer a costa, talvez tivesse entrado no porto sem saber a distância da cidade de *** até o lugar onde depositara o corpo.

O sr. Kirwin, ao ouvir essa prova, quis que eu fosse levado para a sala onde o corpo jazia à espera de ser sepultado, para que se observasse que efeito a vista dele produziria em mim. A ideia provavelmente foi sugerida pela extrema agitação que exibi quando foi descrito o modo do crime. Fui, assim, levado pelo magistrado e diversas outras pessoas à hospedaria. Eu não podia deixar de estar surpreso com as estranhas coincidências ocorridas nessa noite agitada; mas, sabendo que estivera conversando com diversas pessoas na ilha onde morei na hora em que o corpo fora encontrado, estava totalmente tranquilo quanto às consequências do caso. Entrei na sala onde o corpo jazia e fui levado até o caixão. Como poderia descrever as minhas sensações ao vê-lo? Sinto ainda arder o terror dentro de mim e não posso pensar naquele momento terrível sem arrepios e agonia. O interrogatório, a presença do magistrado e das testemunhas passaram como um sonho da minha memória quando vi o cadáver de Henry Clerval deitado à minha frente. Tentei respirar e, jogando-me sobre o corpo, exclamei:

— Minhas maquinações assassinas tiraram a vida também de você, meu caríssimo Henry? Já destruí duas pessoas; outras vítimas aguardam seu destino; mas você, Clerval, meu amigo, meu benfeitor...

O corpo humano não poderia resistir por mais tempo às agonias que suportei, e fui levado para fora da sala tomado de fortes convulsões. Veio em seguida a febre. Fiquei durante dois meses entre a vida e a morte; meus delírios, como soube mais tarde, eram horrendos; chamei a mim mesmo assassino de William, de Justine e de Clerval. Ora pedia aos que me tratavam que me ajudassem a destruir o demônio que me atormentava; ora sentia os dedos do monstro já a agarrar o meu pescoço e gritava com agonia e terror. Felizmente, como eu falava a minha língua materna, só o sr. Kirwin me entendia; mas meus gestos e os gritos amargurados bastavam para apavorar as outras testemunhas. Por que não morri? Mais miserável do que nenhum homem jamais o foi, por que não me afundei no esquecimento e no repouso? A morte arrebata muitas crianças em flor, as únicas esperanças de seus pais amorosos; quantas noivas e jovens namoradas estavam um dia na flor da saúde e no dia seguinte se tornaram presas dos vermes e da corrupção do túmulo! De que material era eu feito que podia resistir assim a tantos choques que, como o girar de uma roda, renovavam sem cessar a tortura?

Mas estava fadado a viver e em dois meses me vi despertando de um sonho, numa prisão, deitado numa cama miserável, rodeado de carcereiros, guardas, trancas e todo o miserável aparato de uma masmorra. Era de manhã, lembro-me, quando recuperei a consciência; havia esquecido os pormenores do que acontecera e me sentia apenas como se uma grande desgraça se tivesse abatido de repente sobre mim; mas, quando olhei ao meu redor e vi as janelas com grades e a miséria da cela onde estava, fez-se um clarão em minha memória e gemi amargamente. Aquele som perturbou uma velha que dormia numa cadeira ao meu lado. Era uma enfermeira contratada, a mulher de um dos carcereiros, e sua fisionomia exprimia todas aquelas más qualidades que muitas vezes caracterizam essa classe. Os traços de seu rosto eram duros e grosseiros, como os das pessoas acostumadas a ver a miséria sem compaixão. Sua voz exprimia sua total indiferença; dirigiu-se a mim em inglês, e a voz pareceu-me uma das que ouvi durante os meus tormentos.

— Está melhor agora, senhor? — disse ela.

Respondi na mesma língua, com a voz débil:

— Creio que sim; mas, se tudo isso for verdade, se realmente não sonhei, lamento ainda estar vivo para sentir esta miséria e horror.

— Quanto a isso — replicou a velha —, se se refere ao cavalheiro que o senhor assassinou, creio que seria melhor estar morto, pois imagino que as coisas ficarão pretas para o senhor! Mas isso não é da minha conta; estou aqui como enfermeira para tratá-lo bem; faço o meu trabalho com a consciência tranquila; seria bom que todos fizessem o mesmo.

Virei o rosto com asco daquela mulher capaz de dirigir tão insensíveis palavras a uma pessoa que acabara de se salvar, à beira da morte; mas me sentia abatido e incapaz de refletir sobre tudo o que se passara. A sequência inteira da minha vida apresentou-se a mim como num sonho; às vezes duvidava que tudo fosse realmente verdade, pois nunca se mostrava à minha mente com a força da realidade.

À medida que as imagens que vagavam à minha frente ficavam mais distintas, eu me tornava febril; as trevas se acumulavam ao meu redor; não havia ninguém junto a mim para me aliviar com a doce voz do amor; nenhuma mão amada me amparava. O médico veio e receitou remédios, e a velha os preparou para mim; mas era visível a total indiferença do médico, e a expressão de brutalidade estava profundamente marcada no rosto da enfermeira. Quem poderia interessar-se pela sorte de um assassino a não ser o carrasco que receberia seu salário?

Eram essas as minhas reflexões, mas logo soube que o sr. Kirwin demonstrara extrema delicadeza por mim. Fez com que a melhor cela da prisão fosse preparada (a qual, mesmo sendo a melhor, era de fato miserável); e foi ele quem me providenciou um médico e uma enfermeira. É bem verdade que ele raramente vinha ver-me, pois, embora quisesse ardentemente aliviar os sofrimentos de todas as criaturas humanas, não queria estar presente às agonias e aos miseráveis delírios de um assassino. Ele vinha, portanto, às vezes para verificar se eu não estava sendo maltratado, mas essas visitas eram breves e espaçadas por longos intervalos. Certo dia, enquanto aos poucos me recuperava, estava sentado numa cadeira, de olhos entreabertos e com as faces lívidas como as de um morto. O desânimo e a infelicidade me haviam dominado, e muitas vezes eu refletia que mais valia procurar a morte do que desejar permanecer num mundo que para mim estava repleto de aflição. A certa altura, cheguei a pensar se não deveria declarar-me culpado e sofrer as penas da lei, pois era menos inocente do que a pobre Justine. Tais eram os meus pensamentos quando a porta da cela se abriu, e o sr. Kirwin entrou. Sua fisionomia exprimia simpatia e compaixão; arrastou uma cadeira para junto da minha e me dirigiu a palavra em francês:

— Receio que este lugar seja repelente para o senhor; posso fazer algo para torná-lo mais cômodo?

— Muito obrigado, mas tudo o que Vossa Excelência mencionou não é nada para mim; em toda a terra não há conforto que eu possa receber.

— Sei que a simpatia de um desconhecido não pode ser de muito auxílio para alguém como o senhor, abatido por uma tão estranha desgraça. Mas espero que logo supere este melancólico abrigo, pois sem dúvida se podem facilmente apresentar provas que o absolvam da acusação de crime.

— Esta é a minha última preocupação; tornei-me, por uma série de estranhos acontecimentos, o mais desgraçado dos mortais. Perseguido e torturado como sou e fui, pode a morte ser um mal para mim?

— Nada, com efeito, poderia ser mais desventurado e aflitivo do que os estranhos acasos que têm ocorrido ultimamente. O senhor foi jogado, por um surpreendente acidente, neste litoral famoso pela hospitalidade, imediatamente capturado e acusado de assassinato. A primeira visão que lhe foi apresentada foi o cadáver do seu amigo, assassinado de maneira totalmente inexplicável e colocado, por assim dizer, por um demônio em seu caminho.

Quando o sr. Kirwin disse isso, apesar da agitação que sentia por aquele retrospecto dos meus sofrimentos, também senti uma grande surpresa pelo conhecimento que ele parecia ter a meu respeito. Suponho que a minha fisionomia exibia certo espanto, pois ele se apressou em dizer:

— Imediatamente depois que o senhor adoeceu, me foram apresentados todos os papéis que trazia consigo, e os examinei para ver se conseguia descobrir algum indício pelo qual pudesse enviar à sua família um relato de seu infortúnio e enfermidade. Descobri diversas cartas e, entre outras, uma que descobri pelo seu início que era de seu pai. Escrevi de imediato para Genebra; cerca de dois meses se passaram desde o envio da carta. Mas o senhor está doente; até hoje o senhor treme, mas não pode de modo algum se agitar.

— Esta incerteza é mil vezes pior do que a pior realidade; diga-me que outra cena de morte se deu e de quem é a morte que devo lamentar agora?

— A sua família está perfeitamente bem — disse o sr. Kirwin com delicadeza —; e alguém, um amigo, vem visitar o senhor.

Não sei por qual sequência de pensamentos a ideia me ocorreu, mas imediatamente me veio à mente que o assassino quisera zombar de minha desgraça e escarnecer da morte de Clerval, como mais um estímulo para me fazer anuir a seus infernais desejos. Cobri os olhos com a mão e exclamei agoniado:

— Ah, leve-o embora! Não posso vê-lo; pelo amor de Deus, não o deixe entrar!

O sr. Kirwin encarou-me com uma expressão perturbada. Não podia deixar de considerar a minha exclamação um indício de culpa e falou em tom bastante grave:

— Julguei, meu rapaz, que a presença de seu pai seria bem-vinda, em vez de provocar uma repugnância tão violenta.

— Meu pai! — exclamei, enquanto todas as minhas feições e todos os meus músculos se abrandavam, passando da angústia ao prazer. — Meu pai veio mesmo? Quanta gentileza, quanta gentileza! Mas onde está ele, por que não correu para me ver?

Minha mudança de atitude surpreendeu o magistrado e o deixou satisfeito; talvez tenha pensado que a minha primeira exclamação fosse um retorno momentâneo do delírio, e imediatamente retomou sua benevolência inicial. Ergueu-se e saiu da cela com a enfermeira, e logo em seguida meu pai entrou.

Nada naquele momento me haveria proporcionado maior prazer do que a chegada do meu pai. Estendi a mão a ele e exclamei:

— Então o senhor está a salvo... e Elizabeth... e Ernest?

Meu pai acalmou-me, garantindo que estavam bem, e tentou animar o meu humor melancólico, tratando dos assuntos que mais interessavam ao meu coração; mas logo percebeu que a prisão não pode ser um lugar de alegria.

— Que lugar é este onde você reside, meu filho! — disse ele, olhando aflito para as janelas com grades e a miserável aparência da cela. — Viajou em busca de felicidade, mas uma fatalidade parece perseguir você. E o pobre Clerval...

O nome de meu infeliz amigo assassinado foi um baque muito forte para que eu, debilitado como estava, pudesse suportar; chorei copiosamente.

— Ai! É, meu pai — disse eu —, um destino da mais terrível espécie está suspenso sobre mim, e tenho de viver para cumpri-lo, ou com certeza teria morrido sobre o féretro de Henry.

Não recebemos autorização para conversar por muito tempo, pois o estado precário da minha saúde tornava necessárias todas as precauções que pudessem garantir a minha tranquilidade. O sr. Kirwin entrou e insistiu que as minhas forças não deveriam ser exauridas pelo esforço excessivo. Mas o aparecimento de meu pai foi para mim como o do meu bom anjo, e aos poucos recuperei a saúde.

Enquanto a enfermidade me deixava, fui tomado por uma lúgubre e negra melancolia que nada podia dissipar. A imagem de Clerval, medonho e assassinado, estava sempre à minha frente. Mais de uma vez a agitação que essas reflexões provocavam em mim fez com que meus amigos temessem uma perigosa recaída. Pobre de mim! Por que preservavam uma vida tão desgraçada e detestada? Decerto para que eu pudesse cumprir o meu destino, que está agora chegando a um desfecho. Cedo, ah, muito cedo, a morte vai extinguir essas palpitações e aliviar-me do duro peso da angústia que me curva até o chão; e, ao fazer justiça, também eu poderei descansar em paz. Na época, a aparência da morte era distante, embora o desejo dela estivesse sempre presente aos meus pensamentos; e muitas vezes eu ficava sentado durante horas, imóvel e calado, desejando alguma revolução que pudesse sepultar-me a mim e ao meu destruidor em suas ruínas.

Aproximava-se a hora das audiências. Eu já passara preso três meses e, embora ainda estivesse fraco e em contínuo perigo de recaída, fui obrigado a viajar cerca de 160 quilômetros até a capital, onde o tribunal se reunia. O sr. Kirwin encarregou-se com toda atenção de reunir as testemunhas e compor a minha defesa. Fui poupado da desgraça de aparecer em público como um criminoso, pois o caso não foi levado ao tribunal que decide sobre a vida e a morte. O júri principal recusou a denúncia, porque ficou provado que eu estava nas Orkney Islands na hora em que o corpo do meu amigo foi encontrado; e duas semanas depois de minha transferência fui solto.

Meu pai ficou muito contente ao me ver livre das humilhações de um processo criminal e porque eu podia novamente respirar o ar livre e retornar ao meu país natal. Eu não compartilhava esses sentimentos, pois para mim as paredes de uma masmorra ou de um palácio eram igualmente odiosas. A taça da vida estava para sempre envenenada, e embora o sol brilhasse sobre mim como sobre os de coração feliz e contente, via ao meu redor apenas trevas espessas e apavorantes, não penetradas por nenhuma luz além do reflexo de dois olhos que se cravavam em mim. Às vezes eram os olhos expressivos de Henry, desfalecentes na morte, as órbitas escuras quase cobertas pelas pálpebras e as longas pestanas negras que as franjavam; outras vezes eram os olhos lacrimosos e nublados do monstro, como os vira pela primeira vez no meu quarto, em Ingolstadt.

Meu pai tentava despertar em mim os sentimentos de afeição. Falava de Genebra, que eu logo iria visitar, de Elizabeth e de Ernest; mas essas palavras só tiravam de mim profundos gemidos. Às vezes, de fato, sentia um desejo de felicidade e pensava com melancólico prazer em minha amada prima ou desejava, com saudades devoradoras, ver mais uma vez o lago azul e o rápido Ródano, que me foram tão queridos na infância; mas meu estado sentimental geral era um torpor em que a prisão era uma residência tão bem-vinda quanto a mais divina paisagem natural; e esse estado de espírito raramente era interrompido, a não ser por paroxismos de angústia e desespero. Nesses momentos, eu muitas vezes tentava pôr fim à existência, que eu abominava, e eram necessárias atenção e vigilância ininterruptas para impedir-me de cometer algum terrível ato de violência.

Eu tinha, porém, mais um dever a cumprir, cuja lembrança finalmente fez com que eu vencesse o meu desespero egoísta. Era necessário voltar imediatamente a Genebra, para velar pela vida dos que eu amava tão ternamente e ficar à espreita do assassino, para que, se algum acaso me levasse ao seu esconderijo ou se ele ousasse mais uma vez prejudicar-me com sua presença, eu pudesse, com pontaria certeira, pôr fim à existência da monstruosa imagem que eu dotara de um simulacro de alma ainda mais monstruoso. Meu pai queria ainda adiar a nossa partida, temeroso de que eu não conseguisse suportar as fadigas da viagem, pois estava em frangalhos — a sombra de um ser humano. Meu vigor se fora. Estava um esqueleto, e a febre roía dia e noite o meu corpo desgastado. Mesmo assim, como eu insistia ansiosa e impacientemente em deixar a Irlanda, meu pai achou melhor consentir. Compramos passagem para um navio com destino a Havre-de-Grâce e navegamos com bom vento da costa irlandesa. Era meia-noite. Eu estava deitado no convés, a olhar as estrelas e a ouvir o marulho das ondas. Saudava a escuridão que tirava a Irlanda de minha vista, e meu pulso batia com alegria febril quando pensava que logo veria Genebra. O passado aparecia-me à luz de um terrível sonho;

o navio onde estava, porém, o vento que com seu sopro me afastava do detestado litoral da Irlanda e o mar que me rodeava diziam-me enfaticamente que eu não estava sendo iludido por nenhuma visão e que Clerval, meu amigo e mais querido companheiro, tombara vítima de mim e do monstro de minha criação. Passei em revista na memória a minha vida inteira: a tranquila felicidade quando morava com a família em Genebra, a morte da minha mãe e a partida para Ingolstadt. Lembrei, a estremecer, o doido entusiasmo que me empurrou para a criação de meu medonho inimigo e recordei a noite em que pela primeira vez ele viveu. Não conseguia prosseguir naquela linha de pensamento; mil sentimentos oprimiam-me e chorei amargamente. Desde que me recuperara da febre, costumava tomar todas as noites uma pequena quantidade de láudano, pois só com essa droga eu conseguia o repouso necessário para a preservação da vida. Agitado pela lembrança de meus diversos infortúnios, tomei o dobro da minha dose normal e logo caí num sono profundo. Mas o sono não me deu trégua das preocupações e da desgraça; meus sonhos apresentaram-me mil objetos assustadores. Pela manhã, estava possuído por uma espécie de pesadelo; sentia que o demônio agarrava a minha garganta e eu não conseguia me livrar dele; gemidos e gritos ressoavam em meus ouvidos. Meu pai, que me assistia, ao perceber minha agitação, despertou-me; as impetuosas ondas estavam ao meu redor, o céu nublado sobre mim, o demônio não estava ali: uma sensação de segurança, um sentimento de que se estabelecera uma trégua entre o momento presente e o irresistível e desastroso futuro davam-me uma espécie de calmo esquecimento, ao qual a mente humana é, por sua estrutura, particularmente suscetível.

Capítulo 22

A viagem chegou ao fim. Desembarcamos e seguimos para Paris. Logo descobri que exigira demais das minhas forças e que tinha de repousar antes de poder seguir viagem. A atenção e os cuidados de meu pai eram infatigáveis, mas ele não conhecia a origem dos meus sofrimentos e seguia métodos errôneos para remediar o mal incurável. Queria que eu procurasse diversão na sociedade. Mas as pessoas me deixavam aborrecido. Eu não deveria me sentir assim, pois eram meus irmãos, meus semelhantes, e eu me via atraído até pelo mais repelente deles, como criatura de natureza angelical. Mas sentia que não tinha o direito de compartilhar esse comércio. Eu havia soltado entre eles um inimigo cujo prazer era derramar sangue e divertir-se com seus gemidos. Como todos eles me abominariam e me expulsariam do mundo se conhecessem meus atos ímpios e os crimes que tinham origem em mim!

Meu pai finalmente anuiu ao meu desejo de evitar companhia e procurou de todos os modos dissipar o meu desespero. Às vezes ele achava que eu sentia profundamente a humilhação de ser obrigado a responder a uma acusação de assassinato e tentava provar-me a futilidade do orgulho.

— Ai, meu pai — disse eu —, como o senhor me conhece mal. Os seres humanos, seus sentimentos e paixões seriam sem dúvida degradados se um desgraçado como eu sentisse orgulho. Justine, a pobre e infeliz Justine, era tão inocente quanto eu e sofreu a mesma acusação; morreu por ela; e eu sou a causa disso... eu a assassinei. William, Justine e Henry... todos eles morreram pelas minhas mãos.

Meu pai ouvira-me muitas vezes fazer a mesma afirmação quando eu estava preso; quando eu me acusava desse modo, ora parecia querer uma explicação, ora parecia considerar que aquilo era fruto do delírio e que durante a minha enfermidade uma ideia desse tipo se apresentara à minha imaginação, e eu preservara a lembrança dela em minha convalescença.

Eu evitava dar explicações e mantinha um silêncio contínuo acerca do monstro que eu criara. Estava convencido de que me julgariam louco, e só isso já teria feito calar-me para sempre. Mas, além disso, não podia revelar um segredo que encheria de consternação o meu interlocutor e faria do medo e do horror inatural moradores de seu coração. Freei, pois, a minha impaciente sede de compaixão e calei-me quando daria o mundo para confiar o segredo fatal. Mas mesmo assim palavras como as que mencionei acima escapavam incontrolavelmente de mim. Não podia explicá-las, mas a veracidade delas em parte aliviava o fardo da minha misteriosa desgraça. Naquela ocasião, meu pai disse com uma expressão de infinito espanto:

— Meu caríssimo Victor, que insensatez é essa? Meu querido filho, peço-lhe que nunca mais faça tal afirmação.

— Não sou louco — exclamei energicamente —, o sol e os céus, que viram os meus atos, podem confirmar a minha veracidade. Sou o assassino daquelas inocentíssimas vítimas; elas morreram por minhas maquinações. Mil vezes eu deveria ter derramado meu próprio sangue, gota a gota, para salvar a vida delas; eu não podia, meu pai, não podia mesmo sacrificar toda a raça humana.

Essas palavras finais convenceram meu pai de que a minha mente estava perturbada, e imediatamente ele mudou de assunto e tratou de alterar o curso dos meus pensamentos. Queria apagar o máximo possível a memória das cenas que haviam ocorrido na Irlanda, e nunca fazia qualquer alusão a elas ou permitia que eu falasse das minhas desgraças.

Com o passar do tempo, eu me tornei mais calmo; a infelicidade estabelecera-se em meu coração, mas eu não mais falava daquela maneira incoerente sobre os meus crimes; bastava-me a consciência deles. Violentando-me ao extremo, calei a imperiosa voz da desolação, que às vezes desejava acusar-se ante o mundo inteiro, e meu comportamento era mais calmo e mais sossegado do que jamais fora desde a viagem ao mar de gelo. Alguns dias antes de deixar Paris a caminho da Suíça, recebi a seguinte carta de Elizabeth:

"Meu querido amigo,
Proporcionou-me grande prazer receber uma carta de meu tio, datada em Paris; vocês já não estão a uma distância enorme, e posso ter a esperança de vê-los em menos de duas semanas. Meu pobre primo, como você deve ter sofrido! Minha expectativa é vê-lo parecer ainda mais doente do que quando partiu de Genebra. Este inverno passou de maneira muito triste, pois a ansiosa incerteza me atormentava; espero, porém, ver paz em sua fisionomia e descobrir que o seu coração não está completamente carente de conforto e tranquilidade.

Temo, porém, que ainda existam os mesmos sentimentos que o tornaram tão infeliz um ano atrás, talvez até agravados pelo tempo. Eu não gostaria de perturbá-lo agora, quando tantas desgraças pesam sobre você, mas uma conversa que tive com meu tio antes da partida dele torna necessárias algumas explicações antes de nos encontrarmos. Explicações! Talvez você diga: o que Elizabeth pode ter para explicar? Se você realmente disser isso, minhas perguntas já terão sido respondidas, e todas as minhas dúvidas, satisfeitas. Mas você está longe de mim, e é possível que possa aterrorizar-se e, no entanto, gostar desta explicação; e na probabilidade de ser esse o caso, não ouso adiar por mais tempo escrever o que, durante a sua ausência, muitas vezes quis expressar-lhe, mas nunca tive a coragem de começar.

Você bem sabe, Victor, que o nosso casamento fora o projeto predileto de nossos pais, desde a nossa infância. Diziam-nos isso quando éramos crianças, e aprendemos a esperar por isso como algo que certamente aconteceria. Éramos afetuosos companheiros de brincadeiras durante a infância e, creio, queridos e bons amigos quando crescemos. Mas irmão e irmã muitas vezes têm um com o outro um vivo afeto, sem desejarem uma união mais íntima; será que não é esse o nosso caso? Diga-me, querido Victor. Responda-me, peço-lhe pela felicidade de nós dois, com a simples verdade: você ama outra mulher?

Você viajou; passou muitos anos da vida em Ingolstadt; e confesso-lhe, meu amigo, que, quando o vi tão infeliz no outono passado, fugindo da companhia de todos para a solidão, não pude deixar de supor que talvez você lamente a nossa relação e se creia obrigado pela honra a cumprir os desejos de seus pais, embora se contraponham às suas inclinações. Mas esse é um raciocínio falacioso. Confesso-lhe, meu amigo, que o amo e que em meus etéreos sonhos sobre o futuro você tem sido meu constante amigo e companheiro. Mas é a sua felicidade que desejo tanto quanto a minha quando lhe digo que o nosso casamento me tornaria eternamente infeliz, a menos que seja decidido livremente por você. Agora mesmo choro ao pensar que, abatido como está pelos mais cruéis infortúnios, você pode sufocar, com a palavra 'honra', toda a esperança desse amor e dessa felicidade que são as únicas coisas que podem fazê-lo voltar a ser o que era. Eu, que tenho um amor tão desinteressado por você, posso multiplicar por dez as suas desgraças se for um obstáculo aos seus desejos. Ah, Victor, pode ter certeza de que a sua prima e companheira de brincadeiras tem por você um amor sincero demais para não se sentir infeliz diante dessa suposição. Seja feliz, meu amigo; e, se me obedecer nesse meu único pedido, tenha a certeza de que nada no mundo poderá perturbar a minha tranquilidade.

Não deixe esta carta incomodar você; não a responda amanhã, nem depois de amanhã, nem até voltar, se isso o perturbar. Meu tio me enviará notícias de sua saúde, e, se eu vir um sorriso nos seus lábios quando nos encontrarmos, ocasionado por esta ou qualquer outra iniciativa minha, não vou precisar de nenhuma outra felicidade.

Elizabeth Lavenza
Genebra, 18 de maio de 17..."

Essa carta trouxe-me de volta à memória o que eu havia esquecido, a ameaça do diabo: "Vou estar contigo na tua noite de núpcias!". Era essa a minha sentença, e naquela noite o demônio usaria de todas as artes para destruir-me e arrancar-me do vislumbre de felicidade que prometia consolar-me, em parte, dos meus sofrimentos. Naquela noite ele decidira consumar seus crimes com a minha morte. Que assim seja; uma luta mortal certamente se travará então, da qual, se ele sair vitorioso, ficarei em paz, e seu poder sobre mim se acabará. Se ele for vencido, serei um homem livre. Ai de mim! Que liberdade? Como a de que goza o camponês quando sua família é massacrada à sua frente, seu casebre incendiado, suas terras abandonadas, e ele é deixado sem rumo, sem lar, sem dinheiro e sozinho, mas livre. Assim será a minha liberdade, exceto pelo fato de ter em Elizabeth um tesouro, infelizmente ofuscado por esses horrores de remorso e culpa que me perseguirão até a morte.

Doce e amada Elizabeth! Li e reli a sua carta, e alguns sentimentos brandos se insinuaram em meu coração e ousaram sussurrar-me sonhos paradisíacos de amor e júbilo; mas a maçã já foi comida, e o braço do anjo já se mostrou, afastando-me de toda esperança. Eu morreria, porém, para fazê-la feliz. Se o monstro executar a ameaça, a morte será inevitável; no entanto considerei mais uma vez se o casamento precipitaria o meu destino. Minha destruição poderia, de fato, acontecer alguns meses antes, mas, se o meu torturador suspeitar que eu o adiei, influenciado por suas ameaças, decerto encontrará outro e, talvez, mais terrível modo de se vingar.

Prometera *estar comigo na minha noite de núpcias*, mas não considerou que nesse meio-tempo a ameaça o obrigasse à paz, pois, como se para me mostrar que ainda não se saciara de sangue, assassinara Clerval imediatamente depois de anunciar suas ameaças. Resolvi então que, se a minha imediata união com a minha prima levaria à felicidade dela ou de meu pai, os planos de meu adversário contra a minha vida não deviam postergá-la nem por uma hora.

Nesse estado de espírito, escrevi para Elizabeth. A minha carta era calma e afetuosa:

"Temo, minha menina adorada", disse eu, "que pouca felicidade ainda nos reste sobre a terra; no entanto, toda a que um dia poderei gozar está centrada em você. Enxote seus vãos temores; só a você dedico a minha vida e os meus esforços de felicidade. Tenho só um segredo, Elizabeth, e ele é terrível; quando o revelar a você, fará seu corpo arrepiar-se de horror, e então, longe de se surpreender com a minha desgraça, se admirará de eu ter sobrevivido ao que suportei. Confiar-lhe-ei esta história de desgraça e terror no dia seguinte ao nosso casamento, pois, minha doce prima, deve haver total confiança entre nós. Mas até lá, suplico-lhe, não faça menção ou alusão a esse segredo. Isso eu lhe rogo com toda a veemência e sei que você vai concordar".

Depois de cerca de uma semana da chegada da carta de Elizabeth, voltamos a Genebra. A doce menina deu-me as boas-vindas com caloroso afeto, mas havia lágrimas em seus olhos vendo meu corpo macérrimo e minhas faces febris. Também reparei numa mudança nela. Estava mais magra e perdera muito da vivacidade celestial que antes me encantara; mas sua gentileza e os meigos olhares de compaixão faziam dela uma companheira mais adequada para alguém abalado e infeliz como eu. A tranquilidade que eu gozava agora não durou muito. A memória trouxe consigo a loucura, e, quando pensava no que acontecera, tomava conta de mim uma verdadeira insanidade; ora ficava furioso e ardia de raiva, ora me mostrava deprimido e desesperançado. Não falava nem olhava para ninguém, mas ficava parado, pasmado com a multidão de desgraças que havia caído sobre mim.

Só Elizabeth tinha o poder de me tirar desse estado de espírito; sua voz meiga me acalmaria quando estivesse fora de mim pela paixão e me inspiraria sentimentos humanos quando estivesse prostrado em torpor. Chorava comigo e por mim. Quando eu recuperava a razão, ela me admoestava e tentava inspirar-me resignação. Ah, para o desafortunado é boa a resignação, mas para o culpado não há paz. As agonias do remorso envenenam o prazer que a entrega ao excesso de dor às vezes provoca. Logo depois de minha chegada, meu pai falou do meu imediato casamento com Elizabeth. Eu permaneci calado.

— Você tem, então, alguma outra relação?

— Absolutamente nenhuma. Amo Elizabeth e espero o nosso casamento com impaciência. Marquemos, portanto, o dia; e nele me consagrarei, na vida ou na morte, à felicidade de minha prima.

— Meu querido Victor, não fale assim. Duras desgraças atingiram-nos, mas apeguemo-nos com mais força ao que sobrou e transfiramos o nosso amor por aqueles que perdemos para aqueles que ainda vivem. Nosso círculo será pequeno, porém mais unido pelos laços da afeição e da desgraça recíproca. E, quando o tempo tiver amenizado o seu desespero, novos e queridos objetos de atenção terão nascido para substituir aqueles que tão cruelmente nos foram tirados.

Tais eram as lições de meu pai. Mas voltou-me a lembrança da ameaça; nem é de admirar que, todo-poderoso como havia sido o diabo em seus atos sanguinários, eu o considerasse quase invencível, e que, quando ele pronunciara as palavras "vou estar contigo na tua noite de núpcias", eu julgasse um destino inevitável o cumprimento da ameaça. Mas eu não via a morte como um mal, se a perda de Elizabeth fosse contrabalançada por ela, e, portanto, com o rosto satisfeito e até alegre, concordei com meu pai que, se a minha prima consentisse, a cerimônia realizar-se-ia dentro de dez dias, e assim selei, pelo que imaginava, o meu destino.

Santo Deus, se por um instante eu tivesse pensado qual poderia ser a infernal intenção de meu diabólico adversário, teria preferido fugir para sempre do meu país natal e errar pelo mundo como um pária, sem amigos, a ter consentido esse casamento infeliz. Como se tivesse poderes mágicos, porém, o monstro cegara-me para suas reais intenções; e, quando pensava que ele preparara apenas a minha morte, eu precipitava a de uma vítima muito mais querida.

À medida que ia aproximando-se a data do casamento, quer por covardia, quer por um sentimento profético, eu sentia o meu coração cada vez mais pesaroso. Ocultava os meus sentimentos atrás de uma aparência de alegria, que trouxe sorrisos de contentamento ao rosto do meu pai, mas não conseguiu iludir os olhos belos e sempre alertas de Elizabeth. Ela aguardava a nossa união com plácido contentamento, não sem uma pequena dose de medo, provocado pelos infortúnios passados, de que o que agora parecia uma felicidade certa e tangível logo se dissipasse como um sonho leve, sem deixar nenhum rasto, além de um profundo e perpétuo pesar. Foram feitos os preparativos para a cerimônia, recebemos visitas de felicitações, e tudo ganhou uma aparência risonha. Tranquei tão bem quanto podia em meu coração a ansiedade que ali me consumia e participei com aparente sinceridade dos planos de meu pai, embora só pudessem servir de decoração para a minha tragédia. A pedido de meu pai, parte da herança de Elizabeth fora-lhe concedida pelo governo austríaco. Pertencia-lhe uma pequena propriedade às margens do lago de Como. Ficou acertado que, imediatamente após o casamento, partiríamos para a *Villa* Lavenza e passaríamos os nossos primeiros dias de felicidade à beira do belo lago junto ao qual ela se situava.

Entretanto, eu tomava todas as precauções para defender a minha pessoa no caso de o diabo atacar-me abertamente. Portava pistolas e uma adaga sempre à mão e estava sempre alerta para prevenir ardis, e com isso ganhei mais tranquilidade. De fato, com o tempo, a ameaça parecia cada vez mais uma ilusão que não devia ser considerada digna de perturbar a minha paz, ao passo que a felicidade que eu esperava obter com o casamento ganhava mais firme aparência de certeza à proporção que se aproximava a data marcada para a solenidade, e eu ouvia continuamente falarem dela como de algo que nenhum acidente poderia impedir.

Elizabeth parecia feliz; meu comportamento tranquilo contribuiu muito para acalmá-la. Mas no dia em que devia satisfazer os meus desejos e o meu destino, ela estava triste, e um pressentimento do mal tomou conta dela; e talvez também ela pensasse no terrível segredo que eu prometera revelar-lhe no dia seguinte. Meu pai, entretanto, estava extasiado e no alvoroço dos preparativos só reconhecia na melancolia da sobrinha a timidez da noiva.

Terminada a cerimônia, houve uma grande festa na casa de meu pai, mas ficou acertado que Elizabeth e eu começaríamos a nossa viagem por barco, passando a noite em Evian e prosseguindo a viagem no dia seguinte. O dia estava bonito; o vento, favorável; tudo sorria para o nosso embarque nupcial.

Aqueles foram os últimos momentos de minha vida em que gozei um sentimento de felicidade. Avançávamos rápido; o sol estava quente, mas estávamos protegidos de seus raios por uma espécie de toldo enquanto apreciávamos a beleza da paisagem, ora de um lado do lago, onde víamos o monte Salève, as agradáveis margens do Montalègre e distante, dominando tudo, o belo Monte Branco e o agrupamento de montanhas nevadas que tentam em vão emulá-lo; ora, margeando o lado oposto, víamos o poderoso Jura, que opunha suas encostas escuras à ambição de quem gostaria de abandonar o país natal, e uma barreira quase intransponível ao invasor que o quisesse escravizar.

Peguei a mão de Elizabeth.

— Você está triste, meu amor. Ah, se soubesse o que sofri e o que posso ainda sofrer, se esforçaria para me deixar saborear a calma e a ausência de desespero que este dia, pelo menos, me permite ter.

— Seja feliz, querido Victor — tornou Elizabeth —; não há, espero, nada que o angustie; e tenha a certeza de que, se a alegria não está pintada no meu rosto, meu coração está contente. Algo me sugere não confiar demais na perspectiva que se abre à nossa frente, mas não vou dar ouvidos a essa voz sinistra. Veja como avançamos depressa e como as nuvens, que ora obscurecem, ora se erguem por sobre o pico do Monte Branco, tornam esta bela paisagem ainda mais interessante. Veja também os inúmeros peixes que estão nadando nas águas límpidas, onde podemos distinguir cada seixo que jaz no fundo. Que dia divino! Como toda a natureza parece feliz e serena!

Assim tentava Elizabeth afastar seus pensamentos e os meus de toda reflexão sobre assuntos lúgubres. Seu humor era instável, porém; a alegria por alguns instantes brilhava em seus olhos, mas sempre dava lugar à distração e ao devaneio.

O sol baixou nos céus; passamos o rio Drance e observamos seu trajeto entre os abismos das colinas mais altas e as ravinas das mais baixas. Os Alpes aqui ficam perto do lago, e nos aproximamos do anfiteatro de montanhas que forma o seu limite oriental. O campanário de Evian brilhava entre os bosques que o cercavam e a fileira de montanhas que o dominava.

O vento, que até então nos levara com incrível velocidade, amainou e reduziu-se no pôr do sol a uma leve brisa; o ar ameno apenas franzia a água e provocava uma agradável movimentação entre as árvores quando nos aproximávamos das margens, das quais soprava o mais delicioso perfume de flores e de palha. O sol se punha atrás do horizonte quando desembarcamos, e ao pisar a terra senti reavivarem-se as preocupações e os temores que logo me agarrariam para nunca mais me soltar.

Capítulo 23

Eram oito horas quando desembarcamos; caminhamos um pouco pela margem do lago, a apreciar a luz transitória, e em seguida nos retiramos para o albergue e contemplamos o lindo cenário de águas, bosques e montanhas, obscurecido pela escuridão, mas ainda a exibir suas negras silhuetas.

O vento, que amainara pelo sul, agora aumentava em violência pelo oeste. A lua atingira seu auge nos céus e estava começando a baixar; as nuvens passavam sobre ela mais velozes do que o voo do abutre e ofuscavam seus raios, enquanto o lago refletia o cenário dos céus agitados, tornados ainda mais agitados pelas ondas inquietas que começavam a crescer. De repente, começou a cair uma tempestade.

Eu estivera calmo durante o dia, mas, assim que a noite obscureceu as formas dos objetos, mil medos surgiram em minha mente. Eu estava ansioso e alerta, enquanto a minha mão direita segurava uma pistola que havia escondido no peito; cada som me aterrorizava, mas decidi que venderia caro a vida e não me esquivaria do conflito até que a minha própria vida ou a do meu adversário estivesse extinta. Elizabeth observou a minha agitação por algum tempo, num silêncio tímido e amedrontado, mas havia algo em meu olhar que comunicou terror a ela, que, tremendo, me perguntou:

— Que o está agitando, meu querido Victor? Que é isso que você teme?

— Calma, calma, meu amor — repliquei —; mais esta noite, e tudo estará bem; mas esta noite será terrível.

Passei uma hora nesse estado de espírito quando de repente me dei conta de como seria temível para a minha esposa o combate que eu aguardava no momento e pedi-lhe encarecidamente que se retirasse, decidido a não ir encontrá-la até que tivesse obtido alguma informação sobre a situação do meu inimigo.

Ela me deixou, e eu continuei por algum tempo indo para cima e para baixo pelos corredores da casa, inspecionando cada canto que pudesse dar abrigo ao meu adversário. Mas não descobri nenhum vestígio dele e estava começando a imaginar que algum acaso feliz impedira a execução das ameaças quando de repente ouvi um grito estridente e apavorante. Vinha do quarto onde Elizabeth se retirara. Quando o ouvi, toda a verdade invadiu a minha mente, meus braços caíram, o movimento de cada músculo e fibra foi suspenso; podia sentir o sangue correndo em minhas veias e formigando na extremidade dos braços e das pernas. Esse estado só durou um instante; repetiu-se o grito, e corri para o quarto. Santo Deus! Por que não morri? Por que estou aqui para contar a destruição da mais alta esperança e da mais pura criatura da terra? Lá estava ela, inanimada e sem vida, jogada na cama, com a cabeça pendente para baixo e com os traços pálidos e disformes meio cobertos pelos cabelos. Em todos os lados para onde me voltava via a mesma figura: seus braços exangues e o corpo relaxado, atirado pelo assassino sobre o seu esquife nupcial. Como pude ver aquilo e sobreviver? Ai, a vida é teimosa e se agarra mais forte quando é mais odiada. Por um momento apenas perdi a consciência; caí sem sentidos ao chão.

Quando voltei a mim, me vi rodeado por pessoas do albergue; seus rostos exprimiam um terror arquejante, mas o horror dos outros parecia apenas um escárnio, uma sombra dos sentimentos que me oprimiam. Fugi deles para o quarto onde jazia o corpo de Elizabeth, meu amor, minha mulher, viva até tão pouco tempo antes, tão querida, tão digna. Haviam mudado sua posição desde que a vira pela primeira vez, e agora, pela postura em que estava, com a cabeça sobre o braço e com um lenço sobre o rosto e o pescoço, poderia supor que estava dormindo. Corri até ela e a abracei ardentemente, mas a languidez mortal e os membros frios diziam-me que o que agora tinha entre os braços cessara de ser a Elizabeth que eu amara e idolatrara. A marca assassina das mãos do demônio estava sobre o pescoço, e a respiração cessara de passar por seus lábios. Enquanto ainda estava debruçado sobre ela na agonia do desespero, ergui por acaso os olhos. Antes, as janelas do quarto haviam sido fechadas, e senti uma espécie de pânico ao ver o luar lívido e amarelado iluminar o quarto. As trancas haviam sido abertas, e, com uma indescritível sensação de horror, vi pela janela aberta a medonha e abominável figura. Havia um sorrisinho no rosto do monstro; ele parecia zombar de mim, quando com o dedo demonía-co apontou para o cadáver da minha esposa. Corri para a janela e, sacando a pistola do peito, atirei; ele, porém, se esquivou, saltou do lugar onde estava e, correndo com a velocidade do relâmpago, mergulhou no lago.

O disparo da pistola atraiu uma multidão para o quarto. Apontei para o lugar onde ele desaparecera, e o perseguimos com barcos; foram lançadas redes, mas em vão. Passadas diversas horas, retornamos desanimados, com a maioria dos companheiros acreditando que se tratava de uma forma criada pela minha imaginação. Depois de desembarcar, passaram a fazer buscas em terra, com grupos indo em diversas direções entre os bosques e as vinhas.

Tentei acompanhá-los e avancei até uma curta distância da casa, mas a minha cabeça girava, meus passos eram como os de um bêbado, e por fim caí num estado de completa exaustão; uma película cobriu os meus olhos, e a minha pele se ressecou com o calor da febre. Nesse estado, fui carregado de volta ao albergue e posto numa cama, inconsciente do que se passara; meus olhos giravam pelo quarto, como se procurassem algo que eu houvesse perdido.

Depois de certo tempo, despertei e, como por instinto, arrastei-me até o quarto onde jazia o cadáver de minha bem--amada. Havia mulheres a chorar ao seu redor; eu me debrucei sobre ela e juntei as minhas tristes lágrimas às delas; durante todo aquele tempo, nenhuma ideia distinta se apresentou à minha mente, mas meus pensamentos dispersavam-se por vários objetos, refletindo confusamente sobre os meus infortúnios e sua causa. Estava desnorteado, numa nuvem de espanto e horror. A morte de William, a execução de Justine, o assassinato de Clerval e por fim de minha mulher; mesmo naquele momento, eu não sabia se os meus amigos restantes estavam livres da malignidade do diabo; meu pai podia estar agora mesmo contorcendo-se entre as suas garras, e Ernest talvez estivesse morto aos seus pés. Essa ideia deu-me arrepios e chamou-me de volta à ação. Ergui-me de um salto e decidi voltar a Genebra a toda velocidade.

Não havia cavalos disponíveis, e tive de voltar pelo lago; mas o vento estava desfavorável e chovia torrencialmente. Ainda não amanhecera, porém, e eu podia razoavelmente esperar chegar a Genebra à noite. Contratei homens para remar e peguei eu mesmo um remo, pois sempre aliviara os meus tormentos mentais com o exercício corporal. Mas a transbordante angústia e a excessiva agitação que sentia agora me tornavam incapaz de qualquer esforço. Larguei o remo e, inclinando a cabeça sobre as mãos, entreguei-me a todas as ideias lúgubres que me ocorreram. Quando erguia os olhos, via cenários que me eram familiares em meus dias felizes e que eu contemplara ainda na véspera em companhia daquela que agora não passava de uma sombra e de uma recordação. As lágrimas jorravam dos meus olhos. A chuva cessara por um momento, e eu vi os peixes a brincar nas águas como algumas horas atrás, quando foram observados por Elizabeth. Nada é tão doloroso à mente humana quanto uma grande e súbita mudança. Podia fazer sol ou o céu cobrir-se de nuvens, mas nada podia parecer como no dia anterior. Um ser diabólico roubara de mim toda esperança de felicidade; nenhuma criatura jamais fora tão desgraçada quanto eu; aquele acontecimento apavorante era único na história do homem.

Mas por que devo alongar-me contando os incidentes que se seguiram a esse último acontecimento excruciante? A minha foi uma história de horrores; alcancei o seu acme, e o que contarei agora só pode ser tedioso para você. Saiba que perdi, um por um, todos os meus amigos; deixaram-me desolado. Minhas forças esgotaram-se, e devo dizer, em poucas palavras, o que resta de minha horrenda narrativa.

Cheguei a Genebra. Meu pai e Ernest ainda estavam vivos, mas o primeiro sucumbiu ante as notícias que lhe trouxe. Vejo-o agora, excelente e venerável ancião! Seus olhos vagavam espantados, pois haviam perdido seu encanto e seu tesouro: sua Elizabeth, sua mais do que filha, que ele idolatrava com todo o afeto que pode sentir o homem que, no declínio da vida, tendo poucas afeições, se apega com mais força às que lhe restam. Maldito, maldito seja o demônio que trouxe desgraça aos seus cabelos grisalhos e o fadou a definhar na desolação! Ele não poderia viver sob os horrores que se acumularam ao seu redor; as molas da vida cederam; não pôde levantar-se da cama e em poucos dias morreu em meus braços.

Que foi, então, de mim? Não sei; perdi a consciência, e correntes e trevas eram as únicas coisas que me oprimiam. Às vezes sonhava que caminhava por campos de flores e vales de delícias com os amigos da juventude, mas acordava e me achava numa masmorra. Sobrevinha a melancolia, mas aos poucos formei uma ideia clara das minhas desgraças e da minha situação e fui libertado da minha prisão. Pois me chamavam de louco, e durante muitos meses, pelo que soube depois, uma cela solitária fora a minha residência.

A liberdade, porém, ter-me-ia sido uma dádiva inútil se eu não tivesse, quando recuperei a consciência, despertado ao mesmo tempo para a vingança. Enquanto a memória dos infortúnios passados me oprimia, comecei a refletir sobre a causa deles — o monstro que eu criara, o miserável demônio que eu soltara no mundo para a minha destruição. Era tomado por uma cólera insana quando pensava nele, e desejava e rezava fervorosamente para que pudesse tê-lo entre as mãos para dar livre curso a uma grande e memorável vingança sobre sua amaldiçoada cabeça.

Tampouco o meu ódio se limitou por muito tempo a vãos desejos; comecei a refletir sobre o melhor modo de capturá-lo; e para tanto, cerca de um mês depois de ser libertado, procurei um juiz criminal da cidade e lhe disse que tinha uma queixa a prestar: sabia quem era o destruidor da minha família e exigia que ele exercesse toda a sua autoridade para a captura do assassino. O magistrado ouviu-me com atenção e gentileza.

— Esteja certo, cavalheiro — disse ele —, de que nenhum esforço de minha parte será poupado para descobrir o criminoso.

— Muito obrigado — tornei eu —; ouça, portanto, o depoimento que tenho de prestar. É, sem dúvida, uma história tão esquisita que eu temeria que Vossa Excelência não acreditasse nela, se não houvesse algo na verdade que, por mais espantosa que ela seja, força a convicção. A história é coerente demais para ser confundida com um sonho, e não tenho motivos para mentir.

Meu comportamento ao dirigir-me assim a ele era comovente, mas calmo; tomara dentro do coração a decisão de perseguir o meu destruidor até a morte, e esse projeto acalmava a minha agonia e durante algum tempo me reconciliou com a vida. Contei então a minha história, brevemente, mas com firmeza e precisão, apresentando as datas com exatidão e jamais usando de injúrias ou de exclamações.

O magistrado inicialmente pareceu totalmente cético, mas, à medida que eu prosseguia, tornou-se mais atento e interessado; vi-o ora estremecer com horror; ora uma viva surpresa, não misturada à descrença, se mostrava em sua fisionomia. Quando concluí a narrativa, eu disse:

— É esse o ser que acuso e para cuja captura e punição exijo que Vossa Excelência exerça todo o seu poder. É seu dever de magistrado, e creio e espero que os seus sentimentos de homem não se indignem com a execução dessas funções nesta ocasião.

Essas palavras provocaram uma considerável mudança na fisionomia do meu interlocutor. Ele escutara a minha história acreditando apenas em uma parte, como quando se ouve uma história de espíritos e de acontecimentos sobrenaturais; mas, quando exigi que agisse oficialmente, toda a sua incredulidade voltou. Ele, porém, respondeu em tom afável:

— Gostaria muito de lhe dar todo auxílio na busca do seu objetivo, mas a criatura a que o senhor se refere parece ter poderes que tornariam vãos todos os meus esforços. Quem pode perseguir um animal que pode atravessar o mar de gelo e habitar cavernas e antros em que nenhum homem arriscaria introduzir-se? Além disso, passaram-se alguns meses desde que foram perpetrados os crimes, e ninguém pode calcular por onde tem ele andado e em que região habita agora.

— Não duvido que ele ronde por perto do lugar onde habito, e, se de fato se refugiou nos Alpes, pode ser caçado como a camurça e destruído como o animal de rapina. Mas compreendo os seus pensamentos; Vossa Excelência não acredita em minha narrativa e não pretende perseguir o meu inimigo para puni-lo como merece. — Enquanto eu falava, a cólera brilhava em meus olhos; o magistrado intimidou-se.

— O senhor está enganado — disse ele. — Vou empenhar-me, e, se estiver a meu alcance capturar o monstro, esteja certo de que ele terá uma punição proporcional aos crimes que cometeu. Mas temo, pelo que o senhor descreveu das propriedades dele, que isso se mostre impraticável; e assim, enquanto são tomadas todas as medidas adequadas, o senhor deve preparar-se para a decepção.

— Isso nunca! Mas tudo o que eu disser será inútil. A minha desforra não tem importância para Vossa Excelência; embora concorde que seja algo mau, confesso que é a única e devoradora paixão da minha alma. Minha cólera é indizível quando penso que aquele assassino, que eu soltei em meio à sociedade, ainda existe. Vossa Excelência recusa o meu justo pedido; não tenho outro recurso senão me dedicar eu mesmo, na vida e na morte, à destruição do monstro.

Eu tremia num excesso de agitação ao dizer isso; havia um frenesi em meu comportamento e algo, não duvido, daquela altiva impetuosidade que os antigos mártires parecem ter possuído. Mas para um magistrado genebrino, cuja mente estava ocupada em coisas muito diferentes da devoção e do heroísmo, essa elevação de espírito tinha toda a aparência da loucura. Ele tratou de me acalmar como uma babá a uma criança e voltou a considerar a minha história o efeito de um delírio.

— Homem — exclamei eu —, como é ignorante em seu orgulho de sabedoria! Pare; não sabe o que diz.

Saí dali irritado e perturbado e me retirei para meditar sobre algum outro modo de ação.

Capítulo 24

Minha situação era tal que todo pensamento voluntário se destruía e se perdia. Eu era fustigado pela fúria; só a desforra me dava força e tranquilidade; ela moldava os meus sentimentos e me permitia ser lúcido e calmo em tempos em que, se não fosse por isso, o delírio e a morte seriam o meu quinhão.

A minha primeira decisão foi deixar Genebra para sempre; meu país, que, quando eu era feliz e benquisto, me era tão caro, agora, em meio à adversidade, se tornara odioso. Embolsei certa soma de dinheiro, com algumas joias que haviam pertencido à minha mãe, e parti. E agora começavam as minhas errâncias, que só vão cessar com a minha morte. Atravessei boa parte da terra e suportei todas as privações que os viajantes nos desertos e nos países bárbaros costumam sofrer. Nem eu sei como tenho vivido; não raro estiquei minhas pernas debilitadas sobre a planície arenosa e rezei para morrer. Mas a vingança me manteve vivo; não ousava morrer e deixar vivo o meu adversário.

Quando saí de Genebra, minha primeira preocupação foi conseguir alguma pista que me permitisse seguir os passos de meu diabólico inimigo. Mas o meu plano era confuso, e eu perambulei durante muitas horas pelos limites da cidade, indeciso sobre o caminho a seguir. Ao cair da noite, me achei na entrada do cemitério em que repousavam William, Elizabeth e meu pai. Entrei e me aproximei de suas sepulturas. Tudo estava silencioso, salvo as folhas das árvores, que se agitavam vagarosamente ao vento; a noite estava quase negra, e o cenário teria sido solene e comovente até mesmo para um observador desinteressado. Os espíritos dos falecidos pareciam esvoaçar por ali e lançar uma sombra ao redor, que não era vista, mas que eu sentia.

A dor profunda que esse cenário inicialmente provocara deu lugar à raiva e ao desespero. Eles estavam mortos, e eu vivo; o assassino também vivia e, para destruí-lo, eu tinha de prolongar a minha cansada existência. Ajoelhei-me sobre a grama e com lábios trêmulos exclamei:

— Pela terra sagrada sobre a qual me ajoelho, pelas sombras que vagam ao meu redor, pela profunda e eterna dor que sinto, eu juro; e juro por ti, ó Noite, e pelos espíritos que te governam, perseguir o demônio que causou esta desgraça, até que ele ou eu pereça em combate mortal. Para tanto, eu preservarei a minha vida; para executar esta amada vingança vou mais uma vez ver o sol e pisar a verde relva, que se não fosse por isso desapareceriam para sempre de minha vista. E rogo a vós, espíritos dos mortos, e a vós, errantes ministros da vingança, que me ajudeis e me conduzais em meu trabalho. Que o maldito e infernal monstro beba da agonia em grandes goles; que sinta o desespero que agora me tortura.

Eu iniciara o meu juramento com solenidade e com um terror que quase me assegurava que as sombras de meus amigos assassinados ouviam e aprovavam a minha devoção, mas a fúria tomou conta de mim ao concluir, e a cólera sufocou as minhas palavras.

Responderam-me através da tranquilidade da noite com uma gargalhada estridente e diabólica. Ela ressoou pesadamente em meus ouvidos, por longo tempo; as montanhas a repercutiram, e eu me senti como se todo o inferno me rodeasse com suas zombarias e risadas. Com certeza naquele momento eu teria sido tomado pelo frenesi e teria destruído a minha miserável existência se a minha promessa não tivesse sido ouvida e se eu não me houvesse votado à vingança. A gargalhada desvanecia-se, quando uma conhecida e abominada voz, aparentemente próxima de meu ouvido, se dirigiu a mim num sussurro audível:

— Estou satisfeito, canalha miserável! Decidiste viver, e eu estou contente.

Corri para o lugar de onde vinha o som, mas o demônio esquivou-se de mim. De repente o largo disco da lua se ergueu e brilhou sobre seu vulto medonho e disforme, enquanto ele fugia com rapidez sobre-humana.

Corri ao seu encalço, e durante muitos meses essa tem sido a minha tarefa. Guiado pela mínima pista, segui as curvas do Ródano, mas em vão. O azul Mediterrâneo apareceu, e por um estranho acaso vi o demônio entrar à noite e se esconder num navio cujo destino era o mar Negro. Comprei passagem no mesmo navio, mas ele escapou, não sei como.

Em meio às regiões selvagens da Tartária e da Rússia, embora ele ainda fugisse, segui sempre os seus passos. Ora os camponeses, assustados com a horrenda aparição, me informavam o seu paradeiro; ora ele próprio, temendo que eu me desesperasse e morresse se perdesse todo rastro dele, me deixava algum indício para me orientar. A neve caía sobre a minha cabeça, e vi as suas imensas pegadas sobre a planície branca. Como pode você, que acaba de entrar na vida e para quem as preocupações são novidade e a agonia, desconhecida, como pode você entender o que senti e ainda sinto? O frio, as privações e o cansaço eram os menores males que eu estava fadado a sofrer; eu havia sido amaldiçoado por algum diabo e trazia sempre comigo meu inferno eterno; e, no entanto, um espírito bom me seguia, dirigindo os meus passos e, quando eu mais me queixava, de repente me tirava de dificuldades aparentemente insuperáveis. Às vezes, quando a natureza, vencida pela fome, caía exausta, uma refeição era preparada para mim no deserto, que me revigorava e animava. A comida era grosseira, como as que os camponeses do país comiam, mas não tenho dúvida de que era colocada ali pelos espíritos cuja ajuda eu invocara. Muitas vezes, quando tudo estava seco, e o céu, sem nuvens, e eu morria de sede, uma nuvenzinha escurecia o céu, derramava as poucas gotas que me reanimavam e desaparecia.

Eu seguia, quando possível, as margens dos rios; mas o demônio em geral os evitava, pois era ali que a população da região mais se concentrava. Em outros lugares raramente se viam seres humanos, e eu geralmente subsistia com os animais selvagens que cruzavam o meu caminho. Tinha dinheiro comigo e ganhava a amizade dos aldeãos distribuindo-o; ou trazia comigo algum alimento que eu havia caçado, o qual, depois de separar uma pequena porção para mim, eu sempre presenteava a quem me houvesse fornecido fogo e utensílios de cozinha.

A minha vida, tal como assim se passava, era-me odiosa, e só durante o sono eu podia sentir algum prazer. Oh, sono abençoado! Muitas vezes, quando mais deprimido, me deixava cair para descansar, e meus sonhos embalavam-me até o êxtase. Os espíritos que me protegiam propiciaram-me esses momentos, ou antes horas, de felicidade para que eu pudesse ter forças para prosseguir em minha peregrinação. Sem esses momentos de descanso, eu teria sucumbido sob as minhas tribulações. Durante o dia, era amparado e encorajado pela esperança da chegada da noite, pois em sonhos via meus amigos, minha esposa e minha amada pátria; mais uma vez eu percebia a bondosa fisionomia do meu pai, ouvia os tons prateados da voz de Elizabeth e via Clerval cheio de saúde e juventude. Não raro, quando exausto pela árdua marcha, convencia-me de que estava dormindo, até que a noite viesse, e eu pudesse saborear a realidade nos braços dos meus mais caros amigos. Que agoniado amor eu sentia por eles! Como me agarrava a seus queridos vultos, quando por vezes assombravam até minhas horas de vigília, e me convencia de que ainda estavam vivos! Nesses momentos, a vingança que queimava dentro de mim morria em meu coração, e eu seguia o meu caminho rumo à destruição do demônio mais como uma tarefa imposta pelo céu, como o impulso mecânico de algum poder de que eu era inconsciente, do que como um ardente desejo da minha alma.

Não sei quais eram os sentimentos de quem eu perseguia. Às vezes, ele deixava inscrições nos troncos das árvores ou talhadas na rocha, que me guiavam e atiçavam a minha fúria. "Meu reinado ainda não terminou" — essas palavras podiam ser lidas numa das inscrições. — "Estás vivo, e o meu poder é completo. Segue-me; procuro os gelos eternos do norte, onde sentirás a tortura do frio e do gelo, à qual sou imune. Encontrarás perto daqui, se não chegares tarde demais, uma lebre morta; come e revigora-te. Eia, meu inimigo; ainda temos de travar um combate mortal, mas ainda tens de passar por muitos momentos duros e penosos antes de chegar a hora."

Diabo sarcástico! Mais uma vez eu prometo vingança; mais uma vez te dedico, demônio miserável, à tortura e à morte. Nunca desistirei da minha caçada, até que ele ou eu morra; e então com que êxtase vou encontrar Elizabeth e meus amigos falecidos, que neste momento preparam para mim a recompensa da minha tediosa labuta e desta horrível peregrinação!

À medida que eu prosseguia em minha jornada rumo ao norte, as neves tornavam-se mais espessas, e o frio aumentava a um ponto quase impossível de suportar. Os camponeses trancavam-se em suas choupanas, e só alguns dos mais intrépidos se arriscavam a sair para capturar os animais que a fome obrigara a deixar seus esconderijos em busca de alimento. Os rios estavam cobertos de gelo, e não se podia pescar nenhum peixe; e assim perdi a minha principal fonte de alimentação. O triunfo do meu inimigo aumentava com a dureza das minhas tribulações. Eis uma das inscrições que ele deixou: "Prepara-te! Teus tormentos mal começaram; cobre-te de peles e providencia comida, pois logo vamos iniciar uma jornada em que os teus sofrimentos hão de saciar o meu ódio eterno".

Minha coragem e perseverança revigoravam-se com essas palavras de chacota; resolvi não esmorecer em minha busca e, rogando aos céus que me ajudassem, continuei com fervor inquebrantável a atravessar imensos desertos, até que o oceano apareceu ao longe e compôs a última fronteira do horizonte. Ah, quão dissemelhante dos mares azuis do sul! Coberto de gelo, só se distinguia da terra pela selvageria e pela irregularidade superiores. Os gregos choraram de alegria ao verem o Mediterrâneo desde as colinas da Ásia e saudaram com entusiasmo o fim de seus tormentos. Não chorei, mas me ajoelhei e agradeci de coração ao espírito que me guiava, por conduzir-me em segurança para o lugar onde esperava, apesar das zombarias de meu adversário, encontrá-lo e enfrentá-lo.

Algumas semanas antes, eu havia comprado um trenó de cães e assim atravessara a neve com inconcebível rapidez. Não sabia se o demônio contava com as mesmas vantagens, mas descobri que, como antes havia perdido terreno na perseguição, eu agora o vencia, tanto que, quando vi pela primeira vez o oceano, ele estava só um dia à minha frente, e esperava alcançá-lo antes que ele chegasse à praia. Assim, com novo ânimo, me apressei e em dois dias cheguei a uma miserável aldeia à beira-mar. Interroguei os habitantes acerca do ser diabólico e obtive informações precisas. Um monstro gigântico, disseram, chegara na noite anterior, armado de um fuzil e de muitas pistolas, afugentando os moradores de um chalé solitário pelo pavor de sua medonha figura. Ele retirara da casa o estoque de comida para o inverno, colocou num trenó, capturou uma numerosa matilha de cães treinados, atrelou ao trenó e naquela mesma noite, para alegria dos aldeãos aterrorizados, seguiu viagem através do mar, numa direção que não levava para terra nenhuma; e calculavam que ele logo seria destruído pela ruptura do gelo ou congelado pelos gelos eternos.

Ao ouvir essa informação, tive um ataque de desespero. Ele escapara de mim, e eu tinha de dar início a uma destrutiva e quase sem fim jornada através das montanhas geladas do oceano, num frio que poucos dos habitantes podiam suportar por muito tempo e em que eu, originário de um clima suave e ensolarado, não podia ter esperanças de sobreviver. No entanto, à ideia de que o diabo podia permanecer vivo e triunfante, minha cólera e minha sede de vingança reavivaram-se e, como um vagalhão, esmagaram todos os outros sentimentos. Depois de um breve repouso, durante o qual os espíritos dos mortos esvoaçaram ao meu redor, instigando-me à luta e à desforra, preparei-me para a viagem. Troquei o meu trenó de terra por outro fabricado para as irregularidades do oceano gelado e, comprando um grande estoque de provisões, parti da terra firme.

Não sei quantos dias se passaram desde então, mas padeci desgraças que só o sentimento eterno de uma justa retribuição que arde em meu coração poderia ter-me permitido suportar. Montanhas de gelo, imensas e escarpadas, muitas vezes barravam o meu caminho, e muitas vezes ouvi o troar do mar sob meus pés, que ameaçava minha destruição. Novamente, porém, veio o gelo e tornou seguros os caminhos do mar.

Pela quantidade de mantimentos que eu consumi, acho que passei três semanas naquela jornada; e a contínua prostração da esperança, voltando-se contra o coração, muitas vezes fez com que meus olhos derramassem amargas lágrimas de desalento e dor. O desespero quase garantira a sua presa e logo me venceria. Uma vez, depois que os pobres animais que me transportavam haviam alcançado com incríveis esforços o cume de uma íngreme montanha de gelo, e de um deles, tombando sob o peso da exaustão, ter morrido, via com angústia o amplo espaço à minha frente, quando de repente meus olhos perceberam uma mancha escura sobre a planície sombria. Forcei a vista para descobrir o que podia ser e soltei um potente brado de alegria ao discernir um trenó e dentro dele as proporções distorcidas de uma figura muito conhecida. Ah, com que ardente entusiasmo a esperança tornou a visitar o meu coração! Lágrimas quentes encheram os meus olhos, que eu rapidamente enxuguei, para que não interceptassem a vista que eu tinha do ser demoníaco; mesmo assim, porém, minha visão foi embaçada pelas lágrimas ferventes, até que, extravasando as emoções que me oprimiam, me entreguei a um sonoro pranto.

Mas aquela não era hora para adiamentos; desembaracei os cães de seu companheiro morto, dei-lhes uma ração completa e, depois de uma hora de repouso, que era absolutamente necessária e, no entanto, me irritou amargamente, segui caminho. O trenó ainda era visível, e não o perdi de novo de vista, exceto em momentos em que, por pouco tempo, algum monte de gelo o ocultava atrás de seus penhascos. De fato, aproximava-me visivelmente dele, e quando, depois de quase dois dias de viagem, vi meu inimigo a não mais do que dois quilômetros de distância, meu coração disparou dentro de mim.

Agora, porém, quando tinha o inimigo quase ao meu alcance, minhas esperanças subitamente desapareceram, e perdi todo o rastro dele, mais completamente do que nunca antes. Ouvi o mar bramir sob meus pés; o estrondo de seu avanço, enquanto as águas giravam e avolumavam-se embaixo de mim, tornava-se a cada momento mais sinistro e apavorante. Aumentei a velocidade, mas em vão. Ergueu-se o vento; o mar rugiu; e, como sob o potente choque de um terremoto, o gelo partiu-se com um estrondo tremendo e esmagador. Logo o trabalho estava concluído; em poucos minutos, um mar tumultuoso agitava-se entre mim e o meu inimigo, e fui deixado à deriva num bloco de gelo estilhaçado que não parava de diminuir, preparando para mim uma morte medonha. Passaram-se assim muitas horas aterradoras; morreram muitos dos meus cães, e eu mesmo estava prestes a desfalecer sob o acúmulo de desgraças quando vi o seu navio ancorado e dando-me esperanças de socorro e vida. Eu não tinha ideia de que houvesse navios que chegassem tão para o norte, e fiquei pasmado ante aquela visão. Rapidamente destruí parte do trenó para fazer remos e, com isso pude, com infinito esforço, mover a minha jangada de gelo até a sua embarcação. Eu estava decidido, se você navegasse para o sul, a colocar-me à mercê dos mares, e não abandonar meus planos. Esperava convencê-lo a me oferecer um barco com o qual pudesse perseguir o meu inimigo. Mas você rumava para o norte. Trouxe-me para bordo quando o meu vigor estava exaurido, e eu logo teria sucumbido às minhas múltiplas desgraças, numa morte que me apavora, pois não cumpri a minha missão.

Ah, quando será que o espírito que me guia, conduzindo-me até o demônio, me concederá o repouso que tanto desejo? Ou devo morrer, e ele continuar vivo? Se eu morrer, jure-me, Walton, que ele não escapará, que você partirá à sua caça e realizará a minha vingança com a morte dele. Terei a ousadia de lhe pedir que faça a minha peregrinação, sofra as misérias por que passei? Não; não sou tão egoísta. Quando eu estiver morto, porém, se ele aparecer, se os ministros da vingança o conduzirem até você, jure que ele não vai continuar vivo — jure que ele não triunfará sobre o acúmulo de minhas dores e não sobreviverá para aumentar a lista de seus negros crimes. Ele é eloquente e persuasivo, e certa vez as palavras dele até comoveram o meu coração; mas não confie nele. Sua alma é tão infernal quanto sua figura, cheia de astúcia e diabólica malícia. Não lhe dê ouvidos; lembre-se dos nomes de William, Justine, Clerval, Elizabeth, meu pai e do miserável Victor, e crave a espada no coração dele. Eu estarei por perto e dirigirei o aço no caminho certo.

Continuação da correspondência de Walton

26 de agosto de 17...

Leu esta estranha e terrível história, Margaret; não sente o sangue congelar-se de horror, como eu? Ora, tomado de súbita agonia, ele não conseguia dar prosseguimento à sua história; ora, com voz abafada, mas penetrante, pronunciava com dificuldade palavras cheias de angústia. Seus belos e graciosos olhos ora se iluminavam de indignação, ora se entregavam à desolação e se extinguiam numa angústia infinita. Às vezes mostrava domínio da expressão e do tom de voz e contava os mais terríveis incidentes com uma voz serena, não demonstrando nenhum sinal de agitação; em seguida, como um vulcão em erupção, seu rosto bruscamente assumia a expressão da mais selvagem cólera, enquanto gritava com voz estridente injúrias ao seu perseguidor.

Sua história é bem articulada e é contada com a aparência da mais pura verdade, mas confesso-lhe que as cartas de Felix e Safie que ele me mostrou e a aparição do monstro, visto do nosso navio, me deram maior certeza da verdade da sua narrativa do que as afirmações dele, por mais sérias e coerentes que fossem. O monstro, então, existe realmente! Não posso ter dúvida disso, embora esteja mais do que surpreso e admirado. Às vezes procurava obter de Frankenstein os pormenores da formação de sua criatura, mas neste ponto ele era impenetrável.

"Enlouqueceu, meu amigo?", disse ele. "Aonde essa absurda curiosidade vai levá-lo? Quer criar também para você e para o mundo um inimigo demoníaco? Calma, calma! Aprenda com as minhas desgraças e não tente aumentar a sua própria."

Frankenstein descobriu que fiz anotações acerca da sua história; pediu-me que as mostrasse e então ele próprio as corrigiu e aumentou em diversos pontos, mas, sobretudo, ao dar vida e espírito às conversas que teve com o inimigo.

"Já que você preservou a minha narração", disse ele, "não gostaria que uma versão mutilada passasse à posteridade."

Transcorreu assim uma semana, durante a qual ouvi a mais estranha história que alguma imaginação jamais compôs. Ouvi atentamente, com todos os meus pensamentos e cada sentimento da minha alma, pelo interesse por meu hóspede que sua história e seu comportamento digno e gentil haviam despertado. Quero tranquilizá-lo, mas será que posso aconselhar a viver alguém tão infinitamente desgraçado, tão carente de toda esperança de consolação? Ah, não! A única alegria que ele pode ter agora é a de preparar seu espírito dilacerado para a paz e para a morte. Ele goza, porém, de uma vantagem, o fruto da solidão e do delírio; crê que quando sonha, conversa com os amigos e tira dessa comunhão um consolo para suas misérias e um encorajamento para a sua sede de vingança, pois acredita que não são criações de sua imaginação, mas os próprios seres que o visitam vindos de um mundo distante. Essa fé confere dignidade aos seus devaneios, o que os torna quase tão imponentes e interessantes quanto a verdade.

As conversas entre nós nem sempre se limitam à sua própria história e desgraça. Sobre todos os pontos de literatura geral ele exibe um enorme conhecimento e uma intuição rápida e penetrante. Sua eloquência é convincente e comovente; não consigo ouvi-lo sem derramar lágrimas, quando ele conta um incidente patético ou se empenha em provocar as paixões da piedade ou do amor. Que criatura gloriosa deve ter sido ele nos seus dias prósperos se na ruína se mostra tão nobre e divino! Parece sentir seu próprio valor e a grandeza de sua queda.

"Quando era mais jovem", disse ele, "acreditava estar destinado a alguma grande façanha. Os meus sentimentos são profundos, mas possuo uma frieza de julgamento que me habilitava para ilustres feitos. Esse sentimento do valor da minha natureza amparava-me quando outros se sentiriam arrasados, pois julgava criminoso desperdiçar em angústias aqueles talentos que poderiam ser úteis aos meus semelhantes. Quando refletia sobre o trabalho que concluíra, nada menos do que a criação de um animal sensível e racional, não podia considerar-me membro do rebanho dos artesãos comuns. Mas esse pensamento, que me amparava no começo da minha carreira, agora só serve para me mergulhar mais baixo na poeira. Todas as minhas especulações e esperanças são como nada, e, como o arcanjo que aspirava à onipotência, estou acorrentado num inferno eterno. A minha imaginação era vívida, mas a capacidade de análise e a aplicação eram intensas; pela união dessas qualidades, concebi a ideia e executei a criação de um homem. Ainda hoje não posso lembrar-me sem paixão dos devaneios que tinha quando o trabalho ainda não estava pronto. Em meus pensamentos, eu caminhava pelo céu, ora exultante por meus poderes, ora entusiasmado com a ideia de seus efeitos. Desde a infância tinha altas esperanças e uma nobre ambição; mas quão baixo caí! Ah, meu amigo, se tivesse visto como eu fui, não me reconheceria neste estado de degradação. A desolação raramente visitava o meu coração; um alto destino parecia estar reservado a mim, até que caí, para nunca, nunca mais me levantar."

Devo, então, perder essa pessoa admirável? Muito desejei um amigo; procurei alguém que simpatizasse comigo e me amasse. Veja, nestes mares desertos, eu encontrei esse amigo, mas temo tê-lo encontrado só para conhecer o seu valor e perdê-lo. Gostaria de reconciliá-lo com a vida, mas ele rejeita a ideia.

"Muito obrigado, Walton", disse ele, "por sua atenção com um desgraçado tão miserável; mas, quando fala de novas relações e novos afetos, acha que alguma delas pode substituir os que se foram? Poderá alguém ser para mim o que Clerval foi; ou alguma mulher, outra Elizabeth? Mesmo quando as afeições não são determinadas por uma excelência superior, os companheiros de infância sempre exercem certo poder sobre nossa mente, o que dificilmente um amigo mais tardio pode conseguir. Eles conhecem nossas preferências infantis, as quais, embora possam modificar-se mais tarde, nunca são erradicadas; e podem julgar as nossas ações com conclusões mais fundamentadas acerca da integridade de nossos motivos. Uma irmã ou um irmão não podem nunca, a não ser que os sintomas se tenham manifestado cedo, suspeitar o outro de fraude ou de falsidade, ao passo que um amigo, por mais forte que seja o apego, pode, a contragosto, ser visto por outro com suspeita. Mas eu amava meus amigos não só por hábito e associação, mas por seus méritos; e, onde quer que eu esteja, a voz tranquilizante da minha Elizabeth e a conversa de Clerval sempre estarão presentes num sussurro aos meus ouvidos. Estão mortos, e, nesta minha solidão, só um sentimento pode convencer-me a continuar vivendo. Se eu estivesse empenhado em algum alto empreendimento ou projeto de grande utilidade para os meus semelhantes, poderia viver para realizá-lo. Não é esse, porém, o meu destino; tenho de perseguir e destruir o ser a quem dei a existência; em seguida, minha missão na terra terá sido cumprida e poderei morrer."

2 de setembro

Minha querida irmã,
Escrevo-lhe cercado de perigos e sem saber se é meu destino rever a minha querida Inglaterra e os mais queridos amigos

que nela residem. Estou rodeado de montanhas de gelo que não permitem a fuga e a todo momento ameaçam esmagar o meu navio. Os valorosos marujos que convenci a serem meus companheiros olham para mim à procura de ajuda, mas não lhes posso dar nenhuma. Há algo terrivelmente aterrador em nossa situação, porém a coragem e as esperanças não me abandonam. É, contudo, terrível pensar que a vida de todos esses homens corre perigo por mim. Se estamos perdidos, a causa são meus loucos planos.

E qual será, Margaret, o seu estado de espírito? Não vai ser avisada de minha destruição e vai esperar ansiosamente por minha volta. Os anos vão passar e terá momentos de desespero, embora seja torturada pela esperança. Ah, minha adorada irmã, a perspectiva da horrível frustração de suas mais profundas expectativas é, para mim, mais terrível do que a minha própria morte.

Tem, porém, um marido e filhos maravilhosos; pode ser feliz. Que Deus a abençoe e a faça feliz!

Meu infeliz convidado sente a mais terna compaixão de mim. Tenta encher-me de esperança e fala como se a vida fosse uma posse que lhe fosse preciosa. Recorda quantas vezes os mesmos acidentes aconteceram com outros navegadores que se aventuram neste mar e, mesmo contra a minha vontade, ele me enche de boas esperanças. Mesmo os marinheiros sentem a força da sua eloquência; quando ele fala, eles não mais se sentem desesperados; ele desperta as energias deles, e, enquanto ouvem a sua voz, acreditam que estas enormes montanhas de gelo sejam montículos que desaparecerão diante da determinação do homem. Esses sentimentos são efêmeros; cada dia de expectativa frustrada os enche de medo, e chego a apavorar-me à perspectiva de um motim causado pelo desespero.

5 de setembro

Acaba de se passar uma cena de tão excepcional interesse que, embora seja altamente provável que estes papéis nunca cheguem até ti, não posso deixar de registrá-la.

Ainda estamos rodeados de montanhas de gelo, ainda sob o perigo iminente de sermos esmagados contra elas. O frio é excessivo, e muitos dos meus camaradas menos afortunados já encontraram o túmulo neste cenário de desolação. A saúde de Frankenstein piora a cada dia; um fogo febril ainda bruxuleia em seus olhos, mas está exausto, e, quando chamado a algum esforço, logo torna a cair numa morte aparente.

Mencionei em minha última carta o meu medo de que haja um motim. Esta manhã, enquanto observava o rosto pálido do meu amigo — seus olhos semicerrados e suas pernas e braços que pendiam frouxos —, fui chamado por meia dúzia de marinheiros, que pediam para entrar no camarote. Entraram, e seu chefe se dirigiu a mim. Disse-me que ele e seus companheiros haviam sido escolhidos pelos outros marujos como seus representantes, para me apresentarem uma solicitação que, em boa justiça, eu não poderia recusar. Estávamos emparedados em gelo e provavelmente jamais escaparíamos, mas temiam que se, como era possível, o gelo se derretesse e se abrisse uma passagem, eu fosse temerário o bastante para prosseguir viagem e levá-los a novos riscos, depois que tivessem felizmente superado os perigos presentes. Insistiam, pois, que eu fizesse uma promessa solene de que, se o navio se libertasse, eu imediatamente rumaria para o sul.

Inquietaram-me aquelas palavras. Eu não perdera a esperança nem concebera a ideia de voltar se me libertasse. Mas será que eu podia, em boa justiça, recusar o pedido, ou mesmo tinha essa possibilidade? Hesitava antes de responder, quando Frankenstein, que no começo permanecera calado e parecia mal ter forças para acompanhar, se ergueu;

seus olhos brilhavam, e suas faces coraram, momentaneamente revigoradas. Voltando-se para os homens, dìsse: "Que quer dizer isso? Que querem do capitão? Vocês desistem tão fácil de seus objetivos? Vocês não diziam que esta era uma expedição gloriosa? E por que era gloriosa? Não porque o caminho fosse plano e plácido como um mar do sul, mas porque era cheio de perigos e terror, pois a cada novo incidente seria exigida firmeza da parte de vocês, além da coragem, porque o perigo e a morte os rodeavam, e vocês deviam enfrentá-los e vencê-los. Por isso era gloriosa, por isso era uma façanha de honra. Vocês passariam a ser saudados como os benfeitores da espécie, seus nomes adorados como os de homens valorosos que encontraram a morte em honra e proveito da humanidade. E agora, vejam, com o primeiro vislumbre do perigo, ou, se preferirem, com o primeiro grande e aterrador teste de coragem, vocês fogem acovardados e se contentam em ser lembrados como homens sem fibra suficiente para suportarem o frio e o perigo; e assim, pobres almas, vocês se sentiram congelados e voltaram para suas lareiras quentinhas. Ora, para isso não havia necessidade de preparação; não precisavam vir tão longe e arrastar o capitão à vergonha de uma derrota apenas para provar que vocês são covardes. Ah, sejam homens ou não sejam nada mais do que homens. Sejam firmes como a rocha em seus propósitos. Esse gelo não é feito do mesmo material que os seus corações; ele é mutável e não pode resistir-lhes se vocês disserem que ele não o fará. Não voltem para suas famílias com o estigma da desgraça impresso na testa. Voltem como heróis que lutaram e conquistaram e não sabem o que é virar as costas ao inimigo".

Ele falou com tons tão apropriados aos diferentes sentimentos expressos por suas palavras, com olhos tão cheios de altos ideais e de heroísmo, que você pode imaginar se ele conseguiu comover aqueles homens. Olharam uns para os outros e não foram capazes de responder. Eu falei; disse-lhes que se retirassem e refletissem sobre o que fora dito, que não os levaria mais para o norte se desejassem ardentemente o contrário, mas esperava que, após a reflexão, a coragem voltasse. Eles se retiraram, e eu me voltei para o meu amigo, mas ele mergulhara em torpor, quase sem vida.

Como vai acabar tudo isto, eu não sei, mas prefiro morrer a voltar vergonhosamente, com a missão não cumprida. Temo, porém, que seja esse o meu destino; os homens, sem o apoio das ideias de glória e de honra, não podem dispor-se a suportar suas misérias presentes.

7 de setembro

Os dados foram lançados; concordei em voltar se não formos destruídos. Assim, minhas esperanças foram derrotadas pela covardia e pela indecisão; volto ignorante e desapontado. É necessária muita filosofia para suportar essa injustiça sem perder a paciência.

12 de setembro

Está tudo acabado; estou voltando à Inglaterra. Perdi as minhas esperanças de utilidade e de glória; perdi o meu amigo. Mas ainda lhe contarei com pormenores essas amargas circunstâncias, minha querida irmã; e, enquanto navego rumo à Inglaterra e rumo a você, não vou desanimar.

Dia 9 de setembro o gelo começou a se mover, e rugidos como de trovão foram ouvidos a distância, enquanto as ilhas se separavam e partiam em todas as direções. Corríamos o mais iminente perigo, mas só podíamos permanecer passivos, e meu principal cuidado era o meu infeliz convidado, cuja enfermidade se agravava a tal ponto que não mais saía da cama. Partia-se o gelo atrás de nós e era levado com força para o norte; soprava uma brisa de oeste, e no dia 11 a passagem para o sul ficou completamente livre. Quando os marujos viram aquilo e que o retorno ao país natal estava aparentemente garantido, lançaram um brado de tumultuosa alegria, sonoro e prolongado. Frankenstein, que estava cochilando, acordou e perguntou o motivo do tumulto.

"Gritam", disse eu, "porque logo vão voltar para a Inglaterra."

"Você vai voltar mesmo, então?"

"Infelizmente, vou. Não posso contrariar as exigências deles. Não posso expô-los ao perigo contra a vontade, e tenho de voltar."

"Você vai, se quiser; eu, não. Você pode desistir do seu projeto, mas o meu me foi confiado pelo Céu, e eu não ousaria desistir dele. Estou fraco, mas com certeza os espíritos que assistem à minha vingança me propiciarão a força suficiente."

Ao dizer isso, ele tentou sair da cama, mas o esforço era excessivo para ele; caiu para trás e desmaiou.

Ficou muito tempo desacordado, e muitas vezes pensei que sua vida se extinguira completamente. Por fim, ele abriu os olhos; respirava com dificuldade e não conseguia falar. O cirurgião deu-lhe um preparado para beber e ordenou-nos que o deixássemos em paz. No entanto, me disse que meu amigo certamente não teria mais muitas horas de vida.

Fora pronunciada a sentença, e eu só podia lamentar e ser paciente. Sentei-me ao lado da cama para observá-lo; seus olhos estavam fechados, e pensei que ele estivesse dormindo; mas então ele me chamou com voz fraca e, pedindo-me que me aproximasse, disse:

"Pobre de mim! Acabou-se a força em que confiava; sinto que logo vou morrer, e ele, meu inimigo e perseguidor, ainda pode estar vivo. Não pense, Walton, que nos últimos instantes da minha vida eu ainda sinta o ódio ardente e o irreprimível desejo de vingança que uma vez exprimi; mas sinto-me justificado ao desejar a morte do meu adversário. Durante estes últimos dias, tratei de examinar a minha conduta passada; e tampouco a considero culpada. Num ímpeto de entusiástica loucura, criei um ser racional e tinha a obrigação de lhe garantir, na medida do possível, a felicidade e o bem-estar.

Era esse o meu dever, mas havia outro ainda mais importante do que ele. Meus deveres com os seres da minha própria espécie tinham maiores direitos à minha atenção, pois representavam maior proporção de felicidade ou desgraça. Pressionado por essa ideia, recusei-me, e estava certo em fazê-lo, a criar uma companheira para a primeira criatura. Ele demonstrou maldade e egoísmo sem iguais; massacrou meus amigos; dedicou-se à destruição de seres que possuíam finas sensações, felicidade e sabedoria; não sei onde sua sede de vingança vai parar. Sendo ele próprio desgraçado, para que não possa tornar miseráveis os outros, deve morrer. A tarefa de destruí-lo era minha, mas eu falhei. Quando eu tinha motivos egoístas e torpes, pedi a você que levasse a cabo o meu trabalho inacabado e renovo o pedido agora que sou levado apenas pela razão e pela virtude.

Não posso, porém, pedir-lhe que renuncie ao seu país e aos amigos para cumprir essa missão; e, agora que você está de volta à Inglaterra, pouca oportunidade terá de o encontrar. Mas deixo a você a consideração desses pontos e a ponderação equilibrada do que sejam os seus deveres; meu julgamento e minhas ideias já estão perturbados pela aproximação da morte. Não ouso pedir-lhe que faça o que julgo certo, pois talvez eu esteja sendo iludido pela paixão.

Que ele viva para ser um instrumento do mal é algo que me angustia; sob outros aspectos, este instante, em que momentaneamente aguardo a minha libertação, é o único feliz que tive em muitos anos. As formas da amada morte pairam à minha frente, e corro para os seus braços. Adeus, Walton! Busque a felicidade na tranquilidade e evite a ambição, ainda que seja aquela, aparentemente inocente, de se distinguir na ciência e nos descobrimentos. Mas por que digo isso? Eu fracassei nessas esperanças, mas outro pode ser bem-sucedido".

Sua voz foi tornando-se mais fraca à medida que falava, e, por fim, exausto com o esforço, ele se calou. Cerca de meia hora depois, tentou falar mais uma vez, mas não conseguiu; apertou sem força a minha mão, e seus olhos se fecharam para sempre, enquanto a irradiação de um doce sorriso se exalava de seus lábios.

Margaret, que comentário posso fazer sobre a morte intempestiva daquele espírito glorioso? Que posso dizer que lhe permita entender a profundidade da minha dor? Tudo o que disser será inadequado e medíocre. Correm-me lágrimas; uma nuvem de decepção tolda a minha alma. Mas navego para a Inglaterra, e lá talvez encontre consolo.

Interrompem-me. Que presságios trazem esses sons? É meia-noite; a brisa sopra docemente, e o vigia no convés mal se move. Mais uma vez ouço uma voz humana, mas mais rouca; vem da cabina onde estão os restos mortais de Frankenstein. Tenho de me levantar e averiguar. Boa noite, minha irmã.

Santo Deus! Que cena acaba de acontecer! Ainda estou confuso com a lembrança dela. Nem sei se terei forças para descrevê-la; mas a história que registrei ficaria incompleta sem esta catástrofe final e maravilhosa. Entrei na cabina onde jaziam os restos mortais do meu desafortunado e admirável amigo. Sobre ele estava debruçado um vulto que não consigo encontrar palavras para descrever: de estatura gigantesca, mas desajeitado e desproporcional. Enquanto se debruçava sobre o caixão, seu rosto estava oculto por longos cachos de cabelo crespo; mas uma enorme mão estava estendida, de cor e de textura aparentemente como a de uma múmia. Quando ouviu o som de minha aproximação, cessou de soltar gritos de dor e horror e saltou na direção da janela. Nunca vi nada tão horroroso como o seu rosto, medonho e repugnante. Sem querer, fechei os olhos e tentei lembrar quais eram os meus deveres quanto àquele destruidor. Pedi-lhe que ficasse.

Ele parou, olhando espantado para mim e, voltando-se mais uma vez para a forma inanimada de seu criador, parecia esquecido de minha presença, e cada traço e gesto seu parecia instigado pela cólera selvagem de uma paixão incontrolável.

"Mais uma de minhas vítimas!", exclamou. "Neste assassinato se consumam meus crimes; a miserável série de acontecimentos de minha vida chega ao fim! Ah, Frankenstein! Generoso e dedicado! De que serve que eu agora te peça perdão? Eu, que irremediavelmente te destruí, ao destruir todos os que amavas. Ai de mim! Já está frio, não pode mais me responder."

Sua voz parecia sufocada, e meu primeiro impulso, que me sugeriu o dever de obedecer aos últimos desejos do meu amigo, destruindo o seu inimigo, ficou agora suspenso por um misto de curiosidade e compaixão. Aproximei-me daquele ser aterrador; não ousava erguer de novo os olhos para o seu rosto, pois havia algo de assustador e fantasmagórico em sua feiura. Tentei falar, mas as palavras morreram em meus lábios. O monstro continuava a balbuciar palavras de violenta autoacusação. Por fim, reuni coragem para dirigir-me a ele, numa pausa da tempestade da sua comoção.

"Teu arrependimento", disse eu, "agora é supérfluo. Se tivesses ouvido a voz da consciência e sentido o ferrão do remorso antes de levar tua vingança diabólica até este extremo, Frankenstein ainda estaria vivo."

"E tu estás sonhando?", disse o demônio. "Achas que eu não sentia então a agonia e o remorso? Ele", prosseguiu, apontando para o cadáver, "ele não sofreu na consumação do ato nem um décimo milésimo da angústia que eu senti durante a sua execução. Um aterrador egocentrismo instigava-me, enquanto meu coração se envenenava de remorsos. Julgas que os gemidos de Clerval eram música para os meus ouvidos? Meu coração foi feito para ser sensível ao amor e à compaixão e, quando a miséria o distorce para o mal e o ódio, não suporta a violência da mudança sem uma tortura que não podes sequer imaginar.

    Depois do assassinato de Clerval, voltei à Suíça, abalado e de coração partido. Sentia pena de Frankenstein; minha compaixão chegava ao horror; eu me odiava. Mas, quando descobri que ele, o autor ao mesmo tempo da minha existência e de meus indizíveis tormentos, ousava esperar a felicidade, que enquanto acumulava desgraça e desespero sobre mim buscava seu próprio prazer em sentimentos e paixões de cujo gozo eu estava para sempre excluído, a inveja impotente e a amarga indignação encheram-me de uma sede insaciável de vingança. Lembrei-me da ameaça que fizera e resolvi que ela devia ser levada a efeito. Sabia que estava preparando para mim mesmo uma tortura mortal, mas era o escravo, não o senhor, de um impulso que eu detestava, embora não pudesse desobedecê-lo. Mas quando ela morreu! Não, não me senti arrasado. Tinha me livrado de todo sentimento, vencido toda angústia, para enfrentar o meu desespero excessivo. O mal tornou-se daí em diante o bem para mim. Tendo chegado a esse ponto, não tinha escolha senão adaptar a minha natureza a um elemento que havia escolhido livremente. O cumprimento do meu plano demoníaco tornou-se uma paixão insaciável. E agora acabou; aí está a minha última vítima!"

    A princípio, fiquei comovido com a expressão da sua miséria; quando, porém, me lembrei do que Frankenstein dissera de seus poderes de eloquência e persuasão, e quando mais uma vez olhei para a forma inanimada do meu amigo, reacendeu-se a indignação dentro de mim.

    "Desgraçado!", disse eu. "Foi muito bom de tua parte vires aqui para lamuriar-te da desolação que tu mesmo provocaste. Lanças uma tocha sobre um quarteirão e, quando ele pega fogo, sentas-te diante das ruínas e lamentas o incêndio. Demônio hipócrita! Se aquele que choras estivesse ainda vivo, ainda seria ele o alvo, mais uma vez ele seria a presa da tua maldita vingança. Não é compaixão o que sentes; só lamentas porque a vítima da tua maldade escapou de teu poder."

"Ah, não é isso... não é isso", interrompeu o ser. "Mas deve ser essa a impressão que te passa o que parece ser o significado das minhas ações. Não busco, porém, um companheiro que se compadeça da minha desgraça. Jamais poderei fazer com que alguém participe dos meus sentimentos. Quando busquei isso pela primeira vez, o que gostaria de compartilhar era o amor da virtude, os sentimentos de felicidade e afeto de que todo o meu ser transbordava. Agora, porém, que essa virtude se tornou para mim uma sombra, e essa felicidade e esse afeto se transformaram num desespero amargo e abominável, em que buscaria eu simpatia? Contento-me em sofrer sozinho enquanto os sofrimentos ainda persistem; quando eu morrer, fico feliz em pensar que o ódio e o opróbrio preencherão a minha memória. Antigamente, a minha imaginação se regalava com sonhos de virtude, de fama e de alegria. Antes eu esperava falsamente encontrar pessoas que, perdoando a minha forma exterior, me amassem pelas excelentes qualidades que eu fosse capaz de revelar. Nutria altos ideais de honra e devoção. Hoje, porém, o crime me degradou abaixo do mais vil animal. Não há culpa, vileza, malignidade, miséria que possa comparar-se à minha. Quando percorro o aterrador catálogo dos meus pecados, não consigo acreditar que eu seja a mesma criatura cujos pensamentos eram repletos de sublimes e transcendentes visões da beleza e da majestade do bem. Mas assim é; o anjo caído torna-se um diabo maligno. No entanto, mesmo o inimigo de Deus e do homem tem amigos e companheiros em sua desolação; eu estou só.

Tu, que chamas a Frankenstein teu amigo, pareces conhecer meus crimes e as desgraças dele. Mas, no relato que ele te fez deles, não pôde contar as horas e os meses de miséria por que passei entregue a paixões impotentes. Pois, enquanto eu destruía as esperanças dele, não satisfazia os meus desejos. Estes eram sempre ardentes e insaciáveis; eu ainda desejava amor e amizade e era ainda rejeitado. Não havia injustiça nisso? Devo ser considerado o único criminoso, quando toda a humanidade pecava contra mim? Por que não odeias Felix, que com insolência pôs porta afora o seu amigo? Por que não execras o boçal que tentou destruir o salvador de sua filha? Não, esses são seres virtuosos e imaculados! Eu, o miserável e o abandonado, sou o aborto a ser rejeitado, espancado e pisado. Até hoje meu sangue ferve à lembrança dessa injustiça.

Mas é verdade que sou um desgraçado. Assassinei o gracioso e o indefeso; estrangulei o inocente enquanto dormia e apertei com as mãos, até a morte, o seu pescoço que jamais fizera mal a mim ou a qualquer ser vivo. Entreguei o meu criador, o exemplo seleto de tudo o que é digno de amor e de admiração entre os homens, à miséria; persegui-o até esta irremediável ruína.

Ali jaz ele, lívido e frio na morte. Tu me odeias, mas a tua execração não pode igualar a que dedico a mim mesmo. Olho para as mãos que executaram o ato; penso no coração em que a imaginação daquilo foi concebida e desejo o momento em que essas mãos não vão mais se cruzar com meus olhos, quando esta imaginação não mais vai obsedar os meus pensamentos.

Não temas que eu venha a ser o instrumento de males futuros. Está quase completa a minha obra. Não é necessária a tua morte e a de nenhum outro homem para consumar a história da minha vida e fazer o que deve ser feito, mas a minha, sim. Não penses que vou demorar para executar esse sacrifício. Vou deixar o teu navio e ir para a balsa de gelo que me trouxe para cá, rumo à mais setentrional extremidade do globo; vou juntar a minha pira funerária e consumir até as cinzas este miserável corpo, para que seus restos não possam dar nenhuma luz para qualquer desgraçado curioso e sacrílego que queira criar outro ser como eu. Vou morrer. Não mais vou sentir as agonias que agora me consomem ou ser a presa de sentimentos insatisfeitos, mas vorazes. Está morto quem me deu a vida; e, quando eu não mais existir, a própria lembrança de nós dois logo se desvanecerá. Não mais verei o sol ou as estrelas ou sentirei os ventos a brincar em minhas faces.

Luz, sentimento e razão passarão; e nessa condição devo encontrar a felicidade. Alguns anos atrás, quando as imagens do mundo se me abriram pela primeira vez, quando senti o estimulante calor do verão e ouvi o farfalhar das folhas e o gorjeio dos pássaros, e isso era tudo para mim, eu devia ter chorado até morrer; hoje, é meu único consolo. Maculado pelo crime e dilacerado pelo mais amargo remorso, onde mais posso achar descanso a não ser na morte?

Adeus! Deixo-te, e em ti o último traço de humanidade que estes olhos hão de ver. Adeus, Frankenstein! Se ainda estivesses vivo e ainda desejasses vingar-te de mim, tal sede seria mais bem saciada em minha vida do que em minha destruição. Mas não foi assim; buscaste a minha extinção, para que eu não pudesse causar mais males; e se, de algum modo que desconheço, ainda pensas e sentes, não desejarias contra mim uma vingança maior do que esta que sinto. Arruinado como estavas, a minha agonia era ainda superior à tua, pois o amargo ferrão do remorso não cessará de revolver minhas feridas, até que a morte as feche para sempre."

"Mas logo", exclamou ele, com entusiasmo triste e solene, "vou morrer, e o que agora sinto não mais sentirei. Logo essas dilacerantes misérias estarão extintas. Acenderei em triunfo a minha pira funerária e exultarei na agonia das torturantes chamas. A luz desta conflagração se apagará; minhas cinzas serão varridas pelos ventos até o mar. O meu espírito dormirá em paz, ou, se pensar, certamente não pensará assim. Adeus."

Ao dizer isso, saltou da janela da cabina para a jangada de gelo que estava junto ao navio. Logo foi levado embora pelas ondas e se perdeu nas trevas e na distância.

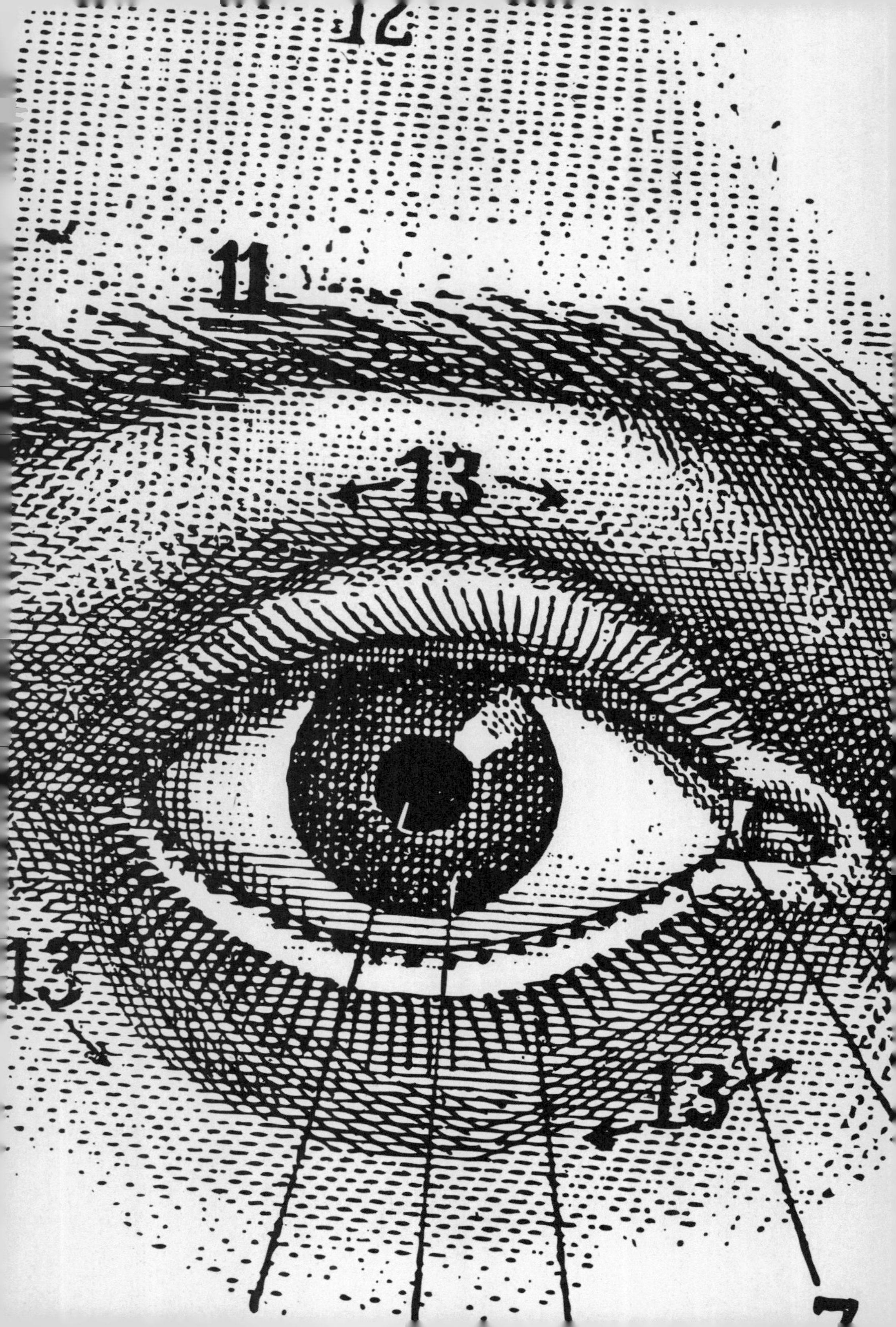

12
11
13
13
13
7

O MÉDICO E O MONSTRO

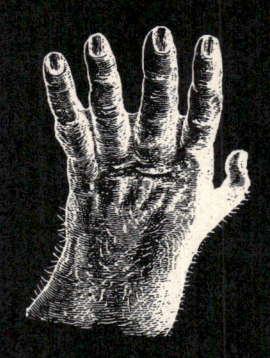

ROBERT LOUIS STEVENSON

TRADUÇÃO E NOTAS:
CABRAL DO NASCIMENTO

PREFÁCIO
O "eu" e o "outro": duas faces de uma mesma moeda

PROFA. DRA. LILIAN CRISTINA CORRÊA[1]

O homem sempre viveu em busca de superar a si mesmo em todas as circunstâncias históricas, sociais e, por que não, pessoais? Tudo o que envolve a história da humanidade parece ter sido explicado científica e historicamente, mas quando tomamos contato com tais estudos ou narrativas parece impossível não pensar que, de alguma forma, elas ainda não respondem totalmente aos nossos questionamentos — daí a eterna busca por respostas que marca nossa história enquanto curiosos seres pensantes!

Ser protagonista de sua própria história traz ao ser humano a possibilidade de criar e ser criado, considerando o pressuposto que o ser humano não vive só, mas rodeado de outras histórias e de um contexto social que o completa e/ou o desperta para as diferentes trajetórias ao longo de sua existência. Nesses caminhos percorridos surgem as necessidades e as descobertas, os embates e as vitórias ou, ainda, a busca pela própria identidade.

---

[1] Mestre e Doutora em Comunicação e Letras pela Universidade Presbiteriana Mackenzie.

Se todos esses questionamentos parecem cíclicos ao seu entendimento, prezado leitor, você está com a razão! Acrescente a eles as necessidades da natureza humana e os diversos confrontos apresentados por elas; transporte tais ideias para o final do século XIX e encontrará farto material de pesquisa e produção literária, como o romance de Robert Louis Stevenson, *O estranho caso de Dr Jekyll e Mr Hyde*, publicado em 1886.

O romance de Stevenson foi publicado na Era Vitoriana (1837-1901), período histórico marcado por imensas transformações culturais, políticas e econômicas não somente na Inglaterra, local onde se descortina a narrativa, mas ao redor de todo o mundo. As ações transcorrem na Londres do final do século XIX, destacando o modo de vida burguês e as diversas nuances do comportamento humano — talvez sejam estas as características que tornem o romance algo transcendente a sua época e, inclusive, ao seu autor, eclipsando-o de tal forma que muitas vezes ouvimos falar em *O médico e o Monstro*, usamos tal referência, mas é possível que nem sempre sua origem seja conhecida!

A literatura inglesa celebra esta relação entre médicos e monstros, como já no romance de Mary Shelley, *Frankenstein* (1818), reconhecemos a saga de Victor Frankenstein e sua criatura (ou monstro?!), um em busca do outro, em reconhecimento e em dívidas tão profundas quanto suas existências. No romance de Shelley, romântico em suas referências, temos a busca pela identidade dos protagonistas e a questão da busca e o romance de Stevenson, de alguma forma, nos traz de volta tais temáticas, rearranjadas em um novo contexto social e com uma percepção talvez um pouco mais agressiva se comparada àquela de Shelley no início do século.

Temos, na narrativa de Stevenson, o escancaramento das questões identitárias para o(s) protagonista(s), cada um a seu modo, duplos de si mesmos, alocados em um universo igualmente duplo, em uma sociedade que prezava pela aparência externa e social, mas escondia sua intimidade, sua real natureza. Pregava-se, naquele contexto, que os indivíduos seguissem à risca as normas da boa moral e conduta nos aspectos religiosos e sociais, políticos e econômicos, mas ao mesmo tempo era de conhecimento público o avanço nas questões científicas que faziam frente, por exemplo, ao aumento de casos de doenças sexualmente transmissíveis entre as mulheres de baixíssima renda que não encontravam colocação adequada e acabavam por render-se às casas de prostituição — as mesmas frequentadas pelos tão respeitáveis homens de negócios e abastados e intocáveis pais de família, sempre no calar e na escuridão da noite.

Os becos de Londres nunca viram tanto movimento quanto no período vitoriano... bares, cabarés, comércio ilegal e assassinatos, como os cometidos por Jack, o estripador, figura lendária, tudo acontecia sob as vistas da polícia e da mesma sociedade ditadora de regras tão rígidas. Conforme Ramos (2005, p. 9),

> A sociedade da época, deste modo, pautava-se por dois grupos sociais distintos, representados pela figura do trabalhador fabril, habitante dos bairros-de-lata, considerados como focos de doença, criminalidade e degeneração e pela figura do *gentleman*, representante da ascensão social e da moralidade, embora os seus comportamentos nem sempre fossem pautados pelo respeito às convenções morais.

É neste contexto que somos apresentados aos nossos protagonistas, Dr. Henry Jekyll e o misterioso Mr. Edward Hyde, extensões de origem única, tão diferentes um do outro, mas ao mesmo tempo inequivocadamente similares.

Os críticos mencionam a curiosidade de Stevenson quanto às características a natureza humana expressas pela personalidade e como tais características podem refletir o bem e o mal, um a cada momento ou, às vezes, ao mesmo tempo, confundindo e apaixonando os estudiosos do comportamento. Dr. Jekyll pode ser visto como um retrato de seu tempo, seguidor dos códigos morais daquela sociedade, mas com um desejo intenso de firmar sua própria personalidade, reforçando o conceito de individualismo — toda essa ideia de perfeição e de um bem-sucedido representante da época vitoriana é colocada praticamente do avesso quando surge Edward Hyde, um desvio de sua personalidade, alterego de Jekyll, representando em si todas as características que o médico jamais deixaria transparecer em seu comportamento.

Certamente, Stevenson aprofundou sua narrativa nesse sentido, a ponto de ser difícil aceitar tamanha dualidade entre personagens tão distintas, mas de alguma forma, complementares entre si. A este fenômeno damos o nome de duplo, ao mesmo tempo em que devemos lembrar que o romance ora prefaciado também traz como uma de suas características mais marcantes a ideia do gótico e foi escrito justamente no período em que se considerava o renascimento do Goticismo, conforme Punter (2000) em *A Companion to the Gothic*.

É justamente no universo gótico que encontramos um aprofundamento da dimensão psicológica das personagens, como o que vemos em *Dr Jekyll e Mr Hyde*, trazendo à tona a temática do *doppelgänger*, termo alemão para o conceito de duplo, as noções do "eu" e do "outro" como conflitantes, embora complementares. Stevenson explora este universo dando características obscuras às suas personagens e aos locais por elas percorridos, fazendo uso de vocabulário que também remonta ao período, criando imagens sinistras e assustadoras. A isso, Ramos (2005, p. 12) acrescenta:

> A cidade de Londres na época vitoriana constitui por si, um cenário gótico, se tivermos em conta os contrastes que tomaram forma a partir da Revolução Industrial. As suas zonas degradadas e escuras, nas quais proliferavam o vício e a decadência, eram próprias à duplicidade e ao mistério.

É nesta Londres sombria e sinistra, repleta de novas e interessantíssimas descobertas científicas e tecnológicas trazidas por Darwin e pela Revolução Industrial, por exemplo, que lemos o desenvolvimento deste romance tão atual à sua própria época quanto a qualquer outro momento da história, graças à genialidade de Robert Louis Stevenson.

REFERÊNCIAS

Punter, David, ed.. *A Companion to the Gothic*. Oxford: Blackwell Publishers, 2000.

RAMOS, Isabel Patrícia da Silva F. B. *O eu e o outro*: Dr. Jekyll vs Mr. Hyde: David Bowie vs Ziggy Stardust. Dissertação de Mestrado apresentada à Universidade Aberta de Lisboa, 2005. 164 p. (http://hdl.handle.net/10400.2/450)

INTRODUÇÃO
O médico e o monstro: um estranho caso

VICENTE CECHELERO

Uma das novelas mais perfeitas da literatura universal, *O médico e o monstro* é a obra-mestra do escritor escocês Robert Louis Stevenson (1850-1894), até então conhecido por seus romances e contos de aventuras e/ou policiais, como os célebres *A ilha do tesouro*, *As novas noites árabes* (ou *O clube dos suicidas*), *O raptado* e outros. Nasceu de um pesadelo que Stevenson teve.

O sucesso unânime que tem gozado junto ao público e à crítica, desde a sua publicação (1886), deve-se às inegáveis qualidades estéticas reveladas em *O médico e o monstro*: forte clima de apreensão, suspense, terror e uma enorme perplexidade final, elementos que garantem a atenção do leitor do começo ao fim. Tudo costurado com uma linguagem supereficiente.

A prosa rica e sutil de Stevenson dá à história um profundo sentido de beleza literária e tensão. Perfeito casamento entre técnica e arte, imaginação e estilo, coerência ética e ourivesaria estética. Somente os escritores vitorianos conseguiram alcançar esses resultados artísticos, como Chesterton, De Quincey, Carroll e alguns outros. A prosa norte-americana é factual, pragmática no relato dos fatos, enquanto os britânicos narram fatos e *strange cases* ou *queer trades* com suprema habilidade, sempre temperando o relato com a mais fina reflexão crítica, ainda que ao seu modo empírico.

Em *O médico e o monstro*, obra que tanto fascinou Borges, toda a moralidade vitoriana e calvinista parece não represar a emergência ou irrupção do real, da coisa, do mal, do primitivo que Stevenson tanto conhecia de suas viagens pelo mundo, do pecado via sensualidade *lato sensu* (nem pensemos em Lewis Carroll, Oscar Wilde, Virginia Woolf ou James Joyce), no erotismo reprimido, no sensacionalismo criminal, que povoam a arte literária vitoriana. Realiza-se, nessa literatura, um deslocamento ou uma transferência, por assim dizer, da sensualidade amorosa para a criminosa, violando a tênue (ou interseccionada) fronteira entre Eros e Tânatos.

Observemos aí o efeito *Doppelgänger*, da duplicidade, cuja operação mágica está pautada no espelho (como em Borges), ao emergir do *unheimlich* ou insólito conforme foi estudado por Freud ao analisar Hoffmann. Em Stevenson há um tecido linguístico, além do físico factual, na relação das personagens: Jekyll é um médico reputadíssimo, um cavalheiro, pode amar e pode matar (*I kill* está embutido em seu nome), enquanto Hyde vive escondido (*hidden*), podendo matar e amar igualmente. Conjuntos interseccionados.

Como diz a crítica Rosemary Jackson (*Fantasy: the Literature of Subversion*), ao examinar essa parábola do dualismo que é *O médico e o monstro*: "O outro lado do humano retorna para ativar tendências libidinais latentes escondidas pelo ego social. Isto exemplifica a teoria de Freud da narrativa fantástica como o relato de um retorno do reprimido: Hyde pode preencher os desejos de Jekyll de furtar, amar, ser violento". Acrescenta que a fantasia de Stevenson neste livro "é muito mais que uma alegoria do bem e do mal em guerra um com o outro. O próprio texto chama a atenção para o 'mal' como uma categoria moral relativa, como uma noção imposta sobre a desordem natural. Jekyll, operando seu 'experimento enquanto está sob o domínio', é alertado para o mundo do outro lado do espelho porque ele lhe oferece um infinito número de 'eus'. Ele vê a definição monista do caráter como limitada: o homem não é apenas dipsíquico, mas polipsíquico, infinitamente 'outro'". É a alteridade, enfim, de Pessoa, Unamuno, Borges...

O efeito *Doppelgänger* está presente como um estopim do que acaba minando o *establishment* ou *statu quo* em que o homem socializado — civilizado, fossilizado nos costumes e na hipocrisia social — acaba por perder seu senso do natural, sua função sensual no ritmo da natureza, seu senso propriamente antropológico perdido no caminho da caverna até o palácio de Buckingham. Graças à intuição do artista, o escritor foi tão longe quanto Freud ao contemplar as hordas primitivas e recolher um indivíduo como representação para uma sociedade profundamente individualista.

Essa narrativa gótica e de forte teor impressionista influenciou extraordinariamente, com seu poderoso símbolo, a literatura, o cinema e o teatro deste século, derivando daí todo um *Kitsch*. Porém, somente o original de Stevenson encanta incondicionalmente. Praticamente imune ao cientificismo *fin-de-siècle*, o Stevenson anti-Zola com poucas pinceladas retrata a transformação.

Em *O médico e o monstro*, embora prodigalize o elemento psicológico, jamais a narrativa se sobrecarrega em detrimento da diversão estética. Para isso colaboram a conjetura, a hipótese, a observação detetivesca, o concerto-desconcerto das impressões das várias personagens que convergem para o clima de mistério. Trata-se de uma pintura à base de meios-tons, meias-verdades, meias-luzes, vozes polifônicas, o *fog* e o tom cinza da Londres evocando a velha Edimburgo de Stevenson até a diálise final: seja no comportamento do dr. Jekyll, nas suas palavras e mensagens escritas, seja nas impressões acerca do sr. Hyde apresentadas pelos que conseguem vê-lo. Aí está o clima premonitório da ambiguidade de *A volta do parafuso*, de Henry James, uma outra novela perfeita, que parte desse ponto. Porém, a sutileza culmina na linguagem impressionista, sensual, com que o dr. Jekyll descreve as suas sensações e juízos a respeito de Hyde. O depoimento final dessa personagem, aliás, resulta, sem dúvida, nas mais belas páginas descritivas estético-morais desse gênero. Só Kafka, embora com seu estilo alemão acintoso e chocante, expressionista, em *A metamorfose*, logrou ser tão perfeito. Stevenson, tão somente com este estranho caso do dr. Jekyll e do sr. Hyde, consagrou-se como um verdadeiro monstro sagrado da literatura universal. Vale dizer, de forma espantosa.

Capítulo 1
A história da porta

    O advogado Utterson era um homem de fisionomia severa, que jamais se iluminava por um sorriso: frio, concentrado, de poucas palavras, reservado; magro, alto, parcimonioso e melancólico, porém, de certa maneira, simpático, apesar de tudo. Nas reuniões de amigos, e quando o vinho lhe agradava, brilhava-lhe no olhar qualquer coisa de extraordinariamente humano; qualquer coisa que, na verdade, não se exprimia por suas palavras e que falava não só na silenciosa manifestação do semblante, depois do jantar, mas, na maioria das vezes, e com eloquência, nos atos da sua vida. Austero consigo mesmo, bebia gim quando estava só, a fim de se penitenciar do seu gosto pelo vinho; e, embora adorasse o teatro, havia já vinte anos que não frequentava nenhum. Mas com os outros mostrava-se condescendente. Por vezes sentia admiração, quase inveja, por certos espíritos febrilmente embrenhados nos seus próprios delitos; e, em todos os casos, inclinava-se mais a ajudar que a censurar. "Inclino-me pela seita dos Cainitas", costumava dizer: "Deixo o semelhante degradar-se por si mesmo". Assim, a sorte transformava-o com frequência em último companheiro decente de alguns homens decaídos, ou na última influência favorável de criaturas envilecidas. Desse modo, sempre que vinham bater-lhe à porta, nunca mostrava a mais leve sombra de alteração nas suas atitudes.

Agir dessa maneira era fácil a Utterson, em razão de seu caráter extremamente sereno; e até as suas melhores amizades dir-se-iam também baseadas numa larga tolerância. É próprio do homem modesto aceitar a roda dos seus amigos do jeito que o destino lhe preparou. E assim acontecia com o advogado, pois os amigos ou eram consanguíneos, ou conhecidos bastante antigos. Os afetos, como a hera, cresciam com o tempo, e não em razão de propriedades particulares do objeto. Foi assim, certamente, que nascera o laço que o unia a Richard Enfield, seu parente afastado, muito conhecido na cidade. Muita gente se veria em dificuldades para explicar como é que esses dois podiam compreender-se, que espécie de interesses teriam em comum. Os que os encontravam naqueles passeios dominicais diziam que jamais abriam a boca, pareciam singularmente insípidos e almejavam com evidente ansiedade pela aparição de um outro amigo. Contudo, faziam ambos grandes preparativos para tais excursões, considerando-as a melhor coisa da semana e, para poder gozar sem transtornos, recusavam outros momentos de distração e negavam-se a atender a quaisquer visitas de negócios.

Aconteceu que, em um desses passeios, o acaso os conduziu a uma ruazinha de um bairro comercial de Londres. Era uma travessa estreita e sossegada, não obstante nela se fizessem negócios importantes nos outros dias da semana. Os moradores, ao que parecia, eram gente próspera e competiam entre si, cada qual querendo fazer ainda melhor, gastando o que sobrava em melhoramentos; e as fachadas das lojas exibiam-se ao longo da viela, com ar convidativo, como filas de sorridentes balconistas. Mesmo aos domingos, quando se encobrem os mais sedutores encantos, e o trânsito é quase inexistente, a rua brilhava, por contraste, na escuridão que a cercava, tal qual uma fogueira na espessura de um matagal; e com os seus taipais pintados recentemente, os metais polidos, limpeza geral e ar acolhedor, logo prendia e deliciava o olhar dos que passavam.

A dois passos de uma esquina, à esquerda de quem vai na direção do nascente, havia um desvio provocado pela abertura de um pátio; e exatamente nesse ponto avançavam sobre a rua os beirais do telhado de uma sombria construção de dois andares; não se lhe via janela, apenas uma porta no piso inferior, e por cima a testa sem olhos, que era aquela parede desbotada, mostrando os sinais de prolongada e sórdida negligência. A porta, sem campainha nem batente, estava empenada e suja. Os vagabundos agachavam-se no vão e riscavam fósforos nas saliências; as crianças brincavam nos degraus, os meninos da escola exercitavam o canivete nas cornijas, e por longo tempo ninguém apareceu para expulsar esses visitantes ocasionais ou para consertar os estragos que faziam.

Enfield e o advogado estavam do outro lado da ruazinha; mas, quando se acharam em frente da referida entrada, aquele ergueu a bengala e apontou:

— Você já observou aquela porta? — E, diante da resposta positiva do amigo, continuou: — Na minha mente a relaciono a uma história bastante singular.

— Realmente? — exclamou Utterson, com a voz levemente alterada. — E qual é ela?

— Vou contar — disse Enfield. — Estava voltando para casa, por volta das três horas de uma manhã de inverno, vindo do extremo da cidade; e o meu trajeto por ela não me oferecia nada para ver, salvo lampiões; rua após rua, e toda a gente a dormir e tudo iluminado como para a passagem de um cortejo, e tão deserto como uma igreja, até que por fim entrei nesse estado de espírito em que se presta ouvidos ao menor som e se começa a desejar a presença de um policial. De repente, vi duas pessoas: um homem que marchava a passos largos, caminhando para a parte oriental, e uma menina que parecia ter entre oito e dez anos, que vinha correndo quanto podia, numa rua transversal. Pois, meu amigo, os dois foram naturalmente esbarrar um no outro, ao se encontrarem na esquina. E então sucedeu o mais horrível da história, porque o homem passou tranquilamente em cima da menina, deixando-a a gritar estendida no chão. Isso contado não é nada, mas, visto, foi uma cena diabólica. Não era bem um homem: parecia uma encarnação de algum demônio terrível. Soltei um grito, corri atrás dele e trouxe-o para o local, onde já havia se formado um grupo atraído pelo choro da criança. Ele mostrava-se perfeitamente insensível e não opôs a menor resistência, mas lançou-me um olhar tão horrível que eu comecei a suar frio. As pessoas do grupo pertenciam à própria família da vítima; e o médico, que haviam mandado chamar, chegou logo. A criança não estava muito mal, apenas aterrorizada, na opinião do médico, o que não era de espantar. Houve, porém, uma circunstância curiosa. Eu tinha logo antipatizado com o cavalheiro, assim como a família da menina, o que era, aliás, muito natural. Mas o caso do doutor impressionou-me. Era o tipo comum do médico: sem idade definida nem cor particular, com acentuada pronúncia de Edimburgo, e tão emotivo como uma gaita de fole. Pois bem, nesse momento, reagiu como qualquer um de nós. Sempre que olhava para o meu prisioneiro, tornava-se lívido e parecia desejoso de o matar. Li isso no seu pensamento, tão bem como ele leu no meu. Mas como o homicídio estava fora de cogitação, à falta disso dissemos ao desconhecido que podíamos e devíamos fazer tal escândalo que o seu nome seria amaldiçoado de um extremo a outro de Londres. Se tinha amigos, ou gozava de consideração, garantimos-lhe que perderia tudo isso. E, enquanto o submetíamos a essa tortura, tratávamos de protegê-lo das mulheres o melhor possível, pois elas estavam ferozes como harpias. Nunca vi um círculo de caras tão enfurecidas. O homem estava no centro, com uma espécie de indiferença sardônica, embora amedrontado, como dava para notar. Parecia o próprio Satanás.

— Se pretendem obter dinheiro deste acidente — disse ele —, não posso, naturalmente, esquivar-me. Qualquer cavalheiro desejaria evitar o escândalo. Digam o preço. — Estipulamos uma indenização de cem libras para a família da vítima. Sem dúvida, ele teria preferido eximir-se; havia, porém, em nós qualquer coisa que revelava nossas intenções belicosas; por fim concordou. Tratava-se agora de arranjar o dinheiro; e para onde julga que o homem nos arrastou? Para aquela porta! Pegou uma chave, entrou e voltou depois com dez libras em ouro e um cheque contra o Banco Coutt's, pagável ao portador e assinado com um nome que não posso mencionar, uma vez que é um dos pontos principais da minha história; um nome, enfim, muito conhecido, que figura muitas vezes nos jornais. A soma era alta, mas a assinatura seria boa para quantia ainda maior se fosse autêntica. Tomei a liberdade de observar ao cavalheiro que o negócio parecia confuso; que ninguém entra, na vida real, às quatro da manhã, na porta de uma loja para voltar com um cheque de noventa libras assinado por outra pessoa. Mas ele estava perfeitamente à vontade, e até com ar zombeteiro. "Sossegue. Ficarei com o senhor até abrirem os bancos, e eu mesmo descontarei o cheque." Todos nos pusemos a caminho, o médico, o pai da menina, o desconhecido e eu, e passamos o resto da noite em minha casa. No dia seguinte, depois da primeira refeição, fomos os quatro ao banco. Eu mesmo apresentei o cheque, dizendo que tinha razões para acreditar em uma falsificação. Porém, não era nada disso. O cheque era autêntico.

— Hum... — murmurou Utterson.

— Sei que pensa como eu — continuou Enfield. — É verdade: é uma história deplorável. O tal sujeito era realmente odioso; e a pessoa que passou a ordem de pagamento, um modelo de virtudes, muito considerada e, o que é pior, seu amigo. Suponho que se trate de chantagem. Um homem honesto que paga um preço muito alto por delito da mocidade. Casa da Chantagem é, por isso, como eu designo o lugar onde há aquela porta. Ainda assim, como vê, isso está longe de explicar tudo — acrescentou Enfield. E, dito isso, mergulhou em seus pensamentos.

Utterson chamou-o à realidade, perguntando-lhe bruscamente:

— E não sabe se o homem que emitiu o tal cheque reside ali?

— Lugar adorável, não acha? — replicou Enfield. — Mas não. Tomei nota do endereço. Mora numa certa praça.

— E não indagou quanto a essa porta? — inquiriu Utterson.

— Não, senhor. Tive essa delicadeza — respondeu o outro. — Custa-me muito fazer perguntas; é uma coisa que cheira a Juízo Final. Lança-se uma, e é o mesmo que arremessar uma pedra. Senta-se alguém, tranquilo, no alto de uma colina; e a pedra desprende-se, arrastando outras, e então algum pobre coitado, que estava tranquilamente descansando em seu jardim, é atingido na cabeça, e a família tem de fazer o enterro. Não, senhor; é uma regra que eu sigo: quanto mais vejo os outros em situações difíceis, menos perguntas faço.

— Excelente regra — concordou o advogado.

— Contudo, estudei o local por minha conta — continuou Enfield. — Dificilmente se poderia chamar de uma residência. Não tem outra porta, e ninguém entra nem sai por aquela, a não ser, vez ou outra, o cavalheiro da minha aventura. Tem três janelas que dão para o pátio, no primeiro andar. Nenhuma porta por baixo. As janelas estão sempre fechadas, mas limpas. Há também uma chaminé por onde sai fumaça, portanto alguém deve morar ali. Mas ainda assim não é absolutamente certo, porque os prédios são tão unidos em volta desse pátio que é difícil dizer onde acaba um e começa outro.

Os dois andaram algum tempo em silêncio.

— Enfield — disse então Utterson —, a sua norma é excelente.

— Assim me parece — confirmou Enfield.

— Mas por isso mesmo — continuou o advogado — há um ponto que quero esclarecer: queria perguntar-lhe o nome do indivíduo que atropelou a criança.

— Não vejo nenhum inconveniente nisso. Era um tipo chamado Hyde.

— Hum... E que espécie de homem ele parecia?

— Não é fácil descrever. Tinha algo de falso na aparência, muito de desagradável, alguma coisa de profundamente odioso. Nunca vi homem tão antipático, nem sei bem dizer a razão. Parecia ser vítima de alguma deformação: era a sensação que dava, ainda que não possa especificar em que parte do corpo. Uma figura extraordinária, e, no entanto, não sei precisar de que maneira. Não, meu amigo, de modo nenhum. É-me impossível descrevê-lo. E não por falta de memória. Sou capaz de reconhecê-lo neste exato instante.

Utterson deu mais alguns passos em silêncio, evidentemente ocupado na sua meditação.

— Você está certo de que usava chave? — perguntou por fim.

— Meu caro senhor... — começou Enfield, surpreendido e aturdido.

— Já sei, já sei — disse o outro. — Compreendo que pareça estranho. O fato é que, se não indago o nome do outro que assinou o cheque, é porque já descobri. Percebe, Richard? A sua pequena história acaba aqui... Se foi inexato em algum pormenor, será preferível corrigi-lo.

— Já o esperava — observou Enfield, com uma pontinha de mau humor. — Mas a verdade é que fui pedantescamente exato, como você diria. O homenzinho tinha a chave e ainda a tem. Vi-o fazer uso dela há não mais de uma semana.

Utterson suspirou profundamente e não disse uma palavra; e Enfield imediatamente recomeçou:

— Eis outra lição para saber calar-me. Tenho vergonha da minha língua demasiado comprida. Façamos a combinação de nunca mais nos referirmos a isto.

— Com todo o prazer — respondeu o advogado. — Você tem a minha palavra, Richard.

Capítulo 2
Em busca do sr. Hyde

Nessa noite, Utterson regressou ao seu apartamento de solteiro, bastante preocupado, e sentou-se para jantar, mas sem apetite. Costumava, aos domingos, ao terminar a refeição, ficar ao lado da lareira, com algum árido volume de Teologia, até que o relógio da igreja próxima batesse meia-noite, quando ia, consolada e prudentemente, para a cama. Naquela noite, porém, logo que a mesa foi tirada, o advogado pegou uma vela e dirigiu-se para o escritório. Aí, abriu o cofre, tirou do compartimento mais secreto um envelope que continha o testamento do dr. Jekyll e sentou-se para analisar suas cláusulas, com a fisionomia carregada. Era um testamento escrito de próprio punho, porque Utterson, embora se encarregasse do documento depois de escrito, recusara prestar a mínima assistência à sua redação. O testamento dispunha não só que, no caso de falecimento de Henry Jekyll — doutor e sócio de muitas associações e entidades —, todos os seus bens passariam às mãos do seu "amigo e protegido Edward Hyde", além de também, na hipótese de que ele, Jekyll, desaparecesse ou se ausentasse inexplicavelmente por um período que excedesse três meses, o dito Edward Hyde deveria entrar na posse dos bens de Henry Jekyll, sem mais demora, livre de encargos ou obrigações, além do legado de certa importância aos criados do médico. Esse papel, durante muito tempo, fora o pesadelo do advogado: ofendia-o não só como jurista, mas como pessoa sã e sensata, para quem tudo o que fugia à tradição e à normalidade era coisa indecente. E, até ali, desconhecia quem fosse o sr. Hyde, que tanto o havia indignado; agora, por obra do acaso, entrava no seu conhecimento. Já era bastante ruim que se tratasse de um nome a respeito do qual não podia saber mais nada; mas ficava ainda pior quando esse nome aparecia revestido de execráveis atributos. E, em vez da névoa que lhe ocultava o mistério, surgia-lhe de repente aos olhos a figura clara de um demônio.

— Isto é uma loucura — disse ele, repondo no cofre o documento nefasto. — Começo a temer alguma desgraça.

Em seguida soprou a vela, vestiu o sobretudo e dirigiu-se para Cavendish Square, cidadela da medicina, onde seu amigo dr. Lanyon tinha consultório e recebia uma multidão de clientes.

"Se alguém conhece algo a respeito deste assunto, é com certeza Lanyon", pensou.

O empertigado mordomo reconheceu-o e desejou-lhe as boas-vindas. Não o fez esperar, levando-o diretamente à sala de jantar, onde o dr. Lanyon apreciava, solitário, o seu copo de vinho. Era pessoa cordial, saudável, animada, de faces robustas, cabelo prematuramente embranquecido e gestos decididos e impetuosos. Ao ver Utterson, saltou da cadeira e apertou-lhe ambas as mãos. A sua cordialidade habitual parecia um tanto teatral, mas baseava-se em sentimentos verdadeiros. Eram velhos amigos, colegas de escola e de faculdade, ambos perfeitos respeitadores de si próprios e do próximo e, o que nem sempre acontece, homens que se compraziam inteiramente na companhia um do outro.

Após pequena divagação, o advogado aludiu ao assunto que tão desagradavelmente o preocupava.

— Creio, Lanyon — começou —, que somos os dois mais velhos amigos de Henry Jekyll.

— Antes fôssemos os mais novos — disse a rir o dr. Lanyon. — Mas parece-me que sim. E a que propósito vem isso? Raramente o vejo agora.

— Verdade? Pensei que vocês tinham interesses comuns.

— Temos, mas há mais de dez anos Henry Jekyll se tornou misterioso para mim. Ele começou a trilhar por caminhos errados. E não obstante eu continuar naturalmente interessado por ele, atendendo à nossa amizade, poucas vezes o vejo. Foi alguma tolice pouco científica — concluiu o doutor, corando subitamente — que teria indisposto Dámon e Pítias.[1]

A pequena explosão tinha grande significado para Utterson. "Discordaram em qualquer ponto da ciência", pensou ele; e, sendo pessoa de nenhuma paixão científica (exceto em matéria de escrituras), acrescentou ainda para consigo: "Nada pior do que isso". Deixou ao amigo o tempo de readquirir a compostura e abordou o problema que o levara especialmente até ali:

— Você ouviu falar de um seu protegido, um tal Hyde?

— Hyde? — repetiu Lanyon. — Não. Nunca ouvi esse nome.

Foram essas as informações que o advogado conseguiu trazer para o leito espaçoso e sombrio onde se remexeu de um lado para outro, até surgirem os primeiros clarões da manhã, cheio de dúvidas.

Bateram seis horas no sino da igreja que ficava muito convenientemente perto da casa de Utterson, e ele ainda continuava a debater-se com o problema. Até então o encarara apenas pelo lado intelectual; mas agora a imaginação incitava-o, ou melhor, dominava-o; e, enquanto estivera na cama, agitando-se no escuro da noite e do quarto sombreado pelas pesadas cortinas, a história que Enfield lhe contara voltou-lhe ao espírito como imagens projetadas em tela

---

[1] Os jovens citados (obs.: na verdade, a grafia correta é Píntias) são o símbolo da amizade no classicismo grego.

luminosa. Via-se à noite em uma cidade cheia de lampiões; um homem seguia velozmente; de outro lado vinha uma criança, da casa do médico; os dois chocavam-se, e o demônio humano pisoteava a menina, sem atender aos seus gritos. Ou então era um quarto numa casa luxuosa, onde o amigo Jekyll dormia, sorrindo no meio do sonho: a porta abria-se, as cortinas da cama eram violentamente arrancadas, o dorminhoco acordava e, pronto!, ao seu lado estava um vulto possuído de poderes demoníacos; e, àquelas horas mortas, devia ele se levantar e cumprir determinadas ordens. Essa figura, nas suas duas fases sucessivas, apareceu ao advogado durante a noite inteira; e se, em alguns momentos, chegou a passar pelo sono, foi só para a ver deslizar furtivamente através das casas silenciosas, ou mover-se cada vez mais rápido, vertiginosamente, por extensos labirintos de uma cidade iluminada, e em todas as esquinas esmagar uma criança, abandonando-a sem socorro. O vulto, porém, não tinha rosto pelo qual pudesse ser reconhecido; não, não o tinha em nenhum dos sonhos, ou então o escondia, ou se diluía quando ele procurava fixá-lo. E foi assim que nasceu e se desenvolveu depressa, na mente do advogado, uma curiosidade singular e forte, quase desordenada: conhecer o rosto do verdadeiro Hyde. Se conseguisse vê-lo pelo menos uma vez, parecia-lhe que o mistério seria esclarecido e desvendado claramente, como acontece com as coisas misteriosas quando bem examinadas. Talvez pudesse compreender a estranha preferência ou escravidão (chamem-na como quiserem) do seu amigo Jekyll e também essas aterradoras cláusulas do testamento. Seja como for, devia ser um rosto que valeria a pena ver; o rosto de um homem desumano e cruel; e que, ao mostrar-se ao impressionável Enfield, produzira neste tão duradouro sentimento de aversão.

Desde então, Utterson começou a rondar a porta daquela ruazinha cheia de lojas: de manhã, antes de abrirem as lojas, de tarde, em plena atividade comercial; de noite, sob o enevoado luar citadino. Em todas as horas — de quietude ou movimento — lá estava o advogado, sempre no seu posto de observação.

— Se ele é o sr. Hyde — pensava —, eu serei o sr. Seek...[2]

Por fim a paciência de Utterson foi premiada. A noite estava clara e seca. O ar estava gelado, as ruas pareciam brilhantes como um salão de baile. Os lampiões, que nenhum vento açoitava, projetavam, imóveis, as suas faixas de luz e de sombra. Às dez horas, quando as lojas estavam todas fechadas, a rua parecia deserta, e, a despeito do ruído de Londres em redor, ali o silêncio reinava. Mais além ouviam-se ruídos vagos; sons domésticos partiam das casas, no outro lado do caminho; e o ruído de qualquer passante precedia-o com grande antecipação. Utterson estava já há alguns minutos no seu posto quando percebeu uns passinhos estranhos que se aproximavam. No decorrer das suas rondas noturnas, havia-se acostumado ao efeito curioso dos passos de um transeunte, ainda a grande distância, mas que subitamente se destacavam do vasto burburinho da cidade. Porém, sua atenção não havia sido antes estimulada assim tão decisivamente; e foi com grande esperança de sucesso que se colocou logo na abertura do pátio.

Os passos se fizeram notar com maior nitidez e se tornaram mais fortes, subitamente, ao aproximarem-se do extremo da rua. O advogado, espreitando do esconderijo, logo viu com que espécie de homem teria de lidar. Era baixo e vestia-se com simplicidade. Encaminhou-se diretamente para a porta, cortando o caminho para o abreviar, e ao mesmo tempo tirava uma chave do bolso, como alguém que fosse entrar na própria casa. Utterson deteve-o, tocando-lhe o ombro:

— É o sr. Hyde, estou certo?

Hyde recuou, com a respiração entrecortada. Mas o susto foi rápido; sem encarar o interlocutor, respondeu friamente:

---

[2] Jogo de palavras com os verbos *to hide* (ocultar) e *to seek* (procurar).

— Sou eu mesmo. Que deseja?

— Vejo que vai entrar — respondeu o advogado. — Sou velho amigo do dr. Jekyll... Utterson, de Gaunt Street... já deve ter ouvido falar de mim. Aproveitando a ocasião, pensei que talvez pudesse me convidar para entrar...

— Não encontrará o dr. Jekyll em casa — replicou Hyde, com a chave na mão. — Saiu. — E de súbito, mas ainda sem olhar para o advogado, disse: — Como é que me reconheceu?

— Talvez — disse Utterson — pudesse me fazer um favor?

— Com prazer. Do que se trata?

— Poderia deixar-me ver seu rosto?

Hyde pareceu hesitar. Depois, como se por uma repentina resolução, ficou defronte do outro com ar de desafio. Os dois olharam-se com firmeza durante alguns instantes.

— Agora poderei reconhecê-lo — disse Utterson. — Poderá ser-me útil.

— Certamente — volveu Hyde. — Ainda bem que nos encontramos; e, a propósito, talvez queira o meu endereço. — E deu-lhe certo número de uma rua no Soho.

"Santo Deus, ter-se-ia também lembrado do testamento?", pensou Utterson. Mas guardou para si o pensamento e apenas resmungou algumas palavras de agradecimento.

— Mas gostaria muito de saber — disse o outro — como é que me reconheceu.

— Pela descrição que me fizeram.

— E quem me descreveu?

— Temos amigos comuns.

— Amigos comuns! — repetiu Hyde, um tanto rouco. — Quem são eles?

— Jekyll, por exemplo — respondeu o advogado.

— Ele nunca lhe diria nada — declarou Hyde, num ímpeto de cólera. — O senhor, sem dúvida, mente.

— Ora, mas isso não é linguagem que se empregue — disse Utterson.

Hyde desatou em uma gargalhada selvagem e, sem mais demora, com extraordinária vivacidade, abriu a porta e desapareceu no interior da casa.

Durante algum tempo, o advogado continuou ali parado, cheio de inquietação. Depois começou a subir a rua lentamente, parando de vez em quando, levando a mão à testa como alguém que se sente perplexo. O problema que vinha ruminando enquanto caminhava pelas ruas era daquela espécie dos que só raramente se resolvem. Hyde era pálido e baixo, dava a impressão de alguma deformidade sem, todavia, se poder indicar onde e tinha um sorriso desagradável. Comportara-se perante o advogado com um misto aflitivo de timidez e arrogância; a voz era áspera, sibilante e, de certa maneira, irregular: tudo lhe era desfavorável. Mas nada disso seria suficiente para explicar a repulsa e o temor que Utterson sentia por ele. "Deve existir alguma coisa mais", matutava embaraçado. "Há mais alguma coisa, embora eu não saiba como a classificar. Deus me perdoe, mas o homem não parece humano! Meio troglodita, eu diria. Ou a velha história do dr. Fell? Ou será a simples irradiação de uma alma hedionda, que assim transpira, e transfigura, no corpo a que pertence? É o que me parece, pois, meu pobre Henry Jekyll, se eu jamais vi a marca do diabo estampada na face de um homem, ela está com certeza na do seu novo amigo!"

Além da esquina da travessa estendia-se um largo de belos e antigos edifícios, agora decadentes, sem o antigo esplendor e transformados em quartos de aluguel para homens de todas as espécies e condições, desenhistas, arquitetos, advogados obscuros, agentes de negócios duvidosos. Uma casa, entretanto, a segunda a contar da esquina, estava inteira ocupada por um só inquilino; na porta, com aspecto de riqueza e conforto, embora mergulhada em escuridão, exceto pela luz do lampião, havia uma claraboia. Utterson parou e bateu. Veio abri-la um criado velho, bem-vestido.

— Poole, o dr. Jekyll está em casa? — perguntou.

— Vou verificar, sr. Utterson — respondeu Poole, conduzindo a visita, enquanto falavam, por um vestíbulo confortável, amplo, de teto baixo, lajeado, e aquecido, conforme se usa nas casas de campo, por uma grande lareira, e mobiliado com ricos móveis de carvalho.

— Quer esperar aqui perto do fogo? Ou prefere que acenda a luz na sala de jantar?

— Aqui mesmo, obrigado.

Aproximou-se do lume, apoiando o braço no alto da lareira. Esse vestíbulo, onde agora se via só, era o preferido de seu amigo médico, e o próprio Utterson tinha o costume de se referir a ele como o recanto mais acolhedor de Londres. Nessa noite, porém, fervia-lhe o sangue: o rosto de Hyde não lhe saía do pensamento, e sentia, o que era raro, náusea e desgosto pela vida. Na sua perturbação parecia-lhe ler ameaças nos reflexos trêmulos que a luz do fogo punha sobre as estantes polidas e na inquieta ondulação da sombra no teto do quarto. Sentiu-se envergonhado dos seus terrores quando Poole voltou pouco depois, informando que o dr. Jekyll tinha saído.

— Vi o sr. Hyde transpor a porta do velho laboratório, Poole. Isso está correto, uma vez que o dr. Jekyll está ausente?

— Perfeitamente — respondeu o criado. — O Sr. Hyde possui uma chave.

— Parece que seu patrão tem muita confiança nesse sujeito — comentou o advogado, pensativo.

— Sim, senhor, é verdade — disse Poole. — Temos ordem para lhe obedecer em tudo.

— Não sei se já me encontrei com o sr. Hyde alguma vez...

— Com certeza, não. Ele nunca janta aqui — informou o mordomo. — A verdade é que poucas vezes o vemos deste lado da casa. Geralmente, entra e sai pelo laboratório.

— Está bem, Poole, boa noite.

— Boa noite, sr. Utterson.

O advogado voltou para casa de coração pesado. "Pobre Henry Jekyll", pensava, "tenho o pressentimento de que está em maus lençóis! Quando jovem era estouvado. Certamente já se passaram muitos anos, mas na lei de Cristo não há prescrição. Sim, deve ser isso: o fantasma de algum antigo pecado, o câncer de alguma desgraça oculta; o castigo chega, *pede claudo*,[3] anos depois de a memória ter esquecido e quando o amor-próprio perdoou a ofensa." E Utterson, horrorizado com esse pensamento, começou a esquadrinhar o próprio passado vasculhando todos os cantos da memória, com medo de que algum pecado antigo surgisse de repente, exigindo expiação. Tinha um passado verdadeiramente irrepreensível; poucos homens poderiam ler os arquivos da própria vida com menos apreensão. Ainda assim penitenciava-se do mal que fizera e agradecia a Deus, grave e temente, por aquilo que pudera evitar, depois de ter estado tão perto de fazer. Voltando então ao assunto anterior, vislumbrava um pouco de esperança. "Se alguém estudasse o sr. Hyde", pensava, "talvez descobrisse muitos segredos: segredos sinistros, como a sua cara; comparados com esses, os piores do desgraçado Jekyll seriam luminosos como o sol. As coisas não podem continuar assim. Tenho arrepios só em pensar nessa criatura a insinuar-se como um ladrão na intimidade de Henry. Pobre Henry, que perigo está correndo! Se Hyde suspeitar da existência do testamento, há de ter pressa em tomar posse da herança. Tenho de pôr mãos à obra... se Jekyll permitir."

E mais uma vez lhe vieram ao espírito, claras e transparentes, as estranhas cláusulas daquele testamento.

---

[3] *Pede claudo*: coxeando. (N. E.)

Capítulo 3
O dr. Jekyll está perfeitamente à vontade

Por uma feliz coincidência, quinze dias depois o dr. Jekyll ofereceu um dos seus excelentes jantares a uns seis velhos amigos, pessoas inteligentes e respeitáveis, apreciadoras do bom vinho. Utterson arranjou um jeito de ficar, depois de os outros se retirarem. Isso não era incomum; até acontecia muitas vezes. Onde era convidado, Utterson era também desejado. Os donos da casa retinham o austero advogado, quando os levianos e os indiscretos já iam no limiar da porta. Gostavam de sentar-se mais um pouco em sua discreta companhia, fruindo de sua serenidade, acalmando-se à sombra silenciosa daquele homem, depois dos excessos da alegria ruidosa e esgotante. Jekyll não constituía exceção a essa regra entre os anfitriões. Era um homem grande, bem proporcionado, de rosto liso, beirando os cinquenta anos, com expressão, talvez, um tanto astuta, porém aparentando bondade e inteligência. E pelo seu olhar, bem visível pois estava bem em frente da lareira, podia-se perceber que nutria pelo amigo Utterson a mais sincera afeição.

— Desejava falar-lhe, Jekyll. Você se recorda daquele seu testamento?

Um observador perspicaz teria notado que o tema da conversa era desagradável ao médico, contudo este levou o caso para a brincadeira.

— Meu bom Utterson — disse ele —, você não teve sorte com um cliente como eu. Nunca vi ninguém mais aflito do que você por causa do meu testamento. A não ser esse pedante livresco do Lanyon, que classificou a minha ciência de heresia. Oh, bem sei que ele é meu amigo... não precisa franzir a testa... um amigo excelente, e eu sempre estou dizendo que gostaria de vê-lo com mais frequência; mas pedante, em suma. Um ignorante que não fica calado. Ninguém me decepcionou tanto como Lanyon.

— Sabe que nunca aprovei... — prosseguiu Utterson, voltando impiedosamente ao assunto.

— O meu testamento? Ah, sim, sei perfeitamente — replicou o médico, com certo azedume. — Você já me falou a esse respeito muitas vezes.

— Pois torno a dizer — continuou o advogado. — Tenho informações sobre Hyde.

O rosto afável do dr. Jekyll empalideceu, e até os lábios descoraram. As olheiras acentuaram-se.

— Não quero ouvir nem uma palavra sobre isso. É assunto que nós combinamos deixar de lado.

— Mas é abominável o que me contaram — insistiu Utterson.

— Isso não muda nada. Não compreende a minha situação — replicou o médico, com certa incoerência. — Estou em situação desagradável, Utterson. É muito singular, imensamente estranha. Um desses casos que não se consertam com palavras.

— Jekyll, você me conhece. Sou pessoa em quem se pode ter confiança. Confessando, a consciência fica mais leve. E garanto que posso tirar você da dificuldade.

— Meu bom Utterson, é bondade da sua parte, e não tenho palavras para externar meu agradecimento. Acredito totalmente em você. Tenho maior confiança em você do que em mais ninguém deste mundo... além de mim, é claro. Mas, acredite, não é o que você está imaginando. Não é tão ruim assim. E, para tranquilizar seu coração, vou dizer só uma coisa. Sempre que eu quiser, posso livrar-me do sr. Hyde. Dou a minha palavra de honra. E mais uma vez, muito obrigado. Ainda uma palavrinha, Utterson, que estou certo que você respeitará: esse é um assunto particular, e peço-lhe que não toque mais nisso.

Utterson refletiu um momento, com os olhos postos no lume.

— Não duvido do que me diz — declarou ele por fim, pondo-se de pé.

— Sim, mas já que tocamos nesse assunto, e pela última vez, espero — continuou o médico —, que haja um ponto em que nos entendamos. Tenho realmente muito interesse por esse infeliz Hyde. Sei que conversou com ele. Ele me contou. E receio que tenha sido grosseiro. Mas a verdade é que me interesso extraordinariamente pelo rapaz. E, se eu morrer, Utterson, quero que me prometa que o defenderá e fará valer os seus direitos. Sei que, se você soubesse de tudo, não hesitaria em atender ao meu desejo. E, se você prometer isso, vai me tirar um peso da consciência.

— Não posso afirmar que passarei a gostar dele — disse o advogado.

— Não peço tanto. — E Jekyll pôs a mão no ombro do amigo: — Peço apenas que seja justo; unicamente que o ajude, em consideração a mim, quando eu não estiver mais neste mundo.

Utterson não pôde conter um suspiro.

— Está bem, prometo.

Capítulo 4
O caso do assassinato de Sir Danvers Carew

Tempos depois, no dia 18 de outubro, Londres foi abalada pela notícia de um crime de incomum ferocidade, tornado ainda mais notável pela elevada posição social da vítima. Os pormenores eram poucos, porém aterradores.

Uma criada, que estava só em casa, não longe do rio, recolhera-se ao quarto para se deitar, por volta das 23 horas. Embora a névoa tivesse envolvido a cidade no começo da noite, mais tarde o céu ficou limpo de nuvens, e a pequena rua para a qual dava a janela do quarto da criada estava brilhantemente iluminada pela lua cheia. Parece que se tratava de uma pessoa de natureza romântica, pois ficou sentada à janela, divagando, mergulhada em sua fantasia. Nunca — dizia ela, desfazendo-se em lágrimas, ao narrar aquela experiência —, nunca sentira tanta paz à sua volta nem acreditara tanto na bondade das coisas deste mundo.

Enquanto estava assim sentada, despertou-a a passagem no caminho de um senhor de idade, de boa aparência e cabelos brancos. Caminhando ao seu encontro, dirigia-se um sujeito baixo, a quem ela, à primeira vista, não prestou atenção. Quando os dois ficaram perto um do outro — exatamente sob os olhos da testemunha —, o mais velho inclinou-se e cumprimentou o outro de forma cortês.

Não parecia que o assunto da conversa fosse de grande importância; de fato, da parte daquele, dir-se-ia que apenas pedia esclarecimentos quanto ao trajeto. Mas o luar iluminou sua face enquanto ele falava, e a rapariga deteve-se, com agrado, a observá-lo. Dir-se-ia emanar daquele rosto inocência e bondade, embora com certa dose de arrogância e confiança íntima.

De repente ela pousou os olhos no outro e reconheceu, surpreendida, um certo sr. Hyde, que uma vez fizera visita ao patrão e com quem ela logo antipatizara. Tinha na mão uma bengala, com a qual brincava. Não respondeu sequer uma palavra e parecia escutar com mal contida impaciência. Então, repentinamente, explodiu em um violento ataque de cólera, batendo o pé no chão, brandindo a bengala e agindo como um louco, segundo disse a moça. O velho recuou um passo, bastante assombrado e um tanto ofendido. Aí o agressor perdeu completamente o domínio de si e lançou o outro no chão. No mesmo instante, com ferocidade simiesca, pisoteou sua vítima, descarregando-lhe uma chuva de pancadas, sob a qual se ouvia quebrarem-se os ossos e o corpo bater sobre a calçada. Com o horror deste espetáculo, a criada perdeu os sentidos.

Eram duas horas quando recobrou a consciência e chamou a polícia. Havia muito que o assassino fugira; deixara a vítima no meio do caminho, mutilada de modo inacreditável. A bengala, com a qual fora cometido o crime, embora fosse de madeira muito pesada e dura, quebrara-se em duas com a força daquela incompreensível crueldade. Um dos pedaços rolara para a sarjeta próxima; o outro, sem dúvida, fora levado pelo assassino. Com a vítima foram encontrados uma bolsa com dinheiro e um relógio de ouro, entretanto não havia cartões de visita nem documentos, apenas um envelope selado e fechado, que provavelmente pretendia pôr no correio, e no qual havia o nome e o endereço do sr. Utterson.

Essa carta foi entregue ao advogado na manhã seguinte, antes que ele se levantasse. Mal a viu e ouviu contar as circunstâncias em que fora encontrada, solenemente declarou:

— Não posso dizer nada antes de ver o cadáver. Isso pode ser de muita gravidade. Tenham a bondade de esperar, enquanto me visto.

Com a mesma expressão preocupada, almoçou rapidamente e dirigiu-se à delegacia de polícia, para onde o cadáver havia sido transportado. Tão logo entrou, acenou afirmativamente com a cabeça:

— Reconheço-o — disse. — Lamento informar que se trata de Sir Danvers Carew.

— Santo Deus — exclamou o funcionário —, será possível? — E logo os seus olhos brilharam de ambição profissional. — Esse caso vai fazer um barulho dos diabos. Talvez o senhor possa nos ajudar a descobrir o criminoso. — E em poucas palavras contou o que a criada havia visto, acabando por mostrar o pedaço de bengala.

Ao ouvir o nome de Hyde, Utterson já ficou desconfiado; mas, quando lhe mostraram a bengala, não teve mais dúvida: embora quebrada, reconheceu-a como aquela que há muitos anos tinha oferecido a Henry Jekyll.

— Esse sr. Hyde é baixo?

— Bastante baixo e de aparência particularmente cruel, eis como a criada o descreveu — respondeu um dos policiais.

Utterson refletiu. Depois, erguendo a cabeça:

— Se querem vir comigo, na minha carruagem, penso que poderei indicar a casa onde mora.

Deveriam ser umas nove da manhã, e havia os primeiros nevoeiros da estação. Uma grande e pesada nuvem cor de chocolate cobria o céu, mas o vento continuamente impelia e destroçava as nuvens ameaçadoras. Enquanto a carruagem seguia de rua em rua, Utterson podia observar a quantidade maravilhosa de graduações e matizes da luz matutina: enquanto aqui estava escuro como se estivesse a anoitecer, ali surgia um brilho de castanho rico, mas lúgubre, como o clarão de um incêndio estranho, e, mais além, a névoa esgarçava-se, e uma triste réstia de luz brilhava numa espiral ondulante. O bairro sombrio de Soho distinguia-se sob esses reflexos incertos, com as suas ruas lamacentas, os seus transeuntes em desalinho, os candeeiros que não se apagaram ou haviam sido acendidos outra vez para combater a fúnebre invasão das sombras, tudo isso, aos olhos do advogado, parecia um bairro de uma cidade de pesadelo. Os seus pensamentos eram tenebrosos; e, quando relanceava o olhar pelo companheiro de viagem, sentia um pouco daquele terror da Justiça e dos seus magistrados que às vezes se apodera até das pessoas mais honestas.

Quando a carruagem chegou ao local indicado, o nevoeiro dissipara-se um pouco, mostrando, numa ruela escura, um botequim; um modesto restaurante francês; uma loja de miudezas; crianças esfarrapadas acotovelando-se nos portais; e mulheres de diversas nacionalidades que saíam de chave na mão para beber o primeiro copo. Depois o nevoeiro desceu outra vez, cor de terra, frustrando-lhe a visão daquelas misérias circundantes.

Era aqui que residia o protegido de Henry Jekyll, o herdeiro de um quarto de milhão de libras.

Uma velha de cabelos prateados e faces pálidas apareceu para abrir a porta. Tinha uma expressão má, amenizada pela hipocrisia; contudo suas maneiras eram irrepreensíveis.

— É aqui realmente que mora o sr. Hyde — disse. — Mas não está em casa. Entrou esta noite muito tarde e tornou a sair há menos de uma hora. — Não é de admirar — continuou explicando a velha —, pois os seus hábitos são muito irregulares. Está sempre fora. Por exemplo, há mais ou menos dois meses que não o via, até que ontem regressou.

— Nesse caso, queremos ver os seus aposentos — disse o advogado.

Quando a criada declarou que isso era impossível, Utterson acrescentou:

— É melhor dizer-lhe quem é este senhor. Trata-se do inspetor de polícia, sr. Newcomen.

No rosto da mulher surgiu um lampejo de odioso contentamento:

— Ah — exclamou —, ele está com problemas? Que aconteceu?

O advogado e o inspetor entreolharam-se.

— O seu patrão não parece pessoa normal — observou o último. — E agora, permita-nos examinar um pouco a casa.

Em toda a extensão da casa — que, exceto o quarto da criada, estava vazia —, Hyde ocupava apenas dois cômodos, mobiliados com luxo e bom gosto. Havia um armário grande cheio de garrafas de vinho; a baixela era de prata, as toalhas e os guardanapos, elegantes. Na parede, um quadro valioso, presente (supunha Utterson) de Henry Jekyll, um conhecedor de arte. Os tapetes eram grossos e de cores agradáveis. A casa mostrava, porém, sinais de haver sido recente e apressadamente revistada: roupas pelo chão, com os bolsos virados pelo avesso; gavetas escancaradas; no fogão, um resto de cinzas, como se muitos papéis tivessem sido queimados. Desses resíduos, o inspetor retirou parte de um canhoto verde de cheques que resistira à ação do fogo. A outra metade da bengala estava atrás da porta, e, como isso confirmava as suas desconfianças, o policial deu-se por satisfeito. E mais satisfeito ainda após uma visita a um banco, no qual se verificou a existência de milhares de libras em nome do assassino.

— Pode ficar tranquilo — disse o inspetor ao advogado. — Tenho-o na mão. Provavelmente ele perdeu a cabeça, senão jamais teria guardado a bengala e, ainda por cima, queimado o talão de cheques. Mas não se vive sem dinheiro: o que temos a fazer é esperar por ele no banco, onde certamente vai buscar outro talão de cheques.

Todavia, a coisa não era tão fácil como parecia. Hyde não tinha muitos conhecidos. A criada vira-o apenas duas vezes. Da família não se encontrava nenhuma pista. Nunca fora fotografado, e o pouco que dele se podia descrever diferia grandemente de uma testemunha para outra. Unicamente em um ponto estavam todos de acordo: a sensação de deformidade indefinível com que o fugitivo impressionara todos os que o haviam visto.

Capítulo 5
O incidente da carta

Já era de tardezinha quando Utterson transpôs a porta da casa de Jekyll. Foi recebido por Poole e logo conduzido através das dependências da cozinha e de um pátio, que outrora fora um jardim, até uma construção indiferentemente designada de laboratório ou sala.

Jekyll adquirira a casa dos herdeiros de um cirurgião famoso; porém, como tinha maior inclinação pela química do que pela anatomia, mudara a finalidade daquelas partes traseiras do edifício. Era a primeira vez que o advogado entrava naquele lugar, e observou com curiosidade a sombria construção sem janelas, olhando em redor, desagradavelmente impressionado, ao atravessar o anfiteatro de anatomia, outrora frequentado por estudantes turbulentos e agora frio e silencioso, com as mesas entulhadas de ingredientes de química, o chão coberto de cestos e fardos de palha, e a luz vinda escassamente de uma cúpula nublada. No extremo de tudo, um lance de escada conduzia a uma porta tapada com baeta vermelha; e foi por ela que Utterson passou, para chegar finalmente ao gabinete do médico. Era uma sala espaçosa, guarnecida em toda a volta de armários envidraçados, e mobiliada, entre outras coisas, com um espelho e uma escrivaninha de trabalho. Abriam sobre o pátio três janelas empoeiradas, todas com barras de ferro. O fogo ardia na lareira. O candeeiro estava colocado na prateleira do fogão, pois a essa hora já as trevas se tinham adensado dentro das casas. Aí, nesse recanto aquecido, estava o dr. Jekyll. Parecia mortalmente enfermo. Não veio ao encontro do visitante, mas estendeu-lhe a mão fria e cumprimentou-o, com uma voz transtornada.

— Então? — perguntou Utterson, logo que Poole os deixou a sós — já sabe da novidade?

O médico estremeceu.

— Já. Estavam-na apregoando lá fora... Ouvi na casa de jantar.

— Uma palavra só — pediu o advogado. — Carew era meu cliente, como você, e quero saber o que devo fazer. Espero que você não tenha cometido o desatino de esconder seu protegido.

— Juro — exclamou o doutor. — Juro que nunca mais tornarei a vê-lo. Dou a minha palavra de que o risquei deste mundo. Tudo tem limite. Nunca mais poderá contar comigo. Nem precisa... Você não o conhece tão bem quanto eu. Está seguro, inteiramente seguro. Guarde bem o que lhe digo, jamais ouvirá falar dele.

O advogado escutava com profunda tristeza. Não lhe agradava aquele estado febril do amigo.

— Você parece estar muito seguro a respeito dele — disse. — Para seu próprio bem, espero que esteja certo. Se seu nome aparecer...

— Estou tranquilo quanto a isso. Tenho bons motivos para essa certeza, mas não posso revelá-los a ninguém. Porém, há uma coisa em que me pode aconselhar. Recebi... recebi uma carta. Se a mostro à polícia, estou perdido. Vou deixá-la com você, Utterson. Você agirá com sabedoria, tenho certeza. Confio muito em você.

— Presumo que essa carta possa ajudar na prisão dele?

— Não — respondeu o médico. — Não digo que me preocupe com o destino de Hyde. Descartei-me dele. Penso é na minha própria reputação, que esse maldito negócio pode afetar.

Utterson refletiu alguns instantes. Surpreendia-o o egoísmo do amigo, embora ao mesmo tempo o tranquilizasse.

— Bem, deixe-me ver a carta — disse por fim.

Era um papel escrito com uma letra um tanto original e assinado por Edward Hyde. Informava laconicamente o seu benfeitor, dr. Jekyll, a quem indignamente recompensava de tantos favores, que estava em segurança e que, portanto, não devia alarmar-se quanto a esse ponto. Pretendia fugir e tinha confiança no bom resultado. Utterson gostou bastante do teor da carta. Ela dava àquela estranha amizade um significado melhor do que ele esperava, e até se repreendeu intimamente por causa das suspeitas que formulara.

— Tem o envelope? — perguntou.

— Queimei-o — disse Jekyll. — Sem pensar no que fazia. Não trazia carimbos de correio. Foi entregue em mãos.

— Você quer que eu a guarde?

— Quero que resolva por mim. Perdi a confiança em mim mesmo.

— Bem — volveu o advogado. — Vou pensar. Uma última pergunta: foi Hyde quem ditou os termos do testamento no que se refere ao seu desaparecimento?

O médico ficou bastante embaraçado. Não abriu a boca, mas acenou afirmativamente com a cabeça.

— É o que eu pensava — comentou Utterson. — Ele tencionava matar você. Escapou de uma boa.

— Isso foi mais longe do que eu esperava — concluiu o médico, em tom solene. — Meu Deus, recebi uma lição! E que lição, Utterson! — E cobriu o rosto com as mãos durante alguns instantes.

Ao sair, o advogado deteve-se e trocou algumas palavras com Poole.

— Parece que chegou hoje uma carta para o doutor. Quem foi que a trouxe?

Mas Poole só havia recebido correspondência pelo correio, e eram apenas circulares.

Esse esclarecimento teve o poder de renovar os temores de Utterson. Sem dúvida a carta fora recebida pela porta do laboratório; quem sabe até tivesse sido escrita no gabinete. E, nesse caso, era preciso julgar o assunto de forma diferente e tratá-lo com maior cautela.

Os vendedores de jornais, à saída do advogado, apregoavam já roucos ao longo dos passeios: "Edição especial. O grande e horrível crime!". Era a oração fúnebre de um amigo e cliente. E Utterson não pôde evitar certa apreensão pelo bom nome de outro cliente e amigo, que podia ser arrastado no turbilhão do escândalo. Em todo caso, a situação se mostrava muito delicada. E, apesar de habitualmente ter muita confiança em si mesmo, desta vez começou a desejar o apoio de um conselho. Absolutamente não o pediria diretamente, mas quem sabe esse conselho poderia vir indiretamente...

Pouco depois, ei-lo na sua casa, sentado a um dos lados da lareira. Guest, seu principal empregado, estava do lado oposto; precisamente ao meio deles, a bem calculada distância, uma garrafa de excelente vinho velho, que tinha sido guardada muito tempo longe do sol, na adega do edifício. O nevoeiro ainda pairava, inundando a cidade, e os lampiões cintilavam como brasas. Através do negrume e da espessura dessas nuvens baixas, a vida da cidade desenrolava o seu cortejo ao longo das ruas, ululando como um vento muito forte. A sala de Utterson, porém, parecia alegre com o brilho da lenha que ardia. Na garrafa, estavam há muito tempo já dissolvidos os ácidos: o tom suavizara-se com o tempo e tornara-se mais delicado como acontece à cor dos vitrais. E o brilho das tardes quentes de outono, nos vinhedos da encosta, estava pronto a libertar-se da garrafa e a dissipar o nevoeiro londrino. Insensivelmente, o advogado deixou-se levar às confidências. Não havia outro homem com quem fosse menos reservado do que com Guest. Quando desejava guardar algum segredo, nem sempre tinha a certeza de o ter feito. Guest estava a par de todos os negócios do dr. Jekyll. Dificilmente poderia deixar de ouvir revelações sobre a intimidade de Hyde na casa. Podia fazer conjeturas. Não seria melhor então que se inteirasse da carta que podia esclarecer todo aquele mistério? E sendo, acima de tudo, um estudioso e perito em caligrafia, como considerar esse passo senão obrigatório e natural? O secretário, além disso, era pessoa prudente e de bom senso. Não haveria de ler tão estranho documento sem formular a sua opinião. E, por ela, bem podia Utterson orientar o caminho a seguir.

— É um caso intrincado, este de Sir Danvers — disse o patrão.

— De fato, sim, senhor. Despertou muito a atenção do público — confirmou Guest. — O homem, naturalmente, é louco.

— Gostaria de saber o que pensa. Tenho aqui um documento do punho do assassino. Isso fica entre nós, pois nem sei o que deva fazer dele. Na melhor das hipóteses, ainda é um caso pouco limpo. Cá está ele. Aqui está: a assinatura de um criminoso.

Os olhos de Guest cintilaram. Concentrou-se apaixonadamente a examinar o papel.

— Não, senhor, não é de um louco — sentenciou. — Mas é uma letra muito singular.

— E por todos os motivos, uma pessoa mais singular ainda — acrescentou o advogado.

Nesse momento a criada entrou com uma carta.

— É do dr. Jekyll? — perguntou o secretário. — Parece-me que conheço a letra. Assunto particular, sr. Utterson?

— Apenas um convite para jantar. Quer ver?

— Com licença. Muito obrigado. — E o secretário pôs as duas cartas lado a lado e comparou-as atentamente. — Muito obrigado — disse, restituindo-as. — A assinatura é realmente interessante.

Houve uma pausa, durante a qual Utterson lutou consigo mesmo.

— Por que é que as comparou, Guest? — perguntou subitamente.
— É porque têm semelhança curiosa. São caligrafias, em muitos pontos, idênticas. Apenas inclinadas de forma diferente.
— Muito curioso — disse Utterson.
— É, como diz, muito curioso — tornou Guest.
— Não convém falar disso — observou o patrão.
— Não, senhor. Esteja tranquilo.
Mas tão logo ficou só naquela noite, Utterson foi ver a carta, que já havia guardado no cofre. "O quê?", pensou, "Henry Jekyll forjou isto para salvar um assassino!"
E sentiu o sangue gelar-se-lhe nas veias.

Capítulo 6
O singular incidente com o dr. Lanyon

O tempo passou; ofereceu-se uma recompensa de milhares de libras a quem descobrisse o assassino de Sir Danvers; porém o sr. Hyde escapou da polícia, como se nunca houvera existido. É verdade que se descobriu muita coisa da sua vida, e tudo muito vergonhoso. Falou-se da sua crueldade, tão fria e violenta, das suas estranhas companhias, do ódio que a sua existência despertava. Mas, quanto ao esconderijo atual, nem rastro. Sumira completamente desde o dia em que deixara a casa do bairro de Soho, na manhã do crime. E, pouco a pouco, Utterson recuperou-se dos seus pavores e sentiu-se mais em paz consigo próprio. O mal sofrido com a morte de Sir Danvers estava compensado com o desaparecimento definitivo do criminoso. Agora que aquela presença malévola se afastara, começou para o dr. Jekyll uma vida nova. Saiu da sua reclusão, retomou as relações com os amigos, tornou-se outra vez o convidado jovial e o anfitrião generoso; embora já fosse conhecido pela sua caridade, distinguia-se agora pela religiosidade. Trabalhava bastante, caminhava muito, praticava o bem. Lia-se-lhe no rosto franco e jovial a consciência satisfeita de quem é útil aos semelhantes. E durante mais de dois meses o médico viveu em paz.

No dia 8 de janeiro, Utterson jantou, com um pequeno grupo de amigos, na casa de Jekyll. Lanyon fazia parte desse grupo. E todos se recordaram dos velhos tempos em que aquele trio era inseparável. No dia 12, e igualmente no dia 14, a casa de Jekyll ficou fechada para Utterson. "O doutor está ocupado, e não recebe ninguém", explicava Poole. No dia seguinte, tentou novamente e obteve a mesma resposta; e como era seu costume, havia já dois meses, ver o amigo quase diariamente, achou que esse regresso à solidão ia se tornando pesado para o seu coração. Na quinta noite, convidou Guest para jantar; e na sexta noite resolveu procurar pessoalmente Lanyon.

Na casa deste, pelo menos, não lhe recusavam entrada. Mas logo notou a mudança que se operara na fisionomia do médico. Lanyon trazia sua sentença de morte escrita no rosto. Perdera inteiramente a cor saudável. Emagrecera. Parecia mais calvo e mais velho. E ainda assim não foram esses sinais de rápida decadência física que mais assombraram o advogado: nos olhos e no modo de ser, sentia-se que o seu espírito estava aterrorizado. Não era provável que tivesse medo da morte; contudo foi o que Utterson suspeitou a princípio. "É médico", pensou, "deve conhecer o estado em que se encontra e que tem os dias contados, e essa certeza é o que não pode suportar".

Lanyon pareceu ler os pensamentos de Utterson. Disse:

— Sou um homem perdido. Tive um choque terrível do qual sei que nunca mais me recuperarei. É questão de semanas. Mas, enfim, a vida me foi agradável. Apreciei-a. É verdade, gostei de viver. Mas às vezes penso que, se soubéssemos de tudo, não teríamos tanta pena de morrer.

— Jekyll também está doente — observou Utterson. — Você o tem visto?

Nesse momento, a expressão de Lanyon alterou-se. Ergueu a mão trêmula:

— Não quero ver nem ouvir falar do dr. Jekyll. — Exprimia-se em voz alta, mas vacilante. — Cortei completamente as relações com ele. Por favor, poupe-me de qualquer referência àquele a quem considero como morto.

— Ora, vamos... — retorquiu Utterson. E depois de uma pausa razoável: — Será possível? Somos três velhos amigos, Lanyon. Já não viveremos muito mais para conseguirmos outros.

— Não há mais o que fazer a esse respeito. Pergunte a ele.

— Ele não quer me receber — disse o advogado.

— Não me surpreende. Qualquer dia, Utterson, depois da minha morte, você vai ver como eu tinha razão. Agora não posso contar nada. Porém, se quiser conversar sobre outras coisas, pelo amor de Deus, faça-o. Se, no entanto, não conseguir mudar de assunto, imploro-lhe que vá embora, pois não suportarei ouvir suas palavras.

Logo que chegou em casa, Utterson sentou-se para escrever a Jekyll, queixando-se de ter sido excluído de suas relações e indagando a causa do infeliz rompimento com Lanyon. No dia seguinte, recebeu extensa resposta, com palavras patéticas e por vezes confusas e misteriosas. O desentendimento com Lanyon não tinha conserto. "Não censuro o nosso velho amigo, mas compartilho da sua opinião, isto é, que nunca mais nos devemos encontrar. De agora em diante quero ter uma vida de isolamento. Se você encontrar minha porta fechada para você, não deve estranhar nem supor que não lhe tenho estima e amizade. Deixe-me escolher o meu próprio destino, por pior que seja. Suporto um castigo e um risco que não posso revelar. Sou ao mesmo tempo o maior dos pecadores e o maior dos penitentes. Não creio que haja neste mundo lugar para sofrimentos e terrores de tal natureza. Só há uma coisa que você pode fazer para mitigar meu sofrimento: é respeitar-me o silêncio." Utterson ficou atônito. A influência maldita de Hyde já não se fazia sentir; o médico retomara seus gostos e suas amizades. Uma semana antes a perspectiva era sorridente, com promessas de uma vida feliz e digna; e, de um momento para outro, amizade, paz de espírito, o belo tipo de vida, tudo naufragara. Uma tal mudança, assim inesperada, pressagiava loucura. Mas, para o comportamento e as palavras de Lanyon, devia haver outro motivo mais forte.

Uma semana depois, Lanyon se recolheu à cama, e em menos de quinze dias entregava a alma a Deus. Na noite depois do funeral, a que assistira cheio de tristeza, Utterson abriu a porta do seu escritório e ali sentado, à luz melancólica de uma vela, pôs diante de si um envelope escrito pelo falecido amigo e lacrado com o seu sinete, com a seguinte enfática inscrição: *"Confidencial.* Só para G. J. Utterson, e, no caso de haver falecido, para ser queimado sem abrir". Mas assustava-o a ideia de ler o conteúdo. "Enterrei hoje um amigo. Será que isto me vai custar a perda de outro?!" Depois, considerou que o medo era deslealdade e partiu o lacre. Dentro estava outro envelope, igualmente lacrado e com esta indicação: "Não deve ser lido antes da morte ou desaparecimento do dr. Henry Jekyll". Utterson não podia acreditar nos seus olhos. Não havia dúvida, lá vinha outra vez a palavra "desaparecimento". Também aqui, como naquele testamento insensato — que há muito devolvera ao autor —, também aqui estava a ideia de desaparecimento e incluso o nome de Henry Jekyll. Mas, no testamento, aquela ideia surgira pela sinistra sugestão de Hyde, com um objetivo demasiadamente evidente e horrível. Contudo, escrita pela mão de Lanyon, que poderia significar? O advogado sentiu-se invadir por um desejo enorme de desconsiderar a proibição e desvendar de uma vez todos aqueles mistérios. Mas a honra profissional e a memória do seu falecido amigo impunham-lhe a obrigação de não fazer semelhante coisa. E o envelope foi descansar no mais recôndito do cofre.

Uma coisa é mortificar a curiosidade, outra é vencê-la; podia-se desconfiar, desse dia em diante, se Utterson desejaria com o mesmo ardor a companhia do seu amigo sobrevivente. Recordava-se dele com simpatia, mas ao mesmo tempo com inquietação e receio. Resolveu visitá-lo. Se não pudesse ser recebido, talvez fosse um alívio para o seu espírito; talvez preferisse, no fundo do coração, conversar à porta com Poole, em meio aos ruídos da cidade, em vez de ser recebido naquela casa transformada em prisão voluntária e sentar-se a falar com aquele que insistia em ficar em reclusão impenetrável. Poole não tinha, na verdade, notícias agradáveis a comunicar. O médico, ao que parecia, exilava-se mais do que nunca no gabinete ao fundo do laboratório, onde muitas vezes chegava a dormir: perdera a boa disposição, estava sempre calado, não lia nunca. Devia estar realmente muito preocupado. Utterson habituou-se às mesmas informações invariáveis e foi pouco a pouco diminuindo a frequência dessas visitas.

Capítulo 7
O episódio da janela

Aconteceu em um domingo, quando Utterson e Enfield davam o seu passeio costumeiro, que o acaso os levou outra vez até a famosa rua. Ao passarem defronte da porta, ambos detiveram-se a contemplá-la.

— Aquela história da porta — disse Enfield — teve, afinal, um desfecho. Nunca mais veremos o sr. Hyde.

— Espero que não — disse Utterson. — Já não lhe contei que o encontrei uma vez e que, como você, senti repugnância pelo homem?

— É impossível o ver sem sentir repugnância — respondeu Enfield. — E, a propósito, há de ter-me julgado muito tolo por não saber que este é o lado posterior da casa do dr. Jekyll! Em parte devo a você a descoberta.

— Então você descobriu? — disse Utterson. — Mas, se é assim, entremos no pátio e observemos as janelas. Para lhe dizer a verdade, estou apreensivo com o pobre Jekyll. E, ainda que seja do lado de fora, talvez a presença de um amigo lhe faça algum bem.

O pátio era muito fresco e um tanto úmido, envolto num crepúsculo prematuro, posto que o céu, rasgado ao alto, estivesse ainda iluminado pelo sol poente. A janela do meio, das três que havia, estava entreaberta. E sentado perto dela, a tomar ar, com infinita tristeza no semblante, como um prisioneiro desiludido, Utterson viu o dr. Jekyll.

— Olá! Jekyll! Jekyll! — gritou. — Espero que você tenha melhorado.

— Estou mal — respondeu o médico, com melancolia. — Muito mal. Não faltará muito, graças a Deus.

— Você fica muito em casa — disse o advogado. — Devia sair, para ativar a circulação, como Enfield e eu. Enfield é meu primo. Vamos, pegue o chapéu e venha dar um passeio conosco.

— É muita gentileza de sua parte — suspirou o outro. — Bem que eu gostaria. Mas não. Não e não. É absolutamente impossível. Entretanto, Utterson, tive muito prazer em ver você. Convidaria vocês para entrar, mas a casa não está bem arrumada.

— Nesse caso — disse o advogado, com bom humor —, o melhor que temos a fazer é ficar aqui fora e conversarmos assim.

— Era exatamente o que eu ia propor — respondeu, sorrindo, o médico. Mal, porém, pronunciara essas palavras, o sorriso fugiu-lhe dos lábios e sucedeu-lhe uma expressão de terror e desespero que fez gelar o sangue dos senhores no pátio.

Tudo isso foi rápido como um relâmpago, porque a janela se fechou instantaneamente, mas durou tempo suficiente para que Utterson e Enfield pudessem observar. Sem trocar uma única palavra, voltaram as costas e saíram daquele lugar; silenciosamente também atravessaram a ruazinha. E foi só quando tinham chegado a uma travessa próxima, onde mesmo aos domingos havia certo movimento, que Utterson se voltou e olhou para o companheiro pela primeira vez. Ambos estavam pálidos. O horror estava estampado em seus olhos.

— Deus nos ajude! Deus nos ajude! — disse o advogado.

Mas Enfield limitou-se a acenar com a cabeça, muito sério, e continuaram outra vez em silêncio.

Capítulo 8
A última noite

Certa noite, Utterson estava sentado junto à lareira, quando teve a surpresa de receber a visita de Poole.

— Santo Deus, Poole, o que o traz aqui? — perguntou. E depois de olhá-lo com mais atenção: — Que tem você? O seu patrão está doente?

— Sr. Utterson — disse o criado —, há alguma coisa que não corre bem.

— Sente-se, aqui tem um copo de vinho para você — disse o dono da casa. — Agora, devagar, diga-me o que está acontecendo.

— O senhor conhece os hábitos do dr. Jekyll — começou Poole — e como é reservado. Tem por hábito fechar-se no gabinete. Agora trancou-se lá novamente, e não estou gostando nada disso. Tenho medo, sr. Utterson.

— Meu bom Poole, seja mais explícito. De que é que tem medo?

— Durante uma semana andei apavorado — continuou Poole, sem responder à pergunta. — E a verdade é que já não posso suportar mais.

O aspecto do criado justificava amplamente suas palavras; mostrava-se extremamente alterado e, exceto no princípio, quando anunciou a razão da visita, em nenhum momento olhou de frente para o advogado. Agora mesmo, sentado e sem tocar no copo de vinho, mirava o canto do soalho.

— Já não posso mais — repetiu.

— Acredito que tenha algum motivo sério. Compreendo que há algo muito grave. Tente explicar-me o que é.

— Penso que se trata de alguma coisa sórdida.

— Sórdida! — exclamou o advogado, num movimento de horror e com sintomas de grande indignação. — Por quê? Que quer dizer com isso?

— Não me atrevo — respondeu Poole. — Mas, se quiser me acompanhar, verá com seus próprios olhos...

Utterson levantou-se imediatamente, pôs um sobretudo e pegou o chapéu; viu, assombrado, o sentimento de alívio que se desenhou no rosto do mordomo e também que o vinho nem sequer havia sido tocado.

Era uma noite de março, tempestuosa e fria; a lua estava pálida e vencida, como se o vento a tivesse magoado, e em torno pairavam nuvenzinhas diáfanas. O vento dificultava a conversa e fazia-lhes afluir o sangue às faces. Parecia ter varrido as ruas, afugentando os transeuntes, a tal ponto que Utterson pensou que nunca tinha visto essa parte de Londres tão deserta. O advogado teria desejado o contrário: nunca na sua vida sentiu uma vontade tão grande de tocar, de estar perto dos seus semelhantes. Por mais esforços que fizesse para o impedir, no seu espírito pesava o pressentimento da catástrofe. A praça, quando lá chegaram, estava cheia de pó, que fora levantado pela ventania, e as pequenas e frágeis árvores do jardim, castigadas pelo vento, açoitavam os ferros das grades.

Poole, que até então havia caminhado um pouco à frente de Utterson, parou bruscamente. Não obstante o tempo gelado e o vento furioso, tirou o chapéu e enxugou a testa com um lenço vermelho. Embora estivesse caminhando rápido, não era essa a razão de estar transpirando abundantemente: o suor se devia a uma angústia asfixiante, pois tinha o rosto lívido, e sua voz saía entrecortada e áspera.

— Bem — disse ele —, chegamos. E queira Deus nada tenha acontecido de mau.

— Assim seja, Poole — arrematou o advogado.

Dizendo isso, o mordomo bateu cautelosamente na porta, que estava trancada. De dentro uma voz interrogou:

— É você, Poole?

— Sim. Podem abrir.

O vestíbulo, quando entraram, estava fortemente iluminado. O fogo na lareira erguia chamas altas. E ali perto, todos os criados, homens e mulheres, estavam juntos, como um rebanho amedrontado. Ao ver Utterson, a governanta desatou em um choro histérico; e a cozinheira, gritando "Graças a Deus, é o sr. Utterson", correu para ele como se o quisesse abraçar.

— Que foi? Que foi? Por que estão todos aqui? — perguntou o advogado, contrafeito. — Isso é muito singular! Seu patrão não vai gostar disso.

— Estão com medo — explicou Poole.

Ninguém protestou, e seguiu-se um silêncio absoluto. Somente a governanta levantou a voz, soluçando e chorando mais alto ainda.

— Cale-se! — ordenou Poole, num tom que revelava o quanto ele mesmo estava abalado.

Quando a mulher, subitamente, parou com sua lamentação, todos estremeceram e voltaram os olhos para a porta que dava para o interior. Seus rostos transmitiam o horror da expectativa.

— E agora — continuou o mordomo, dirigindo-se ao ajudante da cozinheira — traga-me uma lanterna, e poremos fim a isso, de uma vez por todas.

Em seguida pediu ao advogado que o acompanhasse e tomaram a direção do quintal.

— Agora, caminhe o mais silenciosamente possível — disse Poole. — É necessário que o senhor ouça, sem, contudo, ser pressentido. E, se ele o convidar a entrar, não o faça, em absoluto.

Os nervos de Utterson ficaram de tal modo abalados diante dessa inesperada recomendação que por pouco ele não perdeu completamente o equilíbrio. Todavia, logo recuperou o sangue-frio e seguiu o mordomo ao laboratório, através do anfiteatro, entre um amontoado de grades e garrafas. Junto do degrau da escada, Poole fez-lhe sinal que parasse e se pusesse à escuta, enquanto ele próprio, pousando a lanterna no chão e enchendo-se de coragem, subiu os degraus e bateu com a mão trêmula à porta do gabinete, forrada de baeta vermelha.

— Sr. doutor, o dr. Utterson pergunta se pode entrar. — E, logo que disse isso, fez novo e imperioso sinal ao advogado, para que prestasse atenção.

De dentro respondeu uma voz: "Diz-lhe que não posso receber ninguém". Soava como um lamento.

— Obrigado, sr. doutor — disse Poole, com um tom de triunfo em sua voz. E, levantando a luz, veio com Utterson através do pátio até à cozinha, onde o fogão crepitava e as baratas corriam no soalho.

— Sr. doutor — disse o mordomo, olhando-o de frente —, aquela era é a voz do meu patrão?

— Parece muito mudada — respondeu o advogado, que empalidecera, procurando, contudo, dominar-se.

— Mudada? Ah, sim, também me parece. Não é depois de vinte anos que trabalho nesta casa que me enganaria a respeito dessa voz. Não, senhor. A voz do meu patrão partiu com ele, quando morreu, há oito dias, e ouvimo-lo gritar e invocar o nome de Deus. E quem lá está em seu lugar, e o motivo por que continua ali, é uma coisa que brada aos céus!

— Tudo isso é muito estranho, Poole. É mesmo incrível — comentou Utterson, mordendo o dedo. — Admitamos que é como diz. Vamos supor que o dr. Jekyll tenha sido assassinado: o que obriga o criminoso a continuar em casa? Isso não faz sentido. É insensato.

— O sr. doutor é advogado, sabe o que diz, e não acredita em tudo o que ouve. É difícil convencê-lo, mas vou tentar.

Durante toda esta semana, é importante que o saiba, ele — ou o outro, ou quem vive lá no laboratório — bradou exigindo um certo medicamento. Conforme era seu costume — refiro-me ao dr. Jekyll, bem entendido —, escrevia suas ordens em uma folha de papel e a colocava por baixo da porta. Mas esta semana... o senhor nem pode imaginar como foi. A porta permanentemente fechada, papéis e mais papéis colocados por baixo da porta. Por várias vezes durante o dia eu recebia esses papéis com ordens e queixas, tive de me desdobrar para mandar aviar receitas em todos os farmacêuticos da cidade. Cada vez que trazia a droga solicitada, logo surgia um outro papel ordenando que eu a pedisse novamente, em razão de o produto não apresentar o grau de pureza necessário, ou então que eu aviasse a receita em outra farmácia, e assim por diante. Ele queria o medicamento desesperadamente.

— Tem algumas dessas requisições? — perguntou Utterson.

Poole procurou nos bolsos e entregou um papel muito amarrotado, que ele, aproximando da luz, examinou com atenção. Dizia o seguinte: "Ilmos. srs. Maw. Apresento os meus cumprimentos e informo que a última amostra que recebi é impura e imprópria para o fim que tenho em vista. Em 18 de janeiro comprei aí grande quantidade do mesmo produto e peço, portanto, que o procurem com o maior cuidado, de modo a me fazerem nova remessa. Não importa o preço. Escuso salientar a importância deste assunto. Dr. Jekyll". A carta parecia ter sido escrita com calma, mas no fim, num repentino arranhão da pena, o autor denunciara a sua agitação extrema. "Pelo amor de Deus", havia acrescentado, "vejam se encontram o que desejo".

— Esta carta é esquisita — disse Utterson. E perguntou severamente: — Por que a abriu?

— O empregado de Maw ficou irritado quando a leu, e atirou-a de volta, com maus modos — respondeu Poole.

— Sem dúvida foi escrita pelo doutor. Não acha? — disse Utterson.

— Assim pensei — resmungou o criado. E acrescentou, com a voz alterada: — Mas que importa a caligrafia? Eu mesmo o vi!

— Você o viu?! — exclamou Utterson — E então?

— Foi desta maneira: cheguei inesperadamente à sala de anatomia, vindo do quintal. O patrão tinha vindo às escondidas para examinar esta droga, ou fosse o que fosse, pois a porta do gabinete encontrava-se aberta, e ele estava no extremo da sala, procurando no meio dos cestos. Viu-me chegar, deu uma espécie de grito e fugiu, a toda a pressa, para o gabinete. Não foi mais do que um minuto o tempo em que eu o contemplei, mas meu cabelo ficou inteirinho em pé. Diga-me, sr. doutor, se fosse o patrão, teria uma máscara na cara? Se fosse o patrão, por que havia de se assustar como um rato e fugir logo de mim? Eu o tenho servido durante muitos anos. E então... — O criado parou, e passou a mão pelo rosto.

— São, na verdade, circunstâncias estranhas... — disse Utterson. — Mas creio que começo a entender. O seu patrão está sob a influência de uma dessas doenças que ao mesmo tempo torturam e deformam o doente. Daí a alteração da voz. Daí a máscara e a determinação em evitar os amigos. Daí a sua ansiedade na procura de um remédio, pois não há dúvida de que o infeliz alimenta esperanças de se curar. Que Deus o não desengane! É o que penso. É bastante lamentável, Poole, bem sei, e assusta só em pensar, mas é simples e natural, convenhamos nisto, e deixemo-nos de alarmes exagerados.

— Sr. doutor — redarguiu o mordomo, empalidecendo mais uma vez —, aquilo não é o patrão. A verdade é esta. O patrão — olhou em volta e começou a falar em tom mais baixo — é homem alto e bem constituído, e este é uma espécie de anão — Utterson ia protestar. — Oh! — exclamou Poole —, pensa que não conheço o patrão, depois de tantos anos? Pensa que não sei a altura a que chega a sua cabeça, na porta do gabinete, onde o via em cada dia da minha vida? Não, senhor, aquilo não é o dr. Jekyll. Deus sabe quem é, mas o dr. Jekyll é que nunca foi. Acredito que foi cometido um assassinato.

— Poole — respondeu o advogado —, se tem essa desconfiança, sinto-me no dever de deixar as coisas esclarecidas. Desejo respeitar os escrúpulos do dr. Jekyll, mas esta carta, que parece provar que ele está ainda vivo, deixa-me completamente confuso. Julgo que seja meu dever arrombar aquela porta.

— Bem falado, Dr. Utterson!

— E agora vamos ao segundo ponto: quem fará isso?

— Com certeza, o doutor e eu — disse Poole, sem hesitar.

— Muito bem — disse o advogado. — E, aconteça o que acontecer, sou eu o responsável, e você não terá nada a perder.

— Há um machado no anfiteatro — informou Poole. — O senhor fica com o atiçador do fogão da cozinha.

O advogado pegou o pesado e rude instrumento de ferro, e brandiu-o.

— Sabe, Poole, que nos colocamos nós próprios em situação perigosa?

— O senhor está dizendo a verdade — replicou o mordomo.

— É preciso, pois, que falemos com franqueza. Ambos pensamos em mais alguma coisa do que as nossas palavras revelaram. Desanuviemos a consciência. Essa figura mascarada, que você viu, é capaz de a reconhecer?

— Ia tão depressa e esquivava-se tanto que eu não poderia jurar. Mas o senhor pensa... que é o sr. Hyde? Sim, sim, é o que eu calculo! É assim do mesmo tamanho, e tem o mesmo aspecto ágil; e quem melhor poderia ter entrado pela porta do laboratório? Não se esqueça de que, na época daquele assassinato, possuía uma chave. Mas não é tudo. Não sei se já se encontrou alguma vez com o sr. Hyde...

— Sim — disse o advogado —, falei uma vez com ele.

— Então deve saber, tão bem como os outros, que há qualquer coisa de singular nesse senhor; qualquer coisa que repugna e assusta... não sei ao certo como explicar, senão assim: que se sente na espinha uma espécie de calafrio.

— Concordo plenamente com você — disse o advogado.

— Pois bem, senhor — continuou Poole. — Quando o mascarado saltou como um macaco do meio dos frascos e se esgueirou para o gabinete, fiquei completamente apavorado. Oh, bem sei que isto não é prova nenhuma, mas cada um tem os seus sentimentos, e sou capaz de jurar que era o sr. Hyde!

— Também penso assim. Infelizmente parece-me que aconteceu o que eu mais temia. Realmente, você tem razão. O pobre Henry foi assassinado. E acredito que o criminoso — com que fim, só Deus sabe — está ainda escondido no quarto da vítima. Façamos justiça, pois. Chame Bradshaw.

O criado atendeu ao chamado. Vinha pálido e nervoso.

— Ajude-nos também, Bradshaw — disse o advogado. — Esta incerteza, bem sei, inquieta a vocês todos. Mas temos de resolver isto. Poole e eu, aqui, vamos forçar o caminho para o gabinete. Se tudo correr bem, vou arcar com toda a responsabilidade. Entretanto, se ocorrer algum problema, ou o malfeitor conseguir fugir, você e o rapaz vão dar a volta à esquina munidos com dois bons cassetetes e postam-se na porta do laboratório. Têm dez minutos para estarem nos seus postos.

Logo que Bradshaw saiu, o advogado consultou o relógio.

— Agora, Poole, mãos à obra.

E, com o atiçador ao ombro, tomou o caminho do pátio. Nuvens de chuva ocultavam a lua, e a noite escurecera. O vento, que soprava em rajadas e varria o chão, apagou a chama da candeia, e foi redemoinhando em torno deles, até que chegaram ao anfiteatro, onde se sentaram silenciosos, à espera. O sussurro de Londres fazia-se ouvir ao redor; mas ali o silêncio era apenas quebrado pelo ruído de passos, indo e vindo, no soalho do gabinete.

— Passeia assim todo o dia — sussurrou Poole — e grande parte da noite. Só quando vem algum produto da farmácia é que para um pouco. É porque não tem a consciência tranquila. Deve atormentar-se com o sangue ignominiosamente derramado. Mas escutemos outra vez, sr. dr. Utterson, aproxime-se e diga-me: são os passos do dr. Jekyll?

Os passos eram leves e estranhos, quase flutuantes, apesar de vagarosos; muito diferentes, de fato, do andar pesado e rangente de Henry Jekyll. Utterson suspirou.

— É sempre esse ruído? — perguntou. — Nada mais?

Poole inclinou a cabeça.

— Uma vez — disse — ouvi-o chorar.

— Chorar? Como? — inquiriu o advogado, sentindo um repentino calafrio de terror.

— Como uma alma penada, ou uma mulher — respondeu o mordomo. — Fiquei tão perturbado que comecei a chorar também.

Os dez minutos já haviam passado. Poole tirou o machado de sob um monte de palha; na mesa mais próxima puseram a luz, para os iluminar durante o ataque; e dirigiram-se, prendendo a respiração, para onde se ouviam os passos, indo para lá e para cá, no silêncio da noite.

— Jekyll — gritou Utterson, em voz bem alta. — Preciso falar com você. — Esperou um momento, mas não obteve resposta. — Estou lhe avisando: estamos preocupados e temos suspeitas de que algo grave aconteceu. Preciso ver você. Se não abrir, usaremos de força.

— Utterson — disse uma voz. — Por amor de Deus, tenha piedade!

— Não é a voz do Jekyll, é a do Hyde! — exclamou o advogado. — Arrombe a porta, Poole!

Poole levantou o machado e desfechou o golpe, que fez abalar a parede; e a porta, coberta de baeta encarnada, estremeceu na fechadura e nos gonzos. Um guincho medonho, perfeito terror animal, ululou pelo gabinete. Outra vez o machado vibrou contra as molduras da porta, que se despedaçava. Os caixilhos saltavam. Por quatro vezes o machado foi desfechado; mas a porta era dura, de excelente construção. Só ao quinto golpe é que a fechadura se partiu em duas, e os destroços da porta encheram o tapete.

Os atacantes, assustados com sua própria violência e com o silêncio que se seguiu, detiveram-se um instante e ficaram à espreita. O gabinete surgiu aos seus olhos calmo e iluminado pela luz do candeeiro. No fogão o lume crepitava, a chaleira chiava baixinho, uma ou duas gavetas abertas, alguns papéis arrumados em cima da mesa de trabalho e, junto do fogão, os apetrechos para o chá. Tudo calmo e, a não ser pelos armários envidraçados, cheios de drogas, dir-se-ia o mais comum dos quartos de Londres.

Exatamente no meio da sala jazia o corpo de um homem dolorosamente contorcido. Aproximaram-se nas pontas dos pés, voltaram-lhe a cabeça e reconheceram Edward Hyde. Trazia roupas muito largas para o seu corpo, roupas do tamanho das do médico. Os nervos do rosto moviam-se ainda com aparência de vida, mas a vida parecia que já o abandonara. Pelo frasco apertado na mão e o cheiro intenso de amêndoa que se espalhava no ar, Utterson percebeu que era o corpo de um suicida.

— Chegamos tarde demais — disse compungido — para salvar ou punir. Hyde castigou-se a si mesmo. E só nos resta encontrar o corpo do dr. Jekyll.

A maior parte do prédio era ocupada pelo laboratório, que preenchia quase todo o rés do chão e recebia a luz do alto assim como do gabinete. Este constituía um andar mais alto em um dos extremos e dava para o pátio. O laboratório tinha um corredor que conduzia à porta da ruazinha e um lanço de escada que levava ao gabinete. Além disso, havia alguns aposentos escuros e uma adega bastante ampla. Os aposentos estavam todos vazios, portanto uma olhadela foi o suficiente; estavam cobertos de pó, que caía pelas portas. A adega estava cheia de coisas velhas e estranhas, a maior parte das quais era do tempo do médico antecessor de Jekyll. Bastou abrirem a porta para perceberem a inutilidade de maiores pesquisas: uma enorme teia de aranha tapava a entrada. Em nenhuma parte havia indícios de Henry Jekyll, vivo ou morto.

Poole bateu com o pé no assoalho do corredor.

— Deve ter sido sepultado aqui — disse, prestando atenção ao som.

— Ou então pode ter fugido — opinou Utterson, voltando a examinar a porta que dava para a viela. Estava trancada. Sobre um ladrilho encontrou a chave, já carcomida pela ferrugem.

— Parece que não tem sido usada.

— De forma alguma — disse Poole. — Não vê que está quebrada? Até parece que foi pisoteada.

— Ah! — fez Utterson — e mesmo os pedaços enferrujaram também. — Os dois homens entreolharam-se, assustados. — Isto está acima da minha compreensão. Voltemos para o gabinete.

Subiram a escada em silêncio. Lançando um olhar desconfiado ao morto, começaram a observar, atentamente, o que havia na sala. Sobre uma mesa, vestígios de preparados químicos, recipientes de vidro com pequenas partes de sal branco, em medidas diferentes, como se fossem para uma experiência que o infeliz não chegasse a concluir.

— É a mesma coisa que eu fui muitas vezes buscar à loja — disse Poole. E, enquanto falava, a chaleira fervia com grande barulho. Isso os atraiu para o lado do fogão, ao qual a poltrona estava encostada e onde os apetrechos do chá estavam prontos, até com açúcar na xícara. Havia alguns livros numa estante. Um deles, ao lado da xícara, e aberto, deixou Utterson pasmado: era um exemplar de certa obra religiosa, pela qual Jekyll manifestara, mais de uma vez, grande apreço; estava anotado pelo seu punho, com horrendas blasfêmias.

A seguir, prosseguindo no exame, aproximaram-se do espelho emoldurado, para cuja superfície olharam com involuntário horror. Mas estava tão inclinado que não mostrava senão o brilho do fogo, refletindo-se no teto e multiplicando-se nos vidros dos armários, e as suas próprias fisionomias pálidas e amedrontadas.

— Este espelho deve ter visto coisas estranhas — murmurou Poole.

— A sua presença aqui já é estranha — replicou o advogado, no mesmo tom. — O que teria levado Jekyll... — estremeceu ao ouvir as próprias palavras, mas dominou a fraqueza. — Que faria Jekyll com isso?

— Quem pode saber! — disse Poole.

Voltaram depois para a mesa de trabalho. Entre os papéis cuidadosamente arrumados, destacava-se um envelope grande e, escrito pela mão do médico, o nome de Utterson. O advogado abriu-o, e vários documentos caíram no chão. O primeiro era uma disposição de última vontade, feita nos mesmos termos excêntricos daquela que ele, seis meses antes, devolvera ao autor. Esta também devia valer como testamento em caso de morte ou servir como doação na hipótese de um desaparecimento. Mas, em vez do nome de Edward Hyde, o advogado leu, com espanto, o de Gabriel John Utterson. Olhou para o mordomo, depois para os outros papéis e por fim para o cadáver que jazia sobre o tapete.

— Minha cabeça está rodando — murmurou. — Todos estes dias esse malfeitor esteve de posse destes documentos. Não tinha motivos para gostar de mim. Devia estar furioso com a substituição do seu nome como herdeiro; e apesar disso não destruiu o testamento!

Pegou o outro papel. Era um bilhete escrito pelo médico, com a data em cima.

— Oh, Poole — exclamou o advogado —, estava vivo hoje e aqui presente. O bandido não pode ter dado cabo dele em tão curto prazo. Deve estar vivo, deve ter fugido! Mas como? E, nesse caso, é arriscado prevenir a polícia quanto ao suicídio.

É preciso cautela. É capaz de acabarmos por envolver o doutor em alguma terrível embrulhada.

— Mas por que não o lê, senhor?

— Tenho medo — replicou solenemente Utterson. — Queira Deus que não haja motivos para isso! — Mas levou o papel à altura dos olhos e leu o seguinte:

Meu caro Utterson. Quando esta lhe chegar às mãos, já terei desaparecido, em circunstâncias que não posso prever; mas o instinto e todos os fatos desta situação indescritível dizem-me que o fim é certo e não deve tardar muito. Nesse caso, pois, leia primeiro a narrativa que Lanyon me avisou que carregaou a você e, se desejar saber mais, leia a confissão do seu indigno e desventurado amigo,

Henry Jekyll.

— Há mais algum envelope? — perguntou Utterson.

— Ei-lo — disse Poole, entregando-lhe um embrulho volumoso, lacrado em vários pontos.

— Vou calar-me quanto a este papel — disse. — Se o seu patrão fugiu ou está morto, temos, em qualquer caso, de lhe salvar a reputação. São dez horas. Vou para casa ler isto com todo o sossego; mas voltarei antes da meia-noite, e então chamaremos a polícia.

Saíram, fechando a chave a porta do laboratório. E Utterson, deixando os criados reunidos na lareira, foi para o escritório ler as duas narrativas em que este mistério seria, finalmente, explicado.

Capítulo 9
A narrativa de Lanyon

No dia 9 de janeiro, ou seja, há quatro dias, recebi pelo correio da tarde um envelope registrado, remetido pelo meu colega e velho companheiro de escola, Henry Jekyll. Fiquei bastante surpreso com isso, porque não tínhamos o costume de nos corresponder. Ademais, havíamos jantado na noite anterior, e nada, nessa ocasião, me fizera suspeitar que me enviaria uma carta. O teor desta só fez aumentar o meu espanto. Eis o que estava escrito:

10 de dezembro de 18...

Caro Lanyon. Você é um dos meus mais velhos amigos; e ainda que uma vez por outra houvéssemos divergido em questões científicas, não me lembro, pelo menos por minha parte, de qualquer quebra em nossa afeição. Se algum dia você me dissesse: "Jekyll, a minha vida, a minha honra, a minha razão dependem de você", eu teria sacrificado os meus bens e os meus fracos préstimos para ajudar você. Lanyon, a minha vida, razão e honra estão em suas mãos; se não me amparar esta noite, estou perdido. Você pode pensar, depois deste preâmbulo, que recorro a você para envolvê-lo em qualquer negócio indigno. Mas avalie por você mesmo.

Peço-lhe que cancele quaisquer outros compromissos para esta noite, ainda que fosse um chamado para estar à cabeceira de um rei. Se a sua carruagem não estiver disponível, tome uma outra e, trazendo esta carta com instruções com você, venha direto à minha casa. Poole tem ordem de ir buscá-lo, trazendo também um serralheiro. Então, a porta do meu gabinete deverá ser arrombada. Você deverá entrar sozinho. Daí, abra o armário assinalado com letra E, pelo lado esquerdo (se a fechadura não ceder, você deve arrombar). Retire, então, tudo o que estiver na quarta gaveta de cima para baixo ou, o que dá no mesmo, a terceira de baixo para cima.

Neste estado de extrema aflição em que me encontro, tenho medo de não lhe dar a indicação precisa e clara; contudo, ainda que eu tenha me enganado, você reconhecerá a gaveta pelo seu conteúdo, a saber, um frasco, alguns pós e um bloco de apontamentos. Peço-lhe que leve tudo o que contiver essa gaveta a Cavendish Square.

Eis a primeira parte do favor. Vamos agora à segunda: você deverá estar de volta, se partir tão logo receber esta, muito antes da meia-noite. Entretanto, quero deixar-lhe essa margem de tempo não só pelo receio de que possa ocorrer algum imprevisto como também porque é preferível escolher uma hora em que seus empregados já se tenham recolhido.

À meia-noite, pois, imploro a você que esteja sozinho em seu escritório, para pessoalmente receber um homem, que vai se identificar como meu mensageiro, e ao qual você deverá entregar as coisas que pegou da minha gaveta. Isso feito, a missão terá terminado e você terá obtido minha eterna gratidão. Cinco minutos depois, se insistir em ter uma explicação, compreenderá que todas essas disposições são de importância crucial; e pelo esquecimento de uma só, por estranha ou insignificante que pareça, você terá a consciência oprimida pela minha morte, ou pela perda da minha razão.

Acredito que não deixará de dar a devida importância ao meu pedido. Só ao supor que você não me atenderia, meu coração se agita e minhas mãos tremem. Imagine-me a esta hora, num lugar estranho, sob o mais negro dos tormentos que ninguém pode calcular, mas convencido de que, se concordar em me ajudar, o meu pesadelo acabará como quem acorda de um sonho. Ajude-me, querido Lanyon, e salve o

Seu amigo
H. J.

P. S. — Já havia fechado esta carta, quando novo terror se apoderou da minha alma. É possível que o correio esteja encerrado e que não a receba antes de amanhã. Nesta hipótese, cumpra sua missão quando mais lhe convier durante o dia; e espere, ainda neste caso, o meu mensageiro à meia-noite. Talvez seja então tarde demais. Se esta noite passar sem a realização destas prescrições, fique sabendo que foi a última em que viveu Henry Jekyll.

Depois da leitura dessa carta, persuadi-me de que o meu colega havia enlouquecido; porém, até que se provasse o contrário, sentia-me no dever de atender ao pedido. Se eu pouco conseguia entender dessa confusão, muito menos ainda estava em situação de julgar-lhe a importância, e não se podia, sem grave responsabilidade, recusar um apelo assim redigido. Levantei-me da mesa, entrei em um coche e fui direito à casa de Jekyll. O mordomo esperava-me: recebera, pelo mesmo correio, uma carta registrada, com as instruções, e mandara chamar ao mesmo tempo o serralheiro e o carpinteiro. Os operários chegaram enquanto conversávamos. E fomos todos para o velho anfiteatro do dr. Denman, onde Jekyll instalou o seu gabinete particular. A porta era rija, a fechadura, magnífica: o carpinteiro declarou que teria dificuldade e faria muito estrago se tivesse de arrombar. O serralheiro quase se desesperou. Mas era hábil, e depois de duas horas de trabalho a porta foi aberta. O armário letra E não estava fechado a chave. Retirei a gaveta, enchi-a com palha, embrulhei-a numa folha de papel e voltei com isso para a minha casa na Cavendish Square.

Aí chegando, passei a examinar-lhe o conteúdo. Os pós estavam acondicionados com cuidado, mas não com a perícia de um farmacêutico: era com certeza trabalho do próprio Jekyll; e, quando abri um dos pacotes, pareceu-me que contivesse apenas um sal em cristais de cor branca. Quanto ao frasco, sobre o qual recaiu a minha atenção, estava quase cheio de um líquido cor de sangue, altamente desagradável ao olfato, parecendo-me conter fósforo e alguma substância volátil. Dos outros ingredientes não atinei com a natureza. O bloco de anotações não trazia mais que uma série de datas, que abrangiam um período de muitos anos; mas essas anotações cessavam bruscamente no ano passado. Aqui e ali, curta observação acrescentada a uma data, geralmente uma simples palavra: "duplicata", que ocorria talvez seis vezes num conjunto de centenas de dias. E uma nota, muito recente na lista, seguida de vários pontos de exclamação: "Fracassou totalmente!!!". Tudo isso, que aguçava minha curiosidade, pouco me dizia de concreto: um frasco com alguma tintura qualquer, papéis com sais, e anotações de uma série de experiências que não haviam chegado — como muitas das expe-riências de Jekyll — a qualquer resultado prático. Como poderia a presença dessas coisas na minha casa afetar a honra, o juízo ou a vida do meu amigo? Se o seu mensageiro podia vir a um lugar, por que não podia ir a outro? E, mesmo admitindo qualquer impedimento, por que é que esse cavalheiro tinha de ser recebido por mim em sigilo? Quanto mais refletia, mais me convencia de que estava às voltas com um caso de distúrbio mental. E, embora houvesse mandado que meus criados se recolhessem, levei um revólver, pois bem podia me ver em situação de legítima defesa.

Soavam sobre Londres as pancadas de meia-noite, e já ouvia bater levemente à porta. Fui eu mesmo abrir, e deparei-me com um homenzinho agachado sob as colunas do átrio.

— Vem da parte do dr. Jekyll? — perguntei.

Respondeu-me "Venho" de uma maneira constrangida; quando o convidei a entrar, não o fez sem lançar um olhar para trás, para o escuro da praça. Bem perto estava um policial, com a lanterna acesa. Ao vê-lo, o visitante tremeu e mostrou-se ainda mais apressado.

Admito que esses pormenores tiveram um efeito desagradável sobre mim. E, enquanto o seguia até à sala das consultas, segurei na mão o revólver. Aqui, finalmente, tinha probabilidade de o ver melhor. Nunca até então o encontrara, não havia dúvida nenhuma. Era baixo, como disse, e impressionava-me a sua estranha expressão; aquele misto de grande atividade física e aparente debilidade de constituição; e por fim, embora não menos importante, singular perturbação que em mim causava a sua proximidade. Era como um calafrio, acompanhado de sensível baixa de pulso. Nessa altura atribuí o fato a alguma idiossincrasia, a uma aversão pessoal, e só me admirei da acuidade dos sintomas. Mas sou levado a crer que a causa dessa repugnância instintiva estava mais profundamente na natureza da criatura e se baseava em um motivo mais nobre que a simples aversão.

Aquele indivíduo — que, desde o primeiro instante, despertou em mim o que posso descrever apenas como uma curiosidade repugnante — estava vestido de forma que faria rir a pessoa mais sisuda, e a roupa, ainda que de muito bom corte e qualidade, era imensamente maior do que a sua pessoa: as calças flutuavam nas pernas, arregaçadas para não roçar o chão, a cintura do casaco descia abaixo dos quadris e a gola abria-se até aos ombros.

Mas, estranhamente, aquele modo esquisito de trajar-se estava longe de me provocar o riso. Pelo contrário, como existia qualquer coisa de anormal e disparatado na própria natureza do indivíduo que eu tinha à minha frente — ao mesmo tempo dominadora, surpreendente e revoltante —, essa nova extravagância não fez senão reforçar esse caráter; e assim, ao meu interesse pela essência humana daquele ser, acrescentava-se a curiosidade pela sua origem, pela sua vida e condição social.

Essas considerações, embora ocupem aqui grande espaço, foram, contudo, feitas em poucos segundos. O visitante ardia na chama de uma excitação sinistra.

— Tem as coisas? — perguntou. — Tem as coisas?

E tão grande era a sua impaciência que me agarrou o braço e o sacudiu.

Repeli-o, com a sensação de que o seu contato me fazia gelar o sangue.

— Espere um pouco — disse-lhe. — Esquece-se de que não tenho ainda o prazer de o conhecer. Mas sente-se, por favor. — Indiquei-lhe uma cadeira e sentei-me no meu canto favorito, procurando conservar a atitude que tenho para com os doentes que me consultam, apesar do adiantado da hora, da natureza das minhas preocupações e do horror que me inspirava o visitante.

— Queira desculpar, dr. Lanyon — observou muito delicadamente. — O que diz é verdade, e a minha impaciência fez-me esquecer a educação. Venho aqui a pedido do seu colega, o dr. Henry Jekyll, e em uma missão de gravidade e urgência... Refiro-me à... — Aqui fez uma pausa, pôs a mão no peito e, apesar do seu ar tranquilo, dir-se-ia que lutava contra a aproximação de um ataque histérico. — Refiro-me à gaveta...

Nesse momento tive pena dele, e talvez também da minha curiosidade crescente. E então, apresentando-lhe a gaveta, que estava no chão atrás de uma mesa e ainda coberta com o papel de embrulho, disse-lhe:

— Ei-la.

Fez menção de a ir buscar, mas deteve-se e deixou a mão aberta sobre o coração. Eu podia ouvir o ruído dos dentes, que batiam convulsivamente. O rosto era tão fantasmagórico que eu receei pelo seu juízo e pela sua vida.

— Acalme-se — aconselhei.

Os lábios mostraram um sorriso horrível, e, num ato de desespero, puxou o papel que cobria a gaveta. Ao ver o conteúdo, soltou tal grito de alívio que fiquei petrificado. E a seguir, com uma voz que já parecia perfeitamente controlada, perguntou-me:

— Você tem um copo graduado?

Levantei-me com certo esforço e fui buscar o que ele queria. Agradeceu-me com uma inclinação de cabeça, mediu umas gotas da tintura vermelha e adicionou um dos pós. A mistura, que a princípio era avermelhada, tornou-se, à medida que o pó se dissolvia, mais clara e efervescente, deixando exalar algum vapor. De repente a ebulição cessou, e a composição ficou cor de púrpura, muito escura, desbotando lentamente para um verde-aguado. O desconhecido, que observava todas essas metamorfoses com muita atenção, sorriu, pôs o copo em cima da mesa, voltou-se e olhou para mim com olhar interrogador.

— Agora, estabeleçamos o seguinte. Permite que eu pegue este copo e saia da sua casa sem dizer mais nenhuma palavra? Ou a sua curiosidade é muito grande e prefere conhecer todo esse mistério? Pense antes de responder, porque respeitarei a sua decisão. No primeiro caso, ficará como antes, nem mais sábio nem mais rico, a menos que o sentimento de ter prestado um serviço a alguém em situação difícil seja considerado riqueza de alma. Na segunda hipótese, um novo campo de conhecimento se abrirá diante de seus olhos, com possibilidades de fama e influência, aqui, nesta sala, num rápido instante. Ficará deslumbrado por um prodígio, e sua descrença em Satanás ficará abalada.

— Você fala por enigmas — respondi, afetando uma indiferença que estava longe de sentir. — Não se admire se eu, portanto, não prestar muita atenção no que diz. Porém, já fui longe demais na prestação de inexplicáveis favores, e agora prefiro ver em que isso acaba.

— Está bem, Lanyon. Mas não se esqueça de que o que vai acontecer é segredo profissional. E agora você, que por tanto tempo ficou confinado na estreiteza das coisas materiais, que negou a virtude da medicina transcendental, que escarneceu dos seus superiores... abra os olhos e veja!

O homem levou a proveta à boca e bebeu de uma só vez. Soltou um grito. Cambaleou, vacilou, agarrou-se à mesa, de olhos esgazeados, respirando com a boca aberta. Mas, enquanto eu olhava, principiou... assim me quis parecer... a transformar-se, a inchar, a cara tornava-se negra, as feições como que dissolvendo e alterando-se. Pus-me de pé e, num pulo, encostei-me à parede, com um braço erguido para me proteger. Depois deixei-me cair, escorregando pela parede abaixo, com a mão no rosto para não continuar a ver semelhante espetáculo. O entendimento fugia-me, mergulhado em um imenso terror.

— Meu Deus! — exclamei. — Meu Deus! — repeti. E diante de mim, pálido e trêmulo, meio desfalecido, andando às apalpadelas, como um ressuscitado, estava Henry Jekyll!

O que me disse depois não me é possível passar para o papel. Vi o que vi, ouvi o que ouvi, e a minha alma ficou para sempre perturbada; e mesmo agora, que essa visão se desfez, pergunto a mim mesmo se devo acreditar e não sei responder. A minha vida se abalou até as raízes. Não posso dormir. Um terror mortal acompanha-me de noite e de dia. Sinto que meus dias estão contados e que vou morrer. E todavia morrerei sem acreditar. Pela torpeza moral que esse homem me revelou, eu não posso, mesmo com lágrimas de penitência, nem sequer em pensamento, considerá-lo sem um estremecimento de horror. Direi mais uma coisa apenas, Utterson, e isso será, se você acreditar em mim, o bastante: a pessoa que entrou em minha

casa naquela noite era, segundo confissão do próprio Henry Jekyll, conhecida pelo nome Hyde e perseguida em todos os recantos do país como o assassino de Carew.
    Hastie Lanyon

Capítulo 10
A confissão completa de Henry Jekyll

Nasci no ano 18... herdeiro de grande fortuna, e dotado de excelentes qualidades, propenso por natureza à vida ativa, respeitava e aspirava ao respeito dos mais sábios e melhores entre os meus semelhantes. Desse modo, como se pode supor, tudo me garantia um futuro brilhante e cheio de distinções. Na verdade, o maior de meus defeitos era uma disposição por demais jovial e impaciente, que tem feito o prazer de muitos, que, contudo, eu considerava inconciliável com o meu grande desejo de ser reconhecido como pessoa séria e respeitabilíssima. Por isso, tratei de ocultar os meus divertimentos e comecei a olhar à minha volta, a fim de avaliar os progressos feitos e a minha posição na sociedade. Já era profunda a duplicidade do meu caráter. Muitos homens teriam confessado com orgulho certos erros. Eu, todavia, tendo em vista os altos propósitos aos quais visava, só podia envergonhar-me dessas irregularidades: ocultava-as, com mórbida sensação de culpa e vergonha. Assim exigia a natureza das minhas aspirações, mais do que a própria degradação dos pecados; ia-se cavando em mim, mais do que na maioria dos mortais, esse profundo fosso que separa o mal do bem e divide e compõe a dualidade da nossa alma.

E desse modo fui levado a refletir, de maneira penetrante e irresistível, naquela pesada lei da vida, que está na base da religião e é uma das mais abundantes fontes das aflições humanas. Ainda que tão entranhadamente dissimulado, estava longe de ser um hipócrita. Ambas as minhas inclinações eram vividas por mim com honestidade. Eu era sempre eu mesmo: quando deixava de lado o constrangimento e mergulhava na ignomínia, e quando mergulhava no trabalho, à luz do dia, pelo avanço dos meus conhecimentos e alívio de dores e tristezas.

E aconteceu que o sentido dos meus estudos científicos, que me conduziam à mística e às coisas transcendentes, suscitou e derramou imensa claridade nesse caráter de guerra permanente entre o bem e o mal em que me debatia. Em cada dia, as duas partes da minha inteligência, a moral e a intelectual, atraíam-me mais e mais para essa verdade, cuja descoberta parcial fora em mim condenada a tão pavoroso naufrágio: que o homem não é realmente uno, mas duplo. Digo duplo porque o estado do meu conhecimento não vai além desse ponto. Outros poderão prosseguir, outros exceder-me-ão nesses limites; mas atrevo-me a pensar que o homem será um dia caracterizado pela sua constituição multiforme, incongruente, com suas facetas independentes umas das outras. De minha parte, segui infalivelmente numa só direção. Na minha própria pessoa habituei-me a reconhecer a verdadeira e primitiva dualidade humana, sob o aspecto moral. Depreendi isso das duas naturezas que formam o conteúdo da consciência, e, se eu pudesse corretamente dizer que era qualquer das duas, seria ainda uma prova de que eu era ambas. Desde muito tempo, ainda antes que as minhas descobertas científicas começassem a sugerir-me a simples possibilidade de semelhante milagre, aprendi a admitir e a saborear, como uma fantasia deliciosa, o pensamento da separação daqueles dois elementos. Se cada um, dizia eu comigo, pudesse habitar numa entidade diferente, a vida libertar-se-ia de tudo o que é intolerável. O mau poderia seguir o seu destino, livre das aspirações e remorsos do seu irmão gêmeo, a sua contraparte boa; e esta caminharia resolutamente, cheia de segurança, no caminho da virtude, fazendo o bem em que tanto se compraz, sem se expor à desonra e à penitência engendradas pelo perverso. Constitui uma maldição do gênero humano que esses dois elementos estejam tão estreitamente ligados; que no âmago torturado da consciência continuem a digladiar-se. De que modo poderiam ser dissociados?

Eu já estava adiantado nas minhas reflexões, quando, como disse, nas minhas experiências de laboratório comecei a vislumbrar o problema. Percebi mais claramente do que nunca a trêmula imaterialidade, a nebulosidade efêmera deste corpo tão aparentemente sólido de que somos revestidos. Certos reagentes, eu sabia, tinham a propriedade de abalar e repuxar o revestimento carnal, como o vento que sacode uma bandeira desfraldada. Por duas boas razões, não me aprofundarei no aspecto científico da minha confissão. Primeiro, porque sei que a sorte e o fardo da vida pesam irremediavelmente sobre os ombros do homem; pretendemos nos livrar deles, e caem de novo sobre nós com maior e mais impiedosa força. Segundo, como esta narração tornará — pobre de mim! — bastante evidente, minhas descobertas não chegaram a ser completas. Bastou, pois, que eu distinguisse o meu verdadeiro corpo da simples aura ou resplendor de certas faculdades que compõem o espírito, para imaginar uma droga por meio da qual tais faculdades fossem anuladas da sua supremacia e obtivesse uma segunda forma corpórea, em substituição da primeira, e com feições que dessem a expressão e imprimissem o cunho dos mais baixos elementos da minha alma.

Hesitei muito antes de pôr em prática a teoria. Sabia perfeitamente que aquilo era muito arriscado; eu poderia morrer. Pois qualquer droga que abalasse tão intensamente e alterasse a constituição da identidade podia, por um descuido no cálculo da dosagem ou pela má escolha do momento de a ingerir, causar a destruição total do corpo que eu pretendia transformar. Mas a tentação de uma descoberta tão singular e profunda dominou por fim todos os receios. Levei tempo a preparar a mistura. Comprei de uma vez só, de um atacadista de produtos químicos, grande quantidade de certo sal, que eu sabia, pelas minhas experiências, ser o melhor ingrediente para o caso; e, em uma maldita noite, misturei-o com outras coisas; vi tudo ferver e fumegar num copo. Quando a ebulição cessou, com toda coragem, engoli a poção.

Sucederam-se transes da maior angústia: ranger dos ossos, náuseas mortais, e o tormento do espírito que está para nascer ou morrer. Depois, essas agonias tornaram-se subitamente menores, e voltei a mim como quem convalesce de uma doença. Havia algo de estranho nas minhas sensações, algo de novo e indescritível que, pelo seu ineditismo, era incrivelmente agradável. Senti-me mais novo, mais leve, mais bem-disposto, e experimentava, no meu íntimo, uma impetuosa ousadia; desenrolavam-se, na minha fantasia, desordenadas imagens sensuais, vertiginosamente; desfaziam-se os vínculos morais e se mostrava agora uma liberdade da alma que, entretanto, não era inocente. Considerei-me, desde o primeiro sopro da minha nova existência, de ânimo mais perverso, dez vezes mais iníquo, reintegrado na maldade original; e esse pensamento, naquela hora, prendia-me e deliciava-me como um vinho. Estendi as mãos, exultando à ideia de inéditas sensações e, então, percebi de repente que havia diminuído de estatura.

Nessa ocasião não havia espelho no meu gabinete. Este que tenho agora atrás de mim, quando escrevo, foi colocado mais tarde, com o propósito de observar essas transformações. A noite, entretanto, cedera o lugar à madrugada, e a madrugada, escura ainda, engendrava o novo dia; os criados havia muito estavam dormindo. Agitado como estava com aquele triunfo, atrevi-me a caminhar até o meu quarto de dormir, naquela minha nova forma corporal. Atravessei o pátio, à luz das constelações, que deviam ter contemplado com espanto a primeira criatura dessa espécie que jamais existira, insinuei-me pelos corredores, como um estranho em minha própria casa e, chegando ao quarto, vi, pela primeira vez, a figura de Edward Hyde.

Falo apenas em teoria, não dizendo que sei, mas que suponho ser provável. O lado mau da minha natureza, ao qual acabava de dar corpo, era menos robusto e menos desenvolvido do que o lado bom, de que me tinha desintegrado. Além disso, na minha vida, que havia sido afinal, na sua maior parte, uma existência de trabalho, virtude e autodomínio, esse lado mau despendera muito menos esforço e energia. E daqui resultou, segundo concluo, que Edward Hyde parecia mais novo, mais ágil, mais leve do que Henry Jekyll. Assim como o lado bom resplandecera na fisionomia deste, o outro lado estava escrito na face daquele. Além disso, esse lado mau — que suponho que seja a parte mortal do homem — deixava-me no corpo uma marca de deformidade e degenerescência. E contudo, quando olhava no espelho para essa feia imagem, não sentia nenhuma repugnância, antes um alvoroçado prazer. Pois se era eu também! Portanto, era natural e humano. Aos meus olhos surgia um reflexo mais vivo do espírito, dir-se-ia mais expressivo e original do que a imperfeita feição que eu até aí me acostumara a chamar minha. Neste ponto, eu certamente tinha razão. Observei que ao usar a máscara de Edward Hyde ninguém se aproximava de mim sem visível receio. Isso decorria do fato de que todos os seres humanos, tal qual os vemos, são compostos do bem e do mal: e Edward Hyde — único na humanidade — era de pura essência maléfica.

Demorei-me apenas um momento diante do espelho. Restava realizar a segunda e decisiva experiência: saber se perdera para sempre a minha identidade, e neste caso devia fugir, antes de ser dia claro, de uma casa que já não me pertencia. Voltei rapidamente para o gabinete e mais uma vez preparei e bebi um copo do meu invento, passando novamente pelos tormentos da dissociação e voltando a ser Henry Jekyll, com a sua estatura, o seu caráter e o seu rosto.

Aquela noite tinha-me levado a uma encruzilhada fatal. Realizara a descoberta com os mais nobres propósitos, arriscara-me na experiência enquanto estava sob o império de aspirações generosas e científicas, e dessas agonias do nascimento e da morte regressei um anjo em lugar de ficar demônio. A droga não tinha nenhuma ação característica, não era nem diabólica nem divina, apenas abalou as portas da prisão das minhas inclinações. E, como os prisioneiros de Filipos, o que estava dentro libertou-se. Nessa época, a minha virtude cochilava, mas o mal, despertado pela ambição, estava alerta e pronto ao primeiro sinal. E daí resultou Edward Hyde. Portanto, se tinha dois caracteres e duas aparências, uma dessas era inteiramente inclinada ao mal, a outra era ainda o velho Henry Jekyll, esse incongruente composto, cuja melhora e aperfeiçoamento eu havia já perdido a esperança de conseguir. Por isso, o movimento seguia na direção do pior.

Por essa época, não adquirira ainda aversão à aridez da vida de estudo. Continuaria alegremente disposto por mais um tempo; e como as minhas distrações não eram — para dizer o mínimo — muito dignificantes, e eu era não só muito conhecido e altamente considerado como também caminhava para uma idade respeitável, essa incoerência da minha vida principiava a tornar-se importuna. Foi nessas condições que aquele novo poder me tentou até me tornar seu escravo. Bastaria beber um copo da droga para me libertar do corpo do médico célebre e assumir, como um disfarce perfeito, a figura de Edward Hyde. Sorri àquela ideia. Parecia-me então ser uma coisa divertida, e fiz os meus preparativos com todas as precauções. Arranjei e mobiliei essa casa no Soho, que depois foi revistada pela polícia, e contratei, como governanta, uma mulher que eu sabia ser discreta e sem muitos escrúpulos. Por outro lado, participei aos meus antigos criados que um tal sr. Hyde — cujo aspecto descrevi — ficaria com plenos poderes e liberdade de entrar em casa; e, para prevenir qualquer problema, eu próprio me tornei, sob o meu segundo caráter e aspecto, familiar e assíduo ali. Depois redigi o testamento a que Utterson iria fazer tantas objeções; pois, se alguma coisa me acontecesse na qualidade de dr. Jekyll, eu entraria sem prejuízos econômicos na pessoa de Edward Hyde. E assim precavendo-me, como supus, em todos os pormenores, comecei a usufruir as estranhas imunidades da minha posição.

Existem homens que contratam matadores para praticarem os crimes, enquanto a sua própria pessoa e reputação ficam a salvo. Eu era o primeiro que atendia aos seus instintos. Eu era o primeiro que, aos olhos do público, exibia uma vida de respeitabilidade e que num momento, como um estudante irresponsável, se despojava dessa hipocrisia e mergulhava, de cabeça, no mar da liberdade. Para mim, envolto em um anonimato impenetrável, a impunidade estava garantida. Pense: eu tinha a identidade que quisesse! Era só entrar no laboratório, misturar apenas em dois segundos a bebida milagrosa, engoli-la de um só trago, e pronto!: tal como tinha nascido, o Edward Hyde dissipava-se no espelho, como o vapor efêmero da respiração... Ei-lo depois sossegado no seu gabinete, sob a forma de Henry Jekyll, entregue aos seus estudos e a rir-se de quaisquer suspeitas.

Os prazeres a que me entregava, sob o disfarce, eram, como disse, indignos; eu não conseguiria fazer uso de um termo mais baixo. Porém na pele de Edward Hyde esses prazeres atingiam a monstruosidade. Ao voltar dessas excursões, muitas vezes recaía numa espécie de assombro ao pensar na minha depravação. Esse ser que eu extraíra de minha própria alma e atirara sozinho no caminho do pecado era, por natureza, maligno e infame; todas as suas ações e pensamentos o denunciavam. Ele sorvia o prazer com avidez bestial, insensível como uma criatura de pedra. Por vezes Jekyll ficava horrorizado com os atos praticados por Hyde. Mas a situação estava à margem da lei e fora do alcance da consciência. Afinal, era Hyde e só Hyde o culpado. Jekyll não ficava pior por isso: regressava, íntegro, às suas boas qualidades e procurava, sempre que possível, desfazer o mal causado por Hyde. Assim, sua consciência ficava adormecida.

Não pretendo aprofundar-me no relato das infâmias que cometi. Quero apenas referir-me aos fatos subsequentes, que me indicaram que o castigo não demoraria a chegar. Começarei por um acidente que, se não tivesse mais consequências, nem valeria a pena mencionar. Num ato de crueldade contra uma criança, despertei a ira de um transeunte, em quem reconheci mais tarde a pessoa de um seu parente. O médico e a família da vítima uniram-se a ele: foram momentos em que temi pela minha vida. Por fim, e para acalmá-los do seu justo ressentimento, Edward Hyde trouxe-os até à porta e pagou-lhes com um cheque assinado por Henry Jekyll. Mas esse perigo foi facilmente eliminado no futuro com a abertura, em outro banco, de um crédito a favor do próprio Edward Hyde; e daí por diante, disfarçando a minha letra, dei ao meu duplo uma assinatura, dessa maneira supondo estar protegido dos golpes do destino.

Uns dois meses antes do assassinato de Sir Danvers, eu havia estado em uma das minhas aventuras e regressado tarde da noite; no dia seguinte acordei e tive estranhas sensações. Inutilmente procurei a causa; em vão contemplei o mobiliário elegante e as belas proporções do meu quarto, na minha verdadeira casa; em vão reconheci o padrão dos cortinados do leito e o desenho da madeira de mogno. Alguma coisa me dizia que eu não estava ali, que havia acordado em outro lugar, lá no pequenino quarto do Soho, onde me acostumara a dormir sob a forma de Edward Hyde. Sorri dessa fraqueza e, no meu foro científico, comecei a examinar devagar quais os elementos dessa ilusão, enquanto me espreguiçava no torpor confortável da manhã. Estava ainda pensando no caso, quando, já mais acordado, meu olhar caiu sobre minhas mãos. As de

Henry Jekyll — como você muitas vezes notou — são mãos de intelectual, no tamanho e no feitio: fortes, brancas e firmes. Mas aquelas que eu via agora, com toda a evidência, à luz amarelada dessa manhã londrina, meio ocultas nas mangas da camisa de dormir, eram secas, nodosas, ossudas, de um tom escuro e sombreadas por uma espessa camada de pelo. Eram as mãos de Edward Hyde!

Permaneci atônito durante meio minuto, oprimido, como estava, de espanto idiota, e só depois o terror me despertou de vez como num súbito bater de sinos. Saltei da cama e corri ao espelho. Ao primeiro encontro dos olhos com a imagem refletida, meu sangue transformou-se numa coisa esquisita e gelada. Ah, não havia dúvida: deitara-me Henry Jekyll e acordava Edward Hyde! Como explicar esse fenômeno?, perguntei a mim mesmo. E como remediá-lo?, insisti com novo ímpeto de terror. Já era manhã clara. Os criados já se haviam levantado. Todas as drogas estavam guardadas no gabinete, longe do quarto, e eu tinha de descer duas escadas para ir lá, atravessar o pátio e o laboratório, e isso me apavorava. Seria possível ocultar o rosto, mas como explicar a alteração da estatura? Então, com grande alívio, lembrei-me de que os criados já estavam acostumados a ver entrar e sair a figura do meu duplo. Vesti-me rapidamente, o melhor que pude, com um terno que me ficava larguíssimo, e fui de um lado a outro da casa, tendo encontrado Bradshaw, que arregalou os olhos e se voltou para ver o sr. Hyde em semelhantes condições e àquela hora matutina. Dez minutos depois, o Dr. Jekyll voltava à sua verdadeira forma e descia para fingir que tomava o café da manhã.

Havia perdido completamente o apetite. Esse lamentável incidente, essa metamorfose involuntária parecia, como na história da parede da Babilônia, ter escrito a minha sentença com todas as letras; e comecei a pensar mais seriamente nos prós e contras da minha dupla existência. A parte do meu ser que eu tinha a faculdade de projetar fora de mim estava agora mais exercitada e desenvolvida. Era como se o corpo de Edward Hyde houvesse crescido, como se — quando sob essa forma — o sangue me percorresse com mais calor. Foi quando inferi um perigo: se tal coisa se prolongasse, a balança da minha natureza começaria a pender para um lado, o poder da transformação voluntária tornar-se-ia difícil, e o caráter de Edward Hyde integrar-se-ia irrevogavelmente no meu. O êxito da droga não se manifestava sempre igual. Uma vez, no início de minhas experiências, falhara totalmente. Desde então, fui obrigado a dobrar a dose, e em outra ocasião, com risco de morte, a triplicar. Essas poucas contrariedades eram, até aqui, a única sombra que se projetava no meu contentamento. Agora, contudo, e depois do incidente da manhã, era levado a perceber que se, pelo contrário, no princípio, a dificuldade consistia em sair do corpo de Jekyll, a tendência fora gradual, mas definitivamente, fixando-se no lado oposto. Todas as circunstâncias, na atualidade, pareciam indicar que eu ia perdendo lentamente a influência da minha primitiva e melhor parte e incorporando-me pouco a pouco no meu duplo, secundário e pior.

Era preciso escolher entre os dois. As minhas duas naturezas possuíam memória comum, mas outras faculdades comportavam-se de forma desigual. Jekyll, o ser composto, às vezes com bastante apreensão, às vezes com um desejo impetuoso, projetava e compartilhava dos prazeres e das aventuras de Hyde. Mas Hyde era indiferente a Jekyll, ou, se se recordava dele, era como os bandidos das montanhas ao se lembrarem da caverna em que se refugiam da justiça. Jekyll manifestava mais do que um interesse de pai; Hyde, menos que uma indiferença de filho. Entregar a minha sorte na carcaça de Jekyll era estrangular todos esses apetites que eu havia secretamente acariciado durante tempos e de que começava agora a regalar-me. Confinar-me no esqueleto de Hyde era morrer para milhares de aspirações e interesses espirituais e ficar, para sempre, tombado no opróbrio, sem uma única amizade. O negócio parecia desigual; mas havia ainda outra coisa a considerar no equilíbrio da balança: enquanto Jekyll sofreria pungentemente as torturas da abstinência, Hyde não teria consciência do que havia perdido. Por estranhas que fossem estas circunstâncias, os termos do seu debate eram banais, e velhos como a humanidade. Muitas vezes os mesmos incitamentos e sobressaltos conduzem à morte um pecador tentado e medroso. E aconteceu-me, como à maioria dos meus semelhantes, que optei pela parte sã e procurei defendê-la com unhas e dentes.

Sim, preferi ser o médico, embora mais velho, embora desgostoso, mas rodeado de amigos e acalentando honestas esperanças; disse adeus à liberdade, à relativa mocidade, aos pés ágeis, coração leve e prazeres clandestinos que gozara sob o disfarce de Hyde. Fiz essa escolha talvez com certa reserva inconsciente, pois nem me desfiz da casa do Soho nem destruí as roupas de Hyde, que ainda estavam penduradas no meu gabinete. Durante dois meses conservei-me firme na minha resolução, durante dois meses levei uma vida de austeridade, como jamais antes experimentara, e usufruí a compensação da consciência tranquila.

Mas o tempo acabou por apagar a intensidade desses remorsos, os escrúpulos tornaram-se banais, e eu passei a torturar-me com ansiedades e desejos, como Hyde lutando pela sua libertação. E um dia, num momento de fraqueza moral, preparei e bebi mais uma vez a droga transformadora.

Não creio que um bêbado, quando reflete sobre o vício da embriaguez, sinta, uma vez em quinhentas, os perigos a que se arrisca na sua embrutecedora degradação; nem eu, tanto quanto me lembre, levei em consideração a absoluta insensibilidade moral e a insensata disposição para a perversidade, que eram as características de Edward Hyde. E por isso mesmo é que havia de ser punido. O meu demônio estivera muito tempo aprisionado, veio para a rua, a rugir furiosamente. Sentia-me consciente, mesmo quando tomei a poção, de uma desenfreada, inevitável propensão para o mal. Devia ter sido isso, quero crer, que me desencadeou na alma aquela tempestade de impaciência com que escutei as palavras extremamente corteses da minha desgraçada vítima; e, enfim, declaro perante Deus que nenhum homem moralmente são poderia ter sido arrastado a um crime com tão insignificante provocação, e que eu não tinha mais motivos para o fazer do que uma criança caprichosa quando quebra um brinquedo. Tinha-me despojado voluntariamente de todas essas faculdades de equilíbrio com que até o pior de nós continua firmemente através das tentações; no meu caso, ser tentado, o mais ligeiramente que fosse, significava logo uma queda.

Nesse instante, o espírito do mal despertou-me e enfureceu-me. Com um transporte de alegria infernal, ataquei o corpo indefeso, gozando deliciosamente cada golpe que desferia. E foi só quando a fraqueza do braço deu sinal que eu de repente, no auge da fúria, senti-me tomado por um arrepio de terror. A névoa dissipara-se; vi a minha cabeça posta a prêmio — e fugi da cena daqueles excessos, ao mesmo tempo trêmulo e triunfante, satisfeita a luxúria da maldade, e o meu amor à vida exacerbou-se até o limite. Corri para a casa do Soho e, para maior segurança, destruí vários documentos.

Depois saí pelas ruas onde luziam os lampiões, no mesmo estado de êxtase, saboreando o meu crime, planejando lucidamente alguns outros para o futuro e escutando na minha febre o som dos passos do vingador. Hyde tinha uma canção nos lábios quando compôs a sua droga, nessa noite, bebendo-a à saúde do morto. As torturas da transformação não lhe arrancaram nenhuma lágrima, mas Henry Jekyll, devorado de remorsos, caiu de joelhos e ergueu as mãos ao Senhor. O véu da indulgência rasgou-se-me de alto a baixo, e eu vi a minha vida toda, em conjunto. Segui-a desde os tempos da infância, quando ia pela mão de meu pai, e através do abnegado trabalho como médico, até chegar, pouco a pouco, sempre nesse cortejo de recordações, aos horrores infernais daquela noite. Acho que devo ter gritado; tentava, com prantos e orações, sufocar a multidão de sons e de imagens horríveis que me atormentavam a memória. Mas ainda assim, no meio das orações, a negra face do mal permanecia junto de minha alma. Quando depois diminuiu a violência desse remorso, sobreveio uma sensação de alegria. O problema da minha vida estaria resolvido. Hyde tornava-se daqui para a frente absolutamente impossível; quer eu quisesse, quer não, estava agora confinado à melhor parte da minha natureza. Oh, como isso me fazia exultar de contentamento! Com que humildade eu abracei outra vez as restrições da vida natural! Com que sincera renúncia fechei a porta por onde saíra e entrara tantas vezes, e pisoteei-a!

No dia seguinte soube que Hyde havia sido identificado como o responsável por aquele crime e que a vítima pertencia a uma elevada esfera e gozava de muita consideração. Não fora apenas um crime, fora também um completo desatino. Creio que tive prazer em tomar conhecimento daquela repulsa que sentia a opinião pública; creio que regozijei por ter os meus bons impulsos assim protegidos e guardados pelo temor do patíbulo. Jekyll era agora o meu refúgio. Bastaria que Hyde aparecesse, nem que fosse por um só instante, que as mãos de toda a gente se levantariam para o prender e matar.

Deliberei redimir o passado por meio da conduta futura. E posso dizer com sinceridade que essa resolução era o fruto do bem que em mim permanecia. Você sabe com que ardor, nos últimos meses do ano passado, esforcei-me para aliviar sofrimentos alheios; sabe que, quanto mais fazia pelos outros, mais os dias corriam tranquilos, quase felizes, para mim. Nem posso, na verdade, dizer que me fatigasse nessa vida inocente e benfazeja. Penso, pelo contrário, que em cada dia o meu bem-estar era maior. Mas estava ainda amaldiçoado pela minha dualidade; e, quando o primeiro rosário da minha penitência chegou ao fim, o meu lado mais baixo, durante tanto tempo em liberdade e só recentemente escravizado, começou a clamar por liberdade. Não que eu pensasse em ressuscitar Hyde. Essa simples ideia me causava um terror indescritível. No entanto, como habitualmente acontece com os pecadores, caí finalmente sob os assaltos da tentação.

Mas tudo tem um fim. Por maior que seja o vaso, acaba sempre por transbordar; e essa breve condescendência para com o lado mau destruiu-me finalmente o equilíbrio da alma. Contudo, não fiquei alarmado; a queda parecia-me natural, como um regresso aos distanciados tempos que precederam a descoberta. Era um dia de janeiro, límpido e agradável, úmido sob os pés, onde a neve se misturara com a terra, porém o céu resplandecia sem nuvens. O Regent's Park estava repleto daquela animação do inverno e dos perfumes de uma primavera prematura. Sentei-me num banco, ao sol. A animalidade dentro de mim remexia-se e instigava a memória; o lado espiritual condescendia, prometendo subsequente penitência, mas não disposto ainda a começá-la. Afinal, pensava eu, sou como as outras pessoas; e sorri, comparando-me com os meus vizinhos, comparando a minha vontade ativa com a crueldade de sua negligência. E, precisamente no instante dessa ideia vaidosa, senti uma espécie de desmaio, uma náusea horrível e um grande medo. Essas sensações se dissiparam, mas senti-me fraco; e, como a fraqueza continuasse, comecei a desconfiar de certa alteração na natureza dos meus pensamentos, maior audácia, desprezo pelo perigo, ausência de qualquer constrangimento. Olhei para mim: a roupa pendia-me sem forma nos membros encolhidos. A mão que tinha sobre o joelho estava nodosa e cabeluda. E mais uma vez eu fui Edward Hyde. Um momento antes desfrutava o respeito dos meus semelhantes, tinha saúde, era benquisto — e a mesa posta, e o jantar à minha espera em casa. E agora eu era o mais miserável dos homens, perseguido, sem lar, assassino conhecido, e condenado à forca.

Minha razão vacilava, mas não me abandonou inteiramente. Por mais de uma vez observara que no seu segundo caráter as faculdades pareciam aguçar-se mais, a inteligência ficava mais elástica. Assim aconteceu que, onde Jekyll talvez tivesse sucumbido, Hyde permaneceu senhor das circunstâncias. O remédio estava nos armários do meu gabinete: como ir buscá-lo? Eis o problema que, apertando o rosto entre as mãos, eu pretendia resolver. A porta do laboratório estava fechada. Se procurasse entrar em casa, meus próprios criados levar-me-iam à forca. Compreendi que devia me servir de outra pessoa e lembrei-me de Lanyon. Como conseguiria falar com ele? E de que maneira persuadi-lo? Supondo que escapasse de ser preso na rua, como conseguiria chegar à sua presença? E como poderia eu, visitante desconhecido e desagradável, persuadir o médico ilustre a entrar no consultório do seu colega Jekyll? Então lembrei-me de que, do meu caráter originário, uma parte permanecia em mim: poderia escrever em nome de Jekyll. E depois dessa ideia luminosa o caminho que eu devia seguir ficava totalmente claro.

Com esse propósito, arranjei a roupa o melhor que pude e, tomando um coche que passava, ordenei que me levasse a um hotel em Portland Street, de cujo nome casualmente me lembrei. Ao ver-me assim — o que era na verdade bastante cômico, embora trágica a sorte de quem a roupa cobria —, o cocheiro não pôde esconder a sua vontade de rir. Rangi os dentes com fúria diabólica, e o sorriso murchou-lhe na face, felizmente para ele, e ainda mais felizmente para mim, pois em outra circunstância eu o teria certamente arrancado lá de cima do poleiro. Na estalagem, ao entrar, olhei em volta com um ar tão sombrio que os fregueses tremeram. Nem trocaram sequer um olhar enquanto permaneci ali. Obsequiosamente, o dono atendeu às minhas ordens, conduziu-me a um quarto particular e trouxe-me com que escrever. Hyde, em perigo de vida, era uma criatura nova para mim: abalado por uma cólera desordenada, amarrado à desonra de um assassinato, ansioso por cometer mais algum crime. Todavia a criatura era astuta e dominava a raiva com enorme esforço de vontade. Escreveu duas cartas importantes, uma para Lanyon, outra para Poole. E, quando se convenceu de que as podia mandar para o correio, enviou-as recomendando que deveriam ser registradas.

Depois, permaneceu o resto do dia sentado no quarto particular, junto à lareira, roendo as unhas. Ali jantou, sozinho com os seus temores, e o criado visivelmente constrangido à sua frente. Quando a noite já ia alta entrou em uma carruagem e fez-se conduzir a esmo através das ruas da cidade. *Ele*... pois não posso dizer eu... esse filho do Inferno não tinha nada de humano: nele mais nada existia além do medo e do ódio. E quando enfim julgou que o cocheiro começara a desconfiar, saiu da carruagem e aventurou-se a pé, naquela ridícula roupa, no meio dos notívagos de Londres. E aquelas duas paixões abjetas continuaram em tumulto dentro dele como uma tempestade. Andava depressa, dominado pelo medo, falando só, escondendo-se nos becos menos frequentados, contando os minutos que ainda faltavam para a meia-noite. Em certa ocasião houve uma mulher que se lhe dirigiu, oferecendo, suponho, uma caixa de fósforos. Ele bateu-lhe na cara, e ela fugiu.

Quando cheguei à casa de Lanyon, o horror do meu velho amigo talvez tenha me afetado um pouco. Não me lembro muito bem. Isso não era, afinal, senão uma gota de água no oceano, em comparação com o horror que senti ao relembrar as horas sombrias pelas quais passara. Havia ocorrido uma mudança em mim: não era o pavor da forca, era o de ser Hyde que me torturava. Recebi a sentença de Lanyon em parte como num sonho. E foi ainda como num sonho que voltei para casa — a minha verdadeira casa — e me enfiei na cama. Dormi, depois das terríveis aflições daquele dia, um sono amargo e profundo, que nem mesmo os pesadelos que me dilaceravam foram capazes de interromper. Acordei no dia seguinte, cansado, fraco, mas com algum alívio. Ainda me assustava a ideia de que um animal dormia dentro de mim, e eu naturalmente não esquecera os medonhos perigos da véspera; porém, uma vez mais, encontrei-me na antiga casa, sozinho com as minhas drogas; o fulgor da gratidão por me haver salvado e o resplendor da esperança rivalizavam agora na minha alma.

Depois do almoço, fui vagarosamente até ao pátio, respirando com prazer a umidade do ar, e logo me assaltaram os indescritíveis sintomas que pressagiavam a metamorfose. Só tive tempo de chegar ao gabinete, onde novamente senti os furores e o enregelamento que denunciavam a presença de Hyde. E o outro eu tomou uma dose dobrada da mistura para poder regressar a Jekyll. Mas, pobre de mim!, seis horas depois, quando descansava, olhando tristemente a lareira, os transes voltaram e a droga teve de ser ainda outra vez administrada. Em resumo: daquele dia em diante, só por um enorme esforço e sob o estímulo imediato do remédio é que eu conseguia conservar a fisionomia de Jekyll. A todas as horas do dia e da noite, sentia o tremor fatal a advertir-me. Sobretudo, se adormecia ou dormitava por uns momentos na poltrona, era sempre na forma de Hyde que acordava. Sob a angústia dessa contínua ameaça e das vigílias a que me condenara, fui me tornando, muito mais do que julguei humanamente possível, uma criatura devorada e consumida pela febre, debilitada no corpo e no espírito e dominada por um único pensamento: o horror do outro eu. Se o sono me vencia, ou as virtudes do antídoto fracassavam, pulava sem transição — porque as dores da transformação eram cada vez menos sensíveis — para dentro de um ser cuja imaginação era plena de imagens de pavor, e cuja alma era devorada por aflições sem causa; o corpo parecia não ser bastante forte para conter tão impetuosas energias vitais. As faculdades de Hyde deviam ter aumentado com a fraqueza de Jekyll. O ódio que os separava seria certamente, agora, o mesmo, tanto num lado como no outro. Em Jekyll derivava do seu instinto da vida, porque via presentemente a deformidade absoluta dessa criatura que compartilhara com ele os fenômenos da consciência e era seu coerdeiro na morte: e além desses elos comuns, que faziam, em ambos, a parte mais pungente do seu infortúnio, Jekyll considerava Hyde como uma coisa não apenas infernal, mas inorgânica. Eis o fato mais impressionante. E do fundo do abismo cavado pareciam erguer-se vozes e imprecações, o barro amorfo como que gesticulava e amaldiçoava, o que estava morto e não tinha forma tomava o lugar das funções da vida, e isso — essa miséria rebelde — prendia-se a ele, mais abraçado que uma mulher, mais cerrado do que as pálpebras; jazia enclausurado na sua carne, onde o sentia implorando e lutando para nascer — e em cada hora de fraqueza, em cada momento de sonolência, prevalecia contra ele e o destituía dos seus direitos.

O ódio de Hyde por Jekyll era diferente. O medo da forca impelia-o constantemente a cometer suicídios temporários e a voltar à posição subalterna de uma parte do seu todo; mas detestava essa necessidade, aborrecia o desânimo em que Jekyll se abatia, ressentido do ódio do qual era objeto. Daí os ardis simiescos com os quais pretendia me enredar, obrigando-me a rabiscar blasfêmias à margem dos meus livros, a queimar cartas e a destruir o retrato de meu pai. E, se não fosse o seu medo da morte, há muito ter-se-ia destruído para me envolver na sua própria ruína. O amor pela vida, contudo, era extraordinário. Direi mais: eu, que adoecia e gelava de horror só em pensar nele, quando compreendi a abjeção e a persistência desse seu amor pelo mundo e quando percebi o receio que tinha de que o inutilizasse pelo meu suicídio, principiei a sentir compaixão por ele.

É inútil — meu tempo agora é tão curto... — prolongar esta descrição. Outro que tivesse sofrido esses tormentos acharia que foi mais que suficiente. E mesmo a respeito dessas dores, o costume trouxe-me, não digo alívio, mas uma certa indiferença da alma, certa condescendência com a desesperança. O meu castigo poderia durar muitos anos, mas essa última calamidade, que descrevi, separou-me finalmente da minha própria expressão e natureza. A minha provisão de sais, que nunca fora renovada desde a data da primeira experiência, começou a diminuir. Mandei comprar outra quantidade e procedi à mistura; produziu-se a efervescência e a primeira mudança de cor, porém não a segunda. Tomei-a, e não senti resultado nenhum. Poole deve ter contado como o mandei vasculhar por toda Londres. Foi tudo inútil. E estou agora persuadido de que a primeira remessa é que era impura e que foi essa impureza que deu eficácia à minha descoberta.

Já se passou quase uma semana, e estou agora encerrando este relato sob a influência da última dose dos primeiros sais. É, pois, a última vez, a menos que aconteça um milagre, que Henry Jekyll pensa com os seus pensamentos e contempla o seu autêntico rosto — tão tristemente desfigurado! — no espelho do gabinete. Não devo alongar-me na conclusão deste relato. Se a minha narrativa escapou até agora à destruição, deve-se isso a uma combinação de prudência e de sorte. Quando, no ato de escrever, me tomam as angústias da transformação, Hyde rasga em pedaços o papel. Mas, se decorrer algum tempo depois de ter terminado a carta, o espantoso egoísmo do monstro e sua preocupação com o presente provavelmente a deixarão a salvo. A sentença que pesa sobre nós dois começará a esmagá-lo já. Daqui a meia hora, quando de novo e para sempre me tornar naquela personalidade odiosa, sentar-me-ei a tremer e a chorar numa poltrona, ou continuarei, com os ouvidos atentos, a passear por esta sala — meu último refúgio terreno —, à escuta de algum ruído ameaçador. Hyde morrerá no patíbulo? Ou terá a coragem de se libertar a si mesmo, no último momento? Só Deus o sabe. Não me preocupo. Esta é que é a minha última hora, e o que acontecer depois concerne a outro, não a mim. Aqui, portanto, ao descansar a pena e ao selar a minha confissão, ponho ponto-final na infeliz vida deste médico infortunado que se chamou Henry Jekyll.

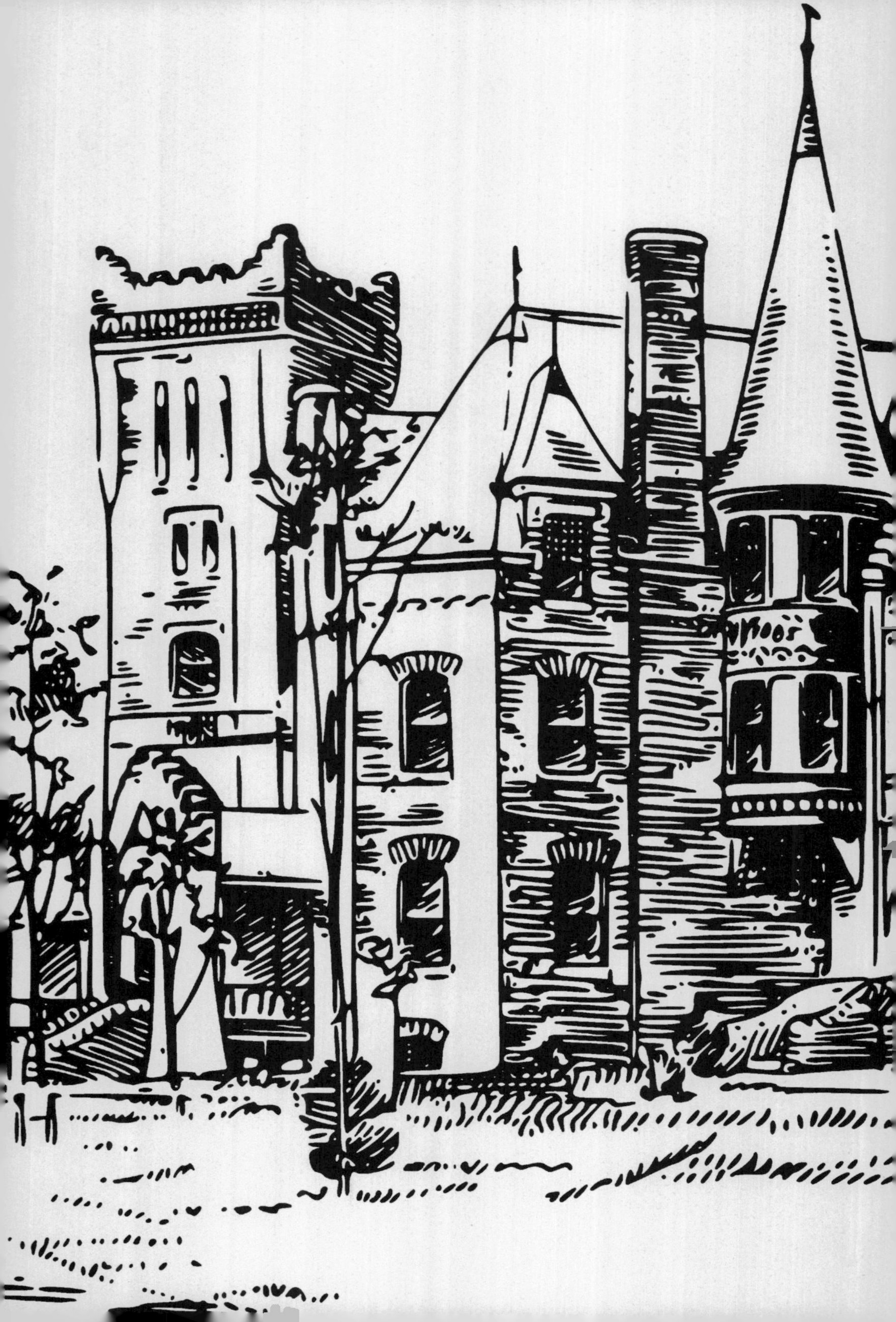

DRÁCULA

BRAM STOKER

TRADUÇÃO:
MARIA LUÍSA LAGO BITTENCOURT

PREFÁCIO
A curiosidade em torno do horror: Drácula, um caso de sucesso

LILIAN CRISTINA CORRÊA[1]

Para muitos leitores, o universo literário adquire uma nova cor, atinge um novo patamar, quando entram em contato com a literatura de horror gótico. Howard Phillips Lovecraft (1890-1937), escritor americano que revolucionou o gênero do terror, chegou a mencionar:

> A emoção mais antiga e mais forte da humanidade é o medo, e o mais antigo e mais forte tipo de medo é o medo do desconhecido. Esses fatos poucos psicólogos irão discordar, e sua verdade admitida deve estabelecer, por todo o tempo, a genuinidade e dignidade do estranhamente horrível conto como uma forma literária. (LOVECRAFT, 1973 p. 12)

Da mesma forma que a humanidade sempre se mostrou desperta aos movimentos relacionadas à criação da vida, como vemos no romance *Frankenstein* (1818), da inglesa Mary Shelley, essa mesma curiosidade move o medo a que se refere Lovecraft. Nas literaturas de língua inglesa, um dos maiores

---

[1] Mestre e Doutora e Comunicação e Letras pela Universidade Presbiteriana Mackenzie.

representantes desse estilo e da inserção do medo é o irlandês Bram Stoker, que eleva o gênero a um outro nível quando publica *Drácula* em 1897, obra de relevância no desenvolvimento do mito literário moderno do vampiro.

Diversos outros vampiros surgiram desde então, na literatura, no cinema, nos quadrinhos e na televisão, mas é inegável a noção de que a narrativa vampiresca apresentada por Stoker é, por muitos, considerada a pioneira para tantas outras releituras. É importante destacar, contudo, que o conteúdo encontrado em *Drácula*, embora recheado de um infinito de possibilidades interpretativas que nos levam além dos conceitos trabalhados no romance, não é o primeiro a apresentar aos leitores a figura nefasta (ao mesmo tempo apaixonante) do vampiro.

John William Polidori (1795-1821) publicou o conto *O Vampiro* em 1819, apenas um ano após a publicação de Mary Shelley — Polidori inclusive esteve em companhia dos Shelleys e de Lord Byron na noite que deu origem à criação de *Frankenstein*. Também anterior ao romance de Stoker, temos *Carmilla*, uma novela de ficção publicada no final do século XIX, em 1872, por muitos considerada como inspiração para o vampiro concebido pelo autor irlandês. Nesta novela, o igualmente irlandês Joseph Sheridan Le Fanu compõe sua narrativa apresentando Laura, uma jovem que relata momentos que passou junto à misteriosa Carmilla, bem como a ocorrência de eventos estranhos que aconteceram depois da chegada desta. Considerada como um clássico da literatura britânica, a obra de Le Fanu inova ao apresentar a primeira vampira feminina da literatura.

O que há de comum entre todas essas narrativas e o que é desenvolvido da maneira sobrecomum por Stoker em *Drácula* é a noção do medo e como esse sentimento é provocado a partir da fruição da leitura do romance, a partir da apresentação de personagens instigantes, curiosas e poderosas dos pontos de vista retórico e psicológico. A busca pela identidade individual, característica marcante do período em que a obra foi publicada, vê-se igualmente representada a partir das personagens criadas por Stoker: ao mesmo tempo em que busca entender sua real essência e existência em seu tempo, os indivíduos temem os resultados dessa busca — concepção que vem de encontro ao que Silva nos sugere:

> Se colocarmos a definição de horror como sendo um intenso medo e dor, no estado físico, ou medo e desânimo, no estado psicológico, o gênero não pode ficar preso apenas nos conceitos sobrenaturais, pois o horror lidará com a humanidade, com a vida e aquilo que ela propicia ao ser humano. Tendo isso em vista, trataremos o horror como Todorov apresenta, deixemos de lado apenas a classificação por gênero, e nos foquemos naquilo de maior aderência desse tipo de escrita: a tendência em causar o medo. (SILVA, 2012, p. 241)

Bram Stoker traz em *Drácula* uma narrativa contada em formato epistolar, por meio de cartas, recortes de jornal e diários, que gira em torno da trajetória e tentativas de um vampiro de se estabelecer em Londres e espalhar sua maldição até ser interrompido por um grupo de cidadãos comuns. Ao apresentar seu romance, Stoker repete diversas narrativas e temáticas ainda mais distantes, como as primeiras noções de criaturas macabras e incompreensíveis aos olhos da igreja, ainda na Idade Média, conforme menciona Melo (2007), "[...] Então foi nesse período [Idade Média] que vieram as figuras do vampiro, do lobisomem, dos espíritos, da bruxa, do mago, dos seres imaginários que podiam acabar conosco."

A noção de medo caminha em paralelo à figura sensual e macabra do vampiro que provoca nas personagens, e nos leitores, reações tão antagônicas quanto seu significado e sua representatividade ao longo da narrativa. A fonte na qual Stoker se inspirou provavelmente se encontra no folclore britânico e nos estudos sobre lendas e histórias sobre vampiros — em suas pesquisas, o autor fica intrigado com o nome Drácula, originário dos descendentes de Vlad II, da Valáquia, no século XV; em romeno, o nome seria o equivalente a "filho do dragão". Tal inspiração nunca foi efetivamente confirmada por Stoker, o que deixa margem e outas ideias e suposições, como a de alguns críticos que acreditam que Stoker tenha se inspirado em Vlad III, também chamado de Vlad, o Empalador e até mesmo Vlad Drácula, um príncipe da Valáquia famoso pelos severos e cruéis métodos de execução que deram origem a um de seus apelidos usados por seus inimigos.

Independente de sua origem histórica, folclórica ou ainda de inspiração puramente literária, é fato que o romance de Stoker tem provocado, desde o final do século XIX, grandes reações junto ao público leitor. Sua repercussão é inegável, assim como a qualidade imagética provocada por sua narrativa, que certamente continuará despertando a curiosidade e a paixão de tantos outros leitores ao longo dos tempos.

REFERÊNCIAS

LOVECRAFT, Howard Phillips. *Supernatural Horror in Literature*. New York: Dover Publications, 1973.

Melo, Fabio. (25/07/2007). *Textos*. Disponível em Recanto das Letras: http://recantodasletras.uol.com.br/ensaios/578321. Acesso em 13/04/ 2021.

SILVA, RFS. *O Horror na Literatura Gótica e Fantástica*: uma breve excursão de sua gênese à sua contemporaneidade. In MAGALHÃES, ACM., et al., orgs. O demoníaco na literatura [online]. Campina Grande: EDUEPB, 2012. pp. 239-254.

TODOROV, T. *Introdução à Literatura Fantástica*. São Paulo: Perspectiva, 1981.

Este livro estava ainda sendo impresso quando os jornais divulgaram a seguinte notícia:

"Monteros, Tucumán, Argentina, 15-2-60 (UPI).

Um trabalhador de 25 anos de idade foi acusado, hoje, de ser o vampiro que havia invadido os quartos de 15 mulheres, pelo menos, para chupar-lhes o sangue. O trabalhador Florencio Roque Fernández foi perseguido pela polícia, que o prendeu numa cova onde vivia, nas imediações desta localidade.
O 'Vampiro', como ele é chamado, atacava as mulheres que viviam sozinhas, pulando as janelas, e, enquanto suas vítimas dormiam, lhes mordia o pescoço e chupava o sangue, fugindo em seguida."

Os leitores daí tirem suas conclusões...

CAPÍTULO 1

DIÁRIO DE JONATHAN HARKER
(anotado em taquigrafia)

3 de maio. Bistritz — Parti de Munique às 20h35 do dia 1º de maio e cheguei a Viena cedo na manhã seguinte; deveria ter chegado às 6h46, mas o trem atrasou-se uma hora. Pelo que pude avistar do trem e pelo que percebi durante o curto passeio através das ruas, Budapeste pareceu-me um lugar maravilhoso. Temi afastar-me demasiado da estação, pois havíamos chegado atrasados; porém prosseguiríamos viagem o mais possível dentro do tempo previsto. Tinha a impressão de que abandonávamos o Ocidente e penetrávamos no Oriente; a mais oriental das esplêndidas pontes sobre o Danúbio, que aqui apresenta imponente largura e profundidade, colocou-nos entre as tradições do domínio turco.

Partimos na hora oportuna e, quando chegamos a Klausenburg, já era noite. Parei nesta cidade para pernoitar no Hotel Royal e comi no jantar, ou melhor, na ceia, galinha cozida de algum modo com pimenta-malagueta, prato que me pareceu muito saboroso, porém provocador de sede. (Lembrete: obter uma receita para Mina.) Perguntei ao garçom e ele me disse que aquilo se chamava *paprika hendl* e que, sendo prato nacional, eu poderia consegui-lo em qualquer lugar ao longo dos Cárpatos. Descobri que meus conhecimentos rudimentares da língua alemã me são muito úteis aqui; com efeito, não sei como me teria arranjado sem eles.

Tendo tido algum tempo à minha disposição, quando em Londres, visitara o Museu Britânico e realizara pesquisas acerca da Transilvânia, entre os livros e mapas da biblioteca. Concebera a ideia de que conhecimentos antecipados sobre aquele país não poderiam deixar de ter sua importância, quando se tratava de lidar com um nobre daquela região. Descobri que o distrito a que ele deu seu nome situava-se no extremo leste do país, confrontando com três estados — Transilvânia, Moldávia e Bucóvina — entre os montes Cárpatos: e verifiquei também que é uma das regiões mais selvagens e inexploradas da Europa. Em nenhum mapa ou livro pude conseguir informações sobre a exata localização do castelo de Drácula, pois aquele país ainda não possui mapas que se possam comparar aos nossos próprios atlas oficiais; porém verifiquei que Bistritz, a cidade da costa a que o Conde Drácula dera o nome, é um lugar muito conhecido. Referir-me-ei aqui a algumas de minhas anotações, pois poderão refrescar minha memória quando falar a Mina sobre minhas viagens.

Entre a população da Transilvânia encontram-se membros pertencentes a quatro nacionalidades. Ao sul os saxões, aos quais se misturam os valáquios, que descendem dos dácios; magiares a oeste e "szekelys" a leste e ao norte. Penetrarei entre estes últimos, que alegam descender de Átila e dos hunos. Talvez tenham razão, pois, quando os magiares conquistaram o país, no século XI, encontraram os hunos já estabelecidos nele. Segundo o que li, todas as superstições em voga pelo mundo se concentram na ferradura dos Cárpatos, como se estes constituíssem o centro de alguma espécie de redemoinho da imaginação. Se for isso verdade, talvez minha estada seja muito interessante. (Lembrete: devo perguntar ao Conde tudo a respeito delas.)

Apesar de julgar a cama suficientemente confortável, não dormi bem, pois tive inúmeros sonhos estranhos. Esta ocorrência talvez possa ser explicada pelo fato de ter um cachorro latido durante toda a noite, embaixo de minha janela: ou também porque a *paprika* me causava demasiada sede, obrigando-me a beber toda a água de minha garrafa. Pela manhã dormi e acordei com contínuas batidas em minha porta, o que me faz supor que deveria dormir profundamente naquele momento. Na refeição matinal comi *paprika*, uma espécie de mingau de farinha de milho que chamavam *mamaliga* e berinjela recheada com carne, prato muito saboroso que denominam *impletata*. (Lembrete: obter também essa receita.) Tive de apressar essa refeição, pois o trem partiu pouco antes das oito, ou melhor, assim deveria ter sucedido; porém, depois de correr para a estação às sete e meia, tive de sentar-me no vagão durante mais de uma hora, antes de prosseguir viagem. Parece-me que, quanto mais avançamos para leste, mais impontuais se tornam os trens. Em vista disso, qual será o atraso que apresentarão na China?

Durante o dia inteiro, vagamos por um país repleto das mais variadas belezas. Às vezes avistávamos cidadezinhas e castelos no cimo de morros íngremes, semelhantes a estampas que encontramos em velhos missais; outras vezes passávamos junto a rios e riachos que, devido às largas muralhas de pedra em cada margem, deveriam ser sujeitos a grandes enchentes. É necessária muita água, correndo com intensidade, para conseguir ultrapassar completamente as margens de um rio. Em cada estação havia grupos de pessoas, algumas vezes multidões, com as mais variadas vestimentas. Alguns eram iguais aos camponeses de minha terra ou semelhantes àqueles que vi atravessando a França e a Alemanha, com jaquetas curtas, chapéus redondos e calças nacionais; porém outros eram muito pitorescos. As mulheres ao longe pareciam bonitas, mas eram desajeitadas na cintura. Usavam roupas com grandes mangas brancas e bufantes de fazendas diversas, e quase todas traziam cintos largos dos quais se desprendiam tiras esvoaçantes, como vestidos de dançarinas, mas é claro que havia anáguas por baixo. Os mais estranhos indivíduos que vimos foram os eslovacos, mais incultos do que os outros, com seus grandes chapéus de vaqueiros, suas grandes calças balofas, de um branco turvo, camisas de linho branco e enormes e pesados cintos de couro, de quase trinta centímetros de largura, enfeitados em toda a extensão da superfície com tachas de metal. Usavam altas botas, dentro das quais enfiavam as calças, e tinham longos cabelos pretos, assim como espessos e negros bigodes. No palco, seriam imediatamente considerados componentes de algum antigo bando oriental de salteadores. Contudo, segundo o que me disseram, são inofensivos e falta-lhes a natural confiança pessoal.

Quando chegamos a Bistritz, interessante e antiga localidade, o crepúsculo já se transformava em escuridão. Como este local está praticamente na fronteira — pois o Desfiladeiro de Borgo comunica-o com Bucóvina —, sua existência é tempestuosa, havendo disto sinais inequívocos. Há cinquenta anos ocorreu uma série de grandes incêndios, provocando terríveis devastações em cinco épocas diferentes. Bem no início do século XVII, o local sofreu um cerco de três semanas, e as ocorrências normais da guerra foram acompanhadas de fome e doenças.

O Conde Drácula indicara-me o Hotel Coroa Dourada, que descobri ser completamente à moda antiga, o que me causou grande prazer, pois é claro que eu desejava ver tudo o que pudesse acerca dos costumes do país. Era evidente que me esperavam, pois, quando me aproximei da porta, encontrei uma velha senhora de aspecto alegre, que usava a vestimenta costumeira dos camponeses: roupa interior branca com longo avental dobrado, apresentando fazendas coloridas tanto na frente como atrás, tudo tão apertado que quase ofendia o recato. Quando me aproximei, inclinou-se e disse:

— O *Herr* inglês?

— Sim — afirmei. — Jonathan Harker.

Sorriu e falou algo com um homem idoso em mangas de camisa branca que a seguira até à porta. Ele saiu, mas retornou imediatamente com uma carta:

"Meu amigo, seja bem-vindo aos Cárpatos. Espero-o ansiosamente e faço votos para que durma bem. Amanhã, às três, a diligência partirá para Bucóvina e nela haverá lugar para você. No Desfiladeiro de Borgo minha carruagem o esperará a fim de trazê-lo para junto de mim. Desejo que sua viagem tenha sido feliz desde Londres, e também que a estada em minha linda terra lhe seja propícia.

Seu amigo
Drácula."

4 de maio — Descobri que o estalajadeiro recebera uma carta do Conde, mandando-o reservar na carruagem o melhor lugar para mim; porém, quando procurei indagar acerca dos detalhes, o estalajadeiro pareceu-me um tanto discreto e simulou não compreender meu alemão. Percebi logo que isso não poderia ser verdade, pois até ali ele me compreendera perfeitamente; pelo menos, respondera a minhas perguntas como se as tivesse entendido. Ele e sua esposa, a velha senhora que me recebera, entreolharam-se assustados. Ele afirmou num murmúrio que o dinheiro fora enviado por carta e que aquilo era tudo quanto sabia. Quando lhe perguntei se conhecia o Conde Drácula e se poderia dizer-me algo sobre seu castelo, tanto ele como sua esposa se benzeram e, dizendo não saber absolutamente nada, simplesmente se recusaram a prosseguir com a conversa. O momento da partida já estava tão próximo que não tive tempo de perguntar a mais ninguém, pois tudo era muito misterioso e nem um pouco animador.

Pouco antes de minha partida, a velha senhora subiu ao meu quarto e falou muito histérica:

— É necessário ir? Oh! Jovem *Herr*, é necessário ir?

Achava-se em tal estado de nervosismo que parecia haver esquecido seus parcos conhecimentos de alemão e misturava-os com outra língua que me era completamente estranha. Para entendê-la, tive de formular-lhe várias perguntas. Quando lhe disse que deveria partir imediatamente e que importantes negócios me prendiam, ela perguntou mais uma vez:

— Sabe que dia é hoje?

Respondi-lhe que era o dia quatro de maio. Sacudiu a cabeça ao afirmar novamente:

— Oh, sim! Já sei. Já sei, mas sabe que dia é hoje?

Quando declarei não compreender, prosseguiu:

— É a véspera do dia de São Jorge. Sabe que hoje, quando o relógio bater meia-noite, todas as maldades do mundo estarão à solta? Sabe para onde vai e o que o espera?

Ela estava de tal modo desesperada que tentei consolá-la, porém nada consegui. Finalmente ajoelhou-se, implorando-me que não partisse; pediu-me que esperasse pelo menos um dia ou dois, antes de viajar. Era tudo muito ridículo, mas não me sentia à vontade. Contudo, teria de realizar um negócio e não poderia permitir que coisa alguma o atrapalhasse. Tentei erguê-la, portanto, dizendo-lhe do modo mais sério possível que lhe agradecia, mas que meu dever era imperativo e me obrigava a partir. Levantou-se em seguida, enxugou os olhos e, tirando um crucifixo do pescoço, ofereceu-me. Eu não sabia o que fazer, pois, pertencendo à Igreja Anglicana, aprendera a considerar tais coisas algo idólatras; contudo, parecia-me falta de delicadeza recusar a oferta de uma velha senhora tão bem-intencionada e em tal estado de espírito. Acho que viu a dúvida em meu rosto, pois, colocando o rosário ao redor de meu pescoço, disse: "Faça isso por sua mãe", e saiu do quarto. Estou escrevendo esta parte do diário enquanto espero a carruagem, que, como sempre, está atrasada; porém o crucifixo ainda se encontra no meu pescoço. Não me sinto tão calmo quanto usualmente, não sei se devido aos temores da velha senhora, às muitas fantasmagóricas tradições deste lugar ou ao próprio crucifixo. Se por acaso este livro for ter às mãos de Mina antes de mim mesmo, que ele lhe leve o meu adeus. Aí vem a carruagem!

5 de maio. O castelo — Desapareceu o cinzento da manhã e o sol se ergue alto no horizonte distante, que parece recortado, não sei se por árvores ou montanhas, pois está tão longe que as grandes coisas se misturam com as pequenas. Não sinto sono e, como amanhã não terei de acordar cedo, escreverei até sentir-me sonolento. Há muitas coisas estranhas a serem anotadas e, para que não imaginem que comi demais antes de retirar-me de Bistritz, permitam-me esmiuçar o meu jantar. Comi o que denominavam "Carne de ladrão" — pedaços de toicinho defumado, azeitona e carne; tudo temperado com pimenta-malagueta, colocado em espetos e assado sobre o fogo, semelhante ao estilo simples da carne que se dá a um gato londrino. O vinho era Medisch dourado, que produz um invulgar ardor na língua, sem contudo ser desagradável. Bebi apenas um copo dele e nada mais.

Quando cheguei à carruagem, o cocheiro ainda não se sentara em seu lugar e eu o vi conversar com a estalajadeira. Evidentemente falavam de mim, pois de vez em quando me olhavam e também algumas pessoas que se sentavam em bancos do lado de fora (indivíduos esses que naquela língua recebem uma denominação que significa "mexeriqueiros") aproximaram-se e ouviram, olhando-me depois, quase todos com piedade. Eu conseguia distinguir inúmeras palavras muitas vezes repetidas, estranhas palavras, pois entre a multidão se misturavam indivíduos de muitas nacionalidades; portanto, sem despertar atenção, retirei de minha sacola meu dicionário poliglota e apurei o sentido daqueles vocábulos. Devo dizer que não eram muito auspiciosos, pois entre eles havia *Ordog* (Satanás), *pokol* (inferno), *stregoica* (feiticeira), *vrolok* e *vlkoslak*, ambos significando a mesma coisa, um de origem eslovaca e outro sérvia, designativos de lobisomem ou vampiro. (Lembrete: devo perguntar ao Conde tudo sobre essas superstições.)

Quando partimos, a multidão junto à porta da hospedaria, que naquele momento já aumentara consideravelmente, persignou-se e apontou dois dedos em minha direção. Com alguma dificuldade, consegui que um companheiro de viagem me explicasse o que significava aquilo; a princípio ele não respondeu, mas, sabendo que eu era inglês, declarou que constituía um amuleto ou proteção contra o mau-olhado. Aquilo não me foi muito agradável, principalmente no momento em que partia para um lugar desconhecido e ia ao encontro de um homem também desconhecido; mas todos tinham aspecto tão bondoso, tão penalizado e condoído, que tive de ficar emocionado. Nunca esquecerei a última visão do pátio da hospedaria e da multidão de pitorescos membros que se persignavam em pé ao redor da ampla arcada, num cenário de ricas folhagens de oleandros e laranjeiras, dentro de verdes cercados que se agrupavam no centro do pátio. Em seguida, nosso cocheiro, cujas amplas calças de linho cobriam toda a frente do banco sobre a carruagem (*Gotza* é o nome que recebem essas calças), estalou seu grande chicote sobre os quatro pequenos cavalos que corriam emparelhados e partimos em nossa viagem.

Com a beleza do cenário à medida que avançávamos, logo perdi a visão e a lembrança de temores fantasmagóricos, porém, se conhecesse a língua, ou melhor, as línguas que falavam meus companheiros de viagem, talvez não pudesse ter afastado com tanta facilidade tais pensamentos. Diante de nós se estendia uma terra verde e em declive, coberta de florestas e matas, apresentando aqui e ali morros íngremes, ornados com grupos de árvores ou casas campestres, desde o cimo até a estrada. Em toda parte, havia surpreendente número de frutos em flor — maçãs, peras, ameixas, cerejas; e, quando passávamos por ali, eu percebia que a grama verde sob as árvores brilhava repleta de pétalas caídas. A estrada penetrava e saía entre aqueles verdes morros da região que denominavam "Mittel Land"; parecia desaparecer nas curvas devido à vegetação, ou era quase fechada pelos ramos desgarrados dos pinheiros que aqui e ali delineavam as encostas como labaredas. A estrada era áspera, mas mesmo assim parecíamos voar sobre ela com pressa doentia. Eu não podia compreender por que íamos tão velozmente, mas estava claro que o cocheiro desejava alcançar o Desfiladeiro de Borgo o mais rapidamente possível. Disseram-me que essa estrada é excelente no verão, mas que não a tinham consertado após as neves do inverno. Quanto a esse aspecto, difere das outras estradas dos Cárpatos em geral, pois, devido à antiga tradição, acham que não devem conservá-las em condições excessivamente boas. Em passadas épocas, os hospodares não podiam fazer nelas reparos, pois os turcos julgariam que as preparavam para trazer tropas estrangeiras, o que apressaria a guerra que estava sempre prestes a estourar.

Além dos morros protuberantes e verdes da Mittel Land, erguiam-se imensos declives cobertos de florestas que se elevavam até os cumes arrogantes dos próprios Cárpatos. Eles se erguiam à nossa direita e à nossa esquerda e o sol da tarde batia em cheio sobre eles, revelando todas as cores maravilhosas dessa belíssima região: o azul-escuro e o roxo nas sombras dos picos, verde e marrom onde a grama e a rocha se uniam; uma infindável perspectiva de rochas recortadas e penhascos pontiagudos que se perdiam na distância, onde os picos nevados se alteavam imponentes. Através das gretas esparsas nas montanhas divisávamos de vez em quando, agora que o sol principiava a desaparecer, o brilho alvo de uma queda-d'água. Um de meus companheiros tocou-me o braço quando entramos em uma curva na base de uma colina e avistamos o pico de uma montanha, imponente e coberta de neve, que parecia estar bem diante de nós, quando rodávamos pelo caminho sinuoso.

— Olhe! *Isten Szek*! (O trono de Deus!) — E o passageiro benzeu-se reverentemente.

Enquanto serpenteávamos em nosso infindável caminho e o sol descia cada vez mais atrás de nós, as sombras do crepúsculo principiaram a insinuar-se ao nosso redor. Isso era acentuado pelo cimo nevado da montanha que ainda detinha o sol que se punha e apresentava um brilho de delicada tonalidade rósea. Aqui e ali passávamos por tchecos e eslovacos, todos em pitorescas vestimentas, porém notei que infelizmente o bócio prevalecia. Muitas cruzes se encontravam ao lado da estrada e, quando por ela passávamos velozes, todos os meus companheiros se persignavam. Aqui e ali um camponês ou camponesa se ajoelhava diante de um santuário, porém não se voltava quando nos aproximávamos, parecendo, no abandono a que a devoção os entregava, não terem olhos nem ouvidos para o mundo exterior. Havia muitos fatos novos para mim: por exemplo, montes de feno nas árvores e, de quando em quando, lindos feixes de vidoeiros chorões, cujas raízes brilhantes luziam como prata através do verde suave da folhagem. Diversas vezes passamos por singulares veículos — a carroça comum do camponês — com seu arcabouço longo e sinuoso, calculado para adaptar-se às deficiências da estrada. Sobre elas era certo encontrarmos um grupo bem grande de camponeses que regressavam aos lares; os tchecos com seus couros brancos de carneiro e os eslovacos usando couros coloridos, sendo que estes últimos carregavam, à feição de lanças, longas varas com machado na ponta. Quando a noite principiou a descer, a temperatura tornou-se muito fria e o crescente crepúsculo pareceu fundir numa só névoa escura a aparência sombria das árvores —

carvalhos, faias e pinheiros; mas, à medida que subíamos pelo desfiladeiro, os escuros abetos se destacavam aqui e ali contra o fundo de neve há muito caída, nos vales que se aprofundavam entre os espigões das montanhas. Algumas vezes, nos trechos em que a estrada fora talhada entre os pinheiros que pareciam emboscar-nos na escuridão, grandes massas de cinzento, que em lugares diversos se espalhavam sobre as árvores, produziam um efeito estranhamente fantástico e solene; isso estimulava os pensamentos e horripilantes devaneios engendrados antes naquele anoitecer, quando o sol poente destacava as nuvens de aspecto fantasmagórico que parecem esvoaçar incessantemente através dos vales, nos Cárpatos. Certas vezes, os morros eram tão íngremes que, apesar da pressa de nosso cocheiro, os cavalos eram obrigados a prosseguir com lentidão. Eu quis saltar e subir a pé, porém o cocheiro não aprovou a ideia.

— Não, não — disse ele —, não deve andar aqui, os cachorros são demasiado ferozes. — Depois acrescentou: — E talvez você ainda tenha transtornos suficientes, antes de ir dormir.

Pronunciara as últimas palavras em tom de chiste, pois olhou ao redor para ver o sorriso aprovador dos outros, mas a piada fora repugnante. Ele parou apenas por um momento, para acender as lanternas.

Quando a escuridão se tornou mais intensa, notei que os passageiros estavam agitados e que dirigiam continuamente a palavra ao cocheiro, um após outro, como se insistissem para que apressasse mais a carruagem. Ele chicoteava impiedosamente os cavalos, e com gritos selvagens de encorajamento os incitava a maiores esforços. Em seguida, através da escuridão, vi uma espécie de rastro de luz cinzenta adiante de nós, como se houvesse uma fenda nos morros. A agitação dos passageiros tornou-se maior; a louca carruagem sacudia-se sobre suas grandes molas de couro e balançava como uma embarcação à mercê de águas tempestuosas. Tinha de segurar-me. A estrada tornou-se mais plana e parecíamos voar por ela. Então, de todos os lados, as montanhas pareceram aproximar-se de nós, intimidando-nos; penetrávamos no Desfiladeiro de Borgo. Um por um, diversos passageiros ofereceram-me presentes, insistindo com tal sinceridade que eu os aceitasse que uma recusa não seria possível; os objetos eram evidentemente estranhos e variados, mas cada um me era entregue de modo simples e bondoso, com uma palavra amável, uma bênção e aquela estranha mistura de movimentos designativos de temor que eu vira no exterior do hotel de Bistritz — o sinal da cruz e o resguardo contra o mau-olhado. Depois, enquanto voávamos, o cocheiro inclinou-se para diante e em cada lado os passageiros, estendendo o pescoço pela extremidade da carruagem, espreitavam ansiosos a escuridão. Era evidente que algo muito emocionante sucedia ou deveria suceder, mas, embora eu perguntasse a cada passageiro, ninguém me dava a menor explicação. Esse estado de agitação prosseguiu durante algum tempo, e finalmente vimos diante de nós o desfiladeiro, estendendo-se no lado leste. Acima de nossa cabeça havia nuvens escuras e ressoantes; no ar percebíamos intensos e opressivos trovões. Parecia que a cadeia de montanhas separara duas atmosferas e que penetrávamos na que era tempestuosa. Agora eu mesmo procurava o transporte que me levaria até o Conde. A cada momento esperava ver o brilho de luzes através da escuridão, mas tudo era negro. Havia apenas os raios bruxuleantes de nossas próprias luzes, junto às quais o vapor do suor de nossos esgotados cavalos se erguia em branca nuvem. Podíamos ver agora a estrada arenosa que se estendia alva diante de nós, porém nela não havia sinal de veículo. Os passageiros recuaram com um suspiro de satisfação que parecia zombar de meu desapontamento. Eu já pensava no que seria melhor fazer, quando o cocheiro, observando o relógio, disse aos outros algo que eu mal pude ouvir, pois foi pronunciado de modo muito sem alarde e em tom baixo. Julguei que a frase fora a seguinte: "Uma hora antes do tempo". Depois, voltando-se para mim, disse em um alemão pior do que o meu:

— Não há carruagem aqui. Afinal, não esperam o *Herr*. Agora prosseguirá até Bucóvina e retornará amanhã ou no dia seguinte; será melhor no dia seguinte. — Enquanto falava, os cavalos principiaram a bufar e a escoicear selvagemente, de modo que o cocheiro era obrigado a detê-los. Em seguida, entre o coro dos gritos dos camponeses e da persignação geral, uma caleça com quatro cavalos surgiu atrás de nós, alcançou-nos e parou ao lado da carruagem. Eu podia perceber pelo faiscar de nossos lampiões, quando seus raios luminosos caíram sobre os cavalos, que aqueles eram animais esplêndidos, negros como carvão. Eram guiados por um homem alto, com uma longa barba castanha e um grande chapéu negro que parecia ocultar seu rosto. Consegui ver apenas o brilho de um par de olhos muito reluzentes, que pareciam vermelhos à luz dos lampiões, quando o homem se voltou para nós. Ele disse ao nosso cocheiro:

— Chegou cedo esta noite, meu amigo.

— O *Herr* inglês estava com pressa — gaguejou o cocheiro em resposta.

Ao que o estranho replicou:

— Suponho que esse era o motivo por que você desejava que ele fosse para Bucóvina. Não pode enganar-me, amigo; sei coisas demais e meus cavalos são velozes. — Sorria enquanto falava e a luz dos lampiões incidiu em sua boca cruel, de lábios vermelhos e dentes muito afiados, brancos como marfim. Um de meus companheiros murmurou para o outro um verso do poema *Leonore*, de Burger:

"*Denn die Todten reiten schnell*"
("Pois os mortos viajam velozmente")

O estranho guia certamente ouviu essas palavras, pois levantou o olhar com o vislumbre de um sorriso. O passageiro desviou o rosto, estendendo seus dois dedos e fazendo o sinal da cruz ao mesmo tempo.

— Dê-me a bagagem do *Herr* — disse o guia e, com incrível rapidez, minhas malas foram entregues e colocadas na caleça. Depois saltei pelo lado da carruagem e, como a caleça estava próxima, ao lado dela, o guia ajudou-me com a mão, agarrando meu braço com vigor semelhante ao aço; sua força devia ser prodigiosa. Sem uma palavra, sacudiu as rédeas, os cavalos se voltaram e penetramos com grande velocidade na escuridão do desfiladeiro. Quando olhei para trás, vi o vapor dos cavalos da carruagem à luz das lâmpadas e, destacando-se, a visão de meus antigos companheiros que se benziam. Então o cocheiro estalou os chicotes, chamou seus cavalos e partiu velozmente a caminho de Bucóvina. Quando eles sumiram na escuridão, senti um estranho arrepio, e um sentimento de solidão apoderou-se de mim; porém uma capa foi atirada sobre meus ombros, um cobertor sobre meus joelhos, e o guia disse em excelente alemão:

— A noite está fria, meu *Herr*, e recebi ordens de meu senhor, o Conde, para cuidar bem do senhor. Há um frasco de *slivovitz* (aguardente de ameixas da região) embaixo do assento ao seu dispor.

Não bebi nem um pouco, mas foi um consolo saber que poderia encontrá-la ali. Tinha uma sensação estranha e estava bastante assustado. Creio que, se me fosse possível escolher, teria preferido uma alternativa, em vez de prosseguir naquela viagem noturna para o desconhecido. A carruagem continuou rapidamente em linha reta; depois realizamos uma volta completa e penetramos em outra estrada estreita. Parecia que percorríamos inúmeras vezes o mesmo caminho, e por isso prestei atenção a um ponto importante do local para ver se realmente repetíamos o trajeto. Desejava perguntar ao guia o que significava tudo aquilo, mas na realidade tinha medo de fazê-lo, pois achava que, devido à minha situação, se desejassem provocar um atraso, de nada valeria meu protesto. Contudo, após algum tempo, como estava curioso para saber quantas horas se haviam passado, acendi um fósforo e, à luz de sua chama, contemplei meu relógio; faltavam poucos minutos para a meia-noite. Tal descoberta me provocou um choque, pois suponho que a superstição que geralmente existe acerca da meia-noite fora aumentada por minhas recentes experiências. Esperei com um sentimento doentio de ansiedade.

    Logo um cachorro principiou a uivar em alguma casa campestre, muito longe na estrada — era um lamento longo e agoniado, indicando medo. O som foi imitado por outro cachorro, depois por outro e mais outro, até que, carregado pelo vento, que agora sussurrava suavemente no desfiladeiro, se ouviram uivos selvagens que pareciam provir de toda a região, de tão longe quanto a imaginação podia percebê-los, cortando a noite aterrorizante. Ao primeiro uivo, os cavalos tornaram-se inquietos e principiaram a empinar-se, porém o guia falou-lhes docemente e os animais se acalmaram, continuando, contudo, a tremer e a suar, como se tivessem escapado de súbito perigo. Em seguida, muito longe das montanhas que nos rodeavam, surgiu um uivo mais alto e mais agudo (desta vez eram os lobos), que afetou do mesmo jeito a mim e aos cavalos — pois eu desejava pular da caleça e correr enquanto os animais do veículo davam novos pinotes e escoiceavam furiosos, de modo que o guia necessitava empregar toda a sua força para impedi-los de disparar. Contudo, após alguns minutos, meus ouvidos se habituaram ao som, e os cavalos se tornaram calmos, permitindo que o guia descesse e ficasse em pé junto deles. O guia os afagou e consolou, murmurando algo em seus ouvidos, como me disseram que os domadores de cavalos fazem; obteve extraordinário efeito, e sob suas carícias os animais se tornaram novamente dóceis, embora ainda tremessem. O guia mais uma vez subiu ao seu assento e, sacudindo as rédeas, partiu em grande velocidade. Dessa vez, depois de passarmos por uma das extremidades do desfiladeiro, penetramos num caminho estreito que se curvava pronunciadamente para a direita.

Logo fomos cercados pelas árvores, que, em certos lugares, formavam arcos sobre a estrada, assemelhando-a a um túnel; e mais uma vez enormes penhascos ameaçadores guarneceram-nos arrogantes de ambos os lados. Embora estivéssemos abrigados, ouvíamos o vento, que se tornava mais intenso, pois gemia e assobiava entre as rochas, também atirando os ramos das árvores uns sobre os outros, à medida que éramos impulsionados pelo caminho. A temperatura tornou-se cada vez mais fria, e flocos finos de neve começaram a cair, cobrindo com branco tapete nossas pessoas e tudo ao redor de nós. O vento fúnebre ainda transportava o lamento dos cães, embora estes se tornassem mais fracos à medida que prosseguíamos. Os uivos dos lobos pareciam cada vez mais próximos, como se nos envolvessem, vindos de todos os lados. Fiquei apavorado e os cavalos compartilharam meu temor. O guia, contudo, não demonstrava a menor perturbação; ele voltava continuamente a cabeça para a esquerda e para a direita, porém eu nada conseguia ver através da escuridão.

Súbito, longe, à nossa esquerda, avistei uma fraca chama azul bruxuleante. O guia viu-a imediatamente, parou os cavalos e, saltando, desapareceu na escuridão. Eu não soube o que fazer naquele momento e muito menos quando o uivar dos lobos se tornou mais próximo; porém, enquanto eu pensava, o guia reapareceu repentinamente e sem dizer palavra retornou a seu assento, reiniciando a viagem. Devo ter dormido e sonhado inúmeras vezes com o incidente, pois ele pareceu repetir-se infindavelmente e agora, ao recordar o passado, o episódio me aparece como um terrível pesadelo. Em um certo momento, a chama surgiu tão próxima da estrada que pude observar os movimentos do guia, apesar da escuridão que nos envolvia. Ele corria rapidamente para o lugar em que a chama azul aparecia (ela deveria ser muito fraca, pois não iluminava coisa alguma ao seu redor) e, apanhando poucas pedras, arrumava-as segundo alguma fórmula. Certa vez houve um estranho efeito óptico: quando ele ficou em pé entre mim e a chama, não a obstruiu, porém continuei a ver com a mesma intensidade aquele brilho fantasmagórico. Aquilo me assustou, mas, como o efeito foi momentâneo, julguei que meus olhos me haviam iludido, esforçando-se através da escuridão. Então, durante algum tempo, não houve chamas azuis e disparamos para a frente, através do ambiente lúgubre, com o uivo dos lobos, que ao nosso redor pareciam mover-se num círculo deslocante.

Finalmente chegou o momento em que o guia se desviou para mais longe do que havia ido até então e, durante sua ausência, os cavalos principiaram a tremer mais do que nunca, a bufar e a relinchar de medo. Não via motivo para aquilo, pois os uivos dos lobos haviam cessado completamente; mas, naquele instante, a lua, deslizando entre nuvens negras, apareceu por trás da rugosa cresta de um penhasco que pendia ameaçador, coberto de pinheiros. À luz do astro, vi ao nosso redor um círculo de lobos com dentes brancos e língua vermelha pendente da boca; eram providos de membros longos e sinuosos, assim como de pelos em desalinho. Eram mil vezes mais terríveis quando conservavam lúgubre silêncio do que quando uivavam. Quanto a mim, o medo paralisara-me. É apenas quando um homem se vê face a face com tais horrores que pode compreender seu significado.

Imediatamente, todos juntos, os lobos principiaram a uivar, como se o luar exercesse sobre eles algum efeito peculiar. Os cavalos pinoteavam sem direção e empinavam-se, olhando indefesos ao redor, com olhos que se agitavam, causando dó; porém o círculo vivo de terror os cingia por todos os lados, compelindo-os a permanecer dentro dele. Gritei para que o guia viesse, pois pareceu-me que nossa única esperança seria a de ajudá-lo a aproximar-se, para tentarmos romper o círculo; portanto, berrei e bati do lado da caleça, esperando que o barulho assustasse os lobos laterais, permitindo-lhe assim penetrar na armadilha. Não sei como ele conseguiu chegar ali, porém ouvi sua voz erguer-se em tom de comando e, olhando para a direção do som, avistei-o na estrada. Quando balançava seus longos braços, como que afastando algum obstáculo impalpável, os lobos recuavam cada vez mais. Naquele instante, uma nuvem pesada escondeu a face da lua, envolvendo-nos mais uma vez na escuridão.

Quando pude ver novamente o guia, este subia na caleça e os lobos haviam desaparecido. Tudo isso era tão estrambótico e sinistro que um terrível temor se apoderou de mim; tive medo de falar ou mover-me. O tempo parecia interminável enquanto prosseguíamos em nosso caminho, agora mergulhados em quase total escuridão, pois as nuvens agitadas obscureciam a lua. Continuávamos a subir, havendo ocasionais períodos de rápidas descidas; porém o caminho era principalmente em ascensão. Súbito, percebi que o guia parava os cavalos no pátio de um vasto castelo arruinado, de cujas altas janelas nenhum raio de luz provinha; suas seteiras quebradas formavam uma linha serreada que se destacava contra o céu enluarado.

CAPÍTULO 2

DIÁRIO DE JONATHAN HARKER
(continuação)

5 de maio — Eu devia ter cochilado, pois, se estivesse acordado, teria notado a aproximação de tão extraordinário lugar. Nas trevas, o pátio parecia ser muito extenso e, como diversos caminhos escuros saíam dele, encimados por grandes arcos, talvez parecesse maior do que era na realidade. Ainda não o vi à luz do dia.

Quando a caleça parou, o guia saltou e estendeu a mão para ajudar-me a descer. Novamente não pude deixar de notar sua força prodigiosa. Sua mão pareceu apertar-me como aço e teria esmigalhado a minha se o desejasse. Depois ele apanhou minha bagagem e colocou-a no chão ao meu lado enquanto eu permanecia próximo de uma grande porta, velha e guarnecida com grandes tachas de ferro, encaixada em uma protuberância de pedra maciça. Pude ver, mesmo à luz fraca, que havia esculturas sólidas na pedra, mas que estavam muito gastas pelos anos. Enquanto eu permanecia ali, o guia saltou mais uma vez para o assento e sacudiu as rédeas; os cavalos adiantaram-se, a carruagem e tudo o mais desapareceu por uma das escuras passagens.

Conservei-me em silêncio onde estava, pois não sabia o que fazer. Não havia sinal de campainha ou aldrava e era pouco provável que minha voz conseguisse penetrar através daquelas paredes sombrias e das aberturas escuras das janelas. Pareceu-me esperar durante um tempo inesgotável e senti dúvidas e temores circundarem-me. Que espécie de lugar era aquele ao qual chegara e que espécie de gente abrigava? Que sombria aventura era aquela de que eu participava? Seria este um incidente costumeiro na vida de um auxiliar de advogado, enviado para explicar a um estranho a aquisição de uma propriedade londrina? Auxiliar de advogado! Mina não gostaria de ouvir isso. Advogado, isto sim, pois pouco antes de partir de Londres soubera que havia passado no exame; sou agora um advogado formado! Principiei a esfregar os olhos e a beliscar-me para verificar se estava acordado. Julgava que tudo aquilo não passava de um horrível pesadelo e esperava acordar repentinamente, encontrar-me em casa e verificar que a alvorada se esforçava para penetrar pelas janelas, sensação que eu tinha algumas vezes de manhã, após um dia de trabalho exaustivo. Porém minha carne aguentou o exame dos beliscões e meus olhos não se deixavam enganar. Eu estava realmente acordado e entre os Cárpatos. Agora me restava apenas ser paciente e esperar a manhã que surgia.

Assim que cheguei a essa conclusão, ouvi pesados passos que se aproximavam por trás da grande porta e vi através das frestas o brilho de uma luz que se adiantava. Ouviu-se em seguida o som de correntes que chocalhavam e o retinir de maciços trincos que eram afastados. Uma chave girou, provocando um rangido intenso que demonstrava há muito não ter sido usada a fechadura, e a grande porta recuou.

Lá dentro havia um velho de estatura elevada, muito bem barbeado, porém com um longo bigode branco, vestido de preto da cabeça aos pés e sem o menor sinal de cor em seu corpo ou em suas vestes. Segurava nas mãos um antigo lampião de prata, no qual a chama brilhava sem vidro ou proteção de espécie alguma, lançando longas e trêmulas sombras enquanto bruxuleava ao vento que penetrava pela porta aberta. Com sua mão direita, o velho fez-me sinal para que entrasse, em um gesto cortês, e disse em excelente inglês, que apresentava, contudo, um estranho sotaque:

— Seja bem-vindo à minha casa! Entre livre e espontaneamente! — Ele não fez menção de aproximar-se para cumprimentar-me, mas ficou em pé qual estátua, parecendo que seu gesto de acolhimento o transformara em pedra. Porém, no instante em que atravessei a soleira da porta, moveu-se impulsivamente para a frente e, estendendo a mão, agarrou a minha com tal força que me fez estremecer, efeito esse que foi intensificado pelo fato de que sua mão era fria como gelo, assemelhando-se mais à de um morto do que à de um vivo. Novamente ele disse:

— Seja bem-vindo à minha casa. Entre livremente. Parta em segurança e deixe aqui alguma parte da felicidade que traz! — A força do aperto de mão era tão semelhante àquela que eu notara no guia cujo rosto não pudera ver que, por um momento, imaginei serem os dois a mesma pessoa; para certificar-me, indaguei curioso:

— É o Conde Drácula?

Ele inclinou-se polidamente enquanto replicava:

— Sou Drácula e peço-lhe que seja bem-vindo à minha casa, sr. Harker. Entre; o ar noturno está frio e o senhor necessita comer e descansar.

Enquanto falava, colocou a lâmpada sobre um suporte na parede e, pisando fora de casa, apanhou minha bagagem; trouxe-a para dentro antes que pudesse impedi-lo. Protestei, porém ele insistiu:

— Não, o senhor é meu hóspede. Já é tarde e meus criados não estão disponíveis. Permita-me cuidar do senhor. — Insistiu em carregar minhas malas pelo corredor e depois subiu uma grande escada em forma de caracol; em seguida, penetrou em outro corredor, em cujo chão de pedra nossos passos ecoavam pesados. Ao atingir o final da passagem, abriu uma pesada porta e regozijei-me ao ver que ela dava para uma sala bem iluminada na qual havia uma mesa preparada para a ceia e uma imponente lareira, onde um intenso fogo, repleto de lenha recentemente colocada, ardia e chamejava.

O Conde parou, colocando as malas no chão; fechou a porta, atravessou a sala e abriu outra porta que se comunicava com um pequeno aposento octogonal iluminado por uma única lâmpada, parecendo não possuir janela de espécie alguma. Atravessando-o, abriu mais uma porta e fez-me sinal para que entrasse. Uma visão bem-aventurada me acolheu, pois ali estava outro grande quarto de dormir, bem iluminado e aquecido com outra grande lareira (também alimentada recentemente, pois a lenha de cima ainda estava fresca), produzindo um ruído abafado que subia pela larga chaminé. O próprio Conde deixou minha bagagem lá dentro e recuou, dizendo antes de fechar a porta:

— Depois desta viagem, necessitará refrescar-se, fazendo a toalete. Creio que aqui há tudo o que deseja. Quando estiver pronto, venha para a outra sala, onde encontrará a ceia preparada.

A delicadeza e a cordialidade do acolhimento cortês do Conde pareciam haver dissipado todos os meus temores e dúvidas. Atingindo então o meu estado normal, descobri que estava meio morto de fome; por isso, refazendo apressadamente a toalete, fui para a outra sala.

Encontrei a ceia já posta. Meu anfitrião, que estava em pé junto a um dos lados da grande lareira, apoiando-se sobre a parte de pedra, apontou graciosamente para a mesa e disse:

— Rogo-lhe que se sente e coma à vontade. Estou certo de que me desculpará por não o acompanhar, mas já jantei e não costumo cear.

Entreguei-lhe a carta lacrada que o sr. Hawkins me confiara. Abriu-a, lendo-a sério; depois, com um sorriso encantador, entregou-ma para que a visse. Certo trecho, pelo menos, deu-me grande prazer.

> "Infelizmente, durante muito tempo não poderei viajar devido a um ataque de gota, doença de que sofro constantemente; porém me sinto feliz por dizer que posso enviar um substituto competente, pessoa em quem deposito toda a confiança. É um jovem cheio de energia e talento a seu modo, também de natureza muito fiel. É discreto e silencioso e tornou-se um adulto enquanto trabalhava para mim. Estará pronto para atendê-lo quando o senhor o desejar, em qualquer momento de sua permanência aí, e também receberá suas instruções acerca de qualquer assunto."

O próprio Conde adiantou-se, destampando um prato, e imediatamente principiei a devorar uma excelente galinha assada. Dela consistiu minha ceia, assim como de queijo, salada e uma garrafa de antigo vinho húngaro, da qual bebi dois copos. Enquanto eu comia, o Conde me perguntou muitas coisas a respeito de minha viagem e gradativamente contei-lhe todas as experiências por que passara.

Já terminara então a minha ceia e, atendendo a um pedido de meu anfitrião, puxara uma cadeira para junto da lareira e principiara a fumar um charuto que ele me oferecera, desculpando-se por ele próprio não fumar. Tive naquele momento oportunidade de observá-lo e descobri que sua fisionomia era muito singular.

Seu rosto era enérgico, muito enérgico e másculo, o nariz fino era aquilino e as narinas eram peculiarmente arqueadas. A testa formava uma curva arrogante e o cabelo crescia escasso ao redor das têmporas, porém aparecia em profusão em todos os outros locais. Suas sobrancelhas eram muito espessas e quase se uniam sobre o nariz, formadas por bastos pelos que pareciam encaracolar-se devido à sua profusão. O pouco que via de sua boca, pois um grosso bigode a escondia, indicava-me que era séria e de aparência bastante cruel, apresentando dentes brancos particularmente afiados; estes se projetavam sobre os lábios, cuja extraordinária vermelhidão denotava surpreendente vitalidade para um homem já idoso. Quanto ao resto, suas orelhas eram pálidas, extremamente pontudas em cima; o queixo aparecia largo e enérgico e as faces denotavam firmeza, embora fossem finas. O efeito geral era de extraordinária palidez.

Até ali eu notara as costas de suas mãos que se apoiavam sobre os joelhos à luz da lareira, e elas me haviam parecido brancas e finas; mas observando-as agora de perto, não pude deixar de notar que eram bastante grosseiras — largas com dedos grossos. E, coisa estranha, havia pelos no centro das palmas. As unhas eram longas e finas, cortadas em pontas afiadas. Quando o Conde se inclinou sobre mim e suas mãos me tocaram, não pude reprimir um arrepio. Talvez ele tivesse mau hálito, mas o fato é que me senti completamente nauseado e não pude escondê-lo. O Conde recuou, evidentemente notando aquilo, e com uma espécie de sorriso repugnante, que mostrou mais do que nunca seus dentes protuberantes, sentou-se mais uma vez junto ao seu lado da lareira. Ficamos ambos em silêncio durante algum tempo e, quando olhei para a janela, vi os primeiros vagos vestígios da alvorada que surgia. Uma estranha quietude a tudo parecia envolver; porém, quando prestei atenção, distingui uivos de muitos lobos, que por certo provinham do vale lá embaixo. Os olhos do Conde faiscaram quando falou:

— Ouça-os... são as crianças da noite. Que melodia transmitem! — Suponho que ele haja visto em meu rosto alguma expressão que lhe era estranha, pois acrescentou: — Ah, os senhores citadinos não podem compreender os sentimentos de um caçador.

Depois se levantou e prosseguiu:

— Mas deve estar cansado. Seu quarto está preparado e amanhã não precisará acordar cedo. Terei de ausentar-me e só regressarei à tarde; portanto, durma bem e tenha bons sonhos! — Com uma mesura cortês, ele próprio abriu-me a porta do aposento octogonal e eu entrei em meu quarto...

Um mar de pensamentos me envolve. Tenho dúvidas, receios e penso em coisas estranhas, que não ouso confessar a mim mesmo. Que Deus me preserve, pelo menos por causa daqueles que me são caros!

7 de maio — A manhã principiou há pouco, mais uma vez, porém descansei e passei agradavelmente as últimas vinte e quatro horas. Dormi até tarde e acordei por mim mesmo. Depois de vestir-me, passei para a outra sala em que havíamos ceado e encontrei preparada a mesa do café da manhã; o líquido estava quente, pois o bule fora colocado sobre a lareira. Na mesa havia um cartão com os seguintes dizeres:

"Terei de ausentar-me durante algum tempo. Não me espere. — D."

Iniciei com prazer uma substanciosa refeição. Quando acabei, procurei uma campainha a fim de avisar aos criados que terminara, mas não pude encontrá-la. Há certamente estranhas deficiências nesta casa, considerando-se as extraordinárias mostras de riqueza que me rodeiam. As peças para a refeição são de ouro e tão magnificamente ornadas que devem ter imenso valor. As cortinas e os estofados das cadeiras e sofás, assim como o cortinado de minha cama, são constituídos dos mais lindos tecidos, e devem ter custado fortunas quando fabricados, pois têm existência de séculos, apesar de ainda estarem perfeitos. Vi algo parecido na Corte de Hampton, mas estavam gastos, rotos e comidos por traças. Mas, mesmo assim, em nenhum desses aposentos há um espelho. Nem sequer há objetos de toucador em minha mesa e tive de retirar de minha mala o pequeno espelho de barbear, a fim de que pudesse pentear os cabelos e fazer a barba. Ainda não vi criados em lugar algum, e o único som próximo do castelo é do uivar de lobos. Algum tempo após o término da refeição (não sei se deveria chamá-la de café matinal ou de jantar, pois ocorreu entre as cinco ou seis horas da tarde), procurei algo para ler, pois não queria andar pelo castelo antes de obter a permissão do Conde. Nada encontrei no aposento; não havia livros nem jornais, o que me fez abrir outra porta: encontrei uma espécie de biblioteca. Tentei a porta oposta à minha, mas descobri que estava trancada.

 Para meu grande prazer, encontrei na biblioteca vasto número de livros ingleses — prateleiras repletas — assim como revistas e jornais encadernados. No centro, uma mesa estava cheia de revistas e jornais de meu país, embora nenhum fosse de data muito recente. Havia livros sobre os mais variados assuntos: História, Geografia, Política, Economia Política, Botânica, Geologia, Direito; todos concernentes à Inglaterra, à vida inglesa, a suas tradições e costumes. Havia até mesmo livros de consulta, como catálogos ingleses, almanaques, listas ilustrativas a respeito do exército e da marinha; também um livro informativo sobre leis, o que fez meu coração bater alegremente.

Enquanto contemplava os volumes, a porta se abriu e o Conde entrou. Saudou-me cordialmente e disse desejar que eu tivesse passado uma boa noite. Depois prosseguiu:

— Estou satisfeito porque descobriu isso aqui, pois tenho certeza de que encontrará muitas coisas interessantes. Estes companheiros — e colocou a mão sobre alguns livros — têm sido meus bons amigos e, há bastante tempo, desde o momento em que concebi a ideia de ir a Londres, me proporcionaram muitas e muitas horas de alegria. Por meio deles conheci sua grande Inglaterra e aprendi a amá-la. Desejo ardentemente caminhar através das ruas populosas de sua poderosa Londres, mesclar-me à agitação e azáfama da humanidade, compartilhar de sua vida, suas modificações, sua morte e tudo o que a torna aquilo que é. Mas, céus! Até agora, só conheci sua língua por meio dos livros e parece-lhe, meu amigo, que a sei falar.

— Mas, Conde — afirmei eu —, o senhor sabe e fala inglês fluentemente! — Ele fez uma mesura, sério.

— Obrigado por sua opinião muito lisonjeira, meu amigo, porém receio ainda estar no princípio daquilo que desejo realizar. É verdade que conheço a gramática e as palavras, mas na realidade não sei empregá-las na fala.

— Ora, o senhor fala um inglês excelente — afirmei.

— Não é verdade — replicou. — Bem sei que, se me mudasse para a sua Londres e lá falasse, todos imediatamente verificariam que sou um estrangeiro, o que não me satisfaz. Aqui sou um nobre, um *boyar*; o povo me conhece e sou o amo. Mas um estranho em uma terra estranha é ninguém; os homens não o conhecem, e aqueles que não são conhecidos não são amados. Ficarei satisfeito se puder assemelhar-me aos outros, de modo que não parem ao ver-me e não façam pausas ao me ouvirem falar, afirmando: "Ah, ah! Um estrangeiro!". Fui amo durante tanto tempo que pretendo continuar a sê-lo ou, pelo menos, não ter de sujeitar-me a nenhum outro senhor. Veio aqui não apenas como agente de meu amigo Peter Hawkins, de Exeter, enviado para falar-me a respeito de minha nova propriedade em Londres. Espero que o senhor permaneça comigo durante algum tempo para que, conversando, eu possa aprender a pronúncia inglesa. Quero também que me diga quando me vir cometer algum erro em conversa, por mínimo que seja. Lamento ter sido obrigado a permanecer afastado durante tanto tempo, hoje; mas sei que perdoará uma pessoa que deve realizar importantes afazeres.

É claro que disse que me submeteria com prazer aos desejos dele e perguntei se poderia entrar na biblioteca quando desejasse.

Respondeu:

— Sim, certamente. — E acrescentou: — Poderá penetrar em qualquer parte do castelo, à sua vontade, exceto nos locais em que as portas estiverem trancadas; mas é claro que não desejará entrar aí. Há um motivo para que todas as coisas sejam como são e, se tivesse meus olhos e meus conhecimentos, talvez compreendesse melhor. — Eu disse que tinha certeza disso e ele continuou:

— Estamos na Transilvânia e esta não é a Inglaterra. Nossos costumes não são os seus e notará muitas coisas que lhe serão singulares. Ora, pelo que me contou acerca de suas experiências, já deve saber algo sobre coisas estranhas que podem suceder.

Aquelas palavras deram assunto para muitas conversas e era evidente que ele desejava falar, pelo menos para pronunciar palavras. Fiz-lhe muitas perguntas acerca dos fatos que já me haviam sucedido ou acerca daqueles que notara. Algumas vezes ele mudava de assunto, ou voltava a conversa para outro curso, fingindo não compreender; mas em geral respondia com franqueza tudo o que eu lhe perguntava. Então, à medida que o tempo foi passando e fui me tornando mais corajoso, perguntei-lhe algumas coisas sobre as fantásticas ocorrências da noite anterior, por exemplo, o motivo pelo qual o guia se aproximara dos lugares em que vira as chamas azuis. Explicou-me em seguida que era crença geral o fato de que em certa noite do ano — certamente, a noite que passara e que era aquela na qual supunham que todos os espíritos maus tinham livre domínio — uma chama azul era vista em todos os lugares em que havia um tesouro escondido.

— Que há um tesouro oculto — prosseguiu ele — na região que você atravessou a noite passada, é fato certo, pois pela posse daquele solo lutaram durante séculos os valáquios, os saxões e os turcos. Ora, é difícil encontrar algum centímetro dessa região que não foi enriquecido pelo sangue de homens, patriotas ou invasores. Nos tempos antigos, houve dias agitados em que os austríacos e os húngaros surgiam em hordas e os patriotas vinham enfrentá-los, compostos de homens e mulheres, de crianças, assim como de velhos. Os patriotas esperavam a chegada dos outros sobre as rochas acima do desfiladeiro, a fim de que pudessem destruí-los com suas avalanchas artificiais. Quando o invasor triunfava, pouco encontrava, pois tudo o que havia era escondido no solo bendito.

— Mas como — perguntei eu — podem as riquezas ter permanecido durante tanto tempo sem serem descobertas, uma vez que a luz as indica, bastando que os homens se deem ao trabalho de olhar?

O Conde sorriu e, enquanto seus lábios se abriam sobre as gengivas, os dentes caninos, longos e afiados, se destacavam estranhamente. Respondeu:

— Porque o camponês é um covarde e um tolo! Aquelas chamas só aparecem numa noite e nessa noite nenhum homem desta terra ousará pisar fora de casa, se puder evitar. E, caro senhor, ainda que o fizesse, não saberia como agir. Ora, até mesmo aquele camponês que você me disse ter marcado o lugar da chama não saberia encontrá-la à luz do dia, apesar de ter sido ele próprio o marcador. Não é verdade que nem mesmo você seria capaz de encontrar novamente aqueles lugares?

— Quanto a isso, acertou — afirmei. — Sei tanto quanto os mortos onde encontrá-los. — Passamos então a outros assuntos.

— Vamos — disse ele afinal —, fale-me de Londres e da casa que comprou para mim.

Pedindo desculpas por meu desleixo, fui ao meu quarto apanhar os papéis em minha mala. Enquanto os colocava em ordem, ouvi um ruído de louças e prata no aposento ao lado e, quando passei por ali, notei que a mesa fora limpa e que o lampião estava aceso, pois naquela hora tudo já estava mergulhado na escuridão. Os lampiões também brilhavam no escritório ou biblioteca e encontrei o Conde deitado no sofá, lendo imaginem o quê: um guia ferroviário inglês. Quando entrei, retirou da mesa os livros e papéis e comecei a discutir com ele planos, realizações e contas de todas as espécies. Tudo o interessava e me fez inúmeras perguntas a respeito do lugar e de suas redondezas. Via-se claramente que estudara de antemão tudo o que pudera encontrar a respeito das vizinhanças do local, pois, afinal, tornou-se claro que sabia muito mais do que eu. Quando declarei isso, observou:

— Bem, meu amigo, mas não é necessário que assim seja? Quando for para lá, ficarei sozinho e meu amigo Harker Jonathan — desculpe-me, caí no hábito do país de colocar primeiro o sobrenome — meu amigo Jonathan Harker não estará ao meu lado para corrigir-me e ajudar-me. Estará em Exeter, a milhas de distância, provavelmente trabalhando em documentos legais com meu outro amigo, Peter Hawkins. Eis o caso!

Discutimos detalhadamente a compra da propriedade em Purfleet. Após lhe haver narrado os fatos e obtido sua assinatura nos papéis necessários, e também depois da carta que escrevi para seguir com os outros documentos, endereçada ao sr. Hawkins, o Conde me perguntou como encontrara lugar tão adequado. Li para ele as anotações que tomara naquela ocasião e que transcrevo aqui:

"Em Purfleet, numa estrada secundária, encontrei um lugar que parecia ajustar-se ao pedido e onde se via uma tabuleta arruinada, indicativa de que o local estava à venda. A propriedade é rodeada por altos muros de estrutura antiga, construídos de sólidas pedras, e há muito que ali não se realizam reparos. Os portões são de pesado carvalho antigo e de ferro, todos devorados pela ferrugem.

A propriedade denomina-se *Carfax*, sem dúvida uma corruptela de *Quatre Faces*, uma vez que a casa possui quatro lados, de acordo com os quatro pontos cardeais. Mede ao todo cerca de vinte acres, completamente rodeados pelo muro de pedra maciça acima mencionado. Nela se encontram muitas árvores, o que torna o lugar triste em certos trechos, e há uma fonte ou pequeno lago profundo e escuro, evidentemente alimentado por nascentes, pois a água é límpida e afasta-se dali transformando-se num córrego de tamanho considerável. A casa é muito grande e creio que deve pertencer ao período medieval, pois uma parte é construída de pedra imensamente espessa, com poucas janelas bem no alto, e possui pesadas barras de ferro. Esta parte se assemelha a uma prisão e situa-se próximo de uma velha capela ou igreja. Não pude entrar nela, pois não possuía a chave da porta que a comunica com a casa, porém tirei diversas fotografias daquela parte, com minha Kodak, que captou diversos ângulos. A casa sofreu aumentos, porém de modo muito irregular, sendo-me impossível afirmar com precisão a área total que cobre do terreno; sei dizer apenas que deve ser muito grande. Há poucas habitações nas proximidades: uma é a imensa mansão aumentada recentemente e transformada num hospício particular. Entretanto, este não é visível do local que compramos."

Quando eu havia terminado, ele disse:

— Alegro-me porque é antiga e grande. Eu mesmo provenho de antiga família e creio que morreria se tivesse de morar numa casa moderna. Não é num dia que preparamos uma casa para ser habitável e, afinal, poucos dias constituem um século. Alegro-me também porque lá existe uma velha capela. Nós, os nobres da Transilvânia, detestamos imaginar que nossos ossos possam misturar-se com os dos mortos comuns. Não procuro alegria e prazeres nem desejo a ardente voluptuosidade de muito sol e de águas brilhantes que agradam aos jovens e alegres. Já não sou jovem e meu coração, cansado de chorar durante anos os mortos, não se adapta aos prazeres. Além do mais, as paredes de meu castelo estão arruinadas, as sombras são muitas e o vento respira frio através dos batentes e das ameias quebradas. Amo a escuridão e a sombra, e gosto de ficar a sós com meus pensamentos, quando possível.

Por algum motivo, suas palavras não pareciam concordar com sua aparência, ou talvez fosse a expressão de seu rosto o que fizesse seu sorriso parecer maligno e ameaçador.

Naquele momento me deixou, desculpando-se e pedindo-me que reunisse todos os meus papéis. Ausentou-se durante algum tempo e principiei a olhar os livros que me rodeavam. Um deles era um atlas, que naturalmente descobri estar aberto na página da Inglaterra, como se o mapa desse país tivesse sido muito usado. Contemplando-o, verifiquei que em certos lugares havia círculos assinalados e, ao examiná-los, notei que um deles se situava próximo de Londres, no lado leste, certamente onde se localizava sua nova propriedade; os outros dois marcavam Exeter e Whitby, na costa de Yorkshire.

Quando o Conde voltou, quase uma hora já se passara.

— Ah, ah! — exclamou ele. — Ainda olhando os livros? Ótimo! Mas não deve trabalhar durante todo o tempo. Venha; informaram-me que sua ceia está pronta.

Segurou meu braço e fomos para a sala ao lado, onde encontrei uma excelente ceia disposta sobre a mesa. O Conde novamente se desculpou, dizendo haver jantado durante sua ausência, mas sentou-se como durante a noite anterior e conversou enquanto eu comia. Depois da ceia, fumei, como também fizera na véspera, e o Conde ficou comigo, conversando e perguntando-me muitas coisas sobre todos os assuntos imagináveis, hora após hora. Comecei a perceber que realmente estava ficando muito tarde, porém não disse coisa alguma, pois me sentia obrigado a satisfazer os desejos de meu anfitrião, de todos os modos possíveis. Não sentia muito sono, pois a longa dormida da véspera me fortificara, porém não pude deixar de sentir o arrepio que geralmente nos acomete quando surge a alvorada, que, a seu modo, se assemelha à mudança de maré. Dizem que os moribundos comumente morrem quando a noite se transforma em dia ou na mudança de maré; todos aqueles que, cansados ou amarrados a seu posto, já experimentaram essa mudança na atmosfera acreditam nesse fato. Súbito, ouvimos o canto de um galo elevar-se com sobrenatural agudeza através do ar límpido da manhã. O Conde Drácula, pondo-se em pé num pulo, disse:

— Ora, aí está a manhã novamente! Fui descuidado, obrigando-o a ficar acordado até tão tarde. Deve tornar menos interessante sua conversa a respeito de nossa querida e nova Inglaterra, para que eu não me esqueça de como o tempo voa entre nós.

Com mesura cortês, deixou-me rapidamente.

Fui para o meu quarto e afastei as cortinas, mas havia pouco a ser visto; minha janela dava para um pátio, e tudo o que eu podia enxergar era o cinzento vivo da madrugada. Por isso baixei as cortinas novamente e anotei o que sucedera nesse dia.

8 de maio — Ao escrever todas essas anotações receei estar sendo por demais prolixo, mas agora me alegro por ter cuidado dos detalhes desde o início; há algo de tão estranho acerca deste lugar e dentro de todo ele que não posso deixar de sentir-me inquieto. Feliz seria por estar em segurança fora dele ou nunca haver entrado aqui. Talvez seja esta estranha existência noturna que me esteja afetando, e eu gostaria que isso fosse tudo! Se ao menos houvesse alguém com quem pudesse falar, poderia suportar isso, mas não há ninguém. O Conde é a única pessoa com quem posso conversar, e logo ele! Temo ser o único ser vivo neste lugar. Permitam-me ser prosaico até onde os fatos o sejam, pois isso me ajudará a suportá-los e a não dar largas à imaginação, o que não deve acontecer. Caso contrário, estarei perdido. Permitam-me explicar imediatamente a situação em que me encontro... ou pareço encontrar-me.

Dormi apenas poucas horas quando fui para a cama e, sentindo que não poderia dormir mais, levantei-me. Pendurara meu espelho de barbear junto à janela e principiava a fazer a barba. Súbito, senti que alguém colocava a mão sobre meu ombro e ouvi a voz do Conde, que me desejava bom dia. Assustei-me, pois me perturbara o fato de que não o vira, uma vez que o espelho refletia todo o aposento atrás de mim. Eu me havia cortado ligeiramente ao principiar a raspagem da barba, mas não o notara no momento. Tendo respondido ao cumprimento do Conde, voltei-me para o espelho novamente, a fim de verificar como me enganara. Porém desta vez não havia possibilidade de erro: o espelho não revelava homem algum junto de mim, mas eu podia vê-lo sobre o meu ombro! Todo o quarto atrás de mim se projetava no espelho, porém nele não havia sinal de homem, a não ser eu mesmo. Isso era assustador e, somado a tantas outras coisas fantásticas, principiava a aumentar aquela vaga sensação de insegurança que eu sempre sentia quando o Conde estava próximo. Entretanto, naquele instante, vi que o corte sangrava ligeiramente e que o sangue escorria por meu queixo. Larguei a lâmina e, ao fazê-lo, dei meia-volta procurando um esparadrapo. Quando o Conde viu meu rosto, seus olhos faiscavam com uma espécie de fúria demoníaca e súbito deu um bote para agarrar meu pescoço. Afastei-me e suas mãos tocaram as contas que seguravam o crucifixo. Aquilo produziu-lhe uma modificação instantânea, pois a fúria passou tão rapidamente que mal pude acreditar que o vira agressivo.

— Cuidado — disse ele —, cuidado ao cortar-se. Neste país, é muito mais perigoso do que pensa. — Depois, apanhando o espelho, prosseguiu: — O responsável pelo acidente foi este objeto malvado. É um instrumento repugnante e inútil da vaidade humana. Fora com ele!

E, abrindo a pesada janela com um arranco de sua terrível mão, atirou fora o espelho, que se espatifou em mil pedaços nas pedras do pátio muito embaixo. Em seguida, retirou-se sem dizer palavra. O fato é muito perturbador, pois não sei como poderei fazer a barba, a não ser que me contemple no estojo de meu relógio ou no fundo de meu pote de barbear, que felizmente é de metal.

Quando fui para a sala de jantar, o café matinal já estava preparado, mas não pude encontrar o Conde em lugar algum. Por isso, comi sozinho. É estranho que até agora não tenha visto o Conde beber ou comer. Deve ser um homem muito singular! Após o café matutino, realizei pequenas explorações pelo castelo: indo pelas escadas, descobri um aposento que dava para o sul. A vista era magnífica, e do local em que eu estava podia-se vê-la claramente. O castelo situa-se na extremidade de um terrível precipício e uma pedra que caísse da janela despencaria mil pés antes de tocar em algo! Tão longe quanto os olhos alcançam, há um mar de verdes copas de árvores e ocasionalmente fendas de abismos podem ser encontradas. Aqui e ali há fios prateados onde os rios serpenteiam em profundos vales através das florestas.

Mas não tenho disposição para descrever a beleza porque, após haver contemplado o panorama, prossegui em minhas explorações; encontrei portas, portas e mais portas, todas muito bem trancadas. As janelas das paredes do castelo constituem a única saída possível para mim.

O castelo é uma verdadeira prisão e eu sou um prisioneiro!

CAPÍTULO 3

DIÁRIO DE JONATHAN HARKER
(continuação)

Quando descobri que era um prisioneiro, fui tomado de uma espécie de crise selvagem. Descia e subia correndo as escadas, tentando abrir todas as portas e olhando através de todas as janelas que conseguia encontrar; porém, após pouco tempo, a certeza de que estava desamparado e indefeso sobrepujou todos os outros sentimentos. Recordando agora, que já se passaram algumas horas, creio que devo ter estado maluco naquele momento, pois me comportei como um rato numa ratoeira. Contudo, quando a convicção de que estava ao desamparo se apoderou de mim, sentei-me sossegadamente — mais sossegado do que nunca em minha vida — e principiei a pensar na melhor forma de agir. Ainda estou pensando, porém não cheguei a conclusões definitivas. Estou certo apenas de uma coisa: que de nada adiantaria contar minhas ideias ao Conde. Sabe muito bem que estou aprisionado e, uma vez que é ele o responsável por essa situação, tendo sem dúvida seus próprios motivos para provocá-la, só poderia trair-me se eu lhe confiasse com clareza os fatos. Até onde posso ver, meu único plano deve ser nada revelar acerca de meu conhecimento e de meus temores e conservar os olhos abertos. Sei que ou estou sendo enganado como um bebê pelos meus próprios medos ou me encontro em terríveis dificuldades. Se esta última hipótese for a verdadeira, preciso e precisarei de todo o meu raciocínio para vencer.

Mal chegara a essa conclusão, ouvi a grande porta de baixo fechar-se e soube que o Conde regressara. Não foi imediatamente para a biblioteca, de modo que penetrei cautelosamente em meu próprio quarto e o encontrei fazendo a cama. Isso era estranho, mas apenas confirmava o que eu já pensara antes: não havia criados na casa. Mais tarde, quando, através das estreitas aberturas das dobradiças da porta, consegui vê-lo pondo a mesa na sala de jantar, tive a confirmação daquele fato. Se ele próprio realiza todos esses encargos servis, certamente isso prova que não há mais ninguém no castelo e também demonstra que deve ter sido o próprio Conde quem dirigiu a carruagem que me trouxe aqui. Tal pensamento é aterrorizante, pois, se isso sucede, como pode ele controlar o lobo daquela forma, apenas com um levantar silencioso de mão? Por que todos em Bistritz e na carruagem temiam tanto por mim? Por que me haviam dado o crucifixo, o dente de alho, a rosa silvestre e o cornogodinho? Abençoada seja aquela bondosa mulher que pendurou este crucifixo ao meu pescoço! Ele me proporciona consolo e força sempre que o toco. É estranho que um objeto que me tenham ensinado a considerar como desvantajoso e indicador de idolatria possa ajudar-me em momentos de solidão e dificuldade. Será que há algo em sua própria essência ou constituirá ele um agente, uma ajuda tangível a transportar recordações de dó e conforto? Algum dia, se possível, examinarei esse assunto e concluirei acerca dele. Entrementes, procurarei descobrir tudo o que puder sobre o Conde Drácula, pois assim talvez compreenda melhor os fatos. Hoje, à noite, possivelmente falará de si mesmo, se eu voltar a conversa para esse rumo. Devo ter cuidado, contudo, para evitar que suas suspeitas despertem.

Meia-noite — Conversei demoradamente com o Conde. Fiz-lhe algumas perguntas sobre a história da Transilvânia e ele discorreu muito bem sobre o assunto. Ao referir-se a coisas e pessoas, especialmente a batalhas, falou como se tivesse assistido a tudo. Mais tarde explicou isso, dizendo que, para um *boyar*, o orgulho, a glória e o fado de sua família e de seu nome constituíam seu próprio orgulho, glória e fado. Sempre que mencionava a família, dizia "nós" e construía quase todas as frases no plural, assemelhando-se a um rei que discursasse. Eu gostaria de poder escrever tudo o que ele disse, com as mesmas palavras que empregou, pois achei fascinante sua exposição. Toda a história do país parecia estar ali contida. Emocionou-se ao falar e principiou a andar pela sala, cofiando seu grande bigode branco e agarrando tudo o que suas mãos alcançavam, como se fosse esmigalhar os objetos com força notável. Procurarei descrever o mais literalmente possível certo trecho de sua conversa, que narra de certo modo a história de sua raça:

— Nós, os Szekelys, temos o direito de ser orgulhosos, pois em nossas veias corre o sangue de muitas estirpes bravas, que lutaram pelo poder com fúria leonina. Aqui, no turbilhão das raças europeias, a tribo úgrica trouxe da Islândia o espírito lutador que recebera de Tor e Wodin, e que seus guerreiros nórdicos ostentaram com tão bárbaras intenções no litoral da Europa, e também da Ásia e da África, até o povo julgar que os próprios lobisomens haviam surgido. Aqui também, quando vieram, encontraram os hunos, cuja fúria guerreira devastara a terra como chama viva até os moribundos afirmarem que em suas veias corria o sangue daquelas velhas feiticeiras que, expulsas da Cítia, se haviam acasalado com demônios no deserto. Tolos, tolos! Que demônio ou feiticeira foi tão poderoso quanto Átila, cujo sangue corre nas veias daquele povo? — levantou os braços. — É pois de admirar que fôssemos uma raça conquistadora? Que demonstrássemos orgulho e que, quando os magiares, os lombardos, os bávaros, os búlgaros e os turcos despejaram seus milhões em nossas fronteiras, nós os tenhamos afastado? É estranho que Arpad e suas legiões nos tivessem encontrado aqui quando atravessaram a pátria húngara e alcançaram a fronteira, que os honfoglalas aqui se adaptassem? Quando a maré húngara se moveu para o leste, os Szekelys foram considerados consanguíneos pelos vitoriosos magiares, e a nós durante séculos foi confiada a guarda da fronteira da Turquia; mais do que isso, o infindável dever dessa guarda, pois, como dizem os turcos, "as águas dormem, porém o mesmo não ocorre com os inimigos". Quem recebeu mais alegremente do que nós, através das Quatro Nações, a espada sangrenta? E quem, ao ouvir seu apelo guerreiro, se agrupou mais rapidamente sob o estandarte do rei? Quando foi redimida aquela grande vergonha de minha nação, a vergonha de Cassova, quando as bandeiras dos valáquios e dos magiares caíram sob o emblema do antigo império turco? Quem, senão alguém de minha raça, como o Voivoda, atravessou o Danúbio e abateu os turcos em suas próprias terras? Este, sim, foi um Drácula! Que infortúnio o fato de seu próprio irmão, após sua queda, ter vendido seu povo aos turcos e feito a pecha da escravidão cair sobre eles! Com efeito, não foi esse Drácula que inspirou aqueles de sua raça que, em épocas posteriores, inúmeras vezes transportaram suas forças através do grande rio, penetrando em terras turcas? Aquele que, quando vencido, retornou vezes sem conta, embora tivesse de regressar sozinho do campo sangrento onde suas tropas eram trucidadas, pois sabia que apenas ele poderia triunfar posteriormente! Dizem que ele pensava apenas em si mesmo. Bobagens! De que valem camponeses sem um chefe? O que sucede à guerra quando não há um cérebro nem um coração para conduzi-la? Mais uma vez quando, após a batalha de Mohács, nos libertamos do jugo húngaro, nós, os que possuíamos sangue dos Dráculas, estávamos entre os chefes, pois nosso espírito não podia suportar a ideia de não sermos livres. Ah, jovem senhor, os Szekelys e os Dráculas, constituindo estes o coração, o cérebro e a espada daqueles, podem orgulhar-se de um passado que os novos ricos, como os Habsburgos e os Romanovs, jamais poderão igualar. Os tempos de guerra terminaram; o sangue é precioso demais nestes dias de paz desonrosa e as glórias das grandes raças assemelham-se a lendas.

Como a manhã já se aproximava, fomos para a cama. (Lembrete: este diário se parece horrivelmente com o princípio das *Mil e uma noites*, pois tudo se interrompe ao canto do galo... ou então se assemelha ao fantasma do pai de Hamlet.)

12 de maio — Permitam-me principiar com fatos, fatos específicos e diretos, que possam ser provados com livros e números, e dos quais não duvidemos. Não devo confundi-los com experiências que terão de apoiar-se apenas em minha observação ou memória. Na noite passada, quando o Conde saiu de seu quarto, principiou a fazer-me perguntas sobre questões legais e acerca da realização de certas espécies de negócios. Eu passara um dia enfadonho com os livros e, apenas para conservar minha mente ocupada, recordara certos assuntos que tivera de estudar para passar no exame de Direito. O interrogatório do Conde obedecia a certo método, por isso tentarei colocar as perguntas em ordem, uma vez que esse conhecimento me pode servir em alguma ocasião ou tempo.

Primeiro, perguntou-me se um homem na Inglaterra poderia ter dois advogados ou mais. Disse-lhe que poderia ter uma dúzia, se o desejasse, mas que seria aconselhável possuir apenas um ao realizar uma transação, pois apenas um poderia agir de cada vez e mudá-lo seria certamente lutar contra os próprios interesses. Pareceu compreender muito bem e prosseguiu perguntando se haveria alguma dificuldade prática em ter um daqueles profissionais para cuidar, por exemplo, de assuntos bancários e outro para dedicar-se ao transporte de mercadorias, caso fosse necessária ajuda local em lugar longe da residência do advogado dos negócios bancários. Pedi-lhe que explicasse mais claramente, a fim de que eu não o orientasse de modo errôneo, o que o fez prosseguir:

— Exemplificarei: seu amigo e meu, Peter Hawkins, à sombra de sua linda catedral em Exeter, que fica longe de Londres, comprou para mim, por intermédio de sua bondosa pessoa, uma propriedade na capital da Inglaterra. Ótimo! Agora deixe-me falar com franqueza, para que não pareça estranho o fato de eu haver procurado os serviços de alguém tão longe de Londres, em vez de outro que lá residisse; ao proceder assim, fi-lo para que ele me servisse em meus interesses locais, apenas quando eu o desejasse. Como o indivíduo que morasse em Londres poderia ter aí algum interesse pessoal ou de amigos para cuidar, fui buscar longe um agente, a fim de ter certeza de que ele trabalharia apenas para os meus interesses. Agora, suponhamos que eu, tendo muitos negócios, deseje embarcar mercadorias, digamos, para Newcastle, Durham, Harwich ou Dover. Não seria mais fácil designar para o caso alguém que residisse em uma dessas partes?

Respondi que certamente seria mais fácil, mas que nós, advogados, possuíamos um sistema de atividades em conjunto, de modo que o trabalho em um lugar poderia ser realizado localmente, por meio de instruções enviadas por um advogado de outro lugar; dessa forma, o cliente, colocando-se apenas nas mãos de um homem, veria todos os seus interesses cuidados por esse mesmo homem, sem maiores dificuldades.

— Mas — declarou ele — também tenho a liberdade de escolher por mim. Não é verdade?

— É claro — repliquei. — Assim agem inúmeras vezes os homens de negócios que não desejam que todas as suas atividades sejam conhecidas por uma única pessoa.

— Ótimo! — Falou-me desse modo e depois me perguntou como poderia redigir procurações e as fórmulas que teriam de ser empregadas; indagou-me acerca de todas as espécies de dificuldades que porventura surgissem, mas das quais lhe seria possível defender-se de antemão. Expliquei-lhe tudo isso empregando o máximo de minha habilidade, e ele me deu a impressão de que teria sido ele próprio um ótimo advogado, pois pensava em tudo e tudo previa. Para um homem que nunca havia estado no país, e que evidentemente não realizava muitos negócios, seu conhecimento e perspicácia eram estupendos. Quando ficou satisfeito com os pontos que havia abordado, e quando eu já tinha verificado tudo da melhor forma possível nos livros disponíveis, levantou-se de súbito e disse:

— Após aquela sua última carta, escreveu outra para o nosso amigo Peter Hawkins ou para alguma outra pessoa?

Foi sentindo certa amargura que respondi negativamente, alegando não ter visto possibilidade de enviar cartas para alguém.

— Então escreva agora, meu jovem amigo — disse ele, colocando pesadamente a mão sobre meu ombro. — Escreva ao meu amigo ou a quem desejar e diga, se assim o quiser, que ficará comigo mais um mês, a partir de hoje.

— Espera que eu fique tanto tempo? — perguntei, sentindo o coração gelar ao pensar no caso.

— Desejo-o muito; efetivamente, não aceitarei recusas. Quando seu mestre ou empregador, o que queira, estabeleceu que outro deveria vir no lugar dele, ficou implícito que apenas minhas necessidades seriam consultadas. Não fiz restrições, não é verdade?

O que mais me restava fazer, senão inclinar-me concordando? Era o interesse do sr. Hawkins e não o meu, e eu necessitava pensar nele e não em mim; além do mais, quando o Conde falava, em seus olhos e em seu porte tudo me fazia lembrar que eu era um prisioneiro e que, ainda que desejasse, não poderia escolher. O Conde percebeu que vencera quando me inclinei, e pela perturbação de meu rosto pôde ver que era ele o dominador; logo procurou utilizar-se de sua vantagem, porém daquele jeito que lhe era próprio: suave e irresistível.

— Rogo-lhe, meu amigo, que fale apenas sobre negócios em suas cartas. Seus amigos certamente ficarão satisfeitos por saber que você está bem e que espera ansiosamente o momento de regressar para vê-los. Não é verdade?

Enquanto falava, entregou-me três folhas de papel de carta e três envelopes. Eram todos do mais fino papel de cartas para o estrangeiro e, ao olhar primeiro para eles e depois para o Conde, notando seu calmo sorriso e os afiados dentes caninos projetando-se sobre o rubro lábio inferior, compreendi tão bem quanto se ele tivesse dito que deveria ter cuidado com o que escrevesse, pois ele conseguiria lê-lo. Por isso, decidi preparar naquele momento apenas cartas formais, porém narrar tudo detalhadamente ao sr. Hawkins em segredo, e também a Mina, que me poderia escrever em taquigrafia, o que espantaria o Conde, se o visse. Depois de haver terminado minhas duas cartas, sentei-me calmo, lendo um livro enquanto o Conde escrevia diversas notas, referindo-se a alguns livros sobre a mesa enquanto as completava. Depois apanhou minhas duas cartas e colocou-as com as suas próprias, afastando em seguida seu material de escrever. No instante em que a porta se fechou atrás dele, inclinei-me e olhei suas cartas, cujos envelopes estavam voltados para o tampo da mesa. Não me senti culpado por fazê-lo, pois, nas circunstâncias em que me encontrava, achava que deveria proteger-me da melhor forma possível.

Uma das cartas era dirigida a Samuel F. Billington, Crescent, nº 7, Whitby; a outra era para Herr Leutner, Varna; a terceira, para Coutts & Cia., Londres; e a quarta, para Herren Klopstock & Billreuth, banqueiros, Budapeste. A segunda e a quarta não estavam fechadas. Ia examiná-las quando vi a maçaneta mover-se. Recuei rápido em meu assento, tendo tido tempo apenas para recolocar as cartas no lugar devido e para segurar mais uma vez meu livro antes que o Conde, ainda segurando outra carta na mão, entrasse no aposento. Apanhou os envelopes sobre a mesa e selou-os cuidadosamente; depois, voltando-se para mim, disse:

— Permita-me dar-lhe um conselho, caro e jovem amigo... Não apenas um conselho, mas uma advertência com toda a seriedade: se sair destes aposentos, em hipótese alguma adormeça em outras partes do castelo. Ele é muito antigo, evoca muitas recordações e há maus sonhos para aqueles que dormem imprudentemente. Está avisado! Se sentir sono agora ou em qualquer momento, ou se julgar que ele se aproxima, corra para o seu quarto ou para estes aqui, pois poderá então descansar em segurança. Porém, se não tiver cuidado com isso, então... — Encerrou suas palavras de modo horripilante, pois moveu as mãos como se as lavasse. Compreendi muito bem, mas minha única dúvida era a seguinte: poderia haver sonho mais terrível do que aquela fantástica e horripilante teia de ameaças e mistérios que me cercava?

Mais tarde — Apoio as últimas palavras escritas, porém desta vez sem sombra de dúvida. Não terei medo de dormir em qualquer parte, desde que o Conde lá não esteja. Coloquei meu crucifixo sobre a cabeceira de minha cama e lá ele ficará, pois creio que meu sono assim será mais livre de sonhos.

Quando o Conde me deixou, fui para o meu quarto. Depois de certo tempo, como não ouvia som algum, saí e subi a escada de pedra que dava para o local de onde me seria possível olhar para o sul. Aquela vista de grande amplitude dava-me uma sensação de liberdade quando comparada com o aspecto estreito e escuro do pátio, embora eu soubesse que tal extensão me era inacessível. Contemplando esse panorama, sentia-me como se me encontrasse realmente numa prisão e parecia desejar uma lufada de ar fresco, ainda que este fosse da noite. Creio que essa existência noturna produz seus efeitos sobre mim: está destruindo meus nervos. Assusto-me com minha própria sombra e imagino as coisas mais tenebrosas. Deus sabe que há razão para meus intensos temores, neste lugar maldito! Lancei o olhar sobre a linda vastidão que a luz suave e amarela do luar banhava, tornando-a quase tão clara quanto o dia. À luz delicada, os morros distantes fundiam-se e as sombras nos vales e abismos tornavam-se de um negro aveludado. Aquela bela visão bastou para alegrar-me; havia paz e conforto em cada hausto de ar que penetrava em mim. Quando recuei da janela, meus olhos se detiveram em algo que se movia no andar abaixo do meu e um pouco para a esquerda, no local onde imaginei, devido à ordem dos quartos, que deveriam estar as janelas do aposento do Conde. A janela junto à qual eu estava era alta e profunda, as barras verticais entre os vidros eram de pedra e, embora tivessem o aspecto gasto pelo tempo, ainda estavam inteiras; porém era evidente que havia muito o revestimento não existia mais ali. Escondi-me atrás da pedra e olhei cuidadosamente para fora.

O que vi foi a cabeça do Conde saindo da janela e, apesar de não ver seu rosto, reconheci o homem pelo pescoço e pelos movimentos das costas e mãos. Em nenhuma hipótese poderia eu deixar de reconhecer as mãos que tivera tantas oportunidades de estudar. A princípio julguei aquilo interessante e um pouco divertido, pois é realmente para admirar quão triviais são os fatos que interessam e divertem um homem, quando este é um prisioneiro. Porém meus próprios sentimentos se transformaram em repugnância e terror quando vi o Conde inteiro vagarosamente emergir da janela e principiar a descer rastejando pelas muralhas do castelo, sobre aquele assustador abismo, de rosto para baixo e com a capa a estender-se ao redor dele, como grandes asas. A princípio, não pude acreditar no que via. Julguei que fosse algum truque do luar, algum fantástico efeito das sombras; porém continuei a olhar e verifiquei que não poderia ser ilusão. Vi os dedos dos pés e das mãos agarrarem-se às quinas das pedras, que já não possuíam argamassa devido ao gasto dos anos. Utilizando-se assim de todas as saliências e ângulos, ele descia com notável rapidez, assemelhando-se a uma lagartixa que se movesse ao longo de uma parede.

Que espécie de homem será ele, ou que espécie de criatura disfarçada em homem? Sinto que os pavores deste lugar tenebroso me dominam; tenho medo... um medo horrível... e não posso fugir. Estou cercado de terrores tais que nem ouso pensar neles...

15 de maio — Vi mais uma vez o Conde sair a seu modo de lagartixa. Desceu movendo-se lateralmente cerca de cem pés para baixo; voltou-se bastante para a esquerda e depois desapareceu em algum buraco ou janela. Quando sua cabeça sumiu, inclinei-me para fora, tentando enxergar mais, porém sem resultado, porque a distância era muito grande para permitir um ângulo visual adequado. Sabia que, àquela hora, ele já havia deixado o castelo, e pensei então em utilizar a oportunidade para explorar mais do que até então havia ousado. Voltei ao quarto e, apanhando um lampião, tentei abrir todas as portas. Estavam trancadas, como supunha, e as fechaduras eram relativamente novas; porém desci a escada de pedra, indo até o corredor por onde entrara no dia de minha chegada. Verifiquei que poderia facilmente afastar os trincos e abrir a grande corrente; mas a porta estava trancada e a chave desaparecera! Deveria estar no quarto do Conde, por isso eu teria de vigiar a porta do aposento dele, pois, quando esta se destrancasse, poderia apanhar a chave e fugir. Prossegui examinando detalhadamente as diversas escadas e corredores e tentando abrir as portas que davam para esses locais, porém nada pude ver naqueles aposentos, a não ser velhas mobílias, gastas pelo tempo e roídas pelas traças. Finalmente, contudo, encontrei no cimo da escadaria uma porta que, embora parecesse estar trancada, cedeu um pouco sob pressão. Empreguei mais força e descobri que não estava realmente trancada, mas que a resistência provinha do fato de terem as dobradiças caído ligeiramente, fazendo que a porta pesada se apoiasse no chão. Aqui estava uma oportunidade que talvez não encontrasse novamente; esforcei-me, portanto, como era indispensável, e muito lutei para empurrá-la, a fim de poder entrar. Estava agora numa ala do castelo mais para a direita do que os aposentos já meus conhecidos e também um andar abaixo. Da janela eu podia ver o grupo de quartos estendendo-se para o sul do castelo, e as janelas do quarto da extremidade davam tanto para o oeste como para o sul. Em ambas as direções havia um grande precipício. O castelo fora construído no canto de um grande penhasco, o que o tornava praticamente inexpugnável por três lados; grandes janelas haviam sido colocadas onde lanças, flechas e colubrinas (antigas peças de artilharia) não poderiam alcançá-las. Consequentemente, a luz e o conforto estavam assegurados, o que seria impossível caso aquelas aberturas se situassem em local destinado a ser defendido. Havia um grande vale no oeste e depois, erguendo-se muito distante, massas de grandes montanhas serreadas, elevando-se pico sobre pico e apresentando a rocha bruta guarnecida de tramazeiras e espinheiros, cujas raízes se prendiam nas fissuras, gretas e fendas da pedra. Esta era evidentemente a parte do castelo ocupada pelas damas em tempos passados, pois a mobília tinha mais aspecto de conforto do que as outras que eu vira. As janelas não possuíam cortinas e a luz amarela do luar, inundando tudo através das vidraças em forma de losango, permitia-nos ver cores harmônicas enquanto suavizava a abundância de poeira que havia sobre tudo e disfarçava até certo ponto os danos do tempo e das traças. Meu lampião parecia ter pouco efeito junto ao luar brilhante, mas estava contente por tê-lo comigo, pois o lugar provocava uma terrível solidão que me gelava e me produzia tremedeiras. Mesmo assim, aquilo era melhor do que viver sozinho nos quartos que eu passara a odiar devido à presença do Conde, e, depois de tentar dominar meus nervos um pouco, uma suave calma apoderou-se de mim. Aqui estou eu, junto a uma mesinha de carvalho onde possivelmente em tempos passados sentou-se alguma linda dama para escrever, com muitos pensamentos e rubores, sua carta de amor repleta de erros ortográficos; entretanto, agora, no mesmo local escrevo meu diário em taquigrafia, anotando tudo o que aconteceu desde a última vez em que o fechei. Estamos hoje no turbulento século XIX, contudo, a não ser que meus sentidos me enganem, os velhos séculos tiveram e têm poderes próprios que o simples modernismo não pode extinguir.

Mais tarde: manhã do dia 16 de maio — Que Deus preserve minha sanidade mental, pois apenas isto me resta. A segurança e a certeza de possuí-la são coisas do passado. Enquanto viver aqui, devo desejar apenas uma coisa: não enlouquecer, isto é, caso ainda não esteja louco. Se é que estou são é certamente enlouquecedor o fato de pensar que, de todas as coisas repugnantes que se emboscam neste lugar odioso, o Conde é o que representa menor perigo para mim; ele será o único capaz de me defender, embora isso suceda apenas enquanto eu servir aos seus desígnios. Grande e piedoso Deus! Permita-me ter calma, pois, caso contrário, certamente perderei a razão. Principio a compreender melhor certos fatos que constituíram enigmas para mim. Até agora, nunca soube muito bem o que Shakespeare quis significar quando obrigou Hamlet a dizer:

"Meus papéis! Rápido, meus papéis!
É preciso escrever isso" etc.

Porém, neste momento, com a sensação de que meu cérebro está confuso ou de que tivesse recebido um choque capaz de o perturbar, volto-me para o meu diário, em busca de repouso. O hábito de anotar os detalhes deve ajudar a consolar-me.

O misterioso aviso do Conde assustara-me naquele momento e assusta-me ainda mais quando penso nele; no futuro, o temor me unirá ao Conde. Terei medo até de duvidar do que ele diz!

Após ter escrito em meu diário e, felizmente, também após havê-lo colocado no bolso com a caneta, senti sono.

Recordei-me do aviso do Conde, mas tive prazer em desobedecê-lo. A sensação do sono me acometera junto com a obstinação que a vontade de dormir traz. O suave luar acalmava e o vasto horizonte lá fora proporcionava uma sensação de liberdade que me aliviava. Resolvi não voltar naquela noite para os aposentos sombrios, mas dormir ali onde antigamente as damas se sentavam, cantavam e viviam docemente enquanto aninhavam em seu gentil coração a tristeza que seus companheiros, longe, entre guerras cruéis, lhes provocavam. Retirei um grande divã de seu lugar, junto a um dos cantos, para que, ao deitar-me, pudesse contemplar a linda vista do leste e do sul; sem pensar e sem dar importância à poeira, preparei-me portanto para dormir. Suponho que devo ter adormecido, pelo menos tenho esperanças disso, porém receio que tudo não haja sido sonho, uma vez que os fatos seguintes foram assustadoramente reais... tão reais que, agora, sentado sob o sol intenso da manhã, sou obrigado a duvidar que tudo haja sido sonho.

Eu não estava sozinho. O aposento era o mesmo e não houvera nele a menor modificação, desde a minha entrada; via, ao longo do chão, à luz brilhante do luar, minhas pegadas que tinham perturbado o longo acúmulo da poeira. À luz do luar, e do lado oposto ao meu, avistei três jovens mulheres; deveriam ser damas, segundo o que indicavam seus vestidos e modos. Quando as vi naquele momento, julguei estar sonhando, pois, embora houvesse o luar sobre elas, não formavam sombra no chão. Chegaram perto de mim e contemplaram-me durante algum tempo; depois cochicharam juntas. Duas eram morenas, possuíam nariz aquilino como o Conde e grandes e penetrantes olhos escuros, que pareciam quase vermelhos em comparação com o pálido amarelo da lua. A outra era clara, o mais clara possível, com cabelos compridos, dourados e cacheados; apresentava olhos como pálidas safiras. Pareceu-me que já vira aquele rosto e associei-o a algum sonho de pavor, porém não pude lembrar-me em que momento ou como o vira. Todas possuíam brilhantes dentes brancos que luziam como pérolas em contraste com os rubis de seus lábios sensuais. Havia algo nelas que me tornou inquieto, algum desejo e ao mesmo tempo algum medo terrível. Senti no coração o anseio mau e ardente de que me beijassem com aqueles lábios vermelhos. É bom não anotar isto, pois algum dia talvez Mina leia o que escrevo e estas palavras poderão magoá-la; porém é a verdade. Cochicharam juntas e depois todas riram... Foi um riso claro e musical, porém cruel, como se o som jamais tivesse passado através da maciez de lábios humanos. Assemelhou-se ao suave, porém intolerável, tinido de copos de água quando tocados por mão hábil. A moça clara sacudiu a cabeça de modo faceiro, e as outras duas a impeliram. Uma disse:

— Vá! Você será a primeira e nós a seguiremos; o direito de iniciar é seu.

A outra acrescentou:

— Ele é jovem e forte; há beijos para todas nós.

Deitava-me quieto, olhando através de minhas pestanas numa agonia de feliz antecipação. A moça clara adiantou-se, inclinando-se até fazer-me sentir o movimento de sua respiração sobre mim. Em certo sentido aquilo era doce, doce como o mel, e enviava assim como sua voz um tinido através dos nervos; porém havia fel sob aquela doçura, a amarga agressividade que às vezes sentimos ao cheirar sangue.

Tinha medo de abrir as pálpebras, porém olhava e via perfeitamente através das pestanas. A garota ajoelhou-se e inclinou-se sobre mim, demonstrando satisfação maligna. Apresentava deliberada voluptuosidade, que era ao mesmo tempo emocionante e repulsiva; quando arqueou o pescoço, lambeu os lábios como um animal e pude ver, à luz da lua, a umidade que brilhava em seus lábios escarlates e na língua vermelha que cobria os afiados dentes brancos. Sua cabeça se inclinou cada vez mais e os lábios desceram abaixo do nível de minha boca e queixo, parecendo fixar-se em minha garganta.

Depois ela parou por um instante e pude ouvir o som de sua língua agitada, que lambia os dentes e lábios; também sentia sua respiração quente sobre meu pescoço. Em seguida a pele de minha garganta começou a formigar, como sucede com a nossa carne quando a mão que nos vai fazer cócegas se aproxima cada vez mais. Eu podia sentir o suave e trêmulo toque dos lábios dela na pele sensível de meu pescoço, assim como percebia as pontas duras de dois dentes afiados que se colocaram sobre aquele local, parando ali. Fechei os olhos em lânguido êxtase e esperei... com o coração a bater.

Mas, naquele instante, outra sensação se apoderou de mim, rápida como um relâmpago. Percebi a presença do Conde e de todo o seu ser, que parecia envolto em tempestade de fúria. Quando meus olhos se abriram involuntariamente, vi sua forte mão agarrar o pescoço da mulher clara e afastá-la, com força gigantesca; os olhos azuis transbordaram de fúria, os dentes brancos rangeram com raiva e as faces claras incendiaram-se de paixão. E o Conde... Nunca antes eu imaginara tamanha indignação e fúria, nem mesmo nos demônios das trevas! De seus olhos saíam faíscas e a luz vermelha que neles havia era lúgubre, como se as chamas do fogo do inferno queimassem por trás deles. Seu rosto apresentava a palidez da morte, com rugas que eram ásperas como arames puxados; as sobrancelhas espessas que se encontravam sobre o nariz agora se assemelhavam a pendentes barras de metal incandescente. Estendendo ferozmente os braços, arremessou a mulher para longe de si e depois fez um gesto para as outras, como se batesse nelas; era o mesmo gesto autoritário que eu vira ser usado com os lobos. Numa voz que, embora baixa e constituindo quase um sussurro, parecia cortar o ar e ecoar através do quarto, o Conde disse:

— Como ousaram tocar nele? Como ousaram lançar os olhos sobre ele, apesar de minha proibição? Ordeno-lhes que se afastem! Este homem me pertence! Cuidado com o que fazem com ele ou terão de ajustar contas comigo.

A moça clara, com uma risada desafiadora de coqueteria, voltou-se para replicar-lhe:

— Você mesmo nunca amou, nunca amou! — As outras mulheres também fizeram coro e uma gargalhada tão cruel, sem alegria e sem alma, ecoou pelo aposento, que quase me fez desmaiar ao ouvi-la; todos pareciam demônios que se divertiam. Em seguida, o Conde se voltou, após observar meu rosto atentamente, e disse num sussurro:

— Sim, também sou capaz de amar. O passado lhes demonstra isso muito bem, não é verdade? Prometo-lhes que, quando terminar meu serviço com ele, poderão beijá-lo à vontade. Agora saiam! Saiam! Devo acordá-lo, pois precisamos trabalhar.

— Não teremos nada esta noite? — perguntou uma delas, rindo baixo enquanto apontava para o saco que ele atirara no chão e que se movia como se encerrasse algo vivo. Em resposta, ele balançou a cabeça. Uma das mulheres pulou para diante e abriu o saco. Se meus ouvidos não me iludiram, ouvi uma respiração ofegante e um vagido baixo, igual ao de uma criança meio sufocada. As mulheres rodearam-na enquanto o horror me consternava; mas, quando olhei, sumiram carregando também o saco. Não havia porta perto delas e não poderiam ter passado por mim sem que eu notasse. Desapareceram simplesmente aos raios do luar e saíram pela janela, pois pude ver lá fora suas formas semelhantes a sombras mal delineadas, que após um momento desapareceram completamente.

Em seguida, o horror se apoderou de mim e mergulhei na inconsciência.

CAPÍTULO 4

DIÁRIO DE JONATHAN HARKER
(continuação)

Acordei em minha cama. Se é que não sonhei, o Conde deve ter-me trazido para cá. Tentei verificar se aquilo fora realidade, mas não cheguei a nenhuma conclusão segura. Para certificar-me, havia certos pequenos indícios: minhas roupas estavam dobradas e colocadas de modo diferente. Meu relógio estava sem corda e estou rigorosamente habituado a dar-lhe corda antes de ir para a cama; havia muitos outros detalhes semelhantes. Porém esses fatos não constituem provas; podem indicar que minha mente não estava como sempre e, devido a alguns motivos, era certo que estava muito perturbado. Devo procurar provas. Uma coisa me alegra: se foi o Conde quem me trouxe para cá e me despiu, certamente algo o obrigou a realizar o serviço com rapidez, pois meus bolsos estão intactos. Tenho certeza de que este diário constituiria um mistério para ele, o que lhe seria intolerável; ele o teria levado consigo ou destruído. Agora, quando olho este quarto ao meu redor, julgo-o uma espécie de santuário, apesar de anteriormente me ter causado medo; é que nada pode ser mais horripilante do que aquelas terríveis mulheres que esperavam sugar meu sangue.

18 de maio — Desci novamente para contemplar aquele aposento à luz do dia, pois tenho de saber a verdade. Quando alcancei a porta no cimo das escadas, encontrei-a fechada. Fora empurrada contra o umbral com tanta força que parte da madeira se lascara. Pude ver que a fechadura não estava trancada, mas que a porta fora escorada por dentro. Receio que tudo haja sido realidade, e é baseado nesta suposição que devo agir.

19 de maio — Estou preso numa armadilha. Na noite passada, o Conde pediu-me em seu tom mais suave que escrevesse três cartas, uma afirmando que meu trabalho estava quase terminado e que eu partiria para casa dentro de poucos dias, outra dizendo que eu partiria na manhã seguinte após a carta e uma terceira declarando que já deixara o castelo e chegara em Bistritz. De bom grado eu teria desobedecido, porém julguei que, devido ao estado atual das coisas, seria loucura discutir abertamente com o Conde, uma vez que me encontro tão completamente em seu poder; além do mais, recusar seria causar-lhe suspeitas e provocar-lhe raiva. Ele percebe que sei demais e que não devo viver, pois posso ser-lhe perigoso; em prolongar minhas oportunidades reside minha única esperança de escapar. Algo pode ocorrer, capaz de me dar essa oportunidade. Vi nos olhos dele lampejos daquela raiva crescente que manifestou ao afastar de si aquela mulher clara. Explicou que os mensageiros eram poucos e incertos e que, se eu escrevesse agora, proporcionaria paz de espírito a meus amigos. Se o tivesse contrariado, criaria novas suspeitas, pois me assegurou com muita convicção que reteria as últimas cartas, obrigando-as a permanecer em Bistritz até o tempo devido, caso houvesse necessidade de prolongar minha estada. Fingi, portanto, concordar com seus pontos de vista e perguntei-lhe que datas deveria colocar nas cartas. Ele calculou um instante e depois disse:

— Dia 12 de junho na primeira, 19 de junho na segunda e 29 de junho na terceira.

Sei agora quanto tempo poderei viver. Que Deus me ajude!

28 de maio — Há uma oportunidade de fuga ou, pelo menos, de enviar notícias para casa. Chegou ao castelo uma tribo de ciganos que acampou no pátio. Essa tribo é denominada Szgany e possuo anotações sobre ela em meu livro. Seus membros existem apenas nesta parte do mundo, mas se relacionam com os ciganos comuns de todo o globo terrestre. Há milhares deles na Hungria e na Transilvânia, e se situam fora do alcance de quase todas as leis. Em geral se unem a algum grande nobre ou *boyar* e adquirem o nome deste. São temerários e não seguem religião alguma, com exceção das superstições; falam apenas variações próprias da língua cigana.

Escreverei algumas cartas para casa e tentarei fazer que eles enviem pelo correio. Já falei com eles através das janelas a fim de travar conhecimento. Retiraram o chapéu, fizeram reverências e muitos sinais que entretanto não pude entender, assim como não posso compreender a língua que falam...

Já escrevi as cartas. A de Mina está taquigrafada e a do sr. Hawkins apenas pede a este que se comunique com ela. Expliquei a situação a Mina, sem contudo narrar os horrores sobre os quais posso apenas tecer conjeturas. Se lhe revelasse tudo o que se passa comigo, isso serviria apenas para chocá-la e assustá-la mortalmente. Se as cartas não prosseguirem, o Conde não conhecerá ainda meu segredo nem a extensão de meus conhecimentos...

Já entreguei as cartas, atirando-as através das barras de minha janela, junto com uma moeda de ouro, e fazendo ao mesmo tempo inúmeros sinais indicativos de que deveriam ser colocadas no correio. O homem que as apanhara apertou-as contra o coração e fez uma mesura, depois as colocou em sua roupa. Como nada mais podia fazer, regressei sorrateiramente à biblioteca e principiei a ler. O Conde não surgiu e resolvi então dedicar-me a estas anotações...

O Conde já veio. Sentou-se ao meu lado e disse com voz muito macia enquanto abria os dois envelopes:

— Os ciganos me deram estas cartas de que cuidarei, embora não saiba de onde provêm. Veja! — ele deve ter olhado para uma delas. — Esta é sua para o meu amigo Peter Hawkins; a outra — agora ele avistava os estranhos símbolos enquanto abria o envelope; seu rosto assumiu aquela expressão sombria e seus olhos faiscaram cruelmente — a outra é um objeto vil, um ultraje à amizade e à hospitalidade! Não está assinada. Bem! Esta não nos importa.

Calmo, segurou a carta e o envelope junto à chama do lampião até queimar ambos. Depois prosseguiu:

— Esta carta para Hawkins... eu a enviarei, é claro, uma vez que é sua. Suas cartas são sagradas para mim. Desculpe-me, amigo, se sem saber eu a abri. Não quer fechá-la novamente? — Entregou-me a carta e com mesura cortês deu-me novo envelope. Tive de colocar novamente o endereço e estendê-lo de volta. Quando saiu do quarto, pude ouvir a chave girando suavemente. Um minuto mais tarde me adiantei e tentei abrir a porta, mas encontrei-a fechada.

Quando, uma hora ou duas após, o Conde surgiu silenciosamente no quarto, sua entrada me acordou, pois eu adormecera no sofá. Foi muito cortês e alegre a seu modo e, vendo que eu estivera dormindo, disse:

— Então, está cansado, meu amigo? Vá para a cama. É o melhor lugar para descansar. Não terei o prazer de conversar esta noite, pois muitos trabalhos me aguardam; mas espero que você durma.

Dirigi-me ao meu quarto e deitei-me na cama. É estranho que haja dormido sem sonhar, mas o desespero tem suas próprias tréguas.

31 de maio — Hoje de manhã quando acordei pensei em arranjar papéis e envelopes em minha mala para guardá-los no bolso, a fim de poder escrever caso houvesse oportunidade. Porém tive nova surpresa e novo choque!

Os mínimos pedaços de papel haviam desaparecido e com eles todas as minhas anotações; meu memorando sobre estradas de ferro e viagens, minha carta de crédito, de fato tudo o que me poderia ser útil quando me encontrasse fora do castelo. Sentei pensativo durante algum tempo; depois, algum pensamento me ocorreu e procurei na maleta e no armário onde colocara minhas roupas.

A roupa com que eu viajara desaparecera, assim como o meu sobretudo e a manta; não encontrei traços destes em lugar algum. Isso me parece ser mais algum plano vil...

17 de junho — Nesta manhã, enquanto me sentava na beirada da cama, quebrando a cabeça, ouvi o estalar de chicotes e o ruído de patas de cavalo que subiam o caminho rochoso além do pátio. Apressei-me a ir até a janela, com alegria; vi dois grandes carroções se aproximarem da casa, cada um puxado por oito musculosos cavalos, tendo à cabeça de cada par um eslovaco, com largo chapéu, grande cinturão enfeitado com tachas, capa de couro de carneiro suja e botas altas. Também carregavam suas longas machadinhas. Corri para a porta querendo descer e tentar unir-me a eles através do corredor principal, pois julgava que aquela saída estivesse aberta para eles. Novamente um choque: minha porta fora trancada pelo lado de fora.

Logo corri para a janela e berrei para que me ouvissem. Levantaram os olhos e fitaram-me como tolos; depois apontaram para mim, porém naquele momento o chefe dos ciganos apareceu e, vendo que indicavam minha janela, disse algo que lhes provocou risos. Daí por diante nenhum esforço meu, nenhum grito súplice ou agoniada ameaça conseguiu fazer que pelo menos me olhassem. Afastaram-se resolutamente. Os carroções continham grandes caixas quadradas com alças de grossas cordas; evidentemente estavam vazias, o que se podia perceber devido à facilidade com que os eslovacos as manobravam e pela ressonância que produziam quando eram movidas rudemente. Depois que todas haviam sido retiradas do veículo e colocadas num grande monte num dos cantos do pátio, os eslovacos receberam algum dinheiro dos ciganos e, cuspindo nele para que desse sorte, cada um se dirigiu preguiçosamente para o comando de seus cavalos. Pouco depois, ouvi o estalar de chicotes que desaparecia ao longe.

24 de junho, pela madrugada — Na noite passada, o Conde deixou-me cedo e trancou-se em seu quarto. Logo que reuni coragem, subi a escada em forma de caracol e olhei pela janela que se voltava para o sul. Julguei melhor observar o Conde, pois algo se passa. Os ciganos estão alojados algures no castelo e realizam alguma espécie de serviço. Eu o sei porque, de vez em quando, ouço um som distante e abafado de picaretas e pás; porém, o que quer que seja, deve destinar-se a alguma vil crueldade.

Estivera olhando por menos de meia hora quando vi algo sair da janela do Conde. Recuei e observei cuidadosamente; vi o homem inteiro emergir. Recebi novo choque ao descobrir que vestia minhas roupas, as mesmas que eu usara ao viajar por esta região; colocara aos ombros o terrível saco que eu vira as mulheres carregarem. Não poderia haver dúvidas acerca de seu intento, e o pior era que usava minhas roupas! Seu novo plano malvado é portanto este: permitirá que os outros julguem ver-me para que haja provas de que fui avistado nas cidades ou vilas, colocando no correio minhas cartas e também para que o povo do local me considere culpado das maldades que ele deseja praticar.

Enraivece-me o pensamento de que isso pode suceder enquanto estou trancado aqui como verdadeiro prisioneiro, mas sem a proteção da lei que constitui um direito e consolo até mesmo do criminoso.

Pensei esperar o retorno do Conde e durante longo tempo sentei-me obstinadamente à janela. Então principiei a notar que havia estranhas e pequenas manchas flutuando ao luar. Eram semelhantes a minúsculos grãos de poeira e rodavam agrupando-se e transformando-se numa espécie de nebulosa.

Observei-as com uma sensação de conforto, e uma espécie de calma se apoderou de mim. Reclinei-me no vão da janela, procurando posição mais confortável para que pudesse divertir-me mais amplamente com aqueles rodopios aéreos.

    Algo me fez levantar bruscamente; foi um uivo súplice e grave de cachorros em algum lugar, lá embaixo no vale, que meu raio visual não alcançava. Aquilo pareceu ecoar mais alto em meus ouvidos e as partículas flutuantes de pó assumiram novas formas ao som enquanto dançavam à luz do luar. Senti que lutava para acordar a algum chamado de meus instintos; era minha alma que lutava e também minha sensibilidade semi-inconsciente que tentava responder ao apelo. Estava sendo hipnotizado! O pó dançava cada vez mais rápido; os raios de luar pareciam tremer ao passarem por mim e penetrarem na massa ameaçadora que se encontrava além. Uniam-se cada vez mais até adquirirem vagas formas fantasmagóricas. Em seguida levantei-me, completamente acordado e com plena posse dos sentidos; fugi correndo daquele lugar. As formas fantasmagóricas, que gradativamente se materializavam, separando-se do luar, eram as das três mulheres demoníacas que me deveriam destruir. Escapei e senti-me mais seguro em meu quarto, onde não havia luar e onde a lâmpada brilhava intensamente.

    Após algumas horas, ouvi algo que se mexia no quarto do Conde, algo semelhante a um choro agudo de criança, rápido e abafado; depois houve silêncio, um silêncio horrível e profundo que me gelou. Com o coração galopando, tentei abrir a porta; mas estava encerrado em minha prisão e nada podia fazer. Pude apenas sentar-me e chorar. Enquanto sentava, ouvi um som no pátio lá fora: o grito agoniado de uma mulher. Corri para a janela e, levantando-a, olhei por entre as grades. Lá, realmente, havia uma mulher desgrenhada, segurando as mãos contra o coração, como alguém muito cansado de correr. Ela se inclinava contra o canto do portão. Quando viu meu rosto à janela, atirou-se para a frente e gritou com uma voz repleta de ameaça:

— Monstro, me dê meu filho!

Ajoelhou-se e, elevando as mãos, gritou as mesmas palavras em um tom que as fez ecoar em meu coração. Depois arrancou os cabelos, bateu contra o peito e abandonou-se a toda espécie de violências e emoções extravagantes. Finalmente, jogou-se para diante e, embora eu não a visse, podia ouvir o bater de suas mãos nuas contra a porta.

Em algum lugar muito no alto, provavelmente na torre, ouvi a voz do Conde berrando com seu assobio cruel e metálico. O uivo dos lobos pareceu responder de muito longe ao seu apelo. Após uns poucos minutos, muitos desses animais penetraram no pátio através da larga entrada; assemelhavam-se às águas contidas de uma represa quando libertas.

A mulher não gritou e o uivo dos lobos foi breve. Pouco depois saíram isolados, lambendo os beiços.

Não pude ter dó dela, pois agora sabia o que acontecera com sua criança. Era melhor que a mãe morresse.

O que farei? O que posso fazer? Como poderei escapar deste lugar horrível que a noite, as ameaças e o medo envolvem?

25 de junho, manhã — O homem só sabe quão doce e agradável a seu coração e aos seus olhos pode ser a manhã quando a noite já o fez sofrer. Nesta manhã, quando o sol se ergueu tão alto que tocou o cimo do grande portão do lado oposto de minha janela, pareceu-me que, àquele alto lugar atingido por ele, chegara o mensageiro da paz. Meu medo se dissipou como veste vaporosa que se derretesse ao calor. Devo agir de algum modo enquanto a coragem do dia me envolve. A noite passada, uma de minhas cartas datadas de antemão foi colocada no correio, a primeira de uma série fatal que apagará todos os traços de minha existência sobre a terra.

Que eu não pense nisso, mas me dedique à ação!

Anteriormente, fora sempre à noite que havia sido ameaçado ou molestado, ou que me defrontara com algum perigo e medo. Ainda não vi o Conde à luz do dia. Será que ele dorme enquanto os outros estão despertos, para que possa acordar enquanto os outros dormem? Se ao menos eu pudesse entrar em seu quarto! Mas isso não é possível; a porta está sempre trancada e não há entrada para mim.

Sim, há uma entrada para quem tiver coragem. Por que um outro corpo não pode entrar por onde o corpo dele passa? Já o vi descer rastejando de sua janela. Por que não o posso imitar e entrar também por ali? As probabilidades são desesperadoras, mas minha necessidade ainda o é mais. Arriscarei. Na pior das hipóteses enfrentarei a morte, e a morte de um homem não é a de um animal; as temidas portas de outra visão poderão estar abertas para mim. Deus me ajude em minha tarefa! Se falhar, adeus, Mina; adeus, meu fiel amigo e segundo pai; adeus para todos e, finalmente, para Mina!

No mesmo dia, mais tarde — Realizei a tentativa e, com a ajuda de Deus, regressei em segurança para o meu quarto. Devo descrever todos os detalhes em ordem. Enquanto tinha coragem, fui diretamente para a janela do lado sul e coloquei-me imediatamente do lado de fora, naquele local. As pedras são grandes e asperamente cortadas; além disso, o revestimento entre elas gastou-se devido ao tempo. Retirei minhas botas e aventurei-me pelo perigosíssimo caminho. Olhei para baixo uma vez, para certificar-me de que a súbita visão do terrível abismo não me perturbaria, mas depois conservei meus olhos afastados. Conheço muito bem a direção e a distância da janela do Conde e para lá me dirigi como melhor me era possível, aproveitando as oportunidades disponíveis. Não me senti tonto, pois creio que estava excitado demais para isso; o tempo me pareceu ridiculamente curto até o momento em que me encontrei no peitoril da janela, tentando abrir o caixilho. Contudo, estava muito agitado quando me inclinei e entrei pela janela, colocando primeiro os pés. Depois procurei o Conde ao meu redor, mas com surpresa e alegria descobri que no quarto não havia vivalma! Era mobiliado com poucos e estranhos objetos, que me pareceram nunca ter sido usados; os móveis eram do mesmo estilo dos que se encontravam nos quartos do sul e estavam cobertos de poeira. Procurei a chave, mas não estava na fechadura e não pude encontrá-la em lugar algum. Encontrei apenas uma grande pilha de ouro num dos cantos — ouro de todas as espécies: romano, britânico, austríaco e húngaro; havia também dinheiro grego e turco, coberto com camadas de poeira, como se tivesse permanecido longo tempo enterrado. Nenhum dos que observei datava de menos de trezentos anos. Ali também se encontravam correntes e ornamentos, alguns constituindo joias, mas todos velhos e manchados.

Num dos cantos do aposento havia uma pesada porta. Tentei abri-la; como não pude encontrar a chave do quarto nem a da porta externa, que era o principal objetivo de minha busca, deveria investigar mais, ou todos os meus esforços teriam sido vãos. Ela estava aberta e dava para uma escada circular e muito íngreme, à qual se chegava através de um corredor de pedra. Desci olhando cuidadosamente para onde ia porque a escada era escura, iluminada apenas por buracos na pesada alvenaria. Embaixo havia um corredor escuro, semelhante a um túnel, o qual exalava um odor nauseabundo de terra antiga recentemente revolvida. Quando atravessei o corredor, o cheiro tornou-se mais próximo e intenso. Finalmente, puxei uma pesada porta que estava entreaberta e encontrei-me numa velha capela arruinada, que evidentemente fora utilizada como cemitério. O telhado estava quebrado e em dois lugares havia escadas que se comunicavam com catacumbas, porém o chão fora recentemente revolvido e a terra colocada em grandes caixas de madeira, obviamente aquelas que os eslovacos haviam trazido. Como não se via ninguém nos arredores, examinei cada centímetro de chão, a fim de não perder a oportunidade. Desci até mesmo às catacumbas (onde a luz fraca parecia lutar contra a escuridão), embora descer constituísse uma ameaça à minha alma. Entrei em duas delas, mas nada vi, exceto fragmentos de caixões velhos e pilhas de pó; na terceira, contudo, descobri algo. Lá, numa das grandes caixas, das quais havia cinquenta ao todo, sobre um monte de terra recentemente cavada, estava o Conde! Podia estar morto ou dormindo; eu não sabia qual das duas alternativas era a verdadeira, pois seus olhos abriam-se como pedra, porém não possuíam a transparência da morte. As faces apresentavam o calor da vida, apesar de sua palidez, e os lábios estavam vermelhos como sempre. Mas não havia sinal de movimento: nem pulso, nem respiração, nem batidas do coração. Inclinei-me sobre ele, tentando em vão descobrir algum sinal de vida. Ele não poderia estar deitado lá há muito tempo, pois o cheiro de terra teria desaparecido em poucas horas. Ao lado da caixa avistei a tampa com buracos aqui e ali. Julguei que as chaves talvez estivessem com o Conde, mas, quando as fui procurar, vi aqueles olhos mortos que, embora inermes e inconscientes de minha presença, demonstravam tal ódio que me fizeram fugir correndo do local. Saí do aposento dele pela janela e subi rastejando pela muralha do castelo. Ao chegar ao meu quarto, atirei-me arquejante sobre a cama e tentei raciocinar...

29 de junho — A data de hoje é a da minha última carta e o Conde providenciou as provas que indicarão a veracidade dela, pois novamente o vi deixar o castelo pela mesma janela e com as minhas vestes. Quando desceu pela parede, semelhante a uma lagartixa, desejei possuir um revólver ou alguma arma mortífera que pudesse destruí-lo, mas creio que nenhuma arma manobrada exclusivamente por mãos humanas poderia afetá-lo. Não ousei esperar que regressasse, pois temia aquelas irmãs misteriosas. Voltei à biblioteca e li até adormecer.

Fui acordado pelo Conde, que me olhou tão austeramente como um homem pode olhar outro e disse:

— Amanhã nos separaremos, meu amigo. Você retornará à sua linda Inglaterra e eu a um trabalho cujo final talvez impeça que nos encontremos mais uma vez. Sua carta para casa já foi enviada e amanhã eu não estarei aqui, mas tudo ficará preparado para sua viagem. Pela manhã chegarão os ciganos e alguns eslovacos; realizarão alguns trabalhos aqui. Depois de partirem, minha carruagem virá buscá-lo para transportá-lo ao Desfiladeiro de Borgo, onde encontrará a diligência que vai de Bucóvina a Bistritz. Porém espero vê-lo ainda neste castelo.

Suspeitei dele e resolvi investigar sua sinceridade. Sinceridade! É uma profanação estabelecer uma ligação entre tal palavra e esse monstro, por isso, perguntei-lhe sem rodeios:

— Por que não posso ir hoje à noite?

— Porque, caro senhor, meu cocheiro e meus cavalos partiram para realizar uma missão.

— Mas irei a pé com prazer. Quero partir imediatamente.

Ele sorriu, porém foi um sorriso tão suavemente diabólico que percebi algum truque por trás da suavidade. Perguntou-me:

— E sua bagagem?

— Não tem importância. Mandarei buscá-la em outra ocasião.

O Conde levantou-se e disse com uma delicadeza que me fez esfregar os olhos, pois parecia muito real:

— Vocês, ingleses, possuem um ditado que muito estimo, porque seu espírito é aquele pelo qual se guiam nossos *boyars*: "Receba cordialmente os que vêm; despeça com rapidez os hóspedes". Venha comigo, jovem amigo. Não ficará mais uma hora em minha casa contra a sua vontade, embora sua partida, assim como seu desejo repentino de ir, me entristeçam. Venha!

— Com imponente seriedade antecedeu-me na escada e ao longo do corredor, segurando o lampião. Súbito, parou.

— Ouça!

Percebia-se próximo o uivo de muitos lobos. O som parecia subir quando ele elevava a mão, assim como a música de uma grande orquestra parece pular sob a batuta do maestro. Depois de parar um momento continuou a se aproximar da porta com seu modo imponente; afastou as grossas trancas, soltou as correntes pesadas e principiou a abrir a porta.

Muito surpreso, verifiquei que ela não estava trancada. Desconfiado, olhei ao meu redor, mas não vi chave de espécie alguma. Quando a porta principiou a entreabrir-se, o uivo dos lobos lá fora tornou-se mais alto e furioso; suas mandíbulas vermelhas, seus dentes que rangiam e as unhas afiadas de suas patas, quando pulavam, entravam pela porta entreaberta. Seria inútil lutar contra o Conde naquele momento. Com aqueles aliados sob o seu comando, eu nada poderia fazer. Mas, mesmo assim, a porta continuou a ser aberta e apenas o corpo do Conde se situava na fresta. Súbito, concebi a ideia de que talvez aquele fosse o fim a que estivesse destinado; entregar-me-ia aos lobos atendendo à minha própria insistência. A ideia era suficientemente má e diabólica para o Conde; fazendo uma última tentativa, gritei:

— Feche a porta; esperarei até amanhã! — Cobri meu rosto com as mãos a fim de esconder as lágrimas de amargo desapontamento. Estendendo seu braço poderoso, o Conde fechou a porta com um empurrão e as pesadas trancas, ao voltarem rápidas para os seus lugares, tiniram e ecoaram pelo corredor.

Retornamos à biblioteca em silêncio e, depois de um minuto ou dois, fui para o meu quarto. Vi o Conde pela última vez quando beijava minha mão com um brilho vermelho de triunfo nos olhos e com um sorriso que faria orgulho ao próprio Judas no inferno.

Quando estava em meu quarto, prestes a deitar-me, julguei ouvir sussurros à minha porta. Aproximei-me dela em silêncio e prestei atenção. Se meus ouvidos não me iludiram, ouvi a voz do Conde afirmar:

— Voltem, voltem para os seus lugares! Sua hora ainda não chegou. Esperem! Tenham paciência! Hoje, a noite me pertence. A noite de amanhã será de vocês!

Ouviu-se uma gargalhada baixa, doce e ondulante; enraivecido, empurrei a porta, abrindo-a, e vi do lado de fora as três terríveis mulheres que lambiam os lábios. Quando apareci, todas se uniram numa gargalhada tenebrosa e fugiram.

Regressei a meu quarto e atirei-me ao chão, de joelhos. Será que estou tão próximo do fim? Amanhã! Amanhã! Senhor, ajude a mim e àqueles que me são caros.

30 de junho, manhã — Talvez estas sejam as últimas palavras que escrevo neste diário. Dormi até pouco antes da madrugada e, quando acordei, atirei-me ao chão, de joelhos, pois decidira que, se a morte viesse, deveria encontrar-me preparado.

Finalmente senti aquela sutil mudança no ar e soube que a madrugada surgira. Em seguida ouvi o agradável canto do galo e senti-me em segurança. Abri a porta alegremente e desci com rapidez o corredor. Vira que a porta de fora não estava trancada e agora poderia escapar. Com mãos trêmulas de ansiedade, soltei as correntes e afastei as maciças trancas.

Mas a porta não se movia. O desespero apoderou-se de mim. Puxei-a inúmeras vezes e sacudi-a até vê-la ranger contra o batente, embora fosse sólida. Vi o trinco fechado; fora trancado após eu haver deixado o Conde.

Senti-me então possuído pelo desejo de obter a chave enfrentando qualquer risco; resolvi naquele momento e naquele lugar escalar novamente a parede e penetrar no quarto do Conde. Talvez ele me matasse, porém agora a morte me parecia dos males o menor. Sem parar, apressei-me para ir à janela do leste e desci engatinhando a parede, como na vez anterior, até o aposento do Conde. Não havia ninguém lá; porém, era isso o que eu esperava. Não encontrei chave em lugar algum, mas a pilha de ouro permanecia. Passei pela porta do canto, desci a escada em caracol e atravessei o escuro corredor até a velha capela. Agora já sabia muito bem onde encontrar o monstro procurado.

A grande caixa estava no mesmo lugar, junto da parede, mas a tampa estava sobre ela, embora ainda não tivesse sido fechada; os pregos se encontravam em seus lugares, prontos para serem martelados. Sabia que deveria procurar o corpo para encontrar a chave, por isso levantei a tampa e coloquei-a contra a parede; vi então algo que me horripilou. Ali estava o Conde, porém como se a sua juventude tivesse retornado parcialmente. O cabelo branco e o bigode se tinham transformado num cinzento escuro; as faces apareciam mais cheias e a pele branca por baixo era de um vermelho vivo; a boca estava mais rubra do que nunca, porque em seus lábios havia gotas de sangue fresco que escorriam dos cantos, descendo pelo queixo e pelo pescoço. Até os olhos profundos e ardentes pareciam fixos entre a carne intumescida, pois as pálpebras e bolsas embaixo estavam inchadas. Toda a horripilante criatura tinha o aspecto de quem está simplesmente repleto de sangue. Deitava-se qual repugnante sanguessuga exausta com sua fartura. Tremi ao inclinar-me para tocá-lo e todos os meus sentidos se revoltaram contra aquele contato, mas era necessário procurar, caso contrário não haveria salvação para mim. A noite que se aproximava poderia transformar do mesmo modo meu corpo num banquete para aquelas três diabas. Apalpei todo o corpo do Conde, porém não encontrei sinal de chave; depois parei para contemplá-lo. Havia um sorriso zombeteiro no rosto intumescido que pareceu enlouquecer-me. Era este o ser que eu ajudava a transferir para Londres. Lá, talvez, durante os séculos seguintes, entre a população fervilhante, saciaria seu desejo de sangue e criaria um novo e sempre crescente círculo de semidemônios que se refestelariam com os indefesos. Só esse pensamento já me fazia perder a razão. Senti o terrível desejo de livrar o mundo de tal monstro. Não possuía arma mortífera disponível, porém apanhei uma pá que os operários utilizavam para encher as caixas e, levantando-a, com a extremidade voltada para baixo, golpeei aquele rosto odiado. Porém, quando assim procedia, a cabeça se voltou e aqueles olhos se fixaram em mim com um brilho aterrorizador, semelhante ao de uma serpente. A visão pareceu paralisar-me e a pá girou em minha mão, resvalando pelo rosto e produzindo apenas um corte profundo acima da testa. A pá caiu de minha mão sobre a caixa e, quando a retirei de lá, a beira da lâmina atingiu a extremidade da tampa, que tombou novamente, escondendo a pavorosa visão. Ao dar a última olhadela, percebi o rosto intumescido, sujo de sangue e apresentando uma careta fixa de malícia que poderia muito bem pertencer ao mais baixo dos demônios.

Pensei muito, a fim de saber qual seria minha próxima ação, mas sentia o cérebro pegar fogo; aguardei, notando o desespero crescer dentro de mim. Enquanto esperava, ouvi à distância uma canção cigana entoada por vozes alegres que se aproximavam e, com a canção, o girar de pesadas rodas e o estalar de chicote; aproximavam-se os ciganos e eslovacos a que o Conde se referira. Lançando um último olhar ao meu redor e à caixa que continha o vil corpo, fugi daquele lugar e cheguei ao quarto do Conde, resolvido a correr para fora no instante em que abrissem a porta. Prestei atenção com ouvidos cansados e ouvi lá embaixo o ranger da chave na grande fechadura e o recuo da pesada porta. Deveria haver outro modo de entrar, ou então outra pessoa possuía a chave de uma das portas trancadas. Em seguida, ouviu-se o som de muitos pés que pisavam fortemente e desapareciam em algum corredor que enviava para cima um clangor que ecoava. Voltei-me para descer, correndo mais uma vez em direção às catacumbas, onde poderia encontrar nova saída; mas naquele momento surgiu um poderoso pé de vento e a porta da escada em forma de caracol bateu com tamanha força que fez voar o pó das vergas. Quando corri para abri-la, encontrei-a definitivamente fixa. Eu era novamente um prisioneiro e minha condenação se aproximava cada vez mais.

Enquanto escrevo, há no corredor embaixo o som de muitos pés que pisam fortemente e o ruído de pesos colocados no chão com energia; sem dúvida são as caixas com sua carga de terra. Há o som de martelos; é a caixa que estão pregando. Agora posso ouvir as pisadas fortes ecoando ao longo do corredor, seguidas de muitas outras pisadas mais leves.

Fecham a porta e as correntes chocalham, ouço o ranger da chave na fechadura; agora ela é retirada, depois outra porta se abre e fecha. Ouço o estalido da fechadura e da tranca.

Atenção! No pátio, descendo o caminho rochoso, há o girar de pesadas rodas, o estalar de chicotes e o coro dos ciganos que desaparecem ao longe.

Encontro-me a sós no castelo, com aquelas terríveis mulheres. Ora! Mina é uma mulher, porém nada tem em comum com as daqui. Estas são diabólicas!

Não permanecerei a sós com elas; tentarei descer pela muralha do castelo, indo mais longe do que até então já tentei. Levarei algum ouro comigo, pois poderei precisar dele. Talvez encontre um caminho que me afaste deste lugar tenebroso.

Em seguida partirei para casa! Apanharei o trem mais rápido e mais próximo! Irei para longe deste amaldiçoado lugar e deste país perdido, onde o demônio e seus filhos ainda caminham com pés humanos!

Deus pelo menos é mais piedoso do que estes monstros e o precipício é íngreme e alto. Em sua base, um homem pode dormir como homem. Adeus para todos! Adeus, Mina!

CAPÍTULO 5

CARTA DA SRTA. MINA MURRAY PARA A SRTA. LUCY WESTENRA

9 de maio.

Querida Lucy:
Desculpe-me por haver demorado muito a escrever, mas estive simplesmente assoberbada de serviço. A vida de uma professora-assistente algumas vezes é difícil. Estou ansiosa para estar novamente com você, junto ao mar, onde poderemos conversar livremente e construir castelos no ar. Trabalhei muito ultimamente, porque quero ser capaz de acompanhar os estudos de Jonathan e tenho praticado intensamente a taquigrafia. Quando nos casarmos, poderei ser-lhe útil e, se souber taquigrafia suficientemente, serei capaz de anotar o que ele deseja dizer a seu modo e depois bater tudo a máquina; por isso também tenho estudado datilografia intensamente. Eu e ele algumas vezes nos correspondemos em taquigrafia, e ele mantém um diário de suas viagens no estrangeiro utilizando os mesmos símbolos. Quando estiver com você, terei um diário na mesma forma. Não quero referir-me a um daqueles diários que têm duas páginas para a semana, com um domingo espremido num dos cantos, porém uma espécie de caderno de apontamentos onde possa escrever quando me sinta inclinada a isso. Creio que não interessará às outras pessoas, mas não se destina a elas. Talvez o mostre a Jonathan algum dia, se houver algo digno de ser mostrado, mas será na realidade um livro de exercícios. Tentarei fazer como as moças jornalistas: entrevistarei, escreverei descrições e tentarei recordar conversas. Disseramme que, com um pouco de prática, podemos lembrar-nos de tudo o que se passa e de tudo o que ouvimos

durante o dia. Contudo, veremos. Quando nos encontrarmos, contar-lhe-ei meus pequenos planos. Recebi de Jonathan, da Transilvânia, apenas algumas linhas apressadas. Está bem e regressará dentro de uma semana. Estou ansiosa para ouvir todas as novidades dele; deve ser tão bom viajar por terras estranhas! Será que nós — quero dizer, Jonathan e eu — viajaremos até lá algum dia, juntos? A campainha das dez horas está soando. Adeus.

Sua amiga
Mina

P. S. — Conte-me todas as suas novidades quando escrever. Há muito tempo que nada me diz. Ouvi boatos, especialmente sobre um homem alto, atraente e de cabelos crespos. São verdadeiros?

CARTA DE LUCY WESTENRA PARA MINA MURRAY

Rua Chatam, 17
Quarta-feira

Cara Mina:
Devo dizer que você me acusa muito injustamente de ser má correspondente. Já lhe havia escrito duas vezes desde que partimos e essa carta sua que recebi foi apenas a segunda. Além do mais, nada tenho para contar-lhe, nada realmente que possa interessar. A cidade está muito agradável agora e frequentamos muitas exposições de pintura, passeamos e andamos pelo parque. Quanto ao homem alto e de cabelos crespos, suponho que se refere ao que me acompanhou ao último concerto popular. Alguém evidentemente andou espalhando boatos falsos, pois

esse foi o sr. Holmwood, que nos visita frequentemente e parece dar-se muito bem com mamãe; os dois têm muita coisa em comum para conversar. Encontramos há algum tempo um homem que seria ideal para você, se já não estivesse noiva de Jonathan. É um excelente partido, atraente, rico e de boa origem; é um médico muito hábil. Imagine só! Tem apenas vinte e nove anos e já dirige sozinho um imenso hospício. O sr. Holmwood apresentou-me a ele; veio visitar-nos uma vez e agora vem repetidamente. Creio que é um dos homens mais decididos que já conheci, sendo contudo muito calmo. Parece não se perturbar jamais. Imagino que maravilhoso poder deve ter sobre seus pacientes. Tem o hábito curioso de olhar-nos diretamente no rosto, como se tentasse ler nossos pensamentos. Comigo ele procede assim com frequência, porém me orgulho de dizer que constituo uma tarefa difícil para ele. Sei disso porque me olho no espelho. Já tentou decifrar seu próprio rosto? Eu já, e posso dizer-lhe que o estudo não é mau e que dá mais trabalho do que supõe quem nunca tentou. Ele diz que eu lhe ofereço um curioso estudo psicológico e, modéstia à parte, creio que é verdade. Como sabe, não me interesso o suficiente por moda para poder descrever-lhe os novos vestidos. A moda chateia. Utilizei-me da gíria novamente, mas não dê importância a isso; Arthur fala assim todos os dias. Agora já lhe disse tudo. Mina, sempre trocamos confidências quando éramos crianças, dormimos e comemos juntas, rimos e choramos ao mesmo tempo; agora, apesar de já ter comentado um assunto, gostaria de falar mais. Oh, Mina, será que não adivinha? Amo-o. Enrubesço ao escrever, pois, embora ache que ele me ame, ainda não o ouvi declarar-se. Mas, oh, Mina, amo-o; amo-o! Faz-me bem desabafar. Queria estar com você, querida, sentada junto à lareira confessando-me, como costumávamos sentar; tentaria então contar-lhe o que sinto. Nem sequer sei como tenho coragem para escrever-lhe isso. Temo findar ou rasgar a carta e não quero parar, pois desejo tanto contar-lhe tudo. Escreva-me imediatamente e diga-me tudo o que pensa sobre o caso. Mina, devo encerrar já. Boa noite. Abençoe-me em suas orações, Mina, e reze por minha felicidade.

Lucy

P. S. — Não será necessário dizer-lhe que é segredo o que lhe contei. Boa noite novamente.
L.

CARTA DE LUCY WESTENRA PARA MINA MURRAY

24 de maio.

Cara Mina:
Muito, muito, muito obrigada por sua terna carta. Foi tão bom poder contar-lhe tudo e obter sua aprovação!
Querida, nunca chove pouco, mas sempre desaba um aguaceiro. Como é verdadeiro esse provérbio. Aqui estou eu, prestes a fazer vinte anos em setembro, e nunca havia recebido uma verdadeira proposta de casamento até hoje; porém neste dia recebo logo três. Imagine! Três propostas num só dia! Não é horrível?! Sinceramente, tenho muita pena dos outros dois pobres sujeitos. Oh, Mina, estou muito feliz, mas não sei o que fazer. E três propostas! Mas, pelo amor de Deus, não conte nada às meninas, pois elas teriam toda espécie de ideias extravagantes e se sentiriam magoadas e injuriadas se não recebessem pelo menos seis, no primeiro dia em casa. Certas moças são tão fúteis! Eu e você, Mina querida, que estamos comprometidas e em breve nos tornaremos velhas e sérias senhoras casadas, podemos desprezar a vaidade. Bem, falarei

sobre os três, mas você deverá guardar segredo disto, querida; não conte a ninguém, com exceção, é claro, de Jonathan. Contará a ele porque, se a situação fosse contrária, eu certamente narraria tudo a Arthur. Uma mulher deve contar tudo a seu marido... não acha, querida? Devo ser justa. Os homens desejam que suas mulheres, especialmente quando são suas esposas, sejam tão sinceras quanto possível, e receio que elas não sejam sempre fiéis assim. Bem, querida, o número *um* chegou pouco antes do almoço. Já lhe falei dele... é o dr. John Seward, o diretor do hospício; possui grande queixo e testa ampla. Exteriormente, apresentou-se bem calmo, mas interiormente estava nervoso. Evidentemente ensaiou todos os pequenos detalhes e recordou-se deles; porém quase sentou sobre seu chapéu de seda, o que os homens geralmente não fazem quando calmos: depois, quando quis parecer estar à vontade, principiou a brincar com sua lanceta de tal modo que quase me fez gritar. Falou-me muito diretamente, Mina. Disse-me que, embora me conhecesse pouco, muito me amava, e falou sobre o que seria sua vida se me tivesse para ajudá-lo e alegrá-lo. Ia declarar-me o quanto ficaria infeliz se eu não o amasse, mas, quando me viu chorar, afirmou ser um bruto e disse que não aumentaria minha dificuldade atual. Em seguida, descontrolou-se e perguntou-me se eu poderia amá-lo após algum tempo; quando sacudi a cabeça, suas mãos tremeram e então, com alguma hesitação, perguntou-me se eu já amava outro. Expressou-se muito delicadamente, dizendo-me que não queria arrancar-me uma confidência à força, mas que desejava apenas saber, pois sempre havia esperança quando o coração de uma mulher estava livre. Julguei então, Mina, que o dever me obrigava a contar-lhe que havia alguém. Disse-lhe apenas isso e ele se levantou; parecendo muito forte e sério, colocou ambas as minhas mãos nas dele e afirmou desejar que eu fosse feliz, dizendo-me também que, se necessitasse algum dia de um amigo, poderia contar com sua sincera amizade. Oh,

Mina querida, não consigo deixar de chorar; deve portanto perdoar os borrões desta carta. Receber uma proposta de casamento é ótimo e tudo o mais, mas não é nem um pouco agradável ver um pobre sujeito, que nos ama sinceramente, partir com o coração em ruínas e saber que, quaisquer que sejam as palavras dele, naquele momento, você está saindo de sua vida. Querida, tenho de parar aqui; sinto-me tão desesperada e, contudo, muito feliz.

À noite:

Arthur acaba de partir e sinto-me com melhor disposição do que quando interrompi minha escrita; portanto, contar-lhe-ei o que sucedeu durante o resto do dia. Bem, querida, o número *dois* chegou depois do almoço. É um sujeito muito bonzinho, um americano do Texas, e parece tão jovem e inexperiente que mal podemos acreditar que já conhece tantos lugares e já passou por tantas aventuras. Tenho pena da pobre Desdêmona, pois que lhe derramaram tão perigosa torrente de palavras nos ouvidos, apesar de ter sido por um negro. Agora suponho que nós, mulheres, somos tão covardes que, ao julgarmos que um homem nos pode salvar de temores, nos casamos com ele. Contudo já sei o que faria se fosse um homem e desejasse conquistar uma mulher. Não, na realidade não sei, pois o sr. Morris me contou muitas histórias e Arthur ainda não as narrou, contudo... Querida, estou me antecedendo. O sr. Quincey P. Morris encontrou-me sozinha. Parece que os homens sempre encontram as mulheres a sós. Não, isso não ocorre, pois Arthur tentou duas vezes forçar uma oportunidade e, não me envergonho de confessá-lo, eu o ajudei o mais possível. Devo dizer-lhe inicialmente que o sr. Morris nem sempre emprega gíria, isto é, nunca o faz dirigindo-se a estranhos ou diante deles, pois é realmente muito educado e tem modos elegantes; porém descobriu que eu me divertia ao ouvi-lo falar gírias americanas e dizia as coisas mais gozadas quando eu estava presente e não havia mais ninguém para ficar chocado. Querida, receio que ele invente tudo aquilo, pois se ajusta exatamente ao que quer dizer. Mas a gíria é assim mesmo. Não sei se algum dia virei a empregar gíria, pois ignoro o que Arthur pensa, já que nunca o ouvi falar gíria. Bem, o sr. Morris sentou-se ao meu lado parecendo o mais feliz e alegre possível, mas deixando-me perceber apesar disso que estava nervoso. Segurou minhas mãos e disse muito ternamente:

— Srta. Lucy, sei que nem sequer sou digno de arrumar os enfeites de seu sapatinho, mas, se tiver de esperar um homem que lhe sirva, irá para o convento. Por que, então, não damos o nó górdio e viajamos juntos pela longa estrada?

Parecia tão bem-humorado e alegre que deveria ser duplamente mais fácil recusá-lo do que dizer "não" ao pobre dr. Seward; por isso afirmei tão levemente quanto possível que nada sabia acerca de nós górdios e que ainda não pensava em casamento. Então ele declarou que falara de modo jocoso, mas que esperava ser perdoado por mim, se por acaso havia cometido o erro de brincar em momento tão grave e importante para ele. Parecia realmente falar com sinceridade ao pronunciar estas palavras e eu também não pude deixar de julgar igualmente a situação com alguma seriedade. Mina, sei que me achará muito namoradeira —, porém não pude deixar de sentir uma espécie de euforia ao pensar que ele era o número *dois*, num único dia. E, em seguida, querida, antes que eu pudesse pronunciar uma palavra, ele principiou a despejar uma verdadeira torrente de frases de amor, colocando o coração e a alma a meus pés. Parecia-me tão sincero que jamais julgarei que o homem que brinca algumas vezes nunca fala com seriedade, mas sempre para fazer graça. Suponho que ele descobriu algo em meu rosto que o deteve, pois súbito parou, e com dedicação máscula disse que eu o poderia ter amado se fosse livre:

— Lucy, sei que é uma garota muito sincera. Não lhe estaria falando agora se não soubesse que é intensamente corajosa. Diga-me, portanto, como se fôssemos apenas amigos: ama outra pessoa? Se isso sucede, não mais lhe causarei o mínimo incômodo, porém serei, se me permitir, um amigo muito fiel.

Querida Mina, por que são os homens tão nobres, e nós, as mulheres, tão pouco dignas deles? Ali estava eu, quase zombando daquele verdadeiro cavalheiro, tão bondoso. Debulhei-me em lágrimas e realmente lamentei muito... Receio, querida, que julgue esta carta muito sentimental e lamacenta. Por que não permitem que uma garota se case com três homens ou com todos aqueles que a desejam, a fim de evitar toda essa confusão? Mas isto é heresia e não devo falar assim. Orgulho-me de poder dizer que, apesar de estar chorando, pude contemplar diretamente os olhos do sr. Morris e dizer-lhe sem rodeios:

— Sim, amo alguém, embora ele ainda não me haja declarado seu amor. — Acertei ao falar-lhe com tanta franqueza, pois o rosto dele iluminou-se e segurou com suas duas mãos as minhas (talvez fosse eu quem tivesse colocado as minhas nas dele), e disse cordialmente:

— Garota corajosa. É melhor chegar atrasado para conquistar o seu amor do que chegar a tempo para o amor de qualquer outra garota no mundo. Não chore, querida. Se essas lágrimas são para mim, saiba que sou duro de quebrar e recebo tudo com altivez. Se esse outro sujeito não conhece a sua felicidade, é melhor procurá-la logo, ou terá de enfrentar-me. Garotinha, sua honestidade e bravura a tornaram minha amiga, o que é mais raro do que namorada; de qualquer modo, é um sentimento menos egoísta. Querida, terei de prosseguir muito só, até bater as botas. Quer dar-me um beijo? Será uma recordação que tornará mais claro o caminho, aqui e ali. Poderá fazê-lo se o desejar, pois o outro sujeito (e ele deve ser muito bondoso, querida, para que possa amá-lo) ainda não se declarou.

Isso quase me venceu, Mina, pois a atitude dele foi brava, terna e também nobre para com o rival, não é verdade? E ele estava muito triste... portanto, inclinei-me e beijei-o. Ficou em pé com minhas mãos entre as dele e, quando olhou para baixo, contemplando meu rosto (receio estar enrubescendo muito), disse:

— Garotinha, seguro suas mãos e você me beijou; se isso não nos tornar amigos, nada mais o tornará. Obrigado por sua terna franqueza para comigo e adeus.

Apertou minhas mãos mais do que nunca e, apanhando o chapéu, saiu diretamente do aposento sem olhar para trás, sem chorar, sem tremer ou fazer uma pausa: as lágrimas escorrem por meu rosto como se eu fosse um bebê. Oh, por que um homem desses deve ser infeliz quando há inúmeras moças que adorariam até mesmo o chão que ele pisa? Sei que tal sucederia comigo se fosse livre... mas não desejo ser. Querida, isso me perturbou muito, de modo que não posso escrever agora sobre a felicidade, depois do que lhe disse; também não quero mencionar o número *três* enquanto não estou completamente feliz.

Sua amiga de sempre,
Lucy

P. S. — Oh, a respeito do número *três*, não preciso mencioná-lo, preciso? Além do mais, foi tudo tão confuso; pareceu-me que apenas um minuto se passou entre sua entrada no aposento e o momento em que me envolveu em seus braços, beijando-me. Estou muito, muito satisfeita e não sei o que fiz para merecê-lo. Resta-me apenas tentar mostrar a Deus, no futuro, que Lhe sou grata por Sua grande bondade em enviar-me tão bom namorado e amigo.

Adeus.

RELATOS COTIDIANOS DO DR. SEWARD
(em discos)

25 de maio — Maré baixa de apetite, hoje. Não posso comer, não posso descansar, por isso me dedicarei a meu diário. Tenho a sensação do vácuo, desde o meu fracasso de ontem; nada no mundo parece ser suficientemente importante para ser realizado... Como sei que a única cura para esta espécie de sentimento é o trabalho, procurei meus clientes. Escolhi um que me proporcionou um estudo muito interessante. É tão estranho que estou decidido a compreendê-lo o melhor possível. Hoje pareceu-me aproximar-me mais do que nunca do âmago do mistério.

Interroguei-o mais detalhadamente do que nos outros dias, pretendendo dominar os fatos que causam sua alucinação. Agora percebo que houve certa crueldade em meu modo de perguntar. Pareceu-me desejar que ele se mantivesse dentro do assunto causador de sua loucura, o que evito fazer com os pacientes, assim como evitaria a embocadura do inferno.

(Lembrete: sob que circunstâncias não evitaria eu o abismo do inferno?) *Omnia Romæ venalia sunt.* O inferno tem seu preço! Se houver algo por trás desse instinto, será útil examiná-lo detalhadamente mais tarde, por isso seria melhor começar agora; portanto...

R. M. Renfield, idade 59 — Temperamento sanguíneo; grande força física; excitação mórbida; períodos de depressão que terminam com a fixidez de uma ideia que ainda não consegui determinar. Presumo que o próprio temperamento sanguíneo e a influência perturbadora terminem num final mentalmente realizado; um homem possivelmente perigoso se for altruísta. Nos homens egoístas, a precaução é uma proteção tão segura para os seus adversários quanto para si mesmos. O que penso a respeito disso é o seguinte: quando o ego é o ponto fixo, a força centrípeta é contrabalançada pela centrífuga; quando o dever, alguma causa, etc. constituem o ponto fixo, a força centrífuga é a superior e apenas um acidente ou uma série de acidentes poderá contrabalançá-la.

CARTA DE QUINCEY P. MORRIS
AO ILUSTRE ARTHUR HOLMWOOD

25 de maio.

Caro Art:
Já contamos histórias junto à fogueira dos acampamentos nos prados, cuidamos reciprocamente de nossos ferimentos após tentarmos um desembarque nas Marquesas e bebemos à nossa saúde nas margens do Titicaca. Há mais histórias a serem contadas, outros ferimentos a serem curados e outra saúde a ser brindada. Não quer permitir que isso suceda junto à fogueira de meu acampamento, amanhã à noite? Não hesito em convidá-lo, pois sei que certa dama deverá comparecer a certo jantar e que você estará livre. Haverá apenas mais outra pessoa, nosso velho amigo da Coreia, Jack Seward. Ele virá também, pois ambos queremos misturar nossas lágrimas sobre um copo de vinho e beber à saúde do homem mais feliz sobre a terra e que obteve o mais nobre dos corações que Deus já fabricou, assim como também o mais digno. Prometemos recebê-lo cordialmente, cumprimentá-lo com afeto e proporcionar-lhe um brinde tão sincero quanto a nossa mão direita. Ambos juramos levá-lo até em casa, se beber demais em honra de certo par de olhos. Venha!
O que sempre foi e sempre será seu,

Quincey P. Morris

TELEGRAMA DE ARTHUR HOLMWOOD A QUINCEY P. MORRIS

26 de maio.

Conte sempre comigo. Levarei mensagens que farão suas duas orelhas formigarem.

Art

CAPÍTULO 6

DIÁRIO DE MINA MURRAY

24 de julho. Whitby — Lucy encontrou-me na estação, com aspecto mais meigo e lindo que nunca; depois fomos para a casa no bairro de Crescent, onde estão seus aposentos. Este lugar é lindo. O pequeno rio, o Esk, atravessa um vale profundo que se alarga ao se aproximar do porto. Um grande viaduto de altas pilastras o corta, fazendo o panorama mais distante do que está na realidade. O vale apresenta um verde maravilhoso e é tão abrupto que, se olharmos do alto de qualquer das duas extremidades, só o veremos se nos aproximarmos o suficiente para olhar para baixo. As casas da cidade velha, que está do lado oposto ao nosso, têm todas telhado vermelho e se empilham assimetricamente umas sobre as outras, como os quadros que vemos de Nurembergue. Logo acima da cidade, encontramos as ruínas da Abadia de Whitby, que foi saqueada pelos dinamarqueses e constitui o cenário de parte de *Marmion* (poema de Sir Walter Scott), no trecho em que a moça é emparedada. É uma ruína imensa e muito imponente, repleta de trechos lindos e românticos; a lenda diz que certa moça de branco é vista numa das janelas. Entre esse local e a cidade há outra igreja, a paroquial, ao redor da qual há um grande cemitério repleto de pedras tumulares. Para mim, esse é o mais lindo lugar de Whitby, pois está logo acima da cidade e apresenta o panorama completo do porto e da baía, onde o promontório chamado Kettleness (Cabo da Caldeira) se estende para o mar. Despenca tão íngreme sobre o porto que parte da rampa desmoronou, causando a destruição de alguns túmulos. Em determinado local, o trabalho de pedra das tumbas se estende sobre um caminho arenoso muito embaixo. Há atalhos, com bancos laterais, que atravessam o pátio da igreja; lá o povo se senta durante o dia inteiro, contemplando a bela vista e gozando a brisa. Eu mesma virei trabalhar aqui muitas vezes. Com efeito, escrevo agora com meu caderno sobre os joelhos e ouço a conversa de três velhos sentados ao meu lado. Creio que nada fazem durante o dia, mas sentam-se aqui e conversam.

O porto se espraia abaixo de mim; numa das extremidades, uma longa parede de granito se estende mar adentro, apresentando uma curva exterior em seu final, em cujo meio se encontra um farol. Um pesado dique a acompanha externamente. No lado de dentro, o dique realiza um ângulo invertido e também nesta extremidade há outro farol. Entre os dois quebra-mares há uma estreita abertura no porto, que súbito se alarga.

Aquela vista é bonita quando a maré está alta, porém, quando baixa, as águas somem quase por completo e há apenas a corrente do Esk a correr entre margens arenosas, com pedras aqui e ali. Deste lado, no exterior do porto, ergue-se um grande recife com cerca de meia milha de extensão, cuja extremidade aguçada se lança diretamente para fora, por trás do farol do sul. Em seu final, há uma boia com um sino que o mau tempo faz balançar, enviando com o vento um som pesaroso. A lenda diz que, quando um navio se perde, se ouvem sinos no mar. Perguntarei isso ao velho, pois ele se aproxima...

É um homem engraçado e deve ser incrivelmente velho, porque tem o rosto todo sulcado e retorcido como a casca de uma árvore. Disse-me que tem quase cem anos e que foi marinheiro da frota pesqueira da Islândia, na época da batalha de Waterloo. Receio que seja uma pessoa muito cética, pois, quando lhe perguntei a respeito dos sinos no mar e da moça de branco da abadia, respondeu-me muito bruscamente:

— Sinhá, num acreditaria nelas. São coisa velha. Num digo qui nunca ixistiram, mas digo que num ixistiram no meu tempo. Os chegador e viajantes acreditam, mas não uma moça bonita como ocê. Os pedestre de York e Leeds que veve cumeno arenque defumado e bebeno chá e cumprano azeviche barato também acreditam. Num sei quem teria trabalho de menti pra eles... nem mesmo os jorná cheio de bobage.

Julguei que poderia aprender coisas interessantes com ele e por isso lhe perguntei se poderia contar-me algo sobre a pesca da baleia nos velhos tempos. Preparava-se para principiar, quando o relógio bateu as seis; então se esforçou para levantar-se, dizendo:

— Perciso ir pra casa, sinhá. Minha neta num gosta de esperá quando o chá tá pronto. Além disso, perciso descê muitos degrau e meu estômago gosta de vê comida na hora certa.

Partiu mancando e percebi que se apressava o mais possível, descendo os degraus. Estes constituem uma importante atração do local, pois levam da cidade para a igreja; há centenas deles, não sei quantos, e se dispõem em ligeira curva de inclinação tão suave que um cavalo poderia facilmente subir e descer as escadas. Creio que, inicialmente, deveriam ligar-se de algum modo à abadia. Eu também irei para casa. Lucy e sua mãe saíram para fazer visitas, mas, como iam apenas cumprir um dever, não as acompanhei. Agora já deverão ter chegado.

1º de agosto — Subi aqui há uma hora com Lucy e tivemos uma conversa muito interessante com meu velho amigo e os outros dois que sempre se unem a ele. O meu é uma espécie de oráculo e creio que deve ter sido muito autoritário quando jovem.

Não aceita opinião alguma e procura humilhar a todos. Quando não pode vencê-los na discussão, insulta-os e considera o silêncio deles um acordo com seus pontos de vista. Lucy estava muito meiga e linda em seu vestido branco de algodão; adquiriu uma bela cor, desde que veio para cá. Notei que os velhos não perderam tempo, mas logo se aproximaram para sentar-se junto dela quando nós nos sentamos. É tão terna com os idosos que julgo que se apaixonam por ela à primeira vista. Até mesmo o meu velho entregou os pontos e não a contradisse, preferindo, em vez disso, contrariar-me duplamente. Abordei com ele o assunto das lendas e imediatamente ministrou-me um sermão. Devo tentar recordá-lo para escrevê-lo aqui:

— É tudo invencionice e bobage, isso é que é. Esses boato, dito, história só serve pra assustá criança e muié tonta. São mentiras. As história e todos esses siná e aviso são inventados pelos padre, e patrão, e diretô de estrada de ferro pra arranjá freguês e obrigá os otro a fazê o que eles não qué. É eles que, não contente em pregá mentira no papé e ensiná essas mentira no púlpito, ainda escreve elas nas pedras dos túmulo. Olhe ao redor; essas pedra toda pareceno levantá a cabeça orgulhosa como pode... tão é quase caindo com o peso da mentira escrita nelas: "Aqui jaz o corpo" ou "Consagrado à memória". Isso tá escrito, mas em quase metade delas não tem cadave nenhum, ninguém se lembrô deles e muito menos consagrô coisa nenhuma. Tudo mentira, só mentira de um jeito ou de otro. Ôxa, mas vai havê briga horrive, no dia do Juízo Finá, quando eles vierem tropeçano nas mortalha, todos junto e tentano arrastá as pedra dos túmulo com eles pra prová que foram bons; arguns tremeno e tateano tanto com as mão entorpecida e com sono por tê dormido no mar, que nem pode agarrá as pedras.

Pude ver pelo aspecto satisfeito do velho e pelo modo que olhava ao redor de si, procurando a aprovação de seus companheiros, que desejava "mostrar-se". Interrompi-o, portanto, com uma exclamação que o fizesse prosseguir:

— Oh, sr. Swales, não pode falar com seriedade. Certamente, nem todos esses túmulos estão trocados?

— Não! Talvez haja arguns não trocados, inxceto quando falam bem demais das pessoa; pois há gente que acha uma bacia iguá ao mar, desde que seja dono da bacia. Tudo é mentira. Agora, veja só; ocê vem aqui como estranha e vê este cemitério. — Movi a cabeça afirmativamente, pois julguei melhor concordar, embora não compreendesse muito bem o dialeto que ele falava. Sabia que se referia à igreja. Prosseguiu: — E acha que toda essas pedra cobre cadave que está aqui? — Concordei novamente. — Mas aí é que tá a mentira. Há dúzia delas que não tem nada dentro. — Ele cutucou os companheiros e todos riram. — Diabo! Como podia sê de otro jeito? Olhe aquela ali sobre a sepurtura: leia!

Aproximei-me e li: "Edward Spencelagh, capitão de navio mercante, assassinado por piratas fora da costa de Andres, abril de 1854, idade 30 anos".

Quando voltei, o sr. Swales prosseguiu:

— Fico só pensano, quem troxe ele pra sê enterrado aqui? Foi assassinado fora da costa de Andres! E acha que seu cadave tá aqui! Ora, posso dizê uma dúzia de ossos que estão lá no mar da Islândia — ele apontou para o norte — ou então tão pra onde as corrente levaram eles. Mas as pedras desses tão aí. Ocê pode lê com seus óio jove, leia as mentira daqui. Esse que se chamava Braithwaite Lowrey... conheci o pai; morreu num navio perto da Islândia, em 1820. Andrew Woodhouse morreu afogado no mesmo mar em 1777; ou John Paxton, afogado junto ao Cabo da Boa Esperança, um ano mais tarde; ou John Rawlings, cujo avô navegou comigo, morreu afogado no golfo da Finlândia em 1850. Acha que todos esse homens vão tê de corrê pra Whitby quando a trombeta soá? É claro! Digo que quando eles chegá aqui, vão se sacudi e se impurrá; vai havê uma briga pior que inferno e iguá à dos dias antigo, no gelo, quando brigávamos de dia até de noite e consertávamos nossos ferimento na luz da aurora boreá.

Estas últimas palavras constituíam certamente alguma piada local, pois o velho riu delas e seus camaradas o acompanharam com gosto.

— Mas — disse eu — certamente não fala com muito acerto, pois se baseia na presunção de que todas essas pobres pessoas, ou de que seus espíritos, terão de apanhar suas pedras tumulares no dia do julgamento. Acha que isso será realmente necessário?

— Pra quê, então, serviriam as pedra das sepurtura? Responda, senhorita.

— Para agradar a seus parentes, suponho.

— Pra agradar aos parente, ocê supõe! — Ele disse isso com intenso desprezo. — Como pode agradá aos parente o fato de sabê que as mentira tão escrita aí? — Apontou para uma pedra a nossos pés que fora transformada em laje e cuja base estava apoiada junto à extremidade do recife. — Leia as mentira na pedra — falou.

Do local em que me sentava, via as letras de cabeça para baixo, porém Lucy encontrava-se em melhor posição, podendo portanto inclinar-se e ler:

"Consagrado à memória de George Canon, morto na esperança da ressurreição gloriosa, em 29 de julho de 1873, ao cair das rochas do Kettleness. A inconsolável mãe dedica este túmulo ao filho muito amado. Ele era o filho único de uma viúva".

— Realmente, sr. Swales — prosseguiu Lucy —, não vejo nada engraçado nisso! — Ela acrescentou esse comentário com muita seriedade e ligeira rispidez.

— Ocê não vê graça! Ah, ah! Isso é purque não sabe que a mãe inconsolave era uma muié vil que odiava o filho purque ele era desonesto, e ele odiava tanto ela que se suicidô pra ela não recebê o seguro de vida dele. Explodiu o tampo da cabeça com um velho mosquete que usavam pra espantá os corvo. Mas não foi pra os corvo que serviu então, foi pru cemitério.

Foi assim que ele caiu das pedra. E, quanto às esperança da ressurreição gloriosa, sempre ouvi ele dizê que esperava ir pru inferno, pois a mãe era tão piedosa que decerto ia pru céu e ele não queria apodrecê onde ela estava. Então essa pedra — o velho bateu com sua bengala ao falar — não mostra um monte de mentira? E isso não vai fazê São Gabrié dá risada quando o falecido George subi arquejante os degrau, com a laje sobre a corcunda, pedindo pra servi de prova?!

Eu não sabia o que falar, porém Lucy desviou o assunto da conversa, dizendo ao levantar-se:

— Oh, por que nos contou isso? Este é o meu banco favorito e não poderei abandoná-lo; agora, entretanto, sei que me sento sobre a sepultura de um suicida.

— Isso não fará mal a ocê, minha bela; pelo contrário, o pobre George é que ficará alegre purque tão linda moça se senta em seu colo. Isso não fará mal a ocê. Ora, eu me sento aqui há mais de vinte anos e nunca sufri nada. Deverá se assustá é quando todas essas lajes fugirem e o lugá ficá igual a um campo limpo. O relógio bate e vô embora. Sempre às orde de ocês, moças! — E partiu mancando.

Lucy e eu nos sentamos ali durante algum tempo e, como tudo ao nosso redor era lindo, ficamos de mãos dadas enquanto ela me falava mais uma vez a respeito de Arthur e do casamento próximo. Aquilo me deixou muito triste, pois há um mês inteiro não recebo notícias de Jonathan.

No mesmo dia — Subi aqui sozinha, pois estou muito triste por não ter recebido carta. Espero que nada tenha acontecido a Jonathan. O relógio acaba de bater as nove e vejo luzes espalhadas por toda a cidade, algumas em fileiras acompanhando as ruas e outras isoladas; vão diretamente para o Esk e desaparecem na curva do vale. Não vejo o panorama à esquerda porque ele é interrompido pela linha negra do telhado da velha casa junto à abadia. As ovelhas e os carneiros balem nos campos, longe, por trás de mim, e há o ruído dos cascos dos asnos que sobem a estrada pavimentada. A banda junto ao quebra-mar toca uma berrante valsa em bom ritmo e, mais adiante, ao longo do cais, há uma reunião do Exército da Salvação numa rua distante. Nenhuma das duas bandas ouve a outra, porém daqui de cima ouço e vejo a ambas. Quisera saber onde Jonathan está e se ele também pensa em mim! Quisera que ele estivesse aqui.

RELATOS COTIDIANOS DO DR. SEWARD

5 de junho — O caso de Renfield se torna mais interessante à medida que compreendo mais o homem. Ele tem certas tendências muito desenvolvidas: o egoísmo, a discrição e a resolução. Gostaria de saber qual é o objetivo desta última. Parece decidido a realizar algo, mas não sei o quê. A qualidade que o redime é o amor que sente pelos animais, embora esse amor assuma tão curiosos aspectos que, às vezes, tenho a impressão de que ele é excessivamente cruel. Seus animais de estimação pertencem a estranhas espécies; atualmente seu *hobby* é apanhar moscas. Possui no momento presente tal quantidade delas que tive de admoestá-lo. Para minha surpresa, não teve um ataque de fúria como eu esperava, mas recebeu a censura com simples seriedade. Pensou por um momento e depois disse:

— Pode dar-me três dias? Nesse tempo eu me livrarei delas.

É lógico que lhe respondi afirmativamente, porém devo vigiá-lo.

18 de junho — Agora voltou sua mente para as aranhas e colocou muitas delas, enormes, numa caixa. Alimenta-as com suas moscas, e o número destas diminuiu muitíssimo, embora ele esteja utilizando metade de sua própria comida para atrair mais moscas para o quarto.

1º de julho — Agora suas aranhas se tornaram tão grande transtorno quanto suas moscas, e hoje eu lhe disse que deverá livrar-se delas. Pareceu muito triste com isso, o que me fez afirmar que pelo menos deveria desfazer-se de algumas. Concordou alegremente e dei-lhe o mesmo tempo quanto o anterior para a redução. Causou-me um desgosto enquanto estava em sua companhia: quando uma horrível mosca varejeira entrou zunindo no quarto, empanturrada de lixo devorado, segurou-a exultante entre o polegar e o indicador durante poucos momentos, colocou-a na boca e comeu-a, antes que eu tivesse tempo de perceber o que fazia. Admoestei-o por isso, mas ele replicou calmo, afirmando que aquilo era muito gostoso e bom para a saúde; que era vida, vida saudável que lhe proporcionaria mais vida. Isso me fez conceber uma ideia ou o rudimento de uma ideia. Devo observá-lo para verificar como se livra das aranhas. Evidentemente, preocupa-lhe o cérebro algum intenso problema, pois guarda um caderno de notas em que está sempre anotando algo. Páginas inteiras estão repletas de números, geralmente isolados e somados em grupos, cujos totais são em seguida adicionados a outros grupos, como se ele "ajustasse" alguma soma, conforme fazem os contadores.

8 de julho — Há método em sua loucura, e uma ideia rudimentar em minha mente se desenvolve. Em breve será uma ideia completa e então, oh, atividade inconsciente, terás de apoiar teu irmão, o consciente. Fiquei alguns dias afastado de meu amigo, para poder verificar se ocorriam mudanças. As coisas permanecem como anteriormente, exceto pelo fato de ele ter-se apartado de alguns animais de estimação e arranjado novos. Conseguiu um pardal e já o domesticou parcialmente. Seu método de domar é simples e as aranhas já diminuíram. Contudo, aquelas que permanecem são bem alimentadas, pois ele ainda atrai moscas, tentando-as com a comida.

19 de julho — Progredimos. Meu amigo tem agora uma colônia inteira de pardais e suas moscas e abelhas quase desapareceram. Quando entrei, ele se aproximou correndo e pediu-me que lhe fizesse um favor... um enorme favor. Enquanto falava, bajulava-me como um cachorro. Perguntei-lhe o que desejava; demonstrando uma espécie de êxtase na voz e no porte, declarou-me:

— Um gatinho bonzinho, macio e brincalhão para que eu possa brincar com ele, ensiná-lo e alimentá-lo... alimentá-lo... alimentá-lo!...

Eu já estava preparado para esse pedido, pois notava como seus animais continuavam a desenvolver-se em tamanho e vivacidade, porém não me importaria de ver sua linda família de pardais mansos desaparecer da mesma forma que as moscas e aranhas; por isso lhe disse que pensaria no caso e perguntei-lhe se um gato não seria melhor do que um gatinho. Sua ansiedade o traiu, quando respondeu:

— Oh, sim, gostaria de ter um gato! Pedi o gatinho apenas porque temia que um gato me fosse recusado. Ninguém se negaria a dar-me um gatinho, não é verdade?

Sacudi a cabeça e disse recear que aquilo não fosse possível no momento, mas prometi fazer o que pudesse. Mostrou-se desanimado, e li em seu rosto uma advertência de perigo, pois apresentou súbita ferocidade e disfarce, o que significava desejo de matar. Esse homem é um maníaco homicida latente. Examinarei seus desejos momentâneos para ver o que sucede; saberei então mais.

22 horas — Visitei-o novamente e o encontrei sentado sorumbático num canto. Quando me aproximei, atirou-se de joelhos junto de mim, implorando-me que lhe permitisse ter um gato, dizendo que sua salvação dependia disso. Fui firme, contudo, declarando que não poderia obtê-lo, o que o fez sentar-se sem uma palavra no canto em que o havia encontrado, roendo as unhas. Vê-lo-ei amanhã cedo.

20 de julho — Visitei Renfield muito cedo, antes que o assistente realizasse a sua ronda. Encontrei o doente já em pé, cantarolando. Espalhava na janela o açúcar que economizara e era óbvio que principiava a caçar moscas, novamente; fazia-o com alegria e bom humor. Olhei ao meu redor à procura dos pássaros e, não os vendo, perguntei onde estavam. Replicou, sem voltar-se, que haviam todos voado, fugindo. Encontrei algumas penas espalhadas pelo quarto e uma gota de sangue em seu travesseiro. Nada disse, mas procurei o assistente, pedindo que me avisasse, caso notasse algo de estranho com o doente.

11 horas da manhã — O assistente acaba de dizer-me que Renfield sentiu-se mal e vomitou muitas penas.

— Doutor, acredito que o doente comeu os pássaros — disse ele. — Acho que simplesmente os apanhou e devorou crus!

23 horas — Dei a Renfield um forte soporífero, suficiente para fazê-lo dormir, e retirei seu caderno de bolso para examiná-lo. O pensamento que florescia em meu cérebro completou-se recentemente e provei minha teoria. Meu homicida maníaco é muito estranho. Terei de inventar nova classificação para ele e chamá-lo zoófago (comedor de vidas) maníaco; o que ele deseja é absorver tantas vidas quanto possível e propôs-se a realizá-lo de modo cumulativo. Deu muitas moscas a uma aranha e muitas aranhas a um pássaro; depois queria ver um gato comer os muitos pássaros. O que teria feito em seguida? Quase valeria a pena completar a experiência, o que poderia ser feito, se pelo menos houvesse causa suficiente. Os homens desprezaram a vivissecção e, contudo, vejam seus resultados hoje! Por que não avançar a ciência em seu aspecto mais difícil e vital: o conhecimento do cérebro? Tivesse eu o segredo de ao menos uma dessas mentes, obtivesse a chave da imaginação de apenas um lunático, e poderia avançar no ramo da ciência que escolhi a um tal grau que transformaria em nada a fisiologia de Burdon-Sanderson e o conhecimento cerebral de Ferrier.

Se ao menos houvesse uma causa suficiente! Não devo pensar muito nisto, pois poderei ceder à tentação; uma boa causa talvez resolvesse tudo para mim, pois não posso também eu ter um cérebro congenitamente superior?

Como o homem raciocinava bem! Mas isso sempre sucede com os lunáticos, dentro de seu próprio objetivo. Gostaria de saber por quantas vidas ele julga que pode ser trocada a de um homem. Talvez ache que uma só bastará. Quantos de nós iniciamos um novo balanço diariamente, em nossa vida?

Para mim, parece que apenas ontem toda a minha vida findou junto a minha nova esperança e que, na realidade, principiei novo registro. Assim será, até o dia em que o Grande Registrador ajustar contas comigo e fechar meu balanço, indicando se houve débito ou crédito. Oh, Lucy, Lucy, não posso zangar-me com você nem com o amigo cuja felicidade é a sua; porém resta-me apenas prosseguir sem esperanças e trabalhar. Trabalhar! Trabalhar!

Se ao menos existisse para mim um motivo tão intenso quanto o que faz agir meu pobre amigo louco, um motivo bom e altruísta que me impulsionasse ao trabalho, então sim, seria feliz.

DIÁRIO DE MINA MURRAY

26 de julho — Estou ansiosa e acho que é um consolo poder exprimir-me aqui; é como se falasse baixo comigo e ouvisse ao mesmo tempo. Além disso, há algo nos símbolos de taquigrafia que os torna diversos da escrita. Estou infeliz por causa de Lucy e também de Jonathan. Há já algum tempo não recebo notícias dele, e estava muito preocupada; porém ontem o caro sr. Hawkins, sempre tão bondoso, enviou-me uma carta de Jonathan. Escrevera para aquele caro senhor perguntando-lhe se sabia algo sobre o meu noivo, e ele enviou a carta que acabara de receber. Contém apenas uma linha datada do castelo de Drácula, afirmando que meu amado já vem para casa. Jonathan não costuma escrever assim; não compreendo o que se passa, e por isso estou inquieta. Por outro lado, Lucy, embora esteja bem, readquiriu recentemente seu velho hábito de caminhar durante o sono. Sua mãe falou-me do caso e resolvemos que eu trancaria a porta do nosso quarto todas as noites. A sra. Westenra acha que os sonâmbulos sempre procuram os telhados das casas e as beiras dos recifes; julga que, depois, acordando subitamente, caem com gritos desesperados que ecoam por toda parte. Pobre mãe, naturalmente se sente ansiosa por causa da filha; contou-me que seu marido, o pai de Lucy, tinha o mesmo hábito. Levantava-se durante a noite, vestia-se e saía, caso ninguém o impedisse. Lucy casar-se-á no outono e já está pensando em seu vestido e no modo de arrumar a casa. Compreendo o que ela sente, pois faço o mesmo, havendo entretanto uma diferença: Jonathan e eu teremos de iniciar a vida modestamente, esforçando-nos para enfrentar as despesas. O sr. Holmwood — ele é o ilustre Arthur Holmwood, filho único de lorde Godalming — virá para cá brevemente, logo que puder deixar a cidade, pois seu pai não passa muito bem. Creio que Lucy vive contando os momentos que faltam para sua chegada; quer levá-lo ao local onde se situa o penhasco do cemitério da igreja, para que ele veja as belezas de Whitby. Tenho a impressão de que é a espera que a perturba e que ficará boa quando ele chegar.

27 de julho — Nenhuma notícia de Jonathan. Estou ficando muito preocupada por causa dele, embora não veja razão para que isso suceda; porém desejaria que escrevesse, pelo menos uma única linha. Lucy tem andado mais do que nunca e todas as noites acordo com seus movimentos ao redor do quarto. Felizmente tem feito muito calor, o que a impede de se resfriar; mas, ainda assim, a ansiedade e o fato de estar sempre acordando principiam a me influenciar, e eu mesma me sinto nervosa, acordando com facilidade. Graças a Deus, a saúde de Lucy mantém-se boa. O sr. Holmwood foi chamado repentinamente ao Ring para ver seu pai, que ficou seriamente doente. Lucy aborrece-se com o adiamento da chegada do noivo, porém isso não afetou sua aparência; está ligeiramente mais gorda e suas faces apresentam um lindo rosado. Perdeu o aspecto anêmico que tinha. Rezo para que se conserve assim.

3 de agosto — Outra semana se passou sem notícias de Jonathan, que nem sequer escreveu para o sr. Hawkins, pois me comuniquei com ele. Oh, desejo que ele não esteja doente. Teria certamente escrito. Olho para sua última carta, mas, por algum motivo, ela não me satisfaz. Não parece ser dele, apesar de apresentar caligrafia que, sem dúvida, é dele. Durante a semana passada, Lucy não andou muito durante o sono, porém parece estar estranhamente concentrada, o que não compreendo: julgo que me observa até mesmo dormindo. Tenta abrir a porta e, encontrando-a fechada, anda pelo quarto procurando a chave.

6 de agosto — Mais três dias sem notícias. Esse suspense se torna desesperador. Se ao menos soubesse para onde escrever e para onde ir, sentir-me-ia mais calma; porém ninguém soube mais nada de Jonathan, desde a sua última carta. Resta-me apenas orar a Deus, pedindo paciência. Lucy está mais excitada que nunca, mas fora isso passa bem. A noite passada ameaçou chover muito e os pescadores dizem que virá tempestade; se assim ocorrer, tentarei observá-la para aprender a conhecer os sinais do tempo. Hoje o dia está cinzento e o sol, enquanto escrevo, se esconde atrás de espessas nuvens, alto sobre o Kettleness. Tudo está cinzento: as rochas, terrosas; as nuvens, tintas com raios solares nas extremidades distantes e que pairam sobre o mar escuro com bancos de areia como manchas cinzentas. Apenas a grama é verde, assemelhando-se a esmeraldas em contraste com a escuridão. O mar se contorce sobre os baixios e areias rasas com um rugido abafado pela névoa que avança para a terra. O horizonte perde-se em nevoeiro cinzento. Tudo é vastidão; as nuvens se empilham como rochas gigantescas e há um barulho sobre o ar que soa qual presságio de destruição. Figuras escuras encontram-se na praia aqui e ali, algumas vezes encobertas pela névoa e parecendo "homens semelhantes a árvores que caminham". Os barcos de pesca apressam-se a regressar, erguendo-se e abaixando-se, enquanto penetram com rapidez no porto, um embornal inclinado. Aí vem o velho sr. Swales. Dirige-se diretamente para mim e vejo que pretende falar, pelo jeito como levanta o chapéu...

Senti-me emocionada com a modificação ocorrida no pobre velhinho. Quando se sentou ao meu lado, disse muito gentilmente:

— Quero falar com a senhorita.

Vi que não se sentia à vontade, por isso coloquei aquela pobre e velha mão enrugada sobre as minhas, pedindo-lhe que falasse francamente. Prosseguiu então, sem retirar sua mão do lugar:

—Temo, amiga, que a choquei com as coisas más que ando dizendo sobre os mortos e tudo o mais, nas semanas passadas; mas não fiz por mal e quero que se lembre disso quando eu parti. Nós, véios, que somos repelido e temos um pé sobre o túmulo, não gostamos de pensá nisso e de senti medo; por este motivo, pilheriei sobre o fato pra alegrá um pouco meu coração. Mas Deus abençoe a senhorita, num tenho medo de morrê; nem um pouco. Quero só evitá a morte, se pudé. Meu tempo já deve tá chegano, pois sô muito veio e a idade de cem anos é demais pra um homem pensá em atingi; mas tô tão perto disso que Deus já está afiano a ceifa. Não posso largá o hábito de pilheriá sobre tudo de vez em quando; as piada serão gozadas como sempre. Algum dia o Anjo da Morte tocará suas trombeta pra mim, mas não fique triste, queridinha!

— Ele viu que eu chorava. — Se o anjo viesse essa noite mesmo, eu não recusaria ir com ele. Afinal, a vida é apenas um tempo de espera pra uma coisa diferente e é somente da morte que podemos dependê. Mas estou contente purque ela vem pra mim, querida, e muito depressa. Pode vir enquanto olhamos e pensamos. Talvez esteja no vento lá fora sobre o mar que traz consigo perdas e naufrágios, infortúnios e tristezas. Olhe! Olhe — gritou súbito. — Há algo no vento e na costa lá embaixo que soa, cheira, parece morte e tem gosto de morte. Está no ar, sinto que chega. Deus, faça que eu responda alegremente quando chegá a minha vez! — Ergueu os braços com devoção e elevou o chapéu. Sua boca se moveu como se rezasse. Depois de alguns minutos de silêncio, levantou-se, disse adeus e afastou-se mancando. Tudo aquilo me emocionou e me perturbou muito.

Senti-me satisfeita quando o guarda-costas surgiu com a luneta embaixo do braço. Parou para falar comigo, como sempre fazia, mas durante todo o tempo ficou a observar um estranho navio.

— Não compreendo — disse ele. — O navio parece russo devido ao seu aspecto; mas vagueia de forma muito estranha. Não sabe o que quer; parece perceber que a tempestade se aproxima, mas não decide se irá para o norte, ao largo, ou se ancorará aqui. Olhe novamente! É manobrado de modo muito estranho, pois não obedece à mão que o pilota; muda de rumo a cada sopro do vento. Amanhã, a esta mesma hora, já teremos ouvido mais acerca dele.

CAPÍTULO 7

RECORTE DO JORNAL *DAILYGRAPH*, DE 8 DE AGOSTO

(colado no diário de Mina Murray)
De um correspondente

Whitby

Uma das maiores e mais súbitas tempestades já registradas acaba de ocorrer aqui, com resultados estranhos e únicos. O tempo estivera um tanto abafado, porém isso é comum no mês de agosto. A noite de sábado fora linda e os inúmeros excursionistas escolheram o dia de ontem para visitar as matas de Mulgrave, a Baía de Robin Hood, Rig Mill, Runswick, Staithes, assim como para realizar vários passeios nas vizinhanças de Whitby. Os vapores "Emma" e "Scarborough" fizeram pequenas viagens subindo e descendo a costa e houve uma quantidade incomum de viajantes vindo e saindo de Whitby. O dia esteve mais bonito do que usualmente até à tarde quando os mexeriqueiros, que frequentam os terrenos da igreja no penhasco Leste e observam daquele ponto alto a extensa faixa de mar visível para o norte e leste, chamaram a atenção para o súbito aparecimento de nuvens do tipo cirro, muito altas no céu, do lado noroeste. O vento soprava então do sudoeste, no grau leve que, na linguagem barométrica, é conhecido como "Nº 2: brisa leve". O oficial de plantão da guarda costeira anunciou imediatamente o que avistava, e um velho pescador, que por mais de meio século observa sinais do tempo no penhasco Leste, antecipou de modo enfático a chegada de uma súbita tempestade. A aproximação do pôr do sol foi linda, grandiosa, com suas massas de nuvens de um colorido esplêndido; havia realmente muitas pessoas no caminho ao longo do penhasco no velho cemitério da igreja, todos querendo admirar a beleza.

Antes que o sol mergulhasse nas negras massas do Kettleness, quando se quedava audazmente no céu do oeste, seu caminho de descida era marcado por incontáveis nuvens que apresentavam todas as cores do sol poente: cor de fogo, roxo, cor-de-rosa, verde, violeta e todos os matizes dourados; aqui e ali se viam aglomerados de nuvens não muito extensas, mas completamente negras, de muitas formas, que se destacavam como se fossem silhuetas colossais. Os pintores não perderam o espetáculo e, sem dúvida, alguns esboços do "Prelúdio de uma Tempestade" ornarão as paredes de exposições artísticas na próxima temporada. Vários capitães decidiram manter sua "pedra" ou sua "mula" (termos empregados para vários tipos de barco) no porto até a tempestade passar. O vento caiu inteiramente durante a noite, e à meia-noite houve calmaria, um calor abafado, e aquela preponderante tensão que afeta as pessoas de natureza sensível quando uma tempestade se aproxima. Havia poucas luzes à vista no mar, pois mesmo os barcos costeiros, que geralmente se situam muito próximos da costa, mantiveram-se a distância; apenas escassas embarcações de pesca se conservaram visíveis. O único navio a vela que se podia perceber era uma escuna estrangeira com todas as velas enfunadas e que parecia ir para o oeste. A imprudência ou ignorância de seus oficiais constituiu um tema prolífico para comentários enquanto ela permaneceu visível; esforçaram-se também para fazer sinais, a fim de que reduzisse as velas em face do perigo. Antes da chegada da noite, a escuna foi vista com as velas oscilando ao léu, balançando-se suavemente no mar ondulante,

"Tão inativa como um navio pintado sobre um oceano também pintado".

Pouco antes das dez horas, a quietude do mar se tornou muito opressiva e o silêncio, tão marcante, que o balido de uma ovelha no campo ou o latido de um cão na cidade podiam ser ouvidos distintamente; a banda, no cais, tocando uma música francesa, parecia discordar da grande harmonia do silêncio da natureza. Um pouco após a meia-noite, veio do mar um estranho som, e no alto se ouviu um estrondo abafado.

Então, sem aviso, irrompeu a tempestade. Com uma rapidez que naquele momento pareceu incrível, e mesmo depois se tornou impossível de ser imaginada, todo o aspecto da natureza pareceu convulsionar-se imediatamente. As ondas ergueram-se com crescente fúria, cada uma maior do que a anterior, de modo que, em pouquíssimos minutos, o mar, que se apresentara como um espelho, transformou-se num monstro ruidoso e devorador. Ondas de cristas brancas batiam loucamente na areia e subiam nos penhascos íngremes; outras arrebentavam contra o cais e com sua espuma varriam as luzes dos faróis que se erguem na extremidade de cada um dos dois quebra-mares do porto de Whitby. O vento rugia como o trovão e soprava com tamanha força que até mesmo os homens fortes sentiam dificuldade para se conservar em pé ou se segurar fortemente nos espeques de ferro. Foi necessário retirar toda a multidão de observadores que se havia colocado nos quebra-mares, pois, caso contrário, as catástrofes daquela noite teriam sido muito maiores. Para aumentar as dificuldades e perigos, massas de bruma marítima penetraram no continente flutuando: eram nuvens brancas e úmidas que passavam como fantasmas, tão úmidas e frias que era necessária pouca imaginação para julgar serem elas espíritos dos que haviam morrido no mar, e que agora tocavam os irmãos vivos com as mãos viscosas da morte. Muitos estremeceram, quando a bruma em espiral passou por ali. Em determinados momentos ela clareava e se podia ver o mar até certa distância, à luz dos relâmpagos que agora surgiam intensos e rápidos, seguidos pelo estrépito de tantos trovões súbitos que todo o céu acima tremia sob o choque das pegadas da tempestade.

Algumas das cenas assim reveladas eram de intensa grandiosidade e absorvente interesse: o mar, cujos volteios pareciam montanhas elevadas, lançava com cada onda em direção ao céu poderosas massas de espuma, que a tempestade parecia agarrar, fazendo rodopiar pelo espaço. Aqui e ali um barco de pesca, tendo por vela um farrapo, corria loucamente em busca de abrigo diante da borrasca; ocasionalmente, avistavam-se as asas brancas de alguma ave marinha que o mau tempo agitava. No cimo do Penhasco Leste um novo holofote encontrava-se pronto para ser experimentado, o que ainda não ocorrera. Os oficiais encarregados dele puseram-no a funcionar e varriam com o foco de luz a superfície do mar, nos intervalos da bruma que penetrava em terra com rapidez. Uma ou outra vez seu serviço foi muito eficiente, como, por exemplo, quando um barco de pesca já quase submerso entrou rapidamente no porto, não colidindo com o quebra-mar devido à luz do holofote que o guiava. À medida que cada barco alcançava a segurança do porto, um grito de alegria provinha das pessoas aglomeradas na costa, e esse grito parecia varar o temporal, para depois ser arrastado em sua fúria.

Em breve, a luz do holofote descobriu a escuna de velas enfunadas, ligeiramente distante, aparentemente a mesma que já fora notada mais cedo naquela noite. O vento àquela hora já recuara para o oeste, e os observadores no penhasco estremeceram ao perceberem o perigo terrível que ameaçava aquela embarcação. Entre ela e o porto situava-se o imenso rochedo achatado, onde tantos bons navios já haviam batido ocasionalmente; além disso, com o vento soprando na direção em que soprava, seria praticamente impossível que ela encontrasse a entrada do porto. A hora da maré alta se aproximava, porém as ondas eram tão gigantescas que quase deixavam perceber em suas depressões os baixios da costa; a escuna, entretanto, a toda a vela, corria com tamanha velocidade que, segundo as palavras de um velho marujo experimentado, "certamente chegaria a algum lugar, ainda que ao inferno". Em seguida surgiu outra corrente de bruma marítima, mais intensa que a anterior — massas de cerração úmida que pareciam cobrir tudo qual mortalha cinzenta, permitindo ao homem apenas utilizar o sentido da audição, pois o rugido da tempestade, o estouro dos trovões e o estrondo dos poderosos vagalhões atravessavam o espaço nublado mais alto do que antes. Os raios do holofote se mantinham fixos sobre a embocadura do porto através do Cais do Leste, onde se esperava que ocorresse o choque; os homens contemplavam retendo a respiração. Súbito, o vento mudou para noroeste e o remanescente da bruma dissolveu-se no temporal; em seguida, mirabile dictu, entre os quebra-mares, pulando de onda para onda enquanto avançava impetuosamente, prosseguiu a estranha escuna diante do temporal e, com as velas enfunadas, alcançou a segurança do porto. A luz do holofote seguiu-a, e todos que a contemplavam estremeceram, pois, amarrado ao leme, estava um cadáver cuja cabeça pendia e balançava horrivelmente para diante e para trás, a cada movimento do navio. Nenhuma outra forma se avistava no tombadilho. Um grande pavor se apossou de todos, quando perceberam que a embarcação, como que por milagre, entrara no porto manobrada unicamente pelas mãos de um morto! Contudo, todos esses acontecimentos se passaram em tempo menor do que o necessário para escrever estas palavras. A escuna não parou, mas, avançando através do porto, lançou-se sobre o acúmulo de areia e cascalho trazidos por muitas marés e muitas tempestades para o canto noroeste do quebra-mar que se projeta sob o Penhasco Leste e é conhecido no local como Cais do Pequeno Morro.

    Houve, é claro, considerável abalo quando a embarcação subiu no banco de areia. Todas as vergas, cordas e esteios se deslocaram e parte da aparelhagem das velas desabou. Porém houve um fato ainda mais estranho: no mesmo instante em que a escuna tocou a terra, um cachorro saltou no tombadilho vindo de baixo, como se o choque o tivesse arremessado, e, correndo, saltou da proa para a areia. Dirigindo-se diretamente ao rochedo íngreme, onde o cemitério da igreja se debruça sobre o caminho que leva ao quebra-mar do leste, de modo tão íngreme que algumas das lajes achatadas (denominadas pedras terminais pelos habitantes de Whitby) verdadeiramente se projetam sobre o local onde o recife de apoio desabou, o cão desapareceu na escuridão que parecia intensificar-se no local logo além da luz do holofote.

Por acaso, não havia ninguém no Cais do Pequeno Morro naquele momento, pois todos os que possuem casas nas proximidades estavam na cama ou no penhasco. Assim, o oficial da guarda costeira em atividade no lado leste do porto, que imediatamente correu para o pequeno quebra-mar, foi o primeiro a subir a bordo. Os homens que trabalhavam no holofote, depois de examinarem a entrada do porto, não vendo nenhuma embarcação, voltaram a luz para o navio abandonado e a mantiveram fixa. O oficial correu em direção à popa e, quando atingiu a roda do leme, inclinou-se para examiná-la; recuou imediatamente, como se sentisse repentina emoção. Aquilo pareceu excitar a curiosidade geral, e um grande número de pessoas principiou a correr. O caminho que vai do Penhasco Oeste para o Cais do Pequeno Morro, através da ponte giratória, é bem longo, mas, como vosso correspondente também é bom corredor, chegou bem à frente da multidão. Entretanto, ao chegar lá, já encontrei outra multidão reunida no quebra-mar, retida pelo guarda e por um policial, que impediam a subida a bordo. Por condescendência do chefe dos barqueiros, eu, por ser correspondente, recebi permissão para subir ao tombadilho e fui um dos componentes do pequeno grupo que viu o marujo morto ainda amarrado à roda do leme.

Não era para admirar o fato de o guarda estar surpreso, ou mesmo apavorado, pois não é todo dia que vemos tal coisa. O morto estava simplesmente amarrado pelas mãos, uma sobre a outra, a um dos raios da roda. Entre a mão de baixo e a madeira havia um rosário cujas contas se amarravam ao redor de ambos os pulsos e da roda, e cordas conservavam tudo muito ajustado. Talvez o pobre coitado estivesse sentado anteriormente, porém a oscilação e as pancadas das velas tinham mudado a direção da roda, arrastando-o para a frente e para trás, de modo que as cordas a que ele estava atado lhe haviam cortado a carne até os ossos. Anotaram com precisão a ocorrência, e um médico — o cirurgião J. M. Caffyn —, que chegou imediatamente depois de mim, declarou, após proceder ao exame, que o homem já devia estar morto há dois dias. No bolso do cadáver havia uma garrafa cuidadosamente tampada e contendo apenas um pequeno rolo de papel que se verificou ser um anexo do diário de bordo. O guarda disse que o homem deveria ter atado as próprias mãos e apertado os nós com os dentes. O fato de um guarda ter sido o primeiro a penetrar a bordo pode evitar complicações, mais tarde, no Tribunal da Marinha, uma vez que esses guardas não podem reclamar para si os salvados do naufrágio, que por direito pertencem ao primeiro cidadão a penetrar no navio abandonado. Entretanto, os especialistas em leis já se movimentam, e um jovem estudante afirma em altas vozes que os direitos do proprietário já são completamente nulos, uma vez que a propriedade está sendo mantida em desacordo com as normas dos bens inalienáveis, e que o leme foi manobrado por *mão morta*, o que constitui o símbolo da posse delegada, quando não constitui a sua prova. É desnecessário dizer que o piloto morto foi reverentemente retirado do lugar onde honradamente se manteve e realizou seu trabalho até a morte (atitude tão nobre quanto a do jovem Casabianca); foi recolhido ao necrotério para aguardar investigações.

A tempestade repentina já está passando e o tempo se acalma; a multidão se dispersa, regressando aos lares, e o céu principia a avermelhar-se sobre os descampados de Yorkshire. Enviarei para a próxima edição mais detalhes do navio abandonado que tão milagrosamente encontrou o caminho do porto durante a tempestade.

9 de agosto — Os episódios posteriores à estranha chegada do navio abandonado, na tempestade da noite passada, foram ainda mais assustadores do que o próprio fato. A escuna é russa, provinha de Varna e se denomina "Demeter". Está quase inteiramente carregada de lastro constituído de areia prateada e contém apenas pequena quantidade de carga: certo número de grandes caixas de madeira repletas de terra. Este carregamento está endereçado ao advogado de Whitby, o sr. S. F. Billington, residente em Crescent, nº 7. Hoje pela manhã, ele subiu a bordo e apossou-se formalmente dos bens a ele destinados. Também o cônsul russo, agindo pelo contrato de fretamento, apossou-se formalmente do navio e pagou todas as taxas portuárias. Aqui, as conversas do dia de hoje giraram em torno da estranha coincidência: os oficiais da Junta do Comércio foram muito severos e exigiram que tudo fosse feito de acordo com os regulamentos existentes. O fato é de pasmar qualquer um, pois esses oficiais julgaram que tudo estava em ordem e que ninguém terá direito de reclamar. O cachorro que saltou do navio quando este atracou despertou o interesse geral, e inúmeros membros da Sociedade Protetora dos Animais, que é muito forte em Whitby, tentaram ajudá-lo. Contudo, para desapontamento de todos, não o encontraram; parece ter desaparecido completamente da cidade. Talvez se tenha assustado e fugido para os pântanos, e é possível que ainda esteja escondido lá, aterrorizado. Há muitos que encaram essa possibilidade com temor, porque o animal pode tornar-se perigoso, uma vez que é evidentemente feroz. Hoje bem cedo, um grande cachorro mastim meio-sangue, pertencente a um vendedor de carvão que reside perto do Cais do Pequeno Morro, foi encontrado morto na estrada à frente do quintal de seu dono. Lutara, e percebia-se que seu oponente era selvagem, pois ele tinha a garganta dilacerada e a barriga aberta, o que parecia ter sido causado por garras violentas.

Mais tarde — O inspetor da Junta do Comércio permitiu-me bondosamente examinar o diário de bordo do "Demeter", que estava em ordem até três dias antes da catástrofe, mas nada continha de especial, excetuando-se as referências a homens desaparecidos. O fato mais interessante, porém, dizia respeito ao papel encontrado na garrafa, que foi hoje apresentado no interrogatório; nunca ouvi mais estranhas narrativas do que as duas que ali estavam. Como não há motivo para segredo, permitiram-me anotá-las, de modo que posso enviar-vos uma cópia, omitindo apenas as particularidades técnicas da arte marítima e dos encargos de bordo. Parece que o Capitão adquirira uma espécie de mania antes de entrar em mar alto, e que esta se desenvolveu constantemente durante a viagem. É claro que minha observação deve ser considerada *cum grano*, uma vez que escrevo baseado no ditado de um funcionário do consulado russo, que bondosamente traduziu para mim, apesar de ter pouco tempo.

DIÁRIO DE BORDO DO "DEMETER" DE VARNA A WHITBY

Escrito em 18 de julho; ocorrem coisas tão estranhas que anotarei tudo com precisão, até alcançarmos terra.

No dia 6 de julho, acabamos de carregar o navio com areia prateada e caixas de terra. Partimos ao meio-dia. O vento este estava fresco. Tripulação, cinco homens... dois imediatos, um cozinheiro e eu (capitão).

No dia 11 de julho, entramos no Bósforo ao amanhecer. Fomos abordados por oficiais da alfândega, turcos. *Backsheesh*: tudo em ordem. A caminho às 16 horas.

No dia 12 de julho, atravessamos os Dardanelos. Mais oficiais da alfândega, e embarcação que levava a bandeira da esquadra de guarda. *Backsheesh* novamente. Os oficiais trabalharam com eficiência, mas foram rápidos. Quero partir logo. Ao anoitecer passamos pelo arquipélago.

No dia 13 de julho, passamos pelo Cabo Matapan. A tripulação está preocupada com algo. Parece assustada, mas os homens não falaram.

No dia 14 de julho, senti-me inquieto por causa da tripulação. Os homens são vigorosos e já navegaram comigo antes. O imediato não soube dizer o que havia de errado; os outros apenas falaram que havia algo e se benzeram. O imediato perdeu a paciência com um deles e o esbofeteou. Esperamos briga feroz, mas houve calma.

No dia 16 de julho, o imediato relatou pela manhã que um membro da tripulação, Petrofsky, desaparecera. Não sabia dizer como. Vigiara a bombordo durante a noite, na oitava ronda; fora substituído por Abramov, porém não regressara ao leito. Os homens estão mais desanimados do que nunca. Todos afirmaram esperar fatos assim, mas quiseram dizer apenas que havia *algo* a bordo. O imediato se torna muito impaciente com eles; temo encontrar dificuldades à frente.

No dia 17 de julho, um dos homens, Olgaren, veio à minha cabina e, atemorizado, falou-me confidencialmente que julgava haver um estranho a bordo. Disse que, enquanto vigiava, se abrigara por trás da cabina do convés, pois chovia tempestuosamente. Avistara então um homem alto e magro, diferente de qualquer outro da tripulação, que subira a escada da escotilha, caminhara pelo tombadilho da frente e desaparecera. O vigia seguira-o cautelosamente, mas não encontrara ninguém na proa e verificara que todas as escotilhas estavam fechadas. O vigia estava em pânico, com um medo supersticioso, e temo que esse sentimento se espalhe. Para acalmar todos, hoje revistarei cuidadosamente o navio inteiro, da proa à popa.

Mais tarde, no mesmo dia, reuni toda a tripulação e disse aos homens que, se pensavam que havia mais alguém a bordo, revistaríamos tudo. O primeiro imediato ficou zangado; disse que aquilo não passava de imaginação e que apoiar tão tolas ideias seria desmoralizar os homens. Declarou ainda que os conservaria fora de perigo com uma vara. Deixei-o dirigir o navio enquanto os outros iniciavam detalhada busca, lado a lado, com lanternas: vasculhamos todos os cantos. Como havia apenas as grandes caixas de madeira, não se encontravam cantos desiguais onde um homem pudesse esconder-se. A tripulação mostrou-se muito aliviada quando a busca terminou, e todos voltaram alegremente ao trabalho. O primeiro imediato franziu a testa, mas nada disse.

22 de julho — Mau tempo nos últimos três dias e todas as mãos ocupadas com as velas; não houve tempo para temores. Os homens parecem haver esquecido o medo. O imediato está novamente alegre e todos em paz. Elogiei os homens por seu trabalho durante o mau tempo. Passamos Gibraltar e atravessamos o estreito. Tudo bem.

24 de julho — Este navio parece amaldiçoado. Já nos faltava um ajudante, e, ao penetrarmos na baía de Biscaia, com mau tempo à frente, perdemos na noite passada outro homem... desaparecido. Como o primeiro, terminou sua ronda e não foi mais visto. Os homens estão em pânico; enviaram-me um abaixo-assinado pedindo que, durante o quarto, vigiem dois juntos porque temem ficar a sós. O imediato está zangado. Receio que haja dificuldade, pois ele ou os homens podem praticar alguma violência.

28 de julho — Quatro dias no inferno, balançando numa espécie de redemoinho; vento tempestuoso. Ninguém dorme. Os homens estão cansados. Não sei como organizar o período de

vigia, pois não há ninguém apto. O segundo imediato ofereceu-
-se para dirigir o navio e vigiar ao mesmo tempo, permitindo
que os homens durmam algumas horas. O vento diminui; o
mar ainda está furioso, mas nós o sentimos menos porque o
navio está mais firme.

29 de julho — Outra tragédia. Um homem vigiou sozinho
ontem à noite, porque a tripulação se encontrava cansada
demais para dobrar. Quando o vigia da manhã foi ao tombadilho, não encontrou pessoa alguma, com exceção do homem
do leme. Deu um grito e os outros também foram para o
tombadilho. Revistamos tudo, mas nada encontramos. Agora
não temos segundo imediato e a tripulação está em pânico. O
primeiro imediato e eu decidimos andar armados de agora em
diante, à espera de algum sinal que nos indique a causa de tudo.

30 de julho — Última noite. Alegramo-nos por estar perto
da Inglaterra. Bom tempo, velas enfunadas. Fui para a cama
cansado e dormi profundamente; acordei com o imediato
dizendo-me que os dois homens de vigia e também o piloto
haviam desaparecido. Para trabalhar no navio restam apenas
o imediato, dois ajudantes e eu mesmo.

1º de agosto — Dois dias de nevoeiro e nenhum outro navio
à vista. Tinha esperanças de, ao alcançar o Canal da Mancha,
poder sinalizar pedindo socorro ou desembarcar em algum
lugar. Não tendo força para manobrar as velas, tenho de
navegar diante do vento. Não ouso abaixá-las, pois não poderia
erguê-las novamente. Parecemos ir ao encontro de um terrível
destino. O imediato está agora com o moral mais baixo que
os outros dois homens. Seu temperamento mais forte parece
agora se voltar contra ele. Os outros superaram o medo e
trabalham firme e pacientemente, preparados para o pior. São
russos e o imediato é romeno.

2 de agosto, meia-noite — Acordei, após ter dormido durante alguns minutos, despertado por um berro que pareceu provir do exterior da minha cabina. Nada pude ver no nevoeiro. Corri para o tombadilho e esbarrei no imediato. Disse-me que ouvira o berro e correra, porém não avistara sinal do homem que vigiava. Mais um desaparecido. Que Deus nos ajude! O imediato diz que devemos ter passado pelo Estreito de Dover, porque, num momento de tempo mais claro, avistou o Cabo Norte, justamente na ocasião em que ouvi o homem gritar. Se isso estiver correto, estamos no Mar do Norte e apenas Deus nos pode guiar no nevoeiro que parece se mover conosco; porém acho que Deus nos abandonou.

3 de agosto — À meia-noite fui substituir o homem ao leme, mas, quando cheguei, não o encontrei. O vento não estava forte e, enquanto navegávamos diante dele, o navio não sacudia muito. Não ousei deixar o leme, por isso gritei pelo imediato. Depois de alguns segundos, ele subiu apressadamente ao tombadilho, vestido em suas roupas de flanela. Tinha os olhos esbugalhados e parecia desfigurado, o que me fez temer que tivesse perdido a razão. Aproximou-se de mim e falou com voz baixa e rouca, junto ao meu ouvido, como se receasse que o próprio ar pudesse ouvir:

— *Aquilo* está aqui; agora sei. Ao vigiar, na noite passada, vi a coisa; era semelhante a um homem alto e magro, fantasmagoricamente pálido. Estava na proa e olhava para fora. Aproximei-me sorrateiramente por trás daquilo e enfiei-lhe a faca, porém ela atravessou o ar como se nada houvesse ali. — Enquanto falava, apanhou a faca e moveu-a selvagemente no ar. Depois prosseguiu: — Mas *aquilo* está aqui e eu o encontrarei. Está no porão, talvez numa daquelas caixas. Vou abrir uma por uma e examinar. Manobre você o leme.

Com um olhar de cautela e o dedo nos lábios, desceu. Um vento agitado me impedia de largar o leme. Vi-o retornar mais uma vez ao tombadilho com uma caixa de ferramentas e uma lanterna; em seguida, desceu pela escotilha da frente. Está louco, louco furioso, de modo que não adianta tentar detê-lo. Não poderá estragar aquelas grandes caixas porque, segundo as faturas, elas contêm argila; o fato de movê-las não produzirá dano. Por isso, aqui fico eu, cuidando do leme e escrevendo estas notas. Resta-me apenas confiar em Deus e esperar que o nevoeiro se dissipe. Se com este vento puder dirigir-me a algum porto, reduzirei as velas, vagarei ao sabor da corrente e sinalizarei pedindo socorro...

Agora, quase tudo já terminou. Justamente quando eu principiava a esperar que o imediato regressasse mais calmo, pois o ouvira martelando algo no porão e sabia que o trabalho lhe faria bem, ouvi um grito súbito e assustado, provindo da escotilha. Meu sangue gelou e o imediato subiu no tombadilho com rapidez invencível: estava completamente doido, revirando os olhos, é o medo convulsionava-lhe o rosto.

— Salve-me, salve-me! — gritou ele, olhando em seguida através da cortina de nevoeiro. Seu horror transformou-se em desespero e, com voz firme, prosseguiu: — É melhor vir também, Capitão, antes que seja tarde demais. Ele está lá. Agora conheço o segredo. O mar me salvará dele, é só o que me resta!

Antes que eu pudesse dizer uma palavra ou mover-me para agarrá-lo, subiu à amurada e deliberadamente atirou-se ao mar. Suponho que agora decifrei o mistério. Foi esse louco que se livrou dos outros homens, um a um, e agora segue o mesmo destino. Que Deus me ajude! Como prestarei contas de todos esses horrores quando chegar ao porto? Mas será que chegarei?

4 de agosto — O nevoeiro persiste e o sol nascente não o consegue varar. Sei que o sol nasce apenas porque sou homem do mar, creio que por nenhum outro motivo. Não ousei descer, não ousei largar o leme; por isso fiquei aqui a noite inteira e, na escuridão da noite, vi a *coisa*... Ele! Que Deus me perdoe, mas o imediato teve razão ao se atirar ao mar. Foi melhor morrer como homem; ninguém opõe objeções à morte de um marujo em águas azuis. Mas sou o capitão e não posso abandonar este navio. Porém iludirei esse espírito maligno ou monstro, pois amarrarei minhas mãos à roda do leme quando sentir minhas forças principiarem a falhar e, com elas, amarrarei também o objeto que ele (a *coisa*!) não ousará tocar. Então, quer o vento seja bom, quer seja mau, salvarei minha alma e minha honra de capitão. Torno-me mais fraco e a noite se aproxima. Se ele puder olhar-me no rosto novamente, talvez eu não tenha tempo para agir... Se naufragarmos, poderão encontrar esta garrafa, e os que a virem talvez compreendam; senão... então todos os homens saberão que cumpri meu dever. Que Deus, a Virgem Maria e os santos ajudem uma pobre alma ignorante que tenta cumprir seu dever...

É claro que não se chegou a uma conclusão. Não há provas a serem apresentadas e não há ninguém para dizer se foi o próprio homem quem cometeu os assassínios. A grande maioria do povo daqui considera o capitão um herói, e seu funeral será público. Já providenciaram para que seu corpo suba o Esk com acompanhamento de barcos durante certo trecho; depois o trarão de volta ao Cais do Pequeno Morro e ele subirá as escadas da abadia, pois será enterrado no cemitério da igreja, sobre o penhasco. Os donos de mais de uma centena de barcos já declararam querer homenageá-lo até o túmulo.

Não descobriram sinal do grande cachorro, o que entristece muitos, pois, com o presente estado da opinião pública, creio que toda a cidade cuidaria do animal. O enterro será amanhã, e assim terminará mais um "mistério do mar".

DIÁRIO DE MINA MURRAY

8 de agosto — Lucy esteve muito inquieta durante toda a noite e eu também não pude dormir. A tempestade foi assustadora, e os raios explodiam ensurdecedoramente sobre os tubos das chaminés, fazendo-me estremecer. Quando se ergueu um vento mais intenso, assemelhou-se ao tiro de uma arma distante. Por estranho que parecesse, Lucy não acordou, porém levantou-se duas vezes e vestiu-se. Felizmente, acordei a tempo em ambas as vezes, consegui despi-la sem acordá-la, e levei-a de volta à cama. Seu sonambulismo é muito estranho, pois, quando há um obstáculo físico, sua intenção, se é que possui alguma, desaparece e ela se entrega quase de modo completo à rotina da vida.

De manhã cedo, ambas nos levantamos e fomos ao porto ver se sucedera algo durante a noite. Encontramos poucas pessoas; embora o sol estivesse brilhante e o tempo, claro e fresco, as ondas grandes e sinistras, que pareciam escuras devido à espuma branca como a neve que as encimava, atravessavam com força a estreita garganta do porto — semelhante a um homem briguento que abrisse caminho entre a multidão. Senti-me satisfeita porque Jonathan não estava no mar a noite passada, mas em terra. Entretanto, por acaso sei ao certo que ele está em terra? Onde e como estará? Começo a temer ansiosamente por ele. Se ao menos soubesse o que fazer e pudesse agir!

10 de agosto — Hoje, o funeral do pobre capitão foi muito chocante. Parecia que todos os barcos do porto haviam comparecido e o caixão foi carregado por capitães durante todo o caminho do Quebra-Mar do Pequeno Morro até ao cemitério da igreja. Lucy veio comigo e fomos cedo para o nosso velho banco enquanto o cortejo de barcos subia o rio até o viaduto e descia novamente. Avistamos maravilhoso espetáculo e vimos quase toda a procissão. Enterraram o cidadão perto de nosso banco, por isso ficamos ali e vimos tudo, quando chegou a hora. Lucy, coitada, pareceu muito perturbada; acho que o sonambulismo principia a fazer-lhe mal. Mas um fato é estranho nela: não admite que haja motivo para inquietações ou afirma que, caso haja, ela própria não compreen-de o motivo. Há outra causa para preocupação: o pobre velho sr. Swales foi encontrado morto de manhã, perto de nosso banco, com o pescoço quebrado. O médico afirmou que ele deveria ter caído para trás do banco, assustado por algum motivo, pois havia tal expressão de medo e horror em seu rosto que os que o viram disseram ter estremecido. Coitado do pobre velhinho! Talvez tivesse visto a Morte com seus olhos de moribundo! Lucy é tão terna e sensível que as circunstâncias a influenciam mais do que às outras pessoas. Agora mesmo, mostrou-se muito perturbada com uma coisinha a que eu mesma não dei muita atenção, embora goste muito de animais. Um dos homens que sobe aqui muitas vezes para vigiar os barcos foi seguido por seu cachorro, que o acompanha sempre. Ambos são seres calmos e nunca vi o homem zangado ou o cachorro latindo. Durante a cerimônia, o cachorro não se aproximou do seu dono, que estava junto de nós, mas conservou-se a alguns metros de distância, latindo e uivando. O dono falou-lhe a princípio com suavidade, depois áspero e finalmente zangado; mas o animal não quis aproximar-se nem parar de fazer barulho. Uma espécie de fúria dominou-o, seus olhos se tornaram selvagens, e seus pelos se eriçaram como os de um gato pronto para a luta. Finalmente, o homem também se zangou e desceu, dando um pontapé no cachorro; depois agarrou-o pelo pes-coço, arrastando-o e atirando-o sobre a pedra tumular onde o banco está fixado. No momento em que o animal tocou a laje, o pobrezinho ficou quieto e principiou a tremer muito. Não tentou fugir, mas agachou-se, trêmulo e acovardado, em estado de tão lamentável terror que tentei consolá-lo, embora sem resultado. Lucy também sentiu muita pena, mas não tentou tocar no cachorro; quedou-se agoniada a contemplá-lo. Receio que o temperamento dela seja sensível demais para que possa passar pelo mundo sem dificuldades. Tenho certeza de que sonhará com isso durante a noite. Com todo o aglomerado de fatos: o navio levado ao porto por um cadáver; a atitude deste, amarrado à roda do leme com o crucifixo e as contas, o tocante funeral e o cachorro, ora furioso, ora aterrorizado... tudo isso proporcionará material para os seus sonhos.

Creio que será melhor deitar-se fisicamente esgotada, por isso, levá-la-ei para um longo passeio de ida e volta pelos recifes da Baía de Robin Hood. Assim, perderá a disposição para andar durante o sono.

CAPÍTULO 8

DIÁRIO DE MINA MURRAY

Mesmo dia, às 23 horas — Oh, como me sinto cansada! Se não considerasse um dever escrever neste diário, não o abriria esta noite. Nosso passeio foi muito agradável. Após algum tempo, Lucy ficou alegre novamente, creio que graças às boas vacas que avançaram para nós num campo próximo do farol, desnorteando-nos. Acho que nos esquecemos de tudo, com exceção, é claro, do medo pessoal; o episódio varreu nossos pensamentos, proporcionando-nos novo começo. Tomamos excelente chá na Baía de Robin Hood, numa agradável estalagem, pequena e à moda antiga, que tinha uma janela arqueada abrindo bem em cima das rochas da praia, cobertas de plantas marinhas. Creio que chocaríamos a "mulher moderna" com nosso apetite, mas os homens são mais tolerantes, abençoados sejam eles! Em seguida, voltamos para casa com algumas, ou melhor, muitas paradas para descanso e sentindo um medo terrível de bois selvagens. Lucy estava muito cansada e pretendíamos ir para a cama assim que pudéssemos. Contudo, o jovem cura apareceu e a sra. Westenra convidou-o para jantar. Lucy e eu tivemos de nos esforçar para aturá-lo, pois isso não foi fácil; entretanto, portei-me como heroína. Acho que um dia os bispos se devem reunir para criar uma nova classe de curas que não jantem, por mais insistentes que sejam os convites, e que saibam reconhecer quando moças se cansam. Lucy dorme e respira suavemente. Está mais corada do que em geral e, realmente, muito linda. Se o sr. Holmwood se apaixonou por ela apenas porque a viu na sala de estar, não sei o que diria se a visse agora. Algumas das escritoras que pertencem à classe das "mulheres modernas" algum dia defenderão a ideia de que os homens e as mulheres devem ver-se dormindo, antes de propor ou aceitar matrimônio. Porém, suponho que a "mulher moderna" futuramente não se conformará em aceitar, mas desejará ela própria propor casamento. E o fará muito bem, fato que nos consola um pouco. Sinto-me muito feliz esta noite porque a cara Lucy parece melhor. Acredito realmente que o pior já tenha passado e que seu sonambulismo não mais ocorra. Eu seria ainda mais feliz se ao menos soubesse se Jonathan... Deus o abençoe e proteja.

11 de agosto, três horas — Apanho novamente meu diário. Não tenho sono, por isso posso escrever. Estou nervosa demais para dormir. Passamos por incrível aventura, aterrorizante experiência! Adormeci logo após fechar meu diário... Acordei repentinamente e sentei-me, com uma sensação horrível de medo e de vazio ao meu redor. Como o quarto estava escuro, não conseguia ver a cama de Lucy; aproximei-me silenciosamente e apalpei os lençóis. A cama achava-se vazia. Acendi um fósforo e descobri que Lucy não estava no quarto. A porta estava fechada, mas não trancada como eu a deixara. Temi acordar sua mãe, que ultimamente andava muito doente; por isso, vesti-me apressadamente e preparei-me para procurá-la. Quando saía do quarto raciocinei, pensando que, se soubesse que roupas ela usava, teria uma pista quanto ao lugar para o qual ela pretendia ir. Penhoar significaria casa; vestido, um lugar fora de casa. Tanto o penhoar quanto os vestidos estavam em seus lugares. "Graças a Deus", disse para mim mesma. "Não pode ter ido longe, pois está apenas de camisola." Corri para baixo e procurei-a na sala de estar. Não estava! Depois olhei em todos os outros quartos abertos da casa, com crescente medo. Finalmente, cheguei à porta do vestíbulo e encontrei-a aberta. Não estava escancarada, mas o trinco não prendera. O pessoal da casa fecha cuidadosamente a porta, todas as noites, por isso receei que Lucy tivesse saído com os trajes que usava. Não havia tempo para pensar no que poderia suceder, pois um vago e preponderante medo obscurecia todos os detalhes. Apanhei um xale grande e pesado e corri para fora. O relógio batia uma hora enquanto eu estava no Crescent e não havia vivalma à vista. Corri pela rua North Terrace, mas não vi sinal da figura branca que eu procurava. Na extremidade do Penhasco Oeste sobre o cais olhei através do porto para o Penhasco Leste, não sei se com medo ou com esperança de ver Lucy em nosso banco favorito. A lua cheia brilhava e nuvens negras e pesadas moviam-se, mergulhando todo o cenário num contraste móvel de luz e sombra. Durante um minuto ou dois, nada pude ver, pois a sombra de uma nuvem escureceu a Igreja de Santa Maria e tudo ao redor dela. Depois, quando a nuvem passou, pude ver que as ruínas da abadia reapareciam e, à medida que a extremidade de uma estreita faixa de luz, afiada como uma espada, se movia, a igreja e o cemitério se tornaram gradativamente visíveis. Qualquer que fosse a minha expectativa, não fiquei desapontada, pois lá, em nosso banco favorito, o luar prateado atingiu uma figura semi-inclinada, branca como a neve. Outra nuvem surgiu rápida demais, impedindo-me de ver muito, pois as sombras eclipsaram a luz quase imediatamente; porém, pareceu-me que algo escuro estava atrás do banco onde brilhava a figura branca, inclinando-se sobre ela. Eu não sabia se aquilo era um homem ou um animal, mas não esperei mais; desci voando os degraus íngremes do cais e corri junto ao mercado de peixe até a ponte, único caminho para atingir o Penhasco Leste. A cidade parecia morta e não avistei ser vivo; alegrei-me com o fato, pois não desejava que testemunhassem a desgraçada condição de Lucy. O tempo e a distância pareceram-me intermináveis, meus joelhos tremeram e minha respiração se tornou difícil enquanto subi com esforço os intermináveis degraus da abadia. Devo ter ido depressa, porém pareceu-me que meus pés possuíam chumbo e que todas as juntas de meu corpo se encontravam entorpecidas. Quando já estava quase em cima, pude ver o banco e a figura branca, pois agora estava suficientemente perto para distingui-la, até mesmo nos momentos de sombra. Sem dúvida havia algo comprido e negro, inclinando-se sobre a figura semirreclinada. Gritei assustada:

— Lucy! Lucy! — Algo levantou a cabeça e, de onde estava, pude ver um rosto pálido, olhos vermelhos e chamejantes. Lucy não respondeu, e corri para a entrada do cemitério. Quando lá penetrei, a igreja ficou entre mim e o banco, o que interceptou minha visão de Lucy, durante um minuto. Quando consegui ver novamente, a nuvem passara e o luar brilhava com tanta intensidade que pude avistar Lucy, semirreclinada e com a cabeça tombada, apoiando-se sobre a parte de trás do banco. Estava sozinha e não havia sinal de ser vivo a seu lado.

Ao me inclinar sobre ela, percebi que ainda dormia. Tinha os lábios entreabertos e respirava, de maneira não tão suave quanto habitualmente, mas com sorvos longos e pesados, como se lutasse para encher completamente os pulmões a cada vez. Quando me aproximei, levantou as mãos durante o sono e tentou fechar mais a gola da camisola, como se sentisse frio. Atirei o xale quente sobre ela e apertei as pontas firmemente sobre seu pescoço, temendo que o ar frio lhe produzisse alguma doença mortal, desagasalhada como estava. Receei acordá-la repentinamente e, por isso, a fim de ter as mãos livres para poder ajudá-la, prendi o xale em sua garganta com um grande alfinete de segurança; entretanto, devo ter sido desajeitada em minha ansiedade, porque a feri com ele, o que percebi quando gradativamente sua respiração se tornou mais calma e ela colocou mais uma vez a mão no pescoço, gemendo. Depois de tê-la coberto cuidadosamente, coloquei nela os meus sapatos e comecei a acordá-la muito levemente. A princípio não respondeu, mas seu sono foi se tornando cada vez mais inquieto e de vez em quando gemia e suspirava. Finalmente, como o tempo passava rápido e também por outras razões, desejei levá-la para casa imediatamente e sacudi-a com mais força, até que afinal abriu os olhos e acordou. Não pareceu surpresa ao ver-me, mesmo porque não percebeu imediatamente onde estava. Lucy é sempre bonita quando acorda, e mesmo naquele momento, quando o frio gelava seu corpo e se sentia um tanto amedrontada por andar com pouca roupa à noite num cemitério, não perdeu o encanto. Tremeu ligeiramente e agarrou-se a mim; quando lhe ordenei que voltasse imediatamente para casa comigo, levantou-se sem dizer palavra, qual criança obediente. Enquanto caminhávamos, o cascalho machucava meus pés e Lucy percebeu que eu estremecia. Parou para insistir que eu ficasse novamente com meus sapatos, mas não concordei. Porém, quando chegamos no caminho fora da igreja, onde havia uma poça de água, remanescente da tempestade, sujei meus pés de lama molhando um de cada vez; assim, se a caminho de casa encontrássemos pessoas, ninguém notaria que eu estava descalça.

A sorte favoreceu-nos e chegamos sem encontrar vivalma. Vimos em determinado momento um homem, que parecia ligeiramente bêbado, passar pela rua à nossa frente; mas escondemo-nos num portal até vê-lo desaparecer por uma pequena e íngreme entrada, semelhante às muitas que há aqui. Meu coração bateu tão alto durante todo o tempo que julguei por vezes desmaiar. Sentia-me muito preocupada com Lucy, não apenas por sua saúde (poderia sofrer as consequências da imprudência), mas também por sua reputação, caso a história se espalhasse. Depois de entrarmos, lavarmos os pés e rezarmos juntas em agradecimento, coloquei-a na cama. Antes de adormecer, pediu-me, implorou-me até, que não contasse a ninguém sua aventura de sonâmbula, nem mesmo à mãe. A princípio hesitei em prometer, mas, pensando no estado de saúde da mãe e nas consequências que poderiam surgir caso soubesse do fato, assim como pensando também que tal história certamente seria excessivamente deturpada se a comentassem, julguei melhor silenciar. Espero ter agido com acerto. Como tranquei a porta e amarrei a chave ao meu pulso, tenho esperanças de não ser mais perturbada. Lucy dorme pesadamente; o reflexo da madrugada já está no céu e longe sobre o mar...

No mesmo dia, às 12 horas — Tudo vai bem. Lucy dormiu até ser despertada por mim, e pareceu nem sequer ter-se virado durante o sono. Aparentemente, a aventura noturna a deixou ilesa; pelo contrário, parece até havê-la beneficiado, pois há semanas não apresenta aspecto tão bom quanto o desta manhã. Lamentei o fato de a ter ferido involuntariamente com o alfinete de segurança. Com efeito, o machucado poderia ter sido sério, pois a pele do pescoço foi furada. O alfinete deve ter atravessado um pedaço solto de pele, transpassando-o, porque há dois pontinhos vermelhos como os de uma picada e encontrei no laço de sua camisola uma gota de sangue. Quando pedi desculpas e me mostrei preocupada com o fato, ela riu e me acariciou, dizendo que nada sentira. Felizmente, aquilo não deixará cicatriz, pois é minúsculo.

No mesmo dia, à noite — Tivemos um dia feliz. O tempo estava bom, o sol brilhava e havia brisa fresca. Almoçamos nas matas de Mulgrave; a sra. Westenra foi de carruagem pela estrada, e Lucy e eu andamos a pé pelo caminho do penhasco, unindo-nos a ela junto ao portão. Sentia-me um pouco triste, pois não podia deixar de pensar como seria completamente feliz se Jonathan estivesse comigo. Mas tenho de ser paciente! À noite passeamos no terraço do cassino e ouvimos boa música de Spohr e Mackenzie; deitamo-nos cedo. Lucy pareceu mais descansada do que ultimamente e dormiu no mesmo instante. Trancarei a porta e cuidarei da chave como antes, embora não espere complicações esta noite.

12 de agosto — Errei em minhas expectativas, pois duas vezes durante a noite fui acordada por Lucy, que tentava sair. Pareceu impacientar-se por encontrar a porta fechada, mesmo dormindo, e foi para a cama numa espécie de protesto. Acordei com a madrugada e ouvi os passarinhos cantando do lado de fora de minha janela. Lucy acordou também e alegrei-me por ver que tinha ainda melhor aspecto do que na manhã anterior. Parecia haver readquirido todo o seu temperamento alegre, aconchegou-se junto a mim e falou-me de Arthur. Contei-lhe como estava ansiosa acerca de Jonathan, e ela tentou consolar-me. Obteve algum sucesso, pois, embora a simpatia não possa alterar os fatos, ajuda a torná-los mais suportáveis.

13 de agosto — Outro dia calmo, fui para a cama com a chave amarrada ao pulso, como anteriormente. Mais uma vez acordei de noite e encontrei Lucy sentando-se na cama, ainda adormecida, apontando para a janela. Levantei-me calma e, afastando a persiana, olhei para fora. O luar estava esplêndido e o suave efeito da luz sobre o mar e o céu (unidos num mistério grande e silencioso) era mais lindo do que as palavras poderiam descrever. Entre mim e o luar voou um grande morcego que ia e vinha, realizando grandes círculos. Por uma ou duas vezes chegou bem próximo, mas suponho que se assustou ao ver-me e afastou-se voando para o porto e em direção à abadia. Quando saí da janela, Lucy já se deitara novamente e dormia em paz. Não se moveu durante toda a noite.

14 de agosto — Estive no Penhasco Leste, lendo e escrevendo o dia inteiro. Lucy parece gostar tanto do lugar quanto eu, pois é difícil afastá-la de lá quando chega o momento de voltar para casa, à hora das refeições. Regressamos para o jantar e havíamos chegado ao cimo dos degraus que sobem do Penhasco Oeste; paramos para contemplar o panorama, como em geral fazemos. O sol poente escondia-se por trás do Kettleness, a luz vermelha jorrava sobre o Penhasco Leste e a velha abadia, parecendo envolver tudo em maravilhoso brilho róseo. Ficamos em silêncio durante algum tempo e súbito Lucy murmurou algo, como se falasse consigo:

— Novamente aqueles olhos vermelhos! São os mesmos. — Foi uma exclamação tão estranha e tão fora de propósito que me assustou. Voltei-me um pouco para poder ver Lucy bem, sem contudo parecer encará-la; percebi que estava num estado de semi-inconsciência e que seu rosto apresentava um ar estranho, que não pude decifrar muito bem. Nada disse, porém segui-a com os olhos. Parecia procurar nosso banco favorito, onde uma figura estava sentada sozinha. Eu própria me assustei um pouco, pois julguei por um segundo que o estranho tinha grandes olhos que ardiam como brasas; porém uma segunda olhadela desfez a ilusão. A luz vermelha do sol brilhava nas janelas da Igreja de Santa Maria por trás de nosso banco e, enquanto o astro-rei mergulhava, havia suficientes modificações de refração e reflexão que faziam que a luz parecesse mover-se. Chamei a atenção de Lucy para o interessante efeito e ela voltou a si com um estremecimento, mas seu aspecto de tristeza não desapareceu; talvez se recordasse daquela terrível noite lá em cima. Nunca mencionamos aquele fato, por isso nada disse e fomos para casa jantar. Lucy estava com dor de cabeça e foi cedo para a cama. Vi-a dormir e desci para dar um pequeno passeio; andei ao longo do caminho dos Penhascos Leste, repleta de melancolia, pois pensava em Jonathan. Quando voltava para casa (o luar estava tão brilhante que, embora a frente de nossa propriedade no Crescent estivesse em sombras, tudo o mais podia ser bem visto), olhei para nossa janela e vi a cabeça de Lucy inclinada para fora. Como julguei que talvez me procurasse, abri o lenço e acenei. Ela não notou nem sequer fez algum movimento. Naquele instante, o luar atingiu um ângulo da construção e a luz caiu sobre a janela. Vi Lucy distintamente, com a cabeça recostada na vidraça e os olhos fechados. Dormia profundamente e, ao seu lado, apoiado na janela, havia algo que se parecia com um pássaro de bom tamanho. Temi que se resfriasse e por isso subi correndo; mas, quando cheguei ao quarto, ela retornava à cama, completamente adormecida e respirando com dificuldade; tinha a mão sobre a garganta, como se para proteger-se do frio.

Não a acordei, mas cobri-a bem; cuidei para que a porta ficasse trancada e a janela estivesse fechada com segurança.

Ela parece muito terna enquanto dorme, mas está mais pálida do que habitualmente e sob seus olhos há olheiras profundas, o que não me agrada. Algo a preocupa. Gostaria de descobrir o que é.

15 de agosto — Acordei mais tarde do que habitualmente. Lucy estava mole e cansada e dormiu mesmo depois de nos chamarem. No café matinal tivemos uma agradável surpresa. O pai de Arthur está melhor e deseja que o casamento se realize logo. Lucy está feliz, e sua mãe está ao mesmo tempo alegre e pesarosa. Mais tarde, naquele dia, ela me explicou a causa de seus sentimentos. Lamenta porque de certo modo perderá a filha, mas alegra-se porque Lucy em breve terá um protetor.

Pobre e terna senhora! Em suas confidências, disse-me que está condenada à morte. Não contou a Lucy e obrigou-me a prometer segredo: seu médico lhe disse que não viverá mais do que alguns meses, pois seu coração se enfraquece. A qualquer momento, até mesmo agora, um choque súbito provavelmente a mataria. Ah, fizemos muito bem não lhe contando aquele terrível episódio do sonambulismo de Lucy.

17 de agosto — Não escrevi neste diário durante dois dias inteiros. É que não tive disposição para isso. Uma espécie de mortalha sombria empana a nossa felicidade. Não há notícias de Jonathan, Lucy parece tornar-se mais fraca e as horas finais de sua mãe se aproximam. Não compreendo por que Lucy se enfraquece assim. Ela come e dorme bem, também goza o ar puro; mas torna-se cada vez mais pálida e enfraquece dia a dia. À noite, ouço-a arquejar como se sentisse falta de ar. Conservo a chave da porta sempre amarrada ao meu pulso durante a noite, mas Lucy se levanta, anda pelo quarto e senta-se junto à janela aberta. Na noite passada, encontrei-a inclinada para fora quando acordei; estava desmaiada. Quando consegui fazê-la voltar a si, estava muito fraca e chorou em silêncio enquanto se debatia longa e dolorosamente, tentando respirar. Quando lhe perguntei por que havia ido à janela, sacudiu a cabeça e virou para outro lado. Espero que sua doença não seja motivada pelas desastradas espetadelas de alfinete. Examinei-lhe o pescoço há pouco, enquanto ela dormia, e os pequenos ferimentos não cicatrizaram. Estão abertos, parecem maiores do que anteriormente e apresentam as extremidades ligeiramente esbranquiçadas. São como pequenos pontos brancos com centro vermelho. Se não sararem dentro de um dia ou dois, insistirei para que um médico os examine.

CARTA DE SAMUEL F. BILLINGTON & FILHO, PROCURADORES DE WHITBY, AOS SRS. CARTER, PATERSON & CO., DE LONDRES

17 de agosto.

Caros senhores,

Enviamos com a presente carta a fatura dos bens embarcados pela Grande Estrada de Ferro do Norte. Eles serão entregues em Carfax, perto de Purfleet, junto do recibo, na ocasião do desembarque no depósito de mercadorias da estação de King's Cross. No momento a casa está vazia, mas enviamos junto as chaves com as respectivas etiquetas.

Pedimos por favor que depositem as caixas, cinquenta ao todo, na construção parcialmente arruinada que faz parte da propriedade e está marcada com um "A" na planta anexa. Seu agente reconhecerá facilmente o local, pois constitui a antiga capela da mansão. A mercadoria partirá hoje à noite, às 9h30, e atingirá King's Cross às 4h30 da tarde de amanhã. Como nosso cliente deseja que a entrega se realize o mais breve possível, ficaremos gratos se mantiverem veículo à espera em King's Cross, na hora mencionada, para o transporte das mercadorias a seu destino. A fim de impedir qualquer atraso quanto a algumas das exigências de pagamento de seu departamento, enviamos cheque de dez libras, pedindo que notifiquem o recebimento deste. Se o dinheiro for superior ao exigido, pedimos enviar de volta o troco; se a quantia for menor do que a necessária, imediatamente mandaremos cheque com a diferença, assim que recebermos comunicação dos senhores. Quando partirem, poderão deixar as chaves no vestíbulo principal, onde o proprietário as apanhará ao entrar na casa, utilizando a duplicata da chave.

Esperamos não estar excedendo os limites da cortesia comercial ao insistir que procedam com a maior presteza.

Atenciosamente,
Samuel F. Billington & Filho

CARTA DOS SRS. CARTER, PATERSON & CO., DE LONDRES, AOS SRS. BILLINGTON & FILHO, DE WHITBY

21 de agosto.

Caros senhores,
Participamos recebimento de 10 libras e pedimos remessa de cheque contendo 1 libra, 17 shillings e 9 pence, quantia que nos falta, como indicamos pela conta anexa. A mercadoria foi entregue exatamente de acordo com as instruções e as chaves estão num pacote, no vestíbulo principal, segundo as ordens.

Atenciosamente,
Carter, Paterson & Co.

DIÁRIO DE MINA MURRAY

18 de agosto — Hoje estou feliz e escrevo sentada no banco do cemitério. Lucy está muitíssimo melhor. Dormiu bem durante toda a noite passada e não me perturbou nenhuma vez. O rosado parece querer voltar às suas faces, embora ainda esteja pálida e abatida. Se apresentasse anemia, seu estado seria muito bem compreensível; mas isso não ocorre. Ela está de bom humor, alegre e cheia de vida. Parece haver perdido toda a mórbida reserva e acaba de recordar-me (como se houvesse necessidade de alguém me recordar) *daquela* noite, afirmando que aqui estivera, neste mesmo banco, onde eu a encontrara dormindo. Ao dizer-me isso, bateu galhofeiramente com o salto da bota na laje e falou:

— Meus pobres pezinhos não fizeram muito barulho, então! Creio que o pobre sr. Swales teria dito que aquilo ocorrera porque eu não desejava acordar Geordie. — Como ela estava muito comunicativa, perguntei-lhe se havia sonhado aquela noite. Antes de responder, mostrou aquele ar terno de perplexidade que Arthur (chamo-o de Arthur devido ao hábito dela) diz que ama; efetivamente, não é de admirar que isso ocorra. Depois ela prosseguiu como se sonhasse, tentando recordar-se:

— Não foi exatamente um sonho, mas pareceu muito real. Queria apenas vir para este lugar, não sei por quê, pois tinha medo de algo, não sei de quê. Recordo-me de ter passado por ruas e atravessado pontes, embora estivesse dormindo. Um peixe pulou enquanto eu caminhava e inclinei-me para olhá-lo; ouvi muitos cachorros uivando (toda a cidade parecia repleta de cães que uivavam ao mesmo tempo) enquanto eu subia as escadas. Depois me recordo vagamente de algo comprido e escuro, com olhos vermelhos, iguais àqueles que vimos à luz do sol poente; em seguida, algo muito terno e muito amargo me envolveu toda. Logo depois, pareceu-me mergulhar profundamente em águas verdes e ouvi cantos em meus ouvidos, como ouço dizer que ocorre com os homens que se afogam; minha alma pareceu sair do corpo e flutuar no espaço. Parece-me recordar de que, em certo momento, a luz do Farol Oeste esteve bem embaixo de mim e que senti então uma espécie de agonia, como se estivesse num terremoto; voltei a mim e encontrei você sacudindo meu corpo. Vi sua ação, antes de ver você.

Ela começou a rir. Aquilo me pareceu um pouco estranho e a ouvi assustada. Não estava apreciando a história e julguei melhor afastá-la do pensamento de Lucy, por isso mudamos de assunto e ela voltou ao seu estado habitual. Quando chegamos à casa, a brisa fresca animara Lucy e suas faces pálidas estavam realmente mais rosadas. A mãe alegrou-se ao vê-la, e todos passamos juntos uma noite muito agradável.

19 de agosto — Houve muita alegria, embora não fosse completa: finalmente recebi notícias de Jonathan! Meu querido esteve muito doente, e esse foi o motivo pelo qual não escreveu. Agora que sei o que aconteceu, não tenho medo de pensar ou de me referir ao fato. O sr. Hawkins enviou-me a carta e escreveu-me ele também; foi realmente muito gentil.

Partirei pela manhã e verei Jonathan: se necessário ajudarei a cuidar dele e o trarei para casa. O sr. Hawkins disse achar que deveríamos casar lá mesmo. Chorei tanto sobre a carta da bondosa freira que ainda a sinto molhada entre meus seios, onde a coloquei. É de Jonathan e deve ficar junto de meu coração, onde meu amado está. Meus planos de viagem estão completos e minha bagagem, pronta. Levarei apenas uma muda de roupa e Lucy enviará minha mala para Londres, onde ficará guardada até minha ordem, pois talvez... Não devo escrever mais porque o segredo terá de ser guardado para ser dito a Jonathan, meu marido. A carta que me enviou e na qual tocou me servirá de consolo até o nosso encontro.

CARTA DA IRMÃ AGATHA, HOSPITAL DE S. JOSÉ E STA. MARIA EM BUDAPESTE, PARA A SRTA. WILHELMINA MURRAY

12 de agosto.

Cara senhorita:
Escrevo a rogo de Jonathan Harker, que ainda não está suficientemente forte para fazê-lo, embora melhore sempre, graças a Deus, a São José e a Santa Maria. Está sob os nossos

cuidados há quase seis semanas, sofrendo de violenta meningite. Pede-me que lhe envie carinhos e também que lhe diga que mandarei junto a esta uma outra carta para o sr. Hawkins em Exeter, afirmando que Jonathan lamenta a demora e que já completou o trabalho. Terá de repousar durante algumas semanas em nosso sanatório nos morros, mas depois irá para casa. Pede-me que lhe diga que não trouxe dinheiro suficiente e que gostaria de pagar sua estada aqui, a fim de que outros necessitados não permaneçam sem auxílio.

Com afeto,
Irmã Agatha

P. S. — Como meu paciente dorme, escrevo novamente para informar algo mais. Ele contou-me tudo a seu respeito e disse que em breve a desposará. Deus abençoe ambos! Ele sofreu algum terrível choque segundo a opinião do médico, e em seu delírio abordou assuntos tenebrosos, como lobos, veneno e sangue, fantasmas e demônios. Disse coisas ainda mais horríveis. Tenha cuidado com ele, pois durante muito tempo não deverá passar por emoções que possam agitá-lo desse modo; os sinais de uma doença como essa não desaparecem facilmente. Devíamos ter escrito há muito tempo, mas nada sabíamos acerca de seus amigos e ele por sua vez nada podia explicar. Chegou no trem vindo de Klausenburg e o chefe da estação disse ao guarda que aquele homem penetrara correndo na estação, dizendo aos gritos que desejava uma passagem para casa. Podendo perceber pela sua violenta conduta que era inglês, deram-lhe uma passagem para a estação mais distante daquele lugar, porém mais próxima ao caminho da Inglaterra.

Pode estar certa de que cuidamos muito bem dele aqui. Conquistou todos os corações com sua ternura e delicadeza. Melhora realmente e tenho certeza de que, daqui a algumas semanas, estará completamente bom. Contudo, cuide bem dele, por precaução. Rezo a Deus, a São José e Santa Maria para que ambos tenham muitos anos felizes pela frente.

RELATOS COTIDIANOS DO DR. SEWARD

19 de agosto — Houve súbita e estranha modificação no estado de Renfield na noite passada. Cerca de oito horas principiou a tornar-se agitado e a farejar como um cachorro que procura o rumo certo. O assistente notou sua conduta e, sabendo que me interesso por ele, encorajou-o a falar. O louco em geral respeita o assistente e é, às vezes, até servil; porém tratou-o com brutalidade naquela noite, segundo me disse o próprio enfermeiro. Não quis de modo algum falar com ele e dizia apenas:

— Não quero conversar com você, pois você não me interessa agora. O mestre está perto.

O assistente julga que o louco apresenta alguma espécie de mania religiosa. Se isso ocorre, devemos ter cuidado, pois um homem forte com mania homicida e religiosa ao mesmo tempo poderá tornar-se perigoso. A combinação é terrível. Às nove horas, eu mesmo o visitei. Tratou-me exatamente como tratara o assistente. Nos seus sentimentos pessoais de grandeza, não pareceu notar diferença entre minha pessoa e a de meu auxiliar. Acho que apresenta mania religiosa e em breve julgará ser o próprio Deus. Assim sendo, as diferenças infinitesimais de um homem para outro homem são por demais medíocres para interessar a um Ser Onipotente. Como esses loucos se traem! Deus se incomoda até com a queda de um pardal, porém, o deus que a vaidade humana cria não vê diferença entre uma águia e um pardal. Oh, se ao menos os homens compreendessem!

Durante meia hora ou mais, Renfield continuou a tornar-se cada vez mais agitado. Fingi não o observar, mas mesmo assim o vigiei durante todo o tempo. Repentinamente, seus olhos apresentaram aquele olhar evasivo que sempre notamos quando um louco concebe uma ideia; e também aqueles movimentos furtivos de cabeça e costas que os guardas do asilo conhecem tão bem. Tornou-se muito quieto e foi sentar-se na beira da cama resignadamente; contemplou o espaço com olhos inexpressivos. Decidi verificar se a sua apatia era real ou apenas fingida e, por isso, tentei fazê-lo falar sobre seus animais de estimação, tema que nunca deixava de lhe despertar a atenção. A princípio não respondeu, mas depois disse de mau humor:

— Não amole! Não me importo com eles!

— O quê? — disse eu. — Quer dizer que não dá importância a aranhas? (Estas constituem agora o seu *hobby*, e o livro de notas está se enchendo de parcelas de pequenos algarismos.) Respondeu de modo enigmático:

— As damas de honra regozijam os olhos de quem espera a noiva, mas, quando esta aparece, as outras perdem o brilho.

Não quis explicar, mas conservou-se sentado obstinadamente em sua cama, durante todo o tempo em que estive com ele.

Estou cansado esta noite e também deprimido. Não posso deixar de pensar em Lucy e em como as coisas poderiam ter sido diferentes. Se eu não conseguir dormir, recorrerei ao cloral, o moderno Morfeu ($C_2HCL_2O - H_2O$). Devo ter cuidado, contudo, para que isso não se torne um hábito. Não, não o tomarei esta noite! Pensei em Lucy e não a desonrarei, misturando os dois elementos. Se for necessário, não dormirei hoje...

Mais tarde — Estou satisfeito porque tomei aquela resolução e ainda mais porque a cumpri. Deitei-me e rolei na cama; ouvira o relógio bater duas vezes quando o vigia noturno me apareceu, dizendo-se enviado pelo assistente e declarando que Renfield fugira. Vesti rapidamente minhas roupas e imediatamente desci correndo; meu paciente é por demais perigoso para andar à solta. Suas ideias podem causar dano a estranhos. O vigia me esperava. Disse que vira o louco há menos de dez minutos, parecendo dormir em sua cama, quando olhara através da abertura de observação da porta. Depois sua atenção fora despertada pelo barulho de uma janela que se abria. Voltara imediatamente, vira os pés do louco desaparecerem pela janela e logo mandara avisar-me. O doente veste apenas roupa de dormir e não pode estar muito distante. O guarda julgou melhor verificar para que direção ele fora, em vez de segui-lo, pois poderíamos perdê-lo de vista enquanto saíssemos do edifício pela porta. O guarda é robusto e não pode passar pela janela. Como sou magro, consegui sair com sua ajuda, pondo os pés à frente; como a janela era baixa, saltei sem machucar-me. O guarda me disse que o doente fora para a esquerda, em linha reta, por isso corri tão rapidamente quanto podia. Quando atravessei o amontoado de árvores, vi uma figura branca subir no muro alto que comunica nossos terrenos com os da casa vazia.

Voltei no mesmo instante, mandei que o guarda arranjasse imediatamente três ou quatro homens e que estes me seguissem aos terrenos de Carfax, caso nosso amigo se mostrasse perigoso. Eu mesmo arranjei uma escada, e, subindo no muro, pulei para o outro lado. Pude ver Renfield justamente quando desaparecia por trás de um dos ângulos da casa; corri atrás dele. Encontrei-o na extremidade da mansão, comprimindo-se contra a porta de ferro e carvalho da capela. Falava, aparentemente, com alguém, mas temi aproximar-me o suficiente para ouvir o que dizia, pois isso talvez o assustasse, fazendo-o fugir. Perseguir um bando errante de abelhas é nada comparado à perseguição de um lunático possuído pelo desejo de fugir! Contudo, após alguns minutos, percebi que ele nada observava ao redor de si, e por isso aventurei uma aproximação, principalmente agora que meus homens haviam pulado o muro e o cercavam. Ouvi-o dizer:

— Obedeço a seu chamado, Mestre. Sou seu escravo e me recompensará, pois lhe serei fiel. Adoro-o de longe e há muito tempo. Agora que está perto, espero suas ordens. Não me desprezará ao distribuir boas recompensas, não é, Mestre querido?

De qualquer forma, ele é um mendigo egoísta. Pensa em vantagens pessoais mesmo quando se crê diante de uma presença sublime. Suas manias se misturam de forma assustadora. Quando nos aproximamos dele, lutou como um tigre. É muitíssimo forte, pois se assemelhava mais a um animal feroz do que a um homem. Nunca vi um lunático em tal paroxismo de raiva; e espero nunca mais ver. Devemos agradecer o fato de termos descoberto a tempo sua força e periculosidade. Com tal energia e resolução, poderia ter causado muitos estragos, antes de ser enclausurado. De qualquer modo, agora está seguro. Nem Sansão conseguiria fugir da camisa de força que o mantém preso e está acorrentado à parede de um quarto reforçado. Seus berros são por vezes horripilantes, mas o silêncio que a eles se segue ainda o é mais, pois cada gesto e movimento seu significa homicídio.

Ainda agora, pronunciou pela primeira vez palavras coerentes:
— Terei paciência, Mestre. Está chegando... chegando... chegando!

Aproveitei a sugestão e vim para cá. Estava inquieto demais para poder dormir, mas este diário me acalmou e dormirei um pouco esta noite.

CAPÍTULO 9

CARTA DE MINA HARKER A LUCY WESTENRA

Budapeste, 24 de agosto.

Querida Lucy:
Sei que deve estar ansiosa para saber tudo o que sucedeu desde que nos separamos na estação ferroviária de Whitby. Minha cara, consegui chegar bem a Hull e tomei o barco para Hamburgo; depois vim de trem até aqui. Acho que mal posso recordar a viagem, pois pensava apenas em ver Jonathan e sabia

que, como talvez tivesse de cuidar dele, seria melhor dormir o mais possível... Encontrei meu querido muito magro, pálido e também muito enfraquecido. A vontade parecia ter desaparecido de seus olhos e toda a aparência de dignidade calma, que eu lhe disse perceber no rosto de Jonathan, desapareceu. Ele é apenas a sombra do que foi e não se lembra de coisa alguma que lhe sucedeu nos últimos tempos. Pelo menos deseja que eu acredite que assim é; por isso, nunca lhe perguntarei sobre esses tempos. Sofreu algum terrível choque e receio que isso lhe perturbe o cérebro, se tentar recordá-lo. A irmã Agatha, que é uma boa criatura e uma enfermeira inata, contou-me que ele falou de coisas tenebrosas enquanto delirava. Eu quis que ela me contasse o que havia sido, mas ela apenas se persignava, dizendo que jamais falaria sobre o assunto; que os desvarios dos doentes constituíam segredos de Deus e que, se uma enfermeira os ouvisse, deveria mostrar-se digna da confiança nela depositada. Ela é boa e terna; no dia seguinte, quando viu que eu estava perturbada, abordou o assunto novamente e, depois de dizer que nunca poderia mencionar o que meu querido declarou durante o delírio, acrescentou:

— Posso dizer-lhe isto, meu bem: não falou sobre nenhum erro que ele próprio cometera, e você, como sua futura esposa, não precisa preocupar-se. Ele não se esqueceu de você, nem do que lhe deve. Tinha medo de coisas grandes e terríveis, que não podem ser abordadas por seres mortais.

Acho que a boa irmã julgou que eu poderia sentir ciúmes se soubesse que meu querido se apaixonara por outra moça. Como se eu pudesse sentir ciúmes de Jonathan! Contudo, minha cara, confesso que senti grande alegria envolver-me quando soube que outra mulher não era a causadora do infortúnio. Estou agora sentada junto ao leito dele, onde posso ver seu rosto enquanto dorme. Está acordando!...

Quando acordou, pediu-me que lhe levasse seu casaco, pois queria apanhar algo no bolso. Falei com a irmã Agatha e ela trouxe todas as coisas dele. Vi que entre elas se encontrava seu livro de notas e ia pedir-lhe que me deixasse vê-lo, pois sabia que lá acharia uma pista para o fato que o perturbara; mas creio que ele leu esse desejo em meus olhos, pois mandou-me até a janela, dizendo que desejava ficar sozinho durante um momento. Depois me chamou de volta e disse com muita seriedade:

— Wilhelmina — soube que ele certamente abordaria um assunto muito sério, pois nunca mais me chamara por esse nome, desde que me pedira em casamento —, minha querida, você já conhece minhas ideias a respeito de marido e mulher; não deve haver segredo entre os dois, nenhum fato oculto. Sofri um grande choque, e quando tento pensar nele sinto a cabeça girar; não sei se foi realidade ou o sonho de um louco. Sabe que tive meningite e que, portanto, estive louco. O segredo está aqui e não quero conhecê-lo. Quero principiar minha vida agora, com nosso casamento. — Cara Lucy, eu e ele decidimos casar-nos assim que os papéis estiverem prontos. — Está disposta, Wilhelmina, a compartilhar minha ignorância? Aqui está o caderno. Leve-o e guarde-o; se quiser poderá lê-lo, mas nunca me fale sobre ele, a não ser que algum dever solene me obrigue a recordar aquelas horas amargas aqui registradas, horas que passei acordado ou dormindo, são ou louco. — Recostou-se exausto e coloquei o caderno embaixo de seu travesseiro, beijando-o em seguida. Pedi à irmã Agatha que implorasse ao superior permissão para nos casarmos esta tarde; espero sua resposta...

Ela regressou e me disse que chamaram o capelão da igreja da missão inglesa. Devemos casar-nos dentro de uma hora ou assim que Jonathan acordar...

Lucy, a hora chegou e passou. Estou muito compenetrada, porém muitíssimo feliz. Jonathan acordou ligeiramente após a hora; tudo estava pronto e ele sentou-se na cama, amparado por travesseiros. Pronunciou o "sim" firme e fortemente. Mal pude falar; estava tão emocionada que até mesmo aquelas palavras não queriam sair. As caras irmãs foram muito bondosas. Se Deus quiser, não as esquecerei nunca e também não olvidarei a grave e doce responsabilidade que assumi. Devo falar-lhe de meu presente de casamento. Quando o capelão e as irmãs me deixaram sozinha com meu marido — oh, Lucy, é a primeira vez que escrevo as palavras "meu marido"—, bem, quando isso ocorreu, apanhei o caderno embaixo do travesseiro dele, embrulhei-o em papel branco, amarrei-o com uma pequena fita azul-clara que estava ao redor de meu pescoço e lacrei o nó, colocando a marca de meu anel de casamento sobre ele. Depois beijei aquilo e mostrei-o a meu marido, dizendo-lhe que conservaria o caderno assim, e que ele constituiria um sinal visível e externo para nós, durante toda a vida, significativo de que confiávamos um no outro. Disse também que jamais abriria o lacre, a não ser que o bem dele ou algum sério dever o tornasse necessário. Então ele colocou minha mão na dele e, oh, Lucy, foi a primeira vez que segurou a mão da esposa; disse que minha mão era a coisa mais querida do mundo e que, se fosse necessário, viveria todo o passado novamente para conquistá-la. O pobre coitado quis, com certeza, referir-se a uma parte do passado, porém ainda não pode pensar em tempo e não me admirarei se ele, às vezes, confundir não só o mês, mas também o ano.

Bem, minha cara, o que lhe poderia eu responder? Disse-lhe apenas que era a mulher mais feliz do mundo e que nada tinha a dar-lhe, a não ser minha vida e minha confiança, meu amor e o sentimento do dever, durante o resto de minha existência. Minha cara, quando ele me beijou e me aproximou de si com suas mãos fracas, foi como se realizássemos um juramento solene entre nós...

Amiga Lucy, sabe por que lhe digo isso? Não apenas porque encaro estas recordações com alegria, mas também porque gosto muito de você, e sempre gostei. Tive o privilégio de ser sua amiga e guia quando saiu da escola e se preparou para a

vida. Quero que veja agora, e com os olhos de uma esposa muito feliz, onde o dever me levou, para que em sua vida de casada possa ser tão feliz quanto eu. Minha cara, queira Deus que sua vida seja repleta de felicidade: um caminho cheio de flores, sem momentos desagradáveis, sem o dever de esquecer algo, sem desconfianças. Não posso dizer que espero que a dor nunca a atinja — isso não poderá ocorrer; mas tenho esperanças de que você seja sempre tão feliz quanto eu o sou agora. Adeus, querida. Colocarei imediatamente esta carta no correio e talvez lhe escreva outra muito em breve. Tenho de parar, pois Jonathan acorda e preciso cuidar do meu marido!
Da sempre sua,

Mina Harker

CARTA DE LUCY WESTENRA PARA MINA HARKER

Whitby, 30 de agosto.

Cara Mina:
Envio-lhe milhões de beijos e espero que volte logo para casa com seu marido. Desejaria que você pudesse regressar depressa e ficasse conosco. O bom clima em breve restabeleceria Jonathan; eu mesma já estou quase boa. Tenho um apetite de gigante, estou cheia de vida e durmo bem. Você se alegrará ao saber que praticamente já deixei de caminhar durante o sono. Acho que há uma semana não saio da cama durante a noite. Arthur até diz que estou ficando gorda; por falar nisso, esqueci-me de dizer-lhe que ele está aqui. Passeamos muito a pé e de carruagem, remamos, jogamos tênis e pescamos juntos; amo-o mais do que nunca. Ele me diz que seu amor supera o meu, mas duvido, pois a princípio me disse que não poderia

amar-me mais do que já me amava. Mas isto é bobagem. Ele me chama, por isso, aqui termina a carta da amiga que lhe quer,

Lucy

P. S. — Mamãe lhe envia recomendações. Ela parece estar melhor, coitada.
P. P. S. — Eu e Arthur casar-nos-emos no dia 28 de setembro.

RELATO COTIDIANO DO DR. SEWARD

20 de agosto — O caso de Renfield se torna ainda mais interessante. Ele se acalmou tanto que há momentos em que sua obsessão passa. Durante a primeira semana após seu ataque mostrou-se incessantemente violento. Depois, certa noite, justamente quando a lua subia, acalmou-se e repetiu inúmeras vezes para si mesmo: "Agora posso esperar, posso esperar". O guarda veio avisar-me, por isso corri imediatamente para vê-lo. Ainda se encontrava na camisa de força, no aposento reforçado, mas seu rosto não demonstrava fúria e seus olhos haviam readquirido a antiga expressão súplice, posso dizer "quase servil". Mostrei-me satisfeito com sua condição atual e ordenei que o soltassem. Os guardas hesitaram, mas finalmente cumpriram meu pedido sem protestos. Era estranho que o doente tivesse suficiente senso de humor para perceber a desconfiança deles, pois, aproximando-se de mim, disse num sussurro e olhando-os furtivamente:

— Julgam que posso machucá-lo! Imagine só; *eu* machucar o *senhor*! Que tolos!

Contudo, era-me confortador verificar que até mesmo a mente daquele pobre louco conseguia ver a diferença entre os outros e eu; mas, mesmo assim, não captei bem seu raciocínio. Presumo que ele acha que nós dois temos algo em comum, de modo que somos obrigados a ficar lado a lado; ou julga que eu lhe proporcionarei algum lucro tão estupendo que meu bem-estar lhe é necessário? Devo descobrir isso mais tarde. Hoje à noite não falará. Nem mesmo a oferta de um gatinho ou de um gato crescido o tentará. Dirá apenas: "Não coleciono gatos e tenho coisas mais importantes em que pensar agora. Posso esperar, posso esperar".

Depois de algum tempo, deixei-o. O guarda disse-me que o doente ficou sossegado até pouco antes da madrugada, mas depois principiou a tornar-se inquieto, violento e, finalmente, caiu em tal paroxismo que se tornou exausto e entrou numa espécie de coma.

... Nas três últimas noites, a mesma coisa sucedeu: mostrou-se violento durante o dia inteiro e depois ficou calmo desde o nascer da lua, até o nascer do sol. Quisera ter alguma pista quanto à causa disso. Parece haver algo que o influencia, indo e vindo. Feliz ideia! Hoje à noite, jogaremos o jogo das mentes sãs contra as loucas. Antes, ele fugiu sem a nossa ajuda, hoje à noite fugirá com ela. Dar-lhe-emos uma oportunidade e manteremos os homens prontos para segui-lo, caso haja necessidade...

23 de agosto — "O inesperado sempre acontece." Disraeli, autor dessas palavras, conhecia bem a vida. Nosso pássaro, ao ver a gaiola aberta esta noite, não quis fugir; todos os nossos sutis arranjos foram inúteis. Pelo menos, provamos uma coisa: os períodos de calma duram um tempo razoável. Poderemos, no futuro, aliviar-lhe o cativeiro durante algumas horas por dia. Dei ordens ao funcionário do turno da noite para que apenas o fechasse no quarto reforçado até uma hora antes do nascer do sol, nos períodos em que estivesse calmo. A alma do pobre coitado gozará do alívio, ainda que sua mente não possa apreciá-lo. Céus! O inesperado novamente! Chamam-me, o paciente fugiu mais uma vez.

Mais tarde — Outra aventura noturna. Habilmente, Renfield esperou que o guarda entrasse no quarto para inspecioná-lo. Em seguida, passou correndo por ele e atravessou com a máxima velocidade o corredor. Mais uma vez, foi ao terreno da casa deserta e o encontramos no mesmo lugar, comprimindo-se contra a porta da velha capela. Quando me viu ficou furioso e, se os guardas não o pegassem a tempo, teria tentado matar-me. Enquanto o segurávamos, algo estranho aconteceu. Repentinamente redobrou sua força e depois súbito se tornou calmo. Olhei ao meu redor instintivamente, mas nada vi. Então segui os olhos do doente, nada notando enquanto eles contemplavam o céu enluarado; avistei apenas um grande morcego que voava fantasmagórica e silenciosamente para o oeste. Os morcegos em geral fazem curvas, mas este pareceu ir em direção reta, como se soubesse para onde ir e como se tivesse vontade própria. O paciente se tornou cada vez mais calmo e em seguida disse:

— Não precisam amarrar-me; obedecerei. — Sem maiores dificuldades, voltamos. Acho que há algo agourento em sua calma e jamais esquecerei esta noite...

DIÁRIO DE LUCY WESTENRA

Hillingham, 24 de agosto — Preciso imitar Mina e anotar tudo. Poderemos então conversar muito, quando nos encontrarmos. Não sei quando isso ocorrerá. Quisera tê-la aqui comigo, pois me sinto muito infeliz. Na noite passada pareceu-me sonhar novamente, como em Whitby. Talvez a causa seja a mudança de ar ou o retorno ao lar. Tudo é escuro e terrível para mim, pois de nada me recordo; porém sinto um medo vago e estou muito fraca e cansada. Quando Arthur veio almoçar, mostrou-se triste ao ver-me e não tive coragem de parecer alegre. Desejaria poder dormir no quarto de mamãe esta noite. Arranjarei uma desculpa e tentarei.

25 de agosto — Outra noite má. Mamãe não pareceu gostar de minha proposta. Ela também não está com boa aparência e, sem dúvida, teme preocupar-me. Tentei ficar acordada e o consegui durante algum tempo; mas quando o relógio bateu doze horas acordei, percebendo que dormira. Alguém parecia arranhar e bater as asas em minha janela, mas não dei importância àquilo; como de nada mais me lembro, acredito que devo ter dormido. Mais pesadelos. Quisera poder recordá-los. Esta manhã, sinto-me terrivelmente fraca. Meu rosto está cadavericamente pálido e minha garganta dói. Acho que estou doente dos pulmões, pois sinto falta de ar. Tentarei mostrar-me animada quando Arthur chegar, pois sei que ele se sentirá muito triste por me ver assim.

CARTA DE ARTHUR HOLMWOOD AO DR. SEWARD

Hotel Albermale, 31 de agosto.

Caro Jack:

Quero que me faça um favor. Lucy está doente; isto é, não apresenta nenhuma moléstia caracterizada, mas tem a aparência doentia e piora dia a dia. Perguntei-lhe se existe algum motivo para isso; não ouso interrogar a mãe porque perturbar a mente da pobre senhora, fazendo-a preocupar-se com a filha, seria fatal em seu estado de saúde. A sra. Westenra me disse confidencialmente que já conhece o seu destino (está doente do coração), embora Lucy não o saiba. Tenho certeza de que algo aflige a mente de minha querida. Sinto-me quase louco ao pensar nela e fico angustiado ao contemplá-la. Disse-lhe que pediria a você que a examinasse e ela hesitou a princípio (sei por quê, velho companheiro), mas finalmente concordou. Sei que lhe será um encargo penoso, amigo, porém, como é para o bem dela, não devo hesitar em pedir, nem você em agir. Venha almoçar em Hillingham amanhã, às duas horas, a fim de não despertar as suspeitas da sra. Westenra; depois da refeição, Lucy aproveitará a oportunidade de ficar a sós com você. Aparecerei para o chá e poderemos partir juntos; estou muito aflito e desejo consultá-lo a sós, logo após o exame. Não deixe de vir!

Arthur

TELEGRAMA DE ARTHUR HOLMWOOD AO DR. SEWARD

1º de setembro.

Fui chamado para ver meu pai, que piorou. Enviarei carta. Escreva-me detalhadamente e envie tudo hoje à noite para Ring. Telegrafe-me, se necessário.

CARTA DO DR. SEWARD A ARTHUR HOLMWOOD

2 de setembro.

Caro amigo:
Com respeito à saúde da srta. Westenra, apresso-me a dizer-lhe que, em minha opinião, não há distúrbio funcional nem moléstia conhecida por mim. Porém, ao mesmo tempo, não estou nada satisfeito com a sua aparência; está totalmente diferente do que quando a vi pela última vez. Você deve, contudo, notar que não me foi possível examiná-la muito detalhadamente; nossa amizade criava uma dificuldade que nem a

ciência médica ou os costumes podiam transpor. Será melhor dizer-lhe exatamente o que ocorreu, permitindo-lhe tirar suas próprias conclusões, dentro de certos limites. Narrar-lhe-ei, portanto, o que fiz e o que pretendo fazer.

Encontrei a srta. Westenra aparentemente alegre. Sua mãe estava presente e, após alguns segundos, percebi que a moça se esforçava o mais possível para iludir a mãe e impedir que esta se preocupasse. Não tenho dúvidas de que ela adivinha, se é que não sabe, quanta cautela é necessária. Almoçamos juntos e, como todos nos esforçamos para demonstrar alegria, recebemos certa recompensa e alguma felicidade real surgiu entre nós. Em seguida, a sra. Westenra foi deitar-se e Lucy ficou comigo. Fomos ao seu vestiário e, até chegarmos lá, ela permaneceu contente, pois os criados iam e vinham. Contudo, logo que a porta se fechou, a máscara caiu de seu rosto e ela afundou numa cadeira com um grande suspiro, escondendo os olhos com as mãos. Quando vi seu desânimo, imediatamente aproveitei aquela reação para um diagnóstico. Ela me disse muito ternamente:

— Detesto falar sobre mim mesma!

Recordei-lhe que o juramento de um médico não permitia que as confidências a ele feitas fossem reveladas, mas declarei-lhe que você estava terrivelmente aflito por causa dela. Imediatamente percebeu o que eu queria dizer e esclareceu-o com palavras:

— Diga a Arthur o que quiser. Não dou importância a mim mesma, mas ele é tudo para mim na vida! — Assim, concedeu-me liberdade para falar.

Verifiquei logo que está com pouco sangue, mas não encontrei os sintomas típicos de anemia; casualmente, pude examinar a qualidade de seu sangue, pois, ao abrir uma janela endurecida, um estilete cedeu, e ela cortou ligeiramente a mão com o vidro partido. Foi um fato insignificante, mas permitiu-me guardar algumas gotas de sangue que mandei analisar. A análise qualitativa demonstrou normalidade e até mesmo bom estado de saúde. Também quanto a outros fatores físicos, estou muito satisfeito porque não há necessidade de apreensões. Contudo, tem de existir alguma causa em algum lugar, e julgo que deve ser mental. Ela se queixa de falta de ar em determinadas ocasiões e de sono letárgico e pesado, com sonhos que a assustam, mas dos quais não pode recordar-se. Diz que era sonâmbula quando criança e que em Whitby esse hábito ressurgiu; contou que certa noite levantou-se e foi para o Penhasco Leste, onde a srta. Murray a encontrou; porém assegura-me que ultimamente não tem tido esse hábito. Tenho certas dúvidas e por isso resolvi fazer o que melhor me pareceu: escrevi ao meu velho amigo e mestre, o professor Van Helsing, de Amsterdã, que muito sabe acerca de doenças obscuras. Pedi-lhe que viesse para cá e, como você declarou que pagaria tudo, falei-lhe acerca de sua pessoa, assim como de suas relações com a srta. Westenra. Fiz isso, camarada, de acordo com seus desejos, pois me sinto orgulhoso e feliz em poder fazer por ela tudo o que me for possível. Sei que Van Helsing, por motivos pessoais, fará qualquer coisa por mim; devemos portanto aceitar os desejos dele, venha em que termos vier. Aparentemente, parece ser um homem despótico, mas isso ocorre porque sabe o que diz, mais do que qualquer outro. É um filósofo e um metafísico, assim como um dos mais avançados cientistas de sua época; segundo creio, é também muito compreensivo.

Isso, aliado a nervos de aço, sangue-frio, vontade indomável, domínio próprio, tolerância repleta de virtudes e bênçãos e o coração mais bondoso e fiel que já existiu. Esses são os elementos de que dispõe para o nobre trabalho que realiza em benefício da humanidade; trabalha com essas qualidades, tanto prática quanto teoricamente, pois seus pontos de vista são tão amplos quanto sua simpatia que a tudo envolve. Disse-lhe esses fatos para que saiba por que confio tanto nele. Pedi-lhe que viesse imediatamente. Visitarei a srta. Westenra amanhã, mais uma vez. Ela se encontrará comigo em Stores, a fim de não alarmar sua mãe com minhas tão repetidas visitas.

Sempre seu,

John Seward

CARTA DE ABRAHAM VAN HELSING, MÉDICO, DOUTOR EM FILOSOFIA, ETC., AO DR. SEWARD

2 de setembro.

Meu bom amigo:
Recebi sua carta e já parto para vê-lo. Felizmente, poderei ir agora, sem causar dano àqueles que em mim confiam. Se a ocasião fosse outra, isso seria mau para aqueles que depositam fé em mim, pois atendo a meu amigo quando me chama para ajudar àqueles que lhe são caros. Diga a seu amigo que, quando você sugou rapidamente de meu ferimento o veneno da gangrena produzida por aquela faca que o nosso outro amigo, nervoso demais, deixou cair, fez mais bem ao seu amigo que agora pede a minha ajuda do que todo o dinheiro dele poderia fazer. Mas servi-lo é um prazer redobrado, já que ele é seu amigo. Por favor, faça que possamos ver a jovem amanhã, não tarde demais, pois talvez eu tenha de voltar para cá amanhã mesmo, à noite. Porém, se necessário for, irei novamente após três dias e ficarei mais tempo. Até essa ocasião, amigo John,

Van Helsing

CARTA DO DR. SEWARD
AO ILUSTRE ARTHUR HOLMWOOD

3 de setembro.

Caro Art:
Van Helsing já veio e já voltou. Veio comigo para Hillingham e descobrimos que, graças às providências de Lucy, a mãe dela almoçou fora e ficamos a sós com a moça. Van Helsing a examinou minuciosamente. Comentará o caso comigo e darei conselhos a você, pois não assisti a todo o exame. Receio que ele esteja preocupado, mas disse que pensará. Quando lhe falei sobre nossa amizade e sobre a confiança que você depositou em mim, declarou:
— Diga a ele tudo o que você mesmo pensa. Diga-lhe também o que penso, se puder adivinhar e se desejar. Não estou brincando, pois trata-se de um caso de vida ou morte, talvez até de algo mais.
Perguntei-lhe o que queria dizer com isso, pois estava muito sério. Esses momentos se passaram quando já havíamos regressado à cidade e ele tomava uma xícara de chá, antes de retornar a Amsterdã. Nada mais me disse. Não deve zangar-se comigo, Art, pois a discrição dele significa que todo o seu cérebro trabalha para o bem dela. Esteja certo de que ele falará com clareza, quando chegar a hora. Por isso, lhe contei que comunicaria a você apenas o relato de nossa visita, como se eu escrevesse um artigo especial para o jornal. Não deu atenção às minhas palavras, mas observou que a fuligem em Londres não estava tão intensa quanto na época em que era estudante, aqui. Receberei o relatório dele amanhã, se for possível. De qualquer modo, enviar-me-á uma carta.
Quanto à visita que fizemos a Lucy, a moça estava mais alegre do que no primeiro dia em que a vi, e sua aparência também era melhor. Perdera um pouco a palidez terrível que

tanto o perturbou e sua respiração apresentou-se normal. Foi muito meiga para com o professor (como sempre é) e tentou pô-lo à vontade, embora eu pudesse perceber que era com muito esforço que assim procedia. Creio que Van Helsing notou o que ocorria, pois reconheci um rápido movimento de suas espessas sobrancelhas, que há muito me era familiar. Em seguida, principiou a falar de tudo, com exceção de nós mesmos e de doenças; houve-se com tamanha habilidade que vi a fingida animação de Lucy transformar-se em realidade. Depois, sem nenhuma modificação visível, levou suavemente a conversa para o motivo de sua visita, dizendo gentilmente:

— Cara mocinha, tenho o grande prazer de conhecê-la, devido àqueles que muito a amam. E isso teria sido suficiente, minha filha, ainda que não estivesse doente. Disseram-me que estava desanimada e terrivelmente pálida. Eu poderia dizer-lhes: "Qual nada!" — Estalou os dedos para mim e prosseguiu: — Mas eu e você mostraremos a eles o quanto estão errados. Como pode o dr. Seward saber alguma coisa a respeito de jovens? — Apontou para mim com o mesmo olhar e expressão que apresentara ao apontar para mim em sua aula, quando ocorreu um certo caso particular que nunca deixa de recordar-me. — Ele tem os loucos para diverti-lo e deve proporcionar-lhes a felicidade de devolvê-los aos que os amam. Há muito que fazer e nos sentimos recompensados pela felicidade que proporcionamos. Mas as jovens! Ele não tem mulher nem filha e as jovens não fazem confidências aos jovens, mas aos velhos como eu, que conhecem muitas tristezas e suas causas. Portanto, minha cara, nós o mandaremos fumar no jardim enquanto conversamos particularmente. — Entendi a insinuação e saí; depois o professor foi à janela e mandou-me entrar. Contemplou-me com seriedade, porém me disse: — Examinei cuidadosamente, mas não há causa funcional. Concordo com sua opinião de que muito sangue se perdeu; isso ocorreu, mas não ocorre. Entretanto, ela não está de nenhum modo anêmica. Pedi-lhe que me permitisse falar com sua aia, pois desejo formular-lhe uma pergunta ou duas, a fim de nada deixar escapar. Já sei o que ela responderá. E, contudo, há uma causa, pois existe causa para tudo. Voltarei para casa e pensarei. Telegrafe-me todos os dias e, se houver motivo, regressarei. A moléstia (pois quando nem tudo está bem há moléstia) me interessa, assim como a terna jovem. Ela me encanta e, ainda que não houvesse doença nem a sua amizade, viria por ela.

Como já lhe declarei, ele não disse mais palavras, nem quando ficamos a sós. Agora sabe de tudo, Art. Vigiarei com o máximo cuidado. Espero que seu pai esteja melhor. Deve ser horrível para você, caro camarada, ver doentes duas pessoas que tanto ama. Sei que o dever o prende ao pai, e age com razão ao permanecer aí. Se for necessário, eu o chamarei imediatamente para o lado de Lucy, por isso não se preocupe demais, a não ser que receba aviso meu.

RELATO COTIDIANO DO DR. SEWARD

4 de setembro — O paciente zoófago continua ainda a despertar meu interesse. Teve apenas um ataque, ontem, em hora fora do comum. Pouco antes do meio-dia, principiou a tornar-se inquieto. O enfermeiro conhece os sintomas e imediatamente pediu ajuda. Felizmente esta chegou a tempo, pois quando o relógio bateu meio-dia, o doente tornou-se tão nervoso que os homens tiveram de empregar toda a força para detê-lo. Depois de cerca de cinco minutos, contudo, acalmou-se cada vez mais e uma espécie de melancolia o invadiu; permaneceu nesse estado até agora. O enfermeiro relatou-me que seus gritos durante a crise foram realmente apavorantes; tive muito serviço quando entrei, atendendo os outros pacientes que ele assustara com seus berros. Pude muito bem compreender o sucedido, pois eu próprio me senti perturbado com o som, embora estivesse a certa distância. A hora do jantar dos doentes já passou e meu paciente ainda se senta num canto, sorumbático, com uma expressão abatida e magoada que parece sugerir mais do que demonstrar algo diretamente. Não compreendo bem.

Mais tarde — Outra mudança apresentou o paciente. Às cinco horas procurei-o e o encontrei tão feliz e satisfeito como antigamente. Agarrava moscas para comê-las e anotava sua captura com marcas de unha na extremidade da porta, entre os encaixes de madeira. Quando me viu, aproximou-se, pedindo desculpas por seu mau comportamento; implorou-me muito humildemente que o levasse para o seu próprio quarto e para que lhe desse novamente seu caderno de apontamentos. Achei melhor satisfazê-lo: está novamente em seu quarto, e a janela se encontra aberta. Espalhou o açúcar de seu chá no peitoril da janela e está obtendo boa coleta de moscas. Agora já não as come, mas coloca-as numa caixa, como antigamente, e já examina os cantos do aposento, a fim de encontrar uma aranha. Tentei obrigá-lo a falar sobre os últimos dias, pois qualquer pista para os seus pensamentos constituiria grande ajuda para mim; porém não falou. Durante um minuto ou dois quedou-se muito triste e disse com voz distante, como se falasse mais para si mesmo do que para mim:

— Tudo terminou! Tudo terminou! Ele me abandonou. Só há uma esperança para mim: agir sozinho! — Em seguida, voltando-se repentina e resolutamente para mim, afirmou: — Doutor, seja bonzinho e veja se pode fornecer-me um pouco mais de açúcar. Creio que isso me faria bem.

— E as moscas? — perguntei.

— Sim, as moscas gostam de açúcar e eu gosto das moscas; portanto, também gosto de açúcar. — E ainda há pessoas tão ignorantes que não sabem que os loucos discutem bem. Dei-lhe uma ração dupla e deixei-o felicíssimo. Quisera compreender sua mente.

Meia-noite — Outra modificação. Eu fora ver a srta. Westenra, que encontrei muito melhor; acabara de retornar e estava em pé junto ao portão do hospício, contemplando o pôr do sol, quando mais uma vez ouvi o louco berrar. Como seu quarto fica neste lado do prédio, ouvi-o melhor do que de manhã. Senti um choque ao desviar-me da maravilhosa beleza nublada de um pôr do sol sobre Londres, repleto de suaves luzes e escuras sombras, assim como de todas as cores estonteantes que surgem nas nuvens turvas, e ao voltar-me para a sombria frieza de meu próprio edifício de pedra, exalando miséria humana; tenho apenas meu coração desolado para suportar tudo isso. Aproximei-me do doente quando o sol descia, e de sua janela vi o disco vermelho mergulhar. Enquanto o astro-rei desaparecia, o louco se tornava cada vez menos exaltado e, quando o sol sumiu completamente, o homem escorregou das mãos que o seguravam e caiu ao chão inerme. Contudo, é assombroso o poder intelectual recuperativo dos lunáticos; após poucos minutos ele se levantou muito calmo, olhando ao redor de si. Fiz sinal para que os enfermeiros não o segurassem, pois estava ansioso para ver o que ele faria. Foi diretamente para a janela e limpou-a, retirando os torrões de açúcar; depois apanhou a caixa de moscas e esvaziou-a, jogando-a fora em seguida. Fechou a janela e, atravessando o aposento, sentou-se na cama. Tudo isso me surpreendeu e perguntei-lhe:

— Não quer mais conservar moscas?

— Não — disse ele. — Cansei-me dessas bobagens! — Na realidade, ele constitui um interessante estudo. Quisera poder compreender algo de sua mente ou da causa da súbita mudança. Mas, afinal, talvez descubramos uma pista se soubermos por que hoje sua crise ocorreu ao meio-dia e ao pôr do sol. Será que o sol em determinados períodos exerce uma influência maligna sobre certos temperamentos, como sucede com a lua? Veremos.

TRÊS TELEGRAMAS DO DR. SEWARD, DE LONDRES, PARA VAN HELSING, EM AMSTERDÃ

4 de setembro — Doente muito melhor hoje.

5 de setembro — Doente muito melhor. Bom apetite, bom sono, bom humor. Cores voltam.

6 de setembro — Terrível mudança para pior. Venha imediatamente; não perca uma hora. Só telegrafarei para Holmwood depois que você a examinar.

CAPÍTULO 10

CARTA DO DR. SEWARD AO ILUSTRE ARTHUR HOLMWOOD

6 de setembro.

Caro Art:
    As notícias hoje não são muito boas. Lucy piorou um pouco esta manhã. Contudo, algo de bom surgiu daí: a sra. Westenra mostrou-se preocupada com Lucy, como era de esperar, e consultou-me profissionalmente sobre o caso. Aproveitei a oportunidade e disse-lhe que meu antigo mestre, Van Helsing, o grande especialista, passaria algum tempo comigo, e que eu colocaria a moça, assim como a minha própria pessoa, sob os cuidados dele. Agora poderemos ir e vir sem alarmá-la indevidamente, o que poderia provocar sua morte repentina, fato que talvez fosse desastroso para Lucy, devido a sua fraqueza. As dificuldades nos cercam, a todos nós, meu pobre amigo; mas, se Deus quiser, serão ultrapassadas. Escreverei se necessário, mas,

se não receber palavras minhas, considere que estou apenas à espera de notícias para dar-lhe. Despeço-me apressadamente.

Sempre seu,

John Seward

RELATO COTIDIANO DO DR. SEWARD

7 de setembro — As primeiras palavras de Van Helsing, a mim dirigidas, quando nos encontramos na rua Liverpool, foram:

— Contou algo a nosso amigo, namorado da moça?

— Não — respondi. — Esperei para vê-lo, como disse no telegrama. Escrevi-lhe uma carta, declarando simplesmente que você viria, pois a srta. Westenra estava um pouco pior. Afirmei que mandaria avisá-lo se necessário.

— Bem, meu amigo — disse ele —, muito bem! É preferível que o namorado não saiba já; talvez que não saiba nunca. Ah, amigo John, permita-me adverti-lo. Você lida com os loucos, e todos os homens têm algo de louco; assim como cuida secretamente de seus alienados, cuide também com discrição dos outros alienados de Deus: o resto da humanidade. Você não conta a seus loucos o que faz, nem por que o faz; não lhes conta o que pensa. Guarde portanto a sabedoria em seu devido lugar, e deixe-a descansar lá, onde poderá medrar e florescer. Eu e você conservaremos o que sabemos aqui, e aqui. — Tocou-me o coração e a testa, fazendo o mesmo consigo. — Atualmente, tenho minhas próprias ideias. Mais tarde lhe explicarei.

— Por que não agora? — perguntei. — Talvez seja bom falar já, pois podemos chegar a alguma conclusão.

Contemplou-me e disse:

— Amigo John, quando o milho cresce, mesmo antes de amadurecer, quando ainda contém os elementos nutritivos da mãe-terra e o sol ainda não principiou a torná-lo dourado, o agricultor puxa a espiga e esfrega-a em suas mãos ásperas; afasta o refugo verde e lhe diz: "Olhe! Este milho é bom. Dará boa colheita quando chegar a hora".

Não percebi que relação existia entre essa história e o nosso caso. Em resposta, puxou-me galhofeiramente a orelha, como costumava fazer há muitos anos em suas aulas, e disse:

— O bom agricultor só fala assim naquela ocasião porque sabe, não fala antes. Mas nunca encontramos um bom agricultor cavando o lugar em que plantou, para ver se o milho está crescendo; assim agem apenas as crianças que brincam de agricultura e não aqueles que fazem dela o trabalho de sua vida. Vê agora, amigo John? Plantei meu milho e a natureza terá o trabalho de fazê-lo crescer; se isso acontecer, poderei ter esperanças e aguardarei para ver a espiga principiar a desenvolver-se. — Parou, pois evidentemente percebeu que eu compreendera. Depois prosseguiu com seriedade:

— Você sempre foi um estudante cuidadoso e seu caderno de observações médicas esteve sempre mais cheio que o dos outros. Mas você era apenas estudante naquela época, agora é mestre e estimo que aquele bom hábito não haja passado. Recorde-se, meu amigo, de que o conhecimento é mais forte que a memória e de que devemos confiar no mais forte. Ainda que você não tivesse conservado a boa prática, permita-me dizer-lhe que o caso de nossa cara senhorita talvez possa ser tão importante para nós e para os outros que todos os demais casos pareçam migalhas quando comparados a esse. Portanto, anote-o bem. Nada é por demais insignificante. Aconselho-o a gravar até mesmo suas dúvidas e suposições. Daqui por diante, ser-lhe-á interessante verificar até se adivinha os fatos corretamente. É o fracasso que nos ensina, não o sucesso!

Quando descrevi os sintomas de Lucy (que eram os mesmos, porém mais intensos), o professor ficou sério, mas nada disse. Apanhou a mala em que levava muitos instrumentos e remédios, "a apavorante parafernália de nossa útil profissão", como ele denominou o equipamento de um professor da arte de curar, em uma de suas aulas. Quando entramos, encontramos a sra. Westenra. Estava alarmada, mas não tanto quanto eu esperava. A natureza, num de seus momentos de condescendência, dispôs as coisas de tal modo que até mesmo a morte tem um antídoto para os seus próprios terrores. Aqui, num caso em que qualquer choque pode ser fatal, os fatos se ordenam de tal forma que, por algum motivo, as coisas que não dizem respeito à sua própria pessoa (até mesmo a terrível modificação da filha que ela adora) não parecem atingi-la. É como se a mãe-natureza colocasse, ao redor de um corpo estranho, um invólucro de material insensível, capaz de proteger o indivíduo do mal que de outro modo o perturbaria. Se isso constitui um egoísmo ordenado, devemos parar antes de atribuir a alguém o vício do egoísmo, porque para a sua causa podem existir raízes mais profundas do que conhecemos.

    Aproveitei-me do conhecimento dessa fase da patologia espiritual e estabeleci a norma de que a mãe só deveria permanecer com Lucy e pensar em sua doença o tempo que fosse absolutamente necessário. Consentiu prontamente, tão prontamente que aí vi mais uma vez a mão da natureza lutando pela vida. Van Helsing e eu fomos ao quarto de Lucy. Ficara chocado ao vê-la no dia anterior, mas mais horrorizado fiquei ao contemplá-la naquele mesmo dia. Estava assustadoramente, cadavericamente pálida; o vermelho parecia haver desaparecido de seus lábios e gengivas, os ossos de seu rosto se salientavam e era desagradável vê-la respirar. O rosto de Van Helsing tornou-se duro como o mármore e suas sobrancelhas quase se uniram sobre o nariz. Lucy permaneceu imóvel; como não parecia ter forças para falar, ficamos em silêncio durante algum tempo. Em seguida, Van Helsing chamou-me e saímos do quarto. Assim que fechamos a porta, entrou rapidamente em outro aposento aberto. Puxou-me apressadamente e fechou a porta.

— Meu Deus! — disse ele. — É horrível. Não temos tempo a perder. Ela morrerá simplesmente por lhe faltar o sangue necessário para manter as batidas do coração. Temos de realizar imediatamente uma transfusão de sangue. Do meu ou do seu?

— Sou mais jovem e forte, professor. Tem de ser do meu.

— Então se prepare imediatamente. Apanharei minha mala. Já estou pronto.

Desci com ele e, enquanto caminhávamos, bateram na porta de saída. A empregada acabara de abri-la quando chegamos ao vestíbulo; Arthur entrava. Aproximou-se rapidamente de mim e disse num sussurro ansioso:

— Jack, estive muito preocupado. Percebi as entrelinhas de sua carta e fiquei agoniado. Papai melhorou e por isso vim para cá ver com meus olhos o que se passa. Este cavalheiro não é o dr. Van Helsing? Agradeço-lhe muitíssimo, senhor, pelo fato de ter vindo.

Quando os olhos do professor o viram pela primeira vez, mostraram-se zangados com a interrupção sofrida naquele momento; agora, porém, quando viu a robustez do jovem e a masculinidade que dele emanava, seus olhos brilharam. Sem parar, estendeu a mão ao moço e lhe disse:

— Senhor, chegou a tempo. É o namorado de nossa querida senhorita. Ela está muito mal. Ora, meu filho, não desanime assim. — O rapaz se tornara subitamente pálido e sentou-se em uma cadeira, quase desmaiando. — Você a ajudará. Poderá fazer mais do que todos os outros, e sua coragem será a sua melhor ajudante.

— O que posso fazer? — perguntou Arthur asperamente. — Diga-me e eu o farei. Ela é toda a minha vida e por ela daria até a última gota de meu sangue.

O professor tem muito senso de humor e, como o conheço há muito, pude verificar que este aspecto de seu temperamento influiu em sua resposta:

— Jovem, não peço tanto assim... a última gota não é necessária.

— O que devo fazer? — Havia fogo nos olhos do jovem e suas narinas abertas tremiam de resolução. Van Helsing deu-lhe uma pancadinha no ombro.

— Venha! — disse. — Você é um homem e é o homem que desejamos. É melhor do que eu e meu amigo John.

Arthur estava perplexo e o professor prosseguiu, explicando delicadamente:

— A jovem está mal, muito mal. Necessita de sangue e, se não o tiver, morrerá. Meu amigo John e eu trocamos opiniões e estamos prestes a realizar uma transfusão de sangue: o líquido passará das veias cheias de um indivíduo para as vazias de outro que definha. John daria o seu sangue, pois é mais jovem e forte do que eu. — Arthur naquele momento sacudiu fortemente minha mão, em silêncio. — Mas agora você está aqui e é melhor do que nós, velhos ou jovens, mas que labutamos no campo dos pensamentos. Nossos nervos não são tão calmos e nosso sangue não é tão vivo quanto o seu!

Arthur voltou-se para ele e disse:

— O senhor compreenderia, se soubesse como me sentiria satisfeito em morrer por ela... — Parou, com uma espécie de soluço.

— Bom rapaz! — exclamou Van Helsing. — Daqui a pouco tempo sentir-se-á feliz por saber que fez tudo por sua amada. Agora venha em silêncio. Beije-a antes da transfusão e depois se retire; deverá sair quando eu o avisar. Nada diga à mãe; sabe o que se passa com ela! Não pode receber choques e teria um se soubesse o que ocorre. Venha!

Todos subimos ao quarto de Lucy. Atendendo à recomendação do médico, Arthur ficou do lado de fora. Lucy voltou a cabeça e olhou-nos sem nada dizer. Não dormia, mas estava simplesmente fraca demais para fazer esforço. Apenas seus olhos nos falaram. Van Helsing tirou alguns objetos de sua maleta e colocou-os sobre uma mesinha, longe da vista. Em seguida, misturou um narcótico e, aproximando-se da cama, disse alegremente:

— Tome, senhorita, aqui está seu remédio. Beba como uma criança obediente. Veja, levanto-a para que engula facilmente. Assim. — Ela realizou o esforço com sucesso.

Surpreendi-me ao verificar como o remédio custara a fazer efeito. Aquilo era um sinal de sua fraqueza. O tempo pareceu interminável até o sono fazê-la piscar. Finalmente, o narcótico principiou a manifestar sua potência e ela dormiu profundamente. Quando o professor se mostrou satisfeito, chamou Arthur ao quarto e pediu-lhe que retirasse o casaco. Em seguida acrescentou:

— Pode dar aquele beijinho enquanto trago a mesa. Amigo John, ajude-me!

Portanto, nenhum de nós dois olhou enquanto ele se inclinou sobre ela. Van Helsing, voltando-se para mim, disse:

— Ele é muito jovem e forte, tem o sangue puro, não necessitamos analisá-lo.

Em seguida, com rapidez, porém com técnica perfeita, Van Helsing realizou a operação. Enquanto a transfusão se realizava, a vida pareceu retornar às faces de Lucy e, embora cada vez mais pálido, o rosto de Arthur espelhava a mais completa felicidade. Após algum tempo, principiei a tornar-me ansioso, pois a perda de sangue começava a afetar Arthur, apesar de sua robustez. Aquilo me fez perceber quão terrível abalo havia sofrido a saúde de Lucy, já que a quantidade de sangue enfraquecia Arthur e a restabelecia apenas em parte. Mas o rosto do professor estava firme enquanto mantinha o relógio na mão, e contemplava ora a doente, ora Arthur. Eu ouvia as batidas de meu próprio coração. O professor disse, então, com voz suave:

— Fique quieto um instante. Basta. Cuide dele, cuidarei dela.

Quando tudo terminou, vi como Arthur enfraquecera. Fiz um curativo na ferida e segurei-lhe o braço para que viesse comigo; contudo, Van Helsing falou sem voltar-se (o homem parece ter olhos nas costas):

— O bravo namorado merece outro beijo; já o receberá. — Como terminara a operação, ajustou o travesseiro na cabeça da doente. Ao fazê-lo, suspendeu ligeiramente a fita de veludo presa que ela sempre usa no pescoço e que sustém um enfeite de diamante, presenteado pelo namorado. Pudemos então ver certa marca vermelha na altura de sua garganta. Arthur não notou, mas ouvi o profundo silvo do ar inspirado, que constitui uma das formas de Van Helsing trair sua emoção. Nada falou no momento, mas voltou-se para mim, dizendo:

— Agora, leve o bravo namorado para baixo, dê-lhe vinho do Porto e faça-o deitar-se um pouco. Em seguida, ele terá de ir para casa descansar, dormir e comer muito para que se possa restabelecer do que deu a seu amor. Não deve ficar aqui. Espere um momento! Creio que está ansioso por um resultado. Saiba que a transfusão foi muito bem-sucedida. Você salvou a vida da srta. Lucy desta vez, e pode voltar para casa com a mente sossegada, sabendo que fizemos o possível. Contarei tudo a ela, quando ficar boa, e ela o amará ainda mais pelo que fez. Adeus.

Depois da partida de Arthur, voltei ao quarto. Lucy dormia suavemente, mas respirava com mais força; eu podia ver a colcha mover-se com o arfar de seu tronco. Na cama ao lado dela estava Van Helsing, que a observava atentamente. A fita de veludo já recobria a marca. Perguntei baixinho ao professor:

— O que acha da marca na garganta dela?

— O que acha você?

— Ainda não a examinei — respondi, começando em seguida a soltar a fita. Sobre a veia jugular externa havia duas picadas pequenas, porém inflamadas. Não havia sinal de doença, mas as extremidades se apresentavam brancas e gastas, como se tivesse ocorrido alguma trituração. Imediatamente concebi a ideia de que esse ferimento, ou o que quer que fosse, poderia constituir a causa da manifesta perda de sangue; mas abandonei a ideia na mesma hora em que se formou, pois não poderia corresponder à verdade. Toda a cama ficaria ensopada de sangue, pois, para adquirir a palidez que apresentava antes da transfusão, a moça deveria ter perdido grande quantidade do líquido.

— Então? — perguntou Van Helsing.

— Bem — disse eu —, ainda não cheguei a uma conclusão.

— Tenho de voltar a Amsterdã esta noite — falou o professor levantando-se. — Lá terei de apanhar livros e objetos de que necessito. Você deverá permanecer aqui durante toda a noite. Não deixe de vigiá-la.

— Devo arranjar uma enfermeira? — perguntei.

— Nós somos as melhores enfermeiras, eu e você. Vigie durante toda a noite. Verifique se está bem alimentada e não permita que algo a perturbe. Permaneça acordado durante a noite inteira. Mais tarde dormiremos, você e eu. Voltarei o mais breve possível e então principiaremos.

— Principiaremos? — perguntei. — Céus, o que quer dizer?

— Veremos! — respondeu ele ao sair apressadamente. Voltou um minuto mais tarde, colocou a cabeça no vão da porta e advertiu-me com um dedo levantado: — Lembre-se de que é responsável por ela. Se a deixar e suceder uma desgraça, você não dormirá facilmente no futuro!

RELATO COTIDIANO DO DR. SEWARD
(continuação)

8 de setembro — Vigiei Lucy durante toda a noite. O narcótico produziu efeito até ao anoitecer e, então, ela acordou naturalmente; parecia ser uma pessoa diversa daquela que tomara a transfusão. Estava até animada e cheia de feliz vivacidade, porém eu percebia sinais da grande prostração pela qual passara. Quando disse à sra. Westenra que, devido às ordens de Van Helsing, permaneceria acordado, vigiando a filha, ela achou a ideia tola, afirmando que a moça ganhara renovadas forças e bom humor. Fui firme, contudo, e preparei-me para a longa vigília. Depois que a criada a preparara para dormir, entrei e sentei-me ao lado da cama: jantara antes. Lucy não opôs objeções, mas olhava-me com gratidão, quando quer que nossos olhos se encontrassem. Depois de um longo período, o sono pareceu querer dominá-la, mas com esforço cabeceou, afastando-o. Aquilo se repetiu diversas vezes, com maiores esforços e menores pausas, à medida que o tempo prosseguia. Como se percebia claramente que ela não desejava dormir, abordei logo o fato:

— Não quer dormir?

— Não, tenho medo.

— Medo de dormir! Por quê? É o bálsamo que todos desejamos.

— Ah, isso não ocorreria se fossem como eu... se o sono significasse para vocês um preságio de terror.

— Um preságio de terror! Céus, o que quer dizer?

— Não sei, oh, não sei. E é isso que é terrível. Toda essa fraqueza surge durante o sono e faz-me ter horror de dormir.

— Mas, minha querida, pode dormir esta noite. Estou aqui para vigiá-la e prometo-lhe que nada sucederá.

— Ah, posso confiar em você.

Aproveitei a oportunidade e disse:

— Prometo-lhe que, se vir sinais de pesadelo em seu rosto, acordá-la-ei imediatamente.

— Fará realmente isso? Oh, como é bom para mim! Dormirei, então! — Nem bem acabara de pronunciar essas palavras, quando afundou na cama, dormindo.

Durante toda a noite zelei por ela. Não fez o mínimo movimento, porém continuou a dormir um sono profundo, tranquilo, restaurador da vida e da saúde. Seus lábios estavam ligeiramente separados, seu peito subia e descia com a regularidade de um pêndulo. Havia um sorriso em seu rosto, e tornava-se evidente que nenhum pesadelo lhe perturbava a paz mental.

De manhã cedo, a aia surgiu e deixei a moça sob seus cuidados enquanto ia para casa, pois tinha muita coisa a fazer. Enviei breves telegramas, um para Van Helsing e outro para Arthur, narrando-lhes o excelente resultado da transfusão. Minhas próprias tarefas, já atrasadas, ocuparam-me todo o dia; já era escuro quando perguntei por meu paciente zoófago. Recebi boas notícias, ele estivera calmo durante o dia e a noite anterior. Chegou de Van Helsing um telegrama vindo de Amsterdã enquanto eu jantava. Sugeria que eu fosse para Hillingham hoje à noite, onde minha presença talvez fosse necessária; declarava também que o professor partiria à noite e me encontraria de manhã cedo.

9 de setembro — Estava muito cansado quando cheguei a Hillingham. Durante duas noites, mal dormira e meu cérebro principiava a apresentar aquela incapacidade de raciocínio que marca a exaustão cerebral. Lucy estava de pé e muito animada. Quando me apertou as mãos, olhou-me firmemente e disse:
— Não zelará por mim esta noite. Está esgotado e eu me sinto muito, muito bem, muito bem mesmo. Se alguém tiver de ficar acordado, serei eu, para vigiar você. — Não discuti a questão, mas fui jantar.
Lucy acompanhou-me e, estimulado por sua encantadora presença, comi otimamente, bebendo também alguns copos do mais excelente vinho do Porto.
Em seguida, Lucy levou-me para cima e mostrou-me um quarto pegado ao seu, onde o fogo ardia numa acolhedora lareira.
— Agora — disse ela — terá de ficar aqui. Deixarei aberta a porta que comunica com o meu quarto. Pode dormir no sofá, pois sei que nada convencerá um médico a ir para a cama enquanto há um paciente à vista. Se necessitar de algo, pedirei e você poderá vir imediatamente. — Fui obrigado a aquiescer, pois estava completamente exausto e não poderia

ficar acordado, ainda que o desejasse. Portanto, ao receber dela a promessa de que me chamaria se quisesse algo, deitei-me no sofá e esqueci-me de tudo.

DIÁRIO DE LUCY WESTENRA

9 de setembro — Sinto-me muito feliz esta noite. Fiquei tão terrivelmente fraca que poder pensar e mover-me é como sentir o sol após um longo período de vento ingrato num céu nublado. Sinto Arthur muito próximo de mim, sua presença parece aquecer-me. Creio que a doença e a fraqueza são egoístas, pois nos fazem voltar nossos olhos para nós mesmos e nos fazem sentir dó de nossa própria pessoa.

Mas a saúde e a força concedem o reinado ao amor, e este em pensamentos e sentimentos vagueia por onde quer. Sei onde meus pensamentos estão e quisera que Arthur também soubesse! Meu querido, deve sentir as orelhas ardendo enquanto dorme, pois as minhas ardem mesmo quando estou acordada. Oh, o abençoado descanso da noite passada! Como dormi bem com o querido e bom dr. Seward a observar-me. E esta noite não terei medo de dormir, pois ele está perto e poderei chamá-lo. Agradeço a todos por serem tão bons para mim! Graças a Deus! Boa noite, Arthur.

RELATO COTIDIANO DO DR. SEWARD

10 de setembro — Percebi que a mão do professor estava sobre a minha cabeça e despertei completamente num segundo. Acordar assim é pelo menos uma das coisas que aprendemos num hospício.

— Como está a doente?

— Estava bem quando a deixei, ou melhor, quando ela me deixou — respondi.

— Venha, vejamos — falou ele. Juntos, entramos no quarto.

A persiana estava abaixada e fui levantá-la devagar enquanto Van Helsing caminhava, com seus passos silenciosos, até a cama.

Quando levantei as persianas e os raios do sol matutino invadiram o quarto, ouvi o chiado baixo que significava inspiração no professor; sabendo como aquilo era raro, senti o medo invadir-me o coração. Quando me adiantei, ele recuou e sua exclamação: "Deus do céu!", assim como seu rosto agoniado, tudo disse. Elevou as mãos e apontou para a cama; seu rosto firme contraiu-se e uma palidez cadavérica o invadiu. Senti meus joelhos principiarem a tremer.

A pobre Lucy estava ali na cama, aparentemente desfalecida, mais horrivelmente branca e abatida do que nunca. Até os lábios se apresentavam sem cor e as gengivas pareciam haver-se afastado dos dentes, o que às vezes sucede com o cadáver de alguém morto por prolongada doença. Van Helsing ergueu o pé furioso, porém seu instinto e seus longos anos de hábito o contiveram e baixou o pé sem batê-lo no chão.

— Rápido — disse ele. — Traga a aguardente.

Saí voando do quarto e regressei com a garrafa. Molhou com o líquido os lábios pálidos da pobre moça e, juntos, fizemos uma fricção nas palmas das mãos, no pulso e no coração. Ele auscultou e, após alguns momentos de enervante tensão, disse:

— Não é tarde demais. Ainda bate, embora muito fracamente. Todo o nosso trabalho está desfeito e precisamos principiar mais uma vez. Agora já não temos o jovem Arthur aqui e é de você que me tenho de servir, desta vez, amigo John.
— Enquanto falava, enfiava a mão na maleta e apanhava os instrumentos para a transfusão; eu retirara o casaco e enrolava a manga da camisa. Não havia necessidade de narcótico naquele momento e, por isso, sem um minuto de atraso, principiamos a operação.

Depois de algum tempo, que não pareceu breve (pois o fato de sentirmos o nosso sangue secar, ainda quando o damos de boa vontade, é algo terrível), Van Helsing levantou um dedo de aviso.

— Não se mova — disse —, pois temo que ela acorde ao sentir as forças renovadas e isso seria perigoso, muito perigoso. Mas tomarei cuidado. Darei uma injeção hipodérmica de morfina. — Principiou então, rápida e habilmente, a realizar seu intento. O efeito sobre Lucy não foi mau, pois o desmaio transformou-se suavemente em sono narcotizado. Foi com um sentimento de orgulho pessoal que vi um leve rosado substituir a palidez dos lábios e faces. Um homem só pode saber o que significa ver o sangue de suas próprias veias ser retirado para penetrar nas veias da mulher que ama quando tem a experiência real deste fato.

O professor me observava com espírito crítico.

— Basta — disse ele.

— Só isso? — reclamei. — Você tirou muito mais de Art.

Sorriu tristemente ao responder:

— Ele é o namorado dela, o noivo. Você ainda tem muito trabalho a realizar por ela e pelos outros. Chega, portanto.

Quando terminou a operação, cuidou de Lucy enquanto eu aplicava pressão com o dedo sobre meu próprio corte. Deitei-me enquanto esperava que ele tivesse tempo de cuidar de mim, pois sentia-me fraco e ligeiramente enfermo. Mais tarde, atou meu ferimento e mandou-me descer para apanhar uma garrafa de vinho para mim. Quando deixava o quarto, veio logo após e disse baixinho:

— Cuidado para que ninguém saiba disso. Se o jovem namorado aparecer inesperadamente, como da outra vez, nada lhe conte. Ficaria assustado e também enciumado. Ninguém deverá saber!

Quando voltei, observou-me cuidadosamente e depois disse:

— Você também está fraco. Vá para o quarto, deite-se no sofá e descanse um pouco; depois coma bastante durante o café da manhã e venha ver-me.

Cumpri aquelas ordens, pois sabia o quanto eram sábias. Realizara minha parte, e agora meu próximo dever seria conservar meu vigor. Sentia-me muito fraco, e isso eliminava a surpresa do que ocorria. Contudo, adormeci no sofá, imaginando por que Lucy piorara tanto e sem saber como ela poderia ter perdido tanto sangue, já que não havia sinal de hemorragia. Creio que devo ter continuado a imaginar em meus sonhos, pois, adormecido ou acordado, meus pensamentos sempre se voltavam para os pequenos furos de seu pescoço e as extremidades que pareciam rasgadas e gastas, embora a abertura fosse minúscula.

Lucy dormiu até tarde durante o dia, e quando acordou estava bastante bem e forte, embora não tanto quanto no dia anterior. Van Helsing, depois de vê-la, saiu para um passeio; permaneci vigiando a moça e recebi estritas ordens de não a abandonar nem por um minuto. Pude ouvir a voz do professor no corredor, perguntando qual o posto telegráfico mais próximo.

Lucy tagarelou comigo abertamente e pareceu nada saber do ocorrido. Tentei diverti-la e mantê-la interessada. Quando a mãe apareceu para vê-la, não notou modificação alguma e me disse muito grata:

— Devemos-lhe muito, dr. Seward, por tudo o que fez, mas deve tomar cuidado para não se cansar demais. Está muito pálido. Vê-se logo que necessita de uma esposa para cuidar do senhor!

Enquanto a mãe falava, Lucy voltou-se vermelha, mas logo a cor lhe fugiu novamente; suas veias gastas não podiam atender ao desusado afluxo de sangue para a cabeça. A reação seguinte foi de excessiva palidez, o que ocorreu quando ela voltou para mim seus olhos súplices. Sorri, concordei e coloquei meu dedo em seus lábios; com um suspiro, recostou-se nos travesseiros.

Van Helsing voltou após algumas horas e disse-me:

— Agora vá para casa; beba e coma muito. Torne-se forte. Ficarei aqui à noite e eu mesmo observarei a senhorita. Você e eu cuidaremos do caso e mais ninguém deve saber dele. Tenho motivos sérios para isso. Não, pense o que quiser, mas não me pergunte quais são. Não receie pensar nas mais absurdas hipóteses. Boa noite.

No vestíbulo, duas criadas se aproximaram de mim, perguntando-me se uma ou as duas não poderiam cuidar de Lucy durante a noite. Imploraram-me e, quando afirmei ser o desejo do dr. Van Helsing que apenas eu ou ele velássemos, pediram-me que intercedesse junto ao "estrangeiro"; causava dó vê-las. Emocionei-me com a beleza delas, talvez porque esteja fraco atualmente e talvez porque aquilo se relacionasse com Lucy, pois era devoção por ela o que manifestavam; inúmeras vezes já presenciara exemplos semelhantes da bondade feminina. Cheguei aqui a tempo de um jantar tardio; depois inspecionei os doentes e encontrei tudo bem. Anotei isto enquanto esperava o sono que está chegando.

11 de setembro — Hoje, à tarde, fui a Hillingham. Encontrei Van Helsing muito animado e Lucy muito melhor. Pouco depois de minha chegada, trouxeram um grande pacote vindo do estrangeiro para o professor. Ele o abriu fingindo estar muito impressionado e mostrou um grande embrulho de flores brancas.

— Estas são para a srta. Lucy — disse.

— Para mim? Oh, dr. Van Helsing!

— Sim, minha cara, mas não são um divertimento. São um remédio. — Lucy fez então uma careta. — Mas não são para beber nem para serem tomadas sob outra forma enjoativa, por isso não precisa arrebitar seu encantador nariz. Se o fizer, contarei ao amigo Arthur que terá de passar por muitos aborrecimentos ao ver a beleza que ele tanto ama contorcida dessa forma. Ah, minha linda senhorita, isto faz seu nariz ficar reto novamente. As flores servirão de remédio, mas você não sabe como. Colocá-las-ei em sua janela, farei também uma linda guirlanda para pendurar em seu pescoço, a fim de que durma bem. Oh, sim, elas, como as flores do lótus, farão que esqueça as suas preocupações. Têm cheiro semelhante ao das águas do Lete e ao da fonte da juventude que os conquistadores procuraram na Flórida e que encontraram tarde demais.

Enquanto ele falava, Lucy examinava as flores e as cheirava. Atirou-as para o lado, dizendo entre risonha e contrariada:

— Oh, professor, creio que está brincando. São apenas flores de alho.

Para minha surpresa, Van Helsing levantou-se e disse com toda a seriedade, uma expressão firme e sobrancelhas que quase se encontravam:

— Nada de futilidade comigo! Nunca brinco! Procedo com seriedade e previno-os de que não me atrapalhem. Tomem cuidado, para o próprio bem e o bem dos outros. — Então, vendo que a pobre Lucy se assustara, prosseguiu com mais delicadeza: — Oh, senhorita, minha cara, não tenha medo de mim. Penso apenas no seu bem, pois muito poderá lucrar com estas flores tão comuns. Veja, eu mesmo as coloco em seu quarto. Eu mesmo faço a guirlanda que deve usar. Mas cuidado! Nada diremos aos outros que perguntam tanto. Devemos obedecer, e o silêncio constitui parte da obediência; isso a fará forte e saudável e a levará aos braços do amado que a espera. Agora, fique quieta um instante. Venha, amigo John, e ajude-me a ornar o quarto com as flores que vieram de Haarlem, onde meu amigo Vanderpool cultiva ervas medicinais, durante o ano inteiro, em suas estufas. Para que chegassem hoje, tive de telegrafar-lhe ontem.

Fomos para o quarto, levando conosco as flores. As ações do professor eram certamente estranhas e não podiam ser explicadas por nenhum dos livros médicos que eu conhecia. Primeiro, fechou as janelas, trancando-as bem; em seguida, apanhando um punhado de flores, esfregou-as em todos os caixilhos da janela, como se desejasse impedir que o mínimo golpe de ar entrasse sem o cheiro do alho. Em seguida, com outro punhado de flores, esfregou todo o batente da porta, em cima, embaixo e lateralmente; rodeou a lareira procedendo da mesma forma. Tudo aquilo me pareceu absurdo e, afinal, declarei:

— Bem, professor, sei que tem sempre algum motivo para fazer o que faz, mas isso na realidade me deixa perplexo. Ainda bem que não temos um cético aqui, pois ele diria que está realizando algum feitiço para afastar um espírito mau.

— Talvez esteja — declarou ele calmamente enquanto principiava a fazer a guirlanda que Lucy usaria ao redor do pescoço.

Esperamos então que Lucy se preparasse para dormir e, quando ela foi para a cama, ele se aproximou e pessoalmente prendeu a guirlanda de flores de alho ao redor do pescoço dela. As últimas palavras que dirigiu à moça foram:

— Tenha cuidado para não a tirar do lugar e, mesmo que sinta abafamento, não abra esta noite a janela, nem a porta.

— Prometo — disse Lucy — e agradeço mil vezes a ambos a bondade com que me trataram! Oh, o que fiz para merecer tão bons amigos?

Quando partimos em meu cabriolé, que estava à espera, Van Helsing disse:

— Esta noite poderei dormir em paz, e preciso mesmo disso: passei duas noites viajando, li muito no dia que se entremeou, tive muita ansiedade no dia seguinte e passei uma noite inteira acordado, vigilando. Venha ver-me amanhã cedo e iremos juntos para a casa de nossa linda senhorita, que estará muito melhor depois do "feitiço" que operei. Ah, ah!

Sentia-se tão confiante que me recordei de minha própria confiança e de seus resultados desastrosos, duas noites antes; tive então um pressentimento e um vago terror. Acho que hesitei em contar aquilo a meu amigo devido a minha fraqueza, porém senti ainda mais intensamente, como sucede quando retemos as lágrimas.

CAPÍTULO 11

DIÁRIO DE LUCY WESTENRA

12 de setembro — Como são todos bons para mim! Gosto muito do dr. Van Helsing. Não sei por que se mostrou tão ansioso a respeito destas flores. Efetivamente me assustou, pois estava muito violento. Mas devia ter razão, pois elas já me consolam de algum modo. Não tenho medo de ficar sozinha hoje à noite e posso dormir sem temores. Não me incomodarei se ouvir baterem asas do lado de fora da janela. Oh, que terrível luta tenho mantido contra o sono ultimamente; tenho sofrido muito com a insônia e o medo de dormir! Quão benditas são certas pessoas cuja vida não apresenta medos, nem pavores, para as quais o sono é uma bênção que vem todas as noites, trazendo apenas bons sonhos. Bem, aqui estou eu esta noite, desejando dormir e deitada como Ofélia na peça, "rodeada de enfeites próprios de uma virgem". Nunca antes apreciara as flores de alho, porém hoje acho-as muito agradáveis! Há paz em seu cheiro; sinto que o sono se aproxima. Boa noite para todos.

RETRATO COTIDIANO DO DR. SEWARD

13 de setembro — Fui a Berkeley e encontrei Van Helsing, pontual como sempre. A carruagem chamada do hotel estava à espera. O professor apanhou a maleta, que agora sempre traz consigo.

Relatemos tudo com exatidão. Van Helsing e eu chegamos a Hillingham às oito horas. A manhã estava linda; o sol brilhava e todos os sentimentos leves do princípio do outono pareciam ser o complemento do trabalho anual da natureza. As folhas adquiriam matizes vários e belos, mas ainda não tombavam das árvores. Quando entramos, encontramos a sra. Westenra, que saía do quarto. Ela sempre acorda cedo. Cumprimentou-nos afetuosamente e disse-nos:

— Ficarão satisfeitos por saber que Lucy está melhor. A queridinha ainda dorme. Olhei para dentro de seu quarto e a vi; porém não entrei para não a pertubar.

O professor sorriu e pareceu rejubilar-se. Esfregou as mãos, dizendo:

— Ah! Achei que já havia diagnosticado a doença. Meu tratamento está dando certo.

— Não deve considerar que tudo se deve ao senhor, doutor. O estado de Lucy nesta manhã também ocorre em parte devido a mim.

— O que quer dizer, Madame? — inquiriu o professor.

— Bem, fiquei preocupada com a queridinha durante a noite e por isso fui ao seu quarto. Dormia tão profundamente que minha entrada não a acordou. Mas o quarto estava terrivelmente abafado. Por todo canto havia flores que cheiravam horrivelmente e vi um ramalhete delas no pescoço de Lucy. Tive medo de que o forte cheiro fosse excessivo para a doentinha, que está muito fraca, por isso as tirei todas de lá e entreabri a janela para deixar entrar um pouco de ar fresco. Ficarão satisfeitos com o estado dela agora, com certeza.

A mãe de Lucy foi para o seu quarto de vestir, onde geralmente tomava cedo o café matutino. Enquanto ela falara, eu observava o rosto do professor e percebera que se tornara completamente cinzento. Controlara-se enquanto a senhora estava presente, pois conhecia o estado de saúde dela e o mal que um choque lhe causaria; pode-se dizer que sorria aparentemente ao abrir a porta para deixá-la passar. Porém, no mesmo instante em que a viu desaparecer, puxou-me com força para a sala de jantar e fechou a porta.

Então, pela primeira vez na vida, vi Van Helsing perder o controle. Elevou as mãos sobre a cabeça numa espécie de desespero mudo; depois bateu palmas desolado e, finalmente, sentando-se numa cadeira, colocou as mãos diante do rosto. Principiou a soluçar; eram soluços altos e secos, que pareciam brotar do próprio coração. Em seguida elevou mais uma vez os braços, como se invocasse o universo inteiro.

— Deus! Deus! Deus! — exclamou. — O que fizemos nós, o que fez essa pobre moça, para que nos víssemos cercados de tantos males? Existe ainda entre nós o destino, enviado pelo antigo mundo pagão, e é ele que faz que tudo seja como é e obriga as coisas a ocorrerem deste modo? Essa pobre mãe, sem o saber e com a melhor das intenções, age de tal modo que destrói o corpo e a alma de sua filha; mas não lhe podemos dizer nada, nem sequer avisá-la, pois poderá morrer e então ambas perecerão. Oh, como somos perseguidos! Todos os poderes demoníacos lutam contra nós! — Súbito ficou em pé num pulo. — Venha — disse —, venha, pois temos de ver e agir. Quer isto provenha de um diabo, de todos eles ou de nenhum, teremos de lutar do mesmo modo. — Foi até a porta do vestíbulo apanhar a maleta, e juntos subimos ao quarto de Lucy.

Mais uma vez suspendi as persianas enquanto Van Helsing se aproximava da cama. Desta vez não se assustou ao contemplar o pobre rosto com a mesma palidez cadavérica que apresentara anteriormente. A expressão dele foi de tristeza e infinita piedade.

— Como eu esperava — murmurou, emitindo aquele chiado de inspiração que significava tanto. Sem dizer palavra, foi trancar a porta e depois começou a colocar na mesinha os instrumentos para mais outra transfusão de sangue. Eu há muito já percebera a necessidade e principiei a retirar o meu casaco, mas ele com um gesto me fez parar.

— Não! — disse. — Hoje, você fará a transfusão e eu darei o sangue. Já está enfraquecido. — Enquanto falava, ele mesmo despiu o casaco e enrolou a manga da camisa.

Mais uma vez a operação, mais uma vez o narcótico e novamente o retorno de cores às faces pálidas, a volta da respiração normal e do sono saudável. Desta vez observei enquanto Van Helsing doava e depois descansava.

Aproveitou a oportunidade e disse à sra. Westenra que ela não deveria remover coisa alguma do quarto de Lucy sem consultá-lo; afirmou que as flores tinham valor medicinal e que seu aroma constituía parte do sistema de cura. Em seguida ele mesmo cuidou do caso, dizendo que vigiaria nesta noite e na outra, e que me avisaria quando minha vinda fosse necessária.

Após uma hora Lucy acordou, fortalecida e radiante; não parecia pior, apesar do que ocorrera.

O que significa tudo isso? Começo a pensar que talvez o antigo hábito de viver entre os loucos esteja afetando meu cérebro.

DIÁRIO DE LUCY WESTENRA

17 de setembro — Quatro dias e quatro noites de paz. Estou ficando forte novamente e pareço outra pessoa. É como se tudo tivesse sido um longo pesadelo e eu acordasse para encontrar um lindo sol e para sentir o ar fresco da manhã ao meu redor. Lembro-me muito obscuramente de intermináveis e ansiosos momentos de espera e medo; da escuridão na qual nem sequer havia a dor da esperança para tornar o infortúnio do momento mais lancinante. Em seguida surgiam os longos períodos de esquecimento e o retorno à vida, semelhante ao nadador que procura a superfície através da forte pressão da água. Contudo, desde que o dr. Van Helsing está comigo, esses maus sonhos parecem haver passado. Cessaram todos os ruídos que me alucinavam: o bater de asas contra minha janela, as vozes distantes que pareciam tão próximas, os sons estridentes que vinham não sei de onde e me davam ordens para fazer não sei o quê. Agora, deito-me sem o menor medo de dormir. Nem sequer tento acordar. Aprendi a apreciar as flores do alho, e uma caixa cheia delas me chega todos os dias de Haarlem. Hoje à noite o dr. Van Helsing partirá, pois precisa ficar um dia em Amsterdã. Mas não é necessário que velem por mim, estou suficientemente boa para ficar sozinha. Agradeço a Deus por minha mãe, pelo querido Arthur e por todos os nossos amigos que foram tão bons! Nem sequer notarei que há algo diferente, pois a noite passada o dr. Van Helsing dormiu em sua cadeira muitas vezes. Acordei em duas ocasiões e verifiquei que ele dormia, mas não tive medo de adormecer novamente, embora os galhos ou morcegos (não sei ao certo) batessem quase zangados contra as vidraças.

GAZETA DE PALL MALL, 18 DE SETEMBRO

LOBO FORAGIDO

Perigosa aventura de nosso entrevistado —
Entrevista com o zelador no Jardim Zoológico

Após muitas perguntas e recusas, utilizando sempre as palavras *Gazeta de Pall Mall* como talismã, consegui encontrar o zelador da seção do jardim zoológico onde se incluem lobos. Thomas Bilder mora numa das cabanas situadas no cercado existente por trás da casa do elefante e acabava de sentar-se para o chá quando o encontrei. Thomas e sua esposa são pessoas amáveis, idosas e sem filhos; devem viver confortavelmente, se é que vivem segundo a amostra de hospitalidade que lá gozei. O zelador não quis discutir "negócios" antes do término da refeição, o que nos satisfez. Depois, quando a mesa foi tirada e acendeu o cachimbo, disse:

— Agora, sinhô, pode perguntá o que quiser. Desculpa eu não falá de assunto prefessional antes das refeição. Sempre dô chá aos lobo, chacais e hiena de nossa seção, antes de perguntá coisas a eles.

— O que quer dizer: perguntar coisas a eles? — indaguei, querendo estimular-lhe a vontade de falar.

— É o mesmo que batê neles com um pau na cabeça; puxá as orelha deles é outro. Faço isso quando os cavalheiro querem mostrá coisas às namoradas. Não me incomodo muito de batê com o pau na cabeça; mas pra puxá as orelha espero que tomem seu xerês e café, por assim dizê. Olhe só — acrescentou filosoficamente —, a natureza dos animá é muito parecida com a nossa. Você veio me perguntá assunto de negócio e eu respondi de mau modo. Depois você me disse que ia fazê queixa ao superintendente. Não mandei você i pru inferno, sem ofensa?

— Mandou.

— Quando você disse que ia se queixá purque eu usava linguage obscena, foi como se batesse na minha cabeça. Mas, depois, o dinhero que me deu arresolveu tudo. Eu num ia brigá, por isso esperei a comida; agi como meus lobos, leão e tigre. Mas agora que a velhinha me empanturrô de bolo e me lavô com seu velho bule, agora que acendi meu cachimbo, pode me puxá as orelha. Nem ao menos resmungarei. Pergunte logo. Sei pur quê veio, pru causa do lobo fugido.

— Exatamente. Quero que me exponha seu ponto de vista. Diga-me apenas o que aconteceu e, quando eu souber os fatos, pedirei que me indique qual julga ser a causa de tudo e como acha que o caso terminará.

— Está bem, chefe. A história é esta: esse lobo que se chama Bersicker era um dos três chegado da Noruega para Jamrach,

de quem compramos quatro anos atrás. Era um lobo bem-
-comportado e num dava trabalho. Fiquei muito surpreso dele
querê fugi, como ficaria com qualquer outro animá que fugisse.
Mas os lobo são iguá às mulheres: não se pode confiá neles.

— Não se importe com ele, senhor! — interrompeu a sra.
Tom, com uma alegre risada. — Tomou conta dos animá
durante tanto tempo que é quase iguá a um lobo! Mas não
faz por mal.

— Bem, sinhô, ontem, mais ou menos duas horas após dá
de comê aos bicho, ouvi a confusão. Fazia um leito pra um
jovem puma que está doente, na casa dos macaco; mas, quando
ouvi os berro todo, fui logo ver o que era. Bersicker se jogava
furioso contras as grade, como se quisesse fugi. Não havia
muita gente por ali naquele dia, perto estava só um home alto
e magro, com nariz de águia e barba pontuda e com alguns
fio de cabelo branco nela. Tinha cara cruel, fria, e os óio eram
vermelho; num simpatizei com ele purque achei que era quem
irritava o animá. Usava luvas de pelica nas mão e apontou para
os animá dizeno: "Zelador, parece que alguma coisa perturba
esses lobo."

"Talvez seja o sinhô", respondi, pois num gostava do ar
importante que ele tinha. Não se zangô como eu desejava, mas
riu de modo insolente e mostrô os dente afiado e branco. "Oh,
não gostariam de mim", afirmou ele. "Oh, gostariam sim", disse
eu imitano ele. "Sempre gostam de um osso ou dois pra limpá
os dente na hora do chá. E você daria muitos osso pra eles."

Bem, foi gozado, mas quando os animá viram nós dois
conversano, deitaram e, quando me cheguei para junto de
Bersicker, deixou que eu acarinhasse a orelha dele, como
sempre. Então aquele homem chegô e, por Deus, também
acariciou as orelha do lobo! "Cuidado", disse eu. "Bersicker é
rápido." "Não faz mal", declarou ele. "Estou acostumado com
os lobos." "Também trabalha com animá?", perguntei tirano
o chapéu, pois um home que lida com lobos é um bom amigo

dos zelador. "Não é bem nisso que eu trabalho", disse ele, "mas tenho muitos animais de estimação." Dizeno isso, levantô o chapéu como um lorde e foi embora. O velho Bersicker ficou olhano pra ele até vê ele desaparecê; depois se deitô num canto e num quis saí de lá durante toda a tarde. Bem, a noite passada, logo que a lua subiu, os lobo daqui começaram a uivá. Num havia motivo pra isso. Num havia ninguém perto, só arguém que devia está chamano um cachorro em argum lugá lá atrás nos jardim, na estrada do Parque. Uma ou duas vez, saí pra vê se tudo estava bem; estava e então os uivo pararam. Pouco antes da meia-noite fui oiá pra vê se estava tudo certo, antes de dormi; mas, diabo, quando cheguei junto à jaula do velho Bersicker, encontrei ela vazia e as grade quebrada e retorcida. É só isso o que sei ao certo.

— Viu mais alguma coisa?

— Um de nossos jardineiros voltava pra casa naquela hora, vindo de um concerto, quando viu um grande cachorro cinzento saindo pela cerca. Pelo menos, ele disse isso, mas num acredito muito, pois num disse nada à muié dele quando chegô em casa; só depois que todos souberam da fuga do lobo e que caçamos durante toda a noite o lobo no parque, ele se lembrô de tê visto algo. Acho que foi a música que atrapalhô as ideia dele.

— Agora, sr. Bilder, sabe o motivo por que o lobo fugiu?

— Acho que sim, sinhô — ele falou com uma espécie de modéstia suspeita. — Mas num sei se a teoria agradará.

— É lógico que sim. Quem melhor do que você, conhecedor dos animais por experiência, poderá dar um bom palpite?

— Bem, sinhô, explico o caso assim: acho que o lobo escapô... apenas purque queria fugi.

Pelas gargalhadas de Thomas e de sua esposa após a piada, pude perceber que já a tinham contado antes e que a explicação constituía simplesmente um logro. Não podia competir em piadas com o digno Thomas, mas, como conhecia um caminho mais certo para o seu coração, disse:

— Agora, sr. Bilder, considere gasto o primeiro dinheiro recebido e saiba que esta outra moeda irmã poderá ser ganha, quando me narrar o que acha que acontecerá.

— Tem razão, sinhô — disse ele com esperteza. — Me desculpe pur brincá com você, mas a muié aqui me piscô o olho, como se mandasse continuá.

— Num fiz isso! — disse a velha.

— Minha opinião é esta: esse lobo tá escondido em algum lugá. O jardineiro que num se lembrava disse que viu o bicho galopano mais depressa do que um cavalo, indo pru norte. Mas num acreditei, purque os lobo num correm mais do que os cavalo; a natureza deles num permite. Os lobo são bonito nos livro de história e digo que, quando estão em grupo e desejam arguma coisa, são mais perigoso, podem fazê muito barulho e transformá em picadinho aquilo que querem, seja lá o que fô. Mas, graças a Deus, na vida reá o lobo é um animá inferior, num tem a metade da esperteza nem da coragem de um bom cachorro e nem um quarto da capacidade de luta. O que fugiu num tá habituado a lutá nem a arranjá comida. É mais provave que esteja em algum lugá no Parque, se escondeno e tremeno e, se é que pode pensá, está imaginando onde arranjará o café da manhã. Talvez também tenha arranjado outro lugá pra ficá, como num depósito de carvão. Céus, talvez arguma cozinheira tenha um susto horrive quando vê aqueles óio verde brilhano pra ela no escuro! Se ele não consegui comida, com certeza vai procurá e pode sê que entre num açogue. Se num entrá e alguma babá saí passeano cum um sordado, e deixá a criança no carrinho... bem, então num ficarei surpreso se houvé um bebê de menos. Só isso.

Ia entregar-lhe o dinheiro quando algo surgiu junto à janela e o rosto do sr. Bilder se tornou ainda maior, devido à sua surpresa.

— Graças a Deus! — disse ele. — É o veio Bersicker que volta sozinho.

Foi até a porta e a abriu, procedimento que me pareceu desnecessário. Sempre achei que um animal feroz fica melhor quando existe algum obstáculo material firme entre ele e o adversário; a experiência pessoal aumentou ainda mais essa noção.

Contudo, nada se equipara ao hábito, pois Bilder e sua esposa tratavam o lobo como se fosse um simples cachorro. Este, entretanto, mostrou-se tão pacífico e bem-comportado quanto o pai de todos os lobos pintados, o amigo da Chapeuzinho Vermelho, enquanto este tentava ganhar-lhe a confiança, disfarçadamente.

A cena constituía um inenarrável misto de comédia e tragédia. O lobo mau, que durante metade de um dia paralisara Londres e fizera tremer todas as crianças da cidade, ali se apresentava aparentando arrependimento e era recebido como uma espécie de ladino filho pródigo. O velho Bilder examinou-o todo com a mais terna solicitude e, quando terminou, disse:

— Ora, já sabia que o velho camarada se envolveria em arguma dificuldade. Sua cabeça está toda cortada e cheia de caco de vidro. Andou trepano em algum muro. É uma vergonha permiti que as pessoa coloquem vidros quebrado em cima dos muros. É isso o que acontece. Venha, Bersicker.

Levou o lobo e trancou-o na jaula com um bom pedaço de carne, cuja quantidade pelo menos satisfazia às necessidades do gordo animal. Depois foi relatar aos superiores o ocorrido.

Eu também vim aqui relatar a única informação que hoje foi dada, concernente à estranha fuga do jardim zoológico.

RELATO COTIDIANO DO DR. SEWARD

17 de setembro — Após o jantar, estava ocupado em minha sala de estudos, revendo meus livros que haviam caído no esquecimento devido à pressão dos outros trabalhos e às muitas visitas a Lucy. Súbito, a porta foi aberta com violência e o paciente invadiu o aposento, com a fisionomia alterada pela emoção. Fiquei petrificado, pois é fato muito incomum a entrada de um doente, sozinho, na sala do superintendente. Sem parar um segundo, aproximou-se de mim. Segurava uma faca e, como percebi que se mostrava perigoso, tentei manter a mesa entre nós. Contudo, foi mais forte e rápido do que eu, pois, antes que pudesse manter meu equilíbrio, ele conseguira cortar bastante meu pulso esquerdo. Entretanto, antes que pudesse golpear-me novamente, dei-lhe um soco que o fez cair de costas no chão. Meu pulso sangrava bastante e uma pequena poça manchou o tapete. Vi que meu amigo não pretendia realizar novo esforço e mantive-me ocupado, amarrando meu pulso, mas olhando ao mesmo tempo de soslaio para a figura prostrada no chão. Quando os enfermeiros entraram correndo e voltamos nossa atenção para o doente, senti-me enojado ao ver o que ele fazia. Deitava-se de estômago no chão, lambendo o sangue que caíra de meu pulso ferido, como um cachorro. Conseguiram agarrá-lo facilmente e, para minha surpresa, acompanhou os enfermeiros muito pacificamente, repetindo apenas:

— O sangue é a vida! O sangue é a vida!

Atualmente, não posso perder sangue; já perdi demais e, além disso, a tensão prolongada pela doença de Lucy e suas terríveis fases principia a me afetar. Estou nervoso e cansado; preciso de muito repouso. Felizmente, Van Helsing não me chamou e poderei dormir; não aguentaria outra noite de insônia.

TELEGRAMA DE VAN HELSING, DE ANTUÉRPIA, PARA SEWARD, EM CARFAX

(Enviado para Carfax em Sussex, por não haverem mencionado o condado; entregue com atraso de vinte e duas horas.)

17 de setembro — Não deixe de vir para Hillingham esta noite. Se não puder vigiar durante todo o tempo, vá lá frequentemente e veja se as flores estão no devido lugar; isso é muito importante, não falhe. Vê-lo-ei o mais breve possível, após chegada.

RELATO COTIDIANO DO DR. SEWARD

18 de setembro — Acabo de saltar do trem de Londres. A chegada do telegrama de Van Helsing encheu-me de desânimo. Perdi uma noite inteira e sei por amarga experiência o que pode suceder durante esse tempo. É possível que tudo esteja bem, mas o contrário pode ocorrer; o que *terá* acontecido? Certamente terrível maldição pesa sobre nós, pois todos os possíveis acidentes frustram nossas tentativas. Levarei este cilindro comigo e poderei então completar minhas anotações no gravador de Lucy.

MEMORANDO DEIXADO POR LUCY WESTENRA

17 de setembro, à noite — Escrevo isto a fim de que leiam e para que ninguém se veja em dificuldades por minha causa. Relatarei aqui exatamente o que ocorreu esta noite. Sinto-me morrer de fraqueza e mal tenho forças para escrever, mas tenho de anotar isto, ainda que morra ao fazê-lo.

Fui para a cama como habitualmente, cuidando para que as flores fossem colocadas segundo as indicações do dr. Van Helsing; adormeci logo.

Fui acordada por um bater de asas junto à janela, o mesmo que ocorrera depois de meu passeio de sonâmbula no penhasco de Whitby, quando Mina me salvou; conheço muito bem esse barulho agora. Não tinha medo, mas desejei que o dr. Seward estivesse no quarto ao lado (como o dr. Van Helsing disse que estaria), para que pudesse chamá-lo. Tentei dormir, mas não consegui. Senti então o velho medo de adormecer e resolvi permanecer acordada. Cruelmente, o sono tentava apoderar-se de mim, quando eu não o desejava; por isso, como temia ficar só, abri a porta e gritei:

— Há alguém aí?

Não recebi resposta. Receei acordar mamãe e fechei minha porta novamente. Então, do lado de fora, no matagal, ouvi um uivo semelhante ao de um cachorro, embora mais feroz e penetrante. Fui até a janela e olhei para fora; nada vi além de um grande morcego, que evidentemente estivera batendo as asas contra a janela. Voltei para a cama, resolvendo entretanto não dormir. Em seguida a porta se abriu e mamãe olhou para dentro; vendo por meus movimentos que eu não dormia, entrou e sentou-se ao meu lado. Disse-me ainda mais doce e suavemente que de costume:

— Senti-me inquieta por sua causa, querida, e por isso vim ver se estava bem.

Tive medo de que ela apanhasse um resfriado, sentada ali; por isso, pedi-lhe que entrasse e dormisse comigo. Deitou-se em minha cama, ao meu lado. Não tirou o penteador porque disse que ficaria ali durante algum tempo e depois voltaria para a sua cama. Enquanto eu me deitava ali nos braços dela e ela nos meus, o barulho das asas na janela surgiu novamente. Ela estremeceu, mostrou-se um pouco assustada e perguntou:

— O que é isso?

Tentei acalmá-la e, finalmente, consegui. Permaneceu quieta, mas pude ouvir-lhe o pobre coração batendo terrivelmente. Depois de algum tempo, ouviu-se novamente um uivo no matagal e, pouco após, um ruído de vidro partido na janela; em seguida, muitos cacos foram atirados ao chão. O vento penetrou, fazendo recuar a persiana e, na abertura das vidraças quebradas, apareceu a cabeça de um grande e assustador lobo cinzento. Mamãe gritou assustada e sentou-se num pulo, agarrando o primeiro objeto que julgou poder ajudá-la a erguer-se. Entre outras coisas, agarrou a guirlanda de flores que o dr. Van Helsing fez questão de que eu usasse no pescoço, arrancando-a de mim. Durante um segundo ou dois, sentou-se apontando para o lobo, com um som estranho e borbulhante na garganta: depois caiu, como fulminada por um raio, e sua cabeça bateu contra minha testa, atordoando-me por um momento. O quarto e tudo o mais pareceu girar a meu redor. Conservei os olhos fixos na janela, mas o lobo recuou a cabeça e uma miríade de manchas pequeninas entrou pela janela quebrada, rodopiando como a coluna de poeira que os viajantes descrevem quando ocorre o simum no deserto. Tentei mexer-me, mas parecia enfeitiçada e também o corpo de minha querida mãe (que já se tornara frio, pois seu coração parara de bater) fazia peso sobre mim. Durante algum tempo, de nada mais me lembrei.

O tempo passado até o meu retorno à consciência não pareceu muito longo, porém foi terrível. Em algum lugar próximo, um sino tocava e todos os cachorros da vizinhança uivavam; em nosso matagal, próximo da casa, um rouxinol cantava. Sentia-me completamente atordoada com a dor, o terror e a fraqueza, mas o som do rouxinol assemelhava-se à voz de minha mãe morta, retornando para consolar-me. O barulho parecia haver acordado as criadas também, pois eu podia ouvir seus pés descalços andando do lado de fora de meu quarto. Chamei-as e entraram. Quando viram o que acontecera e o que se deitava sobre mim na cama, gritaram. O vento penetrou com fúria pela janela quebrada e a porta bateu. Levantaram o cadáver de minha mãe, deitaram-no e cobriram-no com um lençol depois que eu me levantara. Estavam tão assustadas e nervosas que mandei todas à sala de jantar, ordenando que cada uma tomasse um copo de vinho. A porta foi aberta por um instante e bateu novamente. As criadas berraram e foram em grupo para a sala de estar; removi as flores que estavam comigo e coloquei-as sobre o peito de minha mãe. Quando estavam lá, recordei-me do aviso do dr. Van Helsing, mas não quis retirá-las de onde as colocara; além do mais, devido às circunstâncias, pediria a algumas das criadas que velassem comigo. Surpreendi-me quando não voltaram; chamei-as, mas não recebi resposta. Desci então à sala de jantar, para ver onde estavam.

Senti-me completamente desanimada ao ver o que ocorrera. As quatro jaziam deitadas indefesas no chão, respirando pesadamente. A garrafa de xerez estava sobre a mesa, pela metade, mas um cheiro estranho e acre inundava a sala. Suspeitei daquilo e resolvi examinar o frasco. Cheirava a láudano e, quando olhei no guarda-louças, encontrei o vidro que o médico de mamãe lhe receitava... achava-se vazio. O que farei? O que farei? Estou novamente no quarto com mamãe. Não posso deixá-la e estou sozinha, acompanhada apenas pelas criadas que dormem, narcotizadas por alguém. Sozinha com um cadáver! Não ouso sair, pois ouço através da janela quebrada o uivo baixo do lobo lá fora.

O ar parece cheio de manchas que giram e flutuam no vento que vem da janela, as luzes brilham fracas e azuis. O que farei? Que Deus me proteja do perigo esta noite! Esconderei este papel em meu peito e aí o descobrirão quando me encontrarem. Minha querida mãe partiu! É hora de eu ir também. Se não sobreviver esta noite, adeus, querido Arthur. Que Deus ajude a você e a mim também, querido.

CAPÍTULO 12

RELATO COTIDIANO DO DR. SEWARD

18 de setembro — Fui imediatamente para Hillingham e cheguei cedo. Conservando meu cabriolé no portão, subi sozinho a avenida. Bati na porta o mais suavemente possível, pois temia perturbar Lucy ou sua mãe; desejava que apenas uma criada viesse à porta. Depois de algum tempo, vendo que ninguém respondia, bati novamente; ainda assim não obtive resposta. Amaldiçoei a preguiça dos criados que dormiam a tal hora da manhã (já eram dez horas). Por isso bati mais uma vez, com maior impaciência, mas mesmo assim não obtive resposta. Até então, culpara apenas os criados, porém agora um terrível medo se apoderava de mim. Seria aquele abandono outro elo da cadeia de maldições que parecia cercar-nos? Seria aquela na realidade uma casa de mortos a que eu chegava tarde demais? Sabia que minutos, até mesmo segundos, de atraso poderiam significar horas de perigo para Lucy, se lhe ocorresse novamente uma daquelas temíveis pioras. Rodeei a casa com o intuito de encontrar alguma entrada.

Não consegui descobrir um lugar por onde penetrar. Todas as janelas e portas se encontravam bem trancadas; retornei perplexo à varanda. Ouvi então o rápido ruído das patas dos cavalos que galopavam. Pararam junto ao portão e, alguns segundos mais tarde, encontrei Van Helsing, que subia correndo a avenida. Quando me viu, exclamou:

— Então é você que acaba de chegar. Como está ela? Veio tarde demais? Não recebeu meu telegrama?

Respondi o mais rápida e coerentemente possível, declarando que só recebera o telegrama dele naquela manhã e que viera imediatamente, sem perder um minuto. Disse também que ninguém na casa ouvia minhas batidas. Fez uma pausa e ergueu o chapéu, dizendo muito sério:

— Receio que seja tarde demais. Seja feita a vontade de Deus! — Com a usual rapidez com que recuperava as forças, prosseguiu: — Venha. Se não encontrarmos entrada, teremos de arranjar uma. O tempo é tudo para nós, agora.

Fomos até os fundos da casa, onde havia a janela da cozinha. O professor retirou uma pequena serra cirúrgica de sua maleta e, entregando-me o objeto, apontou para as barras de ferro que guarneciam a janela. Lancei-me a elas imediatamente e logo consegui cortar três. Depois, com uma faca longa e fina, conseguimos puxar para trás as trancas dos caixilhos e abrimos a janela. Ajudei o professor a entrar e depois o segui. Não havia ninguém na cozinha nem nos quartos dos criados, situados próximo. Procuramos em todos os quartos enquanto caminhávamos. Na sala de jantar, vagamente iluminada pelos raios de luz que passavam através das persianas, encontramos quatro criadas deitadas no chão. Não havia possibilidade de as julgarmos mortas, pois a respiração entrecortada que apresentavam e o cheiro acre de láudano não permitiam dúvidas quanto ao que ocorria. Van Helsing e eu trocamos olhares e dissemos enquanto nos afastávamos:

— Cuidaremos delas mais tarde.

Subimos então ao quarto de Lucy. Durante um segundo ou dois paramos à porta para ouvir, mas nenhum som era perceptível. Pálidos e com mãos trêmulas, abrimos cuidadosamente a porta e entramos.

Como poderei descrever o que vimos? Na cama, deitavam-se duas mulheres, Lucy e sua mãe. Esta deitava-se mais para o fundo e estava coberta com um lençol branco, cuja extremidade fora afastada pelo vento que vinha da janela quebrada, permitindo ver o rosto pálido e contorcido, que apresentava uma expressão imóvel de terror. Ao seu lado estava Lucy com o rosto ainda mais desfigurado. As flores, que estavam anteriormente em seu pescoço, enfeitavam agora o peito da mãe, e a moça apresentava o pescoço nu onde transpareciam os dois pequenos ferimentos que notáramos antes e que agora se apresentavam terrivelmente brancos e lacerados. Sem dizer palavra, o professor inclinou-se sobre a cama, quase tocando com a cabeça o peito da pobre Lucy; depois voltou rapidamente a cabeça, como alguém que ouve e, erguendo-se num pulo, gritou-me:

— Ainda não é tarde demais! Rápido! Rápido! Traga a aguardente!

Desci voando as escadas e retornei com ela, tomando o cuidado de cheirá-la e prová-la também, a fim de ver se não haviam colocado narcóticos, como na garrafa de xerez que encontrei sobre a mesa. As empregadas ainda respiravam, mas já com maior calma, e imaginei que o narcótico perdia o efeito. Não permaneci lá para certificar-me, mas voltei para junto de Van Helsing. Como na outra ocasião, ele esfregou a aguardente nos lábios e gengivas de Lucy, em seus pulsos e nas palmas das mãos. Disse-me:

— Isso é tudo o que posso fazer no presente. Vá acordar as criadas. Esfregue uma toalha molhada no rosto delas, com força. Faça que arranjem fogo e preparem um banho quente. Esta pobrezinha está quase tão fria quanto a morta a seu lado. Precisa ser esquentada, antes que façamos qualquer coisa.

Saí apressadamente e acordei com facilidade três das mulheres. A quarta era uma jovem e a droga afetara-a mais do que às outras, por isso coloquei-a no sofá e deixei-a dormir. As outras se mostraram perplexas a princípio, mas, quando se recordaram do sucedido, gritaram e soluçaram de modo histérico. Contudo, fui firme com elas e não permiti que falassem. Disse-lhes que já bastava a existência de um cadáver e que, se demorassem mais, sacrificariam a srta. Lucy. Então, soluçando e berrando, foram realizar seus serviços semidespidas como estavam; prepararam o fogo e a água. Felizmente o fogão estava aceso e não faltava água quente. O banho ficou pronto e carregamos Lucy como estava, para colocá-la dentro da água. Enquanto estávamos ocupados, friccionando-lhe os membros, ouvimos uma batida na porta do corredor. Uma das criadas colocou mais alguma roupa sobre si e foi abrir. Retornou, declarando-nos baixo que um cavalheiro chegara com um recado do sr. Holmwood. Eu disse simplesmente que o mandasse esperar, pois não podíamos ver ninguém naquele momento. Ela se afastou com a mensagem e, preocupados com nosso trabalho, esquecemos completamente o homem.

Nunca tinha visto o professor trabalhar com tanta disposição. Eu e ele sabíamos que lutávamos contra a morte e, ao fazer uma pausa, foi isso o que lhe disse. Não compreendi sua resposta, mas ele a pronunciou com a maior seriedade possível:

— Se isso fosse tudo, pararia agora mesmo e a deixaria morrer em paz, pois não vejo alegrias em sua vida futura. — Prosseguiu com seu trabalho, realizando, se possível, ainda maiores e mais intensos esforços.

Ambos percebemos então que o calor principiava a produzir seus efeitos. O coração de Lucy tornou-se mais audível ao estetoscópio e seus pulmões apresentavam movimento mais perceptível. Van Helsing quase sorriu e, quando a erguemos do banho, enrolando-a num lençol quente para enxugá-la, o professor me disse:

— Ganhamos a primeira jogada! Xeque ao rei!

Levamos Lucy para outro quarto que agora fora preparado, deitamo-la na cama e enfiamos, à força, algumas gotas de aguardente por sua garganta. Notei que Van Helsing amarrava um macio lenço de seda ao redor do pescoço dela. Ainda estava desmaiada e seu estado era igual ao das outras vezes, senão pior.

Van Helsing chamou uma das mulheres e pediu-lhe que vigiasse Lucy sem desviar dela os olhos, até nosso retorno. Em seguida, chamou-me para fora do quarto.

— Devemos consultar-nos para ver o que deve ser feito — disse ele enquanto descíamos as escadas. No corredor, abriu a porta da sala de jantar e, depois de lá entrarmos, fechou-a cuidadosamente atrás de si. Os postigos estavam abertos, porém as persianas já haviam sido arriadas, com o espírito de obediência à etiqueta do luto que a mulher britânica das classes mais baixas observa rigorosamente. A sala estava portanto na penumbra, mas havia luz suficiente para os nossos objetivos.

A seriedade de Van Helsing foi de certo modo aliviada por uma expressão perplexa. Sua mente certamente raciocinava a respeito de algo, por isso esperei um instante e ele falou:

— O que faremos agora? Onde obteremos ajuda? Temos de realizar outra transfusão de sangue imediatamente, ou a moça não terá mais uma hora de vida. Você está exausto e eu também. Temo confiar naquelas mulheres, ainda que tenham coragem para se submeterem. Onde arranjaremos alguém que lhe dê sangue?

— Ora, por que não serei eu?

A voz provinha do sofá no outro lado da sala e aquelas palavras alegraram e aliviaram meu coração, pois haviam sido pronunciadas por Quincey Morris. Van Helsing mostrou-se zangado ao primeiro som, mas seu rosto se atenuou e a satisfação transpareceu-lhe nos olhos, quando exclamou:

— Quincey Morris! — e correu para ele de braços abertos.

— O que o traz aqui? — gritei quando nossas mãos se encontraram.

— Creio que vim por causa de Art.

Entregou-me um telegrama:

"Há três dias não tenho notícias de Seward e estou muito ansioso. Não posso partir. Meu pai está na mesma. Mande-me notícia do estado de Lucy. Não demore. — Holmwood."

— Creio que cheguei exatamente na hora. Basta apenas me dizerem o que terei de fazer.

Van Helsing adiantou-se com longos passos, segurou-lhe a mão e, fitando-o diretamente nos olhos, disse:

— O sangue de um homem bravo é a melhor coisa na terra para uma mulher em dificuldade. Não há dúvida de que você é homem. Bem, o diabo pode voltar-se contra nós com todas as suas forças, mas Deus nos envia homens quando deles necessitamos.

Mais uma vez realizamos a temível operação. Não tenho ânimo para narrar os detalhes. Lucy passara por um terrível choque que a afetara mais do que nunca, pois, embora muito sangue penetrasse em suas veias, o corpo não respondeu ao tratamento tão bem quanto nas outras ocasiões. Sua luta pela vida foi algo terrível de se ver e ouvir. Contudo, a ação tanto do coração quanto dos pulmões melhorou e Van Helsing deu-lhe uma injeção subcutânea de morfina, como anteriormente, obtendo bons resultados. O professor vigiou enquanto desci com Quincey Morris e enviei uma das empregadas para pagar o coche de aluguel, cujo guia esperava. Deixei Quincey deitado após beber um copo de vinho e mandei que a cozinheira preparasse um bom desjejum. Então um pensamento me ocorreu e voltei ao quarto onde Lucy se encontrava. Ao entrar vagarosamente, encontrei Van Helsing com uma ou duas folhas de papel na mão. Era evidente que as lera e pensava no caso, com a mão na testa. Havia uma expressão de séria satisfação em seu rosto, semelhante àquela que apresenta alguém que vê uma dúvida resolvida. Entregou-me o papel, dizendo apenas:

— Caiu do peito de Lucy, quando a levamos para o banho.

Depois de o ler, fiquei contemplando o professor e, após uma pausa, perguntei-lhe:

— Em nome de Deus, o que significa tudo isso? Ela esteve, está louca, ou que espécie de terrível perigo é esse? — Encontrava-me tão perturbado que não sabia mais o que dizer. Van Helsing estendeu a mão, apanhando o papel, e disse:

— Não se preocupe com isso agora. Esqueça-o durante o presente momento. Saberá e compreenderá tudo quando chegar a hora, o que ocorrerá mais tarde. E, agora, o que veio dizer-me?

Aquilo me trouxe de volta à realidade e recuperei o equilíbrio.

— Vim falar sobre o atestado de óbito. Se não agirmos devidamente e com sabedoria, talvez haja um inquérito e então o papel teria de ser apresentado. Tenho esperanças de que não haja necessidade de interrogatórios, pois isso certamente mataria a pobre Lucy ainda que outros fatos não lhe causassem a morte. Eu, você e o médico que cuidava da sra. Westenra sabemos que ela sofria do coração e podemos atestar que morreu disso. Terminemos o certificado imediatamente e eu próprio o levarei para ser registrado e procurarei uma empresa funerária.

— Bem pensado, amigo John. Certamente a srta. Lucy pode estar triste pelos infortúnios que a acometem, mas seus amigos só lhe proporcionam alegrias. Três deles abriram suas veias para ela, sem falar neste velho. Ah, sim, eu sei, amigo John; não sou cego! Estimo-os ainda mais pelo que fizeram! Agora vá!

No corredor encontrei Quincey Morris com o telegrama que iria enviar para Arthur, dizendo que a sra. Westenra estava morta, que Lucy também estivera muito mal, mas agora melhorara, e que Van Helsing e eu permanecíamos com ela. Disse-lhe aonde ia e ele me apressou, mas falou enquanto eu saía:

— Quando voltar, Jack, poderei falar com você em particular?
— Assenti e parti. O registro não foi difícil e o homem da empresa funerária prometeu-me vir à noite para tirar a medida do caixão e tomar as outras providências.

Quando voltei, Quincey me esperava. Disse-lhe que falaria assim que soubesse novas de Lucy e subi para o quarto dela. Ainda dormia e o professor parecia não se ter movido de seu banco ao lado da moça. Ele colocou o dedo nos lábios e deduzi que esperava vê-la acordar em breve, mas não desejava antecipar a natureza. Portanto, desci para ver Quincey e levei-o para a sala do desjejum, cujas persianas não estavam abaixadas e que parecia mais alegre (ou melhor, menos triste) do que os outros aposentos. Quando ficamos a sós, disse-me:

— Jack Seward, não desejo intrometer-me onde não sou chamado, mas este não é um caso comum. Você sabe que amei a moça e que desejei casar-me com ela. Embora tudo isso tenha passado, não posso deixar de sentir-me ansioso por causa dela, da mesma forma. Que doença apresenta? Aquele holandês (e vejo que é boa pessoa) disse, quando entraram na sala, que seria necessária outra transfusão de sangue e que tanto você como ele estavam depauperados. Acho que os médicos falam em código e que um homem não pode esperar que narrem o que dizem em particular. Mas este não é um caso comum e, seja o que for, já realizei a minha parte. Não é assim?

— Está certo — disse eu, enquanto ele prosseguia:

— Concluo que tanto você como Van Helsing já fizeram o que fiz hoje. Não é verdade?

— Exatamente.

— E creio que Art também fez o mesmo. Quando o vi há quatro dias, em sua casa, tinha o aspecto estranho. Só vi algo decair tão depressa quando estava nos pampas e uma égua que eu muito apreciava ficou completamente prostrada durante uma noite. Um daqueles grandes morcegos, que são denominados vampiros, apanhara-a durante a noite; com a garganta rasgada e a veia à mostra, o animal não teve sangue suficiente para erguer-se. Tive de matá-la com um tiro enquanto estava deitada. Jack, se é que pode contar-me, diga-me: Arthur foi o primeiro, não foi?

Enquanto falava, o coitado mostrava-se terrivelmente ansioso. A preocupação com a mulher amada mantinha-o em torturante tensão, e a completa ignorância do mistério que parecia rodeá-la aumentava-lhe a dor. Seu próprio coração sangrava e foi necessária toda a sua masculinidade (e ele a possuía em excesso) para impedi-lo de perder o controle. Fiz uma pausa antes de responder, pois não desejava narrar nada que o professor quisesse manter em segredo; mas ele já sabia tanto e adivinhara tanto que não havia motivo para não responder-lhe. Por isso repliquei:

— Tem razão.

— Há quanto tempo se passa isso?

— Há cerca de dez dias.

— Dez dias! Então, Jack Seward, creio que desde essa ocasião a linda criatura que todos amamos recebeu em suas veias o sangue de quatro homens fortes. Caramba, seu corpo não conseguiu conservá-lo. — Em seguida, aproximando-se mais de mim, disse num tom meio baixo e feroz: — O que lhe roubou o sangue?

Sacudi a cabeça e disse:

— Esse é o ponto crucial do problema. Van Helsing está simplesmente fora de si por causa disso e eu estou completamente perturbado. Nem sequer ouso adivinhar. Houve uma série de circunstâncias que atrapalharam nossos arranjos para a observação cuidadosa de Lucy. Mas isso não ocorrerá novamente. Ficaremos aqui até tudo ficar bem... ou mal.

Quincey estendeu a mão, declarando:

— Contem comigo. Você e o holandês dirão o que devo fazer e isso será feito.

Quando acordou no final da tarde, o primeiro movimento de Lucy foi levar a mão ao peito e apanhar, para surpresa minha, o papel que Van Helsing me mostrara. O cuidadoso professor o recolocara no lugar, a fim de que a moça não se alarmasse ao acordar. Seus olhos alcançaram o professor e também a mim, iluminando-se. Depois, olhou ao redor do quarto e, vendo onde estava, estremeceu: soltou um grito e colocou as mãos magras sobre o rosto pálido. Ambos compreendemos o que sucedera: tomara amplo conhecimento da morte da mãe; por isso, fizemos o possível para consolá-la. Sem dúvida nossas condolências a aliviaram ligeiramente, porém estava muito deprimida e chorou silenciosa e fracamente durante longo tempo. Dissemos-lhe que um de nós ou ambos ficaríamos a seu lado durante todo o tempo, e isso pareceu consolá-la. Ao anoitecer, cochilou e algo estranho ocorreu então. Enquanto dormia, tirou o papel do peito e rasgou-o em dois. Van Helsing adiantou-se e apanhou os pedaços; entretanto ela continuou a mover as mãos como se os rasgasse e parecendo não perceber que o papel já não se encontrava com ela. Finalmente elevou as mãos e abriu-as, como se dispersasse os fragmentos. Van Helsing surpreendeu-se e suas sobrancelhas se uniram, como se pensasse, mas nada disse.

19 de setembro — Durante toda a noite dormiu espasmodicamente, demonstrando sempre medo do sono e mostrando-se mais débil quando acordava. O professor e eu revezamo-nos na vigilância e não a deixamos nem por um momento. Quincey Morris nada falou sobre suas intenções, mas eu sabia que durante toda a noite rodeou a casa, ficando de sentinela.

Quando o dia surgiu, sua luz demonstrou os danos que sofrera o vigor de Lucy. Mal conseguia mover a cabeça e os poucos alimentos que pôde comer não pareceram fortalecê-la. Às vezes dormia, e tanto Van Helsing como eu notamos a diferença entre seu sono e a vigília. Enquanto dormia parecia mais forte, embora mais desfigurada, e respirava mais suavemente; a boca aberta mostrava as pálidas gengivas afastadas dos dentes, que assim pareciam maiores e mais afiados do que habitualmente. Quando acordava, a suavidade de seus olhos modificava a expressão, pois ela parecia ser a mesma de sempre, embora moribunda. Certa tarde, perguntou por Arthur e nós lhe telegrafamos. Quincey foi buscá-lo na estação.

Quando ele chegou eram quase seis horas e o sol se punha forte e quente; a luz vermelha infiltrava-se através da janela, dando mais colorido às faces pálidas. Quando Arthur a viu, a emoção impediu-o de falar, e todos permanecemos em silêncio. Nas horas que se haviam passado, os períodos em que dormia, ou o estado de coma que se assemelhava ao sono, tornaram-se mais frequentes, de modo que os intervalos que lhe permitiam conversar haviam diminuído. Contudo, a presença de Arthur pareceu agir como estimulante; ela reanimou-se um pouco e falou-lhe mais vivamente do que o fizera desde a nossa chegada. Ele também recuperou o equilíbrio e falou tão alegremente quanto pôde, de forma que tudo foi bem.

É quase uma hora; Van Helsing e Art estão com ela. Eu os substituirei dentro de um quarto de hora e gravo estas palavras no fonógrafo de Lucy. Tentarão descansar até as seis horas. Receio que amanhã nossa vigilância termine, pois o choque foi grande demais e a pobre criança não poderá sarar. Que Deus ajude a todos nós.

CARTA DE MINA HARKER A LUCY WESTENRA
(não foi aberta pela destinatária)

17 de setembro.

Cara Lucy:
Séculos parecem ter passado desde que recebi notícias suas ou mesmo desde que lhe escrevi. Sei que me desculpará todas as faltas quando ler meu estoque de notícias. Bem, consegui trazer meu marido para casa; quando chegamos a Exeter, uma carruagem nos esperava e, dentro dela, embora tivesse tido um ataque de gota, encontrava-se o sr. Hawkins. Levou-nos para sua casa, onde havia bons e confortáveis quartos para nós, e jantamos juntos. Depois da refeição, o sr. Hawkins disse:

— Meus caros, quero beber à saúde e prosperidade de ambos; desejo-lhes todas as felicidades. Conheço-os desde crianças e, com amor e alegria, vi-os crescer. Agora quero que estabeleçam seu lar junto de mim. Não tenho mulher nem filhos; todos já se foram, e em meu testamento deixei tudo o que tenho para vocês.

Chorei, Lucy, quando Jonathan e o velho apertaram as mãos. Aquela noite foi muitíssimo feliz.

De modo que aqui estamos nós, instalados nesta linda e antiga casa; tanto de meu quarto de dormir quanto da sala de estar, vejo os grandes olmos da catedral próxima, com suas grandes raízes negras contrastando com a pedra amarela, e ouço as gralhas crocitando, tagarelando e cochichando durante o dia inteiro, à maneira das gralhas... e também dos humanos. Não é necessário dizer-lhe que estou ocupada, arrumando as coisas e tomando conta da casa. Jonathan e o sr. Hawkins também trabalham o dia inteiro, pois agora Jonathan é sócio; o sr. Hawkins quer que ele saiba tudo a respeito dos clientes.

Como vai sua querida mãe? Desejaria poder ficar aí por um dia ou dois para revê-la, meu bem, mas não ouso partir com tantas responsabilidades sobre meus ombros e, além do mais, Jonathan precisa de cuidados. Está principiando a ter alguma carne sobre os ossos novamente, mas a longa doença enfraqueceu-o terrivelmente. Mesmo agora, às vezes ainda acorda muito assustado, tremendo, e tenho de acalmá-lo para que se aquiete. Contudo, graças a Deus, essas ocasiões se tornam menos frequentes à medida que os dias passam e creio que desaparecerão completamente. Agora que já lhe narrei minhas novas, permita-me perguntar-lhe as suas. Quando e onde será seu casamento, quem realizará a cerimônia, será ela pública ou privada e o que usará você? Fale-me sobre isso, meu bem, e também sobre tudo o mais, pois aquilo que lhe interessa também me diz respeito. Jonathan pede que lhe envie seus "respeitosos cumprimentos", mas não creio que isso seja o suficiente para o jovem sócio da importante firma Hawkins & Harker; portanto, como você gosta de mim, ele gosta de mim e eu gosto muito de você, envio-lhe em vez daquilo sua "estima". Adeus, cara Lucy, e muitas felicidades da sua

Mina Harker

RELATÓRIO DO DR. PATRICK HENNESSEY PARA O DR. JOHN SEWARD

20 de setembro.

Caro senhor:

De acordo com seus desejos, envio relatório narrando as condições de tudo o que deixou ao meu encargo... Com relação ao doente Renfield há mais a dizer. Teve outro ataque que poderia ter tido um final terrível, mas que felizmente não produziu resultados maléficos. Esta tarde uma carroça de transporte, com dois homens, visitou a casa vazia cujo terreno confina com o nosso; a casa para a qual, como deve lembrar-se, o doente tentou fugir duas vezes. Os homens pararam em nosso portão para perguntar ao porteiro o caminho, uma vez que eram estranhos. Eu mesmo olhava através da janela do quarto de estudos, onde fora fumar após o jantar, e vi um deles se aproximar da casa. Quando passou pela janela do quarto de Renfield, o doente principiou a atiçá-lo lá de dentro, dizendo palavrões. O homem, que parecia ser um sujeito decente, contentou-se em mandá-lo fechar a "boca imunda". Nosso doente então acusou o outro de roubo e de desejar assassiná-lo; disse que o atrapalharia, ainda que tivesse de brigar. Abri a janela e fiz sinal ao homem para que não tomasse conhecimento daquilo, e ele se contentou em olhar ao redor do hospício, imaginando que lugar era aquele e dizendo: "Fique com Deus, sinhô, não dô importância ao que me dizem num maldito hospício. Tenho pena do sinhô e do chefe que tem de morá na casa com um animá selvage desses". Em seguida, perguntou delicadamente por qual caminho deveria seguir e indiquei-lhe onde ficava o portão da casa vazia. Afastou-se, seguido por ameaças, maldições e injúrias de nosso doente. Desci para ver se descobria um motivo para a sua zanga, pois, em geral, é um homem bem-comportado e, com exceção de seus ataques de violência, uma situação idêntica ainda não ocorrera. Para minha surpresa, encontrei-o bem tranquilo e muito cordial. Tentei fazê-lo falar sobre o incidente, porém perguntou-me delicadamente o que eu queria dizer e quis fazer-me crer que esquecera completamente o assunto. Lamento dizer, contudo, que aquilo constituiu apenas outra artimanha, pois antes de passada meia hora recebi novas notícias dele. Dessa vez, conseguira fugir pela janela de seu quarto e descia correndo a avenida. Mandei que os enfermeiros me seguissem e corressem atrás dele, pois temia que pretendesse realizar algum mal. Meu medo justificou-se quando vi a mesma carroça que voltava transportando grandes caixas de madeira. Os homens enxugavam a testa e tinham o rosto esfogueado, como se tivessem realizado intenso exercício. Antes que eu pudesse agarrá-lo, o louco avançou e, derrubando um deles da carroça, principiou a bater-lhe a cabeça contra o chão. Se eu não o tivesse segurado naquele momento, creio que teria matado o homem ali naquele lugar. O outro sujeito desceu da carroça num pulo e golpeou a cabeça do louco com a extremidade mais grossa de seu pesado chicote. Foi um golpe terrível, porém não pareceu afetar o doente, pois este agarrou também o outro e lutou contra nós três, empurrando-nos para a frente e para trás como se fôssemos gatinhos. Não sou um peso leve e os outros também eram fortes. A princípio lutou em silêncio, mas, quando principiamos a dominá-lo e os enfermeiros começaram a colocá-lo na camisa de força, desatou a berrar:

— Impedirei que prossigam! Não podem roubar-me! Não me assassinarão aos poucos! Lutarei por meu Senhor e Mestre! — E continuou a esbravejar coisas semelhantes. Foi com grande dificuldade que conseguiram trazê-lo de volta ao hospício e o colocaram no aposento reforçado. Um dos enfermeiros, Hardy, quebrou um dedo. Contudo, fiz-lhe um bom curativo e ele vai bem.

Os carregadores a princípio berraram cumulando-nos de ameaças, dizendo que nos processariam por perdas e danos e prometendo voltar todas as penas da lei contra nós. Contudo, suas ameaças misturavam-se a uma espécie de desculpa indireta por terem sido derrotados por um louco fraco. Disseram que, se não tivessem despendido muita energia transportando e erguendo as pesadas caixas para colocá-las na carroça, o teriam eliminado rapidamente. Apresentaram ainda como outra razão o estado de sede em que se encontravam devido à natureza poeirenta de suas ocupações e ao fato de haver grande distância entre o local de seu trabalho e os lugares de divertimento público. Compreendi muito bem o que desejavam e, depois de um ou dois copos de aguardente bem forte e de uma moeda de ouro para cada um, não deram mais importância ao ataque. Afirmaram que desejariam encontrar um louco ainda pior, apenas para terem o prazer de conhecer tão "bom chapa" quanto o seu correspondente. Anotei os nomes e endereços de ambos, caso sejam necessários. São os seguintes: Jack Smollet, da Estrada do Rei Jorge, e Thomas Snelling, de Guide Court. Ambos trabalham para Harris & Filhos, companhia de transportes, em Soho.

Relatar-lhe-ei qualquer fato interessante que aqui ocorra e lhe telegrafarei imediatamente se ocorrer algo de importante.

Respeitosamente,

Patrick Hennessey

CARTA DE MINA HARKER PARA LUCY WESTENRA
(não foi aberta pela destinatária)

18 de setembro.

Cara Lucy:

Sofremos rude golpe: o sr. Hawkins morreu muito repentinamente. Alguns acham que isso não deveria ser motivo de grande tristeza para nós, porém gostávamos tanto dele que julgamos ter perdido um pai. Como nunca conheci meus verdadeiros pais, a morte daquele velhinho querido me entristeceu deveras. Jonathan está muito perturbado. Lamenta intensamente o fato, pois o velhinho querido protegeu-o durante toda a vida e tratou-o como seu próprio filho agora no final, deixando-lhe uma fortuna que as pessoas de nossa modesta origem jamais poderiam sonhar em possuir. Entretanto, não é só isso o que o abate. Diz que está nervoso devido à grande responsabilidade que agora cai sobre ele. Principia a ter dúvidas de si mesmo. Tento alegrá-lo e minha crença nele dá-lhe maior confiança pessoal. Porém é nesse sentido que o grave choque por ele experimentado o afeta mais. Oh, é realmente de causar dó que um temperamento forte, simples e bom como o dele (um temperamento que o fez subir de empregado a chefe em poucos anos, com o auxílio de nosso bom amigo) tenha sofrido tal impacto que causou o desaparecimento até da essência de sua força. Desculpe-me, querida, preocupá-la com minhas próprias dificuldades, anuviando-lhe a felicidade que a envolve; mas, cara Lucy, tenho de contar a alguém, pois a tensão de manter junto a Jonathan uma aparência alegre e corajosa cansa-me e não tenho outra pessoa a quem confidenciar. Tenho medo de ir para Londres, mas teremos de partir depois de amanhã, porque o sr. Hawkins em seu testamento desejou ser enterrado junto ao pai. Como não há parentes do falecido,

Jonathan terá de fazer as honras. Tentarei passar aí para vê-la, meu bem, ainda que apenas por alguns minutos. Desculpe-me o incômodo. Felicidades

Da sua

Mina Harker

RELATO COTIDIANO DO DR. SEWARD

20 de setembro — Apenas a resolução e o hábito me permitem registrar os fatos desta noite. Sinto-me tão infeliz, deprimido, cansado do mundo e da vida, que não me incomodaria de morrer neste momento. Ultimamente, o anjo da morte tem batido suas lúgubres asas com algum objetivo: a mãe de Lucy, o pai de Arthur e agora... Permitam-me narrar o sucedido.

Substituí Van Helsing, que velava junto a Lucy. Queríamos que Arthur também fosse descansar, mas recusou inicialmente. Só concordou quando lhe disse que desejaríamos que ele nos ajudasse durante o dia e que, se todos caíssemos de cansados, Lucy sofreria. Van Helsing foi muito bondoso para com ele.

— Venha, meu filho — disse —, venha comigo. Está doente e fraco; sofreu muito mentalmente e, além disso, a sua força física decresceu em virtude da perda de sangue. Não deve ficar sozinho, pois a solidão traz medos e alarmes. Venha à sala de estar, onde há uma grande lareira e dois sofás. Enquanto você se deita num, eu me deitarei no outro; nós nos consolaremos reciprocamente, mesmo sem dizer palavra, ainda que dormindo.

Arthur partiu com ele, olhando para trás e contemplando ansiosamente o rosto de Lucy sobre o travesseiro, quase mais branco do que os lençóis. Ela estava muito quieta, e olhei ao redor do quarto para ver se tudo ia bem. Pude ver que o professor, também nesse quarto como no outro, continuara em seu propósito de usar as flores de alho. Nos caixilhos das janelas sentia-se fortemente aquele perfume e, ao redor do pescoço de Lucy, sobre o lenço de seda que Van Helsing a obrigava a usar, via-se uma áspera guirlanda formada pelas mesmas flores odoríferas. Lucy respirava entrecortadamente e seu rosto apresentava-se pior do que antes, pois a boca aberta deixava aparecer as pálidas gengivas. Seus dentes, à luz fraca e incerta, pareciam maiores e mais aguçados do que de manhã. Devido a algum efeito óptico, os dentes caninos ainda pareciam mais compridos e afiados do que os outros. Sentei-me ao seu lado e repentinamente ela se moveu inquieta. No mesmo momento, ouviu-se uma espécie de sutil batida ou vibração de asas junto à janela. Aproximei-me em silêncio e espiei sorrateiramente por um dos cantos da persiana. Havia lua cheia e pude ver que o ruído era causado por um grande morcego que rodopiava (sem dúvida atraído pela luz, embora fosse mortiça), e que, de vez em quando, batia as asas contra a janela. Quando voltei para a minha cadeira, percebi que Lucy se movera ligeiramente e afastara as flores de alho do pescoço. Recoloquei-as no lugar, do melhor modo possível, e fiquei sentado a contemplá-la.

Acordou e dei-lhe comida, como Van Helsing ordenara. Comeu pouco e languidamente. Não mais demonstrava lutar inconscientemente pela vida e pela recuperação das forças, fato que caracterizara antes sua doença. Nos momentos em que ganhava a consciência, apertava as flores de alho contra si, fato que julguei curioso. Era também estranho que, quando entrava em estado de coma e apresentava respiração entrecortada, afastava as flores; mas, quando acordava, aproximava-as de si. Não havia possibilidade de haver erro meu, pois nas longas horas que se seguiram ela caiu em muitos períodos de sono e vigília, repetindo ambos os atos inúmeras vezes.

Às seis horas, Van Helsing veio substituir-me. Arthur cochilava; então o professor, apiedado, permitiu que o outro continuasse a dormir. Quando viu Lucy, ouvi-o respirar com aquele chiado característico e ele me disse num sussurro áspero:

— Levantem as persianas; quero luz! — Em seguida inclinou-se e, com seu rosto quase tocando o de Lucy, examinou-a cuidadosamente. Levantou as flores e retirou o lenço de seda do pescoço. Quando o fez, recuou espantado e pude ouvir sua exclamação: — *Mein Gott!* — que saiu abafada. Inclinei-me e olhei também, sentindo um estranho arrepio percorrer-me.

Os ferimentos da garganta haviam desaparecido completamente. Durante cinco minutos, Van Helsing quedou-se a contemplá-la, com o rosto muito sério. Depois, voltou-se para mim e disse com muita calma:

— Ela está morrendo e não viverá muito agora. Note bem: fará grande diferença o fato de morrer dormindo ou acordada. Acorde aquele pobre rapaz e permita que assista aos últimos momentos da moça; ele confia em nós e nós lhe havíamos prometido isso.

Fui à sala de jantar e acordei-o. Sentiu-se confuso por um momento, mas quando viu os raios de sol atravessando as beiradas das persianas, temeu ser tarde demais e exprimiu seu medo em palavras. Assegurei-lhe que Lucy ainda dormia e disse-lhe, tão suavemente quanto possível, que tanto Van Helsing como eu julgávamos que o fim estava próximo. Cobriu o rosto com as mãos e pôs-se de joelhos junto ao sofá, onde permaneceu com a cabeça coberta, rezando, talvez durante um minuto, enquanto seus ombros tremiam de dor. Segurei-o pela mão e ergui-o.

— Venha, caro companheiro — disse-lhe. — Reúna toda a sua força; assim será melhor e mais fácil para ela.

Quando entrei no quarto de Lucy, pude ver que Van Helsing, com sua habitual prudência, arrumara as coisas tornando-as o mais possível agradáveis. Escovara até o cabelo de Lucy, de modo que este se espalhava sobre o travesseiro com suas habituais ondas douradas. Quando entramos no quarto ela abriu os olhos e, vendo o namorado, sussurrou suavemente:

— Arthur! Oh, meu amor, estou muito feliz porque veio! — Ele se inclinava para beijá-la, quando Van Helsing o impediu.

— Não — murmurou o professor. — Ainda não! Segure-lhe a mão, isso a confortará mais.

Arthur segurou-lhe a mão e ajoelhou-se ao lado dela. A moça tinha o melhor aspecto possível, suas suaves linhas casavam-se com a angelical beleza dos olhos. Então, gradativamente, fechou os olhos e mergulhou no sono. Durante poucos momentos, seu peito arfou suavemente e a respiração foi e veio como a de uma criança cansada.

Então, imperceptivelmente, surgiu aquela estranha modificação que eu notara durante a noite. A respiração tornou-se entrecortada, ela abriu a boca, e as gengivas pálidas, afastadas, tornaram os dentes mais longos e afiados. Numa espécie de sonambulismo, vago e inconsciente, abriu os olhos, que agora pareciam cruéis e inexpressivos ao mesmo tempo. Disse com voz suave e voluptuosa, diversa da que eu sempre ouvira sair de seus lábios:

— Oh, Arthur querido, sinto-me muito feliz porque veio! Beije-me! — Arthur inclinou-se ansioso para beijá-la; mas Van Helsing, que como eu se assustara com a voz da moça, debruçou-se sobre ele, agarrou-o pelo pescoço com ambas as mãos e o arrastou com força muito superior à que se podia imaginar que possuísse; quase o atirou para o outro lado do quarto.

— Por sua vida, não faça isso! — exclamou ele. — Não faça isso, se ama sua alma e a dela! — O professor interpôs-se entre os dois como um leão furioso.

Arthur ficou tão surpreso que, por um momento, não soube o que fazer ou dizer; depois, antes que qualquer impulso de violência pudesse dominá-lo, pareceu tornar-se consciente do local e da ocasião e permaneceu à espera.

Conservei os olhos fixos em Lucy. O mesmo fez Van Helsing e vimos um espasmo de raiva projetar uma sombra rápida sobre o rosto dela; seus dentes afiados apertaram-se. Em seguida, seus olhos se fecharam e ela respirou pausadamente.

Muito tempo após, abriu os olhos mais uma vez muito suavemente e, estendendo a mão muito pálida e magra, segurou a mão grande e bronzeada de Van Helsing, aproximando-a de si, e beijou-a.

— Meu verdadeiro amigo — disse em voz fraca, porém indescritivelmente trágica —, meu verdadeiro amigo e amigo também dele! Proteja-o e dê-me paz.

— Juro! — disse o professor solenemente, ajoelhando-se ao lado dela e erguendo a mão, como alguém que presta juramento. Depois se voltou para Arthur e lhe disse: — Venha, meu filho, segure a mão dela e beije-a na testa, apenas uma vez.

Em vez dos lábios, os olhos dos dois se encontraram e assim ocorreu a separação.

Os olhos de Lucy se fecharam e Van Helsing, que observava atentamente, segurou o braço de Arthur, afastando-o.

Em seguida, a respiração de Lucy tornou-se entrecortada mais uma vez e, repentinamente, cessou.

— Tudo terminou — disse Van Helsing. — Ela está morta!

Segurei o braço de Arthur e levei-o à sala de estar, onde sentou-se, cobrindo o rosto com as mãos e soluçando de um modo que quase me partiu o coração.

Voltei ao quarto e encontrei Van Helsing contemplando a pobre Lucy, com o rosto mais sério do que nunca. Alguma modificação ocorrera no corpo da moça: a morte lhe devolvera parte de sua beleza, pois a testa e as faces haviam recuperado algumas de suas harmônicas linhas e até mesmo os lábios haviam perdido a palidez cadavérica. Era como se o sangue, não mais necessário para impulsionar o coração, decidisse tornar a aspereza da morte o mais suave possível.

"Julgamo-la morta quando dormia, e adormecida quando morta."

Fiquei ao lado de Van Helsing e disse-lhe:

— Ah, pobre moça, finalmente há paz para ela. É o fim!

Ele voltou-se para mim muito gravemente:

— Não é assim, infelizmente! Não é assim. Isso é apenas o princípio!

Quando lhe perguntei o que queria dizer, apenas sacudiu a cabeça, respondendo:

— Nada podemos fazer por enquanto. Espere e verá.

CAPÍTULO 13

RELATO COTIDIANO DO DR. SEWARD
(continuação)

O funeral foi arranjado para o dia seguinte, para que Lucy e sua mãe pudessem ser enterradas juntas. Cuidei de todas as desagradáveis formalidades, e o homem da empresa funerária urbana provou que seu corpo de assistentes era amaldiçoado (ou abençoado) com algo de sua própria suavidade servil. Até mesmo a mulher que realizou as últimas cerimônias para a morta declarou, ao sair da câmara mortuária, de modo confidencial e como se fosse quase minha irmã de profissão:

— Ela forma um lindo cadáver, senhor. É um privilégio poder atendê-la. Não será demasiado dizer que ela honrará nosso estabelecimento!

Notei que Van Helsing sempre se conservava próximo. Isso era possível devido ao estado de desordem da casa. Não havia parentes disponíveis e, como Arthur tinha de regressar no dia seguinte para assistir ao enterro do próprio pai, não pudemos notificar aqueles que deveriam ter sido avisados. Devido às circunstâncias, Van Helsing e eu nos encarregamos de cuidar dos papéis, etc. Ele insistiu em cuidar dos papéis pertencentes a Lucy. Perguntei-lhe o motivo, pois temia que ele, sendo estrangeiro, não estivesse bem a par das exigências das leis inglesas, o que poderia acarretar dificuldades desnecessárias. Respondeu-me:

— Sei, sei. Esquece que sou não só médico, mas também advogado. Porém isso não é apenas matéria legal. Você sabia disso, quando evitou o médico legista. Não é apenas ele que tenho de evitar. Pode haver mais papéis... como este.

Enquanto falava, tirou de seu caderno de notas o memorando que estivera no peito de Lucy e que ela rasgara dormindo.

— Quando encontrar algo para o advogado da falecida sra. Westenra, lacre todos os seus papéis e escreva-lhe esta noite. Quanto a mim, velarei durante toda a noite aqui neste quarto e no antigo quarto da srta. Lucy, e verei se encontro algo. Não será aconselhável que os pensamentos dela passem para as mãos de estranhos.

Realizei a minha parte do serviço e, após outra meia hora, já encontrara o nome e o endereço do advogado da sra. Westenra e lhe escrevera. Os papéis da coitada senhora estavam em ordem e indicavam explicitamente o local onde deveria ser enterrada. Eu mal fechara a carta quando, para minha surpresa, Van Helsing entrou no aposento, dizendo:

— Posso ajudá-lo, amigo John? Estou livre e, se me permite, à sua disposição.

— Já encontrou o que procurava? — perguntei-lhe, ao que me respondeu:

— Não procurava nada de especial. Tinha apenas esperanças de encontrar (e realmente encontrei) tudo o que havia: algumas cartas, poucos memorandos e um diário recém-iniciado. Mas tenho-os comigo e presentemente nada diremos acerca deles. Verei aquele pobre rapaz amanhã à noite e, com a permissão dele, utilizarei alguns.

Quando terminamos o trabalho que realizávamos, ele me disse:

— Agora, amigo John, creio que podemos ir para a cama. Tanto eu como você precisamos de sono e de descanso para nos recuperarmos. Amanhã teremos muito que fazer, porém hoje não seremos mais úteis. Que dia infeliz!

Antes de nos recolhermos, fomos contemplar a pobre Lucy. O homem da empresa funerária realizara muito bem o seu trabalho, pois transformara o aposento numa pequena *chapelle* ardente. Havia montões de flores brancas e procuraram tornar a morte menos repulsiva. A mortalha cobria o rosto da defunta; quando o professor se inclinou para afastá-la suavemente, ambos estremecemos ao olhar a beleza diante de nós, que podíamos perceber bem, porque as compridas velas apresentavam luz suficiente. Toda a beleza de Lucy retornara com a morte, e as horas que se haviam passado, em vez de deixarem traços dos "dedos destruidores da decomposição", lhe haviam restaurado a beleza da vida, de modo que eu mal podia acreditar que contemplava um cadáver.

O professor tinha um ar inflexível e sério. Não a amara como eu e por isso não havia necessidade de lágrimas em seus olhos. Disse-me:

— Fique aqui até eu voltar — e saiu do quarto. Regressou com a mão cheia de selvagens flores de alho, retiradas de uma caixa que esperava no corredor, mas que não havia sido aberta. Colocou as flores entre as outras, sobre e ao redor da cama. Depois retirou de seu pescoço, por dentro de seu colarinho, um pequeno crucifixo de ouro que colocou sobre a boca da moça. Recolocou a mortalha em seu lugar e nos afastamos.

Eu me despia em meu quarto quando ouvi uma batida de advertência na porta e ele entrou, imediatamente principiando a falar:

— Amanhã, quero que me traga, antes de a noite cair, bisturis de necropsia.

— Teremos de fazer necropsia? — perguntei.

— Sim e não. Quero operar, mas não como você pensa. Contar-lhe-ei, mas não diga palavra a ninguém. Quero cortar a cabeça dela e retirar-lhe o coração. Ah! Você é cirurgião e se mostra tão chocado! Você a quem já vi realizar operações em que havia perigo de morte sem um tremor de mão ou do coração; operações que fariam os outros tremerem. Oh, mas não devo esquecer-me de que você a amou, caro amigo John; mas fique descansado, operarei e você não ajudará. Gostaria de fazê-lo esta noite, mas não posso por causa de Arthur; ele estará livre após o enterro do pai amanhã e desejará vê-la... ver a *coisa*. Então, quando ela estiver no caixão preparada para o dia seguinte, você e eu viremos quando todos dormirem. Desaparafusaremos a tampa do caixão e realizaremos nossa operação; depois colocaremos tudo nos lugares devidos, para que ninguém mais saiba, além de nós, o que se passou.

— Mas para que tudo isso? A moça está morta. Por que mutilar o pobre corpo sem necessidade? E, se não é necessária uma necropsia, pois ninguém lucrará com isso (nem a moça, nem nós, nem a ciência, nem o conhecimento humano), por que realizá-la? Sem necessidade, é monstruosa.

Em resposta, ele colocou a mão sobre meu ombro e disse com infinita ternura:

— Amigo John, tenho pena de seu coração sofredor e estimo-o ainda mais porque tanto sofre. Se pudesse, colocaria em meus próprios ombros o fardo que você suporta. Porém há coisas que não sabe, que vai saber e que me abençoará porque eu sei, embora não sejam agradáveis. John, meu filho, é meu amigo há muitos anos. Já me viu fazer alguma coisa sem ter para isso um forte motivo? Posso errar, pois sou apenas humano; mas acredito em tudo o que faço. Não foi por esses motivos que me mandou chamar quando surgiu a grande dificuldade? Sim! Não ficou surpreso, senão horrorizado, quando não permiti que Arthur beijasse sua amada moribunda, e agarrei-o para afastá-lo com toda a minha força? Sim! E contudo não viu como ela me agradeceu com seus lindos olhos que morriam, com sua voz demasiado fraca e com o beijo que deu em minha velha e áspera mão? Sim! E não viu que, quando lhe fiz aquele juramento, ela fechou os olhos agradecida? Sim! Bem, agora tenho forte motivo para tudo o que desejo fazer. Durante muitos anos você confiou em mim; acreditou em mim nas semanas passadas, quando ocorreram fatos tão estranhos que bem poderia ter duvidado. Creia ainda durante algum tempo, amigo John. Se não confiar em mim, terei de dizer-lhe o que penso, e talvez isso não seja bom. E, se eu trabalhar (e trabalharei, depositem ou não confiança em mim), fá-lo-ei com o coração pesado e sentir-me-ei muito solitário, justamente quando necessito de toda a ajuda e coragem! — Fez uma pausa durante um momento e prosseguiu solenemente: — Amigo John, há dias estranhos e terríveis diante de nós. Não sejamos dois, porém um, para que em nosso trabalho possamos atingir um bom fim. Acreditará em mim?

Apertei-lhe a mão e prometi. Mantive minha porta aberta enquanto ele saía e vi-o entrar em seu quarto, fechando a porta. Enquanto me quedava ali imóvel, vi uma das criadas atravessar silenciosamente o corredor e entrar no quarto em que estava Lucy. A empregada não me viu, porque tinha as costas voltadas para mim. Aquela visão comoveu-me. A devoção é muito rara e nos sentimos muito gratos àqueles que a demonstram espontaneamente aos seres que amamos. Ali estava uma pobre moça que punha de lado o medo da morte (que naturalmente possuía) para ir sozinha velar ao lado do caixão da ama adorada, a fim de que o pobre barro não permanecesse só antes do repouso eterno...

Devo ter dormido muito e profundamente, pois já era dia claro quando Van Helsing me acordou ao entrar em meu quarto. Aproximou-se de minha cama e disse:

— Não se preocupe com os bisturis, não necessitaremos deles!

— Por que não? — perguntei. A seriedade dele na noite anterior me impressionara muitíssimo.

— Porque — afirmou gravemente — é tarde demais... ou cedo demais. Veja! — Mostrou-me o pequeno crucifixo dourado. — Isso foi roubado durante a noite.

— Como pode ter sido roubado, se o tem agora? — perguntei perplexo.

— Porque o recuperei da perdida que o roubou, da mulher que roubou os vivos e os mortos. Certamente será castigada, mas não serei eu o autor da punição; ela não sabia ao certo o que fazia e com ignorância apenas roubou. Agora teremos de esperar. — Afastou-se sem dizer palavra, deixando-me um novo mistério para decifrar.

A manhã foi terrível, mas ao meio-dia chegou o advogado: o sr. Marquand, da firma Wholeman, Filhos, Marquand & Lidderdale. Foi muito cordial e apreciou muito o que havíamos realizado; retirou de nossas mãos todos os cuidados acerca dos detalhes. Durante o almoço, disse-nos que a sra. Westenra há algum tempo esperava morrer repentinamente do coração e que por isso colocara seus negócios em absoluta ordem. Informou-nos que Arthur Holmwood herdaria todos os bens, imóveis e móveis, com exceção de certa propriedade inalienável que o pai de Lucy possuíra por faltarem herdeiros diretos, e que agora retornaria a um ramo distante da família. Quando já nos havia dito tudo isso, prosseguiu:

— Para falar francamente, fizemos o possível para impedir tal disposição testamentária e lhe mostramos que poderiam ocorrer certas contingências capazes de deixar a filha sem dinheiro ou de extinguir-lhe a liberdade de realizar ou não aquele matrimônio. Com efeito, insistimos tanto sobre o caso que quase brigamos, pois ela nos perguntou se estávamos ou não preparados para realizar seus desejos. É claro que não tivemos alternativa senão aceitar. Estávamos teoricamente certos e, em noventa e nove vezes contra uma, a lógica dos acontecimentos provaria a veracidade de nossa opinião. Contudo, devo admitir que neste caso qualquer outra forma de disposição teria tornado impossível a realização da vontade da defunta. Morta a mãe antes da filha, esta se apossaria da herança, e no caso de sobreviver a mãe, ainda que por cinco minutos, não havendo testamento (e esse seria praticamente impossível no caso), os bens passariam para os parentes. Neste caso, lorde Godalming, embora muito amigo, não teria direito algum, pois os herdeiros, sendo remotos, não desejariam abandonar seus direitos indiscutíveis, por motivos sentimentais concernentes a um completo estranho. Asseguro-lhes, caros senhores, que estou completamente satisfeito com o resultado.

Ele era um bom sujeito, mas o fato de, em toda aquela intensa tragédia, alegrar-se apenas pela pequena parte em que era oficialmente interessado constituía uma lição objetiva que demonstrava o quanto a complacência é limitada.

Ele não permaneceu muito tempo, mas disse que voltaria mais tarde para ver lorde Godalming. Contudo, sua vinda nos consolara um pouco, pois assegurou-nos que nenhum de nossos atos poderia ser criticado hostilmente. Arthur deveria chegar às cinco horas e, por isso, um pouco antes daquele momento, visitamos a câmara mortuária. Esta fora muito bem denominada, pois agora tanto a mãe como a filha lá se encontravam. O agente funerário, fiel a seu ofício, dispusera seus apetrechos da melhor forma possível e um ar mortuário impregnava o ambiente, deprimindo-nos imediatamente. Van Helsing ordenou que desfizessem aquilo e arrumassem tudo como antes, pois disse que lorde Godalming logo chegaria e lhe seria menos penoso poder ver a sós tudo o que ficara de sua noiva. O agente pareceu chocado com sua própria estupidez e esforçou-se para dispor tudo como havíamos deixado na noite anterior, a fim de que, quando Arthur chegasse, lhe pudéssemos poupar choques.

Pobre Arthur! Estava alquebrado e mergulhado em desespero. Até mesmo sua inflexível masculinidade parecia haver murchado um pouco sob a tensão de tão fortes emoções. Eu sabia que ele era muito apegado ao pai e que a perda deste, em tal ocasião, constituía um grande golpe. Comigo foi afetuoso como sempre e com Van Helsing mostrou-se extremamente cordial, mas não pude deixar de notar que estava um tanto constrangido. O professor também o percebeu e pediu-me que o trouxesse para cima. Assim fiz e deixei-o à porta do quarto, pois sabia que ele desejaria ficar a sós com ela; mas segurou-me o braço, fazendo-me entrar e dizendo em voz rouca:

— Você também a amou, camarada. Ela me contou isso e disse que você era o amigo que mais estimava. Não sei como agradecer-lhe por tudo o que fez para ela. Ainda não sei...

Aqui perdeu o controle e atirou os braços ao redor de meus ombros, colocando a cabeça em meu peito. Berrou:

— Oh, Jack, Jack! O que farei?! Repentinamente, minha vida tornou-se vazia, e em todo o vasto mundo não encontro uma razão para viver.

Consolei-o como pude; em tais casos, os homens não necessitam de muitas palavras. Um aperto de mão, o toque de um braço sobre o ombro, um soluço em conjunto são expressões de simpatia caras ao coração humano. Permaneci quieto e em silêncio até vê-lo parar de soluçar e depois lhe disse suavemente:

— Venha vê-la.

Aproximamo-nos juntos da cama e descobri o rosto da morta. Meu Deus, como estava linda! Cada hora que passava parecia aumentar-lhe os encantos. Aquilo me assustava e me intrigava ao mesmo tempo; quanto a Arthur, principiou a tremer, e a dúvida apossou-se dele. Finalmente, depois de longa pausa, indagou-me num vago murmúrio:

— Jack, ela está realmente morta?

Tristemente assegurei-lhe que sim e, como não desejava prolongar tal dúvida, se pudesse evitá-lo, nem por mais um minuto, afirmei que aquilo acontecia inúmeras vezes: o rosto dos mortos muitas vezes se suavizava, readquirindo a jovem beleza. Disse-lhe que isso sucedia principalmente quando a morte era precedida por sofrimentos agudos ou prolongados. Pareceu-me desfazer completamente suas dúvidas e ele se afastou, depois de ajoelhar-se ao lado da cama durante algum tempo, contemplando terna e demoradamente a amada. Declarei-lhe que aquilo teria de ser a despedida, pois era necessário preparar o caixão; ele voltou, portanto, e segurou a mão da morta, beijando-a. Inclinou-se também e lhe beijou a testa. Afastou-se olhando ternamente para trás, sobre o ombro, enquanto prosseguia.

Deixei-o na sala de estar e disse a Van Helsing que o rapaz já se despedira. O professor foi então para a cozinha dizer aos homens da agência funerária que prosseguissem com os preparativos e fechassem o caixão. Quando entrou novamente na sala, falei-lhe da pergunta de Arthur e ele replicou:

— Isso não me surpreende. Ainda agora, eu mesmo duvidei durante um momento!

Todos jantamos juntos e pude ver que o pobre Art tentava portar-se do melhor modo possível. Van Helsing jantara em silêncio durante todo o tempo, mas quando acendemos o cigarro disse:

— Lorde...

Arthur, porém, interrompeu-o:

— Não, não, por Deus! Não me chame assim! Desculpe-me, senhor, não quis ofendê-lo, mas é que minha perda é muito recente.

O professor respondeu muito gentilmente:

— Utilizei essa denominação porque estava em dúvida. Não devo chamá-lo de senhor e já principio a estimá-lo como "Arthur".

Arthur estendeu a mão e apertou afetuosamente a do velho.

— Chame-me como quiser — disse. — Espero ser sempre considerado seu amigo. E permita-me dizer-lhe também que não tenho palavras para agradecer a bondade com que tratou minha amada. — Fez uma pausa curta e prosseguiu: — Sei que ela compreendeu sua bondade ainda mais do que eu e, se fui algo rude naquele momento em que o senhor agiu... recorda-se? — o professor balançou a cabeça, afirmativamente — deve perdoar-me.

Van Helsing respondeu com séria delicadeza:

— Sei que foi difícil confiar em mim em tal momento, pois seria necessário compreender o motivo da violência para confiar. Por isso, creio que ainda agora você não confia em mim, nem pode confiar, pois ainda não compreende. E talvez ainda haja outras ocasiões em que eu deseje que confie, quando não pode, e ainda não deve compreender. Mas chegará a hora em que confiará completamente em mim e em que compreenderá como se tudo fosse claro como água no pote. Nesse instante, então, me abençoará por sua própria causa, por causa dos outros e daquela que jurei proteger.

— Tem razão, tem razão, senhor — afirmou Arthur calorosamente. — Acreditarei sempre no senhor. Sei e creio que tem o coração muito nobre; além do mais é amigo de Jack e o foi também dela. Fará como quiser.

O professor pigarreou diversas vezes como se desejasse falar e finalmente disse:

— Posso perguntar-lhe algo agora?

— Certamente.

— Sabe que a sra. Westenra lhe deixou todos os seus bens?

— Não. Coitada; nunca pensei nisso.

— E, como são todos seus, terá o direito de fazer o que desejar com eles. Gostaria que me permitisse ler todos os papéis e cartas da srta. Lucy. Creia que não lhe peço isso por simples curiosidade. Esteja certo de que tenho um motivo que ela aprovaria. Todos os papéis estão comigo. Apanhei-os antes de saber que tudo era seu, a fim de que nenhum estranho os tocasse... a fim de que nenhum olhar estranho penetrasse na alma dela através das palavras. Guardá-los-ei se me permitir e, ainda que você não possa vê-los no momento, eu os manterei em lugar seguro. Nenhuma palavra se extraviará e, na hora devida, devolvê-los-ei. Pedi algo difícil, mas você o fará pelo bem de Lucy, não?

Arthur falou com firmeza, parecendo voltar a ser o que era:

— Dr. Van Helsing, faça como quiser. Sinto que, dizendo isto, procedo de acordo com o que teria desejado minha amada. Não o perturbarei com perguntas enquanto não chegar a hora.

O idoso professor levantou-se e disse gravemente:

— Está certo. Haverá sofrimento para todos nós, mas nem tudo será dor e esta passará. Nós todos, e principalmente você, meu caro rapaz, teremos de atravessar momentos amargos, antes de atingirmos os doces. Mas tudo sairá bem se formos corajosos e altruístas e se realizarmos nosso dever.

Naquela noite, dormi num sofá no quarto de Arthur. Van Helsing não se deitou. Andava para a frente e para trás, como se vigiasse a casa, e não perdia de vista o quarto onde Lucy estava deitada em seu caixão, enfeitada com as flores selvagens de alho, que enviavam através da noite um cheiro forte e penetrante, misturado ao olor de lírios e rosas.

DIÁRIO DE MINA HARKER

22 de setembro — No trem para Exeter. Jonathan dorme. Parece que foi apenas ontem que escrevi neste caderno pela última vez e, contudo, quanta coisa aconteceu... Eu estava em Whitby e tinha o mundo diante de mim; Jonathan se encontrava longe, e eu não recebia notícias dele. Agora estou casada com Jonathan, que já é advogado, sócio, rico e chefe de seu negócio: o sr. Hawkins está morto e enterrado, e Jonathan teve outro ataque que poderá causar-lhe dano. Algum dia talvez me pergunte a respeito do caso, por isso anotarei tudo. Estou perdendo a prática da taquigrafia (veja o que a prosperidade pode ocasionar) e por isso será bom recordá-la com um exercício...

O enterro foi muito simples e impressionante. Comparecemos apenas nós, alguns criados, um ou dois amigos do falecido que moravam em Exeter, seu agente de Londres e um cavalheiro que representava o sr. John Paxton, o presidente da

Sociedade Judiciária. Jonathan e eu permanecemos de mãos dadas e sentimos que nosso melhor e mais estimado amigo partira...

Regressamos à cidade silenciosamente, num ônibus que nos conduziu ao Hyde Park. Jonathan julgou que seria interessante levar-me até a fileira de bancos que lá existe, e por isso nos sentamos. Entretanto, encontramos pouquíssimas pessoas e era desolador ver tantos lugares vazios, pois pensávamos no espaço vago que agora havia em casa. Portanto nos levantamos e caminhamos pelo Piccadilly. Jonathan me segurava o braço, como costumava fazer antigamente, antes de eu ir para a escola. Eu sentia que aquilo era ligeiramente impróprio, pois, depois de ensinar durante alguns anos etiqueta e decoro às moças, aquelas noções sempre penetram um pouco em nós. Mas quem segurava meu braço era Jonathan, meu marido, e não conhecíamos ninguém ao nosso redor. Não nos importávamos, portanto, com o fato de nos verem e continuamos a caminhar. Eu contemplava uma belíssima moça que usava um grande chapéu arredondado e sentava-se numa caleça do lado de fora do Giuliano's quando Jonathan segurou-me o braço com muita força, machucando-me, e disse por entre os dentes: "Meu Deus!". Ando muito preocupada com ele, pois temo que algum ataque nervoso possa perturbá-lo novamente. Portanto, voltei-me para ele com rapidez e perguntei-lhe o que o perturbara.

Estava muito pálido e seus olhos pareciam saltar das órbitas enquanto, aterrorizado e perplexo, contemplava um homem alto, magro, com nariz aquilino, bigode preto e cavanhaque, que também observava a linda moça. O homem a encarava tão fixamente que não nos notou e pude vê-lo bem. Seu rosto não demonstrava bondade: era áspero, cruel, sensual, e seus grandes dentes brancos, que se tornavam ainda mais alvos devido ao contraste dos lábios muito vermelhos, eram pontudos como os de um animal. Jonathan continuou a encará-lo e temi que o homem percebesse. Receei que se aborrecesse, pois tinha o aspecto muito rude. Perguntei a Jonathan por que estava perturbado e respondeu-me, evidentemente achando que eu sabia tanto do caso quanto ele:

— Vê quem é?

— Não, querido — disse-lhe. — Não o conheço; quem é?

Sua resposta me chocou, emocionando-me ao mesmo tempo, pois foi dita como se ele ignorasse que falava comigo, sua esposa Mina:

— É o próprio homem!

Evidentemente algo o aterrorizara intensamente; creio mesmo que, se eu não estivesse ali para segurá-lo, ele teria desmaiado. Continuou a olhar; um homem saiu da loja com um pequeno embrulho que entregou à moça, e ela partiu. O homem sinistro continuou a manter os olhos fixos nela e, quando a carruagem se moveu subindo Piccadilly, ele seguiu na mesma direção, fazendo sinal a um carro que passava. Jonathan continuou a olhá-lo e disse, como se falasse sozinho:

— Creio que seja o Conde, mas rejuvenesceu. Que horror, se isso for verdade! Oh, meu Deus, meu Deus! Se ao menos eu soubesse! Se ao menos eu soubesse. — Estava tão perturbado que receei formular-lhe perguntas sobre o assunto, permanecendo em silêncio. Afastei-o suavemente e ele, segurando meu braço, não ofereceu resistência. Caminhamos mais um pouco e depois penetramos no Parque Green, onde nos sentamos durante algum tempo. Aquele era um dia quente para o outono e encontramos um banco confortável na sombra. Jonathan, depois de olhar durante alguns minutos para o vácuo, fechou os olhos e dormiu calmamente, com a cabeça sobre meu ombro. Achei que aquilo seria ótimo para ele e não o perturbei. Depois de cerca de vinte minutos acordou e me disse de modo bem alegre:

— Oh, Mina, dormi! Desculpe-me a rudeza. Venha e tomemos um copo de chá em algum lugar.

Evidentemente, esquecera o sombrio estranho, assim como esquecera em sua doença tudo o que esse episódio lhe recordara. Não vejo com bons olhos esses lapsos de memória, pois poderão produzir ou piorar alguma lesão cerebral. Temo fazer-lhe perguntas que poderão prejudicá-lo, mas tenho de saber alguma coisa acerca dessa viagem ao estrangeiro. Receio que haja chegado a hora em que devo abrir aquele pacote, para saber o que está escrito no caderno. Oh, Jonathan, sei que me perdoará se por acaso procedo erradamente, mas tudo será para o seu próprio bem.

Mais tarde — Nossa chegada ao lar foi muito triste; em casa não mais se encontra aquele que foi tão bom para nós. Jonathan ainda está pálido e tonto, com ligeira recaída da doença. E, além do mais, recebi um telegrama de Van Helsing (que não sei quem é). "Ficará penalizada saber sra. Westenra morreu cinco dias atrás e Lucy anteontem. Enterradas ambas hoje."

Oh, quanta dor transmitiram tão poucas palavras! Pobre sra. Westenra! Pobre Lucy! Partiram para nunca mais voltar! Coitado do Arthur, que grande perda em sua vida! Que Deus nos ajude a suportar nossos pesares.

RELATO COTIDIANO DO DR. SEWARD

22 de setembro — Tudo terminou. Arthur voltou para o Ring, levando Quincey Morris consigo. Que bom sujeito é o Quincey! Creio que ele sofreu com a morte de Lucy tanto quanto nós, porém suportou tudo como um grande herói. Se a América continuar a produzir homens assim, tornar-se-á certamente muito poderosa. Van Helsing está se deitando, pois pretende descansar antes de viajar. Irá para Amsterdã hoje, mas diz que regressará amanhã à noite, pois deseja apenas cuidar de alguns negócios que só poderão ser realizados pessoalmente.

Deverá permanecer comigo, se puder, pois disse que terá de realizar serviços em Londres, que talvez demorem algum tempo. Pobre sujeito! Receio que a tensão das semanas passadas haja alquebrado até mesmo sua força de ferro. Pude ver que, durante todo o tempo do enterro, ele se controlava terrivelmente. Quando tudo terminou, ficamos ao lado de Arthur, que, coitado, falava de como na transfusão seu sangue passara para as veias de Lucy; percebi que o rosto de Van Helsing se tornava branco e roxo. Nenhum de nós falou das outras transfusões; não as mencionaremos. Arthur e Quincey foram juntos para a estação e Van Helsing e eu viemos para cá. No instante em que ficamos a sós na carruagem, ele se entregou a uma série de ataques histéricos. Contudo, negou que aquilo fosse histerismo e insistiu afirmando ter sido apenas uma demonstração de senso de humor surgida em momentos terríveis. Riu até chorar e tive de abaixar as cortinas para que ninguém nos visse nem nos interpretasse mal. Em seguida, chorou até rir novamente e continuou a chorar e rir ao mesmo tempo, exatamente como uma mulher. Tentei ser rígido com ele, como somos com uma mulher em tais circunstâncias, mas não obtive resultado. Os homens diferem muito das mulheres nas manifestações de força ou fraqueza nervosa! Depois, quando seu rosto se tornou mais uma vez grave e sério, perguntei-lhe por que tamanha alegria em tal hora. Sua resposta apresentou as características de sempre: foi lógica, firme e misteriosa. Disse:

— Ah, não compreenderá, amigo John. Não julgue que não estou triste, apenas porque rio. Veja, chorei mesmo quando o riso me sufocava. Mas também não pense que existe apenas tristeza em mim quando choro, pois o riso surge ao mesmo tempo. Guarde bem isto: o riso que lhe bate à porta e diz: "Posso entrar?" não é o verdadeiro riso. Não! Ele é um rei que vem e vai quando quer. Não pergunta se a pessoa o deseja, não escolhe o momento adequado. Diz: "Estou aqui". Por exemplo: fiquei muito triste por causa daquela meiga jovem, dei-lhe meu sangue embora esteja velho e cansado; dei-lhe meu tempo, minha sabedoria, meu sono; sacrifiquei meus outros pacientes em benefício dela. E, contudo, rio em seu próprio túmulo... ri quando o barro da pá do coveiro caiu sobre seu caixão com ruídos surdos que atingiram meu coração, até retirarem o sangue de minhas faces. Sinto o coração sangrar por aquele pobre rapaz que tem a idade de meu próprio filho (que felizmente vive), e que tem os mesmos cabelos e olhos. Agora já sabe por que gosto tanto dele. E quando o pobre rapaz dizia coisas que tocavam meu coração de marido e faziam meu coração de pai estimá-lo como a nenhum outro homem (nem mesmo a você, amigo John, pois o nível de nossas experiências não nos permite uma diferença de pai a filho); até mesmo naquele momento, o Rei Riso me dominava, berrando em meu ouvido: "Aqui estou eu! Aqui estou eu!" — até o sangue voltar dançando, trazendo um pouco de sol que retirara de minhas faces. Oh, amigo John, este mundo é estranho, triste e cheio de dificuldades e misérias; contudo, quando o Rei Riso surge, faz que tudo dance ao som de sua música. Corações ensanguentados, caveiras de cemitérios, lágrimas que queimam ao caírem — tudo dança ao som da música que ele produz com sua boca séria. E, amigo John, creia que é bondade dele vir. Ah, nós homens e mulheres somos como cordas que as emoções puxam para onde desejam. Surgem então as lágrimas e, como a chuva nas cordas, esticam-nas até que possivelmente a tensão se torna demasiada e rebentamos. Porém o Rei Riso vem como o sol e diminui novamente a tensão, permitindo-nos continuar nosso trabalho, seja qual for.

Não quis feri-lo, fingindo não compreender sua ideia, mas, como não sabia por que motivo ele rira, perguntei-lho. Ao responder-me, seu rosto tornou-se sério e disse num tom muito diferente:

— Oh, o que me fez rir foi a amarga ironia de tudo: aquela linda moça enfeitada com flores e parecendo tão linda e viva, a ponto de duvidarmos que estivesse realmente morta. Deitava-se naquela construção de mármore no solitário cemitério onde descansam tantos de seus parentes; onde está a mãe que a amava e a quem a filha também amava. E o sagrado sino que tocava tão triste e baixo. E aqueles homens com vestes de anjos, fingindo ler livros e, contudo, jamais mantendo os olhos sobre as páginas. E nós todos com a cabeça inclinada. E tudo isso para quê? Ela não está morta?

— Por Deus, professor — exclamei —, não posso ver motivo de riso nisso. Ora, suas explicações tornam tudo um enigma ainda maior. Mas, ainda que a cerimônia fúnebre tivesse sido cômica, o que dizer a respeito do pobre Art e de sua dor? Ora, o coração dele simplesmente estourava.

— Amigo John, desculpe-me se sofro. Não demonstrei meus sentimentos aos outros para não os ferir, mas apenas a você, velho amigo em quem posso confiar. Se tivesse podido olhar meu coração quando quis rir, quando o riso chegou e mesmo agora quando o Rei Riso partiu com sua coroa e seu reino (onde permanecerá, longe de mim, durante muito tempo), talvez você tivesse sentido mais pena de mim do que de todos os outros.

O tom de ternura de sua voz emocionou-me e perguntei-lhe por quê.

— Porque sei!

Agora, estamos todos espalhados, e durante muitos dias longos a solidão se aninhará em nós. Lucy jaz no sepulcro de sua família, num majestoso mausoléu de um cemitério solitário, longe da regurgitante Londres; num local onde o ar é fresco, o sol se ergue sobre Hampstead Hill e as flores silvestres crescem espontaneamente.

Assim, posso terminar este diário e só Deus sabe se terei de iniciar outro. Se o fizer, ou se retornar a este, será para lidar com pessoas e temas diferentes; pois aqui, no final da narração do romance de minha vida, retorno para o meu trabalho, dizendo tristemente e sem esperanças: *finis*.

GAZETA DE WESTMINSTER, 25 DE SETEMBRO
UM MISTÉRIO DE HAMPSTEAD

Nas vizinhanças de Hampstead ocorre atualmente uma série de acontecimentos que se igualam àqueles que provocaram manchetes como "O terror de Kensington", "A mulher do punhal" ou "A mulher de preto": durante os últimos dois ou três dias ocorreram diversos casos de crianças que fugiram de casa ou não retornaram após brincarem na Charneca. Em todos esses casos, as crianças eram jovens demais para poderem relatar de modo inteligível o que lhes ocorrera, porém suas desculpas eram uniformes quanto ao fato de declararem haver estado com a "Dama Transparente". As crianças sempre desaparecem altas horas da noite e, em duas ocasiões, só foram encontradas cedo na manhã seguinte. Nas vizinhanças, a suposição geral é que, como a primeira criança fugida afirmou haver estado com a "Dama Transparente", as outras se utilizaram da expressão e agora a empregam segundo sua necessidade. Esta é a hipótese mais provável, uma vez que no presente momento o jogo favorito dos pequeninos é se enganarem mutuamente com logros. Um correspondente nos escreve dizendo que é extremamente engraçado ver aquelas minúsculas criancinhas fingindo ser a "Dama Transparente". Diz que alguns de nossos caricaturistas aprenderiam lições acerca da ironia do grotesco, comparando a realidade com o desenho. É apenas segundo as leis gerais que regem a natureza humana que a "Dama Transparente" desempenha tão popular papel nessas representações *al fresco*. Nosso correspondente afirma que nem mesmo Ellen Terry seria tão atraente quanto a pessoa que essas crianças de cara suja fingem ou imaginam ser.

Contudo, há possivelmente um lado sério na questão, pois algumas dessas crianças (certamente, todas as que desapareceram durante a noite) apresentam arranhões ou ferimentos na garganta. A forma dos ferimentos se assemelha àquela que seria produzida por um rato ou um pequeno cachorro e, embora não sejam graves, tendem a demonstrar que o animal que os inflige tem um sistema ou método próprio. A polícia do distrito recebeu ordens para observar atentamente as crianças que vagassem à toa, especialmente se forem muito jovens, quando estiverem dentro ou ao redor da Charneca de Hampstead e que também vigiem os cachorros errantes que por lá se encontrem.

GAZETA DE WESTMINSTER, 25 DE SETEMBRO
Edição Extraordinária

O HORROR DE HAMPSTEAD

Outra Criança Ferida
A "Dama Transparente"

Recebemos notícias de que outra criança, desaparecida na noite passada, foi encontrada somente às últimas horas da manhã de hoje, em um matagal do Morro Shooter, na Charneca de Hampstead. Esse local é provavelmente menos frequentado que os outros. A criança apresentava no pescoço o mesmo minúsculo ferimento notado nos outros casos. Estava impressionantemente fraca e parecia extenuada. Também esta, quando se recobrou parcialmente, narrou a história já comum de ter sido atraída pela "Dama Transparente".

CAPÍTULO 14

DIÁRIO DE MINA HARKER

23 de setembro — Jonathan passou mal a noite, mas está melhor. Sinto-me satisfeita porque ele tem muito que fazer, o que afasta de sua mente pensamentos tão terríveis. Alegro-me também porque não se sente amedrontado com a responsabilidade de sua nova posição. Eu sabia que poderia confiar nele e sinto-me orgulhosa por vê-lo elevar-se à altura de seu novo posto, conseguindo resolver todas as obrigações que surgem. Ficará fora o dia inteiro e só chegará tarde, pois disse que não poderia almoçar em casa. Já terminei meu serviço doméstico e apanharei o diário que ele escreveu no estrangeiro. Trancar-me-ei em meu quarto para lê-lo...

24 de setembro — Não tive ânimo para escrever na noite passada; as terríveis anotações de Jonathan me perturbaram muito. Pobre coitado! Como deve ter sofrido, seja aquilo verdade, seja imaginação. Será que há alguma verdade naquelas palavras? Será que a meningite o fez escrever tudo aquilo, ou haveria algum motivo para tudo? Acho que nunca saberei, pois nunca terei coragem de abordar o assunto com ele... E, contudo, aquele homem que vimos ontem! Jonathan parecia ter certeza... Pobre rapaz! Creio que o enterro o perturbou, fazendo sua mente voltar para trás... Porém, na realidade, acredita em tudo. Recordo-me de que disse no dia de nosso casamento: "A não ser que algum dever solene me obrigue a recordar aquelas horas amargas em que estive acordado ou dormindo, louco ou são". Parece haver em tudo continuidade... Aquele aterrorizante Conde viria para Londres... Se fosse verdade e ele viesse para Londres, que tem milhões de habitantes... Talvez haja um dever sagrado e, se isso ocorrer, não poderemos recuar... estarei preparada. Apanharei minha máquina de escrever agora mesmo e datilografarei tudo, decifrando a taquigrafia. Então estaremos preparados, caso seja necessário que outros olhos vejam as anotações. Se por acaso isso for preciso, talvez o pobre Jonathan não se perturbe se eu estiver preparada, pois poderei falar com ele e impedir que se preocupe com tudo o que ocorreu. Se Jonathan algum dia se recuperar desse nervosismo, talvez queira narrar-me tudo; poderei fazer-lhe perguntas e descobrir coisas, vendo então como será possível consolá-lo.

CARTA DE VAN HELSING PARA A SRA. HARKER

24 de setembro.
(Confidencial)

Cara senhora:
Peço que me perdoe o fato de escrever-lhe. Conhece-me apenas como sendo aquele que lhe enviou a triste notícia da morte de Lucy Westenra. Bondosamente, lorde Godalming concedeu-me a liberdade de ler as cartas e papéis da falecida, uma vez que estou muito preocupado com certos assuntos vitalmente importantes. Entre os papéis encontrei algumas cartas suas, que demonstraram que ambas eram muito amigas e que a senhora muito a estimava. Oh, sra. Mina, por essa sua estima, imploro-lhe que me auxilie. É pelo bem dos outros que peço, para reparar grandes males e impedir muitas e terríveis dificuldades, maiores talvez do que julga. Poderia encontrar-me com a senhora? Pode confiar em mim. Sou amigo do dr. John Seward e de lorde Godalming (aquele que era o Arthur da srta. Lucy). Ninguém deverá saber disso atualmente. Irei imediatamente entrevistá-la em Exeter, se assim mo permitir e se me disser quando e onde poderei

encontrá-la. Peço-lhe desculpas pelo incômodo, minha senhora. Li suas cartas para a pobre Lucy e sei o quanto é boa e como seu marido padeceu. Rogo-lhe portanto que nada diga a ele, pois isso poderá afetá-lo. Despeço-me, pedindo-lhe novamente desculpas.

Van Helsing

TELEGRAMA DA SRA. HARKER PARA VAN HELSING

25 de setembro — Venha hoje trem dez e um quarto se puder. Poderei vê-lo qualquer hora.

Wilhelmina Harker

DIÁRIO DE MINA HARKER

25 de setembro — Não consigo deixar de sentir-me intensamente ansiosa pela visita do dr. Van Helsing, pois espero que ela projete alguma luz sobre a triste experiência de Jonathan; também, como ele cuidou da pobre Lucy em sua última doença, poderá falar-me dela. Vem por isso: por causa de Lucy e de seu sonambulismo, e não devido a Jonathan. Então, não saberei a verdade agora! Como sou tola! Aquele terrível diário arrebata minha imaginação e tinge tudo com suas cores. É claro que o doutor deseja falar-me sobre Lucy. Retornara ao antigo hábito e aquela tenebrosa noite no recife deve tê-la feito adoecer. Devido à minha própria situação, esqueci-me de como ficou doente depois daquilo. Ela deve ter falado com ele acerca de sua aventura no Penhasco, dizendo-lhe que eu sabia tudo. Agora, certamente, ele deseja perguntar-me o que sei, para que também possa compreender. Espero ter feito bem em não mencionar o caso à sra. Westenra, pois nunca me perdoaria se por algum ato meu, ainda que omissivo, algum mal ocorresse a Lucy. Espero que o dr. Van Helsing não me culpe; passei por tantas dificuldades e angústias ultimamente que no presente momento não aguentaria mais uma.

Acho que o choro algumas vezes nos faz bem... clareia o tempo, assim como faz a chuva. Talvez o que me tivesse perturbado fosse o fato de ler o diário ontem, e também a partida de Jonathan, que ficará longe de mim durante vinte e quatro horas, pela primeira vez desde o nosso casamento. Espero que tenha cuidado e que nada ocorra para perturbá-lo. Já são duas horas e em breve chegará o médico. Nada direi acerca do diário de Jonathan, a não ser que ele me pergunte algo. Sinto-me satisfeita por haver datilografado o meu próprio diário também; assim, se ele me interrogar sobre Lucy, mostrarei as anotações, o que poupará indagações.

Mais tarde — O dr. Van Helsing já veio e já partiu. Oh, que estranho encontro, que me fez a cabeça girar! Sinto-me como se sonhasse. Será que tudo foi mesmo realidade? Se não tivesse lido anteriormente o diário de Jonathan, não aceitaria sequer a hipótese de ser tudo verdade. Pobre Jonathan, como deve ter sofrido! Queira Deus que tudo isso não o perturbe novamente. Tentarei preservá-lo disso, mas talvez o fato de saber que seus ouvidos e seu cérebro não o enganaram, que tudo foi verdade, constitua para ele um consolo e um auxílio (embora estes sejam de terrível e pavorosa consequência). Talvez seja a dúvida o que o perturba e talvez, se esta for removida e a verdade provada, ele se sinta mais satisfeito e mais capaz de suportar o choque. O dr. Van Helsing deve ser tanto um homem inteligente quanto bom, já que é amigo de Arthur e do dr. Seward e já que o fizeram realizar a longa viagem da Holanda até aqui, para examinar Lucy. Também sinto, depois de vê-lo, que é um indivíduo bom e nobre. Quando vier amanhã, eu o interrogarei acerca de Jonathan e então, se Deus quiser, toda esta tristeza e ansiedade poderão conduzir a uma boa finalidade. Antigamente, julgava que gostaria de realizar entrevistas. Um amigo de Jonathan, no jornal *Exeter*, disse-lhe que a memória é muito importante em tais serviços; que a pessoa deve ser capaz de anotar exatamente quase todas as palavras ditas, ainda que depois tenha de retocá-las. Tentarei escrever aqui, procurando repetir exatamente o que ocorreu.

Eram duas e meia quando bateram à porta. Arranjei coragem e esperei. Após alguns minutos, Mary abriu a porta, anunciando: "O dr. Van Helsing".

Ergui-me fazendo uma reverência e ele se aproximou de mim; era um homem de tamanho médio, forte, ombros recuados sobre um tronco largo, com pescoço e cabeça proporcionais. O equilíbrio da cabeça indicou-me imediatamente raciocínio e poder; ela era imponente, de bom tamanho, larga e grande atrás das orelhas. O rosto bem barbeado apresentava um queixo quadrado e firme, um nariz de bom tamanho, um pouco estreito, porém com narinas sensíveis que pareciam dilatar-se enquanto as sobrancelhas espessas desciam e a boca se estreitava. A testa era ampla, erguendo-se a princípio quase reta e recuando para trás sobre duas rugas bem afastadas. Era uma testa tal que o cabelo avermelhado não podia cair sobre ela, porém tombava naturalmente para trás e para os lados. Possuía grandes olhos de um azul-escuro, muito afastados, que eram vivazes, ternos ou sérios, segundo a disposição do homem. Disse-me:

— É a sra. Harker, não?

Inclinei-me concordando.

— A ex-srta. Mina Murray?

Novamente concordei.

— Vim ver Mina Murray, amiga da pobre Lucy Westenra. Sra. Mina, venho por causa das mortas.

— Senhor — afirmei —, nada me comove mais do que saber que foi amigo de Lucy Westenra e que muito a ajudou. — Estendi-lhe a mão e ele segurou-a, dizendo ternamente:

— Oh, sra. Mina, sabia que a amiga de uma tão boa moça como Lucy teria de ser boa também, mas faltava-me conhecê-la...

— Finalizou suas palavras com uma reverência cortês. Perguntei-lhe o motivo da visita e ele principiou imediatamente:

— Li as cartas que enviou à srta. Lucy. Desculpe-me tal fato, mas tinha de interrogar alguém e não encontrava ninguém. Sei que esteve com ela em Whitby. Não se surpreenda, mas ela às vezes escrevia um diário. Iniciou-o após sua partida, imitando a senhora... Nesse caderno, refere-se a um certo passeio que realizou dormindo e declara que a senhora a salvou. Como estou perplexo, desejaria que me contasse acerca dele tudo aquilo de que se recorda.

— Creio que posso contar-lhe tudo o que aconteceu, dr. Van Helsing.

— Então tem boa memória para os fatos, para os detalhes? As jovens nem sempre são assim.

— Não, doutor. É que escrevi tudo na ocasião. Poderei mostrá-lo, se o quiser.

— Oh, sra. Mina, isso seria um grande favor e ficaria muito grato. — Não pude resistir à tentação de intrigá-lo ligeiramente (creio que o gosto da maçã do paraíso ainda permanece um pouco em nossa boca), por isso lhe entreguei o diário em taquigrafia. Apanhou-o com uma reverência de agradecimento e perguntou:

— Posso lê-lo?

— Se assim o desejar — respondi-lhe com a maior seriedade possível. Abriu o caderno, mas imediatamente seu rosto demonstrou desapontamento. Em seguida, levantou-se e fez nova reverência.

— Oh, que mulher inteligente! — exclamou. — Há muito tempo sabia que o sr. Jonathan era um homem que tinha muito o que agradecer a Deus; sua esposa possui todas as boas qualidades. Quer por favor ajudar-me a ler o que foi escrito? Céus! Eu não sei taquigrafia.

Naquele momento, minha brincadeira terminara e sentia-me quase envergonhada; por isso, retirei a cópia datilografada de minha pasta, entregando-a a ele.

— Desculpe-me — disse eu. — Não pude evitá-lo, mas como pensei que gostaria de perguntar-me algo acerca de minha cara Lucy e talvez não tivesse tempo para esperar (não por minha causa, mas porque sei que seu tempo é precioso), escrevi tudo a máquina para o senhor.

Apanhou os papéis e seus olhos brilharam.

— É tão bondosa — disse. — Posso lê-los agora? Talvez deseje perguntar-lhe algo, após haver lido.

— Certamente — respondi. — Leia-os enquanto ordeno que tragam o almoço; depois poderá fazer-me perguntas enquanto comemos. Inclinou-se e sentou-se em uma cadeira, com as costas voltadas para a luz. Entreteve-se com os papéis e parti para ver o almoço, mas principalmente porque não desejava perturbá-lo. Encontrei-o andando de um lado para o outro da sala, apressadamente. Tinha o rosto esfogueado. Aproximou-se de mim e segurou-me ambas as mãos.

— Oh, sra. Mina — falou —, como poderei agradecer-lhe? Estes papéis são raios de luz e me elucidam. Estou deslumbrado com tanta luz e, contudo, de vez em quando nuvens rolam por trás da claridade. Mas não poderá compreender isso. Sou-lhe muito grato, mulher inteligente. Minha senhora — disse com muita seriedade —, se um dia Abraham Van Helsing puder fazer algo pela senhora ou pelos seus, espero que me diga. Será um prazer poder servi-la como amigo; coloco meus conhecimentos à sua disposição e à daqueles que ama. Na vida há escuridão e luz; a senhora é uma fonte de luz. Terá uma vida boa e feliz e seu marido será abençoado devido à senhora.

— Mas, doutor, elogia-me demais sem me conhecer.

— Não a conheço, eu, que já estou velho e estudei durante toda a vida os homens e as mulheres; eu que me especializei nos conhecimentos do cérebro, em tudo o que a ele pertence e que dele decorre! Conheço-a, pois li o diário que tão bondosamente escreveu para mim e que apresenta apenas a verdade em cada linha. Como posso deixar de conhecê-la, se já li a carta muito terna que enviou à pobre Lucy, narrando seu casamento e responsabilidade? Oh, sra. Mina, as boas mulheres narram sua vida e nada há nela que os anjos não possam ler; nós, homens, que desejamos conhecê-las, teremos para isso de adquirir olhos de anjo. Seu marido e a senhora têm boa índole, pois confiam e a confiança não é própria dos espíritos mesquinhos. Quanto a seu marido... como passa ele? A febre cedeu? Já está forte e alegre?

Vi aqui uma oportunidade para falar acerca de Jonathan e por isso lhe disse:

— Está quase bom, mas a morte do sr. Hawkins o perturbou muito.

O professor declarou:

— Sei, sei. Li suas duas últimas cartas.

Prossegui:

— Suponho que aquela morte o perturbou, pois, quando estávamos na cidade, quinta-feira passada, ele teve uma espécie de choque.

— Um choque... e tão próximo de uma meningite! Não é bom sinal. Que espécie de choque foi?

— Julgou ver alguém que lhe recordava algo terrível, algo que lhe causara a meningite. — Aqui, pareceu-me estar envolta por um turbilhão. A piedade por Jonathan, o horror que ele experimentara, todo o temível mistério do diário e o medo que se apoderara de mim desde então; tudo se tumultuou. Suponho que fiquei histérica, pois me atirei de joelhos e ergui as mãos para o médico implorando-lhe que pusesse meu marido bom mais uma vez. Segurou minhas mãos e ergueu-me, fazendo-me sentar no sofá e ocupando um lugar a meu lado. Segurou minhas mãos e disse com infinita bondade:

— Minha vida é árida e solitária; tão repleta de trabalho que não tenho tido muito tempo para amizades. Mas desde que meu amigo John para cá me chamou, conheci tão boas pessoas e encontrei tanta nobreza de caráter que sinto mais do que nunca a solidão de minha vida crescente com os anos. Creia-me que aqui cheguei cheio de respeito para com a senhora, mas que me deu esperança, não sobre aquilo que procuro, mas quanto ao fato de que ainda há boas mulheres que podem proporcionar felicidade; mulheres cuja vida e cuja sinceridade constituem grandes lições para as crianças que criarão. Sinto-me imensamente feliz por ser-lhe útil; se seu marido sofre, isto ocorre dentro do ramo de meu estudo e experiência. Prometo-lhe, com o maior prazer, fazer por ele tudo o que puder... tudo o que puder para restituir-lhe a saúde e o vigor e também para tornar feliz a vida da senhora. Agora deve comer, pois está cansada e talvez excessivamente ansiosa. Seu marido Jonathan não gostará de vê-la tão pálida, e a preocupação que ele sentir por um ente querido não lhe fará bem. Portanto, por causa dele, a senhora deverá comer e sorrir. Já me contou tudo acerca de Lucy e não falaremos mais no caso, para que a senhora não se aflija. Ficarei esta noite em Exeter, porque desejo pensar muito acerca do que me contou. Depois que tiver raciocinado farei as perguntas, se me permitir. E então a senhora também me contará tudo sobre as dificuldades de seu marido Jonathan. Mas agora não. Coma e mais tarde me narre tudo.

Após o almoço, quando retornamos à sala de estar, disse-me:

— Agora, conte-me tudo acerca dele. — Quando chegou o momento de falar com este sábio, tive medo de que ele me julgasse tola e pensasse que Jonathan era louco. Aquele diário é tão estranho que hesitei em prosseguir. Mas, como era muito bondoso e prometera ajudar-me, confiei nele. Falei:

— O que tenho de dizer-lhe é tão estranho que devo pedir-lhe que não ria de mim ou de meu marido. Desde ontem, encontro-me num turbilhão de dúvidas. Por favor, seja bondoso para comigo, e não me julgue boba por haver dado algum crédito a fatos tão estranhos. — Suas maneiras e palavras tranquilizaram-me quando declarou:

— Oh, minha cara, se soubesse como é inacreditável o fato que aqui me traz, seria a senhora quem iria rir. Aprendi a não menosprezar as crenças alheias, por mais estranhas que sejam. Tenho tentado ser compreensivo, e não seriam as coisas comuns da vida que me fariam ser diferente, mas sim os fatos estranhos, extraordinários, que nos fazem duvidar de nossa sanidade mental.

— Obrigada, mil vezes obrigada! Retirou-me um peso da mente! Se me permitir, dar-lhe-ei um papel para ler. É longo, mas eu o datilografei. Narrar-lhe-á o meu problema e do de Jonathan. É a cópia do diário que escreveu no estrangeiro e contém tudo o que lá ocorreu. Não ouso emitir opinião sobre ele, o senhor o lerá e julgará por si mesmo. Depois, então, quando nos encontrarmos, talvez tenha a bondade de dizer-me o que achou.

— Prometo — disse ele quando lhe entreguei os papéis. — Virei de manhã, o mais cedo possível, e verei a senhora e seu marido.

— Jonathan estará aqui às onze e meia, e o senhor terá de vir almoçar conosco para vê-lo; poderá pegar o expresso das 3h34, que o deixará em Paddington antes das oito.

Mostrou-se surpreso por ver que eu sabia o horário dos trens, isso porque ignora que escrevi a tabela dos trens que saem e entram em Exeter, a fim de poder auxiliar Jonathan quando estiver apressado.

Van Helsing levou os papéis consigo e partiu. Sentei-me aqui pensando... não sei em quê.

CARTA (ESCRITA A MÃO) DO DR. VAN HELSING PARA A SRA. HARKER

25 de setembro, às 6 horas.

Cara sra. Mina,
Li o maravilhoso diário de seu marido. Pode dormir sossegada: embora seja estranho e terrível, é verdadeiro! Posso garanti-lo sem sombra de dúvida. O fato pode ser pior para os outros, mas, quanto à senhora e seu marido, não há motivo para alarme. Ele é um nobre indivíduo e permita que minha experiência lhe diga: um homem que desceu pela parede e foi até aquele quarto, duas vezes, não é um indivíduo que um choque possa invalidar permanentemente. Fique descansada, pois, mesmo antes de vê-lo, posso jurar que seu cérebro e coração funcionam bem. Perguntarei muitas coisas a seu marido. Felizmente fui vê-la hoje, pois aprendi simultaneamente tantas coisas que estou perplexo... creio que mais perplexo do que nunca.
Atenciosamente,

Abraham Van Helsing

CARTA DA SRA. HARKER PARA VAN HELSING

25 de setembro, às 18h30.

Caro dr. Van Helsing:
Mil agradecimentos por sua bondosa carta, que me retirou um fardo dos ombros. E, contudo, se aquilo é verdade, que coisas terríveis proliferam no mundo, e que grande tragédia o fato de aquele monstro estar em Londres! Receio pensar. Neste momento, enquanto escrevo, recebi um telegrama de

Jonathan dizendo que parte hoje de Launceston, às 6h25, e que chegará aqui à 1h18. Assim sendo, esta noite não sentirei medo. Portanto, em vez de almoçar conosco, quererá por acaso comer aqui o desjejum, às oito da manhã, se não for cedo demais? Se estiver apressado, poderá partir no trem das 10h30, que o fará chegar a Paddington às 2h35. Se quiser vir para o desjejum, não responda a esta, pois interpretarei o silêncio como anuência.

De sua amiga fiel e grata,

Mina Harker

DIÁRIO DE JONATHAN HARKER

26 de setembro — Julguei que nunca mais escreveria neste diário, mas surgiu a hora. Quando cheguei em casa, na noite passada, Mina já aprontara o jantar e, depois de comermos, falou-me sobre a visita de Van Helsing; disse-me que lhe dera a cópia dos dois diários e contou-me que ficara preocupada comigo. Mostrou-me a carta do médico, declarando que tudo o que escrevera era verdade. Parece-me que aquilo me tornou um novo homem. O que me esmorecia era o fato de não saber se tudo aquilo era real. Sentia-me impotente, na escuridão, e não tinha confiança em mim. Porém, agora que sei, não receio sequer o Conde. Sei, afinal, que foi bem-sucedido em seu propósito de vir para Londres e agora tenho certeza de que ele foi a pessoa que vi. Rejuvenesceu, mas como? Se Van Helsing é como Mina diz, deve ser um homem capaz de desmascará-lo. Deitamo-nos tarde, discutindo o caso. Mina está se vestindo e vou buscar o professor no hotel...

Creio que ele se mostrou surpreso ao ver-me. Quando entrei em seu aposento e me apresentei, segurou-me o ombro, voltou meu rosto para a luz e disse depois de firme exame:

— A sra. Mina contou-me que o senhor estava doente, que sofrera um choque.

Era muito engraçado ouvir aquele homem bondoso, de feições firmes, chamar minha esposa de sra. Mina. Sorri e falei:

— Estive doente e sofri um choque, mas o senhor já me curou.

— Como?

— Por meio da carta que enviou a Mina, na noite passada. Como eu duvidava, tudo me parecia irreal e não sabia em que acreditar, se nas provas, se em meus sentidos. Como não sabia em que acreditar, também não sabia o que fazer e por isso resolvi prosseguir com meus trabalhos rotineiros. Mas estes não me auxiliaram e passei a duvidar de mim mesmo. Doutor, não sabe o que é duvidar de tudo, até de si mesmo. Não pode saber, tendo essas sobrancelhas.

Ele pareceu satisfeito e riu ao declarar:

— Então, é um fisionomista. Aqui, aprendo novos fatos a cada momento. Sinto grande prazer por vir tomar o desjejum cá. Oh, senhor, desculpará o elogio de um velho, mas sua esposa é formidável.

Não me importaria de ficar ali o dia inteiro, ouvindo-o elogiar minha esposa; por isso, movi a cabeça concordando e permaneci em silêncio.

— Ela é uma dessas mulheres que Deus fabricou com suas próprias mãos, para mostrar aos homens e às outras mulheres que há um céu no qual podemos penetrar, e que suas luzes são encontradas aqui na terra. É muito sincera, terna, nobre, altruísta... e em nossa época cética e egoísta isso é muito raro. Quanto ao senhor, como li as cartas que recebia a srta. Lucy e como algumas delas falam do senhor, conheci-o alguns dias após conhecer os outros; porém só penetrei em sua verdadeira alma na noite passada. Quer me apertar a mão? Sejamos amigos por toda a vida.

Apertamos as mãos e ele era tão sincero e bondoso que me senti emocionado.

— E agora — afirmou ele —, posso pedir-lhe maior auxílio? Tenho de realizar uma grande tarefa, mas inicialmente preciso saber algo. Pode narrar-me o que se passou consigo antes de ir para a Transilvânia? Mais tarde talvez lhe peça um auxílio de natureza diferente, mas a princípio isso bastará.

— Senhor, o que terá de fazer diz respeito ao Conde?

— Sim — replicou ele solenemente.

— Então estou completamente do seu lado. Como partirá no trem das 10h30, não terá tempo de ler os papéis, mas poderá levá-los consigo para examiná-los durante a viagem.

Depois do desjejum, levei-o até a estação. Quando nos separamos, falou:

— Se puder, venha à cidade quando eu chamar e traga também a sra. Mina.

— Ambos iremos quando quiser — declarei.

Entreguei-lhe os jornais da manhã e os de Londres, da noite anterior. Passou uma vista de olhos sobre eles enquanto conversávamos na janela do vagão, à espera da partida do trem. Súbito, seus olhos esbarraram em algo num dos jornais (distingui pela cor ser este a *Gazeta de Westminster*); tornou-se muito branco. Leu algo com atenção, resmungando para si mesmo: "*Mein Gott! Mein Gott!* Tão cedo! Tão cedo!". Creio que, naquele momento, não se recordou de minha existência. Naquele instante o trem se afastou, apitando. Isso o fez voltar a si, inclinou-se pela janela, acenando e gritando:

— Lembranças à sra. Mina. Escreverei assim que puder.

RELATO COTIDIANO DO DR. SEWARD

26 de setembro — Na realidade, não existe o fim. Não faz uma semana que escrevi *finis* e contudo aqui estou eu principiando novamente, ou melhor, continuando a antiga gravação. Até esta tarde, não tive motivo para pensar no passado. Renfield parecera tornar-se melhor como nos primeiros tempos. Já ia adiantado em seu negócio das moscas e já principiava a criar também aranhas; não me perturbava. Recebi uma carta que Arthur escrevera no domingo e que me dizia estar ele suportando tudo muito bem. Quincey Morris o acompanha, o que muito ajuda, pois este rapaz é um poço de bom humor. Quincey também me escreveu umas linhas e eu soube por seu intermédio que Arthur está começando a recuperar algo de sua antiga animação; portanto, sinto-me tranquilo quanto a eles. Quanto a mim, dedicava-me ao trabalho com o entusiasmo que me animava anteriormente, de modo que poderia muito bem ter dito que o ferimento que a pobre Lucy em mim causara principiava a cicatrizar. Entretanto, agora tudo recomeçou e só Deus sabe como terminará. Julgo que Van Helsing sabe o que ocorre, mas diz apenas um pouquinho de cada vez para estimular a curiosidade. Foi para Exeter ontem e ficou lá durante toda a noite. Hoje, mais ou menos às cinco e meia da tarde, entrou no aposento quase aos pulos e atirou em minhas mãos a *Gazeta de Westminster* da noite passada.

— O que acha disso? — perguntou recuando e cruzando os braços.

Dei uma olhadela nas folhas, pois não sabia na realidade o que ele queria dizer. Mas apanhou o jornal e mostrou-me um parágrafo sobre crianças que eram atraídas para Hampstead. Aquilo não me elucidou muito, até que atingi um trecho que descrevia pequenos ferimentos no pescoço. Concebi uma ideia e levantei os olhos.

— Então? — perguntou.
— Igual ao que sucedeu com Lucy.
— E o que conclui daí?
— Simplesmente que há alguma causa comum. Aquilo que fez mal a ela, também faz a essas crianças.

Não compreendi muito bem o que ele respondeu:
— Indiretamente, isso é verdade; mas não diretamente.

— O que quer dizer, professor? — perguntei-lhe. Dispunha-me a não dar importância à seriedade dele, pois, afinal, quatro dias de descanso e libertação de uma ansiedade terrível ajudam na recuperação do bom humor.

Entretanto, quando vi o seu rosto, tornei-me sério. Ele nunca tivera aspecto mais grave, nem quando estávamos desesperados com a pobre Lucy.

— Diga-me! — exclamei. — Não posso arriscar uma opinião. Não sei o que pensar e não tenho dados sobre os quais basear minha hipótese.

— Quer dizer, amigo John, que não faz ideia da causa da morte da pobre Lucy? Nem depois de todos os indícios fornecidos pelos acontecimentos e por mim?

— Morreu de prostração nervosa decorrente da grande perda de sangue.

— E qual a causa da perda de sangue?

Sacudi a cabeça, indicando não saber.

Ele se aproximou de mim, sentando-se ao meu lado, e prosseguiu:

— Amigo John, é um homem inteligente, corajoso e raciocina bem; mas os preconceitos o atrapalham. Você não permite que seus olhos vejam nem que seus ouvidos ouçam, e aquilo que se passa longe dos afazeres diários não lhe diz respeito. Não sabe que há coisas que não compreende, mas que existem; não percebe que algumas pessoas enxergam aquilo que outras não veem? Existem coisas novas e velhas que não podem ser contempladas pelos olhos dos homens, porque estes sabem de outras coisas que outros homens lhes disseram. Ah, o defeito de nossa ciência é o de querer explicar tudo; quando não encontra explicação, diz que nada há a explicar. Contudo, vemos diariamente ao nosso redor o florescimento de novas crenças que se julgam novas, mas que são apenas antigas, pretendendo ser novas... assim como as finas damas da ópera. Suponho que não acredita na transferência corpórea. Não? Na materialização.

Não? Nos fluidos da alma. Não? Na transmissão de pensamentos. Não? Nem no hipnotismo...

— Sim — declarei eu. — Charcot demonstrou-o muito bem.

Ele sorriu ao prosseguir:

— Então ele o satisfaz. Sim? Certamente compreende como ocorre o hipnotismo e também como o grande Charcot penetrava na alma do paciente que desejava influenciar. Não? Devo então concluir, amigo John, que você simplesmente aceita o fato, permitindo que haja um vácuo entre a premissa e a conclusão? Não? Diga-me então (já que sou um estudioso do cérebro) por que aceita o hipnotismo e rejeita a transmissão de pensamento. Permita-me dizer-lhe, amigo, que hoje a ciência elétrica realiza coisas que teriam sido consideradas absurdas pelos próprios descobridores da eletricidade, e que estes mesmos teriam sido queimados como feiticeiros, não muito tempo atrás. Há sempre mistérios na vida. Por que Matusalém viveu novecentos anos e a desventurada Lucy, com o sangue de quatro homens em suas veias, não conseguiu viver um dia? Se tivesse vivido mais um dia, nós a salvaríamos. Conhece todo o mistério da vida e da morte? Conhece o segredo da anatomia comparada e sabe por que certos homens têm tendências de monstros enquanto o mesmo não sucede com outros? Poderá dizer-me por que certas aranhas morrem pequenas e têm vida curta, enquanto houve uma grande aranha que viveu durante séculos na torre de uma velha igreja espanhola, crescendo e crescendo até que, ao descer, conseguia beber o óleo de todas as lâmpadas da igreja? Pode dizer-me por que nos Pampas, e em outros lugares também, há morcegos que surgem durante a noite e abrem as veias do gado e dos cavalos, secando-lhes o sangue? Por que em certas ilhas dos mares do Oeste há morcegos que se penduram nas árvores o dia inteiro, sendo descritos por aqueles que os veem como se fossem semelhantes a nozes ou ervilhas gigantescas; morcegos esses que, quando os marinheiros dormem no convés para evitar o calor, avançam sobre eles... que na manhã seguinte aparecem mortos, pálidos como a srta. Lucy?

— Por Deus, professor — disse eu, levantando-me num pulo. — Está querendo insinuar que Lucy foi mordida por um desses morcegos e que tal fato ocorreu em Londres, no século dezenove?

Ele abanou a mão, pedindo silêncio, e prosseguiu:

— Sabe dizer-me por que a tartaruga vive mais do que gerações de homens, por que o elefante sobrevive a dinastias e o papagaio só morre por mordida de gato, cachorro ou fato semelhante? Poderá dizer-me por que em todos os séculos e lugares sempre existiram alguns homens que acreditam que certas pessoas poderão viver eternamente, se lho permitirem, por que há homens e mulheres que não podem morrer? Todos sabemos (porque a ciência garante) que certos sapos viveram milhões de anos confinados em minúsculos buracos de rochas. Sabe dizer-me por que o faquir pode fazer-se de morto e ser enterrado, permitindo que lhe fechem a tumba, plantem trigo inúmeras vezes, o colham, fazendo depois que abram novamente a sepultura e retirem de lá o faquir que vive, levanta-se e anda como antes? — Aqui eu o interrompi, pois estava ficando perplexo, de tal modo ele acumulara em minha mente as excentricidades da natureza e as possíveis impossibilidades. Tinha a vaga ideia de que ele me dava uma lição, como outrora na sala de aula em Amsterdã; porém, naqueles tempos costumava dizer-me o assunto, para que eu tivesse o objeto em mente, durante todo o tempo. Agora não possuía aquele auxílio, porém desejava compreendê-lo. Portanto lhe disse:

— Professor, deixe-me ser seu estimado aluno mais uma vez. Explique-me a tese para que eu possa aplicar seu conhecimento, à medida que prossegue. Atualmente, meu pensamento focaliza os pontos, pulando de um a outro como o louco segue uma ideia e não como o homem são. Sinto-me como um aprendiz que atravessasse um pântano envolto em névoa e que pulasse de uma moita para a outra, cegamente, sem saber para onde ir.

— É uma boa imagem — afirmou ele. — Bem, dir-lhe-ei. Minha tese é esta: quero que acredite.

— Em quê?

— Naquilo em que não pode acreditar. Deixe-me dar um exemplo. Ouvi certa vez um americano estabelecer a seguinte definição para a palavra "crença": "É a faculdade que nos permite acreditar em coisas que sabemos serem inverídicas". Acredito nele. Quis dizer que devemos ser liberais, não permitindo que uma pequena crença abafe uma grande verdade, assim como uma pequena pedra pode atrapalhar o movimento de veículos. Primeiro aprendemos a pequena verdade. Conservamo-la e a valorizamos, mas não devemos julgar que seja toda a verdade do universo.

— Então deseja que minhas convicções prévias não impeçam minha mente de acreditar em algum fato estranho. Compreendi bem?

— Ah, ainda é meu aluno favorito. Vale a pena ensiná-lo. Agora que demonstra vontade de compreender, já deu o primeiro passo para a compreensão. Acha que os pequenos furos no pescoço das crianças foram feitos pelo mesmo indivíduo ou animal que os fez no pescoço de Lucy?

— Suponho que sim.

Levantou-se e disse solenemente:

— Então está enganado. Oh, antes fosse assim! Mas, infelizmente, a verdade é mil vezes pior.

— Em nome de Deus, professor Van Helsing, o que quer dizer? — gritei.

Com um movimento desesperado atirou-se sobre uma cadeira, colocou os cotovelos na mesa e cobriu o rosto com as mãos ao falar:

— Foram feitos pela própria Lucy!

CAPÍTULO 15

RELATO COTIDIANO DO DR. SEWARD
(continuação)

Durante alguns instantes, a fúria apossou-se de mim; era como se ele tivesse esbofeteado Lucy enquanto viva. Bati na mesa com força e ergui-me, dizendo:
— Dr. Van Helsing, está louco? — Ergueu a cabeça e contemplou-me; a suavidade que vi em seu rosto acalmou-me imediatamente.
— Antes estivesse! — exclamou. — Seria mais fácil suportar a loucura do que uma verdade como esta. Oh, meu amigo, por que fiz tantos rodeios, por que lhe contei tão longa história antes de dizer-lhe um fato tão simples? Foi porque o odeio e sempre odiei? Foi porque quis causar-lhe dor? Foi porque quis vingar-me (muito tardiamente) daquela ocasião em que me salvou a vida, livrando-me de morte horrível? Ah, não!
— Desculpe-me — falei.
Ele prosseguiu:
— Meu amigo, foi porque lhe quis dar a notícia suavemente, pois sabia que você amara aquela meiga jovem. Mas mesmo agora ainda não espero que acredite. É muito difícil aceitarmos imediatamente uma verdade abstrata que sempre considerárarmos mentira; ainda é mais difícil aceitarmos uma tão terrível verdade concreta, principalmente quando nos referimos a Lucy. Hoje, à noite, provarei tudo. Ousa acompanhar-me?
Aquilo me fez hesitar. Um homem não deseja provar tais verdades; apenas Byron estabeleceu uma exceção para essa categoria: a prova do ciúme:

"E provar a verdade que ele mais abominava."

O professor viu minha hesitação e falou:

— Desta vez a lógica será muito simples e não a de um louco pulando de moita em moita num pântano nevoento. Se a verdade não for esta, nada teremos a perder se procurarmos provas, e estas constituirão um alívio. Se for verdade, haverá temor, mas este ajuda a minha causa, pois provoca a necessidade de alguma crença. Venha, sugiro o seguinte: agora, iremos primeiro ao hospital, ver aquela criança. O dr. Vincent, do Hospital do Norte, onde o jornal diz que a criança está, é meu amigo e creio que seu também, visto que estudou em Amsterdã. Ainda que não permita que dois amigos vejam o caso, permitirá isso a dois cientistas. Dir-lhe-emos apenas que desejamos aprender. E então...

— E então?

Retirou uma chave do bolso, suspendendo-a.

— Então você e eu passaremos a noite no cemitério onde está Lucy. Esta é a chave do túmulo. Apanhei-a com o homem que fez o caixão, para dá-la a Arthur.

Desanimei, pois senti que haveria uma tarefa temerosa diante de nós. Contudo, como nada podia fazer, reuni a coragem que me era possível e disse que seria melhor nos apressarmos, uma vez que a tarde passava...

Encontramos a criança acordada. Dormira, alimentara-se e seu estado geral era bom. O dr. Vincent retirou o curativo do pescoço e mostrou-nos o ferimento. Não havia dúvida de que era igual ao do pescoço de Lucy, apenas menor e com as bordas de aspecto mais recente. Perguntamos a Vincent qual a causa daquilo e ele declarou que devia ser a mordida de algum animal, talvez de um rato. Acrescentou entretanto que estava mais inclinado a julgar que aquilo tivesse sido causado por um desses morcegos tão numerosos na parte mais alta do norte de Londres.

— Entre tantos deles que são inofensivos — declarou —, pode haver alguma espécie mais maligna, vinda do Sul. Algum marinheiro pode ter trazido um para cá, e esse talvez tenha escapado; ou talvez algum filhote de vampiro haja fugido do jardim zoológico. Essas coisas ocorrem. Há apenas dez dias, um lobo fugiu e creio que o viram por estes lados. Até uma semana após, as crianças queriam brincar de Chapeuzinho Vermelho, na Charneca, em todos os caminhos, até o aparecimento dessa "Dama Transparente", que elas julgam ser uma ótima brincadeira. Até mesmo este pirralho, quando acordou, pediu à enfermeira que o deixasse sair. Quando ela lhe perguntou para quê, disse que desejava brincar com a "Dama Transparente".

— Espero que, quando enviar essa criança para o lar, previna os pais de que devem vigiá-la rigorosamente — disse Van Helsing. — Esses desejos de vaguear são muito perigosos, e a criança provavelmente morreria se permanecesse ao relento durante outra noite. Mas, de qualquer forma, creio que a deixará aqui durante alguns dias.

— Certamente, pelo menos durante uma semana e até mais, se o ferimento não sarar.

Demoramos mais do que pretendíamos no hospital, e o sol já desaparecera quando saímos. Quando Van Helsing viu como já estava escuro, disse:

— Não há pressa. É mais tarde do que imaginava. Venha, procuremos um lugar para comer e depois prosseguiremos.

Jantamos no "Castelo de Jack Straw", junto a uma multidão de ciclistas e de outros indivíduos muito barulhentos. Saímos da hospedaria mais ou menos às dez horas. Naquele momento, a escuridão era intensa e as lâmpadas esparsas tornavam-na ainda maior quando ficávamos fora do alcance de seus raios de luz. O professor sabia certamente qual o caminho que deveríamos seguir, pois prosseguiu sem hesitar; eu, entretanto, não sabia muito bem onde estávamos. À medida que andávamos, encontrávamos cada vez menos gente, até que, afinal, ficamos um tanto surpresos quando deparamos com a polícia montada que realizava sua ronda costumeira pelos subúrbios. Finalmente, chegamos ao cemitério e pulamos o muro. Encontramos o túmulo dos Westenras com alguma dificuldade, pois estava escuro e o local nos pareceu diferente. O professor apanhou a chave e, abrindo a porta, que rangia, recuou com delicadeza, porém inconscientemente, fazendo sinal para que eu o precedesse. A oferta era irônica, pois por delicadeza concedia-me o privilégio de antecedê-lo em tão apavorante situação. Entrou logo após e encostou cautelosamente a porta, depois de certificar-se cuidadosamente de que o trinco não era de mola, caso em que poderia fechar-se sozinho, pondo-nos em má situação. Depois remexeu em sua maleta e, retirando uma caixa de fósforos e uma vela, acendeu-a. O túmulo já parecera suficientemente lúgubre à luz do dia e enfeitado com flores frescas. Mas agora, após alguns dias, quando as flores se penduravam murchas e secas, com a cor branca transformada em cor de ferrugem e o verde em castanho; quando as aranhas e os besouros já dominavam como de costume; quando a luz mortiça da vela se refletia sobre o revestimento coberto de poeira e as grades enferrujadas e gastas, o efeito produzido era mais terrível e sórdido do que se poderia imaginar. Transmitia irresistivelmente a ideia de que a vida animal não era a única a perecer.

Van Helsing realizou seu serviço metodicamente. Segurou a vela de modo a poder ler as placas dos caixões e o espermacete caiu formando placas brancas que endureciam ao tocar o metal; certificou-se assim de estar diante do caixão de Lucy. Deu outra busca em sua maleta, de lá retirando uma chave de fenda.

— O que vai fazer? — perguntei-lhe.

— Abrir o caixão. Assim você se convencerá. — Imediatamente começou a retirar os parafusos e finalmente levantou a tampa, mostrando o revestimento de chumbo embaixo. Aquela visão quase foi demais para mim. Pareceu-me aquilo uma afronta à morta, igual à que seria aquela de a desnudarmos durante o sono enquanto viva. Segurei sua mão para detê-lo, mas ele disse apenas: — Verá — e continuou a remexer em sua maleta, de lá retirando uma minúscula serra. Enfiando a chave de fenda no chumbo, com um golpe rápido que me fez piscar, produziu um pequeno furo por onde poderia passar a ponta da serra. Esperei um jato de gás, pois o cadáver já tinha uma semana. Nós, médicos, que estudamos os perigos, temos de nos acostumar a tais coisas; recuei, portanto, para a porta. Mas o professor nem durante um momento se deteve; serrou um dos lados do caixão de chumbo, alguns centímetros, depois serrou descendo e finalmente serrou o outro lado. Agarrando a extremidade da parte cortada, dobrou a lâmina para os pés do caixão e, segurando a vela na abertura feita, pediu-me que olhasse.

Aproximei-me para olhar. O caixão achava-se vazio.

Aquilo me surpreendeu e recebi um choque, mas Van Helsing não se perturbou. Estava agora mais certo do que nunca acerca de sua teoria e portanto tinha estímulo para prosseguir na tarefa.

— Está satisfeito agora, amigo John? — perguntou.

Senti despertar minha tenaz tendência para argumentar, quando lhe respondi:

— Estou convencido de que o corpo de Lucy não está no caixão; mas isso prova apenas uma coisa.

— O quê, amigo John?

— Prova que o cadáver não está aí.

— Até aí, a lógica é boa — declarou ele. — Mas de que modo explica você o fato de ele não estar aí?

— Talvez algum ladrão ou alguém da agência funerária o haja roubado — sugeri. Sentia que falava tolice, mas era a única causa real que poderia imaginar. O professor suspirou.

— Bem — disse ele. — Teremos de arranjar mais provas. Venha comigo.

Tampou novamente o caixão, reuniu todas as suas coisas e colocou-as na maleta, apagou a luz e recolocou também a vela na maleta. Abrimos a porta e saímos. Ele fechou a porta e a trancou; depois me entregou a chave, dizendo:

— Quer guardá-la? Terá mais confiança assim.

Ri, não muito alegremente, quando lhe pedi que a conservasse.

— Uma chave nada significa — disse eu. — Pode haver uma duplicata e, de qualquer forma, não será difícil arrombar tal fechadura.

Ele nada disse, porém colocou a chave no bolso. Em seguida, mandou-me observar um dos lados do cemitério enquanto ele vigiava o outro. Escondi-me atrás de um cipreste e vi o vulto do professor mover-se até desaparecer entre as lápides e árvores.

Foi uma vigília solitária. Logo após me haver colocado naquele lugar, ouvi um relógio distante bater a meia-noite; depois bateu uma hora e duas. Sentia frio e estava furioso com o professor, porque me levara para lá; também sentia raiva de mim mesmo por ter ido. Sentia frio e sono demais para poder observar bem, porém este último não era tão forte que me obrigasse a dormir em vez de vigiar; passei portanto por terríveis momentos.

Súbito, quando me voltei, julguei ver algo como uma faixa branca movendo-se entre dois escuros ciprestes do cemitério, no lado mais afastado do túmulo. No mesmo instante, um vulto negro moveu-se vindo do lado do professor e rapidamente se aproximou da faixa branca. Em seguida, também eu me movi, mas tive de rodear lápides, tumbas gradeadas, e tropecei em sepulturas. O céu estava nublado e, em algum lugar distante, um galo cantou cedo demais. A pequena distância, além de um grupo de árvores esparsas que marcavam o caminho da igreja, uma figura indistinta e esbranquiçada avançou em direção ao jazigo. Como este era escondido por árvores, não pude ver por onde o vulto desaparecera. Ouvi o barulho de alguém que se movia, no local onde inicialmente avistara a figura branca. Indo para lá, encontrei o professor segurando nos braços uma criancinha. Quando me viu, estendeu-me a criança, perguntando:

— Está convencido agora?

— Não — declarei com agressividade.

— Não vê a criança?

— Sim, vejo que é uma criança. Mas quem a trouxe para cá? Está ferida? — perguntei.

— Veremos — disse o professor. Juntos, avançamos pelo caminho que saía do cemitério; ele segurava a criança, que dormia.

Depois de nos termos afastado um pouco, paramos junto de um grupo de árvores e, acendendo um fósforo, examinamos o pescoço da criança. Não tinha o menor sinal ou arranhão.

— Não tive razão? — perguntei triunfante.

— Chegamos a tempo — disse o professor, satisfeito.

Trocamos ideias a respeito do que faríamos com a criança. Se a levássemos a algum distrito policial, teríamos de relatar nossos movimentos durante a noite; pelo menos, teríamos de declarar como a havíamos encontrado. Finalmente decidimos levá-la para a Charneca e, quando ouvíssemos algum policial aproximar-se, nós a deixaríamos num lugar em que ele fatalmente a encontraria. Em seguida, iríamos para casa o mais rapidamente possível. Tudo saiu bem. Na extremidade de Hampstead Heath ouvimos os pesados passos de um policial e, largando a criança no caminho, esperamos até que ele, balançando a lanterna, encontrasse o bebê. Ouvimos uma exclamação de espanto e nos afastamos em silêncio. Felizmente achamos um coche de aluguel perto dos "Spaniards" e fomos para a cidade.

Não posso dormir, por isso resolvi escrever aqui. Mas devo tentar adormecer durante algumas horas, pois Van Helsing virá ao meio-dia. Insiste para que eu o acompanhe noutra expedição.

27 de setembro — Só às duas horas conseguimos adequada oportunidade para nossa tentativa. A cerimônia fúnebre ocorrida ao meio-dia já terminara e os últimos acompanhadores do enterro já se haviam afastado preguiçosamente quando, olhando cuidadosamente por trás de um grupo de amieiros, vimos o sacristão fechar o portão atrás de si. Sabíamos que agora poderíamos ficar ali em segurança até a manhã do dia seguinte, se desejássemos; porém o professor avisou-me que permaneceríamos uma hora no máximo. Novamente tive a horrível sensação da realidade das coisas e verifiquei que qualquer esforço de imaginação parecia deslocado; percebi claramente o perigo de nossa ação, burlando a lei em nosso trabalho profano. Além do mais, julgava tudo aquilo inútil. Era ultrajante abrir um caixão de chumbo para ver se uma mulher que morrera uma semana antes estava realmente morta; porém parecia-me o cúmulo da tolice abrir novamente o túmulo, quando nossos próprios olhos já nos haviam demonstrado que o caixão estava vazio. Contudo, encolhi os ombros e permaneci em silêncio, uma vez que Van Helsing sabia seguir seu próprio caminho, ainda que houvesse reclamações. Apanhou a chave, abriu a porta e mais uma vez fez-me um sinal delicado para que eu o precedesse. O local não se mostrava tão lúgubre quanto na noite anterior, mas era um espetáculo horrível de se ver, à luz do sol. Helsing andou até ao caixão de Lucy e eu o segui. Inclinou-se e novamente forçou para trás a lâmina de chumbo; recebi um choque surpreendente e desolador.

Ali estava Lucy, com o mesmo aspecto que apresentava na véspera de seu enterro. Mostrava-se ainda, se possível, mais linda do que nunca e não pude acreditar que estivesse morta. Seus lábios apresentavam um vermelho mais intenso do que antes e as faces espelhavam delicado rubor.

— Que espécie de artimanha é essa? — perguntei-lhe.

— Está convencido agora? — replicou o professor. Ao falar, estendeu a mão com um gesto que me fez estremecer e, puxando os lábios da morta, mostrou os dentes brancos. — Veja — prosseguiu —, estão mais afiados do que nunca. Com esses dois dentes — apontou para o canino e para o dente abaixo — as crianças podem ser mordidas. Acredita agora, amigo John?

Mais uma vez despertou em mim a hostil necessidade de argumentar. Não podia aceitar tão oprimente ideia e, por isso, numa tentativa de discutir que me deixou envergonhado até naquele momento, disse:

— Alguém a pode ter colocado aqui, desde a noite passada.

— Verdade? Se assim sucede, quem?

— Não sei. Alguém.

— E, contudo, ela já está morta há uma semana. A maioria dos cadáveres não tem esse aspecto.

Não tive resposta para isso, o que me obrigou a permanecer em silêncio. Van Helsing não pareceu notá-lo; de qualquer modo, não demonstrou desapontamento nem triunfo. Olhava atentamente para o rosto da morta, levantava-lhe as pálpebras para contemplar-lhe os olhos, abria-lhe os lábios e examinava os dentes. Depois se voltou para mim, falando:

— Encontramos aqui um caso diferente de todos os outros conhecidos; há uma espécie de vida dupla que não é comum. Foi mordida por um vampiro quando estava em transe, em estado de sonambulismo (você se assusta; é que nada sabe disso, amigo John, mas saberá mais tarde). Em transe, ele poderia melhor sugar-lhe o sangue. Ela morreu em transe e é também neste estado que se apresenta como Não Morta. Assim ela difere de todos os outros. Geralmente, quando o Não Morto dorme em casa — e fez um gesto para demonstrar o que era a "casa" de um vampiro —, seu rosto mostra o que é; mas esta foi tão terna que, quando deixar de ser Não Morta, voltará para o nada dos mortos comuns. Veja, não há maldade aqui; ser-me-á portanto difícil matá-la enquanto dorme.

Aquilo principiou a gelar meu sangue e comecei a perceber que aceitava as teorias de Van Helsing; porém, se ela estava realmente morta, que mal haveria em matá-la? Ele me olhou e evidentemente viu a modificação em meu rosto, pois disse quase alegremente:

— Ah, acredita agora?

Respondi-lhe:

— Não faça demasiada pressão de uma só vez. Estou disposto a concordar. Como realizará essa tarefa sangrenta?

— Cortar-lhe-ei a cabeça e encherei sua boca de flores de alho; em seguida lhe atravessarei o corpo com um espeto.

Estremeci ao pensar em mutilar dessa forma o corpo da mulher que eu amara. E, contudo, aquela sensação era menos intensa do que eu esperava. De fato, começava a odiar e aterrorizar-me com a presença daquele ser que Van Helsing denominava de Não Morta. Será possível que o amor seja totalmente subjetivo, ou completamente objetivo?

Esperei muito tempo para que Van Helsing principiasse, porém os pensamentos o envolviam de modo absoluto. Trancou o fecho de sua maleta com um tapa e disse:

— Estive pensando e já sei o que será melhor fazermos. Se seguisse meu desejo, faria o que tem de ser feito agora; mas há outras coisas que têm de ser consideradas. Isto é simples. Ela ainda não roubou nenhuma vida, embora isso fosse devido ao tempo escasso; se eu agisse agora, eliminaria toda a sua periculosidade. Mas talvez precisemos de Arthur, e como poderemos contar-lhe isso? Se você que viu os ferimentos no pescoço de Lucy e os outros iguais no pescoço da criança, no hospital; se você que viu, na noite passada, o caixão vazio e hoje encontrou nele uma mulher, que, depois de morta durante uma semana, não se modificou, mas está mais linda e mais rosada que nunca... se você sabe tudo isso e viu a figura branca levando a criança para o cemitério, na noite passada, se viu tudo e não acredita, como posso esperar que Arthur creia sem ter presenciado nenhum desses fatos? Ele duvidou de mim quando ela morria e não o deixei beijá-la.

Sei que ele me perdoou por julgar que, devido a alguma ideia errada, eu o impedi de dizer adeus como devia. Pode pensar que devido a alguma ideia errada essa mulher foi enterrada viva e que também devido a outro erro nós a matamos. Discutirá, então, afirmando que fomos nós que a matamos por engano, devido a nossas ideias; assim, ele será sempre muito infeliz. E, contudo, nunca poderá ter certeza, o que será ainda pior. Às vezes julgará que sua amada foi enterrada viva e terá sonhos terríveis, imaginando o que ela deve ter sofrido; em outras ocasiões pensará que estamos certos e que sua amada foi realmente uma Não Morta. Não! Já lhe falei uma vez e, desde então, aprendi muito. Agora, que já sei ser tudo verdade, sei com muito maior razão que ele deverá passar por águas amargas, antes de atingir as doces. Terá de atravessar uma hora muito terrível, mas depois poderemos agir para o bem e restituir-lhe a paz. Minha mente já resolveu. Vamos. Você irá para o hospício esta noite e verá se tudo vai bem. Quanto a mim, passarei a noite neste cemitério, a meu modo. Amanhã, à noite, vá ver-me no Hotel Berkeley às dez horas. Pedirei que Arthur também venha, acompanhado daquele ótimo jovem americano que doou seu sangue. Mais tarde, todos teremos trabalho a realizar. Irei com você até Piccadilly e lá jantarei, pois devo voltar para cá antes do pôr do sol.

Trancamos o jazigo, afastamo-nos e pulamos o muro do cemitério, o que não foi muito difícil. Regressamos a Piccadilly.

BILHETE DEIXADO PELO DR. VAN HELSING EM SUA MALETA, NO HOTEL BERKELEY, E DIRIGIDO AO DR. JOHN SEWARD
(não entregue)

27 de setembro.

Prezado amigo:
Escrevo-lhe esta para o caso de suceder algo. Vou, sozinho, vigiar aquele cemitério. Quero que a Não Morta Lucy permaneça lá hoje, a fim de que amanhã à noite esteja mais ansiosa do que nunca para sair. Portanto, arranjarei objetos de que não gosta (flores de alho e um crucifixo) para com eles fechar a porta do jazigo. Ela é ainda jovem como Não Morta e terá cuidado. Além do mais, esses objetos a impedirão de sair, mas talvez não a impeçam de entrar. Nessas ocasiões os Não Mortos ficam desesperados e têm de descobrir o ponto de menor resistência, seja qual for. Estarei próximo durante toda a noite, desde o pôr do sol até ao seu nascer, e aprenderei o que puder. Quanto à srta. Lucy, nada tenho a temer; mas o outro a quem ela deve o fato de ser Não Morta tem o poder de procurar o jazigo dela e lá se abrigar. Que ele é inteligente, eu o soube por meio do sr. Jonathan e devido ao modo pelo qual nos enganou no tempo em que lutamos pela vida de Lucy e perdemos. Além do mais, os Não Mortos se fortalecem por muitos meios. Têm a força de vinte homens, e nós quatro, que demos nosso sangue a Lucy, não podemos com ele. Além disso, talvez chame seu lobo e não sei o que sucederá. Assim, se vier esta noite, me encontrará, mas os outros só me descobrirão quando for tarde demais. Porém talvez ele não tente vir para esse lugar e não há razão para que venha, pois seu campo de ação está mais cheio de vítimas do que este cemitério em que jaz a Não Morta e em que um velho vigia.

Portanto, escrevo este no caso de... Leve os papéis aqui juntos (o diário de Harker e os outros); leia-os e depois encontre esse grande Não Morto. Decepe-lhe a cabeça e queime-lhe o coração, ou atravesse-o com um espeto, para que o mundo se livre dele.

Se assim for, adeus.

Van Helsing

RELATO COTIDIANO DO DR. SEWARD

28 de setembro — É surpreendente o que pode realizar por nós uma noite bem-dormida. Ontem, quase aceitava as monstruosas ideias de Van Helsing, mas agora me parecem monstruosidades contra o bom senso. Não duvido de que ele creia em tudo aquilo. Será que está enlouquecendo? Certamente deve haver alguma explicação racional para todos esses mistérios. Terá sido o professor o causador de tudo isso? Sua inteligência é tão superior que, se enlouquecesse, levaria avante todas as suas intenções relativas a uma ideia fixa, de modo surpreendente. Odeio esse pensamento, e o fato de Van Helsing estar louco seria tão surpreendente quanto o outro; contudo, observá-lo-ei cuidadosamente. Talvez o mistério se esclareça um pouco.

29 de setembro — ... na noite passada, pouco antes das dez horas, Arthur e Quincey entraram no aposento de Van Helsing, que disse o que desejava que fizéssemos; contudo, dirigiu-se especialmente a Arthur, como se todas as nossas vontades se centralizassem na dele. Principiou declarando esperar que todos o acompanhássemos.

— Teremos de realizar uma grave tarefa — disse ele. — Surpreenderam-se com minha carta? — Essa pergunta se dirigia diretamente a lorde Godalming.

— Sim, ela perturbou-me ligeiramente. Já passei por tantas dificuldades em casa, ultimamente, que bem poderia ter um descanso. Também não compreendo muito bem o que pretende. Quincey e eu conversamos sobre o assunto, mas, quanto mais falávamos, mais perplexos ficávamos. Agora posso dizer que não entendo mais nada.

— Eu também — afirmou laconicamente Quincey.

— Oh — disse o professor —, então ambos estão mais próximos do início do que o amigo John, que tem de voltar muito atrás para poder chegar ao próprio princípio.

Era evidente que ele percebera o retorno de minhas dúvidas, sem que eu as mencionasse. Depois, voltando-se para os outros dois, declarou com absoluta seriedade:

— Quero sua permissão para agir como me parecer melhor, esta noite. Sei que é pedir muito, e, depois que souber o que pretendo fazer, perceberá como é realmente muito. Portanto, quero pedir-lhes que me prometam no escuro para que depois, quando ficarem zangados comigo durante algum tempo (não devo afastar essa possibilidade), não tenham sentimentos de culpa.

— É franco — disse Quincey. — Eu me responsabilizarei pelo professor. Não percebo muito bem o que deseja, mas posso jurar que é honesto e isso me basta.

— Obrigado, senhor — disse Van Helsing, orgulhoso. — Tenho a honra de considerá-lo um amigo digno de confiança e tal declaração me alegra. — Estendeu a mão, que Quincey apertou.

Em seguida, Arthur falou:

— Dr. Van Helsing, não gosto de comprar no escuro, como dizem na gíria. Se o que me pedir for contrário à minha honra de cavalheiro e à minha fé de cristão, nada posso prometer. Porém, se me assegura que o que pretende não violará nenhuma delas, consinto imediatamente, embora não possa compreender onde quer chegar.

— Aceito suas condições — disse Van Helsing. — Peço-lhe apenas que, se julgar condenável algum ato meu, pense bem e se satisfaça com o fato de ele não violar seus dois preceitos.

— De acordo! — declarou Arthur. — Isso é razoável. E, agora que terminamos as negociações, posso perguntar o que faremos?

— Quero que venham comigo, secretamente, ao cemitério em Kingstead.

Arthur demonstrou seu desapontamento, e exclamou perplexo:

— Onde a desventurada Lucy está enterrada? — prosseguiu Arthur. O professor concordou. — E depois, para onde?

— Entraremos no jazigo!

Arthur levantou-se, dizendo:

— Professor, fala seriamente ou isso é alguma piada monstruosa? Desculpe-me, vejo que fala com seriedade. — Sentou-se mais uma vez, porém pude ver que se quedava firme e orgulhoso, como alguém indignado.

Houve um silêncio, até que ele perguntou novamente:

— E quando estivermos no jazigo?

— Abriremos o caixão.

— Isso é demais! — exclamou ele, erguendo-se zangado. — Serei paciente com tudo o que for razoável, porém nesta... profanação de túmulo... daquela que... — A indignação o sufocava. O professor contemplou-o com piedade.

— Se pudesse poupar-lhe uma dor, infortunado amigo, Deus sabe que eu o faria — declarou Van Helsing. — Porém, nesta noite, nossos pés terão de pisar caminhos espinhentos, a fim de que sua amada não pise em trilhas de fogo, mais tarde ou eternamente!

Arthur levantou-se com o rosto pálido, mas firme, e advertiu:

— Tenha cuidado, senhor! Tenha cuidado!

— Não seria bom ouvir o que tenho a dizer? — exclamou Van Helsing. — Conhecerá então os limites de minha proposta. Devo prosseguir?

— Isso é justo — interrompeu Morris.

Depois de uma pausa, Van Helsing prosseguiu, evidentemente com esforço:

— Lucy está morta, não é verdade? Sim! Então, nada lhe poderá causar mal. Mas se ela não estiver morta...

Arthur pulou.

— Bom Deus! — berrou. — O que quer dizer? Houve algum erro... Ela foi enterrada viva? — Ele gemeu, envolto em angústia sem esperanças.

— Eu não disse que ela está viva, meu filho; não pensei nisso. Falei apenas que talvez seja uma Não Morta.

— Não Morta! Mas também não viva! O que quer dizer? É tudo isso um pesadelo?

— Há mistérios que os homens poderão apenas adivinhar, que serão resolvidos apenas em parte pelos séculos. Creia-me, estamos à beira de um. Entretanto, ainda não terminei. Posso cortar a cabeça da morta Lucy?

— Que horror, não! — berrou Arthur em fúria. — Jamais consentiria que mutilassem seu cadáver. Dr. Van Helsing, o senhor se excede comigo. O que lhe fiz para que me torture tanto? O que lhe fez aquela infeliz e terna moça, para que desonre de tal modo o seu túmulo? É o senhor louco por falar tais coisas, ou sou eu o louco por consentir em ouvi-las? Não ouse mais pensar em tal profanação, não consentirei em mais coisa alguma que fizer. Tenho o dever de proteger o túmulo dela contra a profanação e o farei, por Deus!

Van Helsing ergueu-se de onde estivera sentado todo o tempo e disse muito séria e rispidamente:

— Lorde Godalming, eu também tenho um dever: para com os outros, para com o senhor, para com os mortos. E, por Deus, eu o cumprirei! Tudo o que lhe peço agora é que venha comigo, que veja e ouça; mais tarde, quando lhe formular o mesmo pedido, se o senhor não estiver mais ansioso do que eu para cumpri-lo, realizarei minha obrigação, qualquer que seja ela. E depois, se o lorde desejar, estarei à sua disposição para bater-me em duelo, quando e onde desejar.

Sua voz tremeu um pouco, mas prosseguiu cheio de piedade:

— Porém eu lhe imploro que não tenha raiva de mim. Durante minha longa vida, pratiquei atos que inúmeras vezes não foram agradáveis e que em diversas ocasiões me partiram o coração; contudo, nunca realizei tão difícil tarefa quanto esta. Creia-me que, se em alguma ocasião o senhor mudar de opinião a meu respeito, bastará olhar-me e esquecerei esta triste hora, pois faria o que me fosse possível para libertá-lo do sofrimento. Pense. Por que motivo poderia eu sofrer o que sofro e ter o trabalho que estou tendo? Vim de minha pátria para cá a fim de realizar o bem que posso; inicialmente vim para agradar a meu amigo John e depois para ajudar aquela meiga jovem, que também estimei. Por ela (envergonho-me de não guardar segredo, porém faço-o por bondade) dei o que o senhor deu: o sangue de minhas veias. Dei-lhe, eu que não a amava como o senhor, mas era apenas seu médico e amigo. Dei-lhe minhas noites e dias, antes e depois de sua morte; até mesmo agora darei minha vida a ela, que é Não Morta, se com isso a ajudar.

Pronunciou estas palavras com orgulho sério e terno, o que muito afetou Arthur. Ele segurou as mãos do velho e disse emocionado:

— Oh, é difícil pensar no caso e não posso compreender; mas pelo menos o acompanharei e esperarei.

CAPÍTULO 16

RELATO COTIDIANO DO SR. SEWARD
(continuação)

Faltava um quarto para a meia-noite quando entramos no cemitério, pulando o muro baixo. A noite estava escura e o luar ocasionalmente brilhava entre as massas de pesadas nuvens que se moviam rapidamente pelo céu. Todos nos mantínhamos juntos, mas Van Helsing ia ligeiramente à frente, indicando o caminho. Quando estávamos próximos do jazigo, olhei fixamente para Arthur, pois temia que a proximidade de um lugar tão inspirador de tristes memórias pudesse perturbá-lo; porém ele se portou bem. Creio que o próprio mistério do procedimento de algum modo lhe atenuava a dor. O professor destrancou a porta e, percebendo que cada um de nós hesitava por vários motivos, resolveu a dificuldade entrando primeiro. Nós o seguimos e ele fechou a porta. Em seguida, acendeu uma lanterna escura e apontou para o caixão. Arthur se adiantou hesitante e Van Helsing me disse:

— Veio aqui comigo ontem. O corpo de Lucy estava no caixão?

— Sim, estava.

O professor voltou-se para os outros, dizendo:

— Todos ouviram, e não há ninguém que não acredite também. — Apanhou a chave de fenda e mais uma vez destampou o caixão. Arthur continuava a olhar muito pálido, porém se mantinha em silêncio. Quando removeram a tampa, adiantou-se. Evidentemente não sabia que havia um caixão de chumbo ou, pelo menos, não pensara nisso. Entretanto, quando viu a abertura já perfurada no chumbo, o sangue subiu às suas faces por um momento, mas em seguida ele ficou cadavericamente pálido. Continuou em silêncio. O próprio Van Helsing puxou a lâmina de chumbo e todos nós olhamos, recuando em seguida.

O caixão achava-se vazio!

Durante diversos minutos, ninguém disse nada. O silêncio foi interrompido por Quincey Morris.

— Professor, eu me responsabilizei pelo senhor. Sua palavra é tudo o que desejo. Não lhe perguntaria tal coisa, pois não gostaria de desonrá-lo com uma dúvida; porém este mistério supera toda a honra ou desonra. É responsável por isso?

— Juro por tudo o que é sagrado que não toquei nem removi o cadáver. O que aconteceu foi o seguinte: duas noites atrás, meu amigo Seward e eu aqui viemos, com bons propósitos, creiam-me. Abri o caixão, que estava trancado, e verificamos que nele nada havia. Esperamos em seguida e avistamos um vulto branco que passava pelas árvores. No dia seguinte, aqui viemos durante o dia e a encontramos. Não é verdade, amigo John?

— Sim.

— Naquela noite chegamos na hora exata. Mais uma criancinha desaparecera e graças a Deus nós a encontramos salva, entre os túmulos. Ontem, aqui vim antes do pôr do sol, porque após esse momento os Não Mortos podem movimentar-se. Esperei durante toda a noite até o sol nascer, mas nada vi. Provavelmente isso ocorreu porque coloquei sobre os trincos dessas portas flores de alho, que os Não Mortos detestam, e também outros objetos que temem. Na noite passada não houve êxodo, de modo que, esta noite, antes do pôr do sol, retirei minhas flores de alho e os outros objetos. É por esse motivo que encontramos o caixão vazio. Mas permaneçam comigo. Até agora, há muitas coisas estranhas, porém esperem comigo lá fora, escondidos e sem serem vistos, para que possam apreciar coisas ainda mais estranhas. Agora, venham para fora.

Apagou a luz escura da lanterna. Abriu a porta e saímos em fila; ele saiu em último lugar e fechou a porta.

Oh, como o ar noturno parecia puro e fresco, após o terror do jazigo. Como era bom contemplar as nuvens correndo e os raios passageiros do luar que passavam entre as nuvens velozes, como a alegria e a tristeza passam na vida de um homem. Como era bom respirar o ar fresco, livre da morte e da destruição. Quão tranquilizador era ver as tintas vermelhas do céu além do morro e ouvir o ruído distante e abafado que marca a vida de uma grande cidade. Estávamos compenetrados, cada um a seu modo. Arthur quedava-se silencioso; e creio que tentava decifrar o mistério. Eu aceitava tudo com paciência e estava um tanto inclinado a desfazer-me das dúvidas e aceitar as conclusões de Van Helsing. Quincey Morris mostrava-se fleumático, à moda do homem que aceita todas as coisas com espírito de bravura, sabendo tudo o que arrisca. Não podendo fumar, cortou um bom pedaço de tabaco e começou a mascar. Quanto a Van Helsing, possuía sua própria ocupação. Primeiro retirou de sua maleta um grande pedaço de massa fina como biscoito e depois a enrolou cuidadosamente com um guardanapo branco; em seguida retirou dois punhados de uma substância branca, como farinha ou massa de vidraceiro. Esmigalhou bem a massa fina e misturou-a ao que tinha nas mãos. Obteve assim uma pasta que enrolou em finas tiras e principiou a colocá-la nas fendas entre a porta e o encaixe do túmulo. Não sabia por que ele fazia aquilo e, aproximando-me, perguntei-lhe. Arthur e Quincey se aproximaram também, pois estavam curiosos. O professor respondeu:

— Fecho o jazigo para que a Não Morta não possa entrar.
— Essa substância que está pondo será capaz de impedi-la?
— Será.
— O que está usando? — desta vez a pergunta foi de Arthur. Van Helsing levantou reverentemente o chapéu ao responder.
— A hóstia. Trouxe-a de Amsterdã e tenho uma indulgência.

Esta resposta apaziguou o mais cético de nós, pois sentimos individualmente que, na presença de tão sincero propósito por parte do professor, um propósito que lhe permitia utilizar objetos tão sagrados, não seria possível desconfiar dele. Em respeitoso silêncio nos colocamos nos lugares por ele designados ao redor do jazigo e que nos escondiam das vistas dos que se aproximavam. Tive dó dos outros, especialmente de Arthur. Já me habituara, devido a minhas visitas anteriores, a essa vigília de horror; e contudo eu, que até uma hora atrás repudiara as provas, sentia completo desânimo. Nunca os túmulos se haviam apresentado mais assustadoramente brancos; nunca os ciprestes, teixos e zimbros tinham corporificado de tal forma a morbidez funérea; nunca haviam as árvores e capim balançado com ruído tão agourento, nunca os ramos estalaram tão misteriosamente e nunca o uivo distante dos cães cortara a noite tão sinistramente.

Houve um longo período de intenso silêncio e vácuo; depois o "s-s-s-s!" do professor cortou o ar. Ele apontou e longe, na avenida de teixos, vimos uma figura branca avançando, uma figura tênue que segurava algo escuro no colo. O vulto parou e, naquele momento, um raio de luar caiu sobre as massas de nuvens apressadas, destacando uma mulher de cabelos escuros que usava mortalha. Não lhe vimos o rosto, pois ela se inclinava sobre o que verificamos ser uma criança de cabelos louros. Houve uma pausa e um grito estridente, como aquele que uma criança emite dormindo ou semelhante ao ruído que faz um cachorro, deitado diante da lareira, sonhando. Principiávamos a adiantar-nos, porém a mão do professor, fazendo-nos um sinal por trás de uma árvore, nos deteve. Em seguida, quando olhamos, o vulto branco se aproximou novamente. Estava agora suficientemente próximo e ainda havia luar, de modo que o vimos claramente. Meu coração gelou e ouvi a exclamação de espanto que saiu de Arthur, quando reconhecemos as feições de Lucy Westenra. Era ela, porém, como estava modificada. A doçura de seu rosto se transformara em dureza e crueldade; a pureza em sensualidade. Van Helsing saiu de seu esconderijo e, obedecendo a seu gesto, avançamos também; nós quatro nos dispusemos em fila, à porta do jazigo. Van Helsing ergueu a lanterna e apertou o botão; quando a luz concentrada caiu sobre o rosto de Lucy, vimos que seus lábios estavam vermelhos com sangue fresco e este lhe escorria sobre o queixo, manchando o branco de sua mortalha.

O horror nos fez estremecer. Pude ver, à luz trêmula, que até os nervos de aço de Van Helsing falhavam. Arthur estava junto de mim e, se eu não estendesse o braço para segurá-lo, teria caído.

Quando Lucy (chamo de Lucy aquilo que estava diante de nós porque tinha a forma da moça) nos viu, recuou rosnando furiosa, como faz um gato surpreendido. Em seguida, lançou-nos um olhar. Na forma e na cor eram os olhos de Lucy, porém, em vez da pureza e meiguice que anteriormente apresentavam, espelhavam agora o pecado e a sordidez. Naquele momento, o que restava de meu amor se transformou em ódio; se ela tivesse de ser morta naquele instante, eu a teria assassinado com selvagem prazer. Enquanto olhava, seus olhos faiscavam com luz demoníaca e um sorriso voluptuoso lhe assomava aos lábios. Oh, Deus, como estremeci ao ver aquilo! Pérfida, como o diabo, com gesto descuidado atirou ao solo a criança que até então apertara ardorosamente ao seio, rosnando sobre ela como um cão ladra diante de um osso. A criança emitiu um choro agudo e lá permaneceu gemendo. Arthur gritou, ao ver a frieza com que o ato fora cometido. Quando a moça se aproximou dele com os braços estendidos e um sorriso voluptuoso, ele recuou e escondeu o rosto com as mãos.

Ela continuou a adiantar-se e com graça sensual e lânguida disse:

— Venha comigo, Arthur. Deixe os que o acompanham e venha comigo. Meus braços o esperam ansiosos. Venha e descansaremos juntos. Venha, meu marido, venha!

Seu tom de voz continha algo de diabolicamente doce, algo que se assemelhava ao tinido de copos que se entrechocam, e que ecoava em nossos cérebros, apesar das palavras se dirigirem a outro. Quanto a Arthur, parecia em transe; afastando as mãos do rosto, abriu bem os braços. Ela se dispunha a atirar-se para eles, quando Van Helsing pulou, colocando entre os dois o pequeno crucifixo dourado. Ela recuou e, com o rosto subitamente contorcido, raivoso, passou rapidamente por ele como se desejasse entrar no jazigo.

Entretanto, ao se encontrar a um pé ou dois da porta, parou, como se uma força irresistível a prendesse. Em seguida voltou-se revelando muito o rosto, devido ao claro jorro de luar e à luz da lanterna, que desta vez os nervos de aço de Van Helsing não deixaram tremer. Jamais tinha visto tão atrevida malícia num rosto e creio que jamais algum mortal a verá novamente. A linda cor tornara-se lívida, os olhos pareciam emitir faíscas de pecado, na testa formaram-se rugas semelhantes às cobras da medusa, e a boca linda e tinta de sangue transformou-se num quadrado aberto como nas máscaras apaixonadas dos gregos e japoneses. Vimos um rosto que espelhava a morte e que parecia poder matar com um olhar.

Durante meio minuto, que pareceu uma eternidade, ela permaneceu entre o crucifixo erguido e a massa sagrada que impedia sua entrada. Van Helsing quebrou o silêncio, perguntando a Arthur:

— Responda-me, meu amigo! Devo prosseguir em meu trabalho?

Arthur caiu de joelhos e escondeu o rosto com as mãos, ao responder:

— Faça como quiser, amigo, faça como quiser. Não poderá em tempo algum existir horror tão grande como este. — Gemeu em silêncio. Quincey e eu nos aproximamos simultaneamente dele, segurando-lhe os braços. Ouvimos o clique da lanterna que Van Helsing apagava e abaixava. Aproximando-se do jazigo, principiou a remover das fendas uma parte do símbolo sagrado que lá colocara. Perplexos e horrorizados, vimo-lo recuar enquanto a mulher, que parecia possuir um corpo tão real quanto o nosso, passava através de uma minúscula abertura, onde nem sequer a lâmina de uma faca caberia. Sentimo-nos aliviados quando vimos o professor recolocar calmamente as tiras de massa nas extremidades da porta.

Depois levantou a criança e disse:

— Venham agora, amigos. Nada poderemos fazer até amanhã. Haverá um enterro ao meio-dia, e por isso, logo após essa hora, viremos todos para cá. Às duas horas os acompanhantes do funeral já se terão retirado e, quando o sacristão fechar o portão, permaneceremos. Teremos então mais trabalho a realizar, mas não como este desta noite. Quanto à criança, não está muito ferida e amanhã à noite estará boa. Como anteriormente, nós a deixaremos onde a polícia possa encontrá-la e depois iremos para casa. — Aproximando-se de Arthur, prosseguiu: — Passou por momentos difíceis, mas no futuro, quando olhar para trás, verá que tudo foi necessário. Você atravessa agora horas amargas, meu filho. Porém, se Deus quiser, amanhã a esta hora já as terá atravessado e estará bebendo águas doces. Portanto, não se amofine muito. Até lá não lhe pedirei que me perdoe.

Arthur e Quincey regressaram à casa comigo e cada um de nós tentou alegrar o outro no caminho. Já deixáramos a criança em segurança e estávamos cansados, por isso dormimos, uns mais e outros menos intensamente.

29 de setembro —Um pouco antes do meio-dia, Arthur, Quincey Morris e eu fomos buscar o professor. Era estranho, mas nós havíamos concordado em colocar roupas pretas. É claro que Arthur estava de preto devido ao luto, mas nós outros o usamos por instinto. Chegamos ao cemitério à uma e meia e por lá vagamos, conservando-nos fora das vistas oficiais, a fim de podermos agir livremente, quando os coveiros finalizassem seu serviço e o sacristão fechasse o portão, julgando que todos haviam partido. Em vez de sua maleta negra, Van Helsing levava uma longa maleta de couro, semelhante a uma sacola de jogar críquete; percebia-se que era pesada.

Quando ficamos a sós e ouvimos as últimas passadas morrerem à distância na estrada, seguimos silenciosamente o professor até o jazigo. Ele abriu a porta e entramos, fechando-a atrás de nós. Em seguida apanhou na maleta a lanterna, que acendeu, e também duas velas. Quando acendeu, prendeu-as com o espermacete em outros caixões, para que houvesse luz suficiente para o serviço. Quando levantou novamente a tampa do caixão de Lucy, todos olhamos e vimos o cadáver em toda a sua formosura; Arthur tremia como vara verde. Entretanto, em meu coração não havia amor, mas apenas ódio por aquela coisa impura que se apossara do corpo e da alma de Lucy. Vi que até o rosto de Arthur enrijecia enquanto olhava. Ele falou com Van Helsing:

— Esta é realmente Lucy, ou apenas um demônio que adquiriu sua forma?

— É e não é ela. Mas espere um pouco e verá como era e como é.

Ali deitada, parecia uma versão maléfica de Lucy. Os dentes pontiagudos, a boca voluptuosa e manchada de sangue fazendo estremecer os que a viam, toda aquela aparência carnal e materialista constituía um ultraje à doce pureza de Lucy. Van Helsing, metódico como sempre, principiou a retirar os vários objetos de sua maleta, colocando-os à mão. Primeiro apanhou um aparelho de soldagem e um pouco de solda; em seguida, um pequeno lampião que, quando aceso num dos cantos do jazigo, emitiu um gás que produziu chama azul e quente; depois apanhou os bisturis e, finalmente, um espeto redondo de madeira com duas polegadas e meia ou três de espessura e cerca de três pés de comprimento. Uma das extremidades tinha ponta aguçada. Retirou junto com o espeto um pesado martelo, semelhante aos que se usam no depósito de carvão das casas, para quebrar os pedaços mais duros. Para mim é sempre estimulante ver um médico preparar-se para um trabalho de qualquer espécie, mas Arthur e Quincey sentiam-se um tanto consternados com aquilo. Entretanto, conservaram a coragem e permaneceram calmos e em silêncio.

Quando tudo estava pronto, Van Helsing disse:

— Antes de mais nada, ouçam o que lhes tenho a declarar e que é fruto do saber e experiência dos antigos e de todos aqueles que estudaram os poderes dos Não Mortos. Quando se transformam nisso, cai sobre eles a maldição da imortalidade: não podem morrer, mas são obrigados a prosseguir século após século adicionando novas vítimas e multiplicando os males do mundo. Todos aqueles que morrem como presas de um Não Morto se tornam também Não Mortos e por sua vez procuram novas vítimas. Assim, o círculo se estende cada vez mais, como as ondas de uma pedra que se atira na água. Amigo Arthur, se tivesse beijado a pobre Lucy antes de ela morrer ou se, na noite passada, se tivesse entregado ao abraço dela, quando morresse você também seria *nosferatu* (como dizem na Europa Oriental) e durante todo o tempo estaria produzindo mais desses Não Mortos que nos enchem de terror. A carreira desta infortunada jovem está apenas no início. Aquelas crianças, cujo sangue sugou, ainda não estão em estado grave, mas, se ela continuar a viver como Não Morta, chupará cada vez mais o sangue e com seu poder atrairá as crianças; assim lhes secará as veias com a boca maldita. Mas, se ela morrer de verdade, tudo cessará; os minúsculos ferimentos do pescoço desaparecerão e as crianças continuarão a brincar sem conhecer o que se passou. Porém, mais importante do que tudo o mais é o fato de que, quando esta Não Morta morrer verdadeiramente, a alma da infortunada moça que tanto estimamos ficará novamente livre. Em vez de tramar maldades durante a noite e se rebaixar cada vez mais, assimilando-as durante o dia, encontrará lugar entre os anjos. Assim, meu amigo, será bendita a mão que lhe der o golpe libertador. Ofereço-me para isso, mas não haverá entre nós alguém com mais direito? Não será uma alegria poder no futuro, durante as noites de insônia, pensar: "Foi minha mão que a enviou às estrelas, foi a mão daquele a quem ela mais amou e que ela teria escolhido para isso, se lhe fosse possível deliberar"? Digam-me: existe esse alguém entre nós?

Todos nos voltamos para Arthur. Ele também percebeu o que pensávamos e notou que infinita bondade encerrava a sugestão de que deveria ser dele a mão encarregada de tornar a memória de Lucy novamente sagrada para nós. Adiantou-se e disse com bravura, embora sua mão tremesse e seu rosto se apresentasse tão branco quanto a neve:

— Meu verdadeiro amigo, agradeço-lhe do fundo do coração. Diga-me o que devo fazer e será realizado!

Van Helsing segurou-lhe o ombro e disse:

— Bravo rapaz! Um minuto! Um minuto de coragem e tudo estará pronto. Este espeto deve atravessá-la. Pode estar certo de que será um temeroso empreendimento, porém durará pouquíssimo tempo e então sua alegria será maior que a dor presente; sairá deste túmulo como se caminhasse nas nuvens. Mas não hesite depois de haver principiado. Pense que nós, seus verdadeiros amigos, estamos ao seu redor e rezamos por você durante todo o tempo.

— Prossiga — falou roucamente Arthur. — Diga-me o que devo fazer.

— Segure este espeto com a mão esquerda, pronto para enfiá-lo no coração; o martelo ficará em sua mão direita; então, quando iniciarmos nossa oração fúnebre (eu lerei deste livro e os outros me acompanharão), dê o golpe em nome de Deus, para que a morta que amamos encontre a felicidade e para que a Não Morta faleça.

Arthur agarrou o espeto e o martelo; uma vez resolvido, suas mãos não apresentaram o mínimo tremor. Van Helsing abriu o missal e principiou a ler, Quincey e eu nos esforçamos para acompanhá-lo. Arthur colocou a ponta sobre o coração e pude vê-la mergulhando na carne branca. Em seguida martelou com toda a força.

A coisa que estava no caixão contorceu-se e um grito terrível e sangrento saiu de seus lábios vermelhos que se abriam. O corpo debateu-se em horríveis convulsões; os dentes rangeram até cortar os lábios e uma espuma avermelhada inundou-lhe a boca. Porém, Arthur não hesitou. Parecia um deus enquanto seu braço firme se abaixava e se erguia, afundando cada vez mais o espeto, enquanto o sangue do coração ferido jorrava em grande quantidade, espalhando-se ao redor do corpo. O rosto do rapaz se mantinha firme, espelhando o cumprimento de um grande dever; aquela visão nos deu coragem, de modo que nossas vozes pareciam ressoar através da pequena abóbada.

Em seguida as contorções do corpo diminuíram; os dentes pareceram trincar e o rosto agitou-se. Depois a coisa permaneceu imóvel. A arrepiante tarefa terminara.

O martelo caiu da mão de Arthur, o qual cambaleou e teria tombado se não o segurássemos. Grandes gotas de suor lhe inundaram a testa e sua respiração tornou-se ofegante. Realmente tivera de realizar tremendo esforço e conseguira completar seu encargo apenas porque era movido por motivos sobre-humanos. Durante alguns minutos, ficamos tão preocupados com ele que nem sequer olhamos para o caixão. Contudo, quando o fizemos, emitimos um murmúrio de surpresa. Olhamos com tanta ansiedade que Arthur se levantou do chão onde estava sentado e veio ver também; então sua fisionomia espelhou satisfação, afastando a expressão sóbria que apresentava.

Ali no caixão não mais se encontrava a coisa impura que temíamos e principiáramos a odiar de tal forma que considerávamos um privilégio obter a faculdade de destruí-la; mas lá estava a própria Lucy que conhecêramos em vida, com o rosto apresentando incomparável ternura e pureza. É verdade que também havia traços de dor e abatimento, como ocorrera em vida, mas estes nos eram caros, pois indicavam que ela estava inocente de tudo aquilo. Todos sentíamos que a santa calma que se espalhava como o sol sobre seu rosto e corpo abatidos era uma dádiva terrestre e um símbolo de paz que reinaria eternamente.

Van Helsing aproximou-se, colocou a mão sobre o ombro de Arthur e disse-lhe:

— Estou desculpado agora, amigo Arthur?

A reação da terrível tensão surgiu quando o rapaz segurou a mão do velho e, levando-a aos lábios, apertou-a dizendo:

— Desculpado! Abençoado seja o senhor, que devolveu à minha amada sua alma e que me proporcionou a paz.

Colocou as mãos sobre o ombro do professor, deitou a cabeça em seu peito e chorou em silêncio enquanto permanecíamos imóveis. Quando ergueu a cabeça, Van Helsing lhe disse:

— Agora, meu filho, pode beijá-la. Se o deseja, beije-lhe os lábios como ela gostaria que você fizesse, caso pudesse escolher. Ela agora não é uma diaba maliciosa, nem será eternamente uma coisa impura. Já não é mais uma Não Morta pertencente ao diabo, mas agora se voltou para Deus e n'Ele sua alma repousa!

Arthur inclinou-se e beijou-a; depois nós o enviamos para fora do jazigo acompanhado de Quincey. O professor e eu serramos a parte de cima do espeto e deixamos a ponta enfiada no cadáver. Em seguida cortamos sua cabeça e enchemos a boca com flores de alho. Soldamos o caixão de chumbo, aparafusamos a tampa e, reunindo nossos pertences, afastamo-nos. Quando o professor trancou a porta, deu a chave a Arthur.

Lá fora o ar era agradável, o sol brilhava, os pássaros cantavam e toda a natureza parecia modificada. Havia alegria, felicidade e paz por todos os lados, pois estávamos em paz conosco e a alegria reinava em nós, embora moderadamente.

Antes de partirmos, Van Helsing disse:

— Agora, meus amigos, demos um passo na realização de nosso trabalho. Foi o mais difícil para nós, porém resta-nos um encargo ainda maior: encontrar o autor de nossos pesares para exterminá-lo. Tenho pistas que poderemos seguir, mas será um trabalho árduo e longo, repleto de perigos e dores. Querem todos ajudar-me? Todos aprendemos a crer, não é verdade? E, já que isso ocorre, enxergamos nosso dever. Não prometemos prosseguir até ao amargo final?

Apertando as mãos, cada um de uma vez, prometemos. Então, enquanto nos afastávamos, o professor falou:

— Daqui a duas noites me encontrarão e jantaremos às sete horas com o amigo John. Convidarei mais duas pessoas que vocês ainda não conhecem, direi qual será nosso trabalho e desenvolverei os planos. Amigo John, venha comigo para casa, pois tenho muito o que consultar e você poderá me ajudar. Hoje partirei para Amsterdã, mas regressarei amanhã à noite. Nossa grande procura principiará então. Mas antes terei muito o que dizer, a fim de que saibam o que lhes incumbe e o que deverão temer. É que, diante de nós, se encontra terrível tarefa, e quando colocarmos o pé na engrenagem não poderemos recuar...

CAPÍTULO 17

RELATO COTIDIANO DO DR. SEWARD
(continuação)

Quando chegamos ao Hotel Berkeley, Van Helsing encontrou um telegrama para ele:

"Irei por trem. Jonathan está em Whitby. Importantes notícias. — Mina Harker".

O professor mostrou-se encantado.

— Ah, aquela maravilhosa sra. Mina! — exclamou. — Uma pérola de mulher! Ela chega, mas eu não posso ficar. Ela deverá ir para a sua casa, amigo John. Vá encontrá-la na estação. Telegrafe-lhe em caminho para que fique preparada.

Depois que o telegrama foi enviado, tomou uma xícara de chá, falando-me então acerca de um diário escrito por Jonathan Harker no exterior. Deu-me uma cópia datilografada dele e também do diário de uma sra. Harker em Whitby.

— Leve estes — disse — e estude-os cuidadosamente. Quando eu regressar, saberá de tudo e poderemos assim melhor iniciar nossas pesquisas. Guarde-os em lugar seguro, pois valem ouro. Será necessário invocar toda a sua fé, apesar da experiência por que passou hoje. O que é narrado aqui — com seriedade colocou a mão pesadamente sobre o pacote de papéis enquanto falava — talvez signifique o princípio do fim para mim, para você e para muitos outros; mas também pode significar o falecimento dos Não Mortos que perambulam pela terra. Rogo-lhe que leia tudo sem prevenções e, se puder acrescentar algo à história aqui narrada, faça-o, pois é importante. Você também mantém um diário onde registrou essas estranhas ocorrências, não é verdade? Sim! Então examinaremos tudo quando nos encontrarmos novamente.

Preparou-se para a partida e logo após se dirigiu à rua Liverpool. Fui para Paddington, onde cheguei cerca de quinze minutos antes do trem.

A multidão se dissolveu, após a grande agitação comum nas plataformas de chegada. Começava a me sentir inquieto, temendo não encontrar minha convidada, quando fui abordado por uma jovem meiga e elegante que, após rápido olhar, me disse:

— É o dr. Seward, não?

— E a senhora é a sra. Harker! — respondi imediatamente. Ela me estendeu a mão.

— Reconheci-o devido à descrição da infortunada Lucy; mas... — Parou repentinamente e um rápido rubor lhe invadiu o rosto. A cor rosada que também assomou a minhas faces colocou-nos ambos à vontade, pois foi uma resposta tácita à própria vermelhidão da moça. Apanhei a bagagem dela, que incluía uma máquina de escrever, e tomamos o trem subterrâneo para a rua Fenchurch, depois de eu haver telegrafado para minha empregada, mandando-a preparar imediatamente um quarto e uma sala de estar para a sra. Harker.

Chegamos em hora oportuna. Embora ela soubesse que iria para um hospício, notei que não pôde conter um tremor ao entrarmos. Disse-me que, se eu o permitisse, viria para o meu gabinete, pois tinha muito o que dizer. Por isso aqui estou, terminando meus registros neste diário gravado, enquanto a espero. Ainda não tive tempo de examinar os papéis que Van Helsing deixou comigo, embora estejam abertos diante de mim. Devo entretê-la com alguma coisa para que tenha tempo de lê-los. Ela não sabe como as horas são preciosas nem conhece o encargo que temos em mão. Tenho de ser cuidadoso para não assustá-la. Aí vem ela!

DIÁRIO DE MINA HARKER

29 de setembro — Depois de me arrumar, desci ao gabinete do dr. Seward. Parei durante um momento à porta, pois julguei ouvi-lo falar com alguém. Contudo, como me pedira rapidez, bati na porta e entrei ao ouvi-lo dar-me permissão.

Surpreendi-me muito ao ver que ele estava só. Na mesa junto dele avistei um objeto que reconheci ser um fonógrafo, devido à descrição. Nunca vira um e estava interessada.

— Espero não tê-lo feito esperar — disse eu. — Mas fiquei à porta, pois ouvi-o falar e julguei que estivesse acompanhado.

— Oh — replicou ele com um sorriso —, estava apenas cuidando de meu diário.

— Seu diário? — inquiri surpresa.

— Sim, gravo-o nisto — respondeu ele, colocando a mão sobre o fonógrafo. Fiquei muito curiosa com aquilo e exclamei:

— Ora, isso supera até a taquigrafia! Posso ouvir a máquina dizer algo?

— Claro! — respondeu com vivacidade, levantando-se a fim de preparar o objeto para falar. Depois fez uma pausa, demonstrando embaraço.

— É que conservo meu diário nele — principiou desajeitadamente. — Apenas os meus casos estão gravados aqui... pode não ficar bem... isto é... — Parou e tentei auxiliá-lo a sair de seu constrangimento.

— O senhor ajudou a cuidar de Lucy até o fim. Deixe-me ouvir sua morte e ficarei muito grata. Gostava imensamente dela.

Surpreendi-me, contudo, ao verificar que ele se mostrou horrorizado.

— Falar-lhe acerca da morte dela? Por nada neste mundo!

— Por que não? — perguntei sentindo apoderar-se de mim uma sensação grave e terrível. Novamente fez uma pausa e vi que tentava inventar uma desculpa. Finalmente gaguejou:

— Não sei em que ponto procurar uma parte especial do diário. — Mesmo enquanto falava, uma ideia despertou nele e disse em voz diferente, com inconsciente simplicidade e a inocência de uma criança: — Por minha honra, isso é verdade. Juro por Deus! — Não pude deixar de sorrir, e ele fez uma careta. — Traí-me desta vez! — declarou. — Mas sabe que, embora já conserve este diário há meses, nunca pensei em encontrar uma determinada parte, caso quisesse revisá-lo?

Já naquele momento eu decidira que o diário do médico que cuidara de Lucy talvez acrescentasse algo ao que sabíamos daquele terrível Ser. Por isso, disse corajosamente:

— Então, é melhor permitir que eu copie seu diário em taquigrafia, dr. Seward.

Ele se tornou cadavericamente pálido ao declarar:

— Não! Não! Não! Por nada deste mundo eu permitiria que conhecesse essa tenebrosa história.

Então era terrível; minha intuição estava certa! Pensei durante um momento e, enquanto meus olhos inspecionavam o quarto, procurando inconscientemente algo ou a oportunidade que pudesse auxiliar-me, baixaram sobre um maço de papéis datilografados, em cima da mesa. Os olhos dele perceberam a expressão dos meus e, sem que ele o soubesse, olharam na mesma direção. Quando viu o pacote, percebeu o que eu queria dizer.

— Não me conhece — disse eu. — Quando tiver lido aqueles papéis (o diário de meu marido e o meu, ambos por mim datilografados), conhecer-me-á melhor. Dei tudo o que podia a essa causa. Mas, como não me conhece, não posso esperar que já confie em mim.

Certamente o dr. Seward é um homem de nobre caráter, e a infortunada Lucy estava certa a respeito dele. Levantou-se e abriu uma grande gaveta, onde se dispunham em ordem alguns cilindros ocos de metal, revestidos de cera escura. Falou:

— Tem razão, não confiava na senhora porque não a conhecia. Entretanto, agora já a conheço e permita-me dizer-lhe que isso já deveria ter sucedido há muito tempo. Assim como Lucy lhe falou de mim, também me falou a seu respeito. Só há um modo de expiar minha falta: leve os cilindros e ouça-os; a primeira meia dúzia se refere a assuntos pessoais meus e não a horrorizarão. Conhecer-me-á melhor então, e o jantar já estará pronto quando terminar de ouvir. Entrementes, lerei alguns destes documentos e compreenderei melhor certas coisas.

Ele mesmo levou o fonógrafo para minha sala de estar e preparou-o para mim. Agora tenho certeza de que tomarei conhecimento de algo agradável, pois conhecerei o outro lado de um verídico episódio de amor, já meu conhecido...

RELATO COTIDIANO DO DR. SEWARD

29 de setembro — Absorvi-me de tal modo na leitura do maravilhoso diário de Jonathan Harker e no de sua esposa que deixei o tempo correr sem pensar. A sra. Harker ainda não descera quando a empregada apareceu para anunciar o jantar, o que me fez dizer:

— Certamente ela está cansada. Espere uma hora para pôr o jantar.

Prossegui com meu trabalho. Acabara de ler o diário da sra. Harker quando ela entrou. Estava meiga e linda, porém muito triste e tinha os olhos vermelhos de chorar. Aquilo me comoveu, pois Deus sabe que, ultimamente, tenho tido motivo para prantos. Entretanto, apesar de este alívio me ter sido negado, a visão daqueles olhos meigos, que as lágrimas haviam inundado recentemente, tocou-me o coração. Exclamei o mais ternamente possível:

— Lamento tê-la angustiado.

— Oh, não me angustiou — disse ela. — Apenas sua dor me emocionou mais do que minhas palavras podem exprimir. Essa máquina é maravilhosa, porém sua veracidade é cruel. Contou-me com precisão as angústias de seu coração, era como uma alma a clamar ao Deus Todo-Poderoso. Ninguém deve ouvir novamente esta gravação! Veja, tentei ser útil: anotei tudo em taquigrafia, e ninguém mais como eu necessita ouvir seu coração pulsar.

— Ninguém necessita saber nem saberá jamais — afirmei, em voz baixa. Ela colocou sua mão sobre a minha, falando com muita seriedade:

— Ah, mas terão de saber!

— Terão! Mas por quê? — perguntei.

— Porque fazem parte de uma terrível história, parte da morte de Lucy e de tudo o que a ela conduziu. Porque na luta que travaremos para libertar a Terra desse terrível monstro necessitaremos de todo o conhecimento e auxílio de que pudermos dispor. Creio que os cilindros que me deu continham mais do que aquilo que desejava que eu soubesse; entretanto, percebo que há em seu registro muitas luzes para este obscuro mistério. Permitirá que eu o auxilie, não? Sei de tudo até certo ponto e, embora o seu diário só me conduzisse ao dia 7 de setembro, percebo de que modo a infortunada Lucy foi cercada e como seu terrível destino foi provocado. Desde que o professor Van Helsing nos visitou, Jonathan e eu temos trabalhado noite e dia. Ele foi a Whitby conseguir mais informações e estará aqui amanhã para ajudar-nos. Não há necessidade de segredos entre nós; trabalhando juntos e com mútua confiança teremos maior força de que se escondermos algo de alguns.

Ela me encarou de modo tão súplice e demonstrou tanta coragem e firmeza que imediatamente cedi a seus desejos.

— Agirá como quiser no caso — disse eu. — Que Deus me perdoe se estou errado! Ainda terá de saber de coisas terríveis, mas, se conseguiu ir até tão próximo da morte de Lucy, certamente não se conformará em permanecer no escuro. De fato, o próprio final lhe poderá proporcionar um vislumbre de esperança. Venha jantar. Temos de nos manters fortes para a cruel e horripilante tarefa que nos espera. Quando tiver comido saberá do resto e responderei a todas as perguntas que formular, caso não compreenda alguma coisa que nos foi clara porque estivemos presentes.

DIÁRIO DE MINA HARKER

29 de setembro — Após o jantar, acompanhei o dr. Seward ao seu gabinete. Ele retirou novamente o fonógrafo de meu quarto e apanhei minha máquina de escrever. Colocou-me numa cadeira confortável, arrumou o fonógrafo de modo que eu pudesse ligá-lo sem levantar-me e mostrou-me como desligá-lo caso quisesse fazer uma pausa. Depois se acomodou pensativamente numa cadeira, me voltou as costas, a fim de que eu me sentisse tão à vontade quanto possível, e principiou a ler. Coloquei em meus ouvidos o metal aforquilhado e prestei atenção.

Quando terminou a terrível história da morte de Lucy e de tudo o que se seguiu, recostei-me sem forças na cadeira. Felizmente, não sou sujeita a desmaios. Quando o dr. Seward viu meu estado, levantou-se num pulo com uma exclamação de horror e correu apressado para o armário, de onde retirou uma garrafa de aguardente; esta me fez recobrar um pouco o ânimo. Sentia o cérebro em turbilhão e só não fiz uma cena porque, através daquela multidão de horrores, havia a felicidade de saber que Lucy finalmente descansava em paz. Era tudo tão brutal, misterioso e estranho, que não teria acreditado em nada, se já não conhecesse a experiência de Jonathan na Transilvânia. Não sabia em que acreditar, na situação em que me encontrava, e resolvi sair daquela dificuldade voltando minha atenção para outro objetivo. Retirei a capa de minha máquina de escrever e disse ao dr. Seward:

— Deixe-me anotar tudo isso agora. Devemos estar prontos quando o dr. Van Helsing chegar. Enviei um telegrama pedindo a Jonathan que viesse para cá quando chegasse a Londres, vindo de Whitby. Nestes casos, as datas são muito importantes, e creio que, se reunirmos todo o nosso material hoje e o colocarmos em ordem cronológica, teremos feito muito. Disse-me que lorde Godalming e o sr. Morris também vêm. Estejamos preparados para podermos contar tudo a eles, quando vierem.

Ele colocou o fonógrafo a pouca velocidade e principiei a datilografar desde o início do sétimo cilindro. Bati três cópias do diário dele, assim como fizera com os outros. Já era tarde quando terminei; o dr. Seward realizou seu trabalho de examinar os diversos pacientes e depois de finalizar veio ler junto de mim, a fim de que eu não me sentisse só enquanto trabalhava. Como é bondoso; de fato, pode haver monstros no mundo, mas ele está repleto de homens bons. Antes de apartar-me do doutor, recordei-me de que em seu diário mencionara o fato de o professor mostrar-se perturbado ao ler algo no jornal, na estação de Exeter. Apanhei os exemplares da *Gazeta de Westminster* e da *Gazeta de Pall Mall* e levei-os para o meu quarto. Lembrei-me de como os recortes que eu possuía do *Dailygraph* e da *Gazeta de Whitby* haviam contribuído para a compreensão dos terríveis eventos ocorridos na ocasião do desembarque do Conde Drácula. Por isso, resolvi examinar mais uma vez os jornais, desde aquela data, pois assim talvez descubra mais coisas. Não tenho sono e o trabalho me acalmará.

RELATO COTIDIANO DO DR. SEWARD

30 de setembro — O sr. Harker chegou às nove horas. Recebera o telegrama da esposa no momento da partida. É muito inteligente e, a julgar por seu aspecto, é também muito ativo. Se o diário dele for verdadeiro, o que nossas próprias experiências parecem provar, é também um homem de grande coragem. Aquela segunda descida ao subterrâneo demonstrou muita ousadia. Depois de ler essa narrativa eu estava preparado para encontrar um homem de aspecto muito viril, mas não o indivíduo quieto e metódico que aqui veio hoje.

Mais tarde — Após o almoço, Harker e sua esposa regressaram ao quarto e, quando por lá passei há pouco tempo, ouvi as batidas da máquina de escrever. Estão trabalhando muito. A sra. Harker disse que reúnem todos os pequenos indícios que possuem, para colocá-los em ordem cronológica. Harker tem as cartas que os consignatários das caixas em Whitby trocaram com os carregadores de Londres que as transportaram. Ele agora está lendo a cópia datilografada que sua esposa tirou de meu diário. O que será que pensarão deste? Aqui está...

É estranho que nunca me tivesse passado pela cabeça que a casa ao lado de meu hospício fosse o esconderijo do Conde!

E Deus sabe que a conduta do paciente Renfield concedeu-nos pistas suficientes! O maço de cartas relativas à compra da casa estava entre a cópia do diário. Oh, se as tivéssemos obtido antes, talvez salvássemos a infortunada Lucy! É melhor não pensar, senão ficaremos loucos! Harker já voltou e está novamente pondo em ordem o material. Disse que, à hora do jantar, já poderão apresentar uma narrativa em que as ocorrências se concatenem. Acha que entrementes devo ver Renfield, pois até este momento ele foi uma espécie de indicador das idas e vindas do Conde. Ainda não cheguei bem a esse ponto, mas creio que descobrirei isso quando obtiver as datas. Foi bom a sra. Harker ter datilografado o que estava em meus cilindros! De outra forma, jamais teríamos descoberto as datas...

Encontrei Renfield sentado calmamente em seu quarto, com as mãos juntas e sorrindo benignamente. Naquele momento, não parecia ser um doente mental. Sentei-me conversando sobre muitos assuntos e ele falou sobre todos com naturalidade. Então, mencionou espontaneamente sua ida para casa, assunto que segundo o que sei nunca abordara, desde sua vinda para cá. De fato, naquele momento mostrou-se confiante em conseguir alta imediatamente. Creio que, se não tivesse conversado com Harker, lido as cartas e comparado as cartas dos ataques de Renfield, dar-lhe-ia alta após um breve tempo de observação. Mas agora suspeito. Todos os seus ataques se relacionavam de algum modo à proximidade do Conde. O que significará agora esse grande contentamento? Será que instintivamente se satisfaz com o supremo triunfo do Conde? Conservá-lo-ei aqui; é zoófago e, ao esbravejar furiosamente junto à porta da capela dessa casa deserta, sempre exclamava "Mestre", o que confirma nossas ideias. Contudo, depois de algum tempo me afastei dele, pois devido ao seu estado atual de sanidade não será seguro formular-lhe muitas perguntas. Talvez elas o façam pensar e então...! Afastei-me, portanto. Como desconfio de sua calma, pedi ao assistente que o observe atentamente e mantenha uma camisa de força à mão.

DIÁRIO DE JONATHAN HARKER

29 de setembro, no trem para Londres — Quando recebi do senhor Billington a cordial mensagem em que declarava poder conceder-me todas as informações em seu poder, julguei melhor ir a Whitby e realizar as investigações no próprio local. Meu objetivo era agora verificar em que lugar de Londres se encontrava a terrível carga do Conde. Mais tarde poderemos dispor dela. Billington Júnior, um bom rapaz, encontrou-me na estação e levou-me à casa de seu pai, onde decidiram que eu deveria passar a noite. Faziam jus à fama hospitaleira de Yorkshire: concediam tudo ao hóspede, mas lhe permitiam a liberdade de agir como quisesse. Todos sabiam que eu estava ocupado e que minha estada seria breve; o sr. Billington já tinha as cartas relativas à consignação das caixas prontas em seu gabinete. Senti-me quase doente ao avistar as cartas que eu já vira na mesa do Conde, antes de conhecer seus planos diabólicos. Tudo fora cuidadosamente planejado e executado com grande precisão. Ele parecera estar preparado para qualquer obstáculo que por acaso pudesse ser colocado em seu caminho. Acautelara-se contra o azar, e o modo absolutamente preciso como foram realizadas suas intenções constituía simplesmente o resultado lógico de seu cuidado. Tomei nota da fatura: "cinquenta caixas de terra comum para serem utilizadas em experiências". Também anotei com cópias a carta para Carter Paterson e sua réplica. O senhor Billington nada mais pôde informar-me e, por isso, desci ao porto e falei com os homens da Guarda Costeira, os funcionários da alfândega e o chefe do porto. Todos tinham o que dizer acerca da estranha chegada do navio, cuja história já tem seu lugar na tradição local; entretanto, ninguém pôde acrescentar coisa alguma ao fato de que "havia cinquenta caixas com terra comum". Em seguida, avistei-me com o chefe da estação, que bondosamente me pôs em contato com os homens que tinham recebido as caixas.

Indicaram o mesmo número delas e nada mais acrescentaram, a não ser o fato de que eram pesadíssimas e que só com muito esforço haviam conseguido transportá-las. Um deles declarou que infelizmente não havia cavalheiros como eu que apreciassem devidamente seus esforços, outro afirmou que o esforço lhes causara tamanha sede que esta ainda não se aplacara. Antes de partir, tive o cuidado de desfazer convenientemente essas reclamações.

30 de setembro — O chefe da estação foi suficientemente bom para dar-me um cartão que deveria ser entregue ao seu colega, o chefe da estação de King's Cross; portanto, quando lá fui na manhã seguinte, pude inquiri-lo acerca da chegada das caixas. Ele me pôs em contato com os funcionários e verifiquei se o número que indicavam correspondia ao da fatura original. Aí, as oportunidades para sentir uma sede muito forte eram limitadas; contudo, os homens se tinham esforçado, e novamente fui obrigado a dar umas gorjetas.

Dali, segui para o escritório central de Carter Paterson, onde fui recebido com a máxima cortesia. Verificaram a transação em seu diário comercial, na pasta de cartas, e imediatamente telefonaram para o escritório de King's Cross para pedir mais detalhes. Felizmente, os homens que haviam trabalhado com a carroça esperavam serviço e o funcionário imediatamente os enviou, mandando também por um deles a guia do transporte das mercadorias e todos os papéis relacionados com a entrega das caixas em Carfax. Mais uma vez, verifiquei que a duplicata estava correta: os carregadores puderam suplementar a escassez das palavras escritas, acrescentando alguns detalhes. Logo verifiquei que estes aludiam apenas à natureza poeirenta do serviço e à consequente sede produzida nos operários. Enquanto abordávamos na conversa esses assuntos, ofereci uma oportunidade e um dos homens observou:

— Aquela casa, sinhô, foi a mais esquisita que já vi. Que horrô! Estava abandonada há mais de cem ano. Tinha tanta poeira que o sinhô pudia deitá nela sem machucá os ossos. O lugar tinha cheiro de velhice. E a velha capela... era de arripiá os cabelo. Eu e meu companheiro quisemo saí de lá o mais depressa possive. Pur Deus, pur nada no mundo ficaria lá depois do escurecê.

Como eu já conhecia a casa, achei que era fácil demais acreditar naquelas palavras: porém, se ele soubesse o que sei, creio que teria exagerado mais.

De uma coisa estou certo: *todas* as caixas que chegaram a Whitby vindas de Varna pelo "Demeter" foram depositadas em segurança na velha capela de Carfax. Agora, as cinquenta devem estar lá, a não ser que uma delas tenha sido removida, fato que o diário do dr. Seward me faz recear.

Tentarei entrevistar o carroceiro que retirou as caixas de Carfax, quando Renfield os atacou. Seguindo esta pista, podemos aprender muito.

Mais tarde — Mina e eu trabalhamos durante todo o dia e pusemos todos os papéis em ordem.

DIÁRIO DE MINA HARKER

30 de setembro — Sinto-me tão satisfeita que mal posso conter-me. Creio que sinto a reação do medo que me perseguia: receava que este terrível caso e a reabertura do velho ferimento pudesse afetar perniciosamente Jonathan. Quando ele partiu para Whitby parecia corajoso como nunca, porém eu sentia terrível apreensão. Contudo, o esforço lhe fez bem. Nunca esteve tão decidido, tão forte, tão cheio de energia vulcânica como no presente. Tudo ocorre como previu o bondoso professor Van Helsing: Jonathan é realmente corajoso e melhora com a tensão que arruinaria um homem de natureza mais fraca. Regressou cheio de vida, esperanças e resolução; pusemos tudo em ordem para hoje à noite. Sinto que a ansiedade me faz vibrar. Suponho que deveríamos ter pena de qualquer ser tão perseguido como o Conde, porém ele não é um ser humano... nem sequer um animal. A leitura do relatório do dr. Seward acerca da morte da infortunada Lucy e do que ocorreu depois é suficiente para secar as fontes de piedade existentes em qualquer coração.

Mais tarde — Lorde Godalming e o sr. Morris chegaram mais cedo do que esperávamos. Tive de avistar-me com eles, pois o dr. Seward saíra a negócios e levara Jonathan. Aquele foi um encontro penoso, pois me fez recordar todas as esperanças que a infortunada Lucy nutrira há apenas alguns meses. Tinham ouvido Lucy falar a meu respeito e parece que também o dr. Van Helsing esteve "me gabando", como diria o sr. Morris. Coitados, nenhum deles sabe que estou a par das declarações de amor que dirigiram a Lucy. Não souberam como agir ou o que dizer e tiveram de abordar assuntos neutros, pois não sabiam até que ponto eu conhecia o que se passara. Contudo, pensando no caso, cheguei à conclusão de que o melhor seria pô-los a par do que sucedera até a presente data. O diário do dr. Seward me revelara que eles haviam presenciado a *verdadeira* morte de Lucy, o que me indicava que eu não poderia ter receio de revelar algum segredo antes do tempo. Portanto, disse-lhes que lera todos os papéis e diários e que meu marido e eu, após datilografarmos tudo, colocáramos tudo em ordem. Dei a cada um deles uma cópia que poderiam ler na biblioteca. Quando lorde Godalming folheou a sua, que formava um amontoado de papéis, perguntou:

— Escreveu tudo isso, sra. Harker?

Assenti e ele prosseguiu:

— Não compreendo muito bem o motivo de tudo isso, mas, como vocês foram tão bondosos, gentis, e trabalharam tão intensamente, tenho de aceitar suas ideias, apesar de não as compreender. Preciso tentar ajudá-los. Já recebi uma lição, aceitando fatos que tornariam um homem humilde para o resto da vida. Além do mais, sei que a senhora estimou minha desgraçada Lucy... — Virou-se e cobriu o rosto com as mãos. Percebi as lágrimas em sua voz. O sr. Morris, com delicadeza instintiva, colocou durante um momento a mão sobre o ombro do amigo e, em seguida, saiu silenciosamente da sala. Suponho que existe algo no temperamento de uma mulher que faz que o homem tenha a liberdade de se descontrolar diante dela e de exprimir seus sentimentos ternos e emotivos sem aviltar sua masculinidade, pois, quando lorde Godalming se encontrou a sós comigo, sentou-se no sofá e exprimiu abertamente sua dor. Sentei-me ao seu lado e segurei-lhe a mão. Espero que ele não tenha achado que me excedi, e que jamais tenha esse pensamento, quando se recordar do fato. Mas sou injusta com ele, pois sei que é um verdadeiro cavalheiro e que nunca pensará mal de mim. Percebi que seu coração se partia e disse-lhe:

— Eu estimava a cara Lucy e sei o que ela significava para você e vice-versa. Nós éramos como irmãs e, agora que ela partiu, permite-me ser também sua irmã na dor? Sei o que tem sofrido, embora não possa medir a profundidade de sua dor. Se a amizade e a pena podem ajudá-lo nestes maus momentos, deixe que eu lhe preste esse pequeno serviço... para o bem de Lucy?

Num segundo, o infortunado rapaz foi subjugado pelo desespero. Pareceu-me que libertava todo o sofrimento interno que ultimamente contivera dentro de si. Tornou-se histérico e ergueu as mãos abertas, batendo palmas em completa agonia. Levantou-se, sentou-se novamente e as lágrimas caí-ram como chuva por suas faces. Senti grande dó dele e, sem pensar, abri os braços. Soluçando, ele colocou a cabeça sobre meu ombro e chorou como uma criança cansada enquanto tremia de emoção.

Nós, mulheres, temos um instinto maternal que nos faz olvidar as coisas de menor importância quando esse instinto é invocado. A cabeça desse homem que soluçava encostado em mim era como a cabeça do bebê que algum dia eu talvez colocasse no colo; acariciei-lhe os cabelos como se fosse meu próprio filho. Naquele momento, não pensei em como tudo aquilo era estranho.

Passados poucos minutos, seus soluços cessaram e ele ergueu-se pedindo desculpas, embora não disfarçasse a emoção. Disse-me que nos últimos dias de cansaço e nas noites de insônia não pudera desabafar com ninguém. Não havia mulher que lhe dedicasse amizade e, devido às terríveis circunstâncias que rodeavam sua dor, não podia falar livremente com nenhuma delas.

— Agora sei o quanto sofri — disse ele, secando os olhos. — Mas mesmo agora ainda não sei e ninguém poderá saber quão valiosa me foi hoje sua amizade. O tempo me elucidará melhor, e creia que, embora não seja ingrato neste momento, minha gratidão crescerá com a compreensão. Por Lucy e por nossas vidas, permitirá que seja seu irmão?

— Pela infortunada Lucy — respondi, quando apertamos as mãos.

— E também por você — acrescentou ele —, pois saiba que, se a estima e a gratidão de um homem valem a pena de serem conquistadas, as minhas lhe pertencem desde hoje. Se no futuro necessitar do auxílio de um homem, poderá chamar-me sem hesitar. Permita Deus que você não passe por momentos tristes, mas, se isso ocorrer, prometa-me que me avisará.

Falava com tanta seriedade e sua dor era tão recente que não pude deixar de dizer-lhe:

— Prometo.

Quando passei pelo corredor, vi o sr. Morris olhando através da janela. Voltou-se ao ouvir meus passos.

— Como está Art? — perguntou. Depois, notando meus olhos vermelhos, prosseguiu: — Ah, vejo que o estava consolando. Coitado! Precisa mesmo disso. Só uma mulher tem a capacidade de ajudar um homem cujo coração sofre, e ele não tinha uma para consolá-lo.

Morris suportava sua própria aflição com tamanha bravura que me compadeci dele. Vi que ele segurava o manuscrito e que verificaria os limites de meu conhecimento quando o lesse. Por isso lhe disse:

— Quisera poder consolar todos aqueles que sofrem. Posso ser sua amiga e pedir que venha desabafar comigo quando necessitar? Mais tarde saberá por que falo assim.

Verificou que eu era sincera e, inclinando-se, elevou minha mão aos lábios, beijando-a. Julguei que aquilo não era consolo suficiente para indivíduo tão bravo e altruísta e, impulsivamente, aproximei-me dele e beijei-o. As lágrimas surgiram em seus olhos, e ele sentiu um aperto momentâneo na garganta. Depois falou com muita calma:

— Garotinha, em toda a sua vida jamais se arrependerá dessa sincera bondade! — Em seguida dirigiu-se ao gabinete em que estava seu amigo.

"Garotinha!" Era assim mesmo que ele chamava Lucy. Oh, era realmente um amigo.

CAPÍTULO 18

RELATO COTIDIANO DO DR. SEWARD

30 de setembro — Cheguei em casa às cinco horas e já encontrei Godalming e Morris, que também já tinham estudado as cópias dos diversos diários e cartas que Harker e sua maravilhosa esposa haviam datilografado e arrumado. Harker fora visitar os carregadores de que o dr. Hennessey me falara, e ainda não regressara. A sra. Harker deu-nos uma xícara de chá, e, pela primeira vez desde que vivemos aqui, esta velha casa pareceu ser realmente um lar. Quando terminamos, a sra. Harker falou:

— Dr. Seward, posso pedir-lhe um favor? Desejo conhecer seu cliente Renfield. Permita-me vê-lo. Interesso-me muito por ele, devido ao que ouvi em seu diário!

Ela estava tão atraente e linda que não pude recusar seu pedido, mesmo porque não havia motivo para tal; portanto, levei-a comigo. Quando entrei no quarto, disse ao doente que uma dama desejava vê-lo, e ele retrucou apenas:

— Por quê?

— Ela está visitando a casa e quer ver todos os que se encontram aqui — respondi.

— Oh, muito bem — disse ele. — Pois não, deixe-a entrar. Espere apenas um minuto, pois desejo arrumar o quarto. — Seu método de arrumação foi muito peculiar: consistiu em engolir todas as moscas e aranhas da caixa, antes que eu pudesse impedi-lo. Era evidente que ele temia ou tinha ciúmes de que alguém interferisse. Quando terminou sua desagradável tarefa, falou alegremente: — Deixe a dama entrar — e sentou-se na beirada da cama, com a cabeça baixa, porém os olhos erguidos para vê-la. Durante um instante, julguei que ele tivesse desejos homicidas, pois me recordei de como ficara quieto pouco antes de me atacar em meu gabinete. Tive portanto o cuidado de me manter em lugar onde pudesse agarrá-lo imediatamente, caso avançasse para a moça. Ela entrou no quarto com graça e tranquilidade; sua atitude inspiraria respeito a qualquer lunático, pois a calma é a qualidade que os loucos mais respeitam. Aproximou-se dele com um sorriso agradável e estendeu-lhe a mão.

— Boa tarde, Renfield — disse ela. — Já o conheço, pois o dr. Seward me falou sobre você.

Ele não replicou imediatamente, mas observou-a com atenção e a testa franzida. Essa expressão foi substituída por uma de admiração e em seguida pela dúvida. Então, para minha intensa surpresa, disse:

— Você não é a moça com quem o médico queria casar-se, é? Não pode ser, porque ela já morreu.

A sra. Harker sorriu meigamente e respondeu:

— Oh, não, eu sou casada. Casei-me antes de conhecer o dr. Seward. Sou a sra. Harker.

— Então o que faz aqui?

— Meu marido e eu estamos visitando o dr. Seward.

— Então não fiquem aqui.

— Por que não?

Achei que essa conversa talvez não agradasse à sra. Harker, pois eu também a julgava pouco adequada. Por isso, interrompi:

— Como sabe que eu desejava casar-me com alguém?

Replicou com desprezo, e sua resposta se entremeou com uma pausa em que olhou da sra. Harker para mim e em seguida novamente para ela:

— Que pergunta burra!

— Não tenho essa opinião, sr. Renfield — disse a sra. Harker, defendendo-me. O louco replicou-lhe com delicadeza e respeito tão intensos quanto o desprezo que demonstrara por mim:

— Sra. Harker, compreenderá certamente que, quando um homem é tão estimado e respeitado quanto o nosso anfitrião, tudo o que lhe concerne interessa a nossa pequena comunidade. O dr. Seward é amado não apenas por aqueles que o servem e por seus amigos, mas também pelos doentes. Muitos destes, não tendo muito equilíbrio mental, são capazes de distorcer causas e efeitos. Como também eu estou internado num hospício, não posso deixar de notar que as tendências sofísticas de alguns dos pacientes se inclinam para os erros da *non causa* e *ignoratio elenchi*.

Espantei-me com essa nova evolução. Ali estava o meu lunático favorito, o de loucura mais pronunciada para o seu tipo, que agora discorria sobre filosofia fundamental como um educado cavalheiro. Não sei se a presença da sra. Harker lhe tocou de algum modo a memória. Se essa nova fase foi espontânea ou ocorreu devido a alguma influência inconsciente da moça, ela deve ser dotada de algum raro poder.

Continuamos a falar durante algum tempo e, percebendo que ele parecia raciocinar bem, ela aventurou-se a abordar o tópico favorito do doente, olhando-me de modo indagador ao principiar. Tive nova surpresa, pois ele voltou-se para a pergunta com a neutralidade indicadora da mais completa sanidade. Chegou até a utilizar sua própria pessoa como exemplo, quando mencionou certos fatos.

— Ora, eu mesmo fui um homem que tive estranha crença. De fato, meus amigos tiveram razão quando se alarmaram, insistindo em minha internação. Costumava imaginar que a vida era uma entidade positiva e perpétua e que poderíamos prolongá-la indefinidamente, se consumíssemos uma multidão de seres vivos, embora baixos na escala da criação. Às vezes, essa crença se tornava tão forte que eu tentava destruir uma vida humana. O doutor é testemunha de que, em certa ocasião, tentei matá-lo a fim de aumentar meus poderes vitais com a assimilação de sua vida, por meio da penetração de seu sangue em meu corpo... Baseava-me na frase da Sagrada Escritura: "O sangue é a vida". Na realidade, o vendedor de certas panaceias vulgarizou de tal modo essa verdade que a tornou desprezível; não é mesmo, doutor?

Assenti com a cabeça, pois estava tão perplexo que mal sabia o que pensar ou dizer; era difícil imaginar que menos de cinco minutos antes ele comera aranhas e moscas. Contemplando meu relógio, verifiquei que era hora de ir à estação encontrar o dr. Van Helsing, por isso disse à sra. Harker que teríamos de deixar o doente. Ela veio no mesmo instante, depois de falar gentilmente com o sr. Renfield:

— Adeus, e espero vê-lo muitas vezes, em situações mais auspiciosas para o senhor.

— Adeus, minha cara. Peço a Deus que eu nunca mais veja seu terno rosto. Que Ele a abençoe e a preserve!

Quando fui à estação encontrar o dr. Van Helsing, deixei os rapazes em casa. O infortunado Art nunca estivera tão alegre desde a morte de Lucy, e Quincey estava também mais feliz do que nos últimos tempos.

Van Helsing saltou da carruagem com a vivacidade ansiosa de um garoto. Viu-me imediatamente e aproximou-se às pressas, dizendo:

— Ah, amigo John, como vai tudo? Bem? Ótimo! Estive ocupado, pois vim para cá com a intenção de permanecer, se necessário. Arranjei todos os meus negócios e tenho muito o que contar. A senhora Mina está com você? Sim? E também seu gentil marido? Arthur e meu amigo Quincey estão aí, também? Bom!

A caminho de casa, contei-lhe o que se passara e falei de como meu próprio diário se tornara útil, por sugestão da senhora Harker. O professor então me interrompeu:

— Ah, aquela maravilhosa sra. Mina! Tem o coração de mulher, porém o cérebro de um homem muito inteligente. Creia-me que o bom Deus, quando estabeleceu nela essa combinação, fê-lo com um objetivo. Amigo John, até agora o destino nos tornou útil essa mulher; depois de hoje à noite ela não deverá envolver-se mais neste terrível caso. Não é bom que ela se arrisque tanto. Nós, homens, estamos resolutos e até já juramos destruir esse monstro, mas a tarefa não é adequada a uma mulher. Ainda que não sofra danos, seu coração pode não aguentar tantos e tão intensos horrores, fazendo-a sofrer dos nervos acordada, dormindo ou sonhando. Além do mais, é jovem e não está casada há muito. Assim, talvez tenha outros afazeres agora e no futuro. Você me disse que ela escreveu tudo, nesse caso deverá trocar ideias conosco; mas amanhã abandonará este trabalho e prosseguiremos a sós.

Concordei inteiramente com ele e disse-lhe o que descobríramos em sua ausência: que a casa comprada por Drácula era a que ficava ao lado da nossa. Pareceu perplexo e mostrou-se muito preocupado.

— Oh, se tivéssemos sabido antes! — disse ele. — Talvez tivéssemos alcançado o Conde a tempo de salvar a desgraçada Lucy. Contudo, o passado já passou, como dizem. Não pensaremos no que poderia ter acontecido, mas prosseguiremos até o fim. — Em seguida, permaneceu em silêncio até atravessarmos nosso portão. Antes de nos prepararmos para o jantar, declarou à sra. Harker: — Sra. Mina, meu amigo John contou-me que a senhora e seu marido puseram em ordem a narração de tudo o que ocorreu até este momento.

— Não até este momento, professor — corrigiu ela —, mas até esta manhã.

— E por que não até agora? Já vimos como pequenos fatos esclareceram muitas coisas. Contamos nossos segredos, e nenhum de nós se prejudicou por isso.

A sra. Harker enrubesceu e, retirando um papel do bolso, falou:

— Dr. Van Helsing, quer ler isto e dizer-me se devo incluir nos papéis? É o meu relato do que ocorreu hoje. Também eu já percebi a necessidade de anotar tudo o que ocorre, embora seja banal; mas quase tudo aí escrito é assunto pessoal. Devo juntá-lo aos outros? — O professor leu-o com muita seriedade e devolveu, declarando:

— Não necessita colocar entre os outros, se não o desejar, mas rogo-lhe que o faça. Fará que seu marido a ame mais e também que nós, seus amigos, a honremos e estimemos mais.

Ela recebeu o papel ruborizada e com um sorriso feliz.

Assim, todos os nossos registros estão completos e em ordem, até a presente hora. O professor levou uma cópia para estudá-la após o jantar, antes de nossa reunião, que foi fixada para as nove horas. Como o restante de nós já havia lido tudo, ao nos encontrarmos no gabinete estaremos a par de todas as ocorrências e poderemos desenvolver nosso plano de batalha contra esse terrível e misterioso inimigo.

DIÁRIO DE MINA HARKER

30 de setembro — Quando nos encontramos no gabinete do doutor Seward, duas horas após o jantar das seis, inconscientemente formamos uma espécie de junta do comitê. O professor Van Helsing ocupou a cabeceira da mesa, pois o dr. Seward lhe designara esse lugar quando o viu entrar na sala. Fez-me sentar ao seu lado direito e pediu-me que agisse como secretária; Jonathan ocupou o lugar junto a mim. Do lado oposto ao nosso, sentaram-se lorde Godalming, o dr. Seward e o sr. Morris, situando-se o primeiro junto do professor e o dr. Seward ao centro. O professor falou:

— Creio que posso concluir que todos conhecem o conteúdo destes papéis. — Assentimos, e ele prosseguiu: — Então julgo melhor falar-lhes sobre a espécie de inimigo que terão de enfrentar. Contar-lhes-ei algo da história desse homem, que tive oportunidade de averiguar. Poderemos então decidir o que faremos e agir adequadamente.

"Os vampiros realmente existem, e temos provas disso. Ainda que não tivéssemos passado por nossa infeliz experiência, os ensinamentos e os relatos do passado constituiriam prova suficiente para as pessoas sãs. Admito ter sido cético no princípio. Se durante longos anos não tivesse ensinado o liberalismo à minha mente, só teria acreditado ao ver fatos concretos. Ah, se soubesse antes o que agora sei, ou se tivesse podido adivinhá-lo, uma vida muito preciosa teria sido salva para os muitos que a amavam. Porém isso passou, e devemos trabalhar para que outras pobres almas não pereçam, enquanto pudermos salvá-las. O *nosferatu* não morre como a abelha quando pica. É mais forte e por isso tem maior poder para fazer o mal. Esse vampiro que está entre nós tem a força de vinte homens; é mais astuto do que qualquer mortal, pois sua astúcia cresce com os séculos; é ainda auxiliado pela necromancia, que, como indica a etimologia, consiste na adivinhação por intermédio dos mortos, e todos estes, quando próximos dele, lhe obedecem. Ele é bruto e, mais do que isso, tão cruel quanto o diabo; pode, dentro de certos limites, aparecer quando, onde e sob qualquer forma que lhe convenha; pode, também dentro de certos limites, dirigir os elementos: a tempestade, o nevoeiro, o trovão; pode comandar todos os animais vis: o rato, a coruja, o morcego, a mariposa e o lobo; pode crescer, diminuir e, às vezes, é capaz de desaparecer e aparecer sem ser visto. Como principiaremos então nossa luta para destruí-lo? Como encontraremos seu esconderijo e, uma vez descoberto este, como o eliminaremos? Meus amigos, o encargo que nos impusemos é terrível, e podem surgir consequências que farão os bravos tremerem. É que, se perdermos essa luta, ele ganhará; neste caso, qual será nosso fim? A vida nada vale. Não temo o vampiro; mas falhar aqui não é um caso que envolva apenas a vida e a morte. O fato é que nos tornamos, como ele, demônios da noite... sem coração ou consciência, perseguindo o corpo e a alma daqueles a quem mais amamos. As portas do céu estarão para sempre fechadas para nós, pois quem nos poderá abri-las novamente? Seremos odiados por todos em todas as eras, constituiremos um borrão no sol de Deus, uma flecha enterrada n'Aquele que morreu pelos homens. Porém nos encontramos face a face com o dever, e, em tal caso, poderemos fugir dele? Por mim, digo que não; mas sou velho, e a vida com seu sol, seus lindos lugares, o canto dos pássaros, sua música e seu amor já ficaram muito atrás. Vocês são jovens. Alguns já conheceram a dor, mas dias alegres ainda virão. O que dizem?"

Enquanto o professor falara, Jonathan segurara minha mão. Receei muito que a natureza apavorante do perigo que corríamos o estivesse sobrepujando, quando vi seu gesto; porém, ao sentir aquele toque forte, confiante e resoluto, senti-me reviver. A mão de um bravo fala por si, e não é necessário o amor de uma mulher para ouvir sua música.

Quando o professor terminou a oratória, meu marido e eu trocamos olhares; não houve necessidade de palavras entre nós.

— Respondo por mim e por Mina — declarou ele.

— Pode contar comigo, professor — disse Quincey Morris, lacônico como sempre.

— Estou com vocês — falou lorde Godalming —, pelo menos por causa de Lucy.

O dr. Seward simplesmente concordou com a cabeça. O professor levantou-se e, depois de colocar o crucifixo dourado sobre a mesa, estendeu ambas as mãos. Segurei-lhe a mão direita e lorde Godalming, a esquerda; Jonathan segurou minha mão direita com a esquerda e estendeu a outra para o sr. Morris. Assim, de mãos dadas, realizamos nosso pacto solene. Senti que meu coração gelava, mas não me ocorreu recuar. Retomamos nossos lugares e o dr. Van Helsing prosseguiu com uma espécie de alegria que demonstrava ter principiado nosso trabalho sério. Como qualquer outra transação de nossa vida, deveríamos considerá-lo com seriedade e realizá-lo metodicamente.

— Bem, agora já sabem contra quem terão de lutar; porém também temos poder. Temos a força da união, poder que é negado aos vampiros. Também a liberdade de agir e de pensar é nossa, e tanto as horas do dia quanto as da noite nos pertencem igualmente. De fato, até aí nossos poderes não conhecem limitações e temos a liberdade de utilizá-los. Lutamos com dedicação por uma causa e visamos a um fim altruísta. Tudo isso é muito importante. Agora, vejamos até que ponto são restritos os poderes gerais alistados contra nós e verifiquemos quais as deficiências do indivíduo. Em resumo, consideremos as limitações dos vampiros em geral e deste em particular. Para nossas conclusões, teremos de nos basear apenas em tradições e superstições, o que não parece muito quando o caso em questão é mais importante do que a vida ou a morte. Contudo, devemos contentar-nos com esses dois elementos, em primeiro lugar porque não temos outros meios sob nosso controle e, em segundo lugar, porque afinal a tradição e a superstição são tudo. Embora o mesmo não ocorra conosco, não é verdade que os outros acreditam nos vampiros exclusivamente por causa desses dois elementos? Há um ano, qual de nós teria acreditado nessa possibilidade, no meio deste século XIX, realista, científico e cético? Rejeitamos até mesmo uma crença que vimos justificada diante dos nossos próprios olhos. Considerem, portanto, que o vampiro e a crença em suas limitações e sua cura se apoiam, no presente, nessas mesmas bases, pois ele é conhecido em todas as partes onde existem homens: na antiga Grécia e em Roma, floresceu em toda a Alemanha, na França, na Índia e até mesmo na China, tão distante de nós em tudo; lá também o povo o teme até hoje. Seguiu os passos dos guerreiros da Islândia, dos hunos diabólicos, dos eslavos, dos saxões, dos magiares. Aí estão, portanto, os fatos que teremos de enfrentar, e muitas dessas crenças são justificadas pelo que vimos em nossa infeliz experiência. O vampiro continua a viver e a passagem dos anos não basta para matá-lo; desenvolve-se, fortalecendo-se com o sangue dos vivos. Já vimos que pode até rejuvenescer, reforçar suas faculdades vitais quando seu alimento especial se torna farto. Mas não se desenvolve em sua dieta e não come como os outros. Até mesmo o amigo Jonathan, que viveu com ele durante semanas, nunca o viu comer! Também como Jonathan observou, o vampiro não tem sombra e não se reflete no espelho. Tem a força de muitos homens, como mais uma vez percebeu a testemunha Jonathan, que o viu fechar a porta contra os lobos e ajudá-lo na diligência. Pode transformar-se num lobo — o episódio da chegada do navio em Whitby nos indica isso; naquela ocasião, conseguiu despedaçar um cachorro. Também pode assumir a forma de um morcego, como a sra. Mina observou na janela em Whitby — o amigo John o viu saindo desta casa vizinha e o amigo Quincey o avistou na janela da srta. Lucy. Pode produzir nevoeiro e dentro dele chegar, como provou o nobre capitão daquele navio; porém, segundo o que sabemos, a distância desse nevoeiro é limitada, podendo apenas ficar ao redor dele. Já surgiu em raios do luar como poeira; nessa forma Jonathan entrou em contato com as irmãs do monstro, no castelo de Drácula. Pode tornar-se muito pequeno; nós mesmos já presenciamos a srta. Lucy passar por minúscula abertura na porta do jazigo, antes de sua alma descansar em paz. Consegue, uma vez descoberto o caminho, entrar em qualquer objeto ou sair, por mais fechado ou amalgamado que este seja. Enxerga no escuro, o que é muito importante neste mundo cuja metade está sempre envolta em escuridão. Ah, mas ouçam o resto: tem todos esses poderes, mas não é livre; é mais prisioneiro do que um escravo nas galés ou do que um louco em sua cela. Não pode ir aonde deseja; não sabemos por que, ele, que não pertence à natureza, é obrigado a seguir algumas leis desta. Não pode entrar pela primeira vez em lugar algum, a não ser que o convidem, embora depois possa penetrar quando quiser. Seus poderes, como os de todas as coisas más, cessam ao surgir o dia. Apenas em certas ocasiões tem liberdade limitada. Se não está no lugar a que pertence, só pode mudar ao meio-dia ou na hora exata do nascer ou pôr do sol. Ouvimos essas coisas e nossos relatos apresentam disso provas indiretas. Assim, pode fazer o que deseja dentro de seus limites, quando está em sua casa terrena, no caixão, na casa infernal ou no lugar sacrílego, como vimos no túmulo do suicida em Whitby: contudo, em outras ocasiões, só pode modificar-se quando chega a hora. Dizem também que só pode atravessar água corrente quando a maré baixa. Há também coisas que o afligem de tal modo que destroem seu poder, como sabemos ocorrer com o alho; as coisas sagradas, como este crucifixo que mesmo agora está entre nós, são mais fortes do que ele, que foge dessa presença em silêncio e com respeito. Há ainda outros objetos dotados da mesma qualidade e falarei sobre eles, pois talvez haja necessidade de utilizá-los. Se colocarmos um ramo de rosas silvestres sobre seu caixão, não conseguirá sair de lá; uma bala benta atirada dentro de seu caixão matá-lo-á verdadeiramente; já sabemos que, se o atravessarmos com um espeto, haverá paz; também se lhe cortarmos a cabeça teremos descanso. Já vimos isso com nossos olhos.

"Assim, quando encontrarmos a habitação desse ex-homem conseguiremos prendê-lo no caixão e destruí-lo, se obedecermos a nossos conhecimentos. Entretanto, ele é hábil. Pedi a meu amigo Arminius, da Universidade de Budapeste, que me fizesse um resumo da vida do vampiro e, pelos meios existentes, ele conseguiu descobrir o que fora o monstro. Deve ter sido aquele Voivoda Drácula, que se tornou famoso lutando contra os turcos, sobre o grande rio na própria fronteira da Turquia. Se isso é verdade, ele não foi um homem comum, pois, naquela época e mesmo séculos após, consideraram-no o mais hábil e astucioso, assim como o mais bravo dos filhos da 'terra além da floresta'. Aquele cérebro poderoso e aquela vontade férrea acompanharam-no ao túmulo e agora se reúnem contra nós. Arminius disse que os Dráculas constituíram grande e nobre estirpe, embora de vez em quando alguns de seus descendentes fossem acusados por seus contemporâneos de terem pacto com o diabo. Aprenderam os segredos deste em Scholomance, entre as montanhas sobre o lago Hermanstadt, onde o diabo declara ter ensinado. Nos registros encontramos palavras como *stregoica* (feiticeira), *ordog* e *pokol* (Satã e inferno); em outro manuscrito se referem a este Drácula como sendo *vampyr*, que todos compreendemos muito bem. A força que gerou esse monstro também produziu grandes homens e boas mulheres, cujos túmulos tornam sagrada a única terra que pode abrigar esse vampiro. O que o torna ainda mais aterrorizante é o fato de as raízes da maldade mergulharem no bem e de ele só poder descansar em terras repletas de memórias sagradas."

Enquanto conversávamos, o sr. Morris olhava com atenção para a janela; levantou-se silenciosamente e saiu do aposento. Houve uma pequena pausa e depois o professor prosseguiu:

— Agora, temos de resolver o que faremos. Já reunimos muitos dados e devemos começar a planejar. Devido às investigações de Jonathan, sabemos que cinquenta caixas de terra vieram do castelo para Whitby e que pelo menos algumas dessas caixas foram de lá removidas. Parece-me que deveremos primeiro verificar se todas as outras permanecem na casa ao lado ou se outras também foram retiradas. Se isso ocorre, temos de encontrar...

Fomos interrompidos de modo assustador. Ouvimos, vindo do lado de fora, o barulho de um tiro de pistola, e o vidro da janela foi varado por uma bala que, ricocheteando através da abertura da janela, atingiu a parede oposta do aposento. Receio ser covarde, pois gritei. Todos os homens pularam; lorde Godalming correu para a janela e levantou a vidraça, e então ouvimos a voz de Morris no exterior:

— Desculpem-me! Creio que os alarmei. Vou entrar e contar o que aconteceu. — Um minuto mais tarde, surgiu dizendo: — Agi tolamente e peço perdão à sra. Harker, pois creio que a assustei muito. Mas, enquanto o professor falava, um grande morcego apareceu e sentou-se no peitoril. Os acontecimentos recentes me fizeram detestar esses monstros; por isso corri lá para fora, a fim de atirar nele, como tenho feito nas últimas noites, sempre que avisto um. Art, você costumava rir de mim por isso.

— Acertou no alvo? — perguntou o dr. Van Helsing.

— Não sei, mas creio que não, porque o animal voou para a mata. — Sem mais palavras, Morris retornou ao seu assento e o professor fez um resumo do que dissera:

— Verifiquemos em que lugar se encontra cada uma dessas caixas, pois teremos de capturar ou matar esse monstro em sua toca; poderemos também esterilizar a terra que se encontra dentro delas, para que ele não possa encontrar lá a segurança. Assim, finalmente o encontraremos sob a forma de homem entre o meio-dia e o pôr do sol, e lutaremos com ele nas horas em que está mais fraco.

"Quanto à sra. Mina, esta noite encerrará seus trabalhos, até que tudo volte ao normal. Ela não pode arriscar-se, pois é preciosa demais para nós. Depois de nossa partida hoje à noite, nada mais deverá perguntar. Contar-lhe-emos tudo no momento adequado. Somos homens e tudo somos capazes de suportar, mas a senhora terá de ser nossa estrela e esperança, e agiremos com maior liberdade sabendo que está salva do perigo que nos ameaça."

Todos os homens se mostraram aliviados, inclusive Jonathan. Não gostei muito daquilo, porque achava que não deveriam afrontar o perigo e diminuir sua segurança, reduzindo também sua força, devido ao cuidado que me dispensavam. Entretanto, como já tinham resolvido, tive de aceitar em silêncio aquele cavalheirismo, apesar de não ser agradável para mim.

O sr. Morris retomou a discussão:

— Ah, não há tempo a perder; sugiro darmos uma busca na casa ao lado do hospício agora mesmo. O tempo é tudo para ele e, se agirmos com rapidez, talvez salvemos outra vítima.

Minha coragem começou a falhar quando surgiu o momento de agir; entretanto, nada falei, por recear que nem sequer me deixassem participar das reuniões, se me tornasse um empecilho ou atrasasse o serviço. Partiram todos para Carfax, com intenção de entrar na casa.

À moda dos homens, mandaram-me ir para a cama; como se uma mulher pudesse dormir sabendo que aqueles a quem ama correm perigo! Fingirei dormir, para que Jonathan não se preocupe ainda mais comigo quando regressar.

RELATO COTIDIANO DO DR. SEWARD

1º de outubro, às 4 horas da manhã — Quando estávamos prestes a sair, recebi uma mensagem urgente de Renfield, pedindo-me que fosse vê-lo imediatamente, pois tinha algo muito importante para dizer-me. Declarei ao mensageiro que mais tarde atenderia ao desejo do doente, pois no momento estava ocupado. O enfermeiro acrescentou:

— Ele está muito insistente, senhor. Nunca o vi tão preocupado. Se não for vê-lo agora, terá um de seus ataques violentos.

Sabia que o homem não falaria assim sem motivo e por isso respondi:

— Está bem, irei agora.

Pedi aos outros que me esperassem alguns instantes, pois teria de ver meu paciente.

— Leve-me consigo, amigo John — disse o professor. — Em seu diário o caso dele se mostrou interessante e também houve ocasiões em que se relacionou com o nosso. Gostaria imensamente de vê-lo, principalmente quando se encontra em estado de agitação.

— Posso ir também? — perguntou lorde Godalming.

— E eu também posso acompanhá-los? — indagou Quincey Morris.

Harker também pediu para ir e concordei; assim, atravessamos todos juntos o corredor.

Encontramos o doente muito nervoso, porém sua fala e modos eram bem mais racionais do que antes. Apresentava um discernimento fora do comum, que eu jamais encontrara em outro lunático; considerou que aceitaríamos seus argumentos como se pertencessem aos de um indivíduo são. Entramos todos no quarto, mas os outros nada disseram no início. Ele solicitava que o deixasse sair imediatamente do hospício e o enviasse para casa. Sustentou seu pedido com argumentos relativos à sua completa recuperação e atual sanidade.

— Faço um apelo a seus amigos — declarou. — Talvez eles consintam em julgar meu caso. A propósito, não me apresentou.

Eu estava tão estupefato que não percebi como era ilógico apresentar um louco num hospício; além do mais, como os modos do paciente apresentavam certa normalidade e se mostravam regulares, procedi imediatamente às apresentações:

— Lorde Godalming; professor Van Helsing; sr. Quincey Morris, do Texas; sr. Jonathan Harker; sr. Renfield.

Ele apertou a mão de cada um, dizendo por sua vez:

— Lorde Godalming, tive a honra de ser ajudante de seu pai em Windham e, como o senhor detém o título, sei que ele está morto, o que lamento. Foi um homem honrado e amado por todos aqueles que o conheceram; creio que na mocidade também foi o inventor de um ponche de rum queimado, muito em voga na noite da grande corrida de cavalos em Epson. Sr. Morris, deve orgulhar-se de seu grande estado. O reconhecimento deste pela União talvez tenha profundas consequências daqui por diante, quando a Inglaterra se aliar aos Estados Unidos. O poder do Tratado poderá transformar-se numa grande máquina de expansão, quando a doutrina de Monroe se transformar numa fábula política. Quanto ao dr. Van Helsing, o que pode um homem dizer do prazer de conhecê-lo? Senhor, não me escuso por ter abandonado as formas cerimoniosas. Quando um indivíduo revolucionou a medicina com a descoberta da contínua evolução da matéria cerebral, as formas convencionais não se ajustam, porque o limitam. Os senhores, que por nacionalidade, hereditariedade ou posse de dons naturais se podem manter respeitosamente em seus lugares no mundo, são testemunhas de que sou pelo menos tão são quanto a maioria dos que conservam a plena posse de sua liberdade. Dr. Seward, tenho certeza de que o senhor, que além de cientista é humanitário e médico jurista, julgará ser um dever moral tratar-me com especial consideração. — Apresentou este último apelo com ar cortês e seguro, que nos impressionou bastante.

Todos estávamos perplexos. Apesar de conhecer a história e o caráter daquele homem, eu estava convicto de que recuperara a razão; senti-me impelido a dizer-lhe que acreditava em sua sanidade e que pela manhã providenciaria para que fosse solto. Contudo, achei melhor esperar antes de formular tão séria declaração, pois nos últimos tempos conhecera as súbitas mudanças a que estava sujeito esse paciente especial. Portanto, declarei-lhe apenas que parecia apresentar grandes melhoras, que conversaria mais demoradamente com ele de manhã e que veria de que modo poderia atender a seus desejos.

Não pareceu satisfeito, pois declarou:

— Receio que não haja compreendido bem meu desejo, dr. Seward. Se puder, quero sair daqui imediatamente, neste instante. O tempo urge e pertence à essência do contrato, em nosso acordo tácito com a morte. Tenho certeza de que necessito apenas expor diante do admirável médico, que é o dr. Seward, esse meu simples porém grande desejo, a fim de vê-lo realizado.

Observou-me atentamente e, vendo a negativa em meu rosto, voltou-se para os outros a fim de examinar cada um. Não encontrando reação suficiente, prosseguiu:

— Será possível que eu haja errado em minha suposição?

— Errou — respondi com franqueza, e ao mesmo tempo com brutalidade. Houve uma pausa longa e depois ele falou vagarosamente:

— Então, suponho que tenha apenas de mudar a forma do pedido. Implorei essa concessão, privilégio ou o que quiser, não por motivos pessoais, mas para o bem alheio. Não sou livre para explicar todos os meus motivos, mas creia que são bons, sadios e altruístas; e que também atendem ao mais intenso sentimento de dever. Se pudesse ler em meu coração, senhor, aprovaria os sentimentos que me animam. Mais do que isso, colocar-me-ia entre os seus melhores e mais fiéis amigos.

Observou-nos novamente com atenção. Crescia dentro de mim a convicção de que essa súbita mudança de seu método puramente intelectual constituía apenas outra fase de sua loucura. Assim, resolvi permitir que continuasse, pois a experiência me ensinara que no final todos os loucos se traem. Van Helsing o observava com a máxima atenção e suas espessas sobrancelhas quase se encontravam, devido à fixa expressão concentrada. Ele disse a Renfield em um tom que não me surpreendeu no momento, mas apenas mais tarde quando pensei no caso, pois era o tom de alguém que se dirigia a um igual:

— Pode contar-me francamente o verdadeiro motivo que o faz desejar sair esta noite? Se me satisfizer (a mim que sou um estranho sem preconceitos e com o hábito do liberalismo), o dr. Seward lhe concederá o privilégio desejado, responsabilizando-se ele próprio por tudo.

O paciente sacudiu a cabeça com expressão de pungente remorso. O professor prosseguiu:

— Vamos, senhor, reflita. Quer que o consideremos completamente lúcido e procura impressionar-nos com seu poder de raciocínio. Age assim, mas temos motivo para duvidar de sua sanidade mental, uma vez que está sob tratamento médico justamente devido à ausência dela. Se não quer ajudar-nos a escolher o caminho mais certo, como poderemos cumprir o dever que nos impôs? Seja razoável e nos auxilie; se pudermos, ajudá-lo-emos a concretizar seus desejos.

O doente continuou a negar com a cabeça e disse:

— Dr. Van Helsing, nada tenho a declarar. Seu argumento foi completo e, se tivesse liberdade para falar, não hesitaria um momento. Mas não sou senhor de mim no assunto. Posso apenas pedir que confiem em mim. Se me recusarem, a responsabilidade não recairá sobre minha pessoa.

Julguei já ser hora de terminar a cena, que se tornava de uma comicidade excessivamente trágica. Dirigi-me então para a porta, dizendo:

— Venham, meus amigos, precisamos trabalhar. Boa noite.

Contudo, quando cheguei perto da porta, nova modificação ocorreu em meu paciente. Aproximou-se de mim com tamanha rapidez que o julguei acometido de outra crise homicida. Contudo, meus temores foram infundados, porque ergueu as duas mãos em atitude súplice e apresentou sua petição de forma comovente. Quando viu que o próprio excesso de sua emoção advogava contra si, restabelecendo minhas antigas convicções a seu respeito, tornou-se ainda mais exagerado. Lancei um olhar ao dr. Van Helsing e vi que concordava comigo; confirmei portanto minha atitude, se é que não me tornei mais ríspido, e lhe indiquei que seus esforços seriam baldados. Já vira anteriormente aquela crescente excitação dentro dele, quando pedia algo que lhe era muito importante na ocasião, como, por exemplo, no momento em que desejou um gato. Esperava vê-lo mergulhar então num estado de silenciosa raiva, mas também de aquiescência. Mas meus prognósticos não se realizaram, pois, quando verificou que seu apelo não seria atendido, tornou-se frenético. Caiu de joelhos e estendeu as mãos, despejando uma torrente de súplicas, com as lágrimas a lhe escorrerem pelas faces, e exprimindo a mais profunda emoção.

— Dr. Seward, rogo-lhe, imploro-lhe que me deixe sair desta casa imediatamente. Escolha o senhor como e para onde deverei ir, envie comigo guardas com chicotes e cadeias; permita que me coloquem numa camisa de força, algemado e acorrentado. Pode até levar-me para o cárcere, mas deixe-me sair daqui. Não sabe o que faz, obrigando-me a permanecer neste lugar. Falo com a máxima sinceridade. Não sabe a quem fará mal, nem como, e eu também não lhe posso dizer. Ai, desgraçado de mim! Não posso dizer. Mas, por tudo o que considera sagrado, por tudo o que ama, por sua amada que está morta, pela esperança que nutre, por Deus, tire-me daqui e não permita que minha alma caia em culpa! Não me ouve, homem? Não compreende? Não aprenderá jamais? Não sabe que agora procedo com lucidez e sinceridade, que não sou um lunático em crise, mas um homem lutando pela salvação da alma? Ouça-me! Ouça-me! Deixe-me ir! Deixe-me ir! Deixe-me ir!

Achei que, quanto mais aquilo se prolongasse, mais furioso ele se tornaria e maior seria a probabilidade de ter um ataque; segurei-lhe a mão e o ergui.

— Vamos, acabe com isso — falei gravemente. — Já presenciamos demais. Vá para a cama e procure comportar-se melhor.

Ele parou e encarou-me fixamente durante certo tempo. Depois, em silêncio, se levantou e foi sentar-se na beirada da cama. A prostração surgia justamente como nas ocasiões anteriores, exatamente como eu esperara.

Quando ia partindo, atrás dos demais, ouvi-o dizer em voz equilibrada e calma:

— Espero que me faça justiça, dr. Seward, lembrando-se mais tarde de que fiz tudo para convencê-lo esta noite.

CAPÍTULO 19

DIÁRIO DE JONATHAN HARKER

1º de outubro, às 5 da manhã — Parti para a busca com o grupo descansado, pois deixara Mina melhor e mais forte do que nunca. Sinto-me satisfeito porque ela consentiu em recuar, permitindo que os homens realizassem o trabalho. Detestava vê-la neste perigoso empreendimento; mas agora que já terminou seu serviço, empregando suas energias e raciocínio para dar ordem e tornar compreensiva toda esta história, deve sentir que já realizou sua parte e que o resto ficará por nossa conta. Creio que a cena com o sr. Renfield perturbou um pouco a todos. Depois de sairmos de seu quarto, ficamos em silêncio até regressarmos ao gabinete. Então Morris disse ao dr. Seward:

— Jack, se aquele homem não fingia, é o lunático mais são que já vi. Não tenho certeza, mas acho que havia um motivo sério para o seu pedido; se assim foi, imagino que lhe deve ter sido difícil suportar a falta de oportunidade.

Lorde Godalming e eu nos mantivemos em silêncio, mas o dr. Van Helsing acrescentou:

— Amigo John, ainda bem que conhece mais os lunáticos do que eu. Se eu tivesse de decidir, tê-lo-ia deixado sair, diante de sua última crise histérica. Porém viver é aprender e não nos podemos arriscar, como diria o amigo Quincey. Tudo é melhor como está.

O dr. Seward pareceu responder a ambos pensativamente:

— Não sei se deveria concordar com vocês. Se esse homem fosse um louco comum, teria arriscado confiando nele. Mas parece ter alguma relação característica com o Conde e por isso tenho medo de errar, se o ajudar. Não posso esquecer-me de como suplicou com igual fervor por um gato, e de como depois se atirou contra mim, tentando despedaçar-me o pescoço com os dentes. Além do mais, chamou o Conde de "senhor" e "mestre"; pode desejar sair para ajudá-lo de algum modo diabólico. Como aquele ser maligno recorre a lobos e ratos, suponho que também poderá utilizar-se de um respeitável louco. Contudo, pareceu realmente sincero. Tenho esperanças de que procedemos acertadamente. Estas ocorrências, aliadas ao selvagem trabalho que estamos realizando, ajudam a enervar um homem.

O professor adiantou-se e, colocando a mão sobre o ombro dele, falou com seu modo sério e bondoso:

— Amigo John, nada receie. Tentamos agir de acordo com nosso dever, num caso terrível e triste; nossos atos deverão basear-se naquilo que julgarmos melhor. Resta-nos apenas confiar na piedade do bom Deus.

Lorde Godalming partira discretamente durante alguns minutos, mas agora já retornara. Ergueu um pequeno apito de prata enquanto declarava:

— Aquele velho casarão pode estar cheio de ratos e aqui tenho um antídoto para eles.

Passamos pelo muro e nos dirigimos à casa, escondendo-nos à sombra das árvores enquanto a lua brilhava. Quando chegamos à varanda, o professor abriu sua maleta e retirou dela muitos objetos, que colocou sobre o degrau; separou-os em quatro pequenos grupos, que evidentemente entregaria a cada um de nós. Depois falou:

— Meus amigos, enfrentaremos terríveis perigos e necessitaremos de muitas espécies de armas. Nosso inimigo não é só espírito. Recordem-se de que possui a força de vinte homens e que, embora nosso pescoço e traqueia possam ser quebrados ou esmagados, os dele não podem ser danificados com a força comum. Um homem ou um grupo de homens mais fortes do que ele poderão detê-lo em determinadas ocasiões, mas não poderão causar-lhe mal como ele a nós. Não devemos portanto permitir que nos toque. Conservem isto perto do coração — como eu estava mais próximo dele, estendeu-me um pequeno crucifixo de prata. — Coloquem estas flores ao redor do pescoço — neste momento, entregou-me uma guirlanda de flores de alho murchas. — Para outros inimigos mais mundanos, este revólver e esta faca servirão; em qualquer caso, estas pequenas lanternas que poderão amarrar no peito serão valiosas. Por último, mas acima de tudo, isto que não deve ser profanado desnecessariamente.

Aquilo era uma parte da hóstia sagrada, que ele colocou num envelope e me entregou. Cada um dos outros também recebeu.

— Agora, amigo John, onde estão as chaves falsas? — perguntou Van Helsing. — Serão úteis para que possamos abrir a porta, em vez de quebrar uma janela, como fizemos na casa da srta. Lucy.

O dr. Seward experimentou uma ou duas chaves falsas e a habilidade que adquirira nas mãos como cirurgião lhe foi valiosa. Conseguiu arranjar uma conveniente e, depois de empurrar um pouco, o trinco cedeu recuando com um rangido. Forçamos a porta, cujos gonzos enferrujados estalaram e ela se abriu vagarosamente. Aquela cena era exatamente igual à que eu concebera ao ouvir no diário do dr. Seward a narração da abertura do túmulo da srta. Westenra. Creio que todos julgaram o mesmo, pois recuaram juntos. O professor foi o primeiro a entrar.

— *In manus tuas Domine!* — disse, benzendo-se ao passar. Fechamos a porta atrás de nós, para que as luzes de nossas lanternas não atraíssem a atenção daqueles que passassem pela estrada. O professor experimentou cuidadosamente a fechadura para certificar-se de que conseguiríamos abrir a porta, caso tivéssemos de abandonar o local às pressas. Em seguida, acendemos nossas lanternas e iniciamos a busca.

À luz das minúsculas lanternas divisamos todas as espécies de estranhas formas, quando os raios se entrecruzavam ou nosso corpo projetava grandes sombras. Não pude livrar-me da sensação de que havia algo mais entre nós. Creio que foi a recordação da terrível experiência da Transilvânia que aquele ambiente lúgubre reavivava. Acho que a sensação foi geral, pois notei que os outros continuamente olhavam por cima do ombro a cada som ou nova sombra, exatamente como eu.

A poeira se acumulava por toda parte. No chão, parecia ter a espessura de polegadas, com exceção dos lugares onde havia pegadas recentes; abaixando minha lanterna, vi marcas de tachões de botas. As paredes também estavam fofas de tanto pó, e nos cantos se encontravam inúmeras teias de aranha, que se assemelhavam a velhos trapos rasgados, porque a poeira se grudara nelas e o peso as partira parcialmente. Em certa mesa no vestíbulo havia um grande molho de chaves, cada uma contendo uma etiqueta amarelada pelo tempo. Alguém as havia utilizado várias vezes, pois na mesa notei também diversas falhas na poeira, semelhantes à que apareceu quando o professor pegou o molho. Ele se voltou para mim e disse:

— Conhece este lugar, Jonathan. Copiou a planta dele, e pelo menos o conhece mais do que nós. Qual o caminho para a capela?

Eu tinha ideia de sua localização, embora em minha visita anterior não tivesse podido penetrar nela. Fui indicando o caminho à frente do grupo e, após dobrar algumas vezes por lugares errados, encontrei-me diante de uma porta de carvalho baixa e arqueada, com suportes de ferro.

— É aqui — declarou o professor ao voltar a lanterna para a pequena planta da casa; copiara-a do fichário de minha correspondência original acerca da compra. Com alguma dificuldade encontramos a chave no molho e abrimos a porta. Preparamo-nos para uma sensação desagradável, pois, enquanto empurrávamos a porta, já um mau odor leve parecia exalar pela abertura, mas nenhum de nós esperou encontrar tão intensa fedentina. Jamais nos deparamos com o Conde em compartimentos fechados. Quando eu o vira em seus aposentos, estava na fase do jejum e, quando o encontrei entupido de sangue fresco, encontrava-se numa construção arruinada onde o ar corria livremente. Mas ali o lugar era pequeno e abafado; a falta de uso tornara o ar impuro e estagnado. Havia um cheiro de terra, semelhante ao de animais ou plantas em decomposição, que atravessava as impurezas daquele ar. Mas como poderei descrever o próprio odor? Não parecia composto apenas de todos os males da mortalidade nem tinha somente o cheiro acre e penetrante do sangue, mas parecia indicar corrupção elevada à máxima potência. Enojo-me ao pensar naquilo. Era como se cada respiração do monstro tivesse impregnado o lugar, intensificando sua podridão.

Em circunstâncias normais, tal fedor teria posto fim ao que nos propuséramos, porém aquele caso não era comum; o objetivo terrível e elevado que tínhamos em mente dava-nos uma força que sobrepujava as causas físicas. Após o primeiro bafo nauseoso, recuamos involuntariamente e depois nos pusemos a trabalhar como se aquele lugar repugnante fosse um jardim de rosas.

Examinamos minuciosamente o local, e o professor disse quando principiamos:

— Inicialmente teremos de verificar quantas caixas ficaram; depois examinaremos cada canto, buraco e greta, a fim de ver se conseguimos alguma pista indicativa do que sucedeu às outras.

Um olhar foi suficiente para demonstrar quantas ali permaneciam, pois as grandes caixas eram volumosas e não poderíamos confundi-las.

Havia apenas vinte e nove das cinquenta! Em certo momento assustei-me, porque vi lorde Godalming voltar-se para a porta em arco que dava para o escuro corredor de baixo. Olhei também e por um instante meu coração parou. Julguei avistar em algum lugar, olhando por entre as sombras, o rosto maldoso do Conde, a saliência do nariz, os olhos e lábios vermelhos, a indescritível palidez. Aquilo durou apenas um momento, pois voltei minha lanterna para aquela direção e penetrei no corredor, quando lorde Godalming disse: "Julguei ver um rosto, mas foram apenas as sombras" e prosseguiu na procura. Não havia sinal de ninguém e, como não existiam quinas, portas, aberturas de espécie alguma, mas somente as paredes sólidas do corredor, não havia esconderijo, nem mesmo para ele. Achei que o medo ajudara a imaginação e nada disse.

Alguns minutos mais tarde, vi Morris recuar repentinamente de um canto que examinava. Todos seguimos seus movimentos com os olhos, pois sem dúvida o nervosismo crescia; vimos certa massa fosforescente que brilhava como estrelas. Todos retrocedemos instintivamente. O lugar principiou a regurgitar ratos.

Durante alguns momentos, todos nos aterrorizamos, com exceção de lorde Godalming, que se preparara para a emergência. Correndo para a grande porta de carvalho e ferro que o dr. Seward descrevera do lado de fora, ele girou a chave, afastou o imenso trinco e abriu a porta. Depois, apanhando o pequeno apito de prata no bolso, assobiou longa e estridentemente. Seu chamado foi atendido pelo latido de cães por trás da casa do dr. Seward; após cerca de um minuto, três *terriers* surgiram, rápidos. Inconscientemente nos movemos para a porta e, ao fazê-lo, notei que a poeira ali se mostrava muito revolta: as caixas retiradas haviam percorrido aquele caminho. Naquele veloz minuto, o número de ratos aumentara incrivelmente. Pareciam ter inundado tudo, e a luz da lanterna sobre seus corpos escuros e perniciosos olhos chamejantes tornava o lugar semelhante a uma rampa de terra repleta de vaga-lumes. Os cães continuaram a se adiantar, porém pararam no limiar da porta, rosnando e farejando, e começaram a uivar de modo muito lúgubre. Os ratos se multiplicavam aos milhares; saímos.

Lorde Godalming ergueu um dos cachorros e, carregando-o no colo, colocou-o no chão. No instante em que os pés do animal tocaram o piso, ele pareceu recuperar a coragem e avançou para os seus inimigos naturais. Os ratos fugiram tão rapidamente que aquele cão não pôde matar mais de vinte e os outros cães, agora já animados, ficaram com poucas presas, porque toda a massa desaparecera.

Quando partiram, pareceram levar consigo a presença do mal, pois os cachorros brincaram e latiram alegremente e se arremessaram sobre os inimigos prostrados; rolavam-nos pelo chão e os atiravam para o ar com violência. Todos nos animamos, não sei se porque a abertura da porta da capela purificara a atmosfera viciada, ou se nos alegramos por nos encontrarmos ao ar livre. O fato é que o terror nos abandonou e nossa tarefa ali perdeu algo de seu significado lúgubre, embora nos mostrássemos tão resolutos como nunca. Trancamos a porta externa e principiamos a busca na casa, levando conosco os cães. Nada encontramos além da poeira, cujo acúmulo era extraordinário; tudo dava mostras de não ter sido tocado, e encontramos apenas as marcas de meus passos, formadas na ocasião de minha primeira visita. Os cachorros não se assustaram nenhuma vez e, mesmo quando retornamos à capela, brincaram por ali como se caçassem coelhos em mata tropical.

A madrugada se adiantava no leste, quando saímos pela frente. O dr. Van Helsing apanhara no molho a chave do corredor e fechara a porta à moda de sempre. Colocou novamente as chaves no bolso.

— Até aqui — disse ele —, fomos muito bem-sucedidos esta noite. Já sabemos quantas caixas faltam e descobrimos tudo isso sem que, como temia, algum perigo ocorresse. Muito me alegro porque este passo, que foi talvez o mais difícil e perigoso, se realizou sem que a terna sra. Mina se envolvesse e sem que perturbássemos seus pensamentos ou sonhos com visões e cheiros tão terríveis, que ela talvez jamais olvidasse. Aprendemos também uma lição, se é que podemos discutir *a particulari*: os animais que obedecem ao Conde não estão ligados ao seu poder espiritual. Assim, vimos que os ratos obedeceram ao chamado dele, da mesma forma que no castelo os lobos lhe responderam na ocasião da partida de Jonathan, e também quando aquela mãe foi procurar o filho; mas os ratos fugiram apavorados dos cãezinhos do meu amigo Arthur. Teremos outras tarefas diante de nós, outros perigos e outros temores; também esta noite não foi a única nem a última em que aquele monstro utilizou seu poder sobre os animais irracionais. Ele partiu para outro lugar. Ótimo! Neste xadrez que jogamos em benefício das almas humanas, podemos gritar "xeque!". Agora, voltemos para casa; a madrugada está próxima e há razão para nos contentarmos com a nossa primeira noite de trabalho. Talvez o destino ainda nos proporcione muitos dias e noites repletos de perigo, mas temos de prosseguir sem jamais recuar.

Quando regressamos, o hospício estava em silêncio, com exceção de algum infortunado doente que berrava em alguma enfermaria distante e de um baixo gemido vindo do quarto de Renfield. Sem dúvida aquele desgraçado se torturava à moda dos loucos, com desnecessários pensamentos de dor.

Entrei em nosso quarto na ponta dos pés e verifiquei que Mina dormia com a respiração tão baixa que seu ruído só foi perceptível quando abaixei os ouvidos. Estava mais pálida do que habitualmente e espero que a reunião desta noite não a tenha perturbado. Alegro-me muito, porque não participará de nossos trabalhos nem de nossas deliberações futuras. A tensão por que passamos é demasiada para uma mulher. A princípio não julgava assim, mas agora aprendi mais. Ela ouviria coisas que a assustariam e, se as escondêssemos e ela suspeitasse disso, talvez fosse pior. Assim, daqui por diante nosso trabalho será um livro fechado para ela, até podermos dizer-lhe que tudo terminou e que livramos a Terra de um monstro do mundo dos mortos. Será difícil manter silêncio, depois de termos revelado nossos segredos até este ponto; mas devo ser resoluto e nada declarar amanhã acerca de nossas realizações desta noite. Recusar-me-ei a contar o que aconteceu. Dormirei no sofá, para não perturbá-la.

1º de outubro, mais tarde — Todos acordamos muito tarde, mas acho que isso foi natural devido ao dia trabalhoso e à noite sem descanso por que passáramos. Aquela exaustão devia ter-se estendido até mesmo a Mina, pois embora eu acordasse quando o sol já estava alto, despertei antes dela e tive de chamá-la duas ou três vezes. Dormia tão profundamente que durante alguns segundos não me reconheceu, pois me contemplou numa espécie de terror sem compreensão, semelhante àquele de alguém que desperta de um pesadelo. Queixou-se de cansaço e permiti que repousasse até mais tarde. Agora sabemos que vinte e uma caixas foram removidas e, se diversas foram retiradas de cada vez, poderemos descobrir onde estão todas elas. É claro que isso simplificará imensamente nosso trabalho e, quanto mais cedo cuidarmos do assunto, melhor. Procurarei Thomas Snelling hoje.

RELATO COTIDIANO DO DR. SEWARD

1º de outubro — Já era quase meio-dia quando acordei com o ruído do professor entrando em meu quarto. Estava mais alegre do que o habitual, e é claro que o trabalho da noite passada tirou-lhe um peso da mente. Depois de recapitular o episódio da noite anterior, disse:

— Seu doente me interessa muito. Posso visitá-lo com você esta manhã? Se estiver ocupado demais, irei sozinho. Para mim, é uma experiência nova encontrar um lunático que fala sobre filosofia e raciocina com tanta lógica.

Como tinha de realizar um serviço de urgência, disse-lhe que ficaria satisfeito se ele fosse sozinho, porque assim não teria de fazê-lo esperar. Chamei um enfermeiro e dei-lhe as instruções necessárias. Antes que o professor deixasse o quarto, preveni-o para que o doente não lhe causasse falsa impressão.

— Quero falar com ele a respeito da ilusão que o faz comer seres vivos — respondeu o professor. — Como vi no relato de ontem em seu diário, ele disse à sra. Mina que tivera essa crença em determinada época. Por que sorri, amigo John?

— Desculpe-me. Mas a resposta está aqui. — Coloquei a mão sobre a máquina de escrever. — Quando nosso são e sábio lunático assim declarou, dizendo que no passado comia vidas, tinha a boca cheia das moscas e aranhas que acabara de comer antes da entrada da sra. Harker.

Van Helsing sorriu também.

— Ótimo! — disse ele. — Esqueci-me de que tem boa memória, amigo John. Mas é justamente a ubiquidade do pensamento e da memória que torna a doença mental um estudo fascinante. Talvez eu aprenda mais com as tolices desse louco do que com os ensinamentos dos mais sábios. Quem sabe?

Prossegui com meu serviço e em breve terminei tudo o que tinha à mão. Pareceu-me que pouco tempo se passara, porém o dr. Van Helsing regressava a meu gabinete.

— Estou interrompendo? — perguntou delicadamente, parando junto à porta.

— Nem um pouco — respondi. — Entre. Terminei meu trabalho e estou livre. Poderei acompanhá-lo agora, se quiser.

— Não é preciso. Já o vi!

— E então?

— Receio que ele não tenha boa opinião sobre mim. Nossa entrevista foi breve. Quando entrei, encontrei-o sentado num banco, no centro do quarto; colocara os cotovelos nos joelhos e parecia a encarnação do descontentamento. Falei-lhe o mais alegremente possível e também com o maior respeito, porém ele não me respondeu. "Não me conhece?", perguntei-lhe. Sua resposta não foi confortadora: "Conheço-o demais. É aquele velho tolo, o dr. Van Helsing. Quisera que fosse embora com suas estúpidas ideias acerca do cérebro. Para o inferno com todos esses holandeses malucos!". Nada mais quis dizer, porém sentou-se com sua implacável rabugice, tão indiferente como se eu não estivesse no quarto. Assim, perdi desta vez a oportunidade de aprender muito com esse hábil lunático. Trocarei agora algumas palavras com a terna sra. Mina, a fim de me alegrar. Sinto-me felicíssimo porque ela não sofrerá mais com o nosso terrível caso. É melhor assim, embora sintamos muita falta de sua ajuda.

— Concordo plenamente — respondi com sinceridade, pois não desejava vê-lo fraquejar neste ponto. — É melhor deixar a sra. Harker fora do caso. As coisas já são bastante ruins para nós, homens experientes que já atravessamos muitas dificuldades em nosso tempo; porém uma mulher não suportaria nosso caso atual e este a arruinaria infalivelmente com o tempo.

Van Helsing foi conferenciar com o casal Harker; Quincey e Art saíram em busca das pistas das caixas de terra. Terminarei meu trabalho de visitar os doentes e todos nos encontraremos à noite.

DIÁRIO DE MINA HARKER

1º de outubro — Tenho uma sensação esquisita quando me conservam no escuro, como hoje. Depois de Jonathan ter-me revelado seus segredos durante tantos anos, é estranho vê-lo deliberadamente evitar certos assuntos que são os mais importantes. Esta manhã dormi até tarde devido às fadigas de ontem, e, embora Jonathan tivesse dormido até tarde, levantou-se mais cedo que eu. Falou-me antes de sair, mais terno que nunca, mas não disse nada acerca da visita à casa do Conde, apesar de saber que eu estava muito ansiosa. Coitado! Creio que sentiu mais do que eu o fato de ser obrigado a silenciar. Todos acharam melhor não me envolverem mais nesse apavorante caso e concordei. Porém, é desagradável saber que ele esconde algo de mim! Aqui estou eu, chorando como uma tolinha, apesar de saber que meu marido e os outros assim procedem porque muito me amam.

Desabafei. Algum dia Jonathan me contará tudo e, para que não pense que lhe ocultei algo, continuarei este diário como sempre. Então, se desconfiar de mim, mostrar-lhe-ei estas linhas que contêm tudo o que se passa em meu coração. Estou estranhamente triste e desanimada hoje. Creio que deve ser a reação àquela terrível excitação.

Ontem à noite, quando os homens partiram, fui para a cama apenas para lhes obedecer. Não tinha sono e a ansiedade me dominava. Pensei sem cessar no que se passara desde que Jonathan me fora ver em Londres, e tudo me pareceu uma horrível tragédia que o destino nos impunha sem piedade, com um fim em vista. Tudo o que fazemos, apesar de certo, parece acarretar justamente aquilo que mais temermos. Se eu não tivesse ido para Whitby, talvez a infortunada Lucy se encontrasse ainda entre nós. Ela só começou a visitar o cemitério depois de minha chegada e, se não fosse até lá durante o dia, talvez não caminhasse durante o sono, e, se o seu sonambulismo não a tivesse levado para lá durante a noite, aquele monstro não a teria destruído. Oh, por que fui para Whitby? Ora, choro novamente. Não sei o que se passa comigo hoje. Jonathan não deve saber que já chorei duas vezes esta manhã, justamente eu que nunca chorei por mim e a quem ele jamais causou lágrimas; ficaria desolado. Arranjarei uma aparência corajosa e, se tiver vontade de chorar, ele não perceberá. Creio que essa é uma das lições que nós, mulheres, temos de aprender.

Não me recordo muito bem de como adormeci na noite passada. Lembro-me de ter ouvido o súbito latido de cachorros e muitos outros estranhos sons, como se alguém rezasse agitadamente no quarto do sr. Renfield, que fica abaixo deste. Depois desceu sobre tudo um silêncio tão profundo que me assustou e fui até à janela. O silêncio e a escuridão envolviam tudo; as sombras negras produzidas pelo luar apresentavam mistério próprio. Nada parecia mover-se, porém tudo estava sombrio e imóvel como a morte, o que fez que uma tênue faixa branca de nevoeiro, que se movia vagarosa e quase imperceptivelmente pela grama em direção à casa, parecesse ter sensibilidade e vida própria. Creio que aqueles devaneios me fizeram bem, pois, quando voltei para a cama, me sentia letárgica. Deitei-me durante algum tempo, mas não consegui dormir; levantei-me então e olhei através da janela mais uma vez. O nevoeiro se espalhava e agora estava bem junto da casa, situava-se espesso contra as paredes, como se penetrasse furtivamente pelas janelas. O louco fazia mais barulho do que nunca e, embora não pudesse distinguir uma palavra do que dizia, notei, por sua voz, que suplicava algo desesperadamente. Houve em seguida barulho de luta, e percebi que os enfermeiros cuidavam dele. Estava tão assustada que me encolhi na cama, cobrindo até minha cabeça e tapando os ouvidos com as mãos. Naquele momento, julguei não sentir o mínimo sono, mas devo ter dormido porque, com exceção dos sonhos, lembro-me apenas do que aconteceu de manhã, quando Jonathan me acordou.

Creio que necessitei de algum tempo e esforço para perceber onde estava e reconhecer que era Jonathan quem se inclinava sobre mim. Meu sonho foi muito estranho e demonstrou tipicamente o modo pelo qual os pensamentos de vigília se unem ou continuam nos sonhos.

Pensei estar dormindo e esperando o regresso de Jonathan. Sentia-me preocupada com ele e não podia agir; meus pés, mãos e cérebro pareciam pesar, de modo que nada ocorria em seu devido tempo. Assim, dormia inquieta e pensava. Percebi então que o ar estava pesado, úmido e frio. Descobri o rosto e verifiquei surpresa que a escuridão me envolvia. A luz do lampião que eu deixara acesa, embora não muito forte, para a chegada de Jonathan, agora surgia apenas como uma minúscula fagulha vermelha através do nevoeiro que evidentemente se intensificara e penetrava no quarto. Ocorreu-me então que fechara a janela antes de me deitar. Queria levantar-me para me certificar do fato, porém meus membros e até mesmo minha vontade pareciam presos por uma letargia que pesava como chumbo. Permaneci imóvel e tudo suportei. Fechei os olhos, mas pude ver através das pálpebras. (As ilusões do sonho são admiráveis e a imaginação é muito conveniente.) A névoa tornou-se cada vez mais espessa, e percebi que não penetrava pela janela, mas surgia pela fresta da porta, semelhante à fumaça ou como vapor de água fervente. Intensificou-se cada vez mais e pareceu se concentrar no quarto como uma nuvem em forma de coluna, acima da qual a chama do gás brilhava como um olho vermelho. Senti o cérebro rodando como a coluna de fumaça que girava no quarto, e as palavras da Escritura me vieram à mente: "Uma coluna de nuvens durante o dia e de fogo durante a noite". Seria meu cérebro assim guiado durante o sono? Mas a coluna continha tanto o sinal que deveria guiar de dia como o que seria próprio da noite, pois o fogo estava no olho vermelho, que começou a me fascinar. Enquanto observava, o fogo pareceu dividir-se e brilhar sobre mim através do nevoeiro, como dois olhos vermelhos; Lucy, em suas divagações mentais, me contara que exatamente aquilo sucedera quando estivera no recife e a luz do sol poente caíra sobre as janelas da igreja de Santa Maria. Súbito, recordei-me horrorizada de que aquela fora a forma pela qual Jonathan avistara aquelas terríveis mulheres, que haviam adquirido forma através do nevoeiro que girava à luz da lua. No sonho, devo ter desmaiado, porque tudo se tornou escuridão. Num último esforço consciente de imaginação, vi um rosto lívido que saiu da névoa, inclinando-se sobre mim. Devo ter cuidado com esses sonhos, pois quando muito repetidos poderão enlouquecer uma pessoa. Gostaria de pedir ao dr. Van Helsing ou ao dr. Seward que me receitassem algo para dormir, mas temo alarmá-los. No momento presente, tal sonho aumentaria a preocupação que demonstram ter por mim. Hoje à noite esforçar-me-ei para dormir naturalmente. Se não o conseguir, pedirei que me deem uma dose de cloral; isso não me poderá fazer mal e me proporcionará uma noite bem-dormida. Na noite passada me cansei mais do que se não tivesse dormido.

2 de outubro, às dez horas — Dormi na noite passada, mas não sonhei. Creio que adormeci profundamente, pois não acordei quando Jonathan se deitou; entretanto, o sono não me descansou, pois hoje me sinto incrivelmente fraca e sem ânimo. Ontem passei o dia inteiro tentando ler, ou deitada cochilando. À tarde, o sr. Renfield pediu para me ver. Coitado, foi muito gentil e, quando me avistou, beijou-me a mão, pedindo a Deus que me abençoasse. Aquilo me comoveu muito e agora, ao pensar no caso, choro. Devo ter cuidado com esta minha nova fraqueza. Jonathan se aborreceria se soubesse que chorei. Ele e os outros só regressaram à hora do jantar e chegaram cansados. Fiz o que pude para alegrá-los, e creio que o esforço me fez bem, porque me esqueci da minha exaustão. Depois do jantar me mandaram para a cama e disseram que iam fumar juntos, mas sei que desejavam apenas conversar sobre o que ocorrera a cada um durante o dia, pois vi pelo comportamento de Jonathan que tinha algo importante a comunicar. Não sentia tanto sono quanto deveria sentir e, por isso, antes de recolher-me, pedi ao dr. Seward um soporífero, dizendo-lhe que não dormira bem durante a noite anterior. Teve a bondade de me dar uma pílula para dormir e declarou que, como ela era muito fraca, não me faria mal... Já a tomei e estou à espera do sono que ainda se mantém a distância. Espero não ter errado, pois agora que o sono parece flertar comigo surge novo medo: talvez tenha sido tolice minha privar-me do poder de acordar, que talvez me seja necessário. Aqui vem o sono. Boa noite.

CAPÍTULO 20

DIÁRIO DE JONATHAN HARKER

1º de outubro, à noite — Encontrei Thomas Snelling em sua casa, situada em Bethnal Green, mas infelizmente ele não estava em condições de recordar coisa alguma. A perspectiva de beber cerveja com a minha chegada o estimulara muito, e ele se entregou cedo demais à bebida. Contudo, sua pobre esposa, que parecia decente, me disse que ele era apenas o auxiliar de Smollet, o qual, dos dois colegas, era o responsável pelos trabalhos. Portanto fui a Walworth e encontrei o sr. Joseph Smollet em casa e em mangas de camisa, tomando no pires um chá tardio. Ele é um sujeito honesto e inteligente, um operário com ideias próprias e em quem se pode confiar. Recordou-se de tudo acerca do incidente das caixas e deu-me a destinação delas depois de consultar um caderno de notas muito usado, que apresentava sinais meio ilegíveis em lápis grosso, e que ele retirou de um misterioso bolso traseiro de suas calças. Disse que na carroça levara seis caixas de Carfax e as deixara na rua Chicksand, 197; depositara outras seis em Jamaica Lane, Bermondsey. Se o Conde desejava espalhar seus apavorantes refúgios por Londres, aqueles lugares haviam sido escolhidos para as primeiras entregas, a fim de que mais tarde ele pudesse distribuir todas mais convenientemente. O método sistemático que empregava fez-me perceber que não pretendia confinar-se em duas extremidades de Londres. Estabelecera-se na extremidade leste da costa norte, na parte leste da costa sul e no sul. Certamente não pretendia deixar fora de seu plano diabólico o norte e o oeste, sem mencionar a própria cidade e o centro elegante de Londres, no sudoeste e no oeste. Fui ver Smollet novamente e perguntei se alguma outra caixa fora retirada de Carfax. Replicou:

— Bem, o sinhô me tratô muito bem — eu lhe dera uma gorjeta. — Por isso contarei tudo. Há quatro noite, ouvi um homem chamado Bloxam dizê que em Pincher Alley ele e seu companheiro tinham feito um serviço muito poeirento, numa velha casa em Purfleet. Como não há muitos serviço como esse, acho que Sam Bloxam poderá lhe dizê alguma coisa.

Perguntei-lhe onde poderia encontrar aquele homem e disse-lhe que, se me fornecesse o endereço, receberia nova gorjeta. Sorveu o resto do chá e levantou-se, dizendo que começaria a busca ali mesmo, naquele momento. Junto à porta, parou declarando:

— Olhe, sinhô, não há necessidade de ficá aqui. Talvez eu encontre Sam logo, talvez não; ainda que encontre, ele não vai tá em condição de falá essa noite. Quando começa a bebê, é um desastre. Se me dé um envelope selado e colocá seu endereço nele, encontrarei Sam e mandarei a carta pro sinhô hoje de noite. Se quisé encontrá ele, procure de manhã cedo, pois apesar de bebê ele sai de madrugada.

Como aquela era uma sugestão prática, uma das crianças partiu com dinheiro para comprar um envelope e uma folha de papel; poderia ficar com o troco. Quando voltou, coloquei meu endereço e selei o envelope; depois de obter de Smollet novamente a promessa de me enviar pelo correio o endereço do colega, fui para casa. Agora estamos na pista. Esta noite me sinto cansado e quero dormir. Mina dorme profundamente e parece pálida demais, seus olhos têm aspecto de choro. Coitada, sei que é martirizante não saber o que se passa, o que talvez faça que se sinta duplamente preocupada, por mim e pelos outros. Mas é melhor assim. É melhor ficar desapontada e preocupada, agora, do que ter um esgotamento nervoso. Os médicos têm razão em insistir para que fique fora deste terrível caso. Devo ter paciência e suportar esse fardo em silêncio. Jamais, em circunstância alguma, mencionarei esse assunto a ela. Afinal, talvez esse encargo não seja difícil, pois ela mesma se tornou reticente a respeito e ainda não falou do Conde e de seus feitos, desde que lhe informamos nossa decisão.

2 de outubro, ao anoitecer — Tivemos um dia agitado e estafante. O primeiro carteiro me trouxe um envelope contendo um sujo pedaço de papel, no qual havia escrito desajeitadamente e com um lápis de carpinteiro:

"Sam Bloxam, Korkrans, 4, Bairro Poters, Rua Bartel, Walworth. Peça pra falá com o Delgado."

Recebi a carta na cama e levantei-me sem acordar Mina, que não tem passado bem, estando sonolenta e pálida. Resolvi não a despertar, mas decidi preparar seu regresso para Exeter, assim que eu voltasse desta nova busca. Creio que ficará melhor em nossa própria casa, realizando suas tarefas diárias, do que permanecendo entre nós na ignorância. Quando vi o dr. Seward por um momento, disse-lhe que estava de partida e prometi voltar para contar o resto, assim que descobrisse algo. Fui a Walworth e encontrei com alguma dificuldade o bairro de Potter. O endereço fora escrito errado, o que aumentara meus obstáculos; contudo, quando encontrei o bairro, logo descobri a pensão de Corcoran. Perguntei ao homem que abrira a porta se ali residia o Delgado.

— Num cunheço ninguém com esse nome — disse ele balançando a cabeça. — Nunca ouvi falá nele. Acho que num mora aqui. — Apanhei a carta de Smollet, e o nome do bairro escrito errado me serviu de lição.

— Quem é você? — perguntei.

— Sou o delegado — respondeu. Vi imediatamente que estava na pista certa e que o erro ortográfico me perturbara novamente. Uma gorjeta colocou a sabedoria do delegado à minha disposição, e soube que o sr. Bloxam partira às cinco da manhã para trabalhar em Poplar, após curtir a bebedeira da noite anterior em Corcoran. O homem não soube dizer onde exatamente o outro trabalhava, mas achava que era "num armazém novo". Com essa vaga pista, parti para Poplar. Só ao meio-dia consegui obter alguma indicação satisfatória acerca daquele armazém, e isso quando me encontrava num restaurante onde alguns operários comiam. Um deles afirmou que haviam aberto na rua Cross Angel um novo armazém e para lá me dirigi imediatamente. Depois de entrevistar um rude porteiro e um ainda mais rude gerente, e após apaziguá-los com uma moeda, colocaram-me na pista de Bloxam. Mandaram chamá-lo depois de eu dizer que pagaria seu dia de trabalho ao chefe, a fim de ter o privilégio de formular-lhe algumas perguntas acerca de um assunto particular. Era um indivíduo esperto, embora tivesse aspecto e fala grosseiros. Depois de receber dinheiro pela informação, declarou-me que realizara duas viagens entre Carfax e uma casa situada em Piccadilly. Levara da primeira para a segunda casa nove grandes caixas, muito pesadas, numa carroça que alugara para esse fim. Perguntei-lhe se sabia o número da casa em Piccadilly, e ele informou:

— Bem, sinhô, num recordo os número, mas foi perto de uma grande igreja branca ou coisa parecida, não muito antiga.

A casa é que era muito poeirenta e velha, embora não se pudesse compará com aquela de onde retiramos as caixa.

— Como entrou nas casas, se elas estavam desabitadas?

— O velho que me contratô estava me esperando na casa em Purfleet. Me ajudô a levantá as caixa e a colocá elas no carretão. Diabo, mas apesá de velho, era o sujeito mais forte que já vi; tinha bigode branco e era tão magro que num parecia tê força nenhuma.

Esta frase me fez vibrar. Ele prosseguiu:

— Agarrô aquelas caixa como se fossem caixa de chá, e eu que num sô nada fraco suei e arquejei antes de podê movê uma.

— Como entrou na casa de Piccadilly? — perguntei.

— Ele também estava lá. Deve ter partido e chegado lá antes de mim, purque quando toquei a campainha ele mesmo abriu e me ajudô a levá as caixa pra dentro.

— Todas as nove? — indaguei.

— Sim; levei cinco no primeiro carregamento e quatro no segundo. Foi um trabaio difíci, que me deixô seco; num me lembro nem como cheguei em casa.

Interrompi-o:

— As caixas foram deixadas no vestíbulo?

— Sim, o vestíbulo era muito grande e estava vazio.

Tentei descobrir mais:

— Tinha alguma chave?

— Num usei chave nem nada assim. O velho abriu a porta e fechô novamente quando partiu. Num me lembro da última vez que estive lá... mas isso pur causa da cerveja.

— E não se recorda do número da casa?

— Não, sinhô, mas isso não atrapalhará. É uma casa alta com a frente de pedra, tem um arco e grandes escadas que dão para a porta. Conheço aquelas escada porque tive de carregá as caixas pra cima, com três vadio que queriam ganhá um dinheirinho. O velho deu dinheiro a cada um e eles, vendo que tinham ganhado tanto, quiseram mais. Mas aí o velho segurô um deles pelo ombro e quase atirô ele escada abaixo, os outro fugiram xingando.

Achei que aquela descrição serviria para encontrar a casa. Paguei então ao meu amigo a informação e parti para Piccadilly. Fiz outra descoberta desagradável: é evidente que o Conde poderia carregar ele mesmo as caixas de terra. Assim sendo, o tempo era precioso, pois agora que ele conseguira distribuí-las até certo ponto, poderia completar a tarefa sem ser observado e no tempo que desejasse. Dispensei o veículo de aluguel em Piccadilly Circus e andei em direção ao oeste; encontrei a casa descrita, que com satisfação verifiquei ser outro covil de Drácula. O prédio parecia deserto há muito. As janelas estavam incrustadas com poeira e as venezianas suspensas. O tempo enegrecera todo o madeirame e a tinta que recobria o ferro descascara quase toda. Notava-se que até recentemente houvera uma grande tabuleta na varanda da frente; fora contudo rudemente despregada e as varas que a sustinham ainda permaneciam. Por trás da grade da varanda, vi tábuas soltas cujas extremidades estavam embranquecidas. Ter-me-ia sido muito útil ver o aviso da tabuleta intacto, pois isso talvez me indicasse qual era o proprietário da casa. Recordei-me de minha experiência na investigação e compra de Carfax; julgava que, se pudesse descobrir o antigo proprietário, talvez recebesse alguma indicação sobre como entrar na casa.

Nada mais poderia descobrir daquele lado de Piccadilly, por isso rodeei o quarteirão, a fim de ver se encontrava algo nos fundos. Havia atividade nas estrebarias, pois quase todas as casas de Piccadilly estavam ocupadas. Perguntei a alguns cavalariços e ajudantes que se encontravam nos arredores se sabiam algo acerca da casa desocupada. Um deles declarou que fora comprada há pouco, não sabia por quem. Disse-me contudo que até pouco tempo houvera uma tabuleta com a indicação: "À VENDA". Declarou que talvez Mitchell, Filhos & Candy, os agentes da casa, me pudessem informar algo, pois achava ter visto o nome da firma também na tabuleta. Não desejava mostrar-me ansioso demais, nem permitir que meu informante adivinhasse muito; por isso lhe agradeci da forma costumeira e afastei-me. Como escurecia e a noite outonal se aproximava, não perdi tempo. Obtendo o endereço de Mitchell, Filhos & Candy num livro de endereços em Berkeley, logo cheguei ao escritório deles, na rua Sackville.

O cavalheiro que me atendeu tinha modos muito gentis, mas era pouco comunicativo. Após dizer que a casa de Piccadilly (a qual denominou mansão) estava vendida, achou que nada mais me tinha a dizer. Quando lhe perguntei quem a tinha comprado, arregalou os olhos e parou durante alguns segundos antes de responder:

— Foi vendida, senhor.

— Desculpe-me — disse-lhe com igual delicadeza —, mas tenho um motivo especial para desejar saber quem a comprou.

Parou novamente, erguendo ainda mais as sobrancelhas.

— Foi vendida, senhor — respondeu mais uma vez, lacônico.

— Certamente não se incomodará por dizer-me o nome — falei.

— Incomodar-me-ei — respondeu ele. — Os assuntos dos clientes estão em segurança nas mãos de Mitchell, Filhos & Candy. — Sem dúvida, ali estava um homem excessivamente pedante, não adiantaria discutir com ele. Julguei melhor enfrentá-lo com atitude semelhante à dele. Disse-lhe portanto:

— Senhor, seus clientes são felizardos por colocarem suas confidências sob guarda tão resoluta. Também sou um profissional. —Entreguei-lhe o meu cartão. — Não pergunto por curiosidade, mas venho enviado por lorde Godalming, que deseja saber algo acerca da propriedade que estava à venda.

Essas palavras mudaram o curso da conversa. Ele disse:

— Gostaria de servi-lo, sr. Harker, e também especialmente ao lorde. Em certa ocasião, cuidamos de um pequeno caso para ele, a respeito do aluguel de uns quartos; mas naquela época ainda não era lorde. Se quiser fornecer-me o endereço dele, consultarei os sócios e, de qualquer forma, enviar-lhe-ei a carta hoje à noite. Será um prazer se pudermos desviar-nos de nossas normas para servir ao lorde.

Como queria ganhar um amigo e não fazer inimizades, agradeci-lhe, dei o endereço do dr. Seward e parti. Já estava escuro e me sentia cansado e faminto. Tomei uma xícara de chá e depois retornei a Purfleet pelo trem seguinte.

Encontrei todos os outros já em casa. Mina tinha a aparência cansada e pálida, mas fez corajoso esforço para mostrar-se alegre. Eu sofria por pensar que tinha de esconder-lhe algo e assim inquietá-la. Graças a Deus, esta será a última noite em que conferenciamos, mas nada lhe dizemos. Necessitei de toda a coragem para manter a sábia decisão de conservá-la fora de nossos trabalhos. Ela parece aceitar melhor a situação, ou talvez comece a julgar o caso mais repugnante, pois estremece quando aludimos acidentalmente a ele. Ainda bem que resolvemos silenciar a tempo, pois os conhecimentos que vamos adquirindo a torturariam ainda mais.

Só poderia contar aos outros as descobertas daquele dia quando ficássemos a sós; portanto, após o jantar, ao qual se seguiu um pouco de música, para salvar as aparências mesmo entre nós, levei Mina para o quarto e deixei-a lá para que se deitasse. Minha esposa querida foi mais afetuosa do que nunca e agarrou-se a mim como se me quisesse deter; mas eu tinha muito que falar com os outros e me afastei. Graças a Deus, o fato de haver segredos entre nós não influiu em nosso amor.

Quando desci novamente, encontrei os outros no gabinete, reunidos ao redor da lareira. No trem, anotei o sucedido em meu diário, de modo que naquele momento tive apenas de lê-lo para que tomassem conhecimento dos fatos. Quando terminei, Van Helsing disse:

— Esse foi um grande dia de trabalho, amigo Jonathan. Sem dúvida estamos na pista das caixas ausentes. Se encontrarmos todas naquela casa, o término de nosso serviço estará próximo. Mas, se algumas lá não se encontrarem, teremos de buscar até descobri-las. Daremos então nosso golpe final e caçaremos o diabo para matá-lo verdadeiramente.

Ficamos todos sentados em silêncio durante algum tempo e repentinamente o Sr. Morris falou:

— Como entraremos naquela casa?

— Entramos na outra — respondeu lorde Godalming rapidamente.

— Mas aquilo foi diferente, Art. Arrombamos a casa de Carfax, mas tivemos a noite e um parque murado para nos proteger. Será coisa muito diferente de praticar um arrombamento em Piccadilly, de dia ou de noite. Confesso que não vejo como entraremos, a não ser que aquele sujeito da agência nos arranje alguma chave.

A testa de lorde Godalming contraiu-se e ele se levantou, caminhando pelo aposento. Parou e disse, voltando-se para cada um de nós:

— Quincey tem razão. Esse negócio de arrombar se torna sério. Conseguimos escapar uma vez, mas o serviço agora será muito mais difícil... a não ser que encontremos as chaves do Conde.

Como nada poderia ser feito antes do amanhecer, e como seria aconselhável esperar que lorde Godalming recebesse notícias de Mitchell, decidimos só agir após o desjejum. Durante muito tempo nos sentamos — fumando e discutindo nosso caso de diversos ângulos; aproveitei a oportunidade para continuar a escrever este diário até o momento. Estou com sono e irei para a cama...

Escreverei apenas uma linha. Mina dorme profundamente e tem a respiração regular. Sua testa apresenta muitas ruguinhas, como se pensasse até mesmo dormindo. Ainda está demasiado pálida, mas não tão abatida quanto nesta manhã. Espero que o dia de amanhã solucione tudo; ela irá para casa em Exeter. Oh, como sinto sono!

RELATO COTIDIANO DO DR. SEWARD

1º de outubro — Estou novamente perplexo com Renfield. Sua atitude se modifica tão rapidamente que acho difícil segui-la e, como ela não é importante apenas para o bem-estar do doente, mas tem outra significação, constitui um estudo muito interessante. Hoje de manhã, quando fui vê-lo depois de sua implicância com o dr. Van Helsing, tinha a atitude de um homem senhor de seu destino. E, de fato, subjetivamente, ele o comandava. Não se preocupava com as coisas terrenas, caminhava nas nuvens e desprezava todas as fraquezas e desejos peculiares a nós, pobres mortais. Pretendi melhorar a situação e aprender algo. Perguntei-lhe, portanto:

— O que há com as moscas, desta vez? — Ele sorriu para mim de modo superior e respondeu:

— Caro senhor, a mosca tem uma característica: suas asas são símbolos do poder aéreo que possuem as faculdades mentais. Os antigos andaram bem ao considerarem a borboleta o símbolo da alma!

Eu quis que ele desenvolvesse a sua analogia com a máxima lógica e por isso perguntei:

— Oh, agora deseja uma alma?

Sua loucura frustrou sua razão e um ar perplexo espalhou-se por seu rosto quando sacudiu a cabeça com uma firmeza que raramente demonstrava, e disse:

— Oh, não, não! Não desejo almas, a vida é tudo o que eu quero. — Alegrou-se quando respondeu. — Isso me deixa indiferente no momento. A vida existe, tenho tudo o que desejo. Terá de arranjar um novo doente, doutor, se quiser estudar zoofagia!

Aquilo me intrigou ligeiramente e insisti:

— Então você comanda a vida... É um deus, suponho?

Sorriu com benigna superioridade.

— Oh, não! Estou longe de me arrogar os atributos de um deus. Nem sequer me preocupo com seus feitos quase sempre espirituais. Se quer conhecer minha posição intelectual, saiba que, quanto aos assuntos terrenos, ocupo a posição que Enoque ocupou quanto às coisas espirituais!

Aquela foi uma questão embaraçosa para mim. Não conseguia recordar-me o suficiente de Enoque no momento para verificar que relação tinha com o caso. Formulei portanto uma pergunta simples, embora soubesse que, ao fazê-lo, me rebaixava aos olhos do lunático.

— Por que Enoque?

— Porque andou com Deus.

Não consegui descobrir a analogia, mas não o admiti; em vez disso, retornei ao que ele negara:

— Então não dá importância à vida e não se interessa pelas almas. Por que não?

Formulei a pergunta com rapidez e também rispidamente, porque desejava embaraçá-lo. Obtive resultado: durante um instante ele conscientemente readquiriu seu antigo modo servil; inclinou-se diante de mim e quase me afagou ao replicar:

— Não quero almas, é verdade, é verdade! Se as tivesse, não encontraria utilidade para elas. Não conseguiria comê-las... — Parou subitamente, e a antiga expressão de astúcia espalhou-se por seu rosto, como um golpe de vento na superfície da água. — O que é a vida afinal, doutor? Termos tudo o que é necessário e sabermos que não precisaremos de mais nada, apenas isso. Tenho bons amigos como o senhor, dr. Seward — ao dizer isso olhou de soslaio, com indescritível astúcia. — Sei que nunca me faltarão os meios de vida!

Creio que percebeu algum antagonismo em mim, pela confusão em que a loucura o punha, pois imediatamente recuou para o último refúgio daqueles que são como ele, pois se tornara rabugento; afastei-me, portanto.

Mais tarde mandou chamar-me. Em dias normais eu não teria ido sem motivo especial, mas no presente estou tão interessado nele que realizei aquele esforço com prazer. Além do mais, alegrou-me ter algo para ajudar a passar o tempo. Harker, lorde Godalming e Quincey saíram atrás de novas pistas. Van Helsing está em meu gabinete, estudando com atenção o relato preparado pelos Harkers; acha que com o conhecimento correto dos detalhes encontrará novas pistas. Não deseja que perturbem seu trabalho sem motivo. Poderia levá-lo também para ver o doente, mas acho que depois de ter sofrido a repulsa deste, o professor não quererá ir novamente. Também houve outro motivo para não me deixar acompanhar por ele: Renfield talvez falasse menos diante de outra pessoa.

Ele estava sentado no centro do aposento, em seu banco: atitude que geralmente indica que está mentalmente ativo. Quando entrei, perguntou imediatamente, como se tivesse retido a interrogação nos lábios, à espera de minha chegada:

— E as almas?

Era evidente que minha suposição fora correta e que a atividade cerebral inconsciente realizava seu trabalho, até mesmo no lunático. Resolvi fazê-lo falar.

— O que acha delas? — perguntei.

Ele não respondeu por um momento, mas olhou ao redor, para cima e para baixo, como se esperasse inspiração para a resposta.

— Não quero almas! — disse em voz fraca e apologética. O assunto parecia remoer em seu cérebro, por isso resolvi prosseguir naquilo; "agia com crueldade apenas para fazer o bem". Disse portanto:

— Gosta da vida e a deseja?

— Oh, sim! Mas ela vai bem, não necessito preocupar-me!

— Mas como conseguiremos a vida sem a alma? — perguntei. Aquilo pareceu torná-lo perplexo, por isso prossegui: — Você se divertirá muito quando estiver lá fora, voando com as almas de milhões de moscas, aranhas, passarinhos e gatos; todos zunindo, miando e piando ao seu redor. Comeu a vida deles e terá de aturar suas almas!

Algo pareceu afetar sua imaginação, pois colocou os dedos nos ouvidos e fechou os olhos, cerrando-os bem, como faz um garotinho quando lavam seu rosto com sabão. Havia algo de patético na cena, o que me comoveu. Aquilo também me deu uma lição, pois o doente diante de mim parecia apenas uma criança, apesar das feições envelhecidas e da barba branca no queixo. Era evidente que sofria de um processo de perturbação mental e, sabendo que sua atitude passada o fizera interpretar coisas que lhe eram estranhas, pensei em tentar compreender o que se passava em sua mente. Primeiro deveria recuperar a confiança dele e para isso lhe perguntei, falando muito alto para que me pudesse ouvir através das orelhas tampadas:

— Quer açúcar para ter moscas novamente?

Ele pareceu acordar e sacudiu a cabeça. Rindo, replicou:

— Não desejo isso muito! Afinal, as moscas não têm muita importância! — Depois de uma pausa, acrescentou: — Contudo, não quero ver suas almas zunindo ao meu redor.

— Quer aranhas? — prossegui.

— Ora, aranhas! Para que servem? Nelas não há nada que se possa comer ou... — parou repentinamente, como se recordasse um assunto proibido.

Essa é a segunda vez que para na palavra "beber", pensei comigo. O que significará isso? Renfield pareceu perceber seu lapso, pois continuou a falar apressadamente, como se desejasse distrair minha atenção.

— Não ligo para tais assuntos. "Ratos, camundongos e outros animais semelhantes podem ser chamados de devoradores das despensas", como disse Shakespeare. Já passei por essas tolices. Tentar interessar-me por esses mais baixos carnívoros, agora que sei o que há diante de mim, é tão difícil quanto pedir a um homem que coma moléculas com pauzinhos chineses.

— Percebo — respondi. — Deseja grandes animais? Gostaria de comer um elefante no desjejum?

— Quanta bobagem diz o senhor!

Ele parecia por demais alerta, e julguei melhor insistir no assunto.

— Gostaria de saber — falei pensativo — como é a alma do elefante!

Obtive o efeito desejado, pois ele abandonou seu ar imponente e transformou-se mais uma vez numa criança.

— Não desejo a alma de um elefante nem qualquer outra! — exclamou. Durante alguns momentos, sentou-se desalentado. Súbito, pôs-se de pé num pulo, com os olhos em brasa e apresentando todos os sinais de intensa excitação cerebral. — Para o inferno com o senhor e suas almas! — gritou. — Por que me tortura com essa história de almas? Já não tenho suficientes preocupações e dores, sem pensar em almas?!

Parecia tão hostil que julguei que sofria de outra crise homicida e soprei meu apito. Contudo, no instante em que o fiz, tornou-se calmo e falou, pedindo desculpas:

— Desculpe-me, doutor, perdi a cabeça. Não necessitará de ajuda. Em minha mente há tantas preocupações que fico irritado. Se conhecesse os problemas que tenho de enfrentar e que estou solucionando, teria dó, suportar-me-ia e me perdoaria. Por favor, não me coloque numa camisa de força. Quero pensar e não posso raciocinar livremente quando sinto o corpo preso. Tenho certeza de que compreenderá!

Era evidente que ele tinha controle pessoal e, por isso, quando os enfermeiros vieram, lhes disse que não se incomodassem e recuaram. Renfield viu-os partir e, depois de fecharem a porta, falou com muita dignidade e brandura:

— Dr. Seward, foi muito atencioso para comigo. Creia-me que lhe sou muito grato!

Julguei melhor deixá-lo naquele estado e me afastei. Há realmente algo que nos faz pensar no temperamento desse homem. Há nele diversos aspectos que, se colocados na devida ordem, constituiriam o que o entrevistador americano denominaria de uma "história". Aqui estão esses pontos:

Não menciona a palavra "beber".
Teme a perseguição de alguma alma.
Não teme o fato de necessitar de "vida" no futuro.
Despreza de modo geral as mais baixas formas de vida, embora receie ser perturbado pelas almas desses seres.
É lógico que todos esses fatores apontam para um caminho: ele tem certeza de que adquirirá alguma forma mais elevada de vida, mas teme a consequência: o peso de uma alma. Então é para uma vida humana que se volta!
Sua certeza provém...
Céus! O Conde esteve com ele, e um novo plano de terror está sendo concretizado!

Mais tarde — Após visitar os doentes, fui ver Van Helsing e falei-lhe de minhas suspeitas. Ficou muito sério e, depois de pensar no assunto durante algum tempo, pediu-me que o levasse a Renfield. Assim fiz. Quando chegamos à porta, ouvimos lá dentro o lunático que cantava alegremente, como costumava fazer em época que agora parece tão distante. Ao entrarmos, verificamos surpresos que espalhara seu açúcar como anteriormente; as moscas que o outono tornava letárgicas penetravam zumbindo no quarto. Tentamos fazê-lo abordar o assunto de nossa prévia conversa, mas ele não quis atender-nos. Continuou a cantar, como se não estivéssemos presentes. Arranjara um pedaço de papel, que dobrou formando uma espécie de caderno de notas. Tivemos de nos afastar tão ignorantes quanto entramos.
Ele é realmente curioso e temos de observá-lo esta noite.

CARTA DE MITCHELL, FILHOS & CANDY, PARA LORDE GODALMING

1º de outubro.

Ilustríssimo Lorde:
É com grande prazer que atendemos sua vontade. Temos a honra de realizar o desejo do Ilmo. Lorde, expresso pelo sr. Harker: aqui está a informação desejada acerca da venda do nº 347, em Piccadilly. Os vendedores originais foram os herdeiros do falecido sr. Archibald Winter-Suffield. O comprador foi um nobre estrangeiro, o Conde de Ville, que efetuou a compra pessoalmente, pagando à vista. Além disso, nada mais sabemos sobre ele.
Muito respeitosamente,
os humildes servos do Ilmo. Lorde,

Mitchell, Filhos & Candy

RELATO COTIDIANO DO DR. SEWARD

2 de outubro — Na noite passada, coloquei um homem no corredor e disse-lhe que prestasse muita atenção para ouvir qualquer som provindo do quarto de Renfield; ordenei-lhe que me chamasse se houvesse algo estranho. Depois do jantar, quando todos nos reunimos ao redor da lareira no gabinete e a sra. Harker já se havia deitado, discutimos as tentativas e descobertas do dia. Harker foi o único a obter resultados, e temos grandes esperanças de que essa pista seja importante.
Antes de me deitar, fui ao quarto do paciente e olhei através do buraco de observação. Ele dormia profundamente e seu peito subia e descia, demonstrando respiração regular.
Hoje de manhã o enfermeiro de plantão me declarou que, um pouco após a meia-noite, o doente se tornara inquieto e

repetira continuamente e em voz alta as orações. Perguntei-lhe se aquilo fora tudo e afirmou-me que era tudo o que ouvira. Algo em sua atitude me fez desconfiar, e por isso lhe perguntei sem rodeios se dormira. Negou o fato, mas declarou ter cochilado durante algum tempo. É lamentável que os homens só cumpram seus deveres quando vigiados.

Hoje, Harker saiu para seguir sua pista; Art e Quincey estão procurando cavalos. Godalming acha que será bom tê-los sempre preparados, pois quando obtivermos a informação desejada não haverá tempo a perder. Teremos de esterilizar entre o nascer e o pôr do sol toda a terra importada para que possamos agarrar o Conde quando estiver mais fraco e não tiver um lugar de refúgio. Van Helsing foi ao Museu Britânico procurar escritos sobre medicina antiga; é que os velhos médicos davam importância a fatos que seus seguidores não aceitam, e o professor está à procura de curas por feitiçaria, assunto que nos poderá ser útil mais tarde.

Às vezes acho que estamos todos loucos e que, quando recuperarmos a sanidade, nos encontraremos em camisa de força.

Mais tarde — Reunimo-nos novamente. Parece que afinal estamos na pista e nosso trabalho de amanhã poderá constituir o princípio ou o fim. Será que a calma de Renfield tem algo a ver com o caso? Sua atitude é tão influenciada pelos feitos do Conde que não sei se a ameaça da próxima destruição desse monstro o afetou de algum modo sutil. Se ao menos tivesse ideia do que se passou no cérebro do doente, entre a hora de minha discussão com ele hoje e seu retorno às moscas, obteria uma valiosa pista. Presentemente, parece estar calmo... estará mesmo?... Esse grito vindo do seu quarto...

O enfermeiro invadiu meu aposento e me disse que Renfield sofrera um acidente. Ouvira-o gritar e quando fora vê-lo encontrara-o deitado de bruços no chão, todo coberto de sangue. Tenho de ir imediatamente...

CAPÍTULO 21

RELATO COTIDIANO DO DR. SEWARD
(continuação)

3 de outubro — Declararei com exatidão tudo o que aconteceu desde minhas últimas anotações aqui, tão bem quanto posso recordá-lo. Não devo esquecer um detalhe sequer e procederei com toda a calma.

Quando entrei no quarto de Renfield, encontrei-o deitado no chão, do lado esquerdo, numa poça de sangue brilhante. Quando o movi, verifiquei que estava gravemente ferido; nem sequer parecia apresentar aquela unidade entre as diversas partes do corpo, que marca até mesmo a sanidade letárgica. O rosto, quando exposto, revelou horríveis machucados, como se alguém o tivesse batido contra o chão... Com efeito, era dos ferimentos do rosto que proviera o sangue da poça. O enfermeiro, ajoelhado ao lado do corpo, me disse quando viramos o doente:

— Acho que quebrou as costas. Veja, tanto o braço como a perna direita e todo o lado do rosto estão paralisados.

O enfermeiro não compreendia como sucedera aquilo. Estava perplexo e tinha a testa franzida ao falar:

— Não posso compreender como ocorreram as duas coisas. Poderia ter marcado o rosto assim se batesse a cabeça contra o chão. Vi uma jovem fazer isso no asilo de Eversfield, antes que alguém pudesse segurá-la. Creio que ele poderia ter quebrado o pescoço se caísse da cama de mau jeito. Mas, por Deus, não consigo compreender como as duas coisas aconteceram. Se quebrasse as costas, não poderia bater a cabeça; e, se já tivesse o rosto assim, antes de cair da cama, haveria sinais disso.

— Vá ver o dr. Van Helsing e peça-lhe que tenha a bondade de vir para cá imediatamente — disse eu. — Quero que ele venha sem um minuto de atraso.

O homem correu e, após alguns minutos, o professor apareceu com roupa de dormir e chinelos. Quando viu Renfield no chão, observou-o atentamente por um minuto e depois se voltou para mim. Creio que leu em meus olhos o que eu pensava, pois disse muito calmo, a fim de que o enfermeiro ouvisse:

— Ah, triste acidente! Ele necessitará de cuidadosa observação e muita atenção. Eu mesmo ficarei com você, mas antes preciso vestir-me. Se permanecer aqui, em pouco voltarei.

O doente agora respirava com dificuldade, e foi fácil verificar que recebera terrível ferimento. Van Helsing retornou com incrível rapidez e trouxe uma maleta cirúrgica. Evidentemente estivera pensando e chegara a uma decisão, pois, quase antes de olhar o paciente, murmurou para mim:

— Mande o enfermeiro embora. Temos de ficar a sós com o doente, quando recuperar a consciência, após a operação.

Portanto, falei:

— Creio que pode ir, Simons. Fizemos tudo o que era possível no momento. É melhor ir visitar os outros doentes enquanto o dr. Van Helsing opera. Se encontrar algo fora do comum, avise-me sem demora.

O homem afastou-se e procedemos a minucioso exame do doente. Os ferimentos do rosto eram superficiais, o mais grave era uma fratura do crânio, que se estendia pela área motora. O professor pensou durante um instante e disse:

— Temos de reduzir a pressão e voltar às condições normais, o mais possível; a rapidez do derrame demonstra a natureza do ferimento. Toda a área motora foi atingida. Temos de trepanar imediatamente, antes que seja tarde demais, pois o derrame cerebral aumentará com rapidez.

Enquanto falava, bateram levemente na porta. Fui abri-la e encontrei Arthur e Quincey de pijama e chinelos, no corredor. Arthur falou:

— Ouvi o enfermeiro chamar o dr. Van Helsing e contar-lhe que houvera um acidente. Chamei então Quincey, que não estava acordado. Os acontecimentos se passam com demasiada rapidez e são por demais estranhos para que possamos dormir bem nestes dias. Acho que amanhã à noite as coisas serão diferentes. Teremos de olhar para trás e para a frente um pouco mais do que até agora. Podemos entrar?

Assenti e segurei a porta para que passassem; depois fechei-a novamente. Quando Quincey viu o estado do doente e notou a horrível poça no chão, falou baixo:

— Meu Deus! O que aconteceu com ele? Pobre coitado!

Narrei-lhe brevemente o ocorrido e declarei que o doente recobraria a consciência após a operação... e que a conservaria apenas por algum tempo. No mesmo instante, Quincey foi sentar-se na beirada da cama, com lorde Godalming a seu lado; todos observamos com paciência.

— Esperaremos apenas o tempo suficiente para encontrar o melhor lugar para trepanar — disse Van Helsing. — Assim agiremos para que com maior rapidez e perfeição possamos remover o coágulo, pois é evidente que a hemorragia aumenta.

Os minutos de espera passaram com incrível vagarosidade. Sentia-me muito desanimado e percebi, pelo rosto de Van Helsing, que estava apreensivo pelo que poderia suceder. Eu receava as palavras que Renfield pronunciaria; tinha medo de pensar, mas pressentia o que sucederia, assim como às vezes há homens que ouvem o chamado da morte. O doente arquejava. A cada instante parecia que abriria os olhos ou falaria, porém, no momento seguinte, apresentava apenas uma respiração ofegante e tornava-se mais insensível. Apesar de estar acostumado com a doença e os leitos de morte, senti a tensão crescer cada vez mais dentro de mim. Podia quase ouvir o bater de meu próprio coração, e o sangue em minhas têmporas pulsava como um tambor. O silêncio finalmente se tornou insuportável. Contemplei meus companheiros um a um e verifiquei pelos rostos ruborizados e testas úmidas que suportavam tortura igual à minha. A tensão nervosa nos dominava completamente.

Afinal verificamos que Renfield piorava com rapidez; poderia morrer a qualquer instante. Olhei para o professor e vi que me encarava. Seu rosto demonstrava firmeza quando falou:

— Não há tempo a perder. As palavras dele podem valer muitas vidas; foi isso o que pensei enquanto estava aqui. Talvez haja uma alma em perigo! Operaremos acima da orelha.

Sem mais palavras, realizou a operação. Durante poucos momentos a respiração prosseguiu ofegante. Depois houve uma inspiração tão profunda que pareceu capaz de rebentar o peito. Súbito o doente abriu os olhos e estes se mantiveram fixos numa expressão selvagem e indefesa. Continuou assim por algum tempo e depois a expressão se suavizou, indicando feliz surpresa enquanto seus lábios deixaram passar um suspiro de alívio. Moveu-se convulsivamente e, ao fazê-lo, pronunciou as seguintes palavras:

— Ficarei quieto, doutor. Diga-lhes que retirem a camisa de força. Tive um terrível pesadelo, que me deixou tão fraco que não posso mover-me. O que há com meu rosto? Parece inchado e dói muito.

Tentou mover a cabeça, mas o esforço fez que seus olhos se tornassem vidrados novamente. Ajeitei-lhe então a cabeça, mais uma vez. Depois Van Helsing disse em tom calmo e sério:

— Conte-nos seu sonho, sr. Renfield.

Quando ouviu aquela voz, seu rosto se tornou brilhante, apesar de mutilado. Falou:

— É o dr. Van Helsing. Como é bom o senhor estar aqui! Dê-me um pouco de água, porque meus lábios estão secos. Tentarei contar tudo, então. Sonhei... — parou e julgamos que fosse desmaiar. Mandei Quincey buscar rápido a aguardente em meu gabinete. Voou, retornando com um copo, uma garrafa de aguardente e um vidro de água. Umedecemos os lábios ressecados e o doente reanimou-se logo. Contudo, parece que seu cérebro ferido trabalhara no intervalo, pois, quando recobrou a consciência, contemplou-me fixamente, com uma expressão de agonia e atordoamento que jamais esquecerei, e disse:

— Não devo enganar a mim mesmo. Não foi sonho, tudo foi triste realidade.

Seus olhos percorreram o aposento e, quando se detiveram nos dois sentados pacientemente na beirada da cama, prosseguiu:

— Se eu não tivesse certeza, saberia por causa da expressão deles.

Durante um segundo seus olhos se fecharam, não devido à dor ou ao sono, mas voluntariamente, como se ele desejasse reunir todas as suas faculdades. Quando os abriu, falou apressado e com mais energia do que demonstrara antes:

— Rápido, doutor, rápido! Estou morrendo! Sinto que tenho apenas poucos minutos de vida e que depois devo retornar para a morte... ou para algo pior. Molhe meus lábios mais uma vez com aguardente. Tenho algo a dizer antes de morrer, ou antes que meu pobre cérebro esmigalhado pereça. Não podia falar antes porque sentia a língua presa, mas, a não ser por isso, estava tão bem quanto agora. Depois que me deixou, fiquei desesperado durante horas. E, repentinamente, a paz desceu sobre mim. Meu cérebro pareceu desanuviar-se mais uma vez, e percebi onde estava. Ouvi os cachorros latindo por trás do nosso hospício, mas não no local em que ele estava!

Enquanto o doente falava, os olhos de Van Helsing nem sequer piscaram, e ele segurou minha mão com força. Contudo não se traiu, mas moveu ligeiramente a cabeça e falou em voz baixa:

— Prossiga.

Renfield continuou:

— O Conde subiu até à janela pelo nevoeiro, como já o vira fazer anteriormente. Era naquele momento um corpo sólido e não um fantasma; seus olhos estavam ferozes como os de um homem zangado. Ria com aquela boca vermelha, e seus afiados dentes brancos brilhavam à luz do luar quando, em local mais alto do que a copa das árvores, se voltou para olhar para onde os cachorros latiam. Não lhe pedi imediatamente que entrasse, embora soubesse que era isso o que desejava, como ocorrera nas vezes anteriores. Então começou a prometer-me coisas, não com palavras, mas com ações.

O professor interrompeu-o:

— Como?

— Fazendo que as coisas acontecessem, como ocorria, por exemplo, quando me enviava moscas durante o dia. Moscas grandes e gordas com asas fortes e vermelhas; à noite, grandes mariposas com crânio e coluna vertebral.

Van Helsing moveu a cabeça aprovando, enquanto murmurava inconscientemente para mim:

— A *Acherontia atronos* da Esfinge... ou, como dizem, a Mariposa da Morte?

O doente prosseguiu sem parar:

— Então o Conde começou a murmurar: "Ratos, ratos, ratos! Centenas, milhões deles, e cada um contendo uma vida; também cachorros e gatos. Todos vivos! Todos com sangue vermelho e anos de vida, pois não são simples moscas que zumbem". Ri-me dele porque desejava verificar o que faria. Naquele momento, os cachorros latiram longe, por trás das árvores escuras, na casa dele. Pediu-me que chegasse junto da janela. Levantei-me e olhei para fora; ele ergueu as mãos e pareceu chamar algo sem utilizar palavras. Certa massa escura espalhou-se pela grama e surgiu com a forma de uma chama. Em seguida ele moveu o nevoeiro para a direita e para a esquerda; pude ver milhões de ratos com olhos vermelhos como fogo, semelhantes aos do Conde, mas menores. Ele ergueu as mãos e todos os animais pararam. Parecia que ele dizia que todas aquelas vidas e muitas outras seriam minhas, durante muitos séculos, se eu me inclinasse para adorá-lo! Em seguida, uma nuvem vermelha como sangue pareceu envolver meus olhos e, antes de saber o que fazia, abri a janela e disse-lhe: "Entre, senhor e mestre!". Os ratos já haviam partido, mas ele entrou pela janela, apesar de estar aberta apenas uma polegada...

Assemelhava-se à lua, que às vezes penetra através da mínima fenda e fica diante de mim com todo o seu tamanho e esplendor.

Como a voz se tornava mais fraca, molhei-lhe os lábios outra vez com aguardente, e ele prosseguiu. Sua memória parecia haver trabalhado no intervalo, porque a história continuou mais adiante. Eu ia fazê-lo retornar ao ponto anterior, mas Van Helsing murmurou:

— Deixe-o prosseguir. Não o interrompa, porque ele não pode retroceder e talvez não consiga continuar se perder o fio dos pensamentos.

O doente prosseguiu:

— Durante todo o dia esperei notícias dele, mas nem sequer me enviou uma varejeira. À noite eu estava muito zangado com o Conde. Fiquei furioso quando penetrou pela janela fechada, sem bater. Escarneceu de mim, e seu rosto pálido, assim como seus brilhantes olhos vermelhos, se projetaram do nevoeiro; agia como se fosse o dono de tudo aqui. Nem sequer tinha o mesmo cheiro, ao passar por mim. Não sei por quê, parecia que a sra. Harker entrara no quarto.

Os dois homens sentados na cama levantaram-se e se aproximaram, ficando por trás do doente em local onde não poderiam ser vistos por ele, mas conseguiam ouvir melhor. Ambos ficaram em silêncio, porém o professor estremeceu, tornando-se contudo mais sério do que antes. Renfield continuou sem nada notar:

— Só soube que ela estava aqui depois que falou e, mesmo assim, não parecia a mesma. Não gosto de pessoas pálidas e sim com muito sangue, mas o dela parecia ter-se escoado completamente. Não pensei naquilo no momento, mas, quando ela se afastou, comecei a matutar e fiquei furioso por perceber que ele andava tirando-lhe a vida. — Pude ver que os outros tremeram como eu, mas permaneceram em silêncio enquanto o louco prosseguia: — Assim, quando ele chegou esta noite, encontrou-me preparado para recebê-lo. Vi o nevoeiro que penetrava e agarrei-o com força. Ouvira dizer que os loucos têm poder sobrenatural e, como sabia que pelo menos às vezes eu era insano, resolvi utilizar meu poder. *Ele* também sentiu minha energia, pois teve de sair do nevoeiro para lutar comigo. Agarrei-o tenazmente; pensei em ganhar, pois não desejava que ele continuasse a retirar a vida dela. Porém, quando vi seus olhos, eles me queimaram e minha energia eclipsou-se. Ele se livrou de mim e, quando tentei segurá-lo, ergueu-me e atirou-me no chão. Havia uma nuvem vermelha ao meu redor, um barulho como o trovão, e a névoa parecia fugir por baixo da porta.

A voz do doente se tornava mais fraca e a respiração ficava mais estertorante. Van Helsing ergueu-se instintivamente.

— Agora já sabemos do pior — disse ele. — O Conde está aqui e sabemos o que ele pretende. Talvez ainda não seja tarde demais. Armemo-nos como fizemos ontem à noite, mas não percamos tempo, porque isso poderia ser fatal.

Não há necessidade de traduzirmos em palavras os temores e as convicções que eram comuns a todos nós. Todos nos apressamos e retiramos de nossos aposentos os objetos que havíamos utilizado para entrar na casa do Conde. O professor já os tinha prontos e, quando nos encontramos no corredor, apontou significativamente para eles, dizendo:

— Guardo estes objetos sempre comigo e assim farei até terminarmos todo este infeliz caso. Sejam sábios também, amigos; não lidamos com um inimigo comum. Que infortúnio, o fato de a sra. Mina ter de sofrer!

Parou; não conseguia falar e eu também não sabia se em meu coração predominava a raiva ou o terror.

Detivemo-nos junto à porta de Harker. Art e Quincey recuaram, e Quincey perguntou:

— Temos de perturbar a sra. Mina?

— Sim — falou firmemente Van Helsing. — Se a porta estiver trancada, eu a arrombarei.

— Isso não a assustará terrivelmente? Não é comum arrombarem a porta do quarto de uma dama!

Van Helsing disse com seriedade:

— Como sempre, você tem razão; mas este é um caso de vida ou morte. Todos os aposentos são iguais para um médico, e, mesmo que isso não ocorresse, seriam iguais para mim esta noite. Amigo John, se eu forçar a maçaneta e a porta não abrir, você e nossos amigos empurrarão com os ombros. Agora!

Girou a maçaneta, mas a porta não cedeu. Jogamo-nos contra ela e a abrimos com um só golpe; quase caímos de cabeça no chão. O professor tombou realmente, e consegui ver por cima dele enquanto se esforçava para levantar-se. O que vi aterrorizou-me. Senti meu cabelo erguer-se na nuca e meu coração quase parou.

O luar era tão forte que, apesar da grossa persiana amarela, havia luz suficiente para que enxergássemos. Jonathan Harker estava deitado na cama junto da janela, com o rosto ruborizado e a respiração pesada. Ajoelhada na extremidade da cama, também junto à janela e olhando para fora, estava a figura vestida de branco de sua esposa. Ao seu lado havia um homem alto e magro, com vestes negras. Estava de costas para nós, mas todos o reconhecemos no instante em que o vimos: era o Conde e tinha aquela mesma cicatriz na testa. Com a mão esquerda segurava ambas as mãos da sra. Harker e continha seus braços, que faziam força para livrar-se; com a direita segurava-lhe a nuca, obrigando-a a inclinar o rosto sobre o peito dele. A camisola branca que ela usava estava manchada de vermelho, e um fino fio de sangue escorria pelo peito do Conde, que aparecia através da camisa aberta. A atitude dos dois assemelhava-se à de uma criança que forçasse um gatinho a beber leite num pires. Quando invadimos o quarto, o Conde voltou-nos o rosto e a expressão diabólica que já ouvira descreverem assomou-lhe à face. Seus olhos vermelhos chamejaram diabolicamente; as grandes aberturas do nariz branco e aquilino dilataram-se e tremeram nas extremidades. Os dentes brancos e afiados cerraram-se, como os de um animal selvagem, por trás dos lábios volumosos, que pingavam sangue. Largando sua vítima com um arrancão violento, que a atirou sobre a cama, se lançou sobre nós. Mas o professor já conseguira levantar-se e segurava na direção dele o envelope que continha a hóstia sagrada. O Conde parou repentinamente, como fizera a infortunada Lucy do lado de fora de seu túmulo, e recuou. Levantando nossos crucifixos, adiantamo-nos cada vez mais enquanto ele recuava continuamente. Súbito, a lua foi coberta por uma grande nuvem negra que interceptou a luz e, quando Quincey acendeu o lampião, nada vimos a não ser um tênue vapor. Este passou por baixo da porta, que se fechara novamente, após o impulso com que a havíamos arrombado. Van Helsing, Art e eu nos adiantamos para a sra. Harker, que contivera o fôlego e dera em seguida um grito tão selvagem e desesperado que creio que nunca mais conseguirei esquecê-lo. Durante alguns segundos, esteve transtornada e em atitude indefesa. Seu rosto apavorava, com uma palidez que era acentuada pelo sangue que lhe manchava os lábios, face, queixo e escorria pelo pescoço; em seus olhos havia indescritível terror. Depois ela cobriu o rosto com as mãos machucadas, cuja brancura espelhava a marca vermelha das garras do Conde; soltou um gemido baixo e desolado, que fez que o terrível grito anterior parecesse apenas a rápida expressão de uma dor interminável. Van Helsing adiantou-se e arrumou gentilmente a coberta sobre o corpo dela enquanto Art, depois de contemplar o rosto de Mina por um instante, desesperadamente saiu do quarto. Van Helsing declarou-me baixo:

— Jonathan apresenta aquele estado de letargia que o Vampiro é capaz de produzir. Será necessário esperar a infortunada sra. Mina recobrar-se, a fim de que possamos fazer algo por ela. Tenho de acordar o marido!

O professor mergulhou a ponta da toalha em água fria e começou a friccionar o rosto de Jonathan; Mina durante todo o tempo mantinha o rosto coberto com as mãos e soluçava de forma a causar dó. Ergui as persianas e olhei pela janela. O luar brilhava intensamente, e quando olhei vi Quincey Morris atravessar o gramado e esconder-se sob uma grande árvore. Fiquei imaginando por que ele agia assim, mas naquele instante ouvi a rápida exclamação de Harker, que recobrara parcialmente a consciência; dirigi meu olhar para a cama. O rosto dele demonstrava a mais completa surpresa. Pareceu perplexo por alguns segundos e súbito despertou completamente, levantando-se. Sua esposa percebeu o rápido movimento e voltou-se para ele com os braços estendidos, como se quisesse abraçá-lo; no mesmo instante, contudo, encolheu-os e, unindo os cotovelos, cobriu o rosto novamente com as mãos, tremendo de tal modo que sacudia a própria cama.

— Em nome de Deus, o que significa isso? — gritou Harker. — Dr. Seward, dr. Van Helsing, o que há? O que aconteceu? Meu Deus, Meu Deus! A situação chegou a este ponto! — Ajoelhando-se, bateu as mãos com selvageria. — Bom Deus, ajude-nos! Ajude-a, oh, ajude-a! — Pulou da cama rapidamente e começou a puxar a roupa, completamente desperto e necessitando realizar algum esforço momentâneo. — O que aconteceu? Contem-me! — continuou a gritar sem parar. — Dr. Van Helsing, sei que estima Mina. Oh, faça algo para salvá-la. As coisas ainda não foram longe demais. Cuide dela enquanto eu o procuro!

A esposa, apesar de seu terror e desespero, percebeu que ele se exporia a perigos; imediatamente esqueceu a própria dor e segurou-o, gritando:

— Não! Não! Jonathan, não pode deixar-me. Deus sabe que já sofri demais hoje, sem falar no receio de que o Conde lhe cause algum mal. Deve ficar comigo e com estes amigos que o protegerão!

Ela ficou frenética ao falar, e o marido cedeu. Mina puxou-o e fê-lo sentar-se na cama, agarrando-o violentamente.

Van Helsing e eu tentamos acalmar ambos. O professor levantou seu crucifixo dourado e disse com surpreendente calma:

— Não receie, minha cara. Aqui estamos, e, enquanto esse objeto estiver próximo, nenhuma maldade poderá atingi-la. Por hoje, está em segurança. Temos de nos acalmar e nos aconselhar mutuamente.

Ela estremeceu e ficou em silêncio, inclinando a cabeça sobre o peito do marido. Quando se ergueu, a camisa de dormir do marido estava manchada com o sangue dos lábios dela e do pequeno ferimento que apresentava no pescoço. No instante em que ela viu aquilo, recuou; soltou um gemido baixo e sussurrou entre soluços entrecortados:

— Impura, impura! Não posso mais tocá-lo nem beijá-lo. Oh, que infortúnio ser eu agora a sua maior inimiga e aquela a quem ele mais deve temer.

Ao ouvir essas palavras, Jonathan falou resolutamente:

— Bobagem, Mina. Sinto-me envergonhado por ouvir o que disse. Não permitirei que fale assim. Que Deus me julgue de acordo com meus merecimentos e que me castigue com amargos sofrimentos se eu fizer algo que me separe de você!

Estendeu os braços e encostou-a ao peito; durante algum tempo ela permaneceu assim, soluçando. Ele nos contemplou sobre a cabeça inclinada da esposa, com olhos que piscavam sobre narinas trêmulas; mantinha a boca imóvel. Depois de algum tempo, os soluços dela se tornaram menos frequentes e mais fracos. Ele dirigiu-lhe a palavra com estudada calma, que demonstrava o máximo autodomínio nervoso.

— Agora, dr. Seward, conte-me tudo. Sei muito bem o que se passou, mas quero conhecer os detalhes.

Satisfiz seu desejo e ele ouviu com aparente impassividade, mas suas narinas se contraíram e seus olhos faiscaram quando narrei como as mãos cruéis do Conde haviam segurado Mina naquela horrível posição, obrigando-a a encostar a boca sobre o ferimento aberto de seu peito. Com interesse observei que, enquanto o rosto de Jonathan se convulsionava sobre a cabeça da esposa, suas mãos ternamente lhe afagavam os cabelos revoltos. No momento em que terminei, Quincey e Godalming bateram na porta. Mandamos que entrassem. Van Helsing contemplou-me interrogativamente. Compreendi que me perguntava se deveríamos tirar partido da ocorrência para tentar fazer que o casal não pensasse em si mesmo, nem em nós. Quando movi a cabeça concordando, ele perguntou aos recém-chegados o que tinham visto ou feito.

Lorde Godalming respondeu:

— Não encontrei o Conde em lugar algum; nem no corredor, nem nos outros quartos. Olhei no gabinete, mas, embora ele tivesse estado lá, já partira. Contudo tinha...

Parou subitamente, ao ver a figura martirizada na cama. Van Helsing declarou com seriedade:

— Continue, amigo Arthur. Não queremos mais segredos aqui, e nossas esperanças se baseiam apenas em sabermos tudo. Fale sem constrangimento!

Então Arthur prosseguiu:

— Embora ele só tenha estado lá durante alguns segundos, fez grande confusão. Queimou todos os manuscritos e as chamas azuis brilhavam entre as cinzas brancas; os cilindros do fonógrafo do dr. Seward também foram atirados ao fogo e a cera ativou as chamas.

— Graças a Deus, temos uma cópia no cofre! — comentei.

Seu rosto iluminou-se por um momento, mas se mostrou novamente desanimado ao continuar:

— Corri para baixo, mas não vi sinal do Conde. Olhei no quarto de Renfield e lá não havia traços dele, apenas... — Fez nova pausa.

— Prossiga — disse Harker com voz rouca.

Lorde Godalming inclinou a cabeça e, molhando os lábios, acrescentou:

— O infortunado homem está morto.

A sra. Harker ergueu a cabeça e, olhando para cada um de nós, declarou solenemente:

— Seja feita a vontade de Deus!

Pressenti que Art escondia algo, mas como imaginei que tinha algum motivo para agir assim, nada mencionei. Van Helsing voltou-se para Morris e perguntou:

— E você, amigo Quincey, tem algo para narrar?

— Pouca coisa — respondeu ele. — Mas poderá vir a ser muito, ainda não sei. Julguei que seria melhor saber para onde o Conde iria depois que saísse de casa. Não o vi, mas avistei um morcego saindo da janela de Renfield e voando para leste. Esperava vê-lo assumir alguma de suas formas e partir para Carfax, mas evidentemente ele tem outro refúgio. Não regressará esta noite, pois o céu se avermelha no leste e a madrugada se aproxima. Teremos de trabalhar amanhã!

Pronunciou as últimas palavras entre os dentes. Houve silêncio durante alguns minutos e imaginei ouvir as batidas dos outros corações. Em seguida Van Helsing disse, colocando a mão sobre a cabeça da sra. Harker, ternamente:

— E agora, sra. Mina, coitadinha, conte-nos exatamente o que aconteceu. Deus sabe que não desejo causar-lhe dor, mas é imprescindível que todos saibamos de tudo, porque agora, mais do que nunca, nosso trabalho deverá realizar-se com firmeza e rapidez. O final do caso está próximo, se Deus quiser, e agora há uma oportunidade para vivermos e aprendermos.

A infortunada senhora tremia e seu estado de tensão transpareceu quando agarrou o marido, aproximando-o de si e inclinando cada vez mais a cabeça que ainda apoiava em seu peito. Em seguida, ela ergueu a cabeça e estendeu a mão para Van Helsing, que se inclinou para beijá-la reverentemente e depois a segurou com força. A outra mão estava presa na do marido, que a abraçava protetoramente. Depois de uma pausa, em que ela decerto procurava ordenar os pensamentos, principiou a falar:

— Tomei a pílula de dormir que me tinham dado, mas durante muito tempo ela não fez efeito. Eu estava mais desperta do que nunca e terríveis devaneios me povoavam a mente, todos relacionados com morte, vampiros, sangue, dor e dificuldades. — Seu marido gemeu involuntariamente quando ela se voltou para ele e disse com ternura: — Acalme-se, querido. Deve ser bravo e forte para ajudar-me nesta terrível tarefa. Se soubesse o quanto me tenho de esforçar para tocar neste assunto, compreenderia o quanto necessito de seu auxílio. Bem, verifiquei que teria de ajudar o remédio com minha vontade, por isso me dispus a dormir. O sono certamente me dominou, pois de nada mais me lembro. Jonathan ao entrar não me acordou e, quando despertei, já o encontrei a meu lado. Havia no quarto a mesma fina névoa que eu já notara antes. Não sei se já lhes falei sobre isso, mas encontrarão tudo em meu diário, que lhes mostrarei mais tarde. Senti o mesmo vago terror que se apoderara de mim antes e a mesma vaga sensação de que havia alguém ali. Voltei-me para acordar Jonathan, porém ele dormia tão profundamente que parecia haver tomado a pílula em meu lugar. Tentei acordá-lo, mas não consegui, o que me causou grande medo e me fez olhar ao redor, aterrorizada. Então, súbito, realmente desesperei: ao meu lado, na cama, estava um homem alto, magro e vestido de negro. Parecia ter saído da névoa, ou melhor, era a própria névoa que parecia haver adquirido aquela forma, pois a fumaça desaparecera por completo. Reconheci imediatamente aquilo, devido à descrição dos outros. O rosto pálido, o nariz aquilino, os lábios vermelhos e separados que deixavam transparecer os dentes brancos e afiados, os olhos vermelhos que eu julgara ver durante o pôr do sol nas janelas da igreja de Santa Maria, em Whitby. Também conhecia a cicatriz vermelha na testa, causada pelo golpe que Jonathan lhe dera. Por um instante não respirei e desejei gritar, mas estava paralisada. Naquele momento de pausa, ele falou numa espécie de assobio penetrante, apontando ao mesmo tempo para Jonathan: "Silêncio! Se emitir um som, esmigalharei os miolos dele diante de seus olhos". Apavorada e por demais perplexa, não consegui dizer coisa alguma. Com um sorriso zombeteiro, ele colocou a mão sobre meu ombro e, segurando-me com força, desnudou-me com a outra mão o pescoço, dizendo ao fazê-lo: "Primeiro, tomarei um refresco para compensar meu esforço. Pode ficar quieta, pois não é a primeira vez, nem a segunda, que suas veias me aliviam a sede!". Estava surpresa, mas não desejava atrapalhá-lo, o que era estranho. Suponho que isso faz parte do terrível feitiço que ele provoca em suas vítimas. Oh, meu Deus, tenha piedade de mim! Ele colocou os repugnantes lábios em meu pescoço!

Jonathan gemeu novamente. Ela segurou-lhe a mão com mais força e, contemplando-o penalizada, como se tivesse sido ele o ferido, prosseguiu:

— Senti as forças me abandonarem e fiquei semidesfalecida. Não sei quanto tempo durou aquela coisa terrível, porém um longo tempo pareceu escoar, antes que ele afastasse aquela boca imunda. Vi-a gotejar sangue fresco!

A recordação pareceu sobrepujá-la; enlangueceu e teria caído se o braço de Jonathan não a tivesse sustentado. Com grande esforço, recobrou-se e prosseguiu:

— Em seguida o Conde zombou de mim, dizendo: "Então, como os outros, quer lutar contra mim? Você quis ajudar esses homens a me caçarem e a impedirem meus desígnios! Agora sabe o que significa cruzar o meu caminho e eles também já o sabem em parte e saberão completamente mais tarde. Deveriam ter conservado suas energias para a luta mais perto da casa. Enquanto utilizavam sua sabedoria para combater a mim, que já comandei nações, fiz intrigas e lutei por elas centenas de anos antes do nascimento deles, eu anulava seus ardis. E você, a quem mais amam, agora me pertence; é carne da minha carne, sangue do meu sangue. Pertence à minha família e é temporariamente a generosa produtora de meu vinho; porém mais tarde será minha companheira e ajudante. Entretanto, sua vez de vingar-se chegará, pois todos eles terão de submeter-se à sua vontade. Mas agora você mesma ainda tem de ser castigada pelo que fez. Ajudou-os na luta contra mim e presentemente terá de obedecer ao meu chamado. Quando meu cérebro a convocar, terá de atravessar terra ou mar para me obedecer!" Dizendo isso, abriu a camisa e com as longas garras cortou uma veia no peito. Quando o sangue começou a espirrar, segurou minhas duas mãos com uma das suas, violentamente. Com a outra agarrou meu pescoço e obrigou-me a colocar a boca no ferimento, de modo que, para não sufocar, fui obrigada a engolir um pouco de... Oh, meu Deus, meu Deus, o que fiz! O que fiz para merecer tal destino, eu que sempre tentei agir com humildade e correção? Que Deus se apiede de mim! Que o Todo-Poderoso tenha dó desta pobre alma em perigo mais do que mortal e que se apiede daqueles que a amam!

Em seguida, ela começou a enxugar os lábios, como se desejasse limpá-los da poluição. Enquanto contava sua história, o céu no leste principiara a clarear e a luz surgia com crescente intensidade. Harker estava imóvel; porém, à medida que a narrativa prosseguia, apresentava cor cada vez mais cinzenta à luz matinal, até que, quando a primeira faixa vermelha da madrugada se espalhou no céu, a escuridão de seu rosto contrastava com os cabelos encanecidos.

Decidimos que um de nós ficará à disposição do infeliz casal, até nos encontrarmos novamente e resolvermos nosso modo de agir.

De uma coisa tenho certeza: em todo o seu grande percurso diário, os raios solares não cairão hoje sobre casa mais desgraçada.

CAPÍTULO 22

DIÁRIO DE JONATHAN HARKER

3 de outubro — Escrevo este diário para não enlouquecer. São seis horas e daqui a trinta minutos nos reuniremos no gabinete para comer algo, pois o dr. Van Helsing e o dr. Seward concordam quanto ao fato de não podermos trabalhar bem se não nos alimentarmos. Deus sabe que hoje necessitaremos do máximo de nossos esforços. Devo escrever em todas as oportunidades, pois não ouso pensar. Anotarei inclusive os detalhes, pois talvez os pequenos fatos nos ensinem grandes coisas. Todos os ensinamentos, grandes ou pequenos, não poderiam ter colocado Mina e a mim em situação pior do que estamos hoje. Contudo, temos de confiar e esperar. A desventurada Mina acaba de dizer-me, com lágrimas escorrendo pelas faces, que nossa fé é posta à prova justamente nos momentos de dificuldade... que devemos portanto continuar a confiar, pois Deus nos ajudará no final. Oh, meu Deus, o que nos reservará o final?... Ao trabalho! Ao trabalho!

Depois que o dr. Van Helsing e o dr. Seward regressaram da visita ao infortunado Renfield, voltamo-nos com seriedade para nossas obrigações. Inicialmente o dr. Seward contou-nos que, quando havia descido ao quarto de baixo com o dr. Van Helsing, encontraram Renfield deitado no chão, como um amontoado de massa. O rosto estava esmigalhado e os ossos do pescoço quebrados.

O dr. Seward perguntara ao enfermeiro de plantão no corredor se ouvira algo. Ele confessou ter cochilado e disse que estava sentado quando ouvira vozes no quarto. Em seguida, Renfield bradara diversas vezes: "Deus! Deus! Deus!". Depois ocorrera o barulho de algo que caíra e, quando entrara no quarto, encontrara o doente no chão, com o rosto para baixo, justamente como os médicos o tinham visto. Van Helsing perguntou ao enfermeiro se escutara uma ou mais vozes, e ele respondeu que a princípio julgara ter ouvido duas, mas não encontrara ninguém no quarto ao entrar, o que indicava que só poderia ter sido uma. Declarou poder jurar que o paciente mencionara a palavra "Deus". Quando ficamos a sós, o dr. Seward disse que poderiam ocorrer investigações acerca daquela morte e que a verdade não poderia ser atestada, porque ninguém nela acreditaria. Afirmou ser melhor declarar no atestado de óbito que a morte fora causada por uma queda acidental da cama, fato que seria confirmado pelo enfermeiro. Se o legista o exigisse, haveria inquérito formal, mas este conduziria ao mesmo resultado.

Quando principiamos a discutir o que faríamos em seguida, resolvemos inicialmente que Mina deveria saber de todas as ocorrências, por mais dolorosas que fossem. Ela julgou muito adequada essa decisão; causa dó vê-la tão corajosa quando se encontra em situação de tão intenso desespero.

— Não deve haver segredos — declarou ela. — Já os tivemos demais. Além disso, seriam desnecessários, pois sofro agora a máxima dor que um ser humano pode suportar. Os fatos futuros só me poderão trazer novas esperanças e coragem!

Van Helsing observava-a com atenção enquanto ela falava e perguntou, com voz calma:

— Mas, minha filha, se não teme por si mesma as ocorrências passadas, não tem receios acerca do que possa acontecer aos outros?

O rosto dela ficou sério, porém seus olhos brilharam com a devoção de um mártir, e respondeu:

— Ah, isso não, porque já decidi algo!

— O quê? — perguntou ele gentilmente, enquanto todos permanecemos imóveis, pois todos tínhamos uma vaga ideia do que ela queria dizer. Respondeu sem rodeios e com simplicidade, como se falasse sobre um fato banal:

— Porque prestarei muita atenção e, se descobrir que causo mal a algum dos que amo, morrerei!

— Pretende matar-se? — perguntou ele em voz grave.

— Eu o faria, mas tenho amigos que agirão em meu lugar, poupando-me essa dor e esse desesperado esforço!

Ela contemplou-o significativamente ao falar. O professor estava sentado, mas levantou-se e aproximou-se dela, colocando-lhe a mão sobre a cabeça e dizendo:

— Minha filha, haveria uma pessoa com coragem para matá-la, se isso fosse necessário. Eu realizaria a eutanásia em você e depois prestaria contas a Deus, se julgasse ser essa a melhor atitude, e se isso fosse seguro. Mas, minha filha...

Durante um momento pareceu sufocado e um grande soluço lhe atravessou a garganta; engoliu-o e disse:

— Há aqui alguns que se interporiam entre você e a morte. Não deve morrer por mãos alheias e muito menos pelas suas. Não poderá perecer antes da verdadeira morte daquele outro que lhe tornou a vida impura, pois ele ainda está entre os Não Mortos, e, se você morresse antes dele, ficaria igual a ele. Não, você tem de viver! Terá de lutar pela vida, embora a morte lhe pareça uma bênção inigualável. Deverá lutar pessoalmente contra a morte, surja ela na dor ou na alegria, de dia ou de noite, na segurança ou no perigo! Por sua alma viva, digo-lhe que não poderá morrer nem pensar na morte... enquanto esse grande mal persistir.

A pobre moça ficou pálida e tremeu como areia quando a maré sobe. Todos ficamos em silêncio, nada podíamos fazer. Finalmente ela se acalmou e, estendendo a mão para o professor, disse-lhe terna, porém penosamente:

— Prometo-lhe isto, meu amigo: se Deus permitir que eu viva, esforçar-me-ei para viver até que, se Ele assim o desejar, esses horrores se afastem de mim.

Foi tão boa e brava que sentimos crescer dentro de nós a energia para o trabalho e para a aceitação de nosso fardo.

Principiamos a discutir a forma de agir. Disse-lhe que ela ficaria com os papéis do cofre e também com todos os outros, assim como os diários e fonógrafos que utilizássemos em seguida. Deveria mantê-los em ordem, como fizera antes. Sentiu prazer com a perspectiva de ter o que fazer, se é que podemos aplicar a palavra "prazer" a tão lúgubre interesse.

Como sempre, Van Helsing pensara antes de nós e já estava com nossos planos de trabalho preparados.

Foi bom que em nossa última reunião após a visita a Carfax decidíssemos nada fazer com as caixas de terra que lá se encontravam. Caso contrário, o Conde teria adivinhado nossos propósitos e sem dúvida agiria antes de nós, impedindo que tocássemos nas outras caixas. Mas, sendo assim, não conhece nossas intenções e provavelmente nem sequer sabe que poderemos esterilizar suas tocas, para que não mais consiga usá-las. Agora já sabemos tanto a respeito do local onde se encontram as caixas que, quando examinarmos a casa em Piccadilly, talvez consigamos localizar até a última delas. O dia de hoje nos pertence e nele se deposita nossa esperança. O sol que surgiu sobre nossa dor esta manhã vigia-nos em seu curso. Até que o astro-rei se ponha, o monstro terá de conservar a mesma forma que apresenta agora. Está preso dentro dos limites terrestres. Não lhe é possível dissolver-se no ar nem desaparecer por minúsculas fendas. Se quiser entrar por alguma porta, terá de fazê-lo como os outros seres humanos. Temos, portanto, o dia de hoje para caçar todas as suas tocas e esterilizá-las. Assim, se não conseguirmos agarrá-lo e destruí-lo, cercá-lo-emos em algum lugar onde tenhamos certeza de que poderemos alcançá-lo e destruí-lo.

Levantei-me naquele momento, não me podendo conter diante do pensamento de que minutos e segundos tão preciosos para a vida e a felicidade de Mina fugiam de nós, pois, enquanto falávamos, não era possível agir. Van Helsing, entretanto, ergueu a mão e me advertiu.

— Amigo John — disse ele —, muitas vezes o caminho mais longo é o mais curto, como diz o provérbio. Agiremos com a máxima rapidez, quando chegar a hora. Mas raciocine: o mais provável é que a solução de nosso problema se encontre na casa de Piccadilly. O Conde pode ter comprado muitas outras residências e deve ter escrituras dessas compras, chaves e outros objetos. Terá de guardar em algum lugar os papéis em que escreve, sua caderneta de cheques e outras coisas assim. Por que não as colocar em Piccadilly, que é um lugar muito calmo, central, e onde poderá entrar e sair à vontade, sem ser notado, devido à intensidade do movimento? Vamos lá dar uma busca naquela casa e, quando soubermos o que há dentro dela, realizaremos o nosso cerco, como diz Arthur, e assim caçaremos nossa velha raposa.

— Então partamos imediatamente — gritei. — Estamos perdendo um tempo precioso!

O professor não se moveu, mas disse simplesmente:

— E como entraremos na casa de Piccadilly?

— De qualquer modo! — exclamei. — Arrombá-la-emos, se necessário.

— E o que fará a polícia?

Titubeei, mas sabia que, se ele desejava adiar a ação, tinha motivo para isso. Disse, portanto, tão calmo quanto possível:

— Não espere mais do que o necessário; tenho certeza de que sabe o quanto sofro.

— Ah, meu filho, sei muito bem e realmente não desejo aumentar sua angústia. Mas, pense bem, só poderemos agir quando todos estiverem em movimento. Chegará então a nossa hora. Raciocinei muito e cheguei à conclusão de que o modo mais simples é o melhor. Queremos entrar na casa, mas não temos chave, não é verdade?

Concordei.

— E se você fosse o dono da casa — prosseguiu o professor — e mesmo assim não pudesse entrar nem desejasse arrombar a porta? O que faria?

— Arranjaria um conceituado serralheiro e pediria que limasse a fechadura para mim.

— E a polícia de seu país não interferiria?

— Não, se soubesse que o homem fora legalmente autorizado.

— Então — prosseguiu ele, com perspicácia — a polícia se preocuparia apenas em saber se aquele que empregara o serralheiro tinha boas ou más intenções. Mas somente uma polícia muito zelosa se preocuparia com a adivinhação das intenções. Não, amigo John, poderá retirar a fechadura de centenas de casas vazias em Londres ou em qualquer outra cidade do mundo, desde que o faça na forma e no tempo certos. Desse modo, ninguém interferirá. Li o caso de um cavalheiro que possuía uma linda casa em Londres e que resolvera passar os meses de verão na Suíça. Um ladrão quebrou as janelas dos fundos e entrou. Em seguida abriu as persianas da frente; entrou e saiu pela porta, diante dos olhos da polícia. Resolveu realizar um leilão na casa, anunciou-o e colocou um grande cartaz; no dia marcado fez um importante leiloeiro vender todos os bens que pertenciam a outro homem. Depois procurou um construtor e vendeu-lhe a casa, com a condição de que a derrubasse e levasse tudo em certo tempo. A polícia e as autoridades o ajudaram o mais possível. Quando o proprietário regressou de suas férias na Suíça, encontrou apenas um buraco vazio, onde antes estivera sua casa. Aquilo tudo foi realizado *en règle*, e dessa forma também agiremos nós. Não iremos cedo demais, para não despertar as suspeitas da polícia, que naquela hora tem pouco que fazer; chegaremos às dez horas, porque então haverá movimento e porque seria essa a hora escolhida, caso fôssemos os verdadeiros proprietários.

Vi que ele tinha toda a razão e percebi também que Mina parecia mais aliviada; aquele bom conselho nos proporcionava esperanças. Van Helsing continuou:

— Quando estivermos dentro da casa, talvez encontremos mais pistas. De qualquer modo, alguns de nós permaneceremos lá enquanto os outros procuram mais caixas de terra em outros lugares... em Bermondsey e Mile End.

Lorde Godalming levantou-se.

— Poderei ser útil nesse ponto — disse ele. — Telegrafarei para meu pessoal, pedindo que coloquem cavalos e carruagens nos locais mais convenientes.

— Olhe aqui, camaradão, é uma grande ideia ter tudo pronto, caso necessitemos de cavalos — disse Morris. — Mas não acha que uma de suas elegantes carruagens com seus adornos heráldicos atrairá demasiada atenção numa rua secundária de Walworth ou Mile End? Parece-me que deveremos tomar carruagens de aluguel quando formos para o sul ou para o leste e, mesmo assim, saltar delas nas vizinhanças do local a que nos dirigirmos.

— O amigo Quincey tem razão! — disse o professor. — Ele tem a cabeça no lugar certo, como dizem. Nossa tarefa será difícil e não desejamos espectadores.

Mina se interessava muito por tudo, e regozijei-me ao verificar que a pressão dos acontecimentos a ajudava a esquecer por instantes a terrível experiência noturna. Ela estava quase cadavericamente pálida e tão magra que seus lábios se separavam, deixando que os dentes se projetassem. Não mencionei esse fato para que não sofresse desnecessariamente, mas sentia-me gelado ao pensar no que acontecera com a pobre Lucy, quando o Conde lhe sugara o sangue. Os dentes de Mina ainda não se mostravam afiados, porém fora pouco o tempo passado e talvez mais tarde isso ocorresse.

Quando discutimos qual deveria ser a ordem de nossas ações e de que modo disporíamos nossas forças, surgiram dúvidas. Finalmente concordamos em destruir a toca mais à mão do Conde, antes de partir para Piccadilly. Mesmo que ele descobrisse aquilo logo, estaríamos à sua frente no trabalho de destruição e a presença dele sob forma puramente material, quando era mais fraco, talvez nos desse nova pista.

Quanto à disposição das forças, o professor sugeriu que, após nossa visita a Carfax, entrássemos todos na casa de Piccadilly. Os dois médicos e eu ficaríamos lá enquanto lorde Godalming e Quincey encontrariam as tocas em Walworth e Mile End, para destruí-las. O professor insistiu afirmando que seria possível e provável que o Conde aparecesse durante o dia em Piccadilly, proporcionando-nos a oportunidade de lidar com ele ali, naquela ocasião. De qualquer modo, talvez pudéssemos coagi-lo. Opus fortes objeções a esse plano, pois não desejava ir, mas pretendia ficar junto de Mina para protegê-la; ela, entretanto, não me quis ouvir. Declarou que eu poderia ser útil quanto a algum aspecto legal e que entre os papéis do Conde poderia existir alguma pista que eu compreendesse melhor do que os outros, devido à minha experiência na Transilvânia. Além do mais, afirmou que necessitaríamos reunir toda a nossa força para vencer o poder extraordinário do Conde. Tive de ceder, pois Mina conservou-se firme e disse que a última esperança de salvação para ela residia em trabalharmos unidos.

— Quanto à minha pessoa, nada temo — declarou ela. — Coisas piores do que as passadas não poderão ocorrer e os acontecimentos futuros terão de trazer alguma esperança e conforto. Vá, meu marido! Deus me protegerá, se o desejar, esteja eu sozinha ou acompanhada.

Levantei-me, portanto, exclamando:

— Então, em nome de Deus, partamos logo para não perdermos tempo. O Conde poderá ir a Piccadilly mais cedo do que imaginamos.

— Isso não acontecerá! — disse Van Helsing erguendo as mãos.

— Por quê? — perguntei.

— Esquece que ele se banqueteou fartamente noite passada e que dormirá até tarde? — falou o professor, sorrindo.

Como poderia o professor julgar que eu esquecera? Isso jamais ocorrerá, jamais esqueceremos aquela terrível cena!

Mina esforçou-se para conservar a coragem, mas a dor sobrepujou-a, fazendo-a cobrir o rosto com as mãos e estremecer enquanto gemia. Van Helsing não agira propositalmente para que ela recordasse a aterrorizante experiência; perdera-a simplesmente de vista e esquecera a parte que ela desempenhava no caso, devido ao esforço intelectual que ele realizara. Quando percebeu o que dissera, desgostou-se com sua insensatez e tentou consolá-la.

— Oh, sra. Mina, cara sra. Mina! — exclamou ele. — Maldito seja eu, que entre todos os que a estimam disse algo tão desagradável. Meus tolos lábios e minha estúpida cabeça não deveriam ter agido assim, mas a senhora desculpará, não?

Inclinou-se muito ao lado dela, quando falou. Mina segurou-lhe a mão e, olhando-o entre lágrimas, disse roucamente:

— Não, não esquecerei e é bom que me recorde disso. Tenho tantas lembranças ternas do senhor, que esta se unirá às outras. Brevemente deverão partir. O café da manhã está pronto e todos devemos comer para nos fortalecermos.

O desjejum foi uma refeição estranha para todos nós. Tentamos mostrar-nos alegres e nos encorajarmos uns aos outros; Mina parecia a mais espirituosa entre nós. Quando acabamos, Van Helsing levantou-se e disse:

— Agora, amigos, adiantemo-nos para nosso terrível empreendimento. Estamos todos armados não só contra ataques carnais, mas também fantasmagóricos, assim como na noite em que pela primeira vez visitamos a toca de nosso inimigo? — Depois de ouvir nossa resposta afirmativa, declarou: — Então está tudo bem. Agora, sra. Mina, saiba que estará em segurança aqui, até o pôr do sol. Antes disso, retornaremos... se... Retornaremos! Entretanto, antes de partirmos, quero vê-la armada contra ataques pessoais. Após sua descida, eu mesmo preparei seu quarto, colocando os objetos que já conhecemos, a fim de que ele não consiga entrar. Agora, permita-me protegê-la. Em sua testa colocarei este pedaço da Sagrada Hóstia, em nome do Padre, do Filho e...

Então, um terrível grito quase gelou nossos corações. A hóstia que ele colocara na testa de Mina queimara na carne, como se esta fosse uma chapa de metal incandescente. Minha pobre esposa percebeu o significado do fato, logo que seus nervos se recuperaram da dor. Aquilo fora demais para ela e sua exaustão expandiu-se também naquele grito. Mas rapidamente adquiriu palavras para exprimir seus sentimentos; o eco de seu grito ainda não cessara, quando sobreveio a reação e ela ajoelhou-se no chão em atroz desespero. Cobrindo o rosto com os lindos cabelos, como outrora o leproso cobria com seu manto, lamentou-se:

— Sou impura! Sou impura! Até o Todo-Poderoso evita minha carne poluída! Apresentarei esta marca vergonhosa em minha testa, até o dia do Julgamento Final.

Todos fizeram uma pausa. Atirei-me ao lado de Mina, envolto em dor, e abracei-a com força. Durante alguns minutos, nossos corações penalizados bateram juntos enquanto os amigos ao nosso redor afastavam os olhos, chorando silenciosamente. Em seguida, Van Helsing voltou-se e disse com tanta seriedade que o julguei inspirado, achando que seu estado lhe dava poderes sobrenaturais:

— Talvez tenha de apresentar essa cicatriz até o Dia do Julgamento, quando Deus remediará todos os males da terra e de Seus filhos. Então, sra. Mina, quem dera que todos aqueles que a estimem possam presenciar o desaparecimento dessa cicatriz vermelha, marca indicativa de que Deus conheceu os fatos passados aqui; que possamos ver sua testa tornar-se tão branca e pura quanto o coração que conhecemos. Sem dúvida, a cicatriz sumirá no momento que Deus julgar adequado para libertar-nos do fardo que ora nos faz sofrer. Até lá, suportaremos nossa cruz, imitando o Filho que obedeceu à vontade do Pai. Talvez sejamos seus instrumentos escolhidos e talvez nos elevemos a Ele como Seu Filho, por meio de chicotadas e vergonha, lágrimas e sangue, dúvidas, temores e tudo aquilo que constitui a diferença entre o homem e Deus.

Em suas palavras, havia consolo e elas convidavam à resignação. Mina e eu sentimos isso, o que nos fez simultaneamente segurar uma das mãos do velho e beijá-la. Então, sem dizer palavra, todos nos ajoelhamos juntos e, enquanto segurávamos as mãos, juramos ser sinceros uns com os outros. Nós, homens, prometemos solenemente retirar da dor aquela que cada um de nós amava a seu modo, e pedimos ajuda e orientação na terrível tarefa que tínhamos diante de nós.

Chegara a hora de agir. Partimos, e eu e Mina jamais esqueceremos nossa despedida daquele momento.

Porém, uma coisa já resolvi: se no final descobrirmos que Mina terá de ser um vampiro, não permitiremos que ela penetre sozinha naquela terra desconhecida e terrível. Suponho que foi este o motivo pelo qual nos antigos tempos um vampiro gerava muitos; assim como seus medonhos corpos só podiam descansar em terra sagrada, assim também o mais santo amor era quem recrutava aquelas fileiras diabólicas.

Entramos sem dificuldade em Carfax e verificamos que tudo estava como deixáramos em nossa primeira visita. Era difícil acreditar que naquele ambiente vulgar de poeira, desarrumação e decadência houvesse motivo para o medo que nos dominava. Mal poderíamos ter prosseguido com nossa tarefa, se nossas mentes já não estivessem decididas e terríveis recordações não nos incitassem. Não encontramos papéis nem sinais de que a casa houvesse sido utilizada; na velha capela as caixas pareciam exatamente como as víramos pela última vez. O dr. Van Helsing, diante delas, disse-nos solenemente:

— Agora, meus amigos, temos um dever a cumprir aqui. Temos de esterilizar esta terra que as santas relíquias tornam sagrada e que o Conde trouxe de um país muito distante, para um fim tão indigno. Escolheu esta terra porque é sagrada, porém nós o derrotaremos com sua própria arma, tornando-a ainda mais santa. Fora santificada para o uso do homem, mas agora nós a santificaremos para o uso de Deus.

Enquanto falava, o professor retirou de sua valise uma chave de fenda e outra inglesa; logo conseguiu abrir a tampa de uma das caixas. A terra tinha cheiro de mofo, mas não nos importávamos, porque concentrávamos nossa atenção no professor. Apanhando em sua caixinha um pedaço da Sagrada Hóstia, colocou-a reverentemente na terra e depois começou a aparafusar a tampa, enquanto o ajudávamos.

Fizemos o mesmo em cada uma das grandes caixas, tendo o cuidado de deixá-las com a aparência de não terem sido tocadas, apesar de agora conterem uma parte da Sagrada Hóstia.

Quando fechamos a porta atrás de nós, o professor disse com seriedade:

— Já fizemos muito. Talvez sejamos tão bem-sucedidos com todas as outras e o pôr do sol de hoje poderá brilhar na testa da sra. Mina, branca como o marfim e sem cicatrizes.

Quando atravessamos o gramado para nos dirigirmos à estação onde apanharíamos o trem, vimos a frente do hospício. Olhei ansiosamente e na janela de meu próprio quarto vi Mina. Acenei para ela, a fim de demonstrar que nosso trabalho fora realizado com sucesso. Balançou a cabeça em resposta, para indicar que compreendia e, quando olhei pela última vez, vi-a agitar a mão dizendo adeus. Foi com tristeza que atingimos a estação e apanhamos o trem que já estava lá quando chegamos à plataforma.

Escrevi estas palavras já no trem.

Piccadilly, 12h30 — Pouco antes de atingirmos a rua Fenchurch, lorde Godalming me disse:

— Quincey e eu encontraremos um serralheiro. É melhor não vir conosco, pois, caso haja alguma dificuldade, não nos ficará muito mal arrombar uma casa vazia. Entretanto, como você é um advogado, a Sociedade das Leis julgará que você é obrigado a conhecer a ilegalidade do que faz, se tomar conhecimento do assunto.

Opus-me, alegando que desejaria compartilhar os perigos, mas ele prosseguiu:

— Além do mais, atrairemos menor atenção se formos também em menor número. Meu título ajeitará a situação com o serralheiro e com qualquer policial que por acaso surja. Seria melhor que você, Jack e o professor ficassem no Parque Green, em local de onde pudessem avistar a casa. Viriam quando verificassem que a porta estava aberta e que o serralheiro já partira. Ficaremos à espera de vocês, para deixá-los entrar.

Como Van Helsing achou bom o conselho, nada mais dissemos. Godalming e Morris se apressaram a tomar um coche de aluguel e nós entramos em outro. Na esquina da rua Arlington, saímos e fomos para o Parque Green. Meu coração pulou quando vi a casa em que centralizávamos nossas esperanças e que parecia contudo silenciosa e sombria em comparação com suas vizinhas mais vivas e enfeitadas. Sentamo-nos num banco de onde tudo avistávamos e principiamos a fumar charutos, a fim de despertar a menor atenção possível. Os minutos pareciam arrastar-se enquanto esperávamos a chegada dos outros.

Finalmente, vimos surgir uma carruagem. Lorde Godalming e Morris saltaram de dentro dela com a aparência despreocupada; da boleia desceu um operário atarracado com o cesto de vime que continha suas ferramentas. Morris pagou o cocheiro, que tocou o chapéu e se afastou. Juntos, os dois subiram os degraus e lorde Godalming indicou qual o serviço que deveria ser realizado. O operário retirou vagarosamente o casaco e pendurou-o numa das pontas da grade, dizendo algo ao policial que passeava por ali. O policial concordou e o homem ajoelhou-se, colocando o cesto ao seu lado. Depois de remexer dentro dele, selecionou algumas ferramentas, que dispôs em ordem, junto de si. Em seguida levantou-se, olhou a fechadura, soprou-a e exclamou algo para os seus empregadores. Lorde Godalming sorriu e o homem levantou um grande molho de chaves; selecionando uma delas, começou a experimentar a fechadura. Depois de tatear um pouco, experimentou uma segunda chave e uma terceira. Súbito, empurrou ligeiramente e a porta se abriu; em seguida, os três entraram no vestíbulo. Sentamo-nos imóveis; meu próprio charuto queimava violentamente, mas o de Van Helsing se apagara. Esperamos pacientemente e vimos o operário sair levando seu cesto. Em seguida, conservou a porta parcialmente aberta, firmando-a com os joelhos enquanto ajustava uma chave à fechadura. Deu essa mesma chave a lorde Godalming, que em troca retirou algo da carteira, pagando o serviço. O homem tocou o chapéu, apanhou o cesto, colocou o paletó e partiu; ninguém nos arredores tomara o menor conhecimento.

Depois que o operário saiu, nós três atravessamos a rua e batemos na porta. Esta foi imediatamente aberta por Quincey Morris, que tinha a seu lado lorde Godalming, acendendo um charuto.

— Há um cheiro terrível aqui — disse o lorde quando entramos.

Realmente, como na velha capela de Carfax, sentíamos um indescritível fedor, o que nos indicava que o Conde utilizava o lugar com frequência. Movemo-nos para explorar a casa, conservando-nos juntos para o caso de um ataque, pois sabíamos que nosso inimigo era forte e vil e que não tínhamos certeza de que não estava ali. Na sala de jantar, situada atrás do vestíbulo, encontramos oito caixas de terra. Procurávamos nove, mas encontramos apenas oito! Nosso trabalho não estaria terminado enquanto não achássemos a que faltava. Abrimos inicialmente as persianas da janela, que dava para um pátio estreito, coberto de pedrinhas, à frente de um estábulo imitando uma casa em miniatura. Não tivemos medo de ser espionados, porque nela não havia janelas. Não perdemos tempo ao examinar as caixas. Com as ferramentas que trouxéramos, abrimos uma por uma, tratando-as como havíamos tratado as outras na velha capela. Logo verificamos que o Conde não se encontrava na casa e procedemos à busca de seus bens.

Depois de examinarmos superficialmente os outros aposentos, do porão ao sótão, chegamos à conclusão de que na sala de jantar estavam os bens que deveriam pertencer ao Conde. Começamos a examiná-los minuciosamente. Haviam sido dispostos em ordem, porém desarrumados, na grande mesa da sala. Encontramos títulos de propriedade da casa de Piccadilly, num grande pacote, e escrituras das casas de Mile End e Bermondsey; além disso havia papéis, envelopes, canetas e tinta. Tudo estava coberto com fino papel de embrulho, para proteger contra a poeira. Encontramos a seguir escovas de roupa, escova de dentes, pente, um jarro e uma bacia contendo água suja, avermelhada como se contivesse sangue. Por último havia um pequeno monte de chaves de todos os tamanhos e tipos, provavelmente pertencentes às outras casas. Depois de examinarmos as chaves, lorde Godalming e Quincey Morris anotaram os endereços de todas as casas no leste e no sul. Levaram as chaves e partiram para destruir as caixas naqueles lugares. Nós outros esperamos com paciência o regresso dos dois... ou a chegada do Conde.

CAPÍTULO 23

RELATO COTIDIANO DO DR. SEWARD

3 de outubro — O tempo nos pareceu interminável enquanto esperávamos a chegada de Godalming e Quincey Morris. O professor tentou conservar nossa mente em atividade, obrigando-nos a utilizá-la durante todo o tempo. Pude ver que, com isso, desejava beneficiar-nos, devido aos olhares de soslaio que lançava de vez em quando para Harker. O pobre camarada está sobrepujado por tão grande desgraça que causa dó vê-lo. Na noite passada, era um rapaz de aspecto alegre, franco, com um rosto firme e jovem, repleto de energia e de cabelos castanho-escuros. Hoje parece um velho abatido, cujos cabelos brancos combinam com os olhos fundos e as rugas de dor que apresenta no rosto. A energia ainda se conserva intacta, e ele é como uma chama viva. Talvez essa seja a sua salvação, pois a firmeza pode fazê-lo recuperar-se desse período desesperado, se tudo finalizar bem; acordará então para a realidade da vida. Coitado, julguei que meu infortúnio era terrível, mas o dele...! O professor sabe disso muito bem e faz o possível para conservar a mente de Harker em atividade. Naquelas circunstâncias, o que ele dizia era de capital interesse. Segundo o que me lembro, foi o seguinte:

— Desde que os papéis relacionados com aquele monstro me chegaram às mãos, estudei-os inúmeras vezes; e, quanto mais os estudo, maior parece a necessidade de destruir o vampiro. Há por todos os lados sinais de seu progresso, não apenas de seu poder, mas de seu conhecimento acerca desse poder. Como aprendi nas pesquisas de meu amigo Arminius de Budapeste, o Conde foi em vida um homem admirável. Soldado, estadista, alquimista... Nesta última especialidade, reunia os maiores conhecimentos de seu tempo. Tinha cérebro possante, inteligência incomparável e um coração que desconhecia o medo e o remorso. Ousou até mesmo comparecer a Scholomance e enveredou por todos os ramos de conhecimento do seu tempo. Nele, os poderes do cérebro sobrepujaram os da morte física, embora suas recordações não devessem ser completas. Relativamente a certas faculdades, a mente dele é igual à de uma criança; porém está crescendo, e muitos desses aspectos imaturos já se desenvolveram. Está adquirindo experiência e progride nesse sentido; se não tivéssemos atravessado seu caminho, ainda se tornaria o mais evoluído ou o pai de uma nova espécie de seres cuja estrada percorrerá o caminho da morte e não da vida. Isso ainda poderá ocorrer, se falharmos.

Harker gemeu e disse:

— Tudo isso se dispõe contra minha querida! Porém, que experiência realiza ele? O conhecimento disso talvez nos ajude a derrotá-lo!

— Desde sua chegada, ele vem testando seu poder, vagarosamente, porém com firmeza; seu cérebro infantil tem trabalhado. Contra nós, o cérebro dele é realmente ainda infantil, caso contrário já nos teria dominado a todos. Contudo, pretende vencer e, como um homem que tem séculos diante de si, pode esperar e prosseguir devagar. Sua divisa poderia muito bem ser *Festina lente*.

— Não compreendo — declarou Harker, cansado. — Oh, por favor, explique-me melhor! Talvez a dor e as dificuldades me estejam empanando o cérebro.

O professor colocou ternamente a mão sobre o ombro de Harker e falou:

— Ah, meu filho, explicarei. Não percebe que ultimamente esse monstro tem adquirido conhecimentos pela experiência? Utilizou-se do paciente zoófago para conseguir entrar na casa de John, pois o vampiro só pode penetrar pela primeira vez numa casa quando convidado por alguém dela, embora depois possa entrar e sair livremente. Entretanto, estas não foram as suas mais importantes experiências. Não percebeu que inicialmente todas essas grandes caixas foram transportadas por outros? Ele julgava que teria de ser assim. Porém, durante todo o tempo, seu cérebro infantil crescia e ele começou a pensar se não poderia transportá-las sozinho. A princípio apenas ajudava, mas quando descobriu que dava certo, passou a movê-las desacompanhado. Assim progrediu e espalhou seus túmulos, de modo que só ele sabe onde os escondeu. Pode ter pretendido enterrá-los profundamente na terra, onde poderia utilizá-los apenas durante a noite ou nos momentos em que fosse capaz de mudar de forma; assim, ninguém descobriria seus esconderijos! Mas não se desespere, meu filho, pois o vampiro só soube disso tarde demais! Já esterilizamos todas as suas tocas, com exceção de uma, e essa também ficará preparada antes do pôr do sol. Desse modo, ele não terá lugar para ir nem para esconder-se. Esta manhã demorei mais um pouco para que agíssemos com maior precisão; como arriscamos mais do que ele, também deveremos ser mais cuidadosos. Em meu relógio já é uma hora, o que indica que, se tudo correu bem, Arthur e Quincey já devem estar regressando. Hoje é o nosso dia e devemos agir com firmeza, ainda que vagarosamente; não podemos perder oportunidades. Veja! Quando os ausentes voltarem, seremos cinco.

Enquanto conversávamos, uma batida na porta assustou-nos, mas era o toque duplo do estafeta. Todos corremos ao vestíbulo de uma só vez e Van Helsing, estendendo a mão para nos manter em silêncio, adiantou-se para a porta e abriu-a. O rapaz entregou um telegrama e o professor fechou a porta novamente. Depois de olhar o endereço, abriu a mensagem e leu-a em voz alta.

"Cuidado com D. Agora, às 12h45, acaba de sair apressadamente de Carfax, dirigindo-se velozmente para o sul. Parece estar realizando a ronda e talvez queira vê-los. Mina."

Houve uma pausa, interrompida pela voz de Jonathan Harker:

— Agora, graças a Deus, cedo o encontraremos!

Van Helsing voltou-se para ele rapidamente e disse:

— Deus tem Seu modo e tempo próprios de agir. Não se regozije nem receie no presente, pois aquilo que desejamos talvez nos cause a destruição.

— Agora, nada mais me interessa, a não ser varrer esse bruto da face da terra! — exclamou Harker, furioso. — Eu venderia minha alma para fazê-lo!

— Acalme-se, acalme-se, meu filho! — insistiu Van Helsing. —Deus não negocia almas desse modo, e o Diabo, embora possa fazê-lo, não merece confiança. Porém Deus é piedoso e justo; conhece sua devoção pela sra. Mina e sabe o que sofre por ela.

Pense em como ela padeceria ainda mais caso ouvisse essas palavras selvagens. Não receie por nenhum de nós, pois todos nos dedicamos a esta causa e hoje veremos seu fim. A hora da ação está chegando: hoje o poder do vampiro está dentro dos limites humanos e ele só poderá mudar de forma depois do pôr do sol. Veja, já passam vinte minutos de uma hora e ele ainda custará a chegar aqui, embora se apresse mais do que nunca. Temos de fazer votos para que lorde Arthur e Quincey venham primeiro.

    Cerca de meia hora após recebermos o telegrama da sra. Harker, ouvimos uma batida baixa, porém resoluta, na porta do vestíbulo. Era um toque comum, como o de qualquer outro cavalheiro, porém fez que o meu coração e o do professor palpitassem. Olhamos uns para os outros e nos dirigimos ao vestíbulo, tendo à mão nossas diversas armas: na esquerda as que lutariam contra os espíritos e na direita as utilizadas contra os mortais. Van Helsing afastou o trinco e, segurando a porta entreaberta, recuou com ambas as mãos prontas para a ação. Creio que a felicidade transpareceu em nossos rostos quando vimos lorde Godalming e Quincey na escada, junto à porta. Entraram rápido e fecharam-na. Quando caminharam pelo vestíbulo, o lorde falou:

— Está tudo bem. Encontramos ambas as casas e descobrimos seis caixas em cada uma. Destruímos todas.

— Destruíram? — perguntou o professor.

— Para ele!

Ficamos em silêncio durante um minuto e depois Quincey disse:

— Teremos de esperar aqui. Contudo, se ele não aparecer até às cinco horas, partiremos, pois não será bom que a sra. Mina fique sozinha depois do pôr do sol.

— Ele não custará a chegar aqui — disse Van Helsing, que consultara seu caderno de notas. — *Nota bene*: o telegrama da sra. Mina diz que ele partiu de Carfax para o sul, o que significa que teria de atravessar o rio. Ora, só poderia fazê-lo com a maré baixa, que deveria ocorrer pouco antes de uma hora. Sua ida para o sul significa algo para nós. Até aqui, apenas suspeitou do que acontecia e, saindo de Carfax, deve ter ido para o local onde julgaria menor a interferência. Vocês devem ter estado em Bermondsey pouco tempo antes dele, e o fato de ainda não ter chegado demonstra que em seguida foi para Mile End. Aquilo lhe tomou tempo, pois só poderia atravessar o rio se fosse transportado de algum modo. Creiam-me, amigos, não esperaremos muito. Elaboremos um plano de ataque, a fim de aproveitarmos todas as oportunidades. Silêncio, não há tempo agora. Preparem suas armas! Estejam prontos!

Ergueu a mão em advertência, enquanto falava; ouvimos alguém enfiar cuidadosamente uma chave na fechadura da porta do vestíbulo.

Não pude deixar de notar, mesmo num momento como aquele, o modo pelo qual uma tendência de chefia se revelava. Em todas as nossas caçadas e aventuras nas diferentes partes do mundo, fora sempre Quincey Morris quem arquitetara os planos de ação; Arthur e eu nos acostumáramos a obedecer-lhe sem hesitação. Agora, o velho hábito parecia ter-se renovado instintivamente. Com uma rápida olhadela pela sala, Quincey imediatamente desenvolveu o plano para o ataque e, sem dizer palavra, apenas com gestos, colocou cada um em sua posição. Van Helsing, Harker e eu ficamos por trás da porta para que, quando esta se abrisse, o professor a defendesse enquanto nós dois nos colocássemos entre o recém-chegado e a porta. Fora das vistas, Godalming ficara por trás e Quincey na frente, prontos para se moverem junto à janela. Esperamos em tamanho suspense que os segundos se arrastaram com a vagarosidade de um pesadelo. Ouvimos no vestíbulo os passos lentos e cuidadosos; o Conde estava preparado para alguma surpresa.

De repente, lançou-se na sala com um pulo, conseguindo passar por nós sem que pudéssemos erguer a mão para detê-lo.

Seus movimentos se assemelhavam de tal modo aos de uma pantera, e eram tão pouco humanos, que aquilo nos imunizou de certo modo contra o choque de sua chegada. O primeiro a agir foi Harker, que, com rápido movimento, atirou-se para a porta que comunicava com a sala da frente. Ao ver-nos, o Conde pareceu um tanto confuso e mostrou os dentes brancos e afiados, porém o sorriso maldoso rapidamente se transformou num olhar frio de desprezo animalesco. Mudou novamente de expressão quando nós todos avançamos para ele num único impulso. Foi pena que não tivéssemos organizado melhor plano de ataque, pois mesmo naquele momento fiquei imaginando o que faríamos. Não sabia se nossas armas causariam realmente algum mal, mas era evidente que Harker queria decifrar o enigma, pois preparou seu grande facão e tentou enfiá-lo violentamente no Conde. O golpe foi enérgico e apenas a rapidez do salto do Conde conseguiu salvá-lo. Se tivesse demorado um segundo mais, a lâmina afiada lhe teria atravessado o coração; entretanto, a ponta só cortou a fazenda do casaco, produzindo um rasgão de onde saiu um bolo de notas e muitas moedas de ouro. A expressão do rosto do Conde era tão vil que durante um momento temi que algo sucedesse a Harker, embora este erguesse novamente a faca para outro golpe. Adiantei-me instintivamente, num impulso de proteção, segurando o crucifixo e a hóstia na mão esquerda. Senti uma energia poderosa percorrer meu braço e verifiquei com surpresa que o monstro recuou quando cada um de nós realizou espontaneamente o mesmo movimento. Será impossível descrever a expressão de ódio e maldade frustrada, da raiva e fúria diabólica que se espelhou no rosto do Conde. Sua cor de cera tornou-se amarelo-esverdeada em contraste com seus olhos chamejantes, e a cicatriz vermelha de sua testa apresentava-se na pele pálida como um ferimento palpitante. No instante seguinte, atirou-se com grande rapidez sob o braço de Harker, antes que este pudesse desferir o golpe. Agarrando parte do dinheiro no chão, atravessou a sala como um dardo e jogou-se contra a janela. Foi cair no pátio embaixo, entre o brilho e o ruído do vidro quebrado. Apesar do som do vidro estilhaçado, pude ouvir o tilintar do ouro, quando algumas moedas caíram nos ladrilhos do pátio.

Corremos e o vimos levantar-se do chão, sem ferimento. Subindo apressadamente os degraus, atravessou o pátio e abriu a porta do estábulo. Depois voltou e nos dirigiu a palavra:

— Julgam poder iludir-me, vocês com seus rostos pálidos enfileirados como carneiros no matadouro. Cada um de vocês se arrependerá! Acham que destruíram todos os meus lugares de descanso, mas tenho outros. Minha vingança apenas principiou! Espalhei-a durante séculos e tenho o tempo a meu favor. Já me apoderei das moças que vocês amam e através delas também os possuirei... Obedecer-me-ão e serão meus criados quando eu desejar alimentar-me. Ora!

Com uma exclamação de desprezo passou rapidamente pela porta e ouvimos o ferrolho enferrujado ranger, quando ele a fechou atrás de si. Enquanto percebíamos a dificuldade de segui-lo até dentro do estábulo e nos adiantávamos para o vestíbulo, o professor foi o primeiro a falar:

— Aprendemos muita coisa! Apesar de suas palavras parecerem corajosas, ele nos teme; também receia o tempo e a necessidade! Se isso não fosse verdade, por que se apressaria tanto? Se meus ouvidos não se enganam, o próprio tom de voz o traiu. Por que levou dinheiro? Vocês o seguem rapidamente porque são caçadores de animais selvagens e estão habituados a agir assim. Quanto a mim, quero certificar-me de que, se ele regressar, não encontrará nada aqui que lhe possa ser útil.

Enquanto falava, o professor colocou o dinheiro restante em seus bolsos, apanhou as escrituras no pacote em que Harker as deixara e jogou os outros objetos na lareira. Com um fósforo, ateou-lhes fogo.

Godalming e Morris saíram apressadamente para o pátio e Harker também fizera o mesmo para seguir o Conde. Contudo, este fechara a porta do estábulo e não havia sinal dele, quando conseguiram arrombá-la. Van Helsing e eu tentamos interrogar alguém nos fundos da casa, mas as cavalariças estavam desertas e ninguém vira o Conde partir.

A tarde já findava e o pôr do sol não tardaria. Tivemos de reconhecer que nosso jogo terminara e concordamos com tristeza quando o professor falou:

— Voltemos para junto da infortunada sra. Mina. Nada mais nos resta fazer aqui, e lá pelo menos poderemos protegê-la. Não há necessidade de desesperarmos. Há apenas mais uma caixa de terra e temos de tentar encontrá-la. Quando conseguirmos isso, tudo poderá terminar bem.

Percebi que ele falava com a máxima coragem para consolar Harker, o qual se mostrava muito desanimado, não podendo conter de vez em quando um gemido baixo... Pensava em sua esposa.

Penalizados, regressamos ao meu hospício, onde encontramos a sra. Harker à nossa espera, com uma aparência alegre que estava à altura de sua coragem e altruísmo. Quando nos viu, tornou-se pálida como a morte e, durante um segundo ou dois, seus olhos se fecharam como se orasse em silêncio. Depois disse com animação:

— Jamais poderei agradecer-lhes o suficiente. Oh, coitado do meu marido! — Segurou a cabeça encanecida de Jonathan e beijou-a. — Deite a cabeça aqui e descanse. Tudo acabará bem! Deus nos protegerá, se assim o desejar.

O desgraçado rapaz gemeu. Sua profunda amargura não permitia palavras.

Saboreamos juntos uma leve ceia e creio que aquilo nos alegrou um pouco, talvez pelo fato de significar calorias para pessoas que não haviam comido desde o desjejum; ou talvez devido ao sentimento de companheirismo. Por um motivo ou por outro, todos nos sentimos menos desgraçados e encaramos o futuro com maior esperança. Fiéis a nossa promessa, contamos à sra. Harker tudo o que se passara. Ouviu tudo com coragem e calma, embora se tornasse completamente branca quando a narrativa indicava ameaça a seu marido, e vermelha nos momentos que revelavam o amor que ele lhe dedicava. Quando atingimos o ponto em que Harker se atirara tão temerariamente contra o Conde, ela agarrou o braço do marido, como se o fato de apertá-lo pudesse protegê-lo contra o perigo. Entretanto, só falou depois que a narrativa terminara e depois de saber de todos os fatos até aquele momento. Então, sem largar a mão do marido, levantou-se e falou. Oh, se eu pudesse dar uma ideia dessa cena: descrever aquela mulher tão terna e boa, com toda a fascinante beleza de sua juventude e animação! Oh, se pudesse descrevê-la com a cicatriz vermelha na testa, cicatriz que ela sabia existir e que víamos com os dentes rangendo; se pudesse exprimir com palavras sua bondade em contraste com nosso ódio sinistro, sua fé entre nossos temores e dúvidas! E nós, naquele momento, sabíamos que ela era excomungada de Deus, apesar de sua bondade, pureza e fé.

— Jonathan — essa palavra soou como música nos lábios dela, tão repleta estava de amor e ternura —, Jonathan querido, e todos os meus sinceros amigos... quero que tenham algo sempre em mente, nestes momentos terríveis. Sei que terão de lutar e destruir, embora do mesmo modo que destruíram Lucy, a fim de que ela verdadeiramente pudesse sobreviver. Recordem-se, entretanto, de que este não é um trabalho de ódio. A infortunada alma que ocasionou todas essas misérias é a que mais causa dó. Pensem em como ele ficará também alegre, quando sua parte má for destruída, a fim de que sua parte boa possa adquirir imortalidade. Devem ter piedade dele, embora sejam obrigados a destruí-lo.

Enquanto ela falava, vi o rosto do marido tornar-se mais sombrio e contrair-se, como se a ira lhe dominasse o âmago do ser. Instintivamente apertou mais a mão da esposa, até os nós dos dedos embranquecerem. Ela não pestanejou com a dor que deve ter sentido, mas fitou-o com olhos mais súplices do que nunca. Quando ela parou de falar, ele ficou em pé num pulo e, libertando sua mão com um arranco, declarou:

— Que Deus o coloque em minhas mãos o tempo suficiente para destruir-lhe a vida terrestre que agora perseguimos. Se, além disso, pudesse enviar-lhe a alma para queimar eternamente no inferno, fá-lo-ia!

— Silêncio, silêncio em nome de Deus. Não diga isso, Jonathan, meu marido, pois assim me destruirá de horror e medo. Meu querido, pense no que pensei durante todo o longo dia de hoje: que talvez também eu... algum dia... necessite de tal piedade, e que esta me seja negada por alguém que tenha tanta raiva quanto você! Oh, meu marido, ter-lhe-ia poupado tal pensamento, se ele não fosse necessário; porém rezo para que Deus não dê atenção a suas palavras selvagens, mas que ouça apenas o lamento de um homem muito terno e sofredor. Oh, Deus, que os cabelos brancos deste homem, que nunca fez mal em sua vida, provem o quanto ele sofreu.

Agora, todos os homens choravam. Não podíamos resistir e demos ampla vazão às lágrimas. Ela também chorou e viu que atendíamos a seus doces conselhos. O marido atirou-se de joelhos ao lado dela e, rodeando-a com os braços, escondeu o rosto nas pregas de seu vestido. Van Helsing nos chamou e saímos silenciosamente do quarto, deixando os dois corações apaixonados a sós com Deus.

Antes de nos retirarmos, o professor arrumou o quarto para impedir a chegada do vampiro e convenceu a sra. Harker de que poderia descansar sem receio. Ela esforçou-se para acreditar naquilo e, principalmente por causa do marido, tentou parecer contente. Realizou um bravo esforço, mas creio que foi recompensada. Van Helsing colocou junto deles uma campainha que qualquer dos dois poderia soar em caso de emergência.

Depois que o casal havia ido dormir, Quincey, Godalming e eu resolvemos vigiar durante a noite, a fim de zelar pela segurança da infortunada senhora. Dividimos os períodos de vigilância e, como o primeiro deles recaiu sobre Quincey, iremos para a cama o mais breve possível. Godalming já se recolheu, pois o segundo período será o seu. Agora que já realizei o meu trabalho, também irei para a cama.

DIÁRIO DE JONATHAN HARKER

3-4 de outubro, perto da meia-noite — Julguei que o dia de ontem jamais terminasse. Desejava dormir, pois acreditava que encontraria as coisas modificadas quando acordasse, e achava também que qualquer mudança só poderia melhorar a situação. Antes de nos apartarmos, discutimos sobre qual seria o nosso próximo passo, mas não chegamos a resultado algum. Sabíamos apenas que ainda restava uma caixa de terra e que o Conde era o único conhecedor de seu paradeiro. Se quiser permanecer escondido, poderá iludir-nos durante anos e entrementes... O pensamento é por demais horripilante e não ouso exprimi-lo agora. Entretanto, estou certo de uma coisa: se existe mulher perfeita, esta é minha sofredora esposa. A terna piedade que demonstrou na noite passada e que tornou desprezível o ódio que nutro pelo monstro fez-me amá-la mil vezes mais. Certamente Deus não permitirá que o mundo sofra a perda de tal criatura, e é isso o que me dá esperanças. Navegamos em direção aos recifes e a fé é nossa única âncora. Graças a Deus, Mina dorme sem sonhar! Receio que com esses terríveis acontecimentos seus sonhos não sejam bons. Não a via tão calma, desde a hora do pôr do sol. Neste momento, seu rosto espelhara uma paz semelhante à da primavera após as rajadas do inverno e eu julgara então que aquilo era o reflexo avermelhado do suave pôr do sol em seu rosto; entretanto, agora creio que significava algo mais profundo. Não sinto sono, embora esteja exausto. Contudo, devo tentar dormir em consideração ao dia de amanhã, pois não haverá descanso para mim até que...

Mais tarde — Devo ter adormecido, pois fui acordado por Mina, que se sentara na cama, assustada. Via tudo com facilidade, pois não deixáramos o quarto na escuridão. Ela colocara a mão sobre minha boca e agora murmurava em meu ouvido:

— Silêncio! Há alguém no corredor!

Levantei-me silenciosamente e atravessei o quarto; em seguida abri vagarosamente a porta.

Vi Quincey Morris do lado de fora, deitado num colchão, mas acordado. Ergueu a mão pedindo silêncio enquanto sussurrava:

— Silêncio, vá para a cama, está tudo bem. Um de nós estará sempre aqui esta noite. Não podemos arriscar-nos!

Como seu olhar e seu gesto não admitiam discussão, voltei para junto de Mina e lhe contei o que ocorria. Ela suspirou e o vestígio de um sorriso perpassou-lhe o rosto pálido quando me abraçou, dizendo baixinho:

— Graças a Deus, existem esses homens bravos e bondosos!

Com outro suspiro recostou-se mais uma vez para dormir. Escrevo isto porque não tenho sono, embora deva tentar dormir novamente.

4 de outubro, pela manhã — Mina me acordou mais uma vez durante a noite. Desta vez já dormíramos bastante, pois o cinzento da madrugada transformava as janelas em retângulos bem delineados, e a chama do gás parecia uma pequena mancha, em vez de um disco de luz. Ela me disse apressadamente:

— Vá chamar o professor; quero vê-lo já.

— Por quê? — perguntei.

— Tenho uma ideia. Creio que deve ter surgido durante a noite e amadurecido inconscientemente. Se ele me hipnotizar antes do amanhecer, poderei falar. Vá depressa, querido, pois o tempo está passando.

Fui até à porta e o dr. Seward, que descansava no colchão, pulou ao ver-me.

— Há algo errado? — perguntou alarmado.

— Não — repliquei —, mas Mina quer ver o dr. Van Helsing imediatamente.

— Vou chamá-lo — afirmou Seward, entrando apressadamente no quarto do professor.

Dois minutos mais tarde, o dr. Van Helsing estava de roupão no quarto; o sr. Morris e lorde Godalming se encontravam junto da porta, interrogando o dr. Seward. Quando o professor viu Mina, um sorriso iluminou-lhe o rosto ansioso. Esfregou as mãos, dizendo:

— Oh, cara sra. Mina, que mudança! Veja, amigo Jonathan, hoje a sra. Mina voltou a ser o que era antigamente. — Depois, voltando-se para ela, falou-lhe com alegria: — O que poderei fazer pela senhora? Se me chamou a esta hora, é porque deseja alguma coisa.

— Quero que me hipnotize! — disse ela. — Faça-o antes do amanhecer, pois sei que então poderei falar livremente. Proceda com rapidez, pois o tempo é curto!

Sem dizer outra palavra, ele fez sinal para que ela se sentasse na cama. Olhando-a fixamente, principiou a mover as mãos, começando por cima da cabeça dela e depois descendo, com as mãos alternadas. Mina contemplou-o fixamente por alguns minutos e meu coração bateu descompassado, porque uma crise parecia prestes a surgir. Gradualmente fechou os olhos enquanto se sentava imóvel, e apenas o suave arfar de seu peito demonstrava que vivia. O professor realizou mais alguns passes e depois parou, com a testa coberta de gotas de suor. Mina abriu os olhos, mas não parecia a mesma mulher. Seus olhos se mostravam distantes e em sua voz havia um tom de tristeza que constituiu uma novidade para mim. Erguendo a mão para impor silêncio, o professor mandou-me trazer os outros. Vieram na ponta dos pés, fechando a porta, e observaram junto da cama. Mina não parecia vê-los. O silêncio foi interrompido por Van Helsing, que falava em tom baixo e uniforme, a fim de não interromper a corrente de pensamentos da jovem.

— Onde está?

A resposta foi pronunciada sem emoção:

— Não sei. Quando dormimos, não sabemos ao certo onde estamos.

Durante diversos minutos houve silêncio. Mina sentava-se rígida e o professor a contemplava fixamente enquanto os outros mal respiravam. Havia mais claridade no quarto e o prof. Van Helsing, sem desviar os olhos do rosto de Mina, pediu-me que suspendesse as persianas. Assim o fiz e o dia parecia estar surgindo. Uma lista vermelha invadiu o céu e uma luz rósea difundiu-se pelo aposento. No mesmo instante o professor falou novamente:

— Onde está agora?

Ela parecia sonhar ao falar, mas a resposta foi pronunciada com resolução, como se a jovem interpretasse algo. Já a vira falar no mesmo tom, quando lia as anotações em taquigrafia.

— Não sei, tudo me é estranho!

— O que vê?

— Nada, está tudo escuro.

— O que ouve?

Eu notava que a voz paciente do professor estava tensa.

— O murmúrio da água ao nosso redor e as batidas das pequenas ondas. Ouço-as no exterior.

— Então está num navio?

Olhamos uns para os outros, tentando captar os pensamentos alheios. Tínhamos receio de pensar, mas a resposta veio rápido:

— Oh, sim!

— O que mais ouve?

— O som dos passos de homens que correm em cima, o ranger de uma corrente e o alto tinido do cabrestante que para em cada lingueta.

— O que faz?

— Estou muito quieta. É como se estivesse morta!

A voz perdeu-se num suspiro profundo como o de alguém a dormir, e os olhos abertos se fecharam novamente.

Àquela hora o sol já se erguera e a luz do dia já nos envolvia completamente. O dr. Van Helsing colocou as mãos sobre os ombros de Mina, e cuidadosamente deitou sua cabeça no travesseiro. Durante alguns momentos, ela deitou-se como uma criança a dormir, porém depois acordou com uma respiração profunda e contemplou-nos perplexa.

— Falei enquanto dormia? — foram suas únicas palavras. Contudo, parecia conhecer a situação, embora estivesse ansiosa para saber o que dissera. O professor repetiu a conversação e ela declarou:

— Então, não há um momento a perder; talvez ainda não seja tarde demais!

O sr. Morris e lorde Godalming já se dirigiam para a porta, mas a voz calma do professor os deteve:

— Fiquem, amigos. Aquele navio mencionado por ela levantava âncora em algum lugar. Há muitas embarcações zarpando neste momento do grande porto de Londres, e como saberão qual delas procuram? Graças a Deus temos nova pista, embora não saibamos para onde nos possa levar. Decerto estávamos cegos à maneira dos homens, pois, agora que podemos olhar para trás, verificamos que nos seria possível prever os acontecimentos futuros, se víssemos o que poderíamos ter visto. Meu Deus, esta sentença está confusa, não? Agora já sabemos o que pretendia o Conde quando apanhou aquele dinheiro, enfrentando a faca afiada de Jonathan, num perigo que até o próprio vampiro temia. Ouçam bem: queria ESCAPAR! Percebeu que, tendo apenas uma caixa de terra e um bando de homens a persegui-lo como cães atrás de uma raposa, Londres não era lugar para ele. Colocou essa última caixa de terra a bordo de um navio e abandonou o país. Pensa que conseguirá fugir, mas nós o seguiremos. Nossa raposa é astuta e com ela temos de agir com igual astúcia. Entrementes, podemos descansar em paz, pois entre nós há águas que ele não deseja atravessar e que não conseguiria, ainda que desejasse... a não ser que o navio regressasse a terra e, assim mesmo, durante a maré cheia ou baixa. Vejam, o sol acaba de surgir e o dia inteiro será nosso, até ao anoitecer. Tomemos banho, vistamo-nos e comamos, pois necessitamos de um desjejum e podemos alimentar-nos confortavelmente, uma vez que o vampiro não está neste país.

Mina olhou-o súplice e perguntou:

— Para que o seguir, já que se afastou de nós?

O professor afagou-lhe a mão e replicou:

— Não me pergunte nada agora. Responderei todas as perguntas depois do desjejum.

Nada mais quis dizer e nos separamos para nos vestir.

Depois da refeição matutina, Mina repetiu a pergunta. Ele contemplou-a sério durante um minuto e em seguida falou pesaroso:

— Porque agora mais do que nunca teremos de encontrá-lo, ainda que tenhamos de segui-lo até ao próprio inferno, cara sra. Mina.

Ela empalideceu e perguntou baixinho:

— Por quê?

— Porque ele poderá viver durante séculos e a senhora é apenas mortal — respondeu o professor, muito sério. — Temos de nos preocupar com o tempo, já que ele colocou essa marca em seu pescoço.

Ela desmaiou e adiantei-me justamente a tempo de impedir sua queda.

CAPÍTULO 24

DIÁRIO GRAVADO DO DR. SEWARD, FALADO PELO DR. VAN HELSING

Mensagem para Jonathan Harker:

Você deverá ficar com a estimada sra. Mina. Realizaremos nossa busca, se é que posso utilizar essa palavra, uma vez que não é na realidade uma busca, já que sabemos e procuramos apenas uma confirmação. Contudo, fique aqui para cuidar dela hoje, pois este é o seu melhor e mais santo dever. Você também saberá o que eu disse aos outros quatro: que nosso inimigo fugiu para o seu castelo na Transilvânia. Tenho absoluta certeza disso. De algum modo, ele se preparara para isso, e aquela caixa de terra estava em algum lugar, pronta para ser embarcada. Foi por esse motivo que necessitou de dinheiro e se apressou muito no final, pois temia que o apanhássemos antes do pôr do sol. Era sua última esperança, embora talvez julgasse poder esconder-se no túmulo da infortunada Lucy, pensando que ela o acolheria por ser ainda como ele. Mas não havia tempo. Quando isso falhou, dirigiu-se diretamente para o seu último recurso... para a última caixa de terra. É realmente muito esperto! Como sabia que seu jogo aqui terminara, decidiu regressar a casa. Encontrou um navio que seguira o caminho pelo qual ele viera e nele embarcou. Partiremos agora para descobrir que navio foi esse e para onde ia; quando soubermos isso, regressaremos e tudo contaremos. Então consolaremos você e a estimada sra. Mina, proporcionando-lhes novas esperanças. Estas realmente surgirão quando verificarem que nem tudo está perdido. A criatura que perseguimos levou centenas de anos para conseguir vir a Londres e nós o expulsamos daqui num único dia, quando conhecemos seus arranjos. Ele também é finito, embora tenha força para realizar muitas vilezas e não sofra como nós. Entretanto, cada um de nós é forte em seu objetivo e somos ainda mais fortes juntos. Anime-se, marido da sra. Mina. A batalha apenas principiou, e no final venceremos... Tenho tanta certeza disso quanto do fato de que Deus lá no alto protege Seus filhos. Acalme-se, portanto, até nosso regresso.

Van Helsing

DIÁRIO DE JONATHAN HARKER

4 de outubro — Mina animou-se bastante quando li para ela a mensagem gravada de Van Helsing. Sabendo que o Conde está fora do país se sente consolada, o que lhe proporciona energia. Quanto a mim, julgo quase impossível acreditar em tudo o que ocorreu, agora que aquele terrível perigo já não está tão perto de nós. Até mesmo minhas macabras experiências no castelo de Drácula parecem um sonho há muito esquecido. Aqui, no fresco ar do outono e à luz de um sol brilhante...

Céus, sou obrigado a crer, pois, enquanto pensava, avistei a cicatriz vermelha na testa alva de minha infortunada esposa. Enquanto essa marca persistir, terei de acreditar no que se passou. Como Mina e eu tememos a ociosidade, reexaminamos nossos diários inúmeras vezes e verificamos que, embora gradativamente tudo se tornasse mais real, a dor e o medo diminuíam sempre. Parece que algo nos guia através de todo o caso, o que nos consola. Mina diz, talvez com razão, que podemos ser instrumentos da Suprema Bondade; tentarei pensar como ela. Ainda não conversamos sobre o futuro e será melhor esperarmos até verificarmos o que descobriram nossos amigos, inclusive o professor.

Pensei que, para mim, dias tão rápidos como o de hoje jamais se repetiriam. Já são três horas.

DIÁRIO DE MINA HARKER

5 de outubro, às 5 horas da tarde — Relato aqui nossa reunião. Estiveram presentes: o professor Van Helsing, lorde Godalming, o dr. Seward, o sr. Quincey Morris, Mina e Jonathan Harker.

O dr. Van Helsing narrou tudo o que haviam feito para descobrir em que navio fugira o Conde Drácula e para onde se dirigia:

— Como sabia que ele desejava voltar para a Transilvânia, verifiquei que teria de ir pela embocadura do Danúbio ou através do Mar Negro, pois este fora o caminho pelo qual viera. Infelizmente, tínhamos um vácuo diante de nós; *omne ignotum pro magnifico*. Portanto, partimos desanimados para verificar quais os navios que haviam zarpado para o Mar Negro, na noite passada. Como a sra. Mina mencionara o ajustamento das velas, era evidente que o Conde se encontrava num veleiro. Estes são demasiado pequenos para aparecerem na lista de navegação do jornal *Times*, o que nos fez procurar, por sugestão de lorde Godalming, a Companhia Lloyd's, que anota as partidas de todos os navios, embora pequenos. Lá descobrimos que apenas uma embarcação largara o cais em direção ao Mar Negro, com a maré vazante: fora a "Czarina Catarina", que saíra do cais de Doolittle para Varna, de onde subiria o Danúbio, parando em outros portos. Percebi que este era o navio em que estava o Conde e por isso partimos para o cais de Doolittle, onde, num minúsculo escritório de madeira, encontramos um homem que mal parecia caber dentro de tão pequena construção. Interrogamo-lo acerca da escuna "Czarina Catarina" e verificamos que, apesar de blasfemar muito, ter um rosto vermelho e falar em voz muito alta, era um bom sujeito. Quando Quincey lhe deu uma moedinha, que o funcionário colocou num saco que mantinha escondido em sua roupa, o indivíduo ainda se tornou mais humilde e cordato. Acompanhou-nos e interrogou muitos homens rudes e esquentados, que se mostraram mais amistosos quando receberam algum dinheiro. Apesar de empregarem uma linguagem que eu não compreendia muito bem, mas cujo significado adivinhava, deram-nos as informações que desejávamos.

"Disseram que na tarde passada, cerca de cinco horas, surgira um homem muito apressado. Era alto, magro, pálido; tinha nariz aquilino, dentes muito brancos e olhos que pareciam chamejar. Vestia-se todo de preto, com exceção de um chapéu de palha que não se ajustava a ele nem ao tempo. Espalhara seu dinheiro ao realizar rápidos interrogatórios acerca do navio que passaria pelo Mar Negro e do local para onde se dirigiria. Alguns o levaram para o escritório e em seguida para o navio; não quis subir a bordo, mas ficou junto à prancha de embarque e pediu que chamassem o capitão. Este foi falar com o homem, quando soube que ele pagaria bem e, embora blasfemasse no princípio, chegou finalmente a um acordo. Em seguida, o homem magro perguntou onde poderia alugar carroça e cavalo. Partiu e logo depois regressou com a carroça que ele mesmo guiava e que transportava uma grande caixa. Teve força suficiente para levantá-la, embora fossem necessários diversos homens para colocá-la no navio. Discutiu muito com o capitão sobre como e onde a caixa seria colocada, mas seus modos não agradaram, e o capitão blasfemou em muitas línguas, dizendo-lhe finalmente que poderia subir no navio para ver onde a caixa ficaria. Entretanto, o Conde recusou, declarando que tinha muito o que fazer naquele momento; o capitão retrucou, afirmando entre blasfêmias que ele deveria ser rápido porque a embarcação partiria antes da mudança da maré. O homem magro sorriu, dizendo que o capitão partiria quando quisesse, mas não era provável que zarpasse logo. O capitão utilizou-se mais uma vez de palavras impróprias, em diversas línguas, e o homem magro inclinou-se, agradeceu-lhe e disse que ainda abusaria de sua bondade, indo a bordo antes do levantamento das âncoras. Finalmente o capitão se tornou mais vermelho que nunca, praguejou em línguas ainda mais diversas e disse-lhe que não desejava franceses a bordo. Assim, o magro partiu depois de perguntar onde poderia ajeitar os papéis para o embarque da mercadoria.

"Ninguém quis saber para onde ele ia, pois tinham outras coisas para preocupá-los, uma vez que logo verificaram que a 'Czarina Catarina' não partiria na hora marcada. Uma fina névoa principiou a espalhar-se rio acima e se tornou cada vez mais espessa, envolvendo completamente o navio. O capitão continuou a praguejar muito e em muitas línguas, mas nada pôde fazer. A água começou a subir sempre mais, e ele receou perder a maré propícia. Estava muito mal-humorado quando, justamente na maré cheia, o homem magro apareceu novamente junto da prancha de embarque e pediu para ver onde haviam acondicionado seu caixote. O capitão replicou declarando desejar que o ele e o seu caixote fossem para o inferno, mas o magro não se ofendeu e acompanhou o imediato, para realizar o seu intento. Depois subiu e ficou durante algum tempo no tombadilho, envolto pelo nevoeiro. Deve ter saído sozinho, porque ninguém mais o notou; esqueceram-no, pois logo o nevoeiro se desfez e tudo ficou claro. Meus amigos, que tanto blasfemavam e falavam em sede, contaram que o capitão praguejara mais do que nunca quando os outros marinheiros que subiam e desciam o rio afirmaram não ter visto nevoeiro algum, a não ser junto do cais. Apesar de tudo, o navio saiu na maré vazante e ao amanhecer já estava bem longe da embocadura do rio. No momento em que os funcionários nos deram aquela informação, a embarcação já se encontrava em alto-mar.

"Assim, estimada sra. Mina, teremos de descansar durante algum tempo, porque nosso inimigo está navegando a caminho da embocadura do Danúbio, tendo o nevoeiro sob o seu domínio. Um navio sempre demora, ainda que navegue com a máxima rapidez, por isso o cercaremos mais rapidamente por terra. Teremos maiores probabilidades de êxito se pudermos surpreender o vampiro no caixote entre o nascer e o pôr do sol, porque então poderemos fazer o que quisermos com ele, uma vez que nessas horas não poderá lutar. Teremos dias diante de nós para prepararmos nossos planos. Já sabemos para onde ele vai, pois já nos avistamos com o proprietário do navio, que nos mostrou as faturas e os outros papéis existentes. O caixote que procuramos desembarcará em Varna e será entregue a um agente, denominado Ristics, que apresentará então suas credenciais; aí terminará a tarefa do transportador. Se este desejar saber se houve algo errado, poderá telegrafar e realizar indagações em Varna. Contudo, diremos que tudo está certo, pois nosso serviço não é para a polícia nem para a alfândega. Terá de ser realizado por nós mesmos e a nosso modo."

Quando o dr. Van Helsing acabou de falar, perguntei-lhe se tinha certeza de que o Conde permanecia a bordo daquele navio. Replicou:

— Temos a melhor prova disso: seu testemunho quando em transe hipnótico, nesta manhã.

Perguntei novamente se seria indispensável perseguir o Conde, isso porque sabia que Jonathan certamente partiria com os outros e não desejava que ele me deixasse. O professor respondeu a princípio calmo e depois mais impetuosamente, tornando-se mais zangado e insistente, de modo que finalmente conseguimos notar em sua personalidade aquele traço autoritário que o tornara durante tanto tempo um mestre entre os homens:

— Sim, é necessário... muito necessário! Primeiro em benefício da senhora e depois em favor da humanidade. Esse monstro já fez muito mal no limitado âmbito de sua ação e no curto espaço de tempo em que era apenas um corpo tateando na escuridão e na ignorância. Já contei tudo isso aos outros e a senhora saberá de tudo por meio do diário de meu amigo John ou de seu marido. Já lhes disse que foi necessário o trabalho de séculos para que o Conde deixasse seu próprio país desabitado e viesse para uma nova terra que regurgita vida. Se outro Não Morto como ele tentasse agir da mesma forma, talvez nem todos os séculos da existência do mundo lhe fossem suficientes. No caso do vampiro que conhecemos, todas as forças profundas, ocultas e poderosas da natureza devem ter agido de modo extraordinário. O próprio lugar em que viveu como Não Morto durante todos esses séculos está repleto de curiosidades do mundo geológico e químico. Há gretas e cavernas tão profundas que ninguém sabe ao certo até onde penetram. Lá existiram vulcões, alguns dos quais ainda expelem águas de estranhas propriedades e gases que matam ou revitalizam. Sem dúvida há algum magnetismo ou eletricidade em algumas dessas combinações de forças ocultas que trabalham de modo estranho para a vida física. O próprio Conde apresentou desde o início grandes propriedades. Em duros tempos de guerra, tinha a fama de possuir mais nervos de aço, mais inteligência e mais coragem do que os outros homens. Nele há um princípio vital em apogeu e, enquanto seu corpo se torna mais forte e se desenvolve, seu cérebro também evolui. Tudo isso sem mencionar a ajuda diabólica que recebe, mas que tem de ceder aos poderes que provêm do bem e que o simbolizam. Isso é o que ele significa para nós: o vampiro infectou-a... Desculpe-me o termo, estimada sra. Mina, mas falo em seu próprio benefício... infectou-a de tal modo que, se nada mais realizar, a senhora continuará a viver boa como antigamente, porém se tornará igual a ele, quando chegar a morte. Prometemos não permitir que isso suceda! Somos portanto instrumentos do próprio desejo de Deus: Ele não quer ver o mundo nem os homens, por quem Seu Filho morreu, serem entregues a monstros, cuja própria existência O difamaria. Já permitiu que redimíssemos uma alma e partiremos como os antigos cruzados, a fim de redimir outras. Como eles, viajaremos em direção à luz e, também como eles, cairemos por uma boa causa, se cairmos.

Ele fez uma pausa e perguntei:

— Mas esse malogro não ensinará uma lição ao Conde? Como foi expulso da Inglaterra, não será mais provável que a evite como um tigre foge da aldeia onde o caçaram?

— Meu Deus! — exclamou o professor. — Achei boa essa comparação entre o vampiro e o tigre; adotá-la-ei. O comedor de homens, como na Índia chamam o tigre que já provou sangue humano, não se interessa pelas outras presas, mas ronda incessantemente até obter algum ser humano. Esse que expulsamos de nossa terra é também um tigre, um comedor de homens que nunca cessa de rondar. Não é um indivíduo que possa fugir e se conservar afastado. Enquanto tinha vida real, foi para a fronteira da Turquia e atacou o inimigo em sua própria terra; foi vencido, mas não esmoreceu! Voltou novamente, inúmeras vezes. Observem sua persistência e capacidade de tudo suportar: com o cérebro infantil que possuía, há muito concebera a ideia de habitar numa grande cidade. O que fez? Procurou em todo o mundo o lugar que lhe parecesse mais promissor e depois deliberadamente pôs mãos à obra. Pacientemente procurou descobrir a extensão de sua força e de seus poderes. Estudou novas línguas, aprendeu nova vida social e modernas formas de antigas instituições, como a política, o direito, as finanças, a ciência e os hábitos de um povo e de uma terra que nasceram quando ele já existia. A visão superficial que teve serviu para estimular-lhe o apetite e aguçar-lhe o desejo. Ajudou seu cérebro a desenvolver-se, pois lhe provou que suas conjeturas estavam certas. Fez isso sozinho, arquitetando tudo num túmulo arruinado de uma terra esquecida! O que não realizará quando o mundo superior do pensamento lhe estiver aberto? Ele, que sabemos poder zombar da morte e florescer entre doenças que devastam povos! Oh, se um ser assim proviesse de Deus e não do Diabo, que tremenda força benéfica não seria neste nosso mundo? Mas juramos libertar a Terra. Nossa tarefa deverá realizar-se em silêncio e nossos esforços em segredo, pois neste século iluminado, em que os homens nem sequer acreditam no que veem, as dúvidas dos sábios constituiriam a maior força do vampiro. Seriam ao mesmo tempo seu escudo e sua armadura: as armas com que destruiria a nós, seus inimigos, que estamos dispostos a arriscar nossa própria alma pela segurança daquela que amamos, pelo bem da humanidade e pela honra e glória de Deus.

Depois de uma discussão geral, resolvemos nada decidir definitivamente naquela noite, mas dormir conhecendo os fatos e tentando descobrir uma solução adequada. Amanhã nos encontraremos novamente no desjejum e contaremos uns aos outros nossas conclusões; chegaremos então a um curso definitivo de ação...

Esta noite, sinto deliciosa paz e ausência de cansaço, como se algum perseguidor se afastasse de mim. Talvez...

Não pude terminar minha conjetura, pois vi no espelho a cicatriz vermelha em minha testa e comprovei que ainda sou impura.

RELATO COTIDIANO DO DR. SEWARD

5 de outubro — Levantamos cedo e creio que o sono nos beneficiou a todos. Quando nos encontramos no desjejum, uma alegria geral, que não esperávamos sentir novamente, nos animava.

É extraordinária a capacidade de recuperação da natureza humana. Se um obstáculo qualquer é removido de algum modo, seja mesmo pela morte, retornamos à esperança e animação primitivas. Mais de uma vez, enquanto nos sentávamos à mesa, meus olhos se abriram a imaginar se os dias passados não teriam sido apenas sonho. Voltava à realidade somente quando percebia o borrão vermelho na testa da sra. Harker. Mesmo agora, quando resolvo o assunto com seriedade, é quase impossível perceber que a causa de nossa dificuldade ainda existe. Até a sra. Harker parece esquecer seu problema durante longos períodos e é apenas de vez em quando que se recorda de sua cicatriz, quando algo surge para lembrá-la. Encontrar-nos-emos aqui em meu gabinete, daqui a meia hora, e decidiremos o que fazer. Só vejo uma dificuldade imediata, que percebo mais por instinto do que pela razão: é que a sinceridade nos é necessária, mas receio que a infortunada sra. Harker esteja escondendo algo. Sei que ela atingiu conclusões pessoais e, devido a tudo o que já passou, imagino que devem ser apropriadas e verdadeiras; entretanto, não quer ou não pode revelá-las. Mencionei o fato a Van Helsing e nós dois conversaremos sobre o assunto, quando estivermos a sós. Creio que é aquele veneno terrível que ela tem nas veias e que começa a agir. O Conde tinha seus próprios objetivos quando deu a ela o que Van Helsing denomina "batismo de sangue do vampiro". Bem, talvez haja um veneno que surja dos bons elementos; neste século do mistério das ptomaínas, tudo é possível! Só sei de uma coisa: se minhas conjeturas a respeito do silêncio da sra. Harker são verdadeiras, haverá uma terrível dificuldade na tarefa diante de nós, um perigo desconhecido. O mesmo poder que domina seu silêncio pode dominar sua fala, e não quero pensar mais, para em meus pensamentos não desonrar tão nobre dama.

Mais tarde — Quando o professor entrou, debatemos a situação dos fatos. Percebi que ele queria dizer algo, mas hesitava em abordar o assunto. Depois de usar de rodeios, declarou subitamente:

— Amigo John, há algo que eu e você devemos mencionar a sós, pelo menos no início. Mais tarde, teremos de contar isso confidencialmente também aos outros. — Esperei quando ele parou, mas prosseguiu: — A sra. Mina, coitada, está se modificando.

Um arrepio gelado percorreu-me quando percebi que meus piores receios se concretizavam. Van Helsing continuou:

— Com a triste experiência da srta. Lucy, devemos estar de sobreaviso para impedir que as coisas avancem longe demais. Na realidade nossa tarefa é agora mais difícil do que nunca, e esta nova dificuldade faz que cada hora tenha grande importância. Vejo que o rosto da sra. Harker principia a apresentar as características do vampiro, embora ainda muito leves. Se olharmos sem preconceitos, enxergá-las-emos: seus dentes estão mais afiados e em certos momentos seus olhos ficam mais cruéis; mas isso não é tudo, há momentos em que permanece em silêncio, como sucedia com Lucy. Esta não falou nem mesmo quando escreveu aquilo que desejava que lêssemos mais tarde. Meu receio é este: se ela, quando hipnotizada por nós, diz o que o Conde vê e ouve, é muito provável que ele obrigue a mente dela a revelar tudo o que sabe, já que foi o primeiro a hipnotizá-la, a beber de seu sangue e a obrigá-la a provar o dele.

Concordei e ele prosseguiu:

— Devemos, por conseguinte, mantê-la na ignorância de nossos projetos, para que não possa revelar aquilo que ignora. Nossa tarefa será penosa e sofro ao pensar nela, mas assim deverá ser. Quando nos reunirmos hoje, direi a ela que, de agora em diante, será apenas protegida por nós, sem participar de nossas reuniões, por motivos que não desejamos revelar.

O professor enxugou a testa, pois suava ao pensar que infligiria mais sofrimentos a uma alma já tão torturada. Julguei que lhe seria um consolo saber que eu também pensava da mesma forma, pois isso lhe eliminaria o sofrimento da dúvida. Disse-lhe isso e obtive o efeito esperado.

Agora está próxima a hora de nossa reunião geral. Van Helsing saiu a fim de preparar-se para a reunião e para o doloroso papel que nela desempenhará. Creio que se afastou para poder orar sozinho.

Mais tarde — Logo no início da reunião, Van Helsing e eu sentimos grande alívio. A sra. Harker enviara um recado por seu marido, dizendo que não compareceria porque julgava melhor discutirmos livremente nossos movimentos, sem sua presença para nos embaraçar. Por um instante, o professor e eu nos encaramos, ambos aliviados. Por mim, achei que, se a própria sra. Harker percebia o perigo, muitos riscos e sofrimentos seriam evitados. Devido às circunstâncias, com um olhar interrogador e uma resposta dada com um dedo nos lábios, resolvemos silenciar nossas suspeitas até podermos conferenciar a sós mais uma vez. Imediatamente abordamos nossos planos de ataque. Van Helsing esboçou superficialmente a verdadeira situação:

— A "Czarina Catarina" deixou o rio Tâmisa ontem de manhã. Ainda que utilize sua máxima velocidade, levará pelo menos três semanas para alcançar Varna; porém nós poderemos chegar ao mesmo lugar em três dias, se formos por terra. Agora, se concedermos dois dias menos para a viagem da embarcação, devido às influências atmosféricas que sabemos poder o Conde criar, e se admitirmos que nos poderemos atrasar um dia e uma noite, ainda assim teremos uma vantagem de aproximadamente duas semanas. Assim, a fim de agirmos com segurança, teremos de sair daqui no dia 17, o mais tardar. Estaremos em Varna, de qualquer modo, um dia antes da chegada do navio e poderemos realizar o que for necessário. É claro que iremos armados tanto contra males espirituais como contra os materiais.

Aqui, Quincey Morris acrescentou:

— Sei que o Conde veio de um país de lobos e poderá chegar lá antes de nós. Proponho que adicionemos carabinas Winchester a nosso armamento, pois creio nelas quando há dificuldades dessa espécie ao nosso redor. Art, recorda-se daquela época em que uma alcateia nos perseguiu em Tobolsk? Que fortuna não teríamos pago por uma carabina, então!

— Ótimo! — declarou Van Helsing. — Levaremos Winchesters. Quincey raciocina bem em todos os momentos, mas principalmente quando há caçadas; a metáfora desonra mais a ciência do que os lobos põem em perigo o homem. Entrementes, nada poderemos fazer aqui e, já que não conhecemos Varna, por que não irmos para lá? O tempo de espera será tão longo aqui como lá. Aprontar-nos-emos hoje de noite, e amanhã, se tudo correr bem, nós quatro iniciaremos a viagem?

— Nós quatro? — perguntou Harker olhando para cada um de nós.

— É claro — respondeu o professor rapidamente —, você terá de ficar para cuidar de sua terna esposa!

Harker quedou-se em silêncio durante algum tempo, mas depois falou com voz inexpressiva:

— Resolvamos isso de manhã, pois quero consultar Mina.

Julguei que aquela seria uma boa hora para Van Helsing aconselhar Harker a não revelar nosso plano à sra. Mina, porém o professor não deu atenção ao fato. Contemplei-o significativamente e tossi. Em resposta, ele colocou o dedo nos lábios e afastou-se.

DIÁRIO DE JONATHAN HARKER

5 de outubro, à tarde — Esta manhã, não pude pensar até algum tempo após nossa reunião. O novo curso que as coisas tomaram me põe perplexo e impede que raciocine ativamente. A resolução de Mina, não querendo participar da reunião, fez-me pensar e pude apenas adivinhar o que ocorria, pois não quis discutir o assunto com ela. Agora, compreendo menos do que nunca. Também me surpreendi com o modo pelo qual os outros aceitaram as determinações, pois concordamos em nada esconder entre nós, na última vez que abordamos o assunto. Mina está dormindo, calma e docemente como uma criancinha; seus lábios se curvam e seu rosto irradia felicidade. Graças a Deus, ainda goza de momentos assim.

Mais tarde — Como tudo é estranho! Sentei-me a observar o feliz sono de Mina e também me senti quase feliz. À medida que a noite se aproximava e a terra adquiria as sombras do sol que se punha, o silêncio do quarto se tornava mais pesado para mim. Súbito, Mina abriu os olhos e, contemplando-me ternamente, disse:

— Jonathan, quero que me prometa algo, sob palavra de honra. Essa promessa será feita a mim, mas na santa presença de Deus, e não deverá ser quebrada, ainda que eu lhe implore de joelhos entre lágrimas amargas. Rápido, prometa-me logo.

— Mina, uma promessa assim não pode ser feita imediatamente. Não tenho o direito de fazê-la.

— Mas, querido, sou eu que o desejo e não por minha causa — disse ela com tanta insistência que seus olhos brilharam. — Pergunte ao dr. Van Helsing se não tenho razão; se ele discordar, você procederá como quiser. Ainda mais: se todos concordarem mais tarde, você estará livre da promessa.

— Prometo! — exclamei eu. Por um momento ela pareceu extremamente feliz, embora para mim toda a felicidade que pudesse sentir por ela me fosse negada pela cicatriz vermelha que apresentava na testa.

— Prometa-me que nada me dirá acerca dos planos que formularem para lutar contra o Conde, nem por meio de palavras, nem de insinuações — disse ela. — Prometa-me que assim será enquanto esta cicatriz não desaparecer! — Apontou muito séria para a marca na testa.

Vi que ela falava com sinceridade e prometi solenemente. Naquele instante, senti que uma porta se fechara entre nós.

Mais tarde, à meia-noite — Mina esteve animada e alegre durante toda a noite. Seu estado de espírito encorajou os outros e até mesmo eu julguei que nossos pesares tinham arrefecido. Todos nos recolhemos cedo e Mina agora dorme como uma criancinha; é ótimo que não sofra de insônia com tantas preocupações. Graças a Deus consegue dormir, pois somente assim pode esquecer suas dificuldades. Talvez o exemplo dela me contagie, como aconteceu com sua alegria desta noite. Tentarei dormir um sono sem sonhos.

Manhã do dia 6 de outubro — Outra surpresa: Mina acordou-me cedo, mais ou menos à mesma hora de ontem, e pediu-me que chamasse o dr. Van Helsing. Julguei que desejava ser hipnotizada e sem nada perguntar fui buscar o professor. Era evidente que já esperava ser chamado, pois encontrei-o vestido em seu quarto. Sua porta estava entreaberta, de modo que ouviu abrirmos nosso quarto e veio imediatamente; ao entrar, perguntou a Mina se os outros também poderiam aproximar-se.

— Não será necessário — disse ela simplesmente. — Depois o senhor contará a eles. Terei de acompanhá-los na viagem que farão.

O dr. Van Helsing assustou-se quase tanto quanto eu, e depois de uma pausa perguntou:

— Mas por quê?

— Terão de levar-me. Tanto eu como vocês gozaremos de maior segurança assim.

— Mas por quê, cara sra. Mina? Sabe que sua segurança é o nosso mais solene dever. Participaremos de um perigo a que a senhora talvez seja mais vulnerável do que qualquer um de nós, devido aos fatos que se passaram.

Ele fez uma pausa, embaraçado.

Ao replicar, ela ergueu o dedo e apontou para sua testa:

— É por isso mesmo que tenho de ir. Posso dizer-lhes tudo, agora que o sol sobe, mas talvez não consiga fazê-lo novamente. Sei que serei obrigada a ir quando o Conde me chamar. Se receber ordens para partir em segredo, serei astuta e enganarei qualquer um, até mesmo Jonathan.

Deus viu a expressão do olhar que ela me dirigiu ao falar e, se houver realmente um anjo anotador de tudo o que se passa na terra, aquele olhar a honrará eternamente. Não consegui falar, mas pude apenas apertar-lhe a mão; minha emoção era tão forte que nem sequer conseguia chorar.

— Vocês são bravos e fortes — prosseguiu ela. — E têm a vantagem de formar um grupo e de poderem assim suportar mais do que um único indivíduo obrigado a vigiar sozinho. Além do mais, talvez eu lhes seja útil, pois poderão hipnotizar-me e assim saber aquilo de que nem tenho conhecimento.

— A sra. Mina é muito sensata, como sempre — disse o dr. Van Helsing com seriedade. — Virá conosco e juntos realizaremos aquilo que devemos.

Depois que ele falara, Mina ficou durante longo tempo em silêncio, o que me fez olhá-la. Recostara-se no travesseiro e dormia; nem sequer acordou quando puxei as persianas e permiti que os raios solares invadissem o quarto. Van Helsing chamou-me para que o acompanhasse em silêncio. Fomos para o quarto dele e, após um minuto, lorde Godalming, o dr. Seward e o sr. Morris também estavam conosco. Ele contou aos outros o que Mina dissera e prosseguiu:

— Partiremos de manhã para Varna; temos agora de lidar com um novo elemento: a sra. Mina. Oh, mas ela tem a alma sincera, pois sofreu muito para contar o que contou; aquilo é verdade e fomos advertidos a tempo. Não podemos perder oportunidades e, em Varna, precisamos estar prontos para agir no instante em que o navio atracar.

— O que faremos realmente? — perguntou Morris, lacônico.

O professor fez uma pausa e depois replicou:

— Primeiro, subiremos a bordo daquele navio e, depois de identificarmos a caixa, colocaremos nela um ramo de rosas silvestres. Ele não poderá sair enquanto elas estiverem amarradas lá, pelo menos é isso o que dizem as superstições, nas quais devemos crer porque os nossos antepassados acreditaram nelas e porque ainda hoje se baseiam na fé. Então, quando conseguirmos a oportunidade esperada, quando não houver ninguém por perto, abriremos a caixa e resolveremos tudo.

— Não esperarei oportunidade alguma — declarou Morris. — Quando vir aquela caixa, abri-la-ei e destruirei o monstro, ainda que mil homens me observem e ainda que me destruam no momento seguinte!

Agarrei-lhe a mão instintivamente e verifiquei que estava dura como aço. Creio e espero que ele haja compreendido minha expressão.

— Quincey Morris é um bom e bravo rapaz — disse o dr. Van Helsing. — Deus o abençoe. Creia-me, filho, o medo não fará nenhum de nós hesitar. Estou apenas formulando hipóteses sobre o que faremos, mas não poderemos afirmar com certeza qual será o nosso proceder. Estamos todos armados por todos os modos e, quando chegar a hora do fim, não relaxaremos nossos esforços. Coloquemos hoje nossos negócios em ordem e completemos tudo o que diz respeito àqueles que nos são caros, pois nenhum de nós poderá dizer exatamente quando e como será o fim. Quanto a mim, já regulei tudo, de modo que farei os arranjos para a viagem. Comprarei todas as passagens e cuidarei do que for necessário para a jornada.

Como nada mais tínhamos a dizer, apartamo-nos. Dedicar-me-ei agora a todos os meus assuntos materiais e ficarei preparado para o que suceder...

Mais tarde — Preparei tudo, até meu testamento. Se Mina sobreviver, será minha única herdeira e, se isso não suceder, os outros que foram tão bons para nós tudo receberão.

O pôr do sol se aproxima e a inquietação de Mina me atrai a atenção. Tenho certeza de que ela tem algo a declarar e que o fará na hora exata do pôr do sol. Essas ocasiões nos são angustiantes, pois cada nascer e pôr do sol abre a perspectiva de novos perigos, de uma nova dor que talvez conduza a um bom fim, segundo a vontade de Deus. Escrevo estas palavras no diário porque minha querida não deve saber delas agora, porém, se no futuro puder conhecê-las, estarão aqui para serem lidas.

Mina me chama.

CAPÍTULO 25

RELATO COTIDIANO DO DR. SEWARD

11 de outubro, ao anoitecer — Jonathan Harker pediu-me que anotasse os fatos seguintes, pois acha que não está em condições de fazê-lo.

Creio que nenhum de nós ficou surpreso quando fomos chamados para ver a sra. Harker, pouco antes do pôr do sol. Recentemente compreendemos que os momentos em que o sol nasce e se põe lhe possibilitam estranha liberdade; nessas ocasiões, sua antiga personalidade se pode manifestar sem qualquer controle ou inibição proveniente de alguma força que a domina. Esse estado principia cerca de meia hora ou mais antes do nascer e pôr do sol e dura até o instante em que o sol já está alto ou em que as nuvens ainda apresentam o vermelho dos raios que se projetam acima do horizonte. Inicialmente há uma espécie de condição negativa, como se um nó fosse solto e, em seguida, ocorre a liberdade absoluta. Contudo, quando esta cessa, a modificação surge rapidamente, precedida apenas de um período de silêncio advertidor.

Quando nos encontramos hoje à noite, ela pareceu algo constrangida e apresentou todos os sinais de uma luta interna. Verifiquei que realizou violento esforço desde o início.

Contudo, após pouquíssimos minutos, readquiriu pleno controle de si mesma; fez um sinal para que o marido se sentasse ao seu lado no sofá em que estava meio reclinada e pediu-nos que aproximássemos as cadeiras em que sentávamos. Segurando a mão do marido, principiou:

— Talvez pela última vez aqui estamos todos em liberdade! Sei que você ficará comigo até o final, querido — disse isso ao marido, que lhe apertava as mãos. — Pela manhã prosseguiremos em nossa tarefa e só Deus sabe o que o futuro nos reserva. Foram bondosos em permitir que eu os acompanhasse e sei que farão tudo o que puderem por uma indefesa mulher cuja alma está perdida... ou que pelo menos está em perigo. Contudo, devem recordar-se de que não sou como vocês. Há um veneno em meu sangue que poderá destruir-me, a não ser que algo nos liberte. Oh, meus amigos, sabem tão bem quanto eu que minha alma corre risco, e, embora saiba que há uma saída, nem eu nem vocês poderemos utilizá-la.

De modo súplice, percorreu-nos com os olhos, principiando e finalizando com o marido.

— Que saída é essa? — perguntou Van Helsing em voz rouca. — Que saída é essa que não queremos nem podemos utilizar?

— Que eu morra por minhas próprias mãos ou pelas de outrem, antes que a calamidade maior se complete. Eu e vocês sabemos que, quando estiver morta, poderão libertar meu espírito, assim como fizeram com a pobre Lucy. Se o único obstáculo fosse a morte ou o medo dela, eu não fugiria dela agora, entre os amigos que amo. Mas a morte não é tudo. Não acredito que haja necessidade dela quando há esperanças diante de nós e uma tarefa amarga para ser realizada segundo a vontade de Deus. Assim, por mim, renuncio aqui à certeza do descanso eterno e parto no escuro para um lugar que pode reter coisas mais vis do que as existentes neste mundo e no outro!

Ficamos todos em silêncio, pois sabíamos que aquelas palavras eram apenas uma introdução. Os outros se mantinham firmes e Harker estava pálido, pois sabia melhor do que nós o que se passaria.

Ela prosseguiu:

— Aquela renúncia apresento à coleção de bens. — Tive de anotar a singular frase jurídica que utilizou naquele momento, com toda a seriedade. — O que dará cada um de vocês? Sei que darão a vida, o que é fácil para homens corajosos — continuou com rapidez. — Suas vidas pertencem a Deus e a Ele podem devolvê-las. Mas o que me darão?

Olhou mais uma vez interrogadoramente, mas evitou nessa ocasião o rosto do marido. Quincey pareceu compreender; balançou a cabeça concordando e o rosto dela se iluminou.

— Então direi claramente o que desejo, para que não existam mais dúvidas entre nós. Todos vocês, inclusive meu adorado marido, devem prometer que me matarão, quando chegar a hora.

— Que hora será essa? — perguntou Quincey em voz baixa e tensa.

— Quando estiverem convencidos de que minha modificação é tão grande que a morte será melhor do que a vida. Quando estiver fisicamente morta, decepar-me-ão a cabeça e me atravessarão com um espeto, sem perder o mínimo tempo. Ou então agirão de qualquer outro modo, para me dar descanso!

Quincey foi o primeiro a erguer-se após a pausa. Ajoelhou-se diante dela e, segurando-lhe a mão, afirmou solenemente:

— Sou um sujeito rude, que talvez não seja digno da tarefa que a senhora impõe, mas juro por tudo o que é sagrado que, quando chegar a ocasião, não recuarei diante do dever. E prometo também convencer os outros quando chegar a hora oportuna, pois, se tiver dúvidas quanto a esta, agirei presumindo que já chegou!

— Meu verdadeiro amigo! — isto foi tudo o que ela pôde dizer entre as lágrimas que caíam rapidamente. Inclinou-se e beijou-lhe a mão.

Van Helsing, lorde Godalming e eu fizemos um por um o juramento e finalmente chegou a vez do marido, que se voltou para a esposa com olhos vidrados e uma palidez verde que predominava sobre os cabelos brancos.

— Também eu devo prometer isso, minha esposa? — perguntou ele.

— Você também, queridinho — falou ela, demonstrando nos olhos e na voz infinita ansiedade. — Não deve recuar. Você é todo o meu mundo e nossas almas foram transformadas numa só, por toda a vida e toda a eternidade. Pense, querido, como em certas épocas os maridos mataram as esposas e outras mulheres, para impedi-las de cair nas mãos dos inimigos. Suas mãos não hesitaram mais quando as amadas imploravam que as matassem. Esse é o dever dos homens para com aquelas que amam, nos momentos de dor e provação! Oh, querido, se tenho de morrer pelas mãos de alguém, seja pelas do homem que mais amo. Dr. Van Helsing, no caso de Lucy não me esqueci de sua piedade para com aquele que a amava... — ela parou aqui com um rápido rubor e modificou a frase — ... para com aquele que tinha mais direito de dar-lhe paz. Se um momento como aquele chegar novamente, confio no senhor para que na vida de meu marido haja a feliz recordação de ter sido ele o que me libertou de tão terrível escravidão.

— Juro novamente! — soou a voz retumbante do professor.

Embora parecesse impossível, a sra. Harker sorriu, reclinando-se com um suspiro de alívio, e disse:

— Uma palavra de advertência que não deverão esquecer: dessa vez, a hora pode chegar rápida e inesperadamente; não deverão perder tempo, mas agir logo. É que, se chegar esse momento, é provável que eu me tenha aliado ao inimigo contra vocês. Há ainda um outro pedido — ela se tornou mais séria —, que não é tão importante e necessário como o primeiro. Quero que façam uma coisa por mim.

Todos concordamos, mas ninguém falou, pois não havia necessidade de palavras.

— Quero que leiam os ofícios fúnebres.

Foi interrompida pelo profundo gemido do marido; segurou a mão dele junto do coração e continuou:

— Algum dia, terão de ser lidos para mim. Será uma boa recordação para alguns ou todos nós, qualquer que seja o final deste tenebroso estado de coisas. Espero que você também os leia, meu adorado, pois assim me terá honrado para sempre... aconteça o que acontecer!

— Mas, querida, a morte está muito longe de você — implorou ele.

— Não — disse ela, erguendo a mão em advertência. — Sinto-me mais morta agora do que se tivesse o peso de uma laje tumular sobre mim!

— Oh, minha esposa, devo mesmo ler? — perguntou ele antes de principiar.

— Isso me consolaria, meu marido!

Ela disse apenas isso e preparou o livro. Ele principiou a ler em seguida.

Como poderia alguém descrever aquela cena tão lúgubre, solene, triste e horripilante, mas que era ao mesmo tempo terna? Até mesmo um cético, que enxerga nas coisas santas e emocionantes apenas uma deturpação da amarga verdade, teria abrandado caso visse o pequeno grupo de amigos devotos, ajoelhados junto daquela pesarosa dama; ou caso ouvisse a voz apaixonada do marido que lia com voz embargada o simples e lindo ofício dos mortos. Não posso continuar... a voz... m... me falha...

A intuição dela fora correta, pois, apesar de ser tudo aquilo muito estranho, mais tarde, quando nos recordamos do fato, sentimos grande consolo. O silêncio, que demonstrou a próxima ausência de liberdade espiritual da sra. Harker, não pareceu tão repleto de desespero quanto temíamos.

DIÁRIO DE JONATHAN HARKER

15 de outubro, Varna — Deixamos Charing Cross na manhã do dia 12, atingimos Paris na mesma noite e tomamos os lugares que nos haviam reservado no Expresso do Oriente. Viajamos noite e dia, aqui chegando mais ou menos às cinco horas. Lorde Godalming foi ao consulado ver se chegara algum telegrama para ele enquanto nós viemos para este hotel, o "Odessus". Muita coisa poderia ter ocorrido durante a viagem, mas nada vi, pois estava ansioso demais para prosseguir. Agora, apenas uma coisa me interessa em todo o mundo: a chegada da "Czarina Catarina" ao porto. Graças a Deus, Mina está bem e aparentemente mais forte; suas cores retornam. Durante a viagem dormiu quase todo o tempo. Contudo, antes do nascer e do pôr do sol, fica acordada e alerta e Van Helsing adquiriu o hábito de hipnotizá-la nesses momentos. A princípio tinha de fazer muito esforço e recorrer a muitos passes, mas agora ela cede imediatamente e os gestos são quase desnecessários. A vontade dele adquire força nessas ocasiões especiais e os pensamentos dela lhe obedecem. Ele sempre lhe pergunta o que vê e ouve. Ela responde a princípio:

— Nada, tudo escuridão.

À segunda pergunta, declara:

— Ouço as ondas batendo contra o navio e as águas apressadas ao meu redor; lonas e um ranger de cordames e mastros. O vento está forte... ouço-o nas enxárcias e a proa envia para trás a espuma.

É evidente que a "Czarina Catarina" ainda navega, apressando-se em seu caminho para Varna. Lorde Godalming acaba de regressar: recebeu quatro telegramas desde o dia de nossa partida, todos declarando a mesma coisa: que a "Czarina Catarina" não se comunicara com a companhia Lloyd's de parte alguma. Antes de sair de Londres, o lorde pedira a seu agente que lhe enviasse telegramas diários, declarando se o navio estabelecera alguma comunicação. Deveria telegrafar ainda que não recebesse notícias do navio, a fim de indicar que estava vigilante.

Jantamos e fomos cedo para a cama. Amanhã visitaremos o vice-cônsul e procuraremos obter uma licença para subir a bordo da embarcação, imediatamente após sua chegada. O Conde, ainda que adquira a forma de um morcego, não pode atravessar a água corrente segundo a sua vontade e, portanto, também não poderá abandonar o navio. E, como não pode adquirir forma humana sem despertar suspeitas, o que certamente deseja evitar, terá de permanecer dentro do caixote. Assim, se pudermos subir a bordo depois do nascer do sol, faremos o que quisermos com o vampiro; poderemos abrir a caixa e agir como na ocasião da morte verdadeira da infortunada Lucy, sem que ele acorde. Acho que não teremos dificuldades com os oficiais ou os marinheiros, pois graças a Deus estamos num país em que tudo se consegue com suborno e temos dinheiro suficiente. Se nos pudermos certificar de que o navio não atracará entre o pôr e o nascer do sol sem que disso estejamos advertidos, saberemos que tudo sairá bem. Creio que o juiz-dinheiro resolverá este caso.

16 de outubro — As notícias que Mina dá ainda são as mesmas: ondas que batem, águas rápidas, escuridão e ventos favoráveis. Chegamos realmente em bom tempo e quando ouvirmos novas da "Czarina Catarina" estaremos preparados. Teremos de receber notícias dela, pois ela terá de atravessar os Dardanelos.

17 de outubro — Acho que agora está tudo arranjado para que possamos dar as boas-vindas ao Conde quando regressar de sua viagem. Godalming disse aos embarcadiços que julgava que a caixa enviada a bordo continha objetos roubados de um seu amigo e obteve consentimento para abri-la sob sua própria responsabilidade. O proprietário do navio lhe deu um papel declarando ao capitão que o lorde deveria ter todas as facilidades a bordo do navio, e também concedeu uma autorização semelhante a seu agente em Varna. Já o vimos e, como este ficou muito impressionado com os modos gentis de Godalming, sabemos que fará tudo para nos satisfazer. Já decidimos como agir, caso consigamos abrir a caixa. Se o Conde lá estiver, Van Helsing e Seward lhe deceparão a cabeça e enfiarão um espeto em seu coração. Morris, Godalming e eu impediremos que outros interfiram, ainda que tenhamos de utilizar as armas que levarmos. O professor diz que, se agirmos desse modo, o corpo do Conde se transformará em pó logo após. Desse modo, não haverá provas contra nós, caso suspeitem de assassinato. Mas, ainda que isso não ocorresse, teríamos de agir do mesmo jeito, enfrentando todas as consequências, e talvez algum dia esses nossos diários servissem de prova de nossa inocência, livrando-nos do cadafalso. Quanto a mim, assumiria todos os riscos, até mesmo com gratidão. Fizemos tudo o que era possível para o sucesso de nosso intento. Falamos com alguns oficiais para que nos informem no mesmo instante em que avistarem a "Czarina Catarina", por intermédio de um mensageiro especial.

24 de outubro — Uma semana inteira de espera, em que chegaram telegramas diários para Godalming, todos contendo a mesma informação: "A escuna ainda não se comunicou". As respostas hipnóticas de Mina, tanto de manhã quanto ao anoitecer, são as mesmas: ondas batendo, águas rápidas, mastros rangendo.

BRAM STOKER

RUFUS SMITH, DO LLOYD'S DE LONDRES, PARA LORDE GODALMING, AOS CUIDADOS DO VICE-CÔNSUL DE SUA MAJESTADE BRITÂNICA EM VARNA

"Esta manhã recebemos comunicação da 'Czarina Catarina' nos Dardanelos."

RELATO COTIDIANO DO DR. SEWARD

25 de outubro — Como sinto falta de meu fonógrafo! Acho cansativo escrever um diário a caneta, mas Van Helsing diz que devo fazê-lo. Todos ficamos muito agitados ontem quando Godalming recebeu o telegrama do Lloyd's. Agora sei o que os homens sentem no campo de batalha quando ouvem o toque que os leva à ação. A única de nosso grupo que não demonstrou emoção foi a sra. Harker. Mas, afinal, outra não poderia ter sido sua reação, pois tivemos muito cuidado para nada lhe revelar e tentamos mostrar-nos calmos diante de sua presença. Em outros tempos, ela notaria nosso estado de espírito, apesar de tentarmos ocultá-lo, porém modificou-se muito durante as últimas três semanas. Torna-se mais letárgica e, embora esteja mais forte e readquira as cores, Van Helsing e eu não estamos satisfeitos. Temos falado muito dela, sem nada revelar aos outros. O pobre Harker ficaria desesperado e certamente sofreria dos nervos, se soubesse de nossas suspeitas. O professor disse-me que lhe examina os dentes cuidadosamente, quando está hipnotizada, pois declarou que, desde que estes não se tornem mais afiados, não há perigo de grande transformação nela. Se isso ocorresse, seria necessário agir! Ambos sabemos o que seríamos obrigados a fazer, mas não mencionamos nossos pensamentos um ao outro. Nenhum de nós poderia fugir ao cumprimento do dever, por mais terrível que fosse. "Eutanásia" é uma boa e consoladora palavra; sinto-me grato àquele que a inventou.

Com a velocidade com que a "Czarina Catarina" veio de Londres, levará apenas cerca de 24 horas para vir dos Dardanelos até aqui. A nau deverá chegar portanto pela manhã, mas não poderá atracar antes do meio-dia; dormiremos cedo, porque desejamos acordar à uma hora da madrugada, a fim de nos prepararmos.

25 de outubro, ao meio-dia — Nenhuma notícia da chegada do navio e esta manhã o relato da sra. Harker, durante o sono hipnótico, foi o mesmo de sempre; assim, é possível que saibamos algo a qualquer momento. Todos nos encontramos intensamente agitados, com exceção de Harker, que se mantém calmo e tem as mãos frias; há uma hora vi-o amolando a lâmina do facão que sempre leva consigo. O Conde não escapará, se essa lâmina lhe tocar o pescoço impulsionada por aquelas mãos frias!

Van Helsing e eu nos alarmamos um pouco com a sra. Harker, hoje. Embora não comentássemos um com o outro, não ficamos satisfeitos com o estado letárgico em que ela caiu mais ou menos ao meio-dia. A princípio apreciamos o fato de ela dormir, pois ficara inquieta durante toda a manhã. Contudo, quando o marido declarou casualmente que seu sono era tão profundo que não conseguira acordá-la, fomos ao quarto do casal examiná-la pessoalmente. Respirava com tanta naturalidade, estava tão bem-disposta e aparentava tanta paz que julgamos ser o sono muito benéfico para ela. Coitada, tem tanto o que esquecer que não causa admiração o fato de o sono lhe fazer bem, já que lhe traz o esquecimento.

Mais tarde — Nossa opinião foi justificada, pois, quando acordou, após um sono reparador de algumas horas, parecia mais alegre e bem-disposta do que nos últimos dias. Hipnotizada durante o pôr do sol, apresentou o mesmo relato. Em alguma parte do Mar Negro, o Conde se apressa para o seu destino e também para a sua condenação, segundo creio!

26 de outubro — Outro dia se passou sem nada sabermos acerca da "Czarina Catarina". Já devia ter chegado, mas ainda viaja em alguma parte, pois o relato da sra. Mina durante o nascer do sol foi idêntico aos demais. É possível que a embarcação tenha parado algumas vezes devido ao nevoeiro, pois alguns dos vapores que chegaram na noite passada informaram que havia faixas de névoa tanto ao norte quanto ao sul do porto. Devemos continuar atentos, porque o navio pode surgir a qualquer instante.

27 de outubro — É muito estranho, mas não tivemos notícia da embarcação esperada. O relato da sra. Harker, na noite passada e nesta manhã, foi igual ao de sempre, embora acrescentasse que "as ondas são agora muito suaves". Os telegramas de Londres dizem o mesmo: "Não recebemos mais notícias". Van Helsing está terrivelmente ansioso e acaba de me dizer que receia que o Conde esteja fugindo de nós. Acrescentou significativamente:
— A letargia da sra. Mina não me agrada. A alma e a memória podem agir de modo estranho, durante o transe.
Queria indagar mais, porém Harker entrou e o professor ergueu a mão, detendo-me. Hoje, ao pôr do sol, temos de tentar obrigá-la a falar mais detalhadamente, durante o estado hipnótico.
"Recebemos comunicação 'Czarina Catarina' atracou porto Galatz, hoje uma hora."

RELATO COTIDIANO DO DR. SEWARD

28 de outubro — Creio que, ao contrário dos prognósticos, não recebemos um choque quando o telegrama surgiu anunciando a chegada a Galatz. Acho que todos esperávamos que algo de estranho acontecesse, embora não soubéssemos quando nem como o golpe chegaria. No dia em que atingimos Varna, julgamos que as coisas não se passariam exatamente como esperávamos e aguardamos apenas o momento de saber em que consistiria a modificação. Contudo, o fato não deixou de constituir uma surpresa. Suponho que a esperança nos faz acreditar que as coisas serão como deveriam ser, e não como são na realidade. O transcendentalismo é o guia dos anjos, embora seja apenas um fogo-fátuo para os homens. Durante um momento, Van Helsing ergueu a mão sobre a cabeça, como se conferenciasse com Deus; porém não disse palavra e, após alguns segundos, levantou-se com expressão séria. Lorde Godalming empalideceu muito e sentou-se arquejante. Eu mesmo fiquei um tanto perplexo e olhei aturdido para cada um de meus amigos. Quincey Morris apertou o cinto com aquele rápido movimento que eu conhecia tão bem e que em nossos antigos tempos de vadiagem significava "ação". A sra. Harker tornou-se cadavericamente pálida e a cicatriz de sua testa pareceu fumegar, porém uniu as mãos humildemente e levantou o olhar, rezando. Jonathan sorriu o sorriso sombrio e amargo de quem não tem esperanças, mas seu gesto desmentiu seus sentimentos, pois instintivamente suas mãos procuraram o cabo do facão, ali permanecendo.

— Quando parte o próximo trem para Galatz? — perguntou-nos Van Helsing.

— Às seis e meia da manhã!

Todos nos assustamos, pois a resposta proviera da sra. Harker.

— Céus, como pode saber? — disse Art.

— Esquece ou talvez não saiba que sou fanática por trens, fato que Jonathan e o dr. Van Helsing conhecem. Em minha casa, em Exeter, costumava fazer tabelas de horários para ajudar meu marido e verifiquei que isso era tão útil que ainda hoje costumo fazer o mesmo. Como sabia que, se tivéssemos de ir ao castelo de Drácula, deveríamos passar por Galatz ou por Bucareste, estudei cuidadosamente o horário dos trens que para lá se dirigem. Infelizmente, não houve muito o que aprender, porque amanhã só há esse trem que parte àquela hora.

— Mulher maravilhosa! — murmurou o professor.

— Não poderemos conseguir um trem especial? — perguntou lorde Godalming.

Van Helsing sacudiu a cabeça:

— Receio que não. Esta terra é muito diferente da minha e da sua e, ainda que conseguíssemos um, provavelmente não chegaríamos antes do trem comum. Além do mais, temos de preparar algo. Pensemos e planejemos tudo. Você, amigo Arthur, vá à estação, compre as passagens e arrume tudo para que possamos partir de manhã. Você, amigo Jonathan, irá ao agente do navio e obterá dele cartas para o agente em Galatz, concedendo autorização para realizar a busca na embarcação, como se estivesse aqui. Quincey Morris, você vai ver o vice-cônsul para obter a ajuda dele e de seu colega em Galatz, e verificará tudo o que ele pode fazer para suavizar nossa viagem de modo a não perdermos tempo quando tivermos atravessado o Danúbio. John ficará com a sra. Mina e comigo, a fim de nos consultarmos. Assim, se vocês se atrasarem, nada se perderá, pois estarei aqui ao pôr do sol para fazer com que a senhora apresente seu relato.

— E eu tentarei ser o mais útil possível; pensarei e escreverei para vocês como costumava fazer — disse a sra. Harker com alegria e com modo mais semelhante ao dos antigos tempos. — Sinto uma mudança estranha dentro de mim e estou mais livre do que ultimamente!

No momento os três homens se alegraram ao perceberem o significado daquelas palavras, porém Van Helsing e eu nos contemplamos com um olhar sério e perturbado. Contudo, nada dissemos na ocasião.

Depois da partida dos três homens que realizariam seus encargos, Van Helsing pediu à sra. Harker que examinasse mais uma vez a cópia dos diários e que encontrasse para ele a parte da permanência de Harker no castelo. Ela saiu para apanhar os papéis e, depois que fechara a porta atrás de si, o professor declarou:

— Temos os mesmos pensamentos! Fale!

— Há alguma modificação aqui. Tenho certa esperança que me perturba, pois temo que seja ilusória.

— Realmente, sabe por que pedi que ela apanhasse o manuscrito?

— Não! — disse eu. — Talvez porque o senhor desejasse uma oportunidade de falar comigo a sós.

— Está certo apenas em parte, amigo John. Quero dizer-lhe algo: assumirei um terrível risco, mas espero ser bem-sucedido. Tive uma ideia no momento em que Mina pronunciou aquelas palavras que atraíram nossa atenção. Há três dias, o Conde enviou-lhe o espírito durante o transe, para ler seu pensamento; ou então fez que o espírito dela fosse vê-lo em seu caixote dentro do navio, no momento em que se libertava durante o nascer e o pôr do sol. Soube então que estamos aqui, pois atualmente ela está mais bem informada do que ele, porque não se encontra trancada num caixote, mas tem olhos para ver e ouvidos para ouvir. Ele acaba de realizar seu maior esforço para fugir de nós e, no momento, não precisa dela. O vampiro tem certeza de que ela responderá ao chamado dele, mas interrompeu os contatos que mantinha com ela, o que pode fazer com seus poderes. Ah, mas tenho esperanças de que nossos cérebros humanos, que ainda não perderam a graça de Deus, saibam agir melhor do que aquele cérebro de criança que permaneceu em seu túmulo durante séculos, que não se desenvolveu como o nosso e que só realiza trabalhos egoístas e, portanto, mesquinhos. Aí vem a sra. Mina, mas não lhe diga palavra sobre seu transe! De nada sabe e o conhecimento a tornaria desesperada justamente quando precisamos de toda a sua esperança, coragem e também do auxílio de seu poderoso cérebro, que é terno como o de uma mulher, porém instruído como o de um homem; e que, além do mais, retém poderes especiais que o Conde lhe concedeu e que não pode retirar-lhe completamente... fato que ele mesmo ignora. Silêncio! Falarei e você aprenderá. Oh, amigo John, em que terrível aperto nos encontramos! Resta-nos apenas confiar no bom Deus. Silêncio! Aí vem ela!

Julguei que o professor fosse tornar-se histérico, justamente como ocorrera na ocasião da morte de Lucy, porém com grande esforço controlou-se e ficou perfeitamente calmo quando a sra. Harker entrou no quarto, alegre e com a aparência de quem esquecera os desgostos na realização do trabalho. Entregou umas folhas datilografadas a Van Helsing; ele olhou-as sério, mas seu rosto iluminou-se ao ler. Então, segurando as páginas entre o polegar e o indicador, disse:

— Aqui vai uma lição para você, amigo John, que já tem tanta experiência; e também para a senhora, d. Mina, que é jovem: nunca receiem pensar. Um meio pensamento tem estado a ressoar em meu cérebro, porém temi dar-lhe asas. Contudo, agora que tenho maiores conhecimentos, volto para o ponto em que aquele meio pensamento surgiu e descubro que era não apenas um esboço de pensamento, mas um pensamento completo, embora ainda muito jovem e tenro para poder utilizar suas pequenas asas. Assim como o patinho feio de Hans Andersen, aquela ideia não se assemelhava a um patinho, mas a um cisne com capacidade para navegar imponentemente, utilizando suas grandes asas, quando chegasse o momento oportuno. Vejam, li aqui o que Jonathan escreveu:

"Aquele outro de sua raça, que em época anterior fez por inúmeras vezes que suas tropas atravessassem o Grande Rio e penetrassem na Turquia; aquele que mesmo derrotado retornou à luta inúmeras vezes, embora tivesse de sair só dos campos ensanguentados onde seus soldados tinham sido trucidados; aquele que assim agiu por saber que apenas ele poderia triunfar finalmente".

— O que nos diz este trecho? — prosseguiu o professor. — Acham que não diz muito? Como o cérebro infantil do Conde nada enxerga, ele fala livremente. Seus cérebros humanos e o meu nada viram até agora. Porém surgiu repentinamente a voz da sra. Mina que falou sem pensar, porque também não sabia o que suas palavras poderiam significar. Assim também a natureza apresenta certos elementos em repouso; entretanto, quando se movem e se tocam, explodem, produzindo o raio que risca o céu de alto a baixo, cegando e destruindo alguns indivíduos. Não é isso o que ocorre? Bem, explicarei. Para principiar, já estudou a filosofia do crime? John já, porque o estudo do crime é o da doença mental; a sra. Mina ainda não, porque só esteve em contato com o crime uma vez. Ainda assim, suas mentes raciocinam bem e não discutem *a particulari ad universale*. Os criminosos apresentam uma particularidade muito constante, que surge em todos os países e em todos os tempos e que até mesmo a polícia, que não conhece muita filosofia, aprende a distinguir empiricamente, isto é, pela experiência. O verdadeiro criminoso, que parece um predestinado aos delitos, dirige suas atividades para um só crime. Seu cérebro não é completamente desenvolvido, mas sob muitos aspectos é infantil, embora esse indivíduo seja hábil e desembaraçado. Ora, o vampiro também é um criminoso predestinado ao crime e possui igualmente um cérebro infantil, como provam suas ações. O pequeno passarinho, o peixe e o animal não aprendem por meio de princípios, mas empiricamente; quando já sabem realizar algo, têm a base para realizar mais. *"Dos pou sto"*, disse Arquimedes. "Deem-me um ponto de apoio e moverei o mundo!" A primeira realização constitui o ponto de apoio pelo qual o cérebro infantil se transforma num cérebro adulto; e, enquanto não tiver o objetivo de realizar mais, continuará a agir sempre do mesmo jeito! Oh, minha estimada senhora, percebo que seus olhos estão abertos e que agora enxerga muito longe.

É que a sra. Harker principiara a bater palmas e seus olhos brilhavam. Ele prosseguiu:

— Agora falará. Dirá a dois frios cientistas o que vê com esses olhos brilhantes.

O professor segurou a mão dela enquanto falava, apertando-lhe o pulso com o indicador e o polegar; julguei que ele agira instintiva ou inconscientemente. Ela discorreu:

— Nordau e Lombroso classificariam o Conde como pertencente ao tipo criminoso. Sendo assim, tem a mente imperfeita. Quando está em dificuldade, é obrigado a recorrer ao hábito. Seu passado constitui portanto uma pista, e dele só conhecemos um trecho que nos foi narrado pelos próprios lábios do vampiro: aquele que nos diz que, no momento em que se encontrava em dificuldade, regressou a seu próprio país pela terra que tentara invadir e de lá se preparou para novo esforço, sem esmorecer. Em seguida, retornou à luta mais bem equipado e venceu. Assim, foi a Londres para invadir uma nova terra. Derrotado, com todas as esperanças perdidas e em perigo de vida, atravessou o mar e fugiu correndo para a pátria, assim como em outros tempos fugira da Turquia pelo Danúbio.

— Ótimo, inteligente senhora! — exclamou Van Helsing, entusiástico, quando se inclinou para beijar-lhe a mão. Um momento mais tarde me disse, como se consultasse um doente comum: — Apenas setenta e dois de pulso, apesar de toda a excitação. Tenho esperanças. — Voltando-se novamente para ela, disse em grande expectativa: — Prossiga, prossiga! Poderá dizer mais, se o desejar. Não tenha medo, pois John e eu sabemos de tudo. De qualquer modo, pelo menos eu sei e lhe direi se está certa. Fale sem receios!

— Tentarei fazê-lo, mas desculpem-me se parecer egoísta.
— Nada receie, pois terá mesmo de ser egoísta, uma vez que é na senhora que pensamos.
— Prosseguindo, como ele é um criminoso, é também egoísta; seu intelecto é medíocre, suas ações se baseiam no egoísmo e ele se dedica a um propósito que é desumano. Assim como fugiu sobre o Danúbio, abandonando suas tropas que seriam destroçadas, agora sua única intenção é colocar-se em segurança, custe o que custar. Assim, o incrível egoísmo que apresenta liberta um pouco minha alma do terrível poder que adquiriu sobre mim naquela noite tenebrosa. Graças a Deus, desde aquela terrível hora não sentia minha alma tão livre! Agora, tudo o que temo é que ele tenha usado meus conhecimentos em algum transe ou sonho, para suas finalidades.
Levantando-se, o professor declarou:
— De fato, utilizou desse modo sua mente e por meio dela nos trouxe para Varna, enquanto o navio que o levava se apressava entre o nevoeiro para Galatz, onde sem dúvida preparara tudo para a fuga. Mas o cérebro infantil do vampiro raciocinou apenas até aí, e pode ser que, como acontece com a providência divina, o feitiço vire contra o feiticeiro. O caçador cai em sua própria armadilha, como diria o grande salmista. Agora que julga estar completamente livre de nós, tendo para si muitas horas de vantagem, seu cérebro egoísta e infantil convidá-lo-á para o sono. Também acha que a senhora nada poderá saber acerca dele, porque cortou as relações com sua mente; mas aí é que se engana! Aquele terrível batismo de sangue que lhe deu faz que a senhora seja livre para procurá-lo em espírito, como já aconteceu diversas vezes em suas horas de liberdade, durante o nascer e o pôr do sol. Nesses momentos vai procurá-lo por ordens minhas e não dele. Esse poder benéfico para a senhora e para os outros foi adquirido por meio dos sofrimentos passados nas mãos do vampiro. Tal poder ainda é mais precioso porque o Conde não o conhece, tendo para proteger-se procurado

isolar-se da senhora, desconhecendo portanto o que fazemos atualmente. Contudo, não somos egoístas e acreditamos que Deus está conosco em todos estes maus momentos e amargas horas. Perseguiremos o vampiro sem hesitar, ainda que nos arrisquemos a ficar com ele. Amigo John, a hora que passou foi muito importante e nos fez avançar muito. Escreva tudo o que ocorreu, a fim de que os outros saibam tanto quanto nós, quando regressarem do trabalho que foram realizar.

Por esse motivo, anotei os fatos enquanto esperávamos o regresso dos outros, e a sra. Harker datilografou tudo que aconteceu desde que trouxera os manuscritos.

CAPÍTULO 26

RELATO COTIDIANO DO DR. SEWARD
(continuação)

29 de outubro — Isto foi escrito no trem que vai de Varna a Galatz. Na noite passada, todos nos reunimos um pouco antes do pôr do sol. Cada um realizara seu encargo da melhor forma possível e, no que concerne ao raciocínio, esforço e oportunidade, estamos preparados para a nossa viagem e o trabalho que realizaremos em Galatz. Quando chegou a hora usual, a sra. Harker preparou-se para o esforço hipnótico e mergulhou em transe após um empenho de Van Helsing, mais intenso do que habitualmente. Em geral fala obedecendo à sugestão, mas dessa vez o professor teve de formular muitas perguntas, resolutamente, antes que pudesse saber de alguma coisa. Afinal, ela respondeu:

— Nada vejo, tudo está calmo e não percebo ondas batendo, mas apenas o firme e suave girar da água junto ao cabo do navio. Ouço vozes de homens gritando longe e perto; também percebo o ruído dos remos nas cavilhas. Uma arma é disparada em algum lugar e seu eco parece distante. Há o som de passos acima e o barulho de cordas e correntes que são arrastadas. O que está acontecendo? Vejo uma faixa de luz e sinto o vento soprando sobre mim.

Parou, levantando-se instintivamente de onde estava, no sofá; ergueu ambas as mãos elevando as palmas, como se suspendesse um peso. Van Helsing e eu nos contemplamos, tudo compreendendo. Quincey ergueu levemente as sobrancelhas e observou a sra. Harker com atenção enquanto a mão de Jonathan apertou impulsivamente o cabo do facão. Houve longo silêncio. Apesar de sabermos que passava a hora em que ela poderia falar, sentíamos que nossas palavras seriam inúteis. Súbito, sentou-se ereta, abriu os olhos e disse ternamente:

— Nenhum de vocês gostaria de uma xícara de chá? Devem estar todos muito cansados!

Só nos restava agradá-la, e por isso aquiescemos. Ela saiu apressadamente para apanhar o chá e, depois de sua partida, Van Helsing declarou:

— Como veem, amigos, ele está prestes a desembarcar e já deixou seu caixote. Entretanto, ainda terá de alcançar a terra. Durante a noite, poderá esconder-se em algum lugar, mas não conseguirá desembarcar se não o carregarem para o cais ou se o navio não se encostar. Contudo, durante a noite, poderá mudar de forma e pular ou voar até a costa, como fez em Whitby. Mas, ao chegar o dia sem que tenha podido atingir a terra, só poderá escapar se for carregado. Se isso acontecer, os homens da alfândega talvez descubram o que o caixote contém. Assim, se não escapar para a costa durante a noite ou antes da alvorada, terá perdido um dia inteiro. Talvez então cheguemos a tempo, pois, se não fugir de noite, apanhá-lo-emos durante o dia, preso na caixa e à nossa disposição, já que não ousará apresentar-se visivelmente sob sua forma humana, com medo de ser descoberto.

Como nada mais havia a ser dito, esperamos com paciência até a alvorada, quando poderíamos obter maiores informações da sra. Harker.

A ansiedade quase nos fazia parar a respiração enquanto ouvíamos a resposta que dava durante o transe. Custou ainda mais a ser hipnotizada do que na vez anterior e, quando finalmente caiu em transe, faltava tão pouco para a subida do sol que principiamos a desesperar. Van Helsing parecia esforçar-se até a alma e, finalmente, ela obedeceu à vontade dele e relatou:

— Tudo está escuro; ouço a água batendo no mesmo nível em que estou, e também o ranger de madeira contra madeira.

Ela fez uma pausa e o sol vermelho subiu. Teremos de esperar até à noite.

Deste modo, viajamos para Galatz em terrível expectativa. Deveríamos chegar entre duas e três da manhã, porém, como em Bucareste, já estamos três horas atrasados, só chegaremos quando o sol já estiver alto. Assim, ainda teremos mais duas mensagens hipnóticas da sra. Harker e uma delas ou ambas poderão trazer mais luz ao que acontece.

Mais tarde — O pôr do sol veio e foi. Felizmente chegou numa hora sem perturbações, pois, se tivesse ocorrido quando estávamos na estação, talvez não tivéssemos assegurado a calma e o isolamento necessários. A sra. Harker entregou-se à influência hipnótica com dificuldade ainda maior do que pela manhã e receio que seu poder de conhecer as sensações do Conde possa desaparecer justamente quando dele mais necessitamos. Parece-me que a imaginação dela principia a funcionar. Até este momento, quando se mantinha em transe, limitava-se simplesmente aos fatos. Se isso prosseguir, poderá confundir-nos. Julguei que o poder que o Conde exerce sobre ela desapareceria à medida que ela fosse adquirindo o poder do conhecimento, mas receio que isso não ocorra. Quando ela falou, suas palavras foram enigmáticas:

— Algo se afasta; sinto-o passar sobre mim como o vento frio. Ouço sons confusos e muito distantes, como o de homens falando em línguas estranhas, água caindo violentamente e o uivo de lobos.

Parou e apresentou tremuras que aumentaram de intensidade até que, no final, parecia ter uma convulsão. Nada mais disse, apesar das perguntas autoritárias do professor. Quando acordou do transe, tinha a mente alerta, apesar de estar fria, exausta e lânguida. Nada recordava e perguntou o que dissera; quando lhe contamos o que fora, permaneceu pensativa e em silêncio durante longo tempo.

30 de outubro, sete da manhã — Já estamos perto de Galatz agora e talvez não tenha tempo de escrever mais tarde. Esta manhã, todos esperamos com ansiedade o pôr do sol. Sabendo que seria difícil hipnotizar a sra. Mina, Van Helsing principiou seus passes mais cedo do que o habitual. Entretanto, só obteve resultado na hora de sempre, quando ela se entregou com dificuldade ainda maior, apenas um minuto antes do nascer do sol. O professor formulou as perguntas sem perda de tempo e a resposta dela surgiu com igual rapidez:

— Tudo está escuro. Ouço a água ao meu redor, à altura de meus ouvidos, e também o rangido de madeira batendo contra madeira. Há gado em lugar mais baixo e distante. Distingo outro som estranho...

Parou e empalideceu ainda mais.

— Continue, continue, ordeno-lhe que fale! — disse Van Helsing em voz agoniada. Ao mesmo tempo seus olhos espelhavam desespero, pois o sol, que já nascera, avermelhara até mesmo o rosto pálido da sra. Harker. Ela abriu os olhos e todos nos assustamos quando falou suavemente e com aparente e absoluta despreocupação:

— Oh, professor, por que me pede para fazer o que sabe que não posso? Não me recordo de coisa alguma.

Depois, vendo a surpresa em nossos rostos, voltou-se para cada um de nós e falou preocupada:

— O que disse eu? O que fiz eu? Sei apenas que estava aqui meio adormecida e que o ouvi dizer: "Continue, continue, ordeno-lhe que fale!". Pareceu-me muito engraçado ouvi-lo a me dar ordens, como se eu fosse uma criança desobediente.

— Oh, sra. Mina — declarou o professor tristemente —, o fato de me ter dirigido com tanta autoridade a alguém a quem eu ficaria orgulhoso de poder obedecer é uma prova de que a estimo e respeito, pois assim falei em seu próprio benefício!

Soa o apito: aproximamo-nos de Galatz. O nervosismo e a ansiedade nos dominam.

DIÁRIO DE MINA HARKER

30 de outubro — Como o sr. Morris não sabia falar nenhuma língua estrangeira, ficou encarregado de me levar ao hotel onde havíamos reservado quartos por telegrama. Os serviços foram distribuídos como em Varna, com exceção do fato de lorde Godalming procurar o vice-cônsul porque seu título poderia ser útil junto ao oficial, o que nos seria benéfico devido à pressa que tínhamos. Jonathan e os dois médicos foram procurar o agente do navio para saber de particularidades acerca da chegada da embarcação "Czarina Catarina".

Mais tarde — Lorde Godalming já retornou. Como o cônsul estava ausente e o vice-cônsul doente, o trabalho rotineiro fora realizado por um funcionário que se mostrou muito cordato, oferecendo-se para realizar tudo o que estivesse ao seu alcance.

DIÁRIO DE JONATHAN HARKER

30 de outubro — Às nove horas o dr. Van Helsing, o dr. Seward e eu procuramos a firma Mackenzie & Steinhoff, agentes de Hapgood em Londres. Em resposta a um pedido telegrafado de lorde Godalming, aqueles agentes haviam recebido de Londres outro telegrama. Mostraram-se muito amáveis e corteses e nos levaram imediatamente a bordo da "Czarina Catarina", que estava ancorada no porto fluvial. Em seguida, vimos o capitão Donelson, que nos falou sobre a viagem, declarando que em toda a sua vida jamais realizara um tão favorável trajeto.

— Céus — disse ele —, tínhamos medo, pois esperávamos ter de pagar o que nos sucedia, com algum raro golpe de má sorte. Não foi bom agouro correr de Londres para o Mar Negro com o vento atrás, como se o próprio diabo soprasse nossas velas, com algum objetivo especial. Porém, quando passávamos por algum navio, porto ou promontório, incrível nevoeiro nos envolvia e só podíamos avistar novamente o que havia ao nosso redor quando nos afastávamos. Atravessamos Gibraltar sem conseguir sinalizar e só pudemos comunicar-nos com alguém quando chegamos aos Dardanelos e tivemos de esperar permissão para passar. A princípio tive vontade de afrouxar as velas e permanecer por lá até que o nevoeiro melhorasse, mas achei que, se o diabo queria chegar rapidamente ao Mar Negro, ele o faria quer quiséssemos, quer não. Além do mais, se realizássemos uma rápida viagem, os donos nos prestigiariam e o diabo que conseguira o que pretendia nos seria grato por não o termos atrapalhado.

Esse misto de simplicidade, astúcia, superstição e raciocínio comercial despertou Van Helsing, que disse:

— Meu amigo, o diabo é mais inteligente do que pensam e sabe quando encontra um competidor!

O capitão gostou do elogio e prosseguiu:

— Quando passamos pelo Bósforo, os homens começaram a resmungar e alguns dos romenos me pediram que atirasse ao mar uma grande caixa que fora colocada a bordo por um velho estranho, antes de sairmos de Londres. Vira que meus homens tinham olhado horrorizados para o sujeito, fazendo figa para evitar o mau-olhado. Céus, a superstição dos estrangeiros é muito ridícula! Rapidamente mandei que trabalhassem, mas logo após o nevoeiro nos envolveu e senti-me um pouco como eles, embora não dissesse que a causa daquilo era a grande caixa. Bem, prossegui e, como o nevoeiro se conservou durante cinco dias, deixei que o vento nos carregasse, pois, se o diabo queria chegar a algum lugar, conseguiria descobri-lo. De qualquer modo, observaríamos atentamente. Navegamos em águas profundas durante todo o tempo e, dois dias após, quando o sol matutino atravessou o nevoeiro, vimos que estávamos no rio, em Galatz. Os romenos ficaram furiosos e não desistiram de atirar a caixa na água; tive de discutir com eles com um espeque nas mãos e, quando golpeei o último a se erguer no tombadilho, convenceram-se de que a carga confiada por meus chefes estava mais segura em minhas mãos do que no rio Danúbio. Já tinham levado a caixa para o tombadilho, prontos para se desfazer dela, e como estava marcada Galatz via Varna, achei melhor deixá-la lá até atingirmos o porto, onde a abandonaríamos definitivamente. Permanecemos ancorados durante a noite, mas muito cedo na manhã seguinte, uma hora antes do nascer do sol, um homem subiu a bordo com uma ordem enviada da Inglaterra para receber uma caixa destinada a um certo Conde Drácula. Já estava tudo preparado para ele, tinha os papéis em ordem e levou a maldita carga, o que me encheu de satisfação. Aquilo já me punha inquieto e achava que, se o diabo tinha alguma bagagem a bordo, teria de ser aquela caixa!

— Qual o nome do homem que a levou? — perguntou o dr. Van Helsing, contendo a ansiedade.

— Dir-lhe-ei rapidamente! — respondeu o capitão. Descendo à sua cabina, apanhou um recibo assinado "Immanuel Hildesheim; endereço: Burge-Strasse 16". Descobrimos que o capitão nada mais sabia e por isso nos afastamos, agradecendo-lhe.

Encontramos Hildesheim em seu escritório; era um judeu típico, com nariz adunco e um fez. Com dinheiro pago à vista, ele disse-nos tudo o que sabia; eram informações simples, porém importantes. Recebera uma carta de um sr. De Ville em Londres, dizendo-lhe que, se fosse possível, recebesse antes do pôr do sol uma caixa que chegaria a Galatz na "Czarina Catarina", a fim de evitar a alfândega. Deveria entregá-la a certo Petrof Skinsky, que lidava com os eslovacos que desciam o rio até o porto. Recebera em pagamento uma nota inglesa que fora trocada por moeda de ouro no Banco Internacional do Danúbio. Quando Skinsky surgira, o judeu o levara ao navio e lá lhe entregara a caixa, a fim de economizar as despesas do carreto. Nada mais sabia.

Em seguida, procuramos Skinsky, sem, contudo, o encontrar. Um dos vizinhos, que não parecia estimá-lo muito, declarou que o outro partira dois dias antes, sem dizer para onde. Esse fato foi confirmado pelo proprietário do alojamento, que declarou ter recebido a chave da casa e o pagamento do aluguel em dinheiro inglês, por intermédio de um mensageiro. Isso ocorrera entre as dez e onze horas da noite anterior; portanto, tínhamos diante de nós novo vácuo.

Enquanto falávamos, alguém surgiu correndo e arquejante e declarou que o corpo de Skinsky fora encontrado dentro dos muros do cemitério de São Pedro, com o pescoço esfacelado por algum animal selvagem. Aqueles com quem falávamos correram para ver o horripilante espetáculo, e as mulheres gritaram: "Isso foi obra de algum eslovaco!". Afastamo-nos apressadamente, pois receamos que nos envolvessem no caso e nos detivessem.

A caminho de casa, não conseguimos encontrar uma solução definitiva. Todos estávamos convencidos de que a caixa prosseguia caminho para algum lugar, pela água, porém teríamos de descobrir para onde. Pesarosos, regressamos ao hotel onde se hospedava Mina.

Quando nos reunimos mais uma vez, discutimos se deveríamos ou não contar a ela o que se passava. A situação se torna desesperada e aquela seria uma oportunidade, embora arriscada. Como medida preliminar obtive a anulação da promessa que lhe fizera.

DIÁRIO DE MINA HARKER

30 de outubro, ao anoitecer — Os homens estavam tão exaustos e sem ânimo ao chegarem que nada se podia fazer até que descansassem; por isso, pedi-lhes que repousassem durante meia hora enquanto anotava tudo o que ocorrera até ali. Sinto-me muito grata ao homem que inventou a máquina de escrever portátil e agradeço ao sr. Morris por me ter arranjado uma. Não teria jeito para escrever com caneta...

Já escrevi tudo; pobre Jonathan, como deve ter sofrido e como deve sofrer agora! Está deitado no sofá, mal parecendo respirar e com aspecto de quem teve um colapso. Tem a testa franzida e o rosto contraído como se sentisse dor. Coitado, talvez esteja raciocinando, pois seu rosto apresenta as rugas da concentração. Oh, se ao menos pudesse ajudá-lo... Verei o que posso fazer.

Pedi ao dr. Van Helsing e ele me entregou todos os papéis que eu ainda não tinha visto... Enquanto os outros descansam, examinarei todos cuidadosamente e talvez chegue a alguma conclusão. Tentarei seguir o exemplo do professor e pensarei sem preconceitos sobre os fatos que tenho diante de mim...

Acredito que descobri algo, graças à providência divina. Apanharei os mapas para examiná-los...

Tenho a convicção de que estou certa. Anotei minha nova conclusão e chamarei os amigos para lê-la. Poderão julgá-la e será bom agir com precisão, pois todo minuto é precioso.

MEMORANDO DE MINA HARKER
(inserido em seu diário)

Assunto a ser investigado — O problema do Conde Drácula é retornar ao seu próprio castelo.

(a) Tem de ser *transportado* para lá por alguém. Isso é claro porque, se tivesse o poder de mover-se como desejasse, partiria como homem, lobo, morcego ou sob qualquer outra forma. Evidentemente, teme que o descubram ou atrapalhem no estado indefeso em que se encontra: preso em sua caixa de madeira, desde a alvorada até o pôr do sol.

(b) *Como será transportado?* Aqui, um processo de exclusão nos poderá ajudar. Irá pela estrada, por trem ou por água?

1 — *Pela estrada* — Haverá imensas dificuldades, especialmente para deixar a cidade.

(x) Encontrará pessoas e essas sempre são curiosas e investigam. Uma intuição ou dúvida acerca do que conteria a caixa poderia destruí-lo.

(y) Há ou poderá haver funcionários aduaneiros.

(z) Seus inimigos poderiam segui-lo. Isto constitui o seu maior receio e, a fim de prevenir qualquer traição, repeliu tanto quanto possível até mesmo a mim... sua vítima!

2 — *Por trem* — Não haveria ninguém encarregado de cuidar da caixa. Talvez sofresse atraso e isto seria fatal, com os inimigos no encalço. É verdade que poderia escapar durante a noite, mas o que faria ao encontrar-se num lugar estranho, sem um refúgio para onde voar? Não é isso o que ele quer e não pretende arriscar-se.

3 — *Por água* — Sob certo aspecto é o caminho mais seguro, porém sob outro o mais perigoso. Sobre a água, ele só tem

poderes durante a noite e, mesmo assim, só pode chamar o nevoeiro, a tempestade, a neve e os seus lobos. Porém, se houvesse um naufrágio morreria afogado e indefeso. Poderia mover a embarcação até a terra, mas se esta não fosse amiga e ele não estivesse em condições de se mover, ficaria em situação desesperada.

Sabemos, pelo que relatei, que ele estava sobre a água; resta-nos verificar sobre que água.

Examinando o que realizou até aqui, talvez obtenhamos alguma pista sobre quais serão seus atos futuros.

Primeiro, teremos de estabelecer diferenças entre aquilo que realizou em Londres, como parte de seu plano geral de ação, e aquilo que fez sob a pressão dos momentos difíceis, em que tinha de agir como melhor pudesse.

Em segundo lugar, temos de verificar, pelos fatos que conhecemos, como ele agiu aqui.

Evidentemente, pretendia chegar a Galatz e enviar a fatura para Varna, a fim de nos iludir caso descobríssemos o modo pelo qual fugira da Inglaterra; seu único objetivo então era escapar. Encontramos a prova disso na carta de instruções que enviou a Immanuel Hildesheim, contendo esclarecimentos de como retirar a caixa, *antes do nascer do sol*. Há também as instruções para Petrof Skinsky, que não conhecemos, mas que deveriam consistir em alguma carta ou mensagem, pois Skinsky foi encontrar-se com Hildesheim.

Sabemos que, até aquele momento, os planos do vampiro foram bem-sucedidos. A "Czarina Catarina" realizou uma viagem incrivelmente rápida; tão rápida que até as suspeitas do capitão Donelson foram ativadas. Entretanto, a superstição deste aliada à sua habilidade auxiliaram o Conde e fizeram que o próprio capitão corresse pelo nevoeiro, impelido pelo vento favorável, até chegar quase às cegas em Galatz. Temos provas de que o Conde tudo arranjara muito bem. Hildesheim apossou-se da caixa e entregou-a a Skinsky, que a levou... Aí perdemos sua trilha. Sabemos apenas que a caixa está em algum lugar sobre a água, prosseguindo em seu caminho. A alfândega e os guardas aduaneiros, se é que surgiram, foram evitados.

Agora chegamos ao que o Conde deve ter feito após sua chegada à terra, em Galatz.

A caixa foi dada a Skinsky antes do nascer do sol, e, nesse momento, o Conde poderia aparecer sob sua própria forma. Então por que escolheria Skinsky para ajudá-lo? No diário de meu marido há uma referência àquele homem, declarando que ele lidava com os eslovacos, que comerciam descendo o rio até o porto; e aquela exclamação, declarando que o assassínio fora trabalho de um eslovaco, demonstra o sentimento geral contra os indivíduos dessa nação. O Conde desejava isolamento.

Deduzi o seguinte: em Londres o Conde decidira regressar ao castelo por água, considerando este o mais secreto e seguro percurso. Quando veio, os ciganos o transportaram do castelo e provavelmente entregaram sua carga aos eslovacos, que levaram as caixas para Varna, pois foi lá o local de onde foram embarcadas para Londres. Assim, o Conde sabia quais as pessoas que poderiam cuidar desse serviço. Quando a caixa estava em terra, nessa última viagem, o Conde dela saiu antes do nascer do sol ou depois do anoitecer, encontrou Skinsky e lhe disse que cuidasse dos preparativos para o transporte da caixa, por algum rio. Depois de assim agir e saber que tudo estava arranjado, julgou apagar todos os traços de sua ação com o assassínio de seu agente.

Examinei o mapa e descobri que os rios mais adequados para os eslovacos seriam o Pruth ou o Sereth. Li no diário dos outros que, em meu transe, ouvia vacas mugindo baixo, água ao meu redor, no nível dos ouvidos, e o rangido de madeira. Portanto, o Conde deveria estar em sua caixa, num bote aberto sobre um rio... provavelmente impulsionado por remos ou estacas, pois as margens são próximas e o bote vai contra a correnteza. Se descesse a corrente flutuando apenas, não faria tanto barulho.

É claro que o rio escolhido talvez não seja o Sereth nem o Pruth, mas poderemos investigar mais. Desses dois, o Pruth é o mais facilmente navegável, porém o Sereth em Fundu se une ao Bistritza, que rodeia o Desfiladeiro de Borgo. Sua curva é o trecho de água mais próximo do castelo de Drácula.

DIÁRIO DE MINA HARKER
(continuação)

Quando terminei a leitura, Jonathan segurou-me em seus braços e beijou-me. Os outros continuaram a me apertar ambas as mãos e o dr. Van Helsing disse-me:

— A estimada sra. Mina é mais uma vez nossa professora; enxergou nos trechos em que estávamos cegos. Agora nos encontramos na pista novamente e, desta vez, poderemos ser bem-sucedidos. Nosso inimigo está indefeso e, se o surpreendermos durante o dia, na água, nossa tarefa terminará. Ele está à nossa frente, mas não tem poder para se apressar, pois, se sair da caixa, aqueles que o carregam poderão suspeitar e, se isso ocorresse, atirá-lo-iam ao rio, onde pereceria. Sabe disso e naturalmente não deseja que assim ocorra. Agora, homens, para o nosso Conselho de Guerra, pois teremos de planejar o que cada um fará aqui e agora.

— Arranjarei uma lancha a vapor para segui-lo — disse lorde Godalming.

— E eu, cavalos para seguir pela margem, caso ele desembarque — disse o sr. Morris.

— São duas boas ideias — falou o professor. — Mas nenhum deverá ir sozinho. Se necessário, teremos de sobrepujar a força com mais força. Os eslovacos são fortes e rudes; além do mais, carregam armas.

Todos os nossos homens riram, pois cada qual levava um pequeno arsenal. O sr. Morris disse:

— Trouxe algumas carabinas Winchester; são muito cômodas entre a multidão e talvez haja lobos. Conforme se recordam, o Conde tomou outras precauções; pediu algo a outros que a sra. Harker não ouviu bem ou não compreendeu. Temos de estar preparados para todas as eventualidades.

— Creio que será melhor eu ir com Quincey — falou o dr. Seward. Costumávamos caçar juntos e nós dois, bem armados, poderemos competir com o que quer que surja. Não deve ficar só, Art. Teremos de lutar contra os eslovacos e, embora suponha que não carreguem armas, não facilitemos, pois poderiam estragar nossos planos. Desta vez não nos devemos arriscar; só descansaremos quando a cabeça do Conde estiver separada do corpo e não houver possibilidade de reencarnação.

O dr. Seward olhou para Jonathan enquanto falava e este por sua vez também me contemplou. É claro que a mente de meu marido estava em conflito: desejava permanecer comigo, mas o serviço do barco seria aquele que mais provavelmente destruiria o... o... o... vampiro! (Por que hesitei ao escrever esta palavra?) Jonathan permaneceu em silêncio durante algum tempo e o dr. Van Helsing falou:

— Amigo Jonathan, esse serviço lhe será adequado por dois motivos. Primeiro, porque é jovem, bravo, pode lutar e talvez todas as energias sejam necessárias no final; segundo, porque tem o direito de destruir aquele que tanta desgraça causou a você e aos que lhe são caros. Não receie pela sra. Mina, pois ficarei cuidando dela, se mo permitir. Já estou velho, minhas pernas já não são mais rápidas como antigamente, não estou mais habituado a cavalgar durante muito tempo, nem a perseguições como a que ocorrerá; além do mais, também não estou acostumado com armas mortíferas. Entretanto, posso realizar outros serviços e lutar de outro modo. E também poderei morrer, se necessário, como os jovens. Agora, permitam-me declarar o que acho que será melhor fazer: enquanto lorde Godalming e o amigo Jonathan subirem o rio em seu rápido barco a vapor, enquanto John e Quincey guardarem as margens por onde o vampiro talvez desembarque, levarei a sra. Mina ao centro do país do inimigo. Enquanto aquela velha raposa estiver presa em sua caixa, flutuando sobre a corrente sem poder escapar para a terra (pois terá receio de levantar a tampa da caixa, o que poderia assustar os transportadores eslovacos, que o abandonariam à morte), percorreremos a trilha por onde foi Jonathan: iremos de Bistritz a Borgo e encontraremos o caminho do castelo de Drácula. O poder que a sra. Mina adquire por meio do hipnotismo lá constituirá um auxílio e encontraremos o caminho escuro e desconhecido, depois do primeiro nascer do sol passado junto daquele maldito lugar. Há muito a ser realizado e outros locais a serem santificados, para que o ninho das víboras seja destruído.

Jonathan interrompeu-o, zangado:

— Professor Van Helsing, quer dizer que pretende levar Mina, contaminada como está pela doença do diabo, justamente para a armadilha mortífera do vampiro? Por nada neste mundo eu permitiria!

Durante um minuto ficou quase sem fala, mas depois prosseguiu:

— Sabe como é aquele lugar? Já viu aquela toca diabólica, onde o próprio luar apresenta formas horripilantes e cada grão de poeira que dança ao vento é um monstro em embrião? Já sentiu os lábios do vampiro em seu pescoço? — Voltou-se para mim e, com os olhos em minha testa, ergueu os braços, exclamando: — Oh, meu Deus, o que fizemos para que essa desgraça caísse sobre nós!

Atirou-se no sofá mergulhado em sua dor. A voz do professor, falando em tons claros e bondosos que pareciam vibrar no ar, acalmou-nos a todos:

— Oh, meu amigo, quero ir porque desejo salvar a sra. Mina daquele terrível lugar. Que Deus faça com que não seja necessário levá-la para lá, pois terei de realizar naquele local um trabalho horripilante, que os olhos dela não deverão ver. Todos os homens aqui, com exceção de Jonathan, já viram com seus próprios olhos o que tem de ser realizado para purificar tal lugar. Recorde-se de que estamos em terrível situação. Se o Conde fugir desta vez (e ele é forte, hábil e astuto), talvez resolva dormir durante um século. Se isso acontecer, nossa querida — ele me segurou as mãos — iria fazer-lhe companhia e ficaria como aquelas outras que você viu, Jonathan. Viu-lhes os lábios que se satisfaziam malignamente, ouviu a risada obscena que emitiram ao agarrarem o saco que o Conde lhes atirara e que se movia. Você estremece e com razão; desculpe-me se lhe causo tanta dor, mas isso é necessário. Meu amigo, não é por uma triste necessidade que ofereço até mesmo minha própria vida? Se alguém tiver de permanecer naquele lugar, serei eu que terei de ir para fazer-lhes companhia.

— Aja como quiser — disse Jonathan com um soluço que fez estremecer seu corpo inteiro. — Estamos nas mãos de Deus!

Mais tarde — A visão do trabalho desses homens corajosos me fez bem. Como pode uma mulher deixar de amar homens tão sinceros, verdadeiros e bravos! Aquilo também me fez pensar no intenso poder do dinheiro! O que não pode ele realizar quando devidamente aplicado, e o que não sucede quando utilizado para fins inferiores! Sinto-me muito grata porque o rico lorde Godalming e o sr. Morris, que também tem bastante dinheiro, mostram disposição para gastar livremente. Se isso não ocorresse, nossa pequena expedição não poderia partir dentro de uma hora, nem com tamanha rapidez nem tão bem equipada. Há menos de três horas decidimos que papel caberia a cada um de nós e já lorde Godalming e Jonathan tinham uma lancha pronta para partir a qualquer momento. O dr. Seward e o sr. Morris arranjaram meia dúzia de bons cavalos, bem escolhidos. Conosco já estão todos os mapas e instrumentos de que necessitamos. O professor Van Helsing e eu partiremos hoje à noite, no trem das 11h40, para Veresti, onde arranjaremos uma carruagem que nos levará ao Desfiladeiro de Borgo. Levaremos muito dinheiro, pois seremos obrigados a comprar uma carruagem e cavalos. Nós mesmos guiaremos, porque não há ninguém a quem possamos confiar nosso encargo. Arranjar-nos-emos muito bem, pois o professor conhece inúmeras línguas. Todos levamos armas e até eu carrego um revólver de grande calibre; Jonathan só sossegou quando me viu armada como os outros. Mas que infelicidade! Não posso carregar uma certa arma que os outros levam, pois a cicatriz de minha testa o proíbe. O estimado dr. Van Helsing consolou-me dizendo-me que estarei completamente armada, caso surjam lobos. O tempo se torna mais frio a cada hora que passa e há nevadas que surgem e desaparecem como avisos.

Mais tarde — Precisei reunir toda a minha coragem para dizer adeus a meu querido marido, pois talvez nunca mais nos encontremos. Coragem, Mina! O professor observa-me atentamente e seu olhar é uma advertência. Não deve haver lágrimas... a não ser aquelas que Deus permitir que caiam por alegria.

DIÁRIO DE JONATHAN HARKER

30 de outubro, à noite. — Escrevo à luz que surge da porta da fornalha da lancha, que lorde Godalming atiça. Ele tem muita experiência disso, pois há anos possui uma lancha no Tâmisa e outra em Norfolk Broads. Com relação a nossos planos, chegamos à conclusão de que Mina intuíra corretamente e que, se o Conde escolhera alguma via fluvial para refugiar-se em seu castelo, o Sereth ou a junção do Bistritza seriam os rios preferidos. Decidimos que o lugar situado a cerca de 47 graus de latitude norte seria o mais provável em que o vampiro atravessaria a terra entre o rio e os Cárpatos. Não receamos subir o rio em grande velocidade durante a noite; há muita água e as margens afastadas tornam fácil a navegação, mesmo no escuro. Lorde Godalming mandou-me dormir durante algum tempo, pois no presente basta a vigilância de um só. Porém não posso dormir... como poderia fazê-lo quando um terrível perigo ameaça minha querida, que vai para aquele lugar tenebroso... Meu único consolo é o pensamento de que estamos nas mãos de Deus. Se não fosse essa crença, seria mais fácil morrer do que viver e assim eliminar todas as dificuldades. O sr. Morris e o dr. Seward partiram em sua longa cavalgada, antes de iniciarmos viagem; conservar-se-ão na margem direita, porém se afastarão dela o suficiente para subirem em terras mais altas, de onde poderão vigiar um bom pedaço do rio e assim evitar suas curvas. Para as primeiras mudas, levaram dois homens que cavalgarão, puxando também os cavalos para a troca, os quais serão ao todo quatro, a fim de não despertar a curiosidade de ninguém. Pouco depois despedirão os homens e cuidarão eles mesmos dos cavalos. Talvez todos tenhamos de agir juntos e, se isso acontecer, haverá montarias suficientes para todo o grupo. Uma das selas tem armação móvel e poderá ser facilmente adaptada para Mina, se necessário.

Embrenhamo-nos em selvagem aventura. Aqui vamos nós, disparando pela escuridão e sentindo o frio que vem do rio e parece cortar, e ouvindo ao nosso redor todos os sons misteriosos da noite. Parecemos penetrar em lugares e caminhos desconhecidos, num mundo lúgubre e negro. Godalming fecha a porta da fornalha...

31 de outubro — Ainda nos apressamos. O dia surgiu e Godalming ainda dorme, mas estou de plantão. A manhã está incomodamente fria e o calor que vem da fornalha é agradável, embora vistamos casacos de pele. Até agora passamos apenas por poucos barcos abertos, mas nenhum deles levava caixa ou volume semelhante ao que procuramos. Os homens se assustavam todas as vezes que lançávamos nossos faróis elétricos sobre eles; caíam de joelhos e oravam.

1º de novembro, à noite — Não recebemos notícias durante o dia, nem encontramos o que procuramos. Já penetramos no Bistritza e, se nossas conclusões estiverem erradas, perdemos nossa oportunidade. Abordamos todos os barcos, grandes e pequenos. Cedo, nesta manhã, um tripulante pensou que nossa lancha fosse oficial e tratou-nos respeitosamente. Vimos que assim facilitaríamos a busca e, em Fundu, quando o Bistritza deságua no Sereth, colocamos uma bandeira romena em nosso barco e lá ela tremula. Esse truque foi bem-sucedido com todos os barcos que abordamos e todos nos trataram condignamente, sem opor obstáculos ao que desejávamos perguntar ou fazer. Alguns dos eslovacos nos informaram ter visto um grande barco passar com velocidade maior do que a comum, tendo a bordo tripulação dupla. Aquilo ocorrera antes de irem para Fundu, de modo que não sabiam dizer se o barco se voltara para o Bistritza ou continuara a subir o Sereth. Em Fundu, ninguém soube informar-nos a respeito de tal embarcação, o que nos fez concluir que devia ter passado por lá durante a noite. Estou muito sonolento; o rio principia a exercer sua influência sobre mim e sinto que preciso descansar. Godalming insiste em permanecer vigiando durante o primeiro período. Que Deus o proteja por sua bondade para com minha esposa querida e para comigo.

2 de novembro, pela manhã — Já é dia claro. Meu bom camarada não me quis acordar, pois disse que teria sido um crime despertar-me de um sono tão pacífico, que me fazia esquecer os sofrimentos. Sinto-me egoísta por ter dormido tanto e permitido que ele vigiasse durante toda a noite, mas ele tinha razão. Sou um novo homem esta manhã e, enquanto estou aqui sentado, vendo-o dormir, posso fazer tudo o que é necessário para cuidar da lancha, manobrá-la e manter a vigilância. Sinto as energias me invadirem novamente. Quisera saber onde Mina e Van Helsing estão agora. Devem ter chegado a Veresti cerca de meio-dia na quarta-feira e com certeza demoraram um pouco para conseguir carruagem e cavalos; mas, se principiaram logo a viagem e prosseguiram com afinco, devem estar agora no Desfiladeiro de Borgo. Que Deus os guie e ajude! Receio pensar no que poderá acontecer. Se ao menos pudéssemos ir mais rapidamente, mas isso não é possível porque o motor já dá o máximo. Será que o dr. Seward e o sr. Morris estão bem? Parecem existir intermináveis riachos descendo das montanhas e desaguando neste rio, mas como nenhum deles é grande (pelo menos no presente, pois no inverno é provável que com as neves derretidas se tornem mais impetuosos), os cavaleiros talvez não tenham encontrado obstáculos.

Espero que os encontremos antes de atingirmos Strasba, pois, se até lá não conseguirmos descobrir o Conde, será necessário nos reunirmos para decidir o que faremos.

RELATO COTIDIANO DO DR. SEWARD

2 de novembro — Passamos três dias na estrada. Não recebemos notícias nem tivemos tempo para escrever, pois todo minuto é precioso. Só paramos o suficiente para os cavalos descansarem, mas estamos suportando tudo muito bem. Aqueles nossos tempos de aventureiros agora nos são úteis. Temos de prosseguir, porque só nos sentiremos felizes novamente quando avistarmos a lancha.

3 de novembro — Em Fundu, soubemos que a lancha subira o Bistritza. Seria bom que o frio não fosse tão intenso. Há sinais de neve e, se esta surgir com violência, seremos detidos. Teremos então de conseguir um trenó e prosseguir, à moda dos russos.

4 de novembro — Soubemos hoje que um acidente deteve a lancha quando tentava abrir caminho, subindo uma corredeira. As embarcações dos eslovacos conseguem subir com a ajuda de uma corda e de manobras hábeis. Algumas haviam passado ali algumas horas antes. Godalming é um mecânico amador e evidentemente foi ele próprio quem consertou a lancha. Finalmente, com a ajuda local, conseguiram subir e já prosseguem na perseguição. Contudo, receio que a lancha não tenha ficado em muito boa condição depois do que ocorreu, pois de vez em quando a viam parar. Temos de prosseguir mais rapidamente do que antes, pois talvez haja necessidade de auxílio.

DIÁRIO DE MINA HARKER

31 de outubro — Chegamos a Veresti ao meio-dia. O professor narrou que, nesta manhã, durante a alvorada, mal me pôde hipnotizar; quando o conseguiu, tudo o que pude dizer foi: "Escuridão e silêncio". Agora ele partiu para comprar a carruagem e os cavalos, para que possamos mudá-los no caminho, pois teremos de percorrer mais de setenta milhas. O país é lindo e muito interessante; se as condições fossem outras, seria muito agradável viajar por aqui. Como seria bom se Jonathan e eu passeássemos por cá a sós; se parássemos para ver o povo, aprender algo de seus costumes e encher nossa mente e memória com as cores e a beleza desta terra linda e agreste, e de sua estranha gente! Mas, infelizmente...

Mais tarde — O dr. Van Helsing já regressou. Conseguiu a carruagem e os cavalos; jantaremos e partiremos dentro de uma hora. A estalajadeira está preparando para nós uma grande cesta de provisões que seria suficiente para um regimento. O professor encorajou-a a prosseguir, dizendo-me baixinho que talvez só conseguíssemos alimentos novamente após uma semana. Ele também fez compras e enviou para casa maravilhosa porção de casacos de pele, estolas e agasalhos de toda espécie. Não haverá possibilidade de sentirmos frio.

Logo partiremos. Receio pensar no que possa suceder-nos. Estamos realmente nas mãos de Deus. Só Ele sabe o que acontecerá e rezo com todas as forças de minha triste e humilde alma, para que vigie meu adorado marido e para que, aconteça o que acontecer, Jonathan saiba que o amo e respeito infinitamente, e que meu último e mais sincero pensamento será para ele.

CAPÍTULO 27

DIÁRIO DE MINA HARKER
(continuação)

1º de novembro — Viajamos durante o dia inteiro e a boa velocidade. Os cavalos parecem saber que são tratados bondosamente e percorrem seu caminho com a máxima rapidez. Agora, depois da relativa facilidade que encontramos para chegar até aqui, sentimo-nos encorajados e achamos que a viagem não será penosa. O dr. Van Helsing mostra-se lacônico; diz aos fazendeiros que deseja ir rapidamente a Bistritz e lhes paga bem para a muda dos cavalos. Nesses momentos tomamos sopa quente, café ou chá e depois partimos mais uma vez. Neste país admirável, repleto de belezas de todas as espécies, o povo é bravo, forte, simples e cheio de boas qualidades. Contudo, é muitíssimo supersticioso. Na primeira casa em que paramos, a mulher que nos serviu avistou a cicatriz em minha testa;

benzeu-se e fez uma figa em minha direção, logo que viu aquela marca, a fim de evitar o mau-olhado. Creio que se deram ao trabalho de colocar grande quantidade de alho, condimento que não suporto, em nossa comida. Desde então, tenho tido o cuidado de não retirar o chapéu ou o véu, para assim escapar às suspeitas. Viajamos com rapidez e, como não temos cocheiro para contar mexericos, vamos à frente dos escândalos; porém, acho que o medo do mau-olhado nos seguirá durante todo o caminho. O professor parece incansável e não quis repousar durante o dia, embora me obrigasse a dormir durante um longo período. Hipnotizou-me ao pôr do sol e disse que minha resposta foi a mesma de sempre: "Escuridão, água batendo e madeira rangendo". Portanto, nosso inimigo ainda está no rio. Receio pensar em Jonathan, mas, não sei por quê, agora já não temo por ele nem por mim. Escrevo isto numa casa de fazenda enquanto esperamos que aprontem os cavalos. O dr. Van Helsing está dormindo. Coitado, tem o aspecto cansado, envelhecido e pálido, porém sua boca se mantém firme como a de um conquistador; até mesmo dormindo vê-se o seu espírito resoluto. Depois que nos tivermos afastado, fá-lo-ei descansar enquanto guio. Dir-lhe-ei que ainda teremos dias diante de nós e que não deverá esgotar-se justamente quando todas as suas energias serão necessárias... Tudo está pronto e partiremos em breve.

2 de novembro, pela manhã — Consegui convencê-lo e nos revezamos durante toda a noite; agora o dia nos envolve, claro porém frio. O ar está estranhamente pesado... Digo pesado porque não encontro melhor palavra, embora queira significar que nos deprime singularmente. Faz muito frio e só nos mantemos confortáveis devido a nossas peles quentes. De madrugada, Van Helsing hipnotizou-me e declarou que respondi "escuridão, madeira rangendo e estrondo de água"; percebemos portanto que o rio se modifica à medida que sobem.

Espero que meu querido esposo não se arrisque mais do que o necessário; estamos nas mãos de Deus.

2 de novembro, à noite — Durante todo o dia, continuamos na carruagem. O país se torna mais agreste à medida que prosseguimos e os grandes espigões dos Cárpatos, que em Veresti pareciam tão distantes e baixos no horizonte, agora parecem envolver-nos, erguendo-se à nossa frente. Ambos estamos bem-humorados e creio que nos esforçamos para nos alegrarmos mutuamente, fato que acaba produzindo verdadeira alegria. O dr. Van Helsing disse que pela manhã chegaremos ao Desfiladeiro de Borgo. Os cavalos aqui são muito raros agora e o professor declarou que o último arranjado terá de continuar conosco até o final, porque talvez não consigamos mudá-lo. Arranjou mais dois, além dos dois que já tínhamos, de modo que agora conduzimos quatro animais. São pacientes e bons; não nos dão trabalho. Como não há necessidade de nos preocuparmos com outros viajantes, até eu posso guiar os cavalos. Atingiremos o desfiladeiro durante o dia e não desejamos chegar lá antes; por isso prosseguimos devagar e nos revezamos em longos turnos de descanso. Oh, o que nos trará o dia de amanhã? Iremos para o lugar em que meu querido sofreu tanto. Que Deus nos dirija corretamente e zele por meu marido e por todos aqueles que nos são caros e que se encontram em tão grande perigo. Quanto a mim, não sou digna diante dos olhos d'Ele, sou impura e assim permanecerei até que o Onipotente admita minha presença diante de Si como alguém que não incorreu em Sua ira.

MEMORANDO DE ABRAHAM VAN HELSING

4 de novembro — Escrevo isto para meu velho e verdadeiro amigo John Seward, médico de Purfleet, Londres, caso não o veja mais. Talvez estas palavras consigam explicar tudo. É de manhã e escrevo junto à fogueira que mantive acesa durante toda a noite, com a ajuda da sra. Mina. O frio é demasiado intenso; tão intenso que o escuro céu está carregado com a neve que, quando cair, se estabelecerá durante todo o inverno, pois a terra se endurece para recebê-la. O tempo parece ter afetado a sra. Mina; sentiu a cabeça pesada durante todo o dia e não parecia a mesma. Dormiu muitíssimo e ela, que é quase sempre tão vivaz, nada fez durante o dia inteiro, perdendo inclusive o apetite. Não quis anotar seu diário, ela que sempre escreveu nos momentos disponíveis. Algo me sussurra que existe alguma coisa errada. Contudo, hoje à noite está mais alerta e o longo sono durante o dia serviu para recuperá-la, pois se mostra terna e alegre como sempre. Ao pôr do sol tentei hipnotizá-la, mas infelizmente não obtive resultado; meu poder diminuiu dia após dia e hoje à noite falhou de modo completo. Bem, seja feita a vontade de Deus, qualquer que seja e para onde quer que nos leve!

Agora passemos aos fatos, pois, como a sra. Mina não escreveu em taquigrafia, terei de recorrer à minha escrita comum e cansativa, a fim de que nenhum dia permaneça sem anotações.

Chegamos ao Desfiladeiro de Borgo logo após o nascer do sol, ontem. Quando vi os sinais da alvorada, preparei-me para hipnotizar. Paramos a carruagem e descemos para que nada nos perturbasse; em seguida fiz um leito com peles e a sra. Mina, deitada, entregou-se como habitualmente, sendo porém mais lenta e breve do que nunca, durante o sono hipnótico. A resposta surgiu como antes: "Escuridão e água a girar". Em seguida acordou radiante; prosseguimos em nosso caminho e logo atingimos o desfiladeiro. Naquela hora e lugar ela demonstrou ardente zelo; algum novo poder para guiar manifestou-se nela, pois apontou para a estrada, dizendo:

— Esse é o caminho.

— Como sabe? — perguntei.

— É claro que sei — respondeu ela, acrescentando com uma pausa: — Jonathan já não passou por aqui, anotando toda a sua viagem?

A princípio julguei aquilo estranho, mas logo verifiquei que havia apenas um atalho igual àquele. É muito pouco usado e muito diferente da estrada para carruagens que vai de Bucóvina a Bistritz, mais larga, dura e utilizada.

Assim percorremos aquele caminho e encontramos outros atalhos que às vezes nem percebíamos, mas apenas os cavalos distinguiam, pois aqueles caminhos estavam muito negligenciados e caíra uma leve geada. Soltei as rédeas aos animais e eles prosseguiram pacientemente. Pouco a pouco, fomos encontrando tudo o que Jonathan anotara em seu fabuloso diário. Em seguida, prosseguimos durante inúmeras e longas horas. A princípio, mandei que a sra. Mina dormisse; ela tentou e foi bem-sucedida. Dormiu durante todo o tempo até que, finalmente, desconfiei daquilo e tentei despertá-la, sem contudo conseguir. Não quero fazer demasiada força para acordá-la porque temo prejudicá-la; sei que já sofreu muito e o sono às vezes lhe é benéfico. Creio que também cochilei, pois súbito me senti culpado, como se tivesse feito algo errado. Verifiquei então que segurava as rédeas e que os cavalos prosseguiam como sempre. Olhei para baixo e percebi que a sra. Mina ainda dormia. A hora do poente não está muito distante, e sobre a neve os raios do sol jorram inundando tudo de amarelo, o que nos faz atirar longas sombras sobre as montanhas íngremes. É que subimos sempre mais e a natureza aqui é muito agreste e rochosa, como se constituísse o fim do mundo.

Acordei Mina sem grande dificuldade e tentei hipnotizá-la. Entretanto, ela não dormiu, agindo como se eu não existisse.

Mesmo assim, continuei tentando até que a escuridão nos envolveu; olhei então ao meu redor e verifiquei que o sol já desaparecera. A sra. Mina riu e voltei-me para contemplá-la; estava completamente acordada e não a via com aspecto tão bom desde aquela noite em Carfax, quando pela primeira vez entramos na casa do Conde. Senti-me surpreso e não muito à vontade, mas ela se mostrou tão alegre, terna e amável para comigo que esqueci todos os temores. Acendi uma fogueira, pois trouxemos uma provisão de lenha conosco e a sra. Mina preparou a comida enquanto eu desatrelava os cavalos, cuidava deles e os alimentava. Quando voltei para junto da fogueira, ela deu-me o jantar, que já estava pronto. Eu quis ajudá-la, mas sorriu dizendo-me que já comera, pois sentira tanta fome que não pudera esperar. Não gostei daquilo e tive sérias dúvidas, mas silenciei porque temi assustá-la. Ela preparou tudo para mim e comi sozinho; em seguida, nos embrulhamos nas peles e deitamos ao lado do fogo. Disse-lhe que dormisse enquanto eu vigiava. Porém súbito adormeci, esquecendo a vigilância, e quando despertei verifiquei que ela estava deitada, quieta, porém acordada e que me contemplava com olhos muito brilhantes. Uma ou duas vezes aconteceu o mesmo e dormi bastante antes do amanhecer. Quando acordei, tentei hipnotizá-la mas, infelizmente, embora fechasse os olhos em obediência, não caiu em transe. O sol subiu cada vez mais e ela dormiu então; mas já era tarde e além do mais seu sono foi tão pesado que não consegui acordá-la. Tive de carregá-la para colocá-la adormecida na carruagem, onde já atrelei e preparei os cavalos. A sra. Mina ainda dorme e parece mais saudável e corada que antes. Não acho isso bom e tenho medo! Tenho medo de tudo... até de pensar que devo prosseguir neste caminho. Jogamos uma partida de vida ou morte, talvez até de algo mais, e não podemos hesitar.

5 de novembro, pela manhã — Anotarei tudo com a máxima precisão, pois, embora vocês e eu tenhamos visto muitas coisas estranhas, juntos, poderão julgar que estou louco e que os muitos horrores e pressões sobre meus nervos finalmente desequilibraram meu cérebro. Viajamos durante todo o dia de ontem, sempre nos aproximando das montanhas e penetrando numa terra cada vez mais selvagem e deserta. Nela se encontram grandes e assustadores precipícios e muitas quedas de água; a natureza ali parece permanentemente em festa. A sra. Mina dorme continuamente e nem sequer acordou para comer, embora eu já tivesse sentido fome e me alimentado. Receei que o feitiço fatal do lugar já a tivesse dominado, ainda mais que já recebera o batismo do vampiro. "Bem, se ela dormir durante o dia inteiro, não poderei dormir durante a noite", disse para mim mesmo. Enquanto viajávamos pela estrada antiga, imperfeita e áspera, deitei a cabeça e adormeci. Acordei novamente com um sentimento de culpa e do tempo passado; Mina ainda dormia e o sol já estava bem baixo. Porém tudo mudara realmente; as montanhas sinistras pareciam muito distantes e estávamos próximos de um morro muito íngreme, no cimo do qual havia um castelo igual ao descrito por Jonathan em seu diário. Senti-me alegre e receoso ao mesmo tempo, pois agora o fim estava próximo, fosse ele bom ou mau.

Acordei a sra. Mina e novamente tentei hipnotizá-la, mas infelizmente só obtive resultado tarde demais. Depois, antes que a grande escuridão nos envolvesse (pois mesmo após o pôr do sol o céu refletiu os raios daquele astro, sobre a neve, produzindo um crepúsculo durante algum tempo), desatrelei os cavalos e cuidei deles como pude. Em seguida fiz uma fogueira e obriguei a sra. Mina, agora mais vivaz e encantadora do que nunca, a sentar-se confortavelmente entre suas cobertas. Preparei os alimentos, mas ela não quis comer, dizendo que não tinha fome. Não insisti porque sabia que era inútil, porém comi porque necessito estar forte para enfrentar tudo. Depois, receando o que poderia suceder, desenhei ao redor dela um círculo suficientemente grande para que pudesse sentar-se dentro dele em conforto. Sobre ele passei um pouco da massa da hóstia, quebrando-a bem para maior segurança. Durante todo o tempo, sentou-se imóvel como se estivesse morta, tornou-se mais pálida até adquirir a cor da neve e não disse palavra. Contudo, quando me aproximei me agarrou e percebi que a coitada tremia da cabeça aos pés, causando dó. Quando se acalmou mais, disse-lhe:

— Não quer aproximar-se da fogueira? — assim perguntei para investigar seu poder. Ergueu-se obedientemente, mas, quando deu um passo adiante, parou como que petrificada.

— Por que não continua? — indaguei.

Ela sacudiu a cabeça e, recuando, sentou-se em seu lugar. Depois, olhando-me com olhos arregalados, como alguém que acordasse repentinamente, disse apenas:

— Não posso! — e permaneceu em silêncio.

Regozijei-me, pois sabia que nossos inimigos não conseguiriam fazer o que ela própria não podia. Embora seu corpo talvez corresse perigo, sua alma estava em segurança!

Súbito os cavalos principiaram a relinchar e tentaram romper as amarras, até que me aproximei deles, tentando acalmá-los. Quando sentiram minhas mãos a afagá-los, relincharam baixo, como se estivessem alegres, lamberam minhas mãos e se conservaram quietos durante algum tempo. Cheguei-me a eles muitas vezes durante a noite, até naquele momento frio em que a natureza se apresenta mais imóvel; minha presença sempre serviu para acalmá-los. Na hora fria a fogueira principiou a extinguir-se e adiantei-me para atiçá-la, pois agora a neve caía violentamente, trazendo consigo uma névoa fria. Mesmo no escuro havia luz de alguma espécie, como sempre sucede sobre a neve, e parecia que os flocos desta e os fiapos de névoa adquiriam a forma de mulheres com vestes compridas. Tudo estava mergulhado em silêncio lúgubre e mortal; apenas os cavalos relinchavam e se encolhiam, completamente aterrorizados. Principiei a ter um medo terrível, mas logo me senti em segurança, dentro do círculo em que estava. Principiei também a pensar que minha imaginação era perturbada pela noite, pela terrível ansiedade e inquietação por que passara. Era como se minhas recordações acerca da apavorante experiência de Jonathan me iludissem, pois os flocos de neve e a névoa principiaram a girar até que pude avistar ligeiramente aquelas mulheres que o haviam desejado beijar. Os cavalos se encolheram mais e mais, gemendo aterrorizados como homens que sofressem. Mas o susto não os enlouquecia, para que fugissem. Receei pela sra. Mina, quando aquelas fantásticas figuras se aproximaram dela, circundando-a. Olhei-a, mas continuou sentada calmamente e sorriu para mim; quando eu quis adiantar-me para atiçar o fogo, segurou-me, fazendo-me recuar, e sussurrou com voz muito baixa, semelhante àquela que ouvimos em sonhos:

— Não! Não! Não saia do círculo. Aqui está em segurança!

Voltei-me para ela e, fitando-lhe os olhos, disse:

— Mas e a senhora? É pela senhora que receio!

Ao ouvir isso, riu baixo e sem jeito, declarando:

— Receia por mim! Por quê? Ninguém no mundo está mais livre do perigo que elas possam causar do que eu.

Enquanto pensava no que ela queria dizer com aquelas palavras, um golpe de vento animou a fogueira e vi a cicatriz vermelha de sua testa. Então, infelizmente, entendi! Ainda que isso não tivesse ocorrido, logo teria compreendido, pois as figuras de neve e cerração rodopiante se aproximaram, conservando-se contudo sempre fora do círculo sagrado. Não sei se Deus me tirou a razão, mas vi com meus próprios olhos: principiaram a materializar-se até que enxerguei diante de mim, em carne e osso, as mesmas três mulheres que Jonathan vira no quarto, quando quiseram beijar-lhe o pescoço. Reconheci as redondas formas oscilantes, os olhos brilhantes e cruéis, os dentes brancos, a cor vermelha e os lábios voluptuosos. Sorriram para a infeliz sra. Mina e, enquanto o riso atravessava o silêncio da noite, entrelaçaram os braços e apontaram para ela. Em seguida, falaram com aquela doce voz que retinia e que Jonathan comparara ao ruído suave, porém insuportável, de copos que se tocam:

— Irmã, venha conosco. Venha, venha!

Receoso, voltei-me para a infortunada sra. Mina, mas meu coração pulou de felicidade; o terror e a repulsão que aqueles olhos ternos demonstraram contaram-me uma história repleta de esperanças. Graças a Deus, ela ainda não pertencia às outras. Agarrei um punhado de lenha que estava junto de mim, estendi um pouco de massa de hóstia e adiantei-me para aquelas mulheres, aproximando-me da fogueira. Recuaram e soltaram uma gargalhada baixa e horrível. Aticei o fogo sem temê-las, pois sabia que estávamos em segurança com nossos instrumentos de proteção. Não podiam se aproximar de mim enquanto eu estivesse assim armado, nem da sra. Mina dentro do círculo que não podia deixar e no qual as outras não conseguiam penetrar. Os animais haviam cessado de lamentar-se e deitavam-se imóveis; a neve caía sobre eles novamente, embranquecendo-os. Sabia que aqueles infortunados cavalos nunca mais sentiriam terror.

Assim permanecemos até que o vermelho da alvorada se refletiu sobre a escuridão e a neve. O terror e a angústia me envolviam, mas quando o maravilhoso sol principiou a subir no horizonte, renasci para a vida. Com os primeiros vestígios do amanhecer, as horripilantes figuras dissolveram-se nos círculos da cerração e da névoa; as guirlandas transparentes moveram-se em direção ao castelo, sumindo.

Instintivamente, com a vinda da alvorada, voltei-me para a sra. Mina, pretendendo hipnotizá-la; porém ela caíra em súbito e profundo sono, do qual não consegui acordá-la. Tentei hipnotizá-la mesmo durante o sono, mas não apresentou reação alguma e o dia surgiu. Receio mover-me. Já fiz a fogueira e fui ver os cavalos, mas estavam todos mortos. Hoje, terei muito que fazer aqui, e estou à espera de que o sol se erga bem alto; é que em certos lugares para onde irei o sol me dará segurança, apesar de obscurecido pela cerração e pela neve.

Alimentar-me-ei para adquirir forças e depois me dedicarei ao meu terrível trabalho. Graças a Deus, a sra. Mina ainda dorme! O sono lhe dá tranquilidade...

DIÁRIO DE JONATHAN HARKER

4 de novembro, ao anoitecer — O acidente com a lancha perturbou-nos muito. Se não fosse ele, já teríamos alcançado o barco do Conde há muito e a esta hora a adorada Mina já estaria livre. Nem quero pensar nela, lá nas florestas próximas daquele terrível lugar. Arranjamos cavalos e continuamos a seguir a trilha. Anoto isto enquanto Godalming se prepara. Estamos armados e, se os ciganos quiserem lutar, terão de tomar cuidado. Oh, se ao menos Morris e Seward estivessem conosco! A esperança não nos deve abandonar! Se eu não puder escrever mais, adeus, Mina, que Deus a abençoe e proteja!

RELATO COTIDIANO DO DR. SEWARD

5 de novembro — Quando a madrugada chegou, vimos o grupo de ciganos diante de nós, afastando-se do rio em sua carroça. Rodeavam-na unidos e apressavam-se como se alguém os perseguisse. A neve caía levemente e o ar estava estranhamente agitado. Talvez estejamos imaginando coisas, mas há uma estranha depressão em tudo. Ouço o uivo de lobos distantes, que a neve traz descendo as montanhas; por todos os lados há perigos para nós. Os cavalos estão quase prontos e logo partiremos. Iremos ao encontro da morte de alguém, mas apenas Deus sabe de quem ou quando e em que circunstâncias isso ocorrerá...

MEMORANDO DO DR. VAN HELSING

5 de novembro, à tarde — Agradeço a Deus porque pelo menos estou são, embora tenha passado por terríveis provações. Quando deixei a sra. Mina dormindo dentro do círculo sagrado, segui rumo ao castelo. O martelo de ferreiro que trouxe na carruagem desde Veresti me foi útil porque, embora as portas estivessem abertas, quebrei-as para que nem pessoas nem a fatalidade pudessem fechá-las, prendendo-me. A amarga experiência de Jonathan me foi útil e, recordando-me de seu diário, pude encontrar o caminho da velha capela, uma vez que era lá que teria de realizar meu trabalho. O ar estava abafado e parecia haver alguma emanação de gás sulfuroso que às vezes me entontecia. Em determinados momentos ouvia um estrondo em meus ouvidos e em outros percebia o uivo distante de lobos. Pensei então na sra. Mina e fiquei num horrível dilema.

Não ousara trazê-la para o castelo, mas deixara-a no círculo sagrado onde o vampiro não poderia fazer-lhe mal; contudo, haveria os lobos! Decidi entretanto que meu trabalho teria de ser realizado ali e que teríamos de submeter-nos aos lobos, se essa fosse a vontade de Deus. De qualquer modo, se aqueles animais a atacassem, haveria apenas a morte e a liberdade após. Assim, decidi deixá-la onde estava. Se tivesse de escolher a minha sorte, teria sido fácil: o estômago do lobo seria melhor do que o descanso no túmulo do vampiro! Decidi portanto terminar meu trabalho.

Sabia que teria de encontrar pelo menos três túmulos habitados; depois de muito procurar, descobri um deles. Sua dona dormia um sono de vampiro, tão cheia de vida e beleza sensual que julguei cometer um crime. Não duvido de que, antigamente, quando também existiam vampiros, muitos homens decidiram realizar uma tarefa igual à minha, porém no final ficaram penalizados e não tiveram coragem. Demoraram até que a beleza e fascinação das devassas Não Mortas os hipnotizaram, obrigando-os a permanecer onde estavam até ao pôr do sol, momento em que terminava o sono dos vampiros. Então, a linda mulher abria os bonitos olhos, adquiria aparência amorosa e a boca voluptuosa apresentava-se para o beijo. O homem é fraco... Mais um caía vítima do abraço do vampiro e contribuía para o aumento das tenebrosas fileiras dos Não Mortos!...

Sem dúvida houve alguma fascinação, pois me senti tocado na presença daquela que estava deitada num túmulo corroído pelo tempo e repleto com o pó de séculos, embora apresentasse aquele terrível odor comum às tocas do Conde. Sim, eu, Van Helsing, apesar de toda a minha firmeza e ódio motivado, senti-me tocado por um desejo de retardar aquela ação; desejo esse que me parecia paralisar e embaraçar a própria alma. Talvez fosse a necessidade de dormir e o ar estranhamente abafado que me estivessem influenciando. A verdade era que principiava a adormecer de olhos acordados, como se cedesse a uma doce fascinação; porém, através da neve e do silêncio, ouvi um lamento longo e grave, tão repleto de angústia e piedade que me acordou como o som de uma trombeta. Era a voz da estimada sra. Mina.

Em seguida, me dediquei mais uma vez à minha terrível tarefa e, arrancando tampas de túmulos, encontrei outra das irmãs, a morena. Não ousei parar para contemplá-la, como fizera com sua irmã, pois temi sofrer novo encantamento. Contudo, continuei a procurar e descobri, num grande e alto túmulo, que parecia ter sido construído para pessoa muito amada, aquela clara mulher que Jonathan e eu víramos sair dos átomos de névoa. Sua beleza intensamente fascinante e voluptuosa atiçou meu instinto de homem, aquele instinto que faz que os de meu sexo amem e protejam as mulheres iguais a ela, porém no meu caso fez girar minha cabeça com nova emoção. Mas, graças a Deus, aquele lamento pungente da estimada sra. Mina não desaparecera totalmente de meus ouvidos e, antes que o feitiço me dominasse, já readquirira coragem para minha selvagem tarefa. Àquela hora já revistara todos os túmulos da capela e, como só avistara três daqueles fantasmas ao redor de nós durante a noite, presumi que não existissem mais Não Mortos ativos. Havia um grande túmulo, mais imponente do que os outros; era enorme e majestosamente bem-proporcionado. Havia nele apenas uma palavra:

DRÁCULA

Aquele era o lar do Rei-Vampiro, gerador de muitos outros. Nada existia dentro do túmulo, o que confirmou aquilo que eu já sabia. Antes de matar verdadeiramente aquelas mulheres, coloquei um pouco de massa de hóstia no túmulo de Drácula, banindo-o dali para sempre.

Em seguida, principiei a terrível tarefa que me causava horror. Se tivesse de matar apenas uma, teria sido relativamente fácil, mas três! Teria de passar três vezes por momentos horripilantes... Aquilo já fora terrível com a terna srta. Lucy; mas o que não seria agora com essas estranhas que haviam sobrevivido séculos, que se haviam fortalecido com o passar dos anos e que teriam lutado por sua vida impura, se pudessem?

Oh, amigo John, aquele foi um trabalho de carniceiro e eu não poderia ter prosseguido se não tivesse pensado nos outros mortos e nos vivos que estavam ameaçados por aquele manto de pavor. Tremo ainda agora, embora graças a Deus meus nervos tudo tivessem suportado até o final. Não poderia ter prosseguido com aquela destruição, caso não tivesse visto a expressão de paz e felicidade das Não Mortas, antes da dissolução final, demonstradora de que as almas haviam sido conquistadas. Não teria suportado o terrível grito emitido quando o espeto foi enterrado, as contorções e a espuma sangrenta que saía dos lábios. Teria fugido horrorizado, sem terminar meu trabalho. Mas já acabei tudo e agora posso chorar e ter piedade daquelas pobres almas, cada uma tão plácida no sono da morte, durante um curto momento antes de virar pó. Amigo John, mal acabava de cortar com minha faca a cabeça de cada uma e já todo o corpo principiava a dissolver-se, transformando-se no primitivo pó, como se a morte, que há muitos séculos se deveria ter instalado, surgisse finalmente de modo acintoso e dissesse: "Aqui estou eu!".

Antes de partir do castelo preparei as entradas, de modo que o Conde lá não penetrará enquanto for vampiro.

Quando entrei no círculo em que a sra. Mina dormia, ela acordou e ao me olhar gritou, declarando que eu já suportara demais.

— Venha, afastemo-nos deste lúgubre lugar! — disse ela. — Vamos encontrar meu marido que caminha em nossa direção, segundo o que sei.

Estava magra, pálida e fraca, mas seus olhos demonstravam pureza e brilhavam com fervor. Alegrei-me por vê-la pálida e doente, pois meu cérebro estava povoado com os recentes horrores do sono corado das Não Mortas.

Assim, esperançosos, porém com temor, voltamo-nos para o este, a fim de encontrar nossos amigos e também... *Ele*, que a sra. Mina declarou saber dirigir-se ao nosso encontro.

DIÁRIO DE MINA HARKER

6 de novembro — Sabia que Jonathan viria pelo leste, e a tarde já ia adiantada quando o professor e eu nos dirigimos para lá. Apesar de o caminho ser muito íngreme e de descermos, não caminhamos com rapidez porque levávamos conosco pesadas mantas e agasalhos; não ousávamos prosseguir sem proteção contra o frio e a neve. Tivemos também de levar algumas de nossas provisões, pois estávamos em lugar deserto e, até onde podíamos ver através da neve, não havia sinal de habitação. Depois de caminharmos cerca de uma milha, senti-me cansada e me sentei. Olhamos para trás e vimos o castelo de Drácula recortado contra o céu; estávamos num ponto tão baixo no morro em que o castelo se situava, e que estávamos descendo, que, daquele local, não avistávamos os Cárpatos. Vimos o castelo em toda a sua imponência, a 3.480 metros de altura sobre o cimo de um abrupto precipício; entre ele e qualquer das faces da montanha adjacente parecia haver uma grande garganta. Havia algo de bárbaro e misterioso no lugar. Ouvíamos o distante uivar dos lobos, som que surgia cheio de terror, embora abafado pela neve. Pelo modo de olhar do dr. Van Helsing, percebi que procurava algum ponto estratégico onde pudéssemos nos defender melhor, em caso de ataque. A estrada imperfeita ainda descia e nós a distinguíamos entre a neve acumulada.

Após pouco tempo o professor me fez sinal; levantei-me e uni-me a ele. Encontrara um ótimo lugar: uma espécie de gruta na rocha, com uma entrada semelhante a um portal, entre duas pedras. O dr. Van Helsing segurou-me a mão, fazendo-me entrar.

— Veja, encontrará abrigo aqui — disse ele. — E, se os lobos vierem, poderei enfrentá-los um a um.

Trouxe-nos nossas peles, arrumou um lugarzinho aconchegante para mim, apanhou umas provisões e obrigou-me a comer. Mas recusei, pois até mesmo o fato de tentar ingerir alimento me repugnava; embora quisesse agradar-lhe, não pude realizar a tentativa. Mostrou-se triste, mas não me reprovou. Apanhando na caixa o binóculo, levantou-se e ficou em pé na rocha, principiando a examinar o horizonte. Súbito gritou:

— Olhe, sra. Mina! Olhe!

Levantei-me e fiquei ao lado dele na pedra; entregou-me o binóculo e apontou. A neve caía com mais força e rodopiava violentamente, pois um vento forte principiava a soprar. Contudo, em determinados momentos, havia pausas entre as rajadas de neve e eu podia ver bem longe. Isso era possível porque estávamos numa elevação. Bem distante, além da branca faixa de neve, eu avistava o rio como uma fita negra enroscando-se em seu caminho. Em nossa direção, e tão perto que fiquei imaginando por que não notáramos antes, um grupo de homens a cavalo se apressava. Entre eles havia uma longa carroça que balançava de um lado a outro, como um rabo de cachorro, a cada pequena saliência da estrada. Contrastavam com a neve e, devido a suas vestimentas, percebi que eram camponeses ou ciganos de alguma espécie.

Sobre a carroça havia uma grande caixa quadrada e meu coração pulou ao vê-la, pois senti que o fim estava próximo. A noite logo chegaria e eu sabia muito bem que ao pôr do sol a coisa que ali estava aprisionada adquiriria nova liberdade e poderia fugir sob muitas formas. Receosa, voltei-me para o professor, mas verifiquei pesarosa que ele não estava lá. Um instante mais tarde, vi-o mais abaixo de mim. Desenhara um círculo em volta da rocha, igual àquele em que nos abrigáramos na noite anterior. Depois que o completara, ficou novamente em pé junto de mim e disse:

— Pelo menos, *ele* não poderá fazer-lhe mal aqui! — Apanhou o binóculo em minhas mãos e na estiada seguinte da neve examinou todo o espaço abaixo de nós. — Veja, eles vêm rapidamente; chicoteiam os cavalos e galopam com a máxima velocidade.

Fez uma pausa e prosseguiu em voz inexpressiva:

— Correm em direção ao poente. Talvez seja tarde demais para nós, porém seja feita a vontade de Deus!

Uma forte lufada de neve caiu, apagando toda a nossa visão, contudo logo passou e mais uma vez o binóculo do professor se fixou na planície. Súbito gritou:

— Olhe! Olhe! Olhe! Veja, dois cavaleiros seguem-nos com rapidez, vindos do sul. Só podem ser Quincey e John. Pegue o binóculo e olhe antes que a neve tudo apague!

Apanhei-o e olhei. Os dois homens poderiam ser o dr. Seward e o sr. Morris; de qualquer modo, sabia que nenhum dos dois era Jonathan. Naquele momento, porém, *sabia* que meu marido não estava muito distante, e olhando ao meu redor vi dois outros homens surgindo ao norte do grupo, em tremenda velocidade. Percebi que um deles era Jonathan e presumi que o outro seria lorde Godalming. Também perseguiam o grupo que conduzia a carroça. Quando disse aquilo ao professor, ele gritou alegre como um colegial; olhou atentamente até a neve nublar o panorama e encostou sua carabina Winchester na pedra à entrada da gruta, pronta para ser usada.

— Estão todos convergindo para um mesmo ponto — falou o professor. — Quando chegar a hora, os ciganos se espalharão por todos os lados.

Conservei meu revólver pronto para ser manejado, pois enquanto falávamos o uivo dos lobos se tornara mais próximo e forte. Quando a tempestade amainou por um momento, olhamos novamente. Era estranho, mas a neve caía em pesados flocos ao nosso redor, apesar de longe o sol brilhar cada vez mais enquanto desaparecia pelos picos das montanhas distantes. Movendo o binóculo, avistei pontos que se moviam, isoladamente ou em grupos... eram os lobos que se uniam para abocanhar a presa.

Enquanto esperávamos, cada segundo parecia um século. O vento soprava agora em violentas lufadas e a neve era atirada com fúria ao passar por nós, em turbilhões. Em certos instantes não conseguíamos ver além da distância de um braço, porém em outros, quando o vento passava por nós rugindo, parecia clarear todo o espaço ao nosso redor e víamos muito longe. Nos últimos tempos, nos habituáramos de tal modo a esperar o nascer e o pôr do sol que sabíamos com precisão quando chegaria; assim, podíamos afirmar que o ocaso logo surgiria. Era difícil acreditar no que nossos relógios revelavam: esperáramos menos de uma hora naquele abrigo rochoso, antes que os diversos grupos principiassem a convergir diante de nós. O vento agora surgia com lufadas mais violentas e cortantes; vinha mais firmemente do norte. Parecia haver afastado de nós as nuvens carregadas de neve, pois apenas ocasionalmente esta caía em jatos. Distinguíamos claramente os homens de cada grupo, os perseguidores e os perseguidos. Era estranho, mas os perseguidos não pareciam perceber que havia uma perseguição, ou pelo menos não davam importância a ela; contudo, redobravam a velocidade à medida que o sol baixava mais entre os picos das montanhas.

Aproximavam-se cada vez mais. O professor e eu nos agachamos por trás de nossa rocha, mantendo as armas prontas; pude ver que ele estava resolvido a não os deixar passar. Nenhum membro do grupo notou nossa presença.

Súbito, duas vozes bradaram: "Parem!". Uma delas era a de Jonathan, carregada de emoção; a outra era a voz firme do sr. Morris, em tom de calmo comando. Os ciganos poderiam não conhecer aquela língua, mas aquele tom era inconfundível, qualquer que fosse a língua falada. Pararam instintivamente e, no mesmo instante, lorde Godalming e Jonathan surgiram de um lado enquanto do outro o dr. Seward e o sr. Morris se aproximaram. O chefe dos ciganos, um homem de aspecto magnífico que, montado no cavalo, parecia um centauro, fez um gesto para os intrusos e depois ordenou aos companheiros que prosseguissem. Chicotearam os cavalos e se adiantaram, porém os quatro homens ergueram as carabinas Winchester e, de modo inconfundível, ordenaram que os ciganos parassem. No mesmo instante, o dr. Van Helsing e eu nos erguemos por trás de uma rocha e apontamos nossas armas para eles. Vendo que estavam cercados, apertaram as rédeas e pararam. O chefe voltou-se para os outros e disse algo que fez que todos os homens do grupo desembainhassem as armas que carregavam, faca ou pistola, preparando-se para o ataque. Logo seguiu-se a ação.

O chefe, com um rápido movimento de suas rédeas, atirou seu cavalo para a frente e apontou primeiro para o sol, agora bem baixo sobre os picos e, em seguida, para o castelo, dizendo algo que não compreendi. Em resposta, os quatro homens de nosso grupo saltaram dos cavalos e se atiraram sobre a carroça. Eu deveria ter sentido terrível medo ao ver Jonathan em tamanho perigo, mas o ardor da batalha envolveu-me, assim como aos outros; não tive medo, mas apenas um desejo muito intenso de agir. Ao ver o rápido movimento de nossos homens, o chefe dos ciganos deu uma ordem e cada um de seus seguidores imediatamente se enfileirou ao redor da carroça, de modo desigual e aos empurrões, ansiosos para cumprir a ordem.

Vi que Jonathan, num dos lados do círculo de homens, e Quincey, no outro, tentavam abrir caminho à força para a carroça; era evidente que tinham o firme propósito de realizar a tarefa a que visavam, antes do pôr do sol. Nada parecia conseguir detê-los ou mesmo atrasá-los. As armas erguidas, as facas rutilantes dos ciganos na frente, o uivo dos lobos por trás, nada parecia atrair-lhes a atenção. A impetuosidade de Jonathan e a firmeza de seu propósito pareciam intimidar aqueles à sua frente; recuaram instintivamente, deixando-o passar. Num segundo, conseguiu pular sobre a carroça e com força surpreendente ergueu a grande caixa, atirando-se sobre a roda e lançando-a ao chão. Entrementes, o sr. Morris utilizara sua força para romper do seu lado o círculo de ciganos. Durante todo o tempo em que eu observara Jonathan, contendo a respiração, também vira com o rabo dos olhos o sr. Morris, esforçando-se desesperadamente para a frente; as facas dos ciganos brilhavam e lançavam-se contra ele, à medida que avançava. Aparara os golpes com seu grande facão e a princípio julguei que também saíra ileso, mas, quando surgiu ao lado de Jonathan, que agora já saltara da carroça, vi que segurava um de seus flancos e que o sangue jorrava entre seus dedos. Não se deteve apesar disso e, enquanto Jonathan atacava um dos lados da caixa com energia desesperada, tentando arrancar a tampa com o facão, Morris atirou-se ao outro lado também com sua lâmina. A tampa principiou a ceder sob os esforços de ambos os homens; os pregos entortaram com som estridente e a tampa foi atirada para trás.

Àquela hora, os ciganos, vendo-se sob a mira das carabinas e à mercê de lorde Godalming e do dr. Seward, entregaram-se sem maior resistência. O sol já havia quase descido sobre o cimo das montanhas, e as sombras de todos se projetavam sobre a neve. Vi o Conde deitado dentro da caixa, sobre a terra que se espalhara sobre ele, quando a caixa caíra abruptamente da carroça. Estava mortalmente pálido, semelhante a uma imagem de cera, e seus olhos vermelhos brilhavam com aquela terrível expressão de vingança que eu conhecia tão bem.

Ao olhar, percebi que o Conde avistara o sol poente e que a expressão de ódio se transformava em triunfo.

Mas, naquele instante, surgiu o golpe rápido do facão de Jonathan. Gritei ao vê-lo cortar o pescoço do Vampiro, enquanto no mesmo segundo a lâmina do sr. Morris mergulhava no coração do Não Morto.

Ocorreu algo semelhante a um milagre: diante de nossos olhos e quase durante o tempo de um fôlego, todo aquele corpo se transformou em pó, desaparecendo.

Durante toda a minha vida relembrarei com satisfação aquele momento de dissolução final, pois, naquele instante, houve uma expressão de paz no rosto do Conde, expressão esta que eu jamais imaginaria poder existir ali.

O castelo de Drácula projetava-se contra o céu vermelho e a luz do sol poente jorrava sobre todas as pedras das seteiras quebradas.

Os ciganos, julgando-nos responsáveis pelo extraordinário desaparecimento do morto, voltaram-se sem dizer palavra e fugiram como se desejassem salvar a própria pele. Aqueles que não tinham cavalos pularam sobre a carroça e gritaram para que os cavaleiros não os abandonassem. Os lobos, que haviam recuado para uma distância em que nos punham a salvo, seguiram os fugitivos, deixando-nos a sós.

O sr. Morris caíra ao chão e se apoiava sobre o cotovelo, segurando a ilharga; o sangue ainda jorrava por entre seus dedos. Corri para ele, pois o círculo sagrado já não me detinha, e o mesmo fizeram os dois médicos. Jonathan ajoelhou-se atrás do ferido, que recostou a cabeça em seu ombro. Quase sem forças, o sr. Morris segurou minha mão com uma das suas, com aquela que não estava suja de sangue. Deve ter percebido a angústia que se espelhava em meu rosto, pois sorriu ao dizer:

— Sinto-me muito feliz por ter sido útil! Oh, Deus! — exclamou súbito, esforçando-se para sentar e apontando para mim. — Vale a pena morrer por isto! Olhem, olhem!

O sol agora estava bem em cima do pico da montanha e seus raios avermelhados refletiam-se em meu rosto, inundando-o de luz rósea. De uma só vez os homens se ajoelharam, soltando um sincero "Amém" quando seus olhos acompanharam a direção do dedo que apontava para mim. O moribundo falou:

— Graças a Deus, não lutamos em vão! Vejam: a neve não é mais branca do que sua testa! A maldição passou!

E, para nosso pesar, ele morreu silenciosamente e com um sorriso, como um galante cavalheiro.

NOTA

Há sete anos passamos por todos esses sofrimentos, mas creio que nossa felicidade desde então foi suficiente para compensar toda a dor que suportamos. Nosso filho aniversaria no dia em que Quincey Morris morreu, o que constitui mais um motivo de alegria para Mina e para mim. Sei que a mãe do menino mantém a secreta crença de que parte do bravo espírito de nosso amigo se incorporou no menino. Este tem muitos nomes, o de todos os homens que constituíam nosso pequeno grupo; porém, nós o chamamos de Quincey.

No verão deste ano realizamos uma viagem à Transilvânia e passamos pelas terras que para nós encerravam tão terríveis e vívidas recordações. Era quase impossível acreditar que os acontecimentos que presenciáramos com nossos próprios olhos e ouvíramos com nossos próprios ouvidos tenham ocorrido verdadeiramente. Não existia mais traço de tudo o que se passara. O castelo lá estava como antes, elevando-se sobre um panorama de desolação.

Regressamos ao lar falando sobre os velhos tempos, que agora recordamos sem desespero, pois tanto Godalming como Seward se casaram e são felizes. Retirei os papéis do cofre onde haviam permanecido desde nosso regresso, há tanto tempo. Ficamos chocados com o fato de que o farto material que relata estes acontecimentos mal contém um documento autêntico; tudo forma apenas uma grande quantidade de papel datilografado, com exceção das últimas anotações minhas, de Mina e do dr. Seward, assim como do memorando do dr. Van Helsing. Ainda que o desejássemos, dificilmente poderíamos pedir a alguém que os aceitasse como prova de tão estranha história. Van Helsing, com nosso filho nos joelhos, resumiu tudo ao dizer:

— Não queremos provas; não pedimos que acreditem em nós! Este menino saberá um dia como sua mãe foi valente.

Ele já conhece a bondade e os carinhos dela, porém mais tarde compreenderá que certos homens a amaram tanto que muito ousaram realizar para salvá-la.

Jonathan Harker

© *Copyright* destas traduções: Editora Martin Claret Ltda., 2009, 2000, 2002.
Título original em inglês: *Frankenstein or The modern Prometheus* (1818);
The strange case of Dr. Jekyll and Mr. Hyde (1886); *Dracula* (1897).

Direção
MARTIN CLARET

Produção editorial
CAROLINA MARANI LIMA / MAYARA ZUCHELI

Direção de arte e capa
JOSÉ DUARTE T. DE CASTRO

Diagramação
GIOVANA QUADROTTI

Ilustrações de capa e miolo
SHUTTERSTOCK

Tradução
FRANKENSTEIN: ROBERTO LEAL FERREIRA
O MÉDICO E O MONSTRO: CABRAL DO NASCIMENTO
DRÁCULA: MARIA LUÍSA LAGO BITTENCOURT

Revisão
ALEXANDER B. SIQUEIRA

Impressão e acabamento
GEOGRÁFICA EDITORA

A ortografia deste livro segue o novo Acordo Ortográfico da Língua Portuguesa.

Dados Internacionais de Catalogação na Publicação (CIP)
(Câmara Brasileira do Livro, SP, Brasil)

Shelley, Mary, 1797-1851.
   Frankenstein / Mary Shelley; tradução Roberto Leal Ferreira.
O médico e o monstro / Robert Louis Stevenson; tradução
Cabral do Nascimento. Drácula / Bram Stocker; tradução Maria
L. Lago Bittencourt. — São Paulo: Martin Claret, 2017.

Títulos originais: Frankenstein; The strange case of Dr. Jekyll
and Mr. Hyde; Dracula.
ISBN: 978-85-440-0145-5

   1. Ficção fantástica I. Stevenson, Robert Louis, 1850-1894 II.
Stoker, Bram, 1847-1912. III. Título. IV. Título: O médico e o
monstro. V. Drácula

17-03616   CDD-809.915

Índices para catálogo sistemático:

1. Ficção: Literatura fantástica   809.915

EDITORA MARTIN CLARET LTDA.
Rua Alegrete, 62 — Bairro Sumaré — CEP: 01254-010 — São Paulo — SP
Tel.: (11) 3672-8144 — www.martinclaret.com.br
1ª reimpressão — 2023

CONTINUE COM A GENTE!

Editora Martin Claret
editoramartinclaret
@EdMartinClaret
www.martinclaret.com.br

IMPRESSO EM PAPEL
Pólen
mais prazer em ler

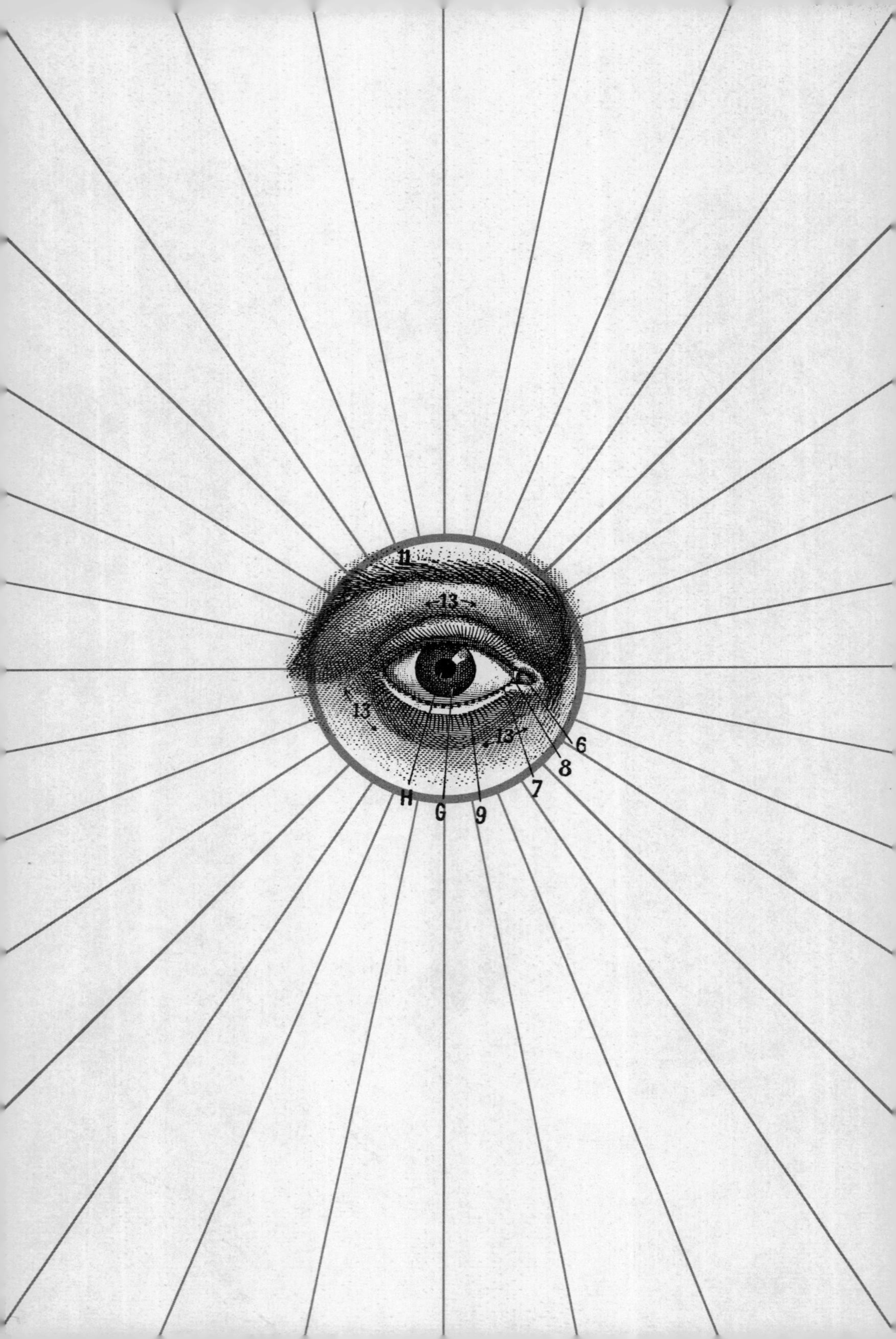
11
13
13
13
6
8
7
H
G
9

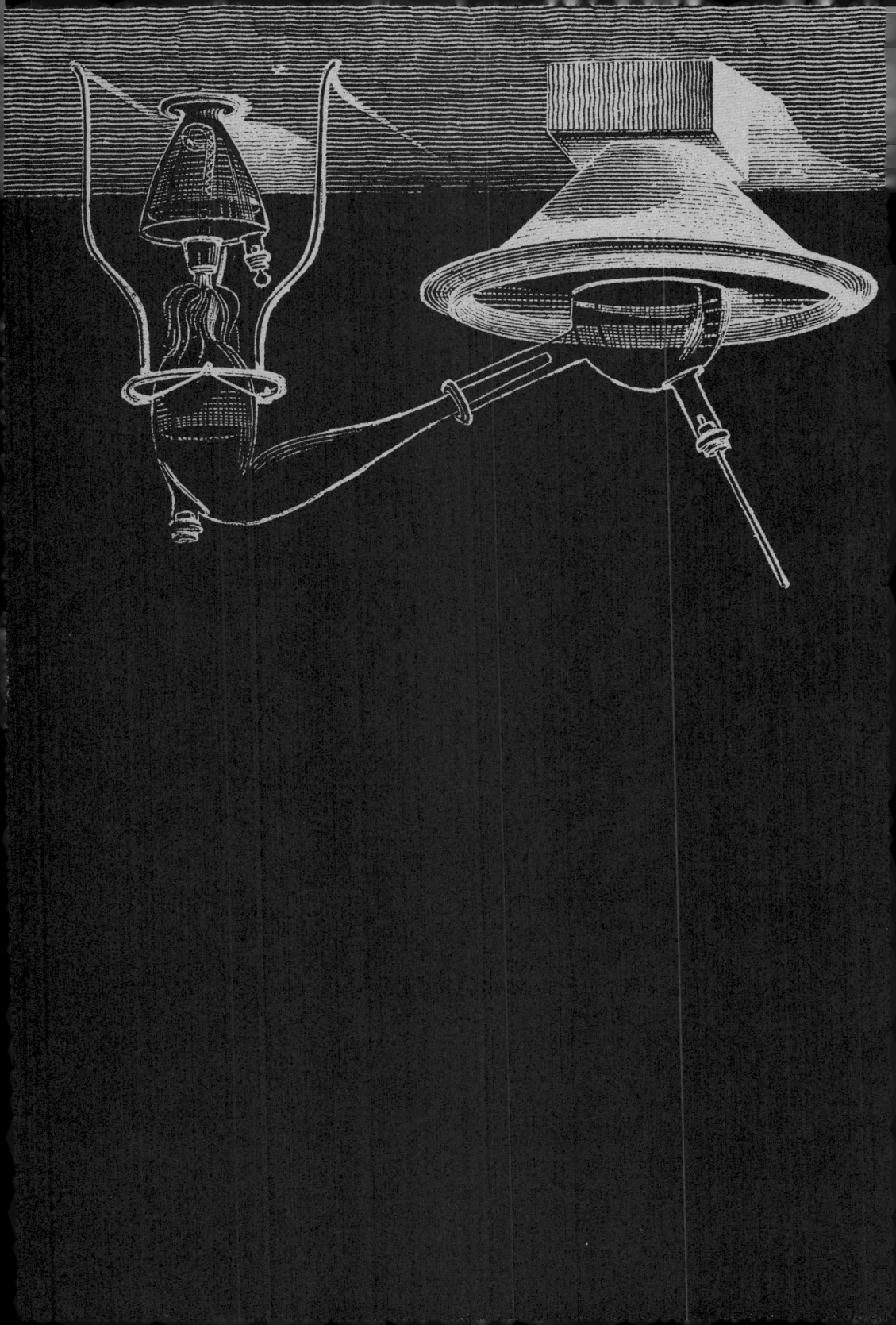

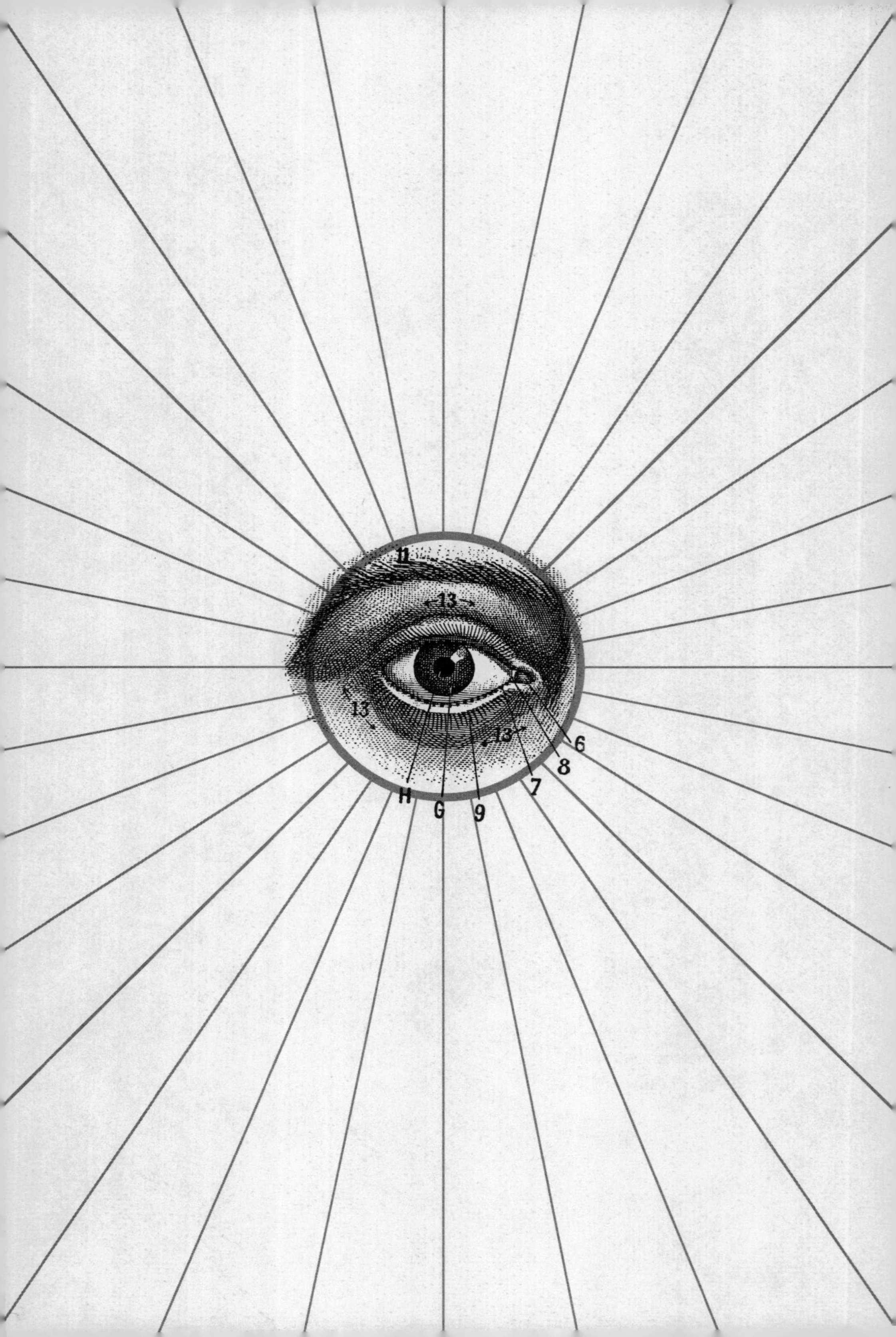
11
13
13
13
6
8
7
H
G
9